U0902751

白中玉 著

上

华龄出版社
HUALING PRESS

有态度的阅读

小马过河（天津）文化传播有限公司

目录

第一章 百万大军过大江

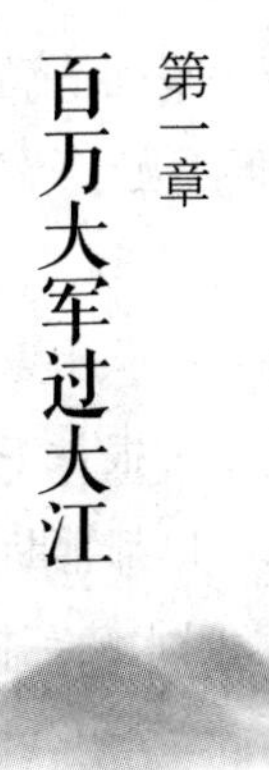

云山苍苍，江水泱泱。

老人说人的命运从生下来那刻起就登记造册，注定了，而她生下来就是富贵命。她姓丁，人家都叫她阿淼，是个大家闺秀，长得很漂亮，特别是一双杏眼大大的，眼底像有一汪湖水般清澈湿润。喜欢她的男人说，丁姑娘走路能晃出水来，晚上侧身睡觉能浸透被单。

春天的时候，她喜欢穿一件天蓝色民国学生服，折根柳条，采些野花，编成花环戴在头上，在十几米高的梯形江堤上追风捕蝶。每到这时，她就是这江南美景的一部分，无论身在什么地方。

这片江南鱼米之乡，除了这条桀骜不驯奔涌不息的长江，两岸一半的地是她家的。江对岸那座江城被称为皖中小上海，一半的门面也是她家的。两岸的米店、布店、钱庄、江船，她随便写个字据，写上她爹的名字都能拿到东西。可是她一点儿都不快乐，她出逃过无数次，每次都被她爹抓了回来，最后锁在老家丁家墩的祠堂里。

她写了一封脱离父女关系的决裂信，并将自己的名字改成了丁革命，试图割断与这个家族的牵连。她想去当战地护士，把救死扶伤当成一生的使命。那些在硝烟战火中受伤的战士，他们为坚守这片土地流血牺牲，自己生为女儿身，虽然没有抬枪扛炮的力量，但有义务在中华民族最危难的时刻尽一份微薄之力。

那年四月，偶有零碎的枪炮声打破乡村的宁静。她整天都坐在江岸上发呆，身后是一片藕塘，雨后的春藕发疯似的牛长，将视线全部染成翠绿。

“哒哒哒”，几声清脆的枪响后，一个身影踉跄着奔上河堤，“扑通”一声倒在她面前。阿淼冲上去扶起他，双手瞬间沾满鲜血。那人挣扎着告诉她，他是一名侦察排长，来江边察看地形，准备渡江解放全中国，说完就昏了过去，全身冰凉。

阿淼不敢带他回村，村里驻扎着一队水鬼兵。天黑后，她将男人藏在江滩边的草屋里，怕他饿着，摸黑下河挖了一根甘蔗粗的雪花藕给他吃。那是他这辈子吃过最嫩、最甜、最热乎的藕，每一口都藕断丝连。

“你们村在地图上不叫丁家墩，叫水葫芦村啊？”他看着这个水一般的姑娘，好奇地问。

“因为我们村有两口塘，一大一小，有一条山泉从村里穿过，从山上往下看，就像一只大葫芦。”阿淼低着头、红着脸，小声地说。

“哦，真是太美了！我从东北一路打到长江岸边，走遍了大半个中国，没有哪个地方比你们村美——山美、水美，人也美。”他也红着脸说。

“当然美了，过几天你伤好了，我带你上山，到时你会看到脚下的大江，看到村子里那口大塘。有月亮的时候，大塘里都有一个晃动的月亮，这辈子你肯定没见过这么美的风景。”阿淼抬头凝视着躺在床上的他，眼里晃动着的眸子，那里面也有一弯月亮。

“真美，每次打仗我都嘱咐战友，如果牺牲了，就想办法烧了，然后带回东北老家，我要守望家乡。现在我突然有种冲动，如果牺牲了就葬在这大江边的青山上，那也是一种归属。”他不敢触碰对面炽热的目光，低头说道。

“别乌鸦嘴！”阿淼小声责骂。

“那根藕为什么那么热乎啊？”伤愈后他急着归队，临走时问阿淼。

“你病了，发高烧，还说胡话，不能吃生冷的东西，热点儿好。”阿淼没有直接回答他的提问，秘密将他送走了。

一个多月后，她还是穿着那件天蓝色学生服，坐在村口的大柳树下看书，远远地看见解放军先头侦察部队悄悄开进村子，要打过长江解放全中国。她看见走在队伍最前面那个熟悉的身影，二话没说，连夜请人拆了几间老房子，打了一辆独轮车，义无反顾地奔向支前大军。

对岸城里，她爹也变卖了大部分家产，当了个不大不小的官，买枪买炮，挖地堡，垒高墙，坚守中国除长城之外的第二道天险。有时阿淼坐船，还能看到对岸江堤上，她爹一身装束，指挥一帮戴着小钢盔、穿着“水鬼服”的士兵沿江布防。

准备过江那段日子，阿森推着小车去了部队大后方，车上装着两发炮弹，先过皖北平原，再翻过大别山，推了三四百里路。半路上下雨，她怕炮弹受潮打不响，就把衣服脱下来盖在炮弹上，终于，在战役打响的前夜，她回到了熟悉的老家，将 200 多斤的炮弹推上江堤。组织上给她发钱，让她赶紧回家，但她不要钱，更不急于回家，一定要在旁边看着炮弹打出去才放心。

关于丁森，村里流传着无数个故事，她有让人憎恨的家史，是阶级敌人的孩子，却有一颗赤子之心。她有视金钱如粪土的豁达，两岸认识她或不认识她的人几乎都接受过她的施舍。她有一段感动无数儿女的爱情，在那个战火纷飞的年代，阿森爱上了那位受伤的共产党员，他是一个知识分子，能说会写，梳着中分头，戴着厚厚的眼镜，很有风度，唯一值钱的就是别在右胸前的那支钢笔，村里人都喜欢他。

他穿的衣服到处都是补丁，包不住干瘦的躯体，可他从来没感觉冷。阿森给他做了套中山装，天蓝色的布料，他穿上后显得极不自在，说像对岸的资本家。阿森数落他，说共产党干部也要穿衣服，眼看就要解放全中国了，共产党干部可不能穿双草鞋、穿个补丁服治理天下。他说不能腐化，水能载舟，亦能煮粥。最后他将那套衣服穿在旧军装里面，说这是他这辈子最值钱的物件。

“你太瘦了，这是我烧的红烧肉，吃饱了好有力气过江。”临渡江前，阿森找到他，怯生生地说。那碗红烧肉黄灿灿、油亮亮的，他狼吞虎咽地吃完了。

“你年纪不大，手艺怎么这么好？这哪是红烧肉，简直就是水豆腐。”他连连称赞。

“我们能照个合影吗？”

“等全中国解放了再拍吧，现在这节骨眼上，不是谈儿女私情的时候。没有大家，要小家有什么用？”他正坐在桌前写家书。

“我怕到时候不记得你的样子。”阿森抬头看他，眸子里只闪动着一个瘦弱的人影。

“这场战争九死一生，假如我牺牲了，你会想我吗？”他有些过意不去，抬头问。

“你牺牲了，我一辈子不嫁！到时你就穿上这件衣服，变成水鬼来陪我。”阿森红着脸说。

“变水鬼多不吉利啊！”他疑惑地说。

“我是喝这条江里的水长大的，江里有很多江猪，它们水性好，又通人性，老家人就叫它们水鬼。到时我就在岸边建个家，一辈子陪着你。”阿森说完这句话就一头扑进他怀里，好像扑进养育她一生的大江里。

过江那晚，阿森梳着一对麻花辫子，上身是一件淡蓝色低领短袄，衣袖过肘。下身是件深色无褶中裙，自然下垂至膝盖处。足下是双白色纱袜，圆口布鞋。

“这是去打仗，你穿这么漂亮干什么？”他瞪大眼睛，吃惊地问。

“正因为是去打仗，所以要穿漂亮点儿，给一个人看啊！”她调皮地回答。

过江那夜，阿森死活都要上他的船，她说这片大江自己最熟悉，可以给解放军带路；她力气大，可以给解放军划船。就算是牺牲了，腰也会挺得笔直，给登陆的战士踮脚。那夜他们并肩站在疾驰的船头，迎着滚动的江水、尖叫的江风，目光如炬，满面欣喜，在枪炮子弹与雨水织成的火力网中抢滩。对岸的大堤上，一条条黑影在晃动，他们全身湿透，黝黑的身子湮没在夜色里，像一条条水鬼。

登陆成功后按照约定，阿森在江滩边点燃一堆篝火，给后续部队发送登陆成功的信号。可是篝火一亮，他们也成了敌人枪炮的目标，一条水鬼向他们举起了枪。

“哒”，一声清脆的枪响，阿森听得真切。这声枪响穿透了她的一生，无数次将她从睡梦中惊醒，将她的一生打得支离破碎。

那位共产党干部一个探身横在她面前，替心爱的人挡住了那发子弹。子弹在他胸口炸开了花，像映山红一般鲜艳，血溅了她满脸。他倒下了，她冲上去想抓住他的手，可他的身子太沉了——或许是因为他太累了，已经一个多月没有睡过一个整觉，沉得她使出浑身气力也拽不住。他的手滚烫，单薄的嘴唇煞白，却还挂着微笑。那满是雨水的镜片后闪烁着炽热的光，在那血与火、情与爱交织的一瞬间，他主动撒开了她的手，掉进了血红的大江里。

阿森再次伸手去抓的时候，只抓住他的眼镜和一个军用水壶，这几乎是他全部的家当。风吹起了他的草帽，飘落上岸，给了这个女人一生的念想。

战后阿森整理他的遗物，再简单不过，没有私人财产，只有两个帆布兜，一个兜里装着笔记本和一支钢笔，另一个兜里是烟叶、一支短杆的烟袋锅和一副扑克牌。新中国成立后，那副扑克牌被放进渡江第一滩博物馆里了，是他自己用硬纸板做的，梅花、方块都是拿萝卜当模子刻出来印上的。笔记本首页写着几行钢笔字：我是祖国的儿女，我要在渡江战役中贡献自己的一切，包括我的生命。

丁淼每次带孩子们进馆参观，都会久久驻足，落下浑浊的老泪。

组织上给他的评价是：革命主义最伟大的战士。他作为共产党干部，打仗勇敢，身先士卒，在解放战争渡江战役最后一仗时牺牲了。长江母亲埋葬了他的躯体，祖国永远铭记他的爱国之心！

那个暴风骤雨的夜晚，血色划伤了江水的肌肤，炮火将大江两岸染成白昼，整个大江都在燃烧，烈焰升腾。炮火像只愤怒到极点的老虎，咆哮着撕咬两岸的一切。阿森驾着船在大江里搜寻，她用竹竿挑动着，搜寻那个熟悉的面孔，却再没见到他，他的尸体不知漂到了何处。无数条受伤的水鬼挣扎着往她的船上爬，她用竹竿愤怒地戳着、敲打着，就是这些水鬼打的黑枪。那夜，绵绵几百公里的长江中下游都被染成酱红色，长江母亲养育了他们，还要为他们收尸。

两岸的村民三天没有在江里挑水了，他们说不能喝烈士的鲜血。

第二天清晨，村里有人说去大塘边挑水时，看到一个黑影从江滩边走上来，黑影浑身毛茸茸的，瘦小如孩子，眼睛借着清晨的微光反射着光。它先上了大埂，再穿过一片芦苇滩，最后跳进丁家墩的大塘里，它把大塘当家了。村里老人说那是条“江魂”，是战死在大江边烈士的灵魂。有的人死了心中有爱，舍不得走；有的人生前作恶太多，死了怕阎王用油锅炸，就到处游荡害人。

这场战役死的人太多，他们像搁浅的船一样拥挤在一起，多到整个航道都被堵塞了。那场雨整整下了半个月，老人说那是老天的眼泪。

第二天，大塘埂上的水磨坊里传出撕心裂肺的哭声。

自那以后，大塘里每年都淹死人，就有了水鬼。村里老人说淹死的人未满一年就会化作类似猴子一样的怪物，全身黑色，手臂非常长，爪子很尖利，是个脚掌有鳍、尖嘴猴腮的怪物。在水里力气很大，上岸却斗不过一只公鸡。会拖人下水，只要满一年就开始害人。

“怎么来了条害人的恶鬼啊！”村里有人愤怒地骂。

“你们懂个屁！江猪和水鬼不一样，水鬼害人，江猪救人。”每当听到村里人议论，阿森就跑出来，咆哮着把人们骂跑。村里人说这个女人小姐的身世、丫鬟的命，想革命男人想疯了。

“有位伊人，在水一方……我那伊人，你在哪里啊！”每年渡江战役纪念日，丁森都穿上那套天蓝色的学生服坐在江边，对着喘息的江水低声呢喃。她从怀里掏出一根雪花藕，丢进翻滚的大江里。只有她知道，当年他受伤生命垂危，不能吃生冷，是她将那根雪花藕塞在胸口焐热了。那根藕曾经带着一个懵懂少女的体温，带着她一生对他的热望，此生再也没有第二回了。

第二章 一场天灾

“轰”的一声春雷乍响，江水跳跃，江堤颤动。

整个神州大地都沉浸在一片欢喜忙碌中，经过近两个月细致的丈量、抽签、调剂，各家各户都分到了属于自己的承包地，分到了来年的希望。全国从此进入了一个新时代，开启了第二次腾飞的新起点。

早春的这场甘露把江南的山山水水统统染成了一片绿色的海洋，江水在这个梅雨季节拥抱着、呻吟着、翻滚着，肆无忌惮地膨胀，随时准备临盆。丁家墩的芦苇疯狂地生长，巴掌宽的芦苇叶抽打着江风，准备迎接五月的端午节。

“这场春雨真是及时！春雨贵如油，前几天江滩边那一片野莲藕才撑出几片荷叶，可是几声雷，荷叶就把浅滩盖满了，真是一声春雷生一寸藕哦！”张玉宝的爹张国宝刚分到责任田，兴奋得一夜没睡，半夜起床蹲在田头吸着旱烟，嚷嚷着说。

“嗯，从科学的角度来说，打一次雷等于施一次肥。”丁秀秀的爹丁国平应和着。

早在新年刚过，农耕的场面就已悄然而至。天刚蒙蒙亮，水乡四野已经是人头攒动。一垄垄刚刚垒起的田埂晃动着纤细的腰杆，将这片水乡分割成一块块晃动的水豆腐。那是一块块蓄满水的田地，迎着气球般大的旭日，闪耀着银白的光，显得格外晃眼，分不清哪里是大江，哪里是水田。

“噼噼啪啪……”早春农耕的第一声炮仗炸响，江水像受了惊吓一般，加速奔涌而去。

“驾！别偷懒，土地承包了，以后你也和我们一样，要起早贪黑了。”张国宝挥舞着手中的牛鞭大声吆喝。他把玩着手中的犁梢，不时地抖动着手腕，一垄垄泛着油光的黑土拧着劲儿，旋转成一道道风车叶片形状的纹路，一圈一圈梳理着这片亘古的水乡稻田。那头健硕的黑牛抖动着鬃毛，高甩着尾巴，将下半身全部淹没在水田里，拖拽着沉重的犁耙，驱赶着一层层水波，一圈一圈耕犁着历史的年轮。

一群半大不小的孩子手里拎着破篮子，跟在老爹后面抓鱼。近中午的时候，四个十四五岁的坐在江堤上玩耍。奔涌而来的大江，在他们脚下弯成新月形状，以九曲回肠的姿态奔向远方。

“这条水龙从哪里来，要到哪里去？”女孩丁雨红看着一去不回头的大江，疑惑地问。

“我大说这条大江从青藏高原什么雪峰一股细流开始，流经无数山川丘陵和平原，横穿中国，长6000多千米。中国还有一条大河叫黄河。”女孩丁秀秀说。

“哈哈，两条大河，一个是大，一个是妈！我们都是他们的丫丫。”孩子王张小虎站起来，双手合在嘴边大声叫喊。

他们都穿着草鞋和破旧的衣服，一身灰扑扑的，仿佛脚下泥土的颜色，每件衣服上补丁压补丁，膏药般贴满前胸后背。虽然男孩子满脸泥垢，女孩子头发凌乱，可是他们很快乐，一双双眼睛闪闪发亮，那是只属于少男少女的纯净。

他们背后是一座高耸的铁牛雕像，汉白玉大理石地基上刻着翻腾的江水，劲牛成踏足抬头之势，牛身上刻着“巍巍大堤”四个大字，青铜筑身，高十三米。这里是1958年长江决口处，是长江这头猛兽撕咬女儿的利嘴，是那个时代千千万万条鲜活生命的噩梦。

“我大说这条大江从天上来，要到海里去。”

“等我长大，我要驯服这个坏家伙。骑在它头上，游遍全中国，哪里缺水就叫它游到哪里，不准它乱来。我要用它种出稻谷，用它养鱼，把我们这儿变成最美的鱼米之乡。”丁雨红一脸认真地说。

“好，那我们拉钩，一百年不许变！等我们长大了，就一辈子住在这条大江边。”少男少女伸出小手指，在铜牛脚下，将四个小手指头紧紧地钩在一起，说着他们的誓言。

“嗯，嗯……”奔涌的大江仿佛听到了约定，轻声回应。

夜色刚刚降临，务农的村民都匆匆往家赶。丁家墩今晚要放电影。在那个精神食粮极度匮乏的年代，无须做任何广告，只要口头在田间地头传播，速度一样赶得上落日的余晖，成为当日头条，轰动整个山里红乡。

这不，天刚一擦黑，村头的打谷场上就黑压压地挤满了各村赶来的人，如群蚁出巢、飞鸟归林。打谷场正上方是高耸的山峦，全江城市海拔最高的张公山上种满了郁郁葱葱的茶树，远看就像一头满身毛发的黑熊坐在空旷的大地上，正低头嗅着山腰间环绕的袅袅炊烟，两侧高耸的双峰如黑熊的肩骨。民间传说它早晚会醒过来，那时大地翻滚，丁家墩将被埋进黑暗。所以每逢过节和庙会，丁家墩的老小都要去村后丁家的祠堂烧一炷香，祈求老天保佑山熊继续沉睡。

为了能镇住这头不安分的睡熊，不知哪一年，一个云游的僧人在张公山山顶一块巨石之上修建了一座寺庙，占地十余顷，取名西九华。寺庙虽然历经战乱，毁坏多次却依旧香火旺盛。而今在八方香客的筹资重建后，大殿雄伟，松柏绕古寺，蓝天飘白云，甚是雄伟，气势非凡。

江南的雨季最多情，五月的桃花汛特别黏人，连续下了半个月的大雨，到处都是雨水融化泥土散发的气息，带着一丝甘甜，像是一碗蒸得恰到好处，散发着香味的煲仔饭，让人越呼吸越觉得饥饿。空气纯净到从鼻孔吸入，在身体里一路穿肠过肚，无须过滤，直接回归自然。

接近傍晚时分，山腰的几堆厚云终于飘散，露出了几片泛白的鱼尾红。乘着老天歇口气的机会，乡亲们囫囵地扒了几口饭，门也顾不上锁，就手里牵着大的，怀里抱着小的，扛着板凳挤进人群抢好了位置。在最前面，借着挂在屏幕前那盏 100 瓦的白炽灯，几个小女孩正马蜂窝一般挤成一团，翻看几张刚刚洗出来的小学毕业照，叽叽喳喳地评论着，旁边围着一群小男孩。这群孩子就是整个村子的未来和希望，承载着这片热土一段滚烫的青春记忆。

不远处，一群孩子围住一个炸爆米花的老人，老人手里摇着一个小水桶一样的空心铁疙瘩，里面放了些米，加一小勺糖精。铁疙瘩被架在烧得赤红的炭火上炙烤，等压力表指针到达指定的位置，老人将铁疙瘩的开口对准袋子，吆喝一声："放炮咯！"孩子们纷纷闪开，同时捂住耳朵，猫着腰躲到一边去，侧眼观望。

老人猛地一脚踩爆铁葫芦，"轰"的一声巨响，雪白的米花飞溅而出，香气弥漫。

大姑娘、小媳妇们打扮得花枝招展地赶来，几个油头粉面的青年梳着二分头，穿着喇叭裤，吹着口哨，抛着媚眼，献着殷勤，引起一阵哗然。

"咻……"一声长长的哨声响起，坐在队伍后面的几个三十来岁的单身汉将拇指和食指捏在一起伸进嘴里，比赛一般响亮地打了几个流氓哨子。他们的躯体里满是燥热，可是这热量没有用武之地，被深深埋在身体的角落里。他们唯一可以发泄的就是将身体弯曲成一张满弓，猛烈震动着空气，向那些看不上他们的姑娘做一次有声的呐喊。

清脆尖利的口哨声刺激着人们的耳膜，更刺激着姑娘们的神经，她们纷纷回头观望，一脸惊诧。

四个孩子坐在人群最前排，笑得天真无邪。邻村的张雅青，她是村小学毕业班的班长，女娃中个子最高，长得干干瘦瘦。穷人的孩子早当家，因为父亲早逝，她小小年纪已是家里的顶梁柱。王小美，代课教师周小丫的女儿。周小丫是个上海知青，落户在山坳里生了根。王小美有两个小酒窝，笑起来特别好看，一条粗大的辫子乌黑可鉴，所以外号“大辫子”。丁秀秀，全村成绩最好的女娃，孤傲冷漠，喜欢一个人抱着本书静静地看，或者一上午坐在河边发呆。丁雨红，村里开杂货店的丁小气家的大女儿。这个名字还是她十岁的时候村里男人私下里起的，因为她的脸上总是挂着两道对称的红晕，像雨后天空的彩虹。

那夜电影异常精彩，小小的银幕像是有强大的磁场，牢牢地吸引着打谷场上每一个人。大千世界、人生百态，在一方小小的银幕上变成真实的生活，展示在众人面前。

电影演到高潮的时候，整个打谷场鸦雀无声，连躲在人缝中的三五只土狗都瞪圆了小眼珠，大气不敢出地盯着银幕。可就在他们的头顶，那头沉睡了几个世纪的黑熊张公山，却被梅雨软化了脊梁，肚皮上开了道血盆大口，流着浑黄的水，像个快要临盆的女人。

半山腰的几间破屋前坐着个男人，正远远地对着屏幕的另一面津津有味地看着。他是王小美的爹，是这一片山的护林人。突然，夹在男人手心的烟蒂抖了抖，一股冰凉浸透了他脚下的拖鞋，让这个四十来岁满脸胡楂的男人猛地打了个寒战。他下意识地低头一看，坐落在山腰上的这间小屋，四周不知什么时候多了几道裂缝，仿佛新的泉眼，“咕嘟咕嘟”往外冒着热水。

恍然间，王小美的爹感觉自己不是住在大山上，而是住在大江中那个小岛黑沙洲上。

每年汛期，长江就像个疯癫的女人变幻莫测，江心那个小岛就是这个疯女人的私生子。

汛期中，黑沙洲一脚一个新泉眼，四处塌方，四分五裂，可是每年秋天又聚沙成洲，一年演绎一次，村里老人们说，那就是她的命。

“张公山出汗了！到处是泉眼！山体要滑坡了！电影别放了，大家赶紧往村尾江边跑啊！”小美爹一路叫喊着跑回了村里。

寂静的山村如一块结实的厚布，这个中年男人飞一般地从变换着镜头的银幕前跑过，沙哑的声音如剪刀，瞬间就将这寂静剪得七零八落。投影机的白炽光柱将这个男人的轮廓打在银幕上，皮影一般，放大后更显得棱角分明。坐在最前排的王小美抬头看了眼她爹，邋遢的胡须、蓬乱的头发、魁梧的身材、黝黑的脸庞，没想到这组镜头成了她对她爹最后的记忆。

刚刚还坐得整整齐齐的打谷场沸腾了，平静瞬间被打破，如马蜂窝失去蜂王进入混乱状态，人群纷纷向四周逃散。

“轰隆隆！”孩子王张小虎抬头张望，寻找声音的来源，天空有几颗星星调皮地眨着眼睛和他对视，显得无辜又茫然。没有打雷，可的确有雷声夹着战马的咆哮声，从头顶的山谷里一路咆哮而来，夹着一股说不出的怪味，整个大地都在颤抖。

山洪这个山林和大山生出来的野种，就这么一路哇哇叫着窜了出来，扑倒一切。慌乱中，张小虎伸手去抓身边的丁雨红，小丫头脸上的彩虹早已散尽，变成了白色，纤细的手指很是冰凉。就在他和雨红刚刚十指相扣，转身准备跑的时候，一股急流嫉妒似的翻滚着身子扑来，瞬间张小虎就像坐上了过山车，被浑浊的夹杂着石块和树根的山洪挟持着，直接从丁家墩的头顶越过，路过村里的丁家祠堂没有驻足，路过村里的小学没有停留，路过村中央的大塘没有歇息，路过大塘口那棵高耸的柳花树再次爬升，直接落入村尾的大江。

飞翔中，张小虎紧紧地抓着雨红的手被狠狠地“咬”了一口，他抬起手却看到满手臂的鲜血，四处去寻找雨红时，已在离村一里多路的大江里。四周人头攒动，一个个小伙伴探出头来，惊恐地哭喊着爹妈，奋力往岸上游。一个个长辈急切地唤着娃儿的乳名，场面像是过年时村集体在干涸的大塘里抓鱼。

五月天，风乍起，浪接了天。

黑黢黢的江面上漂着一具具尸体，张小虎拼尽全力往岸上爬去，不敢回头多看一眼。听说人死后，最后看见的影像会映在眼膜里，刻进灵魂，带到另一个世界里，张小虎怕那边世界有人记得他的样子。原来，少年的世界里，一半是天真，一半是梦魇。

第三章 成长的少年

祖辈们说丁家墩的灵魂就是村正中央那口大塘，当年丁家二兄弟逃荒来到这偏僻的大江边，口渴了在大塘边停下喝水，临走的时候，大塘里的水草死死地缠住了老大的手腕，一时怎么也解不开，场景让兄弟二人潸然泪下。想到那年饥荒，他们离家跟着部队当兵的时候，老母亲也是这么紧紧地抓着兄弟二人的手腕，如今和老母亲已天各一方，这口大塘就像是他们的娘。望着一条条前行的机船在大江上犁出重重波浪，因为故乡战乱，他们变成了游子，游子行到此处，把这里当成他们的第二故乡。

于是兄弟二人在大塘边搭了个窝棚，决定以后世世代代都要陪着娘。而那口大塘如小村的眼睛，每天转动着幽暗深邃的眼珠，想着心事。

大塘四周簇拥着一排排低矮的小屋，一个个撅着屁股，如锅口边烧焦的米团。空气中弥漫着鱼腥味、青草味、牛粪味，混合着岸边捶洗衣服的女人味，勾引着落日的炊烟一直缠绵偷欢到树梢。游荡在这白墙黑瓦的徽州古村落，宛如置身一幅水墨画里。

几位女主角围着大塘居住，小美家住在村口小学，秀秀家在村尾的大堤边，雨红家在村子的最中央，她家小店永远是村里最热闹的地方，她爹常吹牛说城里的十字街也没他家地段好。

大塘的源头是张公山山腰间那几眼常年喷涌的甘泉，足有几亩地，从山脚石窟的拐角处一路汹涌而下，绝情而去，喂饱了大塘的胃，在塘口聚集、溢满，再直奔河下的长江而去。

甘泉冬天热气腾腾，像个燥热的汉子；夏天寒气逼人，如高冷的女人。

这些年，村民已经自觉养成了习惯，早上八点之前挑水，八点过后才能用来洗涮，刷便器必须是下午五点之后，且在大塘的下游洗刷，为的是保持水源清洁。

“我们村有三个长，一是长江，二是长寿，三是长绿！”

“长寿的秘诀是要有最好的基因、最好的食物、最好的水源、最好的居住地。”丁婆常给村里一帮孩子上课，听得一个个孩子都流口水，仿佛闻到了乡村也有糖果的香甜味。

“咱村也有三个多，一是水多，二是鱼多，三是单身汉多！”一个愣头青在一边插嘴道。他是个单身汉，名字叫丁大炮。丁婆转过身，狠狠地瞪了他一眼，这家伙跑了。

大塘埂上有间水磨坊，房子青砖黑瓦结构，有两层，楼下一层延伸到水面下，楼板下面就是水流。水很深，整个磨坊建在岩石上，房子的一半都没在河水里。

水磨坊常年发出“嘎吱嘎吱”的声响，似乎从不知道累。张小虎从刚记事时就担心她老成黑炭的轮骨总有天扭断脊梁，倒成一堆枯木烂铁，可是每年的江水涨了又落，她照样摇着她的纺车，哼唱着节奏相同的歌谣。

水磨坊离村子有段距离，独门独户，丁婆带着她的“女儿”傻姑就住在这里。

丁婆到底多大，村里没人能说清楚。她祖上是村里最大的商户，后山脚修建的丁家古祠堂可以用土豪来形容，光正屋的几根承重柱就需两人合抱。她父母在批斗中死去，留下丁婆一个人守着空旷的丁家祠堂。她怕！那个特殊年代，村里孩子们孤立她、欺负她，她没有朋友、没有未来，而水磨坊清唱的“吱呀”声像一个男人的诉说，让她感觉不再孤独，能够安心地睡去。

一个夜晚，她搬进了水磨坊，丢弃了丁家大院，丢弃了那张古红漆床，那是她的嫁妆。她以照看水磨坊和帮人接生为生。村里的孩子没有哪个敢直视丁婆的眼睛，更不敢数她脸上的皱纹。她接生从来不要钱，只要娃子的脐带。村里谣传，她脸上的每一道皱纹就是一根孩子的脐带。女儿傻姑，村里人议论不是她亲生的，但从不敢当她的面说，她听到会急眼。

一个从未生过娃子的女人，却能将接生当成一生的使命，且演绎得淋漓尽致。

一天晚上，丁婆的房里突然传来孩子的啼哭声。村里人第二天一大早去她家看望时，丁婆坐在床上，说自己怀孕后生娃了，当妈妈了。可是昨晚村里有人看到一个娃睡在襁褓里，在大塘的石板上啼哭，是丁婆抱回了家。

村里小伙子带着姑娘游泳时说大塘在思春，是个大色狼，丫头们千万别去洗澡，会被偷窥，会怀孕。

村里老人说大塘是个饿狼，闹饥荒时村里饿死的老少都扔到大塘里被它吃掉了，而今每天都在等着赶死鬼跳下来投胎。

大塘里有水鬼，这事村里人都知道，因为每隔几年就要淹死人。这几十年掐指算来，男鬼女鬼老鬼小鬼，大大小小淹死的也有一个小班。自打记事起，父亲张德标第一次将张小虎带到大塘里洗澡他就怕，那水太凉，像是电影里的女鬼吸人阳气一般，凉到骨头里。所以每年暑期，张小虎都不敢去大塘游泳，也不准他的小女友丁雨红去塘边捶衣。哪怕是天暗了去塘边约会、偷欢他都怕，总觉得粼粼的波光下有双喋血的眼睛在盯着他，如猎人整天盯着他的猎物，随时会对它们扣动扳机。它就是嫉妒自己的雨红那光滑的身体，嫉妒她那两个一笑就能淹死男人的酒窝，嫉妒自己和雨红一起赤脚长大的爱。

王小美每天只有两件事，一件是踏着学校那台老旧的脚踏琴边弹边唱，一件就是站在窗边听风声。在她的世界里没有色彩，却有声音，所以她从不感到孤单；就算是夜晚，所有的声音全都隐去，还有风。对于一个看不见光明的人来说，白天和黑夜没有区别。

十四岁那次山体滑坡之前，她有着饱满的记忆，青青的山，蜿蜒妩媚的大江绕村而过，她家那三间青砖黑瓦的房子就在张公山脚下，紧挨着村小学的侧门。门前总躺着一条懒狗，屋后有三五只鸡在追逐。王小美和最要好的伙伴张伶俐、丁祖峰三人如拴在一起的蚂蚱。张伶俐、丁祖峰也是村小学代课老师的子女，他们同在一个大院，整天一起欢快地沿着百转的山间小路，天蒙蒙亮就去放牛，一路放到满身露水，蹦到日上三竿。

与王小美相比，张伶俐没她成绩好，没她个子高，没她伶俐，没她可爱、漂亮，这是村里人公认的事实，可这一切从来没有影响她们的友谊。

“村里老人说了，女娃小时候漂亮，长大就丑。我现在比不上你，以后长大了肯定比你漂亮。我现在是丑小鸭，你给我等着，我早晚要变成白天鹅。”这是张伶俐常常挂在嘴边的一句话。

因为学校与村子中间被一段水田隔开，足有半里路，他们三人很少去村里玩。和张小虎带着的一帮野娃子相比，他们显得很文静。

丁祖峰大嗓门，到哪里都是咋咋呼呼，可是一和小美、阿俐在一起，就只会傻乎乎地笑。那时他们每个清早都在村口集合，小美和阿俐如两只小麻雀跳跃在山涧的羊肠小道上，边走边“咯咯”地笑，身后跟着牵了三头牛的阿峰。有时他们去山上砍柴，回来小美和阿俐跳跃在山路上，身后跟着背了三个柴草垛的阿峰。挖山药回来的路上她俩累了，或是被野果枯藤划伤了，两人就猜拳，玩“剪刀、石头、布”。一样的游戏，永远有不一样的惊喜和快乐，赢的一方迅速跳上阿峰坚实的后背，猛击一掌，打马扬鞭般骑着她们的王子一路飞奔。

十四岁那年，坐在拥挤的人群里看电影，小美的爹一路叫喊着跑回了村，挨家挨户地去敲门、动员乡亲撤离。小美还没怎么反应过来，惊醒后已被深埋在泥浆里，四周一片漆黑。她瞪圆了眼睛想看明白世界怎么了，世界涌进了她的眼睛，掐住了她的喉咙，窒息使她的脑子一片空白。

第二天她醒了，失去了爹，也失去了双眼。当听到阿峰和阿俐来看她，她长出了一口气。她听到阿峰在哭泣，这次泥石流使他失去了妈妈。两个天真得心中能装下世间所有美好的少年，从那之后都成了缺爱的人，一个失去了色彩和山一般坚实的父爱，一个失去了如海一般宽广的母爱。

自那以后，他们村在政府的帮扶下，一部分村民离开了祖辈们热恋的沃土，离开了丁家墩、丁家祠堂，搬迁到了县城里。小美家搬进了二楼，紧临大街，吆喝声、汽笛声、讨价还价声混杂成一锅散发着幽香的粥。小美喜欢热闹，喜欢喧闹的大街，每天都有不一样的脚步声，有皮鞋、胶鞋、布鞋和拖鞋声；有不一样的气味，有汗味、香水味、鱼腥味和油漆味，她从不感到孤单。

她感觉街道如河道，行色匆匆的路人就是穿梭在大街这条大河里的鱼，有大有小，有胖有瘦。可能穿得花花绿绿，挤在一起像公园池塘里养的观赏鱼，肯定好看极了。如果可以，她渴望穿得姹紫嫣红，游弋在大街上，当一条让人欣赏的鱼。

这次进城，小美的妈妈周老师被安排在县城一所小学教书。阿峰的妈妈生前也是名代课教师，阿峰的爸爸原本是个渔民，黝黑的身体如条黑鱼。进城后他在县师范大门前开了家大排档，做的炒面简直是一绝，学生都说好吃。

“小美你别怕，我有两只眼睛，借一只给你。我们再把两个人的爱一起给阿峰，像他妈妈那样爱他。”阿俐将三人的手叠放在一起，掌心里有他们各自的温度，叠到一起就有了融化躯体的温度。

三个少年闲时会一起爬师范学院的围墙，去逛公园的假山，用捡废酒瓶卖的钱吃一根冰棍。只是每次小美说累了，阿峰都会主动俯身把她背在身上，阿俐在一边跟随，再没有用猜拳争过。

小美一直奇怪自己失去了爸爸，却从来没感觉孤单。每天妈妈教书回家，都故意把门弄得很响，好让小美知道她回来了，有安全感了，不寂寞了。小美知道，自从爸爸去世后，就没听妈妈笑过一次。小美看不到，却能感觉到妈妈每天都像一片鹅毛一样飘来飘去，从没踏实地快乐过。

周老师没事就喜欢摆弄那台缝纫机，买些好看的布料给小美做衣裳。小美穿的所有衣裳都是妈妈亲手做的，每次新衣服穿出门都有人夸奖。

“妈妈，你这么辛苦，又孤单，再成个家吧！”小美好几次提议妈妈再成个家。

“再等等，等女儿长大了、独立了，治好眼睛再说。”周老师每次都这样说。

有次快过年了，妈妈用冷水洗衣服受了凉，烧得很厉害，还胡乱说梦话。半夜小美听到妈妈和窗外一个人说话，听出窗外是个男人，那人只一句简单的问候，妈妈就用被子捂着脸哭得崩溃了。

小美做了无数次同样的梦，梦里他们三人回到了童年的村庄，回到了那条汹涌回旋的大江边，赤脚在江边奔跑，脚下的鹅卵石如鸡蛋，每颗鹅卵石里面都孕育了小鸡，都有生命。夜晚，天空中拥挤着的顽皮的星星，如萤火虫星星点点，很亮，可以当人的眼睛。所以她期盼有一天落下来一颗，哪怕是一颗，能让她看一眼长大了的、长胡子的阿峰是什么样，到底帅不帅，阿俐是不是真的变成白天鹅了，还有村里长得让人嫉妒的雨红、外村的班长雅青、快中考的秀秀、一大帮儿时的伙伴是不是都变了。她现在对他们所有的记忆都定格在小学毕业的相框里，那里捕捉了她的青春，更镌刻了她少年时的记忆。

这张照片看电影那晚她只匆匆地看了几眼，而今就压在她的床头下，她抚摸过无数次，却怎么也感受不到真实的画面。

第四章 懵懂初恋

那年丁秀秀冲进大江，她拖着一身烂泥从泥泞中走上来，就永远是一副冷若冰霜的表情，没有丝毫的恐惧和慌乱。她感觉冥冥之中，这只是她人生路途上一段小小的坎坷，根本不算什么事儿。自打妈妈几年前因为生弟弟失血过多，含着泪叫过秀秀，嘱咐她一定要好好读书，好好照顾弟弟，缓缓地闭上眼睛后，秀秀的眼泪在那夜就已经流干了。

那天家里多了一个人，也少了一个人，塌了半边天。

后来弟弟因为缺奶水，一直病歪歪的，也没能熬过那年冬天。一个温馨的家，在那个冬天之后变得清冷、沉寂。

秀秀和张玉宝家是邻居，住在丁家墩村尾。两家的小屋都很低矮，如两个王八壳，翘着屁股紧紧地趴在河埂上，披着一身茅草相互挤成一团。两家共用一堵两米多高的青砖墙，后院的菜地也只隔了一道十几米长、一米多高的泥巴墙埂，比肩宽不了多少。这堵泥巴墙不只是两家的分界线，也是两家孩子的界河。

一截围墙生着几株满身是刺的野蔷薇，恣意地生长，倔强地非要开上三个季节。雨水足的时候野蔷薇开得特别灿烂，什么颜色都有，毫无拘束，带着野性，香味也年年不同。秀秀喜欢握把小剪刀，每天很认真地挑一朵剪下来戴在耳边，一插上去，她就觉得自己也是朵花了。

每当花开时，总有那么几只蝴蝶在花丛中翻飞，像是在找什么东西。秀秀特意观察了很多天，它们什么也没找到。一群小蜜蜂整天摆动着胖乎乎的屁股，像是什么事都不干，不知什么时候将蜂巢建在了蔷薇深处，起初还是小橘子那么大，可是一个春天过后，竟然长得大如拳头了。

秀秀和玉宝相处得好的时候，那堵泥巴墙就是他们的战马，他们骑在那堵只有一米多高的泥巴墙上策马扬鞭，用手指粗的柳枝抽打围墙，抽打着这头脏兮兮的秃顶老牛，它浑身沟壑，灰尘弥漫。两个孩子或头对头大战三百回合，或挤在一起，一路欢叫着迎风奔跑。

秀秀比玉宝小两岁。十岁那年，秀秀收到的第一份礼物是玉宝送给她的“手表”，那只表不能走动，更不能沾水，但她特别喜欢，一连很多天都没洗胳膊。那只表是玉宝用毛笔在她手臂上画的，大小如花甲盖，长针短针都有，还写着“上海牌”。

“几点了？”那些天玉宝常常神秘地问。

“嗯，快到上午十点了。”秀秀抬起右手很仔细地看看，然后很认真地回答。

“秀秀她大，咱们两家情同手足，看这俩娃子玩得这么好，就定个娃娃亲吧！”玉宝他爹张国宝一看到娃娃脸的秀秀，就欢喜地抱起来亲，恨不得抱回家当闺女。

“娃娃们还小，以后的事，他们自己做主。”秀秀爹丁国平表情冷淡地回答。在他的眼里，自家女儿那是掌上明珠，俊俏、伶俐，读书成绩又好，聪明过人，盖过十里八乡所有女娃，才不稀罕张家傻兮兮的玉宝！老张家把唯一的带把香火疙瘩当个宝，在丁国平家眼里就是根草。

再说古话有云：好女不嫁江边人。江边三年就有两年淹，除了水多，什么都没有，嫁女儿等于送她们去受苦。去年山外一个姑娘准备嫁到隔壁村，那姑娘听说后，死死地抱着她妈的胳膊哭，说这辈子嫁到江边，等于把她推进了水坑。

张国宝一脸不以为然，每逢听邻居这么冷冰冰地回他的话，他都不生气，依然赔着笑脸，热情地递烟示好。

村子后面的小山脚下有一处军用机场，时常有战机轰鸣而起，呼啸着从天空掠过，震得脚下的大地颤动。战机像个烟鬼，吐着浓浓的黑烟，一圈连着一圈，在天宇中慢慢膨胀，渐渐连接成一条长长的卷卷的乳白色花筒，横跨天宇大幕。

“玉宝哥，我们现在用功读书，以后成了才，你带我飞上天吧！”每次有轰鸣的战机在头顶盘旋，秀秀都会驻足观看，紧握着手里的纸飞机，比画着俯冲的动作，一脸向往。

玉宝使劲地点头，一把夺过秀秀手里的纸飞机，在嘴里哈了口热气，使出浑身力气掷向天空。那架纸飞机倾斜着身子，带着童年的梦想，迎着阳光飞上蓝天。

时光是个魔术师，短短几年光景，秀秀就长成了一个高挑的大姑娘，臀翘翘的，胸高高的，脸上像是自己渗出的粉，白里透红。每次秀秀背着书包去山那边上学的时候，路边的竹林里、小溪旁、水稻田边，总会有面孔不一样的少年驻足。等秀秀一路摇摆着马尾辫走到跟前，他们会深吸几口气，猛跑几步，塞给她一封封装满青涩的爱慕的信，然后头也不敢回，风一般地跑掉。玉宝话不多，却很细心，有时候交作业，刚好和秀秀的作业本叠放在一起，都能让他欣喜好几天。

秀秀有很多外号，水姑娘、水珍珠、红胭脂、红蜻蜓、冷美人。每当有人放学站在林边大声喊她的外号，她都红着脸，加快脚步，走到已经长成大小伙子的玉宝身后。伴着两人沉重而又急促的呼吸声，他们一路默默无声地走完四里多的山路，始终只相隔一个身体的距离。

这是他们最快乐的时光，虽然没有说过一句话，却甜蜜了一生。

有时玉宝故意停下来系鞋带，秀秀也心领神会，紧走几个大步超过他，然后再放慢脚步等他跟上来。玉宝喜欢看她甩动的马尾辫，喜欢猜想她隐隐可见的内衣颜色，喜欢秀秀身上那股淡淡的体香，这种香味随着季节的不同也不一样，有时淡如槐花，有时浓如香菊，有时烈如栀子。

玉宝知道，只要下一场雨，秀秀身上就能变幻出不一样的芬芳，那是盛开的蔷薇香。

丁国平读过几年书，喜欢一个人捧本书，坐在门边专注地看。秀秀始终牢记她爹教给她的人生格言，“万般皆下品，唯有读书高”。大浪淘沙，历史再怎么变迁，留给后人的只有文字的记录，所以要多学习。秀秀每时每刻都在鞭挞自己要加倍努力，所以各科成绩在学校都很拔尖，尤其是语文，字写得娟秀飘逸，像她灵动的身姿。玉宝成绩一般，让他有种自卑感，随着中考越来越临近，他变得极度没有安全感。

“玉宝哥，县师范要恢复招考了，我们一起报考县师范吧，我想当老师！”眼看要中考了，星期天玉宝约上秀秀，一起偷偷地溜进了那座已经废弃的军用机场，骑在一架破旧的飞机上。秀秀特别开心，她靠在玉宝坚实的怀里畅想着未来。抬头凝视着湛蓝的天空，白云像一朵朵甜甜的棉花糖，那里好像有爱情鸟在比翼双飞。

“知道了。”玉宝有气无力地回应道。在秀秀面前一提到读书，他顿时就感觉如小矮人遇到了白雪公主，自卑、无助、迷茫、恐惧。他知道秀秀是带着她妈妈的嘱咐拼命读书，而自己怎么也读不进去。如果读书像啃馍馍那么简单多好，他一顿可以狼吞虎咽吃十几个。

那年暑假特别煎熬，自打走出考场，玉宝就感觉自己完蛋了。师范院校的大门简直就像是南天门，以秀秀的成绩考入县师范肯定没问题，而他连考个普通高中都费劲，他这枚纸飞机，怎么为她那架飞上蓝天白云的爱情鸟伴航？有时秀秀和别的男生说一句话，递一个眼神，他都嫉妒很久，心像是被掏空了一样。而今，连给她保驾护航的资格都没有了。

村尾的江滩边因为住户越来越多，政府调来了一条轮渡船，过江一下子变得容易起来。对面冷清了很多年的集镇也渐渐有了人气，一些个体户先是试探性地挑些东西在江滩边叫卖，后来干脆搭个窝棚，成了个流动的街市。

“秀秀，今天就在我家吃中饭吧，我今早特意赶集买了你最喜欢吃的板鸭。”这天玉宝妈翠大婶忙乎了一上午，中午留秀秀在他家吃饭，他爹还亲自登门请丁国平过来喝一盅。

秀秀正在后院和玉宝一起，一手捏根细竹签，一手握个玻璃小瓶，趴在那堵泥巴墙上掏一只只过了季节、在泥墙上筑巢的野蜜蜂，它们自立门户，算是个体户。

那堵墙上密密麻麻有很多野蜜蜂钻的洞，每个洞里都住着只勤劳的小胖子，洞壁口还有一层甜甜的蜡黄蜂蜜。用竹签挑起一层蜂蜜送入嘴里，立刻就融化了，一直甜到耳根。秀秀笑得特别灿烂，她觉得蜂蜜再怎么甜，也没有她的爱情花蜜甜。

“谢了，酒有什么好喝的！秀秀，回家吃饭了，下午爹陪你去买个行李箱，去城里读书要有个样子。”丁国平沉着脸，丝毫没给邻居好脸色，隔着围墙大声呵斥秀秀回家。

秀秀回身向玉宝做了个调皮的鬼脸，迈着轻快的步伐，舞动着轻盈的身子，一脸不情愿地回家了。

“大、妈，他们嫌弃咱家穷。我肯定考不上师范，以后秀秀上班了，吃国家饭了，她大怕是连说话都嫌弃我。”玉宝哭丧着脸，气得中午饭都没吃，冲进自己的小黑屋里睡觉去了。

“人家娃儿要是考上了，怎么可能喜欢我家阿宝？”翠大婶也觉得自家男人是在妄想。

“不还没考上吗？做两手准备，万一考上了，也不是没可能。”张国宝还是呵呵地笑着，坐到摆了一桌子菜的桌前，斟了满满一杯酒，狠狠喝了一口。

“肯定能考上，这丫头灵着呢！你到中学问问，哪个老师不说肯定是国家的人才。”

“考上了也有可能啊！前些年上海那么多女知青下放到咱村，哪个女知青不是才高八斗？几年后怎么样？很多不都跟了泥腿子！别看低了自己。”张国宝永远对儿子有信心。再说，儿子要真有那福气，娶到吃上国家饭的秀秀进门，他这个当爹的丢这张老脸算什么？就算去提亲被轰出来，他也不觉得丢脸，反而显得媳妇优秀，是个香疙瘩。

玉宝的预感很灵验。转眼就到了八月中旬，县师范恢复招生，听说第一张录取通知书就是寄到山里红乡，丁秀秀是全县中考状元。

当老师将通知书送到秀秀家时，她爹早在家门口盘好了一大堆炮仗，“噼噼啪啪”炸响了整个小山村。也难怪这个老头这么兴奋，丁家墩住户多，国家多少年没有招生了，城里学生都没机会上大学，都来农村锻炼，现在第一年招生，秀秀就是个状元。丁国平特意跑到祠堂里查了族谱，他家祖辈没出过什么有出息的读书人，而今秀秀成才了，能不让他这个当爹的自豪吗？也算对得起那边娃她娘了。

那天秀秀家低矮的小屋里挤满了邀请的客人，大多是中学的老师。玉宝睡在一墙之隔的床上，用被子捂住头，可那边谢师宴的喝酒划拳声还是那样清晰。张国宝倒是很实在，一大早就主动买了串长长的炮仗，总算在临近午饭的时候收到了丁国平的邀请，激动得他一路小跑出了家门，跟在秀秀爹的身后，屁颠屁颠地递烟贺喜。

只一天的煎熬，玉宝仿佛长成了大人，成熟了很多，话也少了很多。晚上秀秀送走客人，来他家串门时，问他是不是受了什么刺激。玉宝摆摆手，坐到书桌前，捧起初中课本很认真地看着。

人比人得死，货比货得扔，他感觉今天不光丢了人，还丢了一颗自信心。那几天玉宝明显感觉到，隔壁秀秀爹讲话的嗓门都大了很多，而自己爹见到他，腰好像更弯了。秀秀倒是没什么，还是一如既往地对他笑盈盈，越发美丽、可爱。

那年九月，玉宝也接到了县里一所普通高中的录取通知书。他压根就不想去，已经做好了复读的准备，可是看着秀秀在家里准备行囊，他突然就有股按捺不住的冲动，想和她一起去县城，陪她一起读书。到那里继续努力，一样能考上大学。

秀秀走的那天早晨，他也提前准备了一夜，把他爹从二手市场买来的那辆老旧的自行车擦洗得干干净净，并进行了整修。那天清晨，张国宝没有起来送他。他要求儿子再复读一年，说不定能考个中专或是差点儿的技校，可儿子像是着了魔，非一根筋地要去读什么该死的高中。今年为了买那辆自行车，他卖了家里唯一的一头猪。本来家里就穷得叮当响，雨下大点儿，屋里落脚的地方都没有。对于儿子的成绩，张国宝无数次跑去中学问老师，都说他儿子四肢发达、头脑简单，注定是个泥腿子，上高中就是乌龟吃大麦——浪费粮食。

那天清晨，秀秀被一点点轻微的响动惊醒，爬起来向窗外看，天黑得像木炭般混沌一片。秀秀爹每天起得比鸡还早，这些年他一直有喝早茶的习惯，用柴火催早茶，催着催着天就亮了，仿佛天不是自己亮的，而是秀秀爹用火烧亮的。屋外的屋檐下，丁国平已将那个他自制的铁炉子烧得很旺，这个茶炉是他从一个废旧的水泵上锯下的，不管到哪里，这个半米高、大腿般粗细的圆形茶炉都是他单身这么多年的伙伴，更是他倾诉的对象，日子就这样一天天被他扔进炉子里烧了。

丁国平喜欢冲一杯滚烫的茶，静静地坐在夜色里吸纳吐露，闭上眼沉醉在自己的世界里，静静等待每一次日出，等待女儿长大。

丁国平还有制作茶干的习惯。等屋里的大锅水气蒸腾，翻滚着、喧闹着，发出一连串呼噜声、喘息声，他就不紧不慢地将磨好的豆浆倒进去，并在心里精确地计算着时间。

满屋子的豆奶很香，似乎有安眠的成分，秀秀闻着闻着就犯迷糊了，倒头又睡着了。

天一放亮，张玉宝就将车停在秀秀家门口，他期待秀秀能坐在他那辆二八杠自行车后面，怀里抱着她爹刚买的那个粉红色的旅行箱。他骑着车，一路飞驰在山间的小路上，像只起飞的爱情鸟，骑进一百多里外的县城。

“让我家玉宝送你进城上学吧，他昨天晚上倒腾了一夜车子，就想带着秀秀。”张国宝从屋里跑出来，一脸堆笑地说。

“我……我大说他陪我走到镇上的车站，坐公交车去县城。谢谢你！”终于等到秀秀准备好了，拎着皮箱走出家门，玉宝却等到了这样一盆凉水。

“快走，镇上的公交车可不等人！”秀秀涨红了脸，看着呆若木鸡的玉宝还想说点儿什么，被她爹吆喝着出了村。

玉宝感觉整个脸像被辣椒水泡过一般，伴着剧烈的疼痛一直烧到心窝。肉体的疼痛不算什么，就怕心窝被点燃、烘烤得干裂，无药可治。他强忍泪水不让它滑落，因为他时时告诫自己，从这个九月开始，他已经长大了，以后在外要照顾秀秀，任何挫折打击都算不了什么。她爹看不起他，不代表他的爱情没有未来。

这是秀秀第一次进城，虽然县城最高的楼才六层，但她一样觉得高耸。父女俩站在护城河边，抬头看着有一千多年历史的古城墙、古城楼，虽然很破败，秀秀却感觉跨进了另一个世纪。

新学期对于玉宝来说没有任何新奇，一帮新同学都和他一样被中考剥了一层皮，还没从伤痛中挣扎出来，都整天耷拉着脑袋趴在课桌上发呆、睡觉。他坐在拥挤的教室里，下课无论多吵，他满脑子都是秀秀的身影。一次他实在受不了那种强烈的思念，就旷课骑着他心爱的自行车，绕到了县师范的院墙外。那堵院墙足有两米多高，听说以前是一个大地主的家宅，修得又高又坚实是为了抵御土匪。

县师范大门旁边，一家饭店老板远远地向这边张望，那是搬到城里的丁祖峰的爸爸丁国安。玉宝迅速躲到一棵树后，他现在就怕遇到熟人。听说他家儿子阿峰在县城重点高中读书，成绩特别好。他们从小玩到大，现在差距越来越大，他更加自卑了。

抬头看看高高的院墙，玉宝退了几步，憋足了气，一个助跑，纵身跃上墙头。现在他对什么都没信心，唯独身体有使不完的劲，胳膊一绷，尽是饱满的肌肉。每晚十点下自习的时候，他思念秀秀的生物钟就特别的亢奋，旺盛的荷尔蒙刺激着他、折磨着他，好像胸口有块炭火烧得浑身血液沸腾。每到这时，他就会跳上学校操场上那根生锈的单杠，急速做着全旋，一连十几、二十次都不停歇，疯狂地折磨自己——玉宝觉得，这样虐待自己也是一种解脱。

他坐在围墙上耐心等待师范放学，渐渐西沉的太阳被夹在对面破旧的两座楼的缝隙中，泛着紫色，红得过火，像是涂了过量的口红，显得极不真实。太阳四周的云层呈碎片状，如炸开的爆米花。一棵野生泡桐树不知道哪来的勇气，在喧闹的都市里竟然长得鹤立鸡群，展开蒲扇般大的叶子，斜着身子，将夕阳挑在枝头，像是结了一个成熟得快要落地的大柿子。

远处操场上一队学生正在跑步，有男有女，都穿着统一的校服。玉宝一眼就看到队伍中那个熟悉的身影，几天不见，秀秀好像长高了，尖下颏变得轮廓圆润，恰到好处，身体轻盈地摆动着，不知道是不是城里的面馍特别滋养人。

秀秀发校服了，天蓝色真是好看。这可能是她第一次穿新校服，丰满的胸部将校服撑得紧紧的，伴随着有节奏的哨声，富有弹性地上下抖动，看得玉宝呆在墙头，如同中了魔。

“哎你什么人，是不是小偷？给我下来！”正当玉宝坐在墙头，忘我地欣赏他心目中的女神时，突然墙脚下有人大声叫喊。他浑身一哆嗦，回过神来，摇晃着身子，努力保持平衡，可还是一个踉跄从高高的墙头摔了下去。

“咔嚓”一声，玉宝右腿着地的一瞬间，他感觉好像有人在他的脑海里折断了一根甘蔗，响得很清脆。接着就是一股钻心的疼痛，痛到他眼前有好几秒昏黑——他知道他受伤了，而且伤得很重。

他努力想站起来，可是胳膊已经死死地被两个保安架了起来，拖拽着向大门走去，像是要拖出去斩首。操场上顿时骚动起来，玉宝眼角瞟到秀秀那熟悉的身影向自己这边跑来，臊得恨不得扒个地洞钻进去。四周围满了人，都在七嘴八舌地议论。

“他是我同学，是来看我的，你们别为难他了。”秀秀挤进人群，一见是玉宝，立刻推开保安的手臂，让他靠在自己肩膀上。

那天去医院打好石膏，看着秀秀忙着为自己擦汗、取药，玉宝知足地睡着了。

半夜丁祖峰和小美特意来看他，一帮小伙伴叽叽喳喳地絮叨了一夜。几年不见，竟然没有一点儿陌生感，反倒更亲切。小美戴着墨镜，掏出用相框装裱得很精致的小学毕业照，挨个问同学们现在的情况。她对小伙伴们现在的状况特别关心，总有问不完的话。搬出村子已有几年，可她满脑子都是家乡的山山水水，总回味着大塘里泉水煮的山芋粥味。

今天是端午节，一大早小美推开窗户，对面大街上有人在叫卖艾草，她感觉满口腔都是艾草的香味，恍然间仿佛置身于丁家墩大塘埂上的艾草堆里。她真想回到村子，在大塘河埂上的艾草堆里打个滚，滚一身艾草香。

第二天一大早，玉宝就强行要求出院了，他不想让秀秀为了照顾他这么来回地跑，为他担心。

他告诉自己，心中有爱，断条腿算什么！

人生就是一串项链，童年就是这串项链中最闪亮的吊坠。穷人家的孩子没什么玩具，大自然就是他们最好的伙伴，一盆满是小虫的脏水、一个臭烘烘的泥团里都有童趣。

每逢盛夏，大塘就是娃子们的第二个妈。他们前一秒还在大人面前赌咒发誓，恶狠狠地咒骂大塘，咒骂那只水鬼，后一秒转身就跑上大塘埂，爬上塘埂那棵最高的柳花树，从足有十几米高的树上赤条条地跳入大塘的怀抱。

那棵柳花树临水而生，遮阴半亩，歪着身子立在大塘埂上，树干粗大得至少两个成年人才抱得过来。这棵树是丁家墩的镇村之宝，树龄至少有两百多年。相传塘埂上住着个放牛的少年郎，他每天傍晚时分都会爬上柳花树，吹着他心爱的竹箫凝视对岸，因为暮色中他心爱的姑娘会来江边挑水。她右手长了七根手指，少年叫她七妹。

一个盛夏的傍晚，七妹最后一次来岸边挑水。后妈收了一家大户的彩礼要把她远嫁，他们隔河相望，泪如雨下。天上乌云翻滚，仿佛也被有情人感动。大户人家的儿子来河边寻人，面对此景顿生醋意，气愤中轮起扁担就打，骂柳花是个长了七根手指的怪女人。七妹泪眼望着对岸的情郎，纵身一跃，消失在湍急的河流中。天空中顿时乌云翻滚，夹杂着雷鸣，顷刻之间暴雨如注，山洪呼啸而下。少年郎呼唤着七妹的名字，紧跟着也跳入了山洪中，他们的身影在泥浆里紧紧相拥。天晴后，那棵柳花树竟然折断了，第二年开春，树桩发出了七根枝条，每根枝条年年都像发了疯似的生长。后来，丁家墩人把这棵柳花树叫作七指树，不知何时叫成了妻子树。每年西九华的几次庙会，都有一些人特意赶来，在柳花树上结下红绸许愿。

那天午后，丁雨红带着她的宝贝弟弟小带兵，老丁家最宠爱的香火疙瘩，姐弟俩趴在柳花树下的石板边欢快地拍着水。

因为要照顾弟弟，她不敢离开石板再往深水区迈半步。带着弟弟，哪怕就是在大塘边站着看风景，回去被丁小气知道了，都免不了被丁小气用满是刺的野橘子枝毒打一顿。丁小气的吝啬全村出了名，他对儿子的溺爱也是全村出了名，第三胎生了个儿子，竟然宴请全村人喝喜酒，菜一盘一盘地上，酒要雇人抬。要知道，之前他连生了两个女儿，没有任何人吃过他家一粒饭。

自那以后，丁小气见人说话的底气都足了许多，仿佛全村人都欠他家的。

大塘的诱惑就是精神鸦片，雨红特别迷恋那种被水包容的如鱼穿梭在水草、石洞的刺激感。她已然是个大姑娘了，水流抚摸肌肤时，让她有种全身过电的满足感。

张小虎告诉她，人类的祖先是鱼，鱼的老婆是水。

湛蓝清澈的大塘像一个穿着透明衣服的女人，一眼就能看清她的全部家当，塘底三三两两地长着一些河蟹草，如女人私密处的毛发。每年下暴雨都有山石从张公山峡谷被一路驱赶下山，一头扑进大塘的怀抱，撒娇一般沉积在大塘深处。一块块山石摆弄成各种奇形的怪状，大大小小的山洞就这样形成了，成了胆大的孩子们戏水攀比的秘密基地。

这口大塘既是孩子们的游乐场，也是村里孩子们成长的梦魇。

张小虎每天都有同样的使命，那就是保护他的雨红。他爹张德标在村里第一个干起了个体户，在外面做贩卖木料的生意，很少回家。这小家伙遗传了他爹的经商基因，脑子没有用到赚钱上，却用到了经营爱情上。

“雨红是我家的地，别到我家的田里放牛。”从小村里只要有娃和雨红走得近乎，张小虎就告诫对方，那口气好像雨红就是他家的承包地。小小年纪就知道保护心爱的人，村里娃子谁敢欺负雨红，他都会第一个冲上去战斗，并大声宣布这是他的丫头，谁敢欺负她就是欺负他未来孩子的妈。

“雨红，过来吧！我们比赛钻崖洞，谁输了罚谁憋气两分钟。”小麻子在村长儿子张富贵的怂恿下，一个猛子扎到雨红身边，一把将她拉到大塘的深水区。张小虎紧跟其后，生怕雨红吃亏。

小麻子长得干瘦，比张小虎大八岁。已经二十多岁的人了，才六十来斤的体重，演小丑都不用化妆。据传他妈妈生他时，他爹和丈母娘打了起来，硬说儿子不是自己的种。连他妈自己都看不过眼，好几次想把他掐死。这家伙打鬼子电影看多了，整天屁股上插着把火药枪。那把枪用根废旧钢管做枪筒，用根铁钉做撞针，剪一截自行车内胆当弹力，剥点儿火柴头红磷放进枪膛，一扣扳机就火花四溅，“砰”的一声冒出一股黑烟。小麻子一生气就抖动着那张麻子脸，嚷嚷着从屁股上摸枪，要把人毙了。

张小虎告诫过他很多次，别靠他家雨红太近，怕他满脸的麻子疙瘩加屁股痔疮传染雨红。

小富贵比张小虎大四岁，更是满肚子坏水，时常村里人种的南瓜、冬瓜熟了，摘回家打开一看，里面一泡干屎橛子，八成就是这个小富贵挖个洞拉进去的。他那当村长的爹张祥林，人前常常板起脸训斥儿子，可回家还表扬他，给他钱买糖吃。

“我要照看弟弟！”雨红挣扎着往岸边游。

“你弟弟在石板边浅水处玩，怕什么！你个胆小鬼，不敢和我比。我大说我今年发育了，个子长高了，以前从来没赢过你，今年我肯定能赢你。今天你认输也可以，输了就做我的小丫头。”小麻子满脸的轻视和傲慢，一次次地挑衅好强的雨红。以往他每次输了，都会被雨红死死地按住小圆锥头，闷进大塘里不到两分钟绝不换气。雨红特别喜欢虐待这帮小伙伴，几天不治他们，这些家伙就招惹她，分明是皮痒了。

小麻子每次赌输了都被雨红按在水底，四肢岔开拼命地拍打，像只被揍昏的癞蛤蟆，直到最后停止挣扎，平静地浮出水面。雨红松了手，翻过小麻子的脸，就看到这家伙两个眼珠瞪得快要撑破眼皮，嘴张得大大的，就像一只漂在鱼缸里的死鱼。

雨红被他激怒了，两只眼睛猛地睁圆了，张小虎知道那是她发火的前兆。很多次，他梦见和雨红结婚，惹得她发火，她就是这样瞪圆了“二果”眼，把他按倒在家里的水缸中暴打，直打得他浑身是汗，尿脬憋得都快爆了才猛地从梦里惊醒过来。

雨红回身，一个猛子就不见了，小虎探头向水底张望，水面下的光线暗了很多，只隐隐约约看见些横七竖八的山石堆叠在一起。条石之间有很多大大小小的石头洞，那里本是鱼的家，突然冲进去两条黑影，一群群草鱼摇着不成比例的大头，很不情愿地搬家了。

他们的身影在那些石洞之间穿梭，依次穿洞而过。从雨红那涨红的小脸蛋上，小虎能感受到她此刻全身充斥着一种刺激的快感，浑身每一块肌肉都在奋力对抗着水的阻力。

雨红越游越快，越钻胆子越大，像条美人鱼，连看起来碗口般的小洞，她都能一个滑溜钻过去。小麻子紧跟其后，在钻到最后一个小洞口时，可能是他今年长身体，肩膀宽了，卡住了。当他费了好大劲挣扎着退出来，探出头时，雨红早就游到了岸边，一脸得意地等着准备虐待她的猎物。

“我叫你发育！我叫你天天打鬼子！我叫你天天用枪毙人！”雨红按着小麻子的葫芦头恶狠狠地说。

“小黑，别玩了，回家吃饭了！”丁婆家的女儿傻姑不知何时带着她的那条小花狗，一声不响地站在岸边观望，看着大塘中间刚刚泛起的涟漪轻声呼喊。

仿佛一眨眼的工夫，这个来历不明的小丫头就在全村人的忽略中长大了。除了丁婆，她永远都是独来独往，身边没有一个朋友，伴随她的只有那条忠诚的小花狗。

傻姑头上整天戴着那顶不知谁在庙会上买给她的发环，两边有长长的耳朵，像只兔子，荧光的。夜晚傻姑喜欢一个人坐在大塘的石板上，一只脚伸进水里有节奏地拍打着，借着荧光粉闪烁的光亮，只见她对着大塘里的一个小黑影有说有笑。

傻姑常对村里人说她养了两条狗，一条是到哪里都紧跟着她的小花，一条是养在大塘里的小黑。

她旁边的那条小花狗白天叫得很凶，谁要是靠近它家的水磨坊，它都咆哮得浑身杂色毛发竖立，如只刺猬；夜晚却异常安静、温顺。它总是紧紧地跟在傻姑身后，从不离开半步，也从没听它叫过一声。

小虎一直固执地认为，这狗白天是条狗，晚上是只不捉老鼠的猫。

大塘里一帮孩子被傻姑呼唤小黑的声音吓醒了，顺着傻姑紧盯的目光向大塘的一处水面看去。那片水面有波澜，“咕噜噜”往外冒着气泡，时不时有个黑影刚要浮出水面时，突然一闪而过就不见了。

小虎打了几个寒战，猛地回身，抓起雨红那滚热的手就往岸边游。

“大妞，带兵呢？”刚到岸边，雨红的爹丁小气仿佛嗅到了什么，一路慌慌张张地跑来，不安地问道。

小虎握着雨红的手，瞬间就感觉到了她的恐惧。前一秒她还感激小虎拉她上岸，脸上挂着一点点羞涩的红，可后一秒她爹严厉的质问就把她吓得手臂骤然冰凉，全身颤抖。她四处张望，发现自己把阿弟弄丢了，丢了全家人的心肝宝贝。

“你弟弟——小带兵啊，沉在大塘里了，我看见大塘里的小黑拉下去的。”傻姑冷冷地说。

“啊——有鬼！”众娃子一声尖叫，小麻子和小富贵一帮小伢子在大塘堤岸上炸开了锅，一个个光着屁股从水里跳上岸，赤条条地各自逃回了家。

那天下午残阳如血，乌鸦哀号。雨红一直希望弟弟小带兵是趁她不注意，跑别的地方玩了，可是她爹带人用张破旧的大网，只一网下去，小带兵那胖嘟嘟的身体就被拉了上来，摆在大塘埂上。

“阿——哟，都乌黑了，死了，死了！”几个村里的妇女从各个墙角边挤出来，一脸可惜地咂嘴议论。

几个胆大的娃子挤进人群怯怯地看，刚刚还活蹦乱跳的小带兵蜷缩成一团，四肢僵硬，两只胖嘟嘟的小肉手还保持着抓人的状态，样子像是夏天知了刚褪在树上的外壳，一碰可能就碎了。他指甲里全是黑泥，脸色发青，眼睛瞪得大大的，里面全是红色的血丝，仿佛一条条鱼线粗的小蚯蚓粘在眼球上。

“我昨晚梦见一个人使劲敲我家门，叫我放他进来，我从门缝里一看，是雨红的弟弟小带兵，我没开门。”

“还有一次做梦，竟然梦到了几个月后发生的真实事情，一模一样的。”

“对哦，我以前也做过一个梦，梦里一个男娃儿被鬼上身，说话变成女人腔了。晚上看不清那人长相，原来是小带兵啊！”几个娃子一脸惊恐地说。

丁小气当兵半辈子，每次老婆生娃，他比老婆还紧张；等娃子落地，他比老婆更心疼，因为前两胎都是女娃。他在丁家祖宗坟前发誓，这辈子不生个带把的绝不罢手，老天开眼终于生了个儿子。丁小气给儿子取名小带兵，就是想儿子长大后参军带兵保卫国家，想不到人如其名，终究是个小带兵，长不大，带不成兵。

小带兵直挺挺地躺在大塘埂上，无论他爹怎么挤压、怎么做人工呼吸，都没能让他睁开那张单薄的眼皮。他的皮肤也从煞白渐渐变黑，再到有一股烂洋葱的臭味，一点点弥漫开，吞噬了整个山村。

“虎哥，阿弟分明就在石板边自己玩，怎么就被拉到大塘中间了？我要杀了那个黑鬼！”那天半夜，雨红敲开小虎家的窗户，披散着头发，绽开的唇皮渗着血，牙缝处有几块凝聚成块状的血丝，耳根处也有一个清晰的手掌印——那晚，她被她爹打得皮开肉绽。

“那东西你打不过它的！”小虎伸手去拉全身哆嗦的雨红。

转身准备走的雨红定住了，突然一个回身抓起小虎一只胳膊，张口就死死地咬住。疼痛随着牙齿撕咬的深度急速加剧，小虎咬紧牙根，没说一句话。雨红咬过后，拉着她一脸惊愕的妹妹雨露不见了。

爱之深则恨之切，小虎知道雨红咬他是对他的爱，也是对那个要了她弟弟命的水猴子的恨。一排对称的牙印清晰地刻在小虎的手臂上，一个多星期都没有消肿。

自那天晚上起，小虎的生命里多了个仇人，他爱人的仇人就是他的仇人。

第五章 青涩岁月

王小美已经长大了，十六岁那年她被妈妈送进了县里的特教班。周老师担心小美整天窝在家里，来到这个特殊的大家庭会有点儿不习惯，可自从小美走进那间闹哄哄的教室，她就找到了在大山里读书时的那种快乐。

这个班有五十多人，虽然她叫不出他们的名字，想象不出他们的长相，但她能闻得出五十多种不同的味道，能感觉到五十多颗热乎乎的心。

“好漂亮哦！”小美刚走进教室，竟然有几个男孩子为她鼓掌，还夸她漂亮，她感觉脸上第一次因为害羞烧得有点儿痒痒的。小美不知道同学们是夸她衣服漂亮，还是人漂亮。刚才心里想起了一个人，就没记下那几位特意为她鼓掌的男孩子的味道。

“同学们，今天坐在这里的每位同学，或许都无数次地埋怨过命运的不公平。你们有的从妈妈肚子里生下来就是残疾，有的是后天事故变成残疾。你们抱怨身体残疾让你们失去信心，在社会上没有立足之地，好像是个没用的人……”第一次上课，老师是个声音特别好听的女老师，小美猜不出她的长相，但能感觉到她声音的热度。

“今天老师告诉你们一件事，我们的身体就是我们最大的财富。一个人的身体，假如可以在市场上买卖的话，一管血液、一只眼角膜、一块皮肤，都是无价之宝。”

“我从来就没觉得自己值钱，只知道自己是世界上最可怜的人。”有同学自卑地说。

“别看低了自己，我们的身体至少值几十万。所以不用羡慕别人，我们都是富有的人。在这里，老师教会你们一技之长，以后你们走出这间教室，要靠自己的双手自力更生，成为一个不光身体富有，而且能养活亲人的人。”老师的几句话，让小美感觉血管里热热的血液在涌动。

“老师，我想装一只眼角膜，一只就够了，要多少钱啊？”小美急切地问。

“人体的任何一件器官都禁止买卖。但是假如有人自愿捐赠自己的眼角膜，又刚好能和你匹配的话，你就能看见老师的样子，看见班里同学的样子，看见长江、长城，黄山、黄河，看到美丽的中国了。”老师的一番话让小美有点儿失望，眼睛对于人来说，和命一样重要，谁会傻到捐赠自己的眼角膜？但她很快就和班里的一帮同学打成一片，他们有的听不见，有的和她一样看不见，还有截肢的、痴呆的，小美都当他们是亲人。

一晃眼，阿峰和阿俐都上高中了，他们来的次数也少了许多，以前几乎每天都来她家里闹，现在每星期才来一次，小美渐渐感觉到那种空荡荡的寂寞。

寂寞时，小美喜欢去楼下拐角处那间公共厕所。妈妈说那间厕所四处通风，脏到无处下脚，苍蝇黑压压如乌云，让她别去。家里有卫生间，为什么每天要去那个脏兮兮的地方？

“没听说盲人对气味特别敏感吗？我喜欢闻清晨清新的空气，也包括厕所的味道。”

“我每天都去那间厕所，从来都没弄脏过鞋子。世间所有的东西应该都是美好的，假如没有下水道，没有厕所的臭味，哪能对比出栀子花的芬芳呢？人的心灵干净，再脏的东西沾上也不臭。”小美不听妈妈的劝告。

她喜欢每天打扮自己，觉得清晨的自己就是一朵含苞待放的荷花，在丁家墩江滩边的芦苇丛中傲立，带着洁白和微红，还夹着一股淡淡的清香，迎着湿润的江潮，扑面的江风敲醒了她期待的花蕊，一层层地蔓延，一层层地剥落。

“收——头发辫子。”“磨——剪刀。”小美家住在二楼，她喜欢趴在窗边聆听这些声音。一楼是家小店，整天人来人往。店老板是个六十来岁的老男人，叫老张头，听说是只瘦猴子。阿俐形容这个老头，满脸的刀刻皱纹中夹杂着一些挤碎了的麻子，像灰色的芝麻种子被夹死在皮肤的褶皱里。他没事喜欢喝酒，喝醉了，麻子就染成了红色，像是皮肤过敏得的红疹，小美想象不出那张脸到底是恐惧还是可爱。

四楼住着一对单亲母女，阿俐说女的在银行上班，身材凹凸有致，紧身衣服裹住躯体像五月的粽子。她家女儿叫章晓惠，名字特别好听，眼睛清澈如水，扎着马尾辫子，脚跟像是装了弹簧，走哪儿都蹦蹦跳跳。有一次上楼，在楼道口碰到一团软软的东西，小美一问才知道，是晓惠放学回家，妈妈还没下班，她扔下书包就躺在水泥地上睡着了。小美想象着她睡觉的姿势，抱着头蜷成一团，像只毛茸茸的小刺猬，呵呵，真可爱！

六楼住着位孤身大妈，男人什么时候死的没人知道，也没人关心。每天天还没亮，她家的狗就“汪汪”地开始叫唤，嚷嚷着要出去溜达。城里没鸡，这只狗就被当鸡用了。脚步声响起，阿俐说楼上大妈摇摆着鸡罩一般大的花边围裙下楼遛狗，看都不看那个眯着小眼的老张头，像个模特一样走着直线步，找树给牵着的小狗解急。

每天小美沿着两层共十二级的楼梯下楼，张开怀抱一点点打开一瓣瓣花瓣，任风吹开心扉。下到第二个六级楼梯，左转 90 度，迎着侧面的风，摸索着脚下凹凸不平的方砖铺设的路牙。抬脚放步，保持好重心，时而忽强的微风把远处一点点臭臭的味道送进鼻孔，仔细闻有一点点臭豆腐的味道。让她回忆起前几年和村里一帮小伙伴在满是牛粪的秧田里打滚、摔泥巴跤的情景，最后像个水饺一样被包裹，全身除了眼睛亮亮的闪光外，全身上下都是烂泥巴，玩得一身臭烘烘的。

32、33、34 步，离那间厕所越来越近了，她数着脚下的步子。味道渐渐变浓，小美感觉身上的香味被渐渐腐蚀，有了异样的味道，能闻出一点儿家乡开春时绽放的臭香椿树的花香，它们一簇簇地挂在枝头，雪白雪白的，如发簪插满美人的发辫。

“小时候妈妈对我讲，大海就是我故乡……”一个宁静的夜晚，凉风习习，小美正趴在窗前发呆，突然楼下对面的一片树林里传来一曲悠扬的口哨声，那么缠绵悱恻，像是要将人思乡的心掏空一般。哨声时而轻慢、时而随意，清澈、嘹亮、婉转、悠扬，连夜空的一颗流星都醉了，睡着了一般从夜空划过。小美想去楼下看看那人，也想将两只手指插进嘴里，学村里男人那样吹出悠扬的哨声，可是妈妈说太晚了，出去不安全。

“轰”的一声，这天一大早，小美还是像往常一样试探着走在去厕所的路上，不知道是谁将一辆自行车停在盲道上，让她猝不及防狠狠摔在石板上，脚踝处一股刺心的疼。

她知道流血了，白裙子上肯定染上了星星点点殷红的血，如腊梅花盛开在白色的宣纸上，一簇一簇，粉红中夹着白边，应该很好看吧！

小美慌乱地去摸她的导盲棍。她怕街角的行人用同情的目光看她，她不想引起陌生人的关注。

正摸索中，一双有力的手扶起了她。手指粗短，小美能感觉到是男人的力度，他身上有股妈妈用的缝纫机的机油味，还夹杂着一点点臭。那人扶起了小美，一句话都没有说，将摔在一边的自行车拎到路边围墙的里角摆放好，然后捡起她的导盲棍，一直将她引到女厕所的围墙外才默默地走开。

"谢谢，谢谢你！"小美连说了好几声谢谢，可那人始终没说话。她想记住这个陌生人的声音，可是他带着急促的呼吸离开了。

"你叫什么名字？"小美再次问那人，他停了停，最后还是走开了。脚步声一轻一重，落地的力度刚刚好，间隔的时间也很有规律。小美静静地聆听，仿佛听到了两个人的呼吸、两个人的心跳，可她知道肯定是幻觉，明明只是一个人扶起了她。

除了去那间厕所，她很少出门。世界对她来说很小，比她的家大不了多少。为了不让小美太寂寞，妈妈攒了三个多月的工资，凑了八十块钱，给她买了一台收音机。从此，那台收音机就成了家里最贵的物件，也是她生命中形影不离的朋友，一直伴随她成长，让她感觉到外面的世界很大，但又离自己实在太遥远，是在黑暗眼睛的另一边。

一次听《小喇叭》节目，说一只青蛙掉在井里，看不到外面。小美不明白，为什么在井里就被人笑话？如果那口井就像自己的家，自己岂不是一只青蛙？太有意思了。

小美另一个好朋友就是那台脚踏琴。对面阳台上住着和她一起长大的丁祖峰，每到小美弹琴时，她感觉到阿峰会放下笔，打开窗户，默默地趴在阳台上聆听。小美起初只是练琴，后来变成倾诉心情，她感觉音乐就是她的眼睛，可以和人沟通。当她弹得忘情时，风就停止了流动，阳光从窗户照进来，很温暖。

"你看你踢球的样子像个孬种！"经常能听到丁国安这样责备丁祖峰，可丁祖峰还是笑得很开心。嘻嘻，做孬种还这么高兴！孬种是青蛙吗？

"小美，你弹得真好听！"丁国安常常这样夸奖她。小美能感觉到对面阳台上站着的阿峰那沉重的呼吸声，那是她琴声里缺少的重音。

"你家小美真漂亮，弹的琴好像会说话。"小美喜欢隔壁家阿姨这样夸她，每当听到这样的话，她都能高兴好些天。还有楼上三楼的住户不知道是不是换了，原来晚上她弹琴时人家偶尔有意见，说打扰他们休息，可是近来每天晚上和凌晨三点多的时候，她能感觉到楼梯口总有一重一轻的脚步声震动她的心，一路小心翼翼地上下楼。

自从那次小美被车绊倒后，她再去楼下的厕所，盲道上就再也没有任何障碍物，哪怕是一片水果皮、一块砖头都没有，她可以放心地扔了导盲棍。以前每次都要用 103 步走到厕所，现在 70 个大踏步就能到，路面宽敞得如记忆中的大江。

渐渐地，小美感觉对面的阿峰话越来越少，后来才知道他是读书了，负担重了。负担，小美不知道那是什么东西。以前自己读书从来没觉得累，难道是背东西吗？自己喜欢读书，在特教班也读书，但从没有觉得是负担。听他们读书，快乐时会大声地笑，忧伤时会忍不住哭，是无限的快乐啊！在班里弹琴时，仿佛自己就是世界的中心点，地球停止了转动，所有人的目光都聚集在她身上，都围着她转，那是多么快乐的事啊！

不知道什么时候开始，她抱着收音机舍不得放手了。主持人每晚都要读些让人心碎的爱情故事，它们是那样陌生，却能实实在在地打动她。好美、好凄凉，原来在这间屋子之外，还有种东西叫爱情，听不到、摸不着，大概像阳光一样，渐渐让人全身暖和。

“小美，这是妈妈特意给你买的几件内衣，你已经长大了，是个大丫头了。”终于有一天，妈妈说她长大了，是吗？长大了代表一个什么样的开始和过程？是可以谈恋爱了吗？她也感到身体有些异样，是从胸口对称性的胀痛开始的，而后是肚子周期性的疼痛，流出热乎乎的东西，让她兴奋和羞涩，感觉那是一杯滚烫的茶水从身体里流过，越流胸口越热，像一群洄游的江鱼，定时在她体内窜流。她的皮肤也如上了家乡桐油树榨的桐油一般细腻光滑，每次夜深人静的时候抚摸自己，都有别样的触动，仿佛过了电。

“大！我的球衣呢？”突然有一天，小美听到那个既熟悉又陌生的声音。那个声音变了，不再像小鸟那样清脆，变得浑厚、低沉，那么富有磁性。她对声音太敏感了，多么渴望听到那个声音能叫一声“小美”。

又一次被伤心的故事感动了，不知道这是多少次了，让黑洞洞的眼窝渗出了滚烫的泪。

“哦！我爱你。他用那双宽大的手把她搂进怀里，手轻轻地抚摸她那松软的乳房，俯下身去，用嘴亲吻她面颊上每一处绒毛，直至吻上了她的嘴唇。”主持人用那浑厚的声音喃喃地念道。

一段钢琴曲后，有人唱起一首叫《甜蜜蜜》的歌：“甜蜜蜜，你笑得甜蜜蜜，好像花儿开在春风里，开在春风里。在哪里，在哪里见过你，你的笑容这样熟悉，我一时想不起，啊——在梦里……”

小美第一次听到这样酸溜溜的歌，浑身有种说不出的悸动，仿佛一下子就变成了大人，有种热切的期盼，却不知道自己在期盼些什么。她伸手摸摸自己的身体，手在胸口停了下来。继续仔细地抚摸，感到有些异样。才短短两三年，胸口就发疯似的长出肉球，就如吹胀了肚皮的葫芦，挂上枝头，这让她有点儿莫名的害怕。

阿俐有一次告诉她，说女孩刚长身体的时候，都是以胸为耻。小美不明白，不偷不抢，有什么可羞耻的。

小美轻轻地抚摸着，它们和村里那些大姐姐的不一样，一点儿不松软，还有个硬硬的核，如家乡的板栗，捏着有点儿酸痛。

张玉宝已经十八岁了，高中生活他过得实在是煎熬，无论怎么努力，成绩还是在班里中等偏下。转眼就高二了，每天除了上课发呆，晚上去操场上的单杠发疯地旋转发泄外，他满脑子都是秀秀的身影。

爹从没来城里看过他，每次要不是因为没了生活费，逼玉宝蹬着那辆老旧的自行车回家要钱，他根本就不想回家，他觉得全村人都在看他的笑话。秀秀依然过得那么开心，每天不是在操场上跑步、练健美操，就是抱块面包，一整天都钻在学校的图书馆里。

县师范还是一如既往的破旧，但这几年招生的力度好像加大了，班级成倍增加，玉宝觉得他的情敌也在成倍增加。

“十几年前师范招收的学生，以前是师范女生一回头，吓死一头老黄牛；师范女生一露脚，吓得看门保安直吐血。停招了这么些年，前年来了个丁秀秀后，保安工作难做多了，天天都有色鬼翻墙。”

“对哦，秀秀可是全县中考状元。人漂亮、字漂亮、舞漂亮，全才，怎么看都漂亮。”一次玉宝翻墙时，听到对面保安室里有人议论。

玉宝进不了师范的大门，那几个保安像是故意跟他过不去，每次盯梢都特别紧，无论他怎么乔装打扮，都会被他们发现，被他们骂骂咧咧地轰出来。玉宝知道这些家伙是嫉妒他和秀秀的爱。秀秀是这所师范院校公认的校花，她参加了校舞蹈队，每天傍晚她们在操场上排练，跑道上站满了观望的人，多是秀秀的爱慕者。见秀秀穿着紧身的舞蹈服，一个个都瞪圆了眼珠，色眯眯地看。每次里面都站着那几个保安，他们手里抓着一把瓜子，眼珠上下转动，嘴也停不下来。

“同学们，我省有几个招飞名额，大家有兴趣可以过来看看。”这天玉宝又靠在窗边看蓝天白云变幻莫测，班主任进了教室，手里拿着一张红头文件漫不经心地说。

只一句话就让死气沉沉的教室瞬间沸腾了，是招飞！国家今年有政策，要在学校招募战斗机飞行员。玉宝第一个报名了，他知道希望渺茫，但为了能和秀秀般配，站在她身边不再自卑，他什么都愿意尝试。况且能在蓝天白云上飞翔，那是他和秀秀从小约定的梦想。

激动了几个昼夜，终于走进县医院的体检中心。本省只有几个名额，可是仅他所在的县城，报名的人已排成长长的队伍，黑压压的一片，足足有上百人。量身高、体重、血压、视力，一番体检后，只剩十几个人了。

那天下午，玉宝站在师范院校的大门口，从两点多一直等到五点多，玉宝都直挺挺地站着，眼珠一动不动地盯着秀秀上课的教学楼，生怕错过她的身影。

“秀秀，我通过县招飞的体检了，过几天去省城测试身体素质。”昏暗的走廊尽头，秀秀摇摆着马尾辫，捧着课本去食堂，玉宝隔着大门的栅栏大声地喊着。几个保安赶过来，示意他声音小点儿。玉宝不管他们，等以后开战斗机了，第一件事就是放个导弹炸死这几个狗眼看人低的保安。

“真的啊？我们学校的舞蹈队在市里得了第一，过几天代表市里参加省城的文艺会演，刚好我们也要去省城。”

“这么巧啊！那我们可能会在省城相遇！”

“你一定要加油！小时候一看到飞机飞翔，我就知道你有天能飞上蓝天。”秀秀一脸的欣喜，笑得如只欢快的小麻雀，几步就冲出大门，牵上玉宝的手，直奔公园而去。

那夜下着小雨，秀秀出来时只穿着单薄的衬衣，秋雨潇潇，微风挑乱了她的头发，冻得她瑟瑟发抖。玉宝紧挨着秀秀沾满细小水珠的躯体，一次次想鼓起勇气将她揽入怀中，但每当他抬起手臂，却感觉全世界都在看他胆怯笨拙的模样。

“呀，有水珠！”走进公园昏暗的树影，几滴豌豆大的水珠从树梢的缝隙中挣扎着跳出来，瞅准秀秀雪白的脖子撞上去，摔碎后瞬间集体逃亡。千万颗小水珠沿着衣领钻进她的前胸后背，带着冰凉的触感，贪婪地吮吸她的体温。秀秀受了惊吓，抱着胸，跳跃着躲闪。

“呵呵，可能是喝长江水长大的，我这辈子就是不怕水！”玉宝顺势将秀秀柔软的身体拥入了怀抱，秀秀本来已经冻得有点儿冰凉、发抖的身体瞬间就热了。

“烤羊肉串咯！香喷喷的羊肉串！”远处一个卖烤羊肉串的小贩吆喝着。羊肉串香气扑鼻，玉宝摸了摸口袋，一狠心跑了过去，挑了几串肉多的羊肉串。

这是他第一次闻烤羊肉的香味，“吱吱”作响的羊肉在熊熊烈火的作用下，以最原始的方式变得奇香。人类最初茹毛饮血，后来邂逅了火，肯定也像今天这样有故事。刚刚还鲜红的羊肉渐渐在炭火中化身为鲜嫩多汁、外焦里嫩的诱惑，再加上各种作料的调配，在火焰中得以完美融合。

羊肉纠缠于舌尖，正如他们的爱情是纠缠于心间的复合味道。

秀秀张嘴含下一片送入舌尖，轻轻一咬，表皮酥脆，滋味十足。腿把子肉里因为有脆骨、筋条，“吱吱”作响，肉汁饱满，滑嫩无比。她本来就很性感的双唇沾上羊肉的油脂后，在昏暗的霓虹灯光下，泛着七彩的光亮，如香肠被烤得恰到好处。只隔了一层薄薄的唇，上面沾满了诱人的香味。

“好吃吗？”玉宝试探性地问，躺在他怀里的秀秀装着没听见，闭上了眼。玉宝知道她没有睡着，小鼻子一直在急促地呼吸，脸蛋红到发烫，以至于一两滴水珠打上去，都会瞬间被烘烤成蒸汽，发出“嗤嗤”的声响，如铁匠铺里烧得炽红的铁。

怀里的秀秀胸口跳动得如只小闹钟，敲打着他急躁、干裂、饥渴的心。心里的波涛上下起伏，如月夜涨潮的海水翻滚着、拍打着，席卷而来。玉宝咽了口吐沫，眼看怀里的海浪扑过来就要打到面颊，那一缕波澜却只是在他眼前晃动了一下就退了回去，如此反复。

没有任何教练指导，那夜玉宝起飞的嘴唇如开飞机一般，无须灯光引导，无须雷达定位，准确地迫降在秀秀润滑的、泛着油脂的唇上。玉宝舌尖开始还是轻柔的、试探性的接触，像个盲人的导盲棍，带着一点点焦虑、一点点紧张，轻轻摩擦。

秀秀本来还紧闭的唇片一瞬间就潮湿了，一股清泉缓缓而出，甜甜的。

“嗯……”她轻叫了一声，调整好睡姿，还没做好启唇的准备。

玉宝圆滑的舌头开始还是笨拙地试探，可一旦找到了入口，就硬生生地挤了进去。

只几秒钟，秀秀就像打通了任督二脉，由原来的无助、茫然、恐惧、燥热变得老练、释然，由防守转化成进攻。

场面几度失控，失控到成了一场手脚并用的群架。秀秀起初还能偶尔反击一两次，可是玉宝一旦用上了手，秀秀就只能慌乱地招架，毫无还手之力。她蜷缩着身子，想用双手护住身体重要的部位，可是需要防守的地方太多，兵力不够，守住了城东，沦陷了城西，秀秀急得直哭。

“真好吃。”一场风雨过后玉宝憨厚地笑。

“比羊肉串还好吃啊？”秀秀不解地问。

“嗯！”

“贫嘴！”

……

几天后，玉宝被送到市里做身体素质综合测试，测试体能、灵敏性、平衡性，3000米测试耐力，100米测试爆发力和反应力，单双杠测试上肢力量和协调能力，20分钟跑完5公里，30分钟完成1500米游泳，4分钟完成4个400米，最后还要有4个100米冲刺和100个俯卧撑。所有这些玉宝都不在话下，特别是一跳上单杠，他像是上足了发条，别人旋转几圈就晕头转向，呕吐不止，玉宝越旋转越兴奋。他觉得单杠就是个舞台，秀秀被握在手心，在舞台的中央，他围着舞台旋转一千次、一万次都不够。

“好小子，是个开飞机的人才。”测试的教练一脸惊喜，惊叹他就是个为开飞机而生的怪胎。原本玉宝还要被送到南方某个城市进行最后一项政治思想考察，可是由于玉宝表现太出色，家里又是贫下中农，穷了很多代，他被破格录取了。

那夜玉宝失眠了，感觉像在做梦。就在昨天他走在学校的操场上还总是低着头，尽量往人少的地方走，可今天感觉他这架飞机真的冲破乌云，飞上了万米高空，所有风景都被他踩在脚下，连蓝天都比之前更蓝、白云都比之前更白了。

那天下午应秀秀的邀请，他特意去省文化馆看了秀秀领头的县舞蹈队比赛。音乐响起，伴着悠扬的钢琴曲，大幕拉开，秀秀站在舞台中央，身姿在闪烁的灯光下跟着音乐节奏舞动，婀娜多姿。那身体与灵魂的合一旋舞，看得玉宝有点儿恍惚——这哪是他拥在怀里的娇小的秀秀，分明就是盛开在朝阳下的一朵耀眼的红莲，踱步在密林深处的一只孔雀。

音乐奏到高潮时，秀秀被簇拥着，舞得那样柔美，伸肢、展腰、抬臂、翘臀，手里的红绸随着她的身形翻飞、旋转，腰如蛇，臂如绳，腿弹如面。她时而欢快如在大雨中奔跑，追逐恋爱的追梦人；时而放慢旋律，如漫步在夕阳下等待恋人的逃婚人。她不停地变换舞步，舞尽无尽的哀思。玉宝感觉秀秀起舞时不是美，而是媚，或是妖。

当看到秀秀被她身边的一个舞伴托举着抛向空中时，玉宝心里的醋坛子被打翻了，从胸口一直淋到脚心。秀秀穿的那件黑色T字舞衣根本包裹不住她青春的躯体，他憎恨托举秀秀的那个男舞伴，一双手总是经意或不经意间在秀秀的胸口和臀部的丁字裤处抚摸，那里是片处女地，除了他，谁都没有权利开发。有好几次为了接好抛在空中的秀秀，那家伙的手竟然直接按在了秀秀的胸旁边。玉宝耐着性子，总算看完了秀秀的演出，没等报幕的报成绩，他就气呼呼地退了出来。

不远处就是个破旧的火车站，不时有一两列火车喘着粗重的呼吸声，冒着浓烟，地动山摇一般从远处呼啸而来，沿着铁轨，走进站台。车站是条百爪鱼，向四面八方延伸的铁路线就是它的触角。玉宝抬头观望，远处一列火车姗姗而来，滑行在地平线上，滑溜溜的涂了油一般，从这个城市的郊区穿肠而过。远处蜿蜒伸展着一段段刚刚修缮好的古城墙，环绕着一栋栋高楼，让人有种穿越的虚幻。这座南方的城市，历史上曾经是几朝古都，浑身散发出一种由内而生的皇权和贵族之气。几所全国重点大学散落在城乡的交接处，空旷的校区，树木郁郁葱葱，古朴的教学楼隐于其中，有种油画般的美。树下、草坪上，总有那么几对热恋的男女紧紧地拥抱在一起忘情地激吻，视路人为群众演员。玉宝想，改革开放这才几年，这些学生就迅速解放了思想，要是在前几年，可能会被当成流氓抓起来。

玉宝坐在铁轨边快要睡着的时候，被人猛地推醒了，抬头张望，原来是铁路工人，嘴里骂骂咧咧，问他是不是神经病，怒气冲冲地把他赶出了车站。

玉宝百无聊赖地往回走，傍晚的菜市场很热闹，他一个人穿梭在大妈们组成的买菜队伍里，心里冰凉。他看不起自己的小家子气，可是满脑子都是秀秀躺在别人怀抱里舞到陶醉的画面，像是被人施了魔法，在大庭广众之下，醉在一个陌生男人的怀里。

长长的菜市，他就这样茫然地走了两个来回。菜场的人越来越少，摆地摊的都收摊回家吃饭去了。玉宝害怕孤独，他抱着肩膀在街尽头发呆。听说恋爱中的人发呆的样子很萌，可玉宝觉得自己很蠢。

不知什么时候，远处站着一个熟悉的身影，身影被公园的路灯拉得细长，马尾辫翘得很高，像动画片中的卡通人物——是秀秀。

“你跑哪里去了？就知道你是个小气鬼！”秀秀眼角挂着亮晶晶的水珠，不知道是不是因为跑得急流的汗水，一头扑进了玉宝怀里。

“一个人如果不吃醋，要么是不爱了，要么是和尚修行达到了不食人间烟火的境界，很显然这两种境界我都没达到。因为在乎才乱想；不在乎，想都懒得想。”玉宝苦笑着自嘲。

“他是我同学，追我一年了，但我从来就没动心过。”

“在爱情这条船上，谁都有变成傻子的时候。心疼你的人，不会让你心疼。”

“傻子还知道吃醋啊！说明你不孬，你只是疯呆痴傻残。”秀秀仰着头调皮地说。她被一身湿漉漉的玉宝拉进了一所学校的操场上。这是个中专学校，跑道很短，刚刚铺了炭渣，脚一踩，鞋底粘得焦黑。

学校规模不大，只有一栋老式教学楼和一些低矮的学生宿舍，大概和县师范一样，前几年才恢复招生。今天刚好又是星期六，操场上很清冷，一个学生都没有。

一阵风夹着细碎的雨点，追逐着、驱赶着他们，一直将他们逼到看台的屋檐下，鞋子、毛衣上都是雨水，贪婪地吮吸着温度，秀秀猛地打了个寒战。

“嘎吱”一声，玉宝推开了看台下那扇没有上锁的大门，一股霉味顿时扑面而来。屋里黑乎乎的，杂乱地堆放着很多体育器材，头顶还有几张破了几个大洞的蜘蛛网。一两只无聊的蜘蛛倒挂在网边，瞪大了黑眼圈，像个懒汉一样摇动着破网，大概在睡觉。

玉宝抓了杆标枪，顺手抵上了门，屋外一丝光亮被阻隔、切割，黑暗将他们包裹。这间屋子很小，就十来个平方，很脏乱，落脚有灰尘留印，很久没人进来过了，像电影中破旧的寺庙。可是对于这对避雨的年轻人来说，就算全世界瞬间压缩成只有一个怀抱的空间，只要能转过身，有一寸的距离面对自己的爱人，能四目贴着睫毛相碰，那也足够宽敞，宽敞到可以尽情举办一场华丽的演出。

几乎就在关门的一瞬间，这个小屋就属于他们，成了他们的临时战场。秀秀一个回身，扑进了黑暗中那个宽大的怀抱。玉宝的胸膛里前一刻还装满了醋，酸溜溜的，这一刻却装满了爱的潮水，秀秀只用发梢一点拨，玉宝心中整个海啸般的潮水就奔腾而出，带着欲望的火焰，排山倒海，扑倒了眼前的猎物。

“轰”的一声，爱的围墙倒塌了，倒得满屋扬灰。

那年秀秀十六岁，玉宝十八岁。那个夜晚，在那张满是破洞的旧海绵垫上，秀秀完成了一个女孩过渡到女人的洗礼，没有观众，没有鲜花，没有掌声，只有汗水和满足。暴雨过后天空放亮，七彩祥云飘满脑海，她闭着眼，眼角流出的泪水虽是咸的，玉宝吸干后却说很甜，那颗泪珠里有一个女孩前世朦胧的爱恋和对下半辈子的一场豪赌。

秀秀第一次感受到，女人流泪不一定是痛苦，也有感动。

几滴嫣红的血染红了那张破旧的海绵垫，被灰尘吸附，颜色变深了，星星点点，如梅花落红，含苞开放在黄色的蜡纸上，染红了这个女人的一生。

第六章 为爱私奔

改革开放三年，大塘没有变，但村民兜里的钱渐渐多了起来，桌子上的菜也渐渐丰富了。村里那一帮男娃女娃，该长胡子的长胡子，该长身材的长身材。小虎没读完镇高中就退学了，成绩实在是差，为了减轻家里的负担，他搞起了副业，回家借着张公山腰间泉水边的几眼山洞，养起了石蛙和娃娃鱼。他不愿意出去打工，老村是他的家，他的根在故乡的泥土里，到哪里都忘不了这条大江。

至于同班的雨红，小虎一退学她就蔫了，死活不肯去读书，闲在家帮她爹看小店。那年雨红十七岁，小虎十九岁。这样张小虎就很自然牢牢地将雨红的人生和自己的未来抓在手心，每天晚上痴痴地做着只属于他的春梦。

丁小气家有两样宝贝，一样是他花血本托人买的14英寸熊猫牌电视，每天早上一开门，门口就站满了人，大人小孩都有，有的一家子都来了，等着他开电视。自从电视买回家，丁小气就有点儿后悔，因为电费每个月翻了好几倍。本来合计买回家只晚上看一会儿电视剧，可这四方盒能让人着魔、上瘾，整天什么事都不想干，一门心思想着剧情。

还有就是小女儿雨露，每天一睁眼就打开电视，打雷也舍不得关，恨不得塞进书包里。那年丁雨露十三岁，自从丁小气买了电视机，她就没心思读书了。她还买了个笔记本，上面贴满了港台明星的小头像，天天趴在电视前面抄歌词。那年双抢，暑假丁小气安排小女儿在打谷场上照看收割上来已经脱粒晾晒的早稻，那天下午突然下起了暴雨，丁小气带着大女儿和老婆赶回家，以为小女儿会给稻子盖块雨布，可回家一看，雨露竟然早跑回家，看电视看得入了迷，几千斤稻谷全都泡了汤。

丁小气家另一样宝贝就是大女儿雨红。不知道什么时候开始，村里男人把她评为村花。读书时丁小气把雨红看得特别紧，哪个男人去他家买东西，多看他大女儿一眼，丁小气就感觉被占了便宜，亏了本钱，都会气呼呼地将对方轰出去。而今女儿不读书了，丁小气反倒张罗起找女婿来了。只是偶尔看到别人家和他家小带兵年纪相仿的男孩儿长大后，在他的小店里像模像样地抽烟时，会有那么一瞬间让他精神恍惚，老眼湿润，背过身去看他家已经长大的两个女儿发呆。

“你们没我长得帅，学历没我高，我连娇气的娃娃鱼都照顾得好，一定是个顾家的好男人。”每当村里有小伙子跟小虎争爱，他都当着所有人的面大声宣布。

“你有什么学历？刚上初中就退学，骄傲什么哦！”小麻子每次都冲在最前面和小虎抬杠。

小虎见有人挑衅自己，挽起衣袖，露出天天在山涧里搬石头练就的肱二头肌，在全村一帮单身汉的呐喊声中，和小麻子来了场武力决斗。

每到这个时候，雨红都在一旁傻傻地看，也不拉架，眼里亮晶晶的闪动，那是被这个男人感动的泪。

就在村里男人整天浑浑噩噩混日子的时候，昨天还在他们眼皮底下流鼻涕、捡猪屎的孤儿小阿六子，一个清晨突然给了他们一个天大的惊喜，也可以说是过渡惊吓。他才十八岁，竟然和张村的张雅青私奔了。张雅青的爹去世早，她和年迈有病的母亲相依为命，一个人挑起家里务农的大梁。人长得特别清秀，要多水灵有多水灵。

张雅青是小美那届小学毕业班的班长，模样俊不俊，村里男人有故事为证。随着雅青越长越漂亮，名气也是越来越大，常有人气愤地议论：

“你们知道吗？真是千古怪事，今年双抢，张雅青家成熟的早稻一夜之间全部收割、整理好堆在门前的打谷场上。那人还自带耕牛给她犁田打耙，把她家晚稻秧苗也插下了田。”

“对哦，张雅青第二天到处打听，却找不到帮忙的那些人是谁呢！”

“双抢就是卖命，这家伙晚上干活热不死他，蚊子也能把他咬死。这是真爱！”

“人家说红颜是祸水，我看红颜有时候也能勾引孬男人帮你干双抢。”

“这有什么奇怪的，电视上跳舞、走模特步的姑娘，一个个都没雅青身材好，没雅青长得水灵，连春节联欢晚会上那些跳舞的姑娘，到雅青跟前边都没有。”

阿六是个孤儿，十来岁爹妈都死了，吃百家饭长大。大概是爹妈觉得亏欠这娃子，就给了他一副好面容，眉清目秀，标致得让村里男人嫉妒——长得就像个戏台上的奶油小生，穿件戏服就能上台唱戏。阿六的确很帅，瘦瘦高高的，不知道吃了什么，那年竟然长到了一米八几，往矮坨坨的光棍堆里一站，简直是鹤立鸡群。他在张村窑厂里打工半年，结了工钱那天就跑进城，回村后穿得特别洋气，他说城里姑娘现在就喜欢这种类型。最让人喷血的是他还学小麻子买了条雪白的围巾，戴上就像正在热播的电视剧里的男主角。

“哇，明星啊！”阿六白天在窑厂里一身灰，晚上回家穿上新衣服，围上白围巾，立刻就获得许多惊叹声。阿六家里穷得叮当响，连只老鼠都养不活，可女娃们不在乎这些，她们在乎的是第一感觉，都说阿六有文艺范儿，把他当偶像。

“打工半年，天天累得像条狗，结了工钱就买了几件衣服，挂在脖子上的东西像个猪大肠，滑孬子，无语。”村里老人看见他那副打扮就骂。

那年雅青二十岁，她已经记不清拒绝了多少媒人登门提亲了。就在四五年前，她和阿六还经常打架，揪头发、骂娘，一不留神两人都长大了。一天阿六去张村的窑厂打工，正赤着膀子搬砖，雅青端个脸盆，蹲在窑厂旁边池塘边洗头。雅青头发乌黑，夜幕中如柳条下垂。阿六记得以前对她的印象是头发蓬乱，满头都是亮晶晶的虱子蛋，像是谁抓了把白芝麻撒在发根里。雅青妈常给雅青头上撒药粉，再用布包住头，像外国娘娘，怎么一眨眼就都长大了，而且长得这么漂亮。

也许是因为有相同的童年经历，缺少关爱和安全感，两个娃子心里种下了爱情的小种子，在那天吐根发芽了。阿六看得有点儿走神，怀里的砖掉了下来，“轰”的一声砸肿了他的脚面，也将他们爱情的大门砸了个大洞。

雅青抬头，用力将头发甩到脑后，“扑哧”一声笑了，露出一排雪白的牙齿。就这么简单，爱情的风吹进彼此心里，他们恋爱了。

那天晚上，阿六约雅青扎泥鳅，她欣然同意。一个姐姐带着比她小两岁的弟弟，在江堤上坐了一夜，聊了一夜，有说不完的话题，早把扎泥鳅的事忘得一干二净。

“现在流行小女孩进城嫁给上班吃公家饭的人，张村的雅青要是去城里走一趟，保证那些公社干部找她。”每次雅青去丁家墩找雨红，丁小气家的小店会瞬间热闹起来，旁边会突然多出一些假装买东西的男人，而且是刚刚换了干净的衣服，可是手臂上、腿脚边还粘着泥。等雅青一走，他们看着她的背影，就会失望地叹息。

现在雅青竟然和人私奔了！私奔，这个近一两年才流行起来的话题，听起来多么让人热血沸腾。一、二、三，来场说走就走的旅行，女人背着简单的行囊，男人带着不多的钱，只为了一个爱字，涨潮一般，心中翻滚着浪花，带着两颗存储着信念的爱情种子，奔向他们憧憬的未来。

“刺——激！”村里光棍一听到这词，眼里充血，攥着拳头，吼出这两个字。

直到那年冬天，阿六才存够了外逃的钱。他牵着雅青柔软、纤细的手指，奔跑在已经被踩踏成秃顶的田埂上。头顶漆黑一片，脚下泥泞一片，可他们的心早就沸腾了，满是欢喜，以至于连两人的小心窝都溢满了。他们奔跑在呼啸的北风中，纷飞翻滚的雪花提前闹起了洞房，嫉妒一般将大把的雪花撒在他们的身上、脸上，吮吸着他们的热量，再结成亮晶晶的冰，挂在雅青耳边的鬓发上，像水晶耳坠一般。

每跑几步，两人都会一个踉跄跌倒，但每摔一次，两人的手握得更紧了，呼啸的北风怎么也吹不干他们眼角激动的泪水。他们背上的包裹鼓鼓的，不只装了一些换洗的衣服，更装满了他们满满的幸福，时不时在背上跳跃几下，滑落到雅青怀里，像个裹着襁褓的孩子。

身后不远处有手电的光在晃动，如夜晚偷窥的眼睛，几个黑影发了疯一般从村尾追了出来。那是雅青的老娘，领着小爷一路发疯地追了一夜，最终还是没有追回心已经飞了的女儿。她跟一个毛都没长齐的小男人跑了，跑进了大山里，钻进了山洞里，去过他们吃了上顿没下顿的好日子去了。

“有本事就一辈子别回来，我就当这辈子没你这个女儿。滚吧！滚远远的，死在外面最好！”那夜，雅青躲在山洞里，依偎在阿六瘦弱的胸膛上，听着洞外山脚下母亲撕心裂肺的哭喊，直到哭声渐远。

“阿六，你给我听好了！对我家雅青好点儿，不然我见你一次打一次，直到打断你的狗腿。”小爷虽然骂得难听，最后临走的时候却说了句最让雅青感动的话。

自那个雪花飞舞的夜晚之后，村里单身汉们奔走相告，顿足捶胸，骂着天理何在，国法不容。这才刚过完年，这家伙就把邻村的雅青给拐跑了，简直就是一朵鲜花掉牛粪坑里。雅青妈妈在家都快哭瞎了眼，村里男人骂这是拐骗，报警肯定要坐牢。

“小阿六，你大爷我怎么说也是牛屎粑粑比你多晒几天太阳，怎么就没你这么好的运气呢？”这些年，只要阿六一回村，就有单身汉问他这个问题，一脸疑惑。

而今，阿六带雅青回村，是村里单身汉的集体偶像。一次被雨红逼问急了，雅青说是被阿六的眼睛给迷住的，那是一种只有男神才有的深邃的眼神。那年夏天和他在江堤上了聊了一夜，几天后她准备出去打工，在县车站等车，远远地看到一个蘑菇头向自己走来，穿得花花绿绿，像天上的一片七彩祥云，走近了一看，竟然又是阿六。

扎泥鳅那晚，她被阿六一颗单纯的心感动；车站相遇，她被阿六清澈的眼神淹没了。那一刻他们相互凝视，雅青在接触阿六眸子的一秒钟后，就感受到了一种高温的灼烧，被烫伤、被电到了。她不再躲避，她说这双眼睛里有很多诗，不用写出来就能读懂他，让人跪拜，这双眼睛见证了她的初恋，阿六就是她的男人了。

自那之后，村里未婚男人将所有的目光全都集中到丁雨红身上了。

借着西九华寺庙的名气，张公山每年农历二月十九日和九月十九日有两次传统的庙会，庙会是乡亲们掐指期待的一次集体狂欢，有民间灯会、文艺演出，还有贸易往来，形式多样。

寺院外车水马龙，熙熙攘攘，寺庙内香烟缭绕。小到一针一线、大到一只犁耙，连消失多年的捏泥人的都从远方一路风尘仆仆地赶来。

山下门楼旁搭着戏台，密密麻麻挤着很多人，大老远就听到柔婉殷切、缠绵悱恻的庐剧腔，乡土味很重。台上公子小姐，台下大爹大娘；台上唱得认真，台下听得专心。

雨红挽着小虎的手，倚在他的肩膀上左顾右盼，身后跟着她的妹妹雨露。雨露比她姐小四岁，小小年纪就学会了当特务，每次小虎约她姐姐出门，她妈都安排这么个小特务跟在身后，生怕小虎从村里单身汉那里学了什么绝招，没结婚就弄大女儿肚子。那些男人一天到晚没事就聚在她家的小店门前吹牛，没出师却到处招呼村里一帮愣头青很认真地开会研究方案，很认真地传授他们十大绝招，什么先斩后奏，生米煮成熟饭；明修栈道，暗度陈仓。弄大人家女娃肚子不犯法，就是最恶毒的十大绝招排名榜首。

雨露是个特别称职的小间谍，连两个恋人眉宇之间的一颦一笑、一个手势，她都能很快地破译密码，出其不意地找到他们经常变动的私会地点，将抱成一团的两人抓个正着，大声地呵斥小虎放手，不然就回家喊妈妈。早在村里一帮女娃玩过家家、踢鸡毛毽子的时候，雨露就表现出对那些童年游戏的不屑。自从妈觉得姐姐大了，需要看紧一点儿了，交给二女儿一个使命后，雨露浑身就如打了鸡血，跟踪姐姐成了她童年唯一的乐趣和使命。

有一次，雨红在妹妹的抽屉里发现了那个专门抄歌词的粉红笔记本，上面记录的都是她和小虎约会的时间、地点，并且绘制了村地图，标注了同一地点见面的次数，吓得雨红只觉得后背冷飕飕地灌凉风。

这个地图要是让丁婆看见了，绝对以为是她的侦察排长回来了。

自从雨露当上了特务，小虎的称谓也变成了大虎。

"雨露，这里有一块钱，是姐姐给你的，你去买点儿糖吃吧！别老是跟在我们后面，像个跟屁虫。"雨红从身上掏出一块钱，硬塞给形影不离的妹妹。

"不要，妈妈每天都给我钱，说是看好姐姐就给零花钱。"雨露扭头拒绝了，一点儿都不领情。

"你和小麻子叔叔一样，打鬼子电影看多了，当特务还有瘾啊！"

"我就当特务！别以为我不知道，你们现在装得一本正经在寺庙前山玩，只要我一走开，你们立刻就会跑到后山谈恋爱。天天像做贼似的，没日子谈啊！"雨露突然一个回身，当着拥挤的人群把大虎和雨红数落了一顿，弄得两个人很尴尬。

山路的两侧横七竖八躺满了"缺胳膊少腿"的乞讨人员，这些人仿佛一夜之间就从土里钻了出来，密密麻麻地睡满了路两边，有些还为争夺好位置大打出手。每年庙会他们都来，算是职业乞讨人员。去年庙会，雨红看见一条腿拧成麻花状的小男孩睡在雨中，头发蓬乱得里面能躲进二十多只小鸡。他将只有小胳膊粗的大腿反缠在脖子上，将身体拧成一根天津大麻花，在风雨中颤抖。他手里托着个破塑料盆，边爬边呼喊着给点儿钱，给点儿吃的吧！第二天再去的时候，雨红发现那个小男孩和另外几个脏兮兮的小女孩站在山下的摊位边削一根甘蔗吃。

雨红在一个地摊前停下，视线定格在一条黑色的健美裤上不愿意离开，大虎马上心领神会。今天他脖子上刚围了一条雪白的围巾，二米多长，是雨红熬了近一个月的夜，特意为他编织的。为了能买到这种雪白的毛线，雨红央求在城里的张伶俐和秀秀，她们找遍了城里几家地下商场才买到。

仿佛就在一夜间，满大街的喇叭裤不见了，换成了勒得紧紧的牛仔裤。男人们的脖子上都挂了条雪白的围巾，以至于白毛线都卖断了货。女人们则是一条弹性十足的健美裤，只要有身材，健美裤都会毫无保留地勾勒出她们完美的曲线。

雨红说自从改革开放后，一年刮好几次风，要时时瞪大眼睛，不然就落伍了。别看小小一条围巾，但花的心血多，只要大虎喜欢，比送金山银山更有心。这次村里围白围巾这股风，就是去广东打工的小麻子刮起的。

一个午后，一帮男人正坐在丁小气家的小店门口吹牛，远远地，村口的山路上出现一个穿黑色外套、脖子上挂了条长长的雪白围巾的男人，骑着一辆永久牌二八杠载重自行车，迎着入秋的劲风一路向村里飞驰而来。

远远地，那条雪白的围巾在风中翻飞，如白色的裙边在山涧回旋的秋风中舞动。那辆载重自行车碾过潮湿的泥沙路面，留下两条浅浅的印痕，螺纹如蟒蛇的斑纹，偶尔碾碎一两颗风化的小石头，发出“咔咔”的清脆声。进村后，那个男人穿过大塘的塘埂，倒影在大塘湛蓝的水面上滑行，与岸上的身影形成对称，像一对巨大的蝴蝶翅膀。

当听到村小店有说话声时，那个男人收紧了上身，紧绷双腿，一个加速，径直冲向了丁小气家的小店，并以最快的速度冲向村中心最热闹的“十字街”。他身上的披风被风托起，侧面看像把小剪刀，又如风中滑翔的雨燕，从全体男人关注的视线中侧身飞驰而过。

“吱——”一阵刺耳的紧急刹车声，那男人以最快的速度从小店的门口冲过约十来米后突然减速，猛打方向，漂移一般画了个 180 度的半圆，一个回身停在丁小气家的大门前。戛然而止的车轮，在满是黄粉细土的打谷场上极速摩擦，溅起一米多高的黄烟，空气中有股轮胎摩擦过度的烧焦味。

一帮老男人被这个男人的“飒爽英姿”惊呆了，嘴巴都张成死鲢鱼嘴的形状，以至于夹在指尖的烟蒂燃到了尽头，烧到了肉，都没能感觉到疼。

“怎么样？嫉妒我的帅吧！”那男人摘下墨镜，得意地说，露出一脸满天星一般的麻子。

“哎——哎呀！”等大家看清楚是去广东打工几年，长大了的小麻子回村时，都发出一声极度失望的嘘声，拎着小板凳，唠叨着各自回家了。

当晚，村里男人发疯一样地到处托人，不管多贵，一定要帮忙买二两白毛线。丁小气嘲笑他们，做梦也不看看年纪！

“老板，给我来那件黑色的。”雨红仔细挑了条细长的健美裤，尺寸刚刚好，配她细长的大腿，绝配！大虎慌忙准备付钱。

“我也要一条，我要粉红色的。”一边的雨露不知什么时候挑了件粉红色的健美裤，欢喜地在腿上比画。

“你才这么点儿大，没长身体，穿这个撑不起来。再说你还在读书，穿这么红的惹眼，现在不是打扮的时候。”雨红早就憋了一肚子火，这个妹妹像只绿头苍蝇，天天跟着她和大虎，现在刚好利用这个机会，摆起姐姐的架子教训教训她。

“谁说的啊！我都十五岁了，个子比你矮不了多少吧！帮我买件衣服怎么了？还是我姐姐呢！反正又不是你付钱，小气鬼！”雨露竭力反驳道，一脸的不高兴。姐妹俩到一起就吵起来，大虎站在一边眨巴着眼睛，不知道该怎么劝。

“个子大有什么用！你看你体重不过百，精个浪瘦，不光平胸而且呆，买这么大红的紧身裤能穿出门啊？”雨红拽着裤子要还给老板。

“我平胸，我骄傲，我为国家省布料！”雨露突然提高嗓门，在人群中嚷嚷起来，吓得旁边的人纷纷躲到一边，不知道这个小姑娘受了什么刺激。

雨红无言以对，这哪是自己的小妹？简直就是放牛山下来的不分男女的土匪。

“我这叫苔花米小，也要学牡丹开。”雨露挑着衣服，继续喋喋不休。

“你这话从哪里学来的？”雨露越来越不认识妹妹了。

“电视里啊！我非买！我也要勾引男人！”雨露狠狠地瞪了大虎一眼，抓起衣服包好走开了。只一句话，大虎和雨红就被惊得目瞪口呆。村里人都说雨红是投错了女娃胎，打架、捣鸟蛋、偷菜瓜她样样比男娃在行，可按这趋势，个子刚蹿几年的雨露很快就能超过她姐姐，以后绝对青出于蓝胜于蓝。难怪村里男人说雨露是野橘子树，浑身有刺碰不得。

雨露唯一的缺点是看电视太入迷，家里买的电视，她几乎一个人霸占了。一次饭后，雨露竟然很神秘地跑到姐姐跟前，说姐夫大虎有点儿像《射雕英雄传》里的郭靖，傻傻的，但让人很有安全感。

雨红吓了一跳，妹妹不知道什么时候开始八卦了。

寺庙的山脚下有一片竹林常年翠绿，整天飒飒吵闹，像个不老顽童。大虎记事起，这里就成了善男信女、单相思的年轻人表达爱意、发布爱情誓言的黑板报。一些泛青的老竹节，在它们刚拱出黄土包那一刻起就被赋予了使命，充当了传递爱和坚守爱的使者。没有信封，竹节就是信纸，刻着一句句充满爱意的誓言。这里有最淳朴的语言，也有一些初中生涂鸦的似懂非懂的朦胧诗。这是个全民写诗、崇拜诗人的年代，谁能想到大江边的大山里也有着最撩人的诗句，比如：我俩的爱，就像冬天里的大包心菜，天越冷，心抱得越紧；你问我爱你有多深，那就问这竹根，这竹根长多深就多深；张村三绣巴子，我想你想得都想不起来了；张 ××，好吧，我承认有一点点喜欢你了，只是一点点哦；山里红中学一班，我代表月亮消灭你们班……

雨红特意挑了根今年刚刚出土的新竹，小家伙长得很欢，足有大腿粗，才半岁的年纪，个子却蹿得和长辈们一样高，只是全身还没有褪色的嫩茎暴露了它的年纪。它全身细嫩，像是刚刷了漆，通身乳白，用手一摸，手心竟然全是一层霜一样的粉，像个还在吃奶的娃娃。

“还好，没有被人抢先留言。我们也刻句话吧，你想刻什么？”雨红选中了那根竹子，轻轻地仔细抚摸。一旦这棵竹子刻上了爱的誓言，那就要承载他们一辈子的承诺，生会伴随这座青山长青，死也会埋在黄土里腐烂。

大虎低头想了想，沉思的样子有点儿像思想家。雨红忍不住发笑，帮他找了块尖石头，他接过核桃般大的石头，抬手在细嫩的竹节上写下了：丁雨红，我爱你，爱到疯，不变心！

小石头如被镶嵌了金刚石，裁玻璃一般“沙沙”地响。刻章留字，他们的爱有归属了！雨红一脸期待，当大虎用尽浑身力气，歪歪扭扭地刻上“我爱你”三个字时，她紧握双手，全身紧张，不敢呼吸。听说城里现在流行在墙上画画，那叫涂鸦，雨红不喜欢。墙是死的，画得再好也会掉色，可刻在竹子上是活的，年年吐绿，而且节节拔高，多好！

“为什么写疯字啊？多不吉利！”雨红有点儿不高兴地埋怨。

“幼稚！”当雨红哆嗦着嘴唇，颤抖着身子，想大虎给他一个温暖的拥抱时，一边的妹妹雨露白了他们一眼，一脸的不屑。

那天大虎没有回家，而是去了张公山大虎养娃娃鱼的山洞。傍晚雨又醒了，没完没了地下起来。

每到天黑时，大虎肚子里想雨红的蛔虫就会准时蠕动，一牵上那双纤细的手，他们就会同时热血沸腾，哪里黑、哪里没人就往哪里钻。村口拱桥下的涵洞里，他们假装躲过雨；张公山上的山洞里，他们当传说迷恋过。

今年的雨季特别漫长，没完没了，开始是往下倒，而后才转化成密密细雨，断断续续下了一个星期。

“轰隆隆”，那天夜里洞外电闪雷鸣。

“哇哇哇”，洞里的娃娃鱼不知道是害怕还是发情，竟然都如没奶吃的孩子叫了一夜。大虎不敢去见他的雨红，这些鱼是他全部的家当，是他迎娶媳妇的本钱。他爹已经放弃木料生意回村种地了，去雨红家提了几次亲，丁小气始终都是一口价，嫁女儿彩礼一千块钱，少一分免谈。当大虎听到这个消息后，眼前一黑，差点儿昏过去。一千块钱的彩礼，比张公山还重，能建楼上楼下三间新砖瓦房。也难怪她爹狮子大开口，每年上她家提亲的队伍十几拨，她女儿现在是有价有市，而且看这趋势，过了年肯定要涨价了。

听说轮渡对岸有几个公社干部家的儿子，每天都坐轮渡到丁家墩转悠，就是想偷看雨红，回家叫他们老爹过江提亲。几个干部觉得儿子娶农村姑娘有点儿没面子，可是那几个愣头青硬是在家绝食，表示非雨红不娶。

大虎听到这样的消息，吓得魂都掉了，恨不得当晚就将雨红娶回家藏起来。

“这个丁小气，简直就是卖女儿！开口就要一千的彩礼。他丁小气就是把自己上秤卖，也卖不到二百五。”大虎妈黄桂香听到丁小气开的价格，气得在家摔东西，这摆明就是讹诈。

“现在哪家不要彩礼啊！除非你儿子有本事，能把人家女儿带出去过一年。”张德标叹口气，怪自己没本事。同行贩卖木料，运气好了，一年下来能赚个千儿八百，自己却亏了本，如今儿子的婚事拿不出一分钱。

“丁小气家小女儿就是个小特务，大虎怕是带不跑雨红。我想不通，丁小气家就两个女儿，也没儿子，要彩礼钱干什么？”

“谁还嫌钱多啊！都是穷怕了。这两年改革开放，兜里揣点儿实在的，觉都好睡些。”

前几天，爹妈为娶雨红在家争论，这些话时时在大虎耳边响起来。

“轰隆隆”，又一个炸雷响起的时候，大虎看到洞外跑进来个熟悉的黑影，披散着头发，一身的雨水。闻到那股淡香，大虎就是闭着眼都能知道是雨红。只一个下午没见，她思念的小鹿竟然都等不及了。下午雨露在家看电视入了迷，拖都拖不走，雨红赶在打雷下雨前跑了出来。终于摆脱了妹妹的跟踪，雨红冒着划过天宇的一道道刺眼闪电，跑到后山来了。

那夜的天仿佛漏了个大洞，又像是有人站在张公山上往下泼水。下午刚清空的河道只半夜就快要涨到大虎住的洞口了，他把雨红抱在怀里，计算着河道一点点上涨的尺寸。外面雷声震得整个洞口都在摇晃，雨红一靠上他的胸口竟然睡着了。

山洪漆黑的躯体在山脚下膨胀，像胀大肚腹的巨蟒，鼓鼓囊囊地向洞口爬来，发出低沉的吼声。

就在大虎焦急地看着浑浊的河水快漫过洞口，起身准备回村喊人起鱼时，远远的田埂上一束荧光粉的光亮从黑暗中一路忽闪忽闪走来。那亮光很有节奏地上下抖动，像儿歌中那句歌词“一闪一闪亮晶晶”。

那个黑影一直走到洞口不远的一棵大树旁停了下来——是傻姑，领着她那条心爱的老花狗，从容地在雷雨中散步。一个个炸雷就在她身边左劈右砍，她却不慌不忙地像在欣赏烟花，像一个雷雨中的精灵。

最后，傻姑在大虎养鱼的山洞对面的一棵大树下停下，坐在一块石板上，一双脚伸进水里晃荡，身边坐着那条老花狗。

“哇哇哇”，洞里的娃娃鱼被又一声炸雷惊吓到，如孩子一般齐声哭起来。雨红猛地从梦里惊醒，大虎慌忙俯下身用轻吻安抚她。

雨红好奇地向洞外张望，本来还红润的脸，只往洞外那棵树下张望了一眼就吓得煞白，一个劲地往大虎怀里钻。借着闪电的光亮，那棵树下的石板上坐着三个黑影：戴荧光粉发环的傻姑、一条狗，还有一个黑色毛皮的像猴子一样的东西。借着闪电划破夜空的光亮，只见那只野猴子在闪电的余光下，正用爪子抚摸傻姑心爱的狗，那条狗浑身直哆嗦，不敢动也不敢叫。

“小花，别动，你已经好几天没洗头了呢。”傻姑轻声地责备，只见那只瘦猴子从河边抓起一个漂流过来的破葫芦当水瓢，舀着浑浊的河水，张开细长的小手指，帮那只可怜的老狗梳洗毛发。

“嘿嘿……”就在大虎和雨红看定时，那只瘦猴转头向他们这边笑了几声，声音很尖，却听得真切。

“噼噼啪啪”，洞里娃娃鱼的叫声在此刻全都骤然而止，几百条娃娃鱼全都发疯一样，拼命往洞角一处的拐角缝隙里扎堆挤去。

“死水鬼仔，我这里又没有吃的，再来就打死你！”大虎猛地跳起身，抓起洞口那面用来驱赶野猪的铜锣，使劲地一边敲打，一边骂着最难听、最恶毒、最肮脏的话。这是丁婆教他撞鬼时急用的法子，没想到今晚真用上了。

“扑通”一声，水猴子跃进了翻滚的河道里，雷电仿佛和它是一伙的，瞬间洞外大雨停息，雷电偃旗息鼓，闪电拉闸，大地归于寂静。只有傻姑那个荧光粉的发环在黑暗中一闪一闪地上下浮动，慢慢消失在回村的路上。

第七章 第一次手术

渐渐地王小美总结出了规律，一年有两段时间阿峰比较闲，一个是过年放爆竹时，他常和阿俐一起来她家聊天，一个是暑假穿裙子最热的两个月，于是一年中她最盼望的就是这两个时候。盼着盼着，她已经十八岁了。

“甜蜜蜜，你笑得甜蜜蜜……”对面楼道里，踢球回来的阿峰一路高唱。

呀！他也喜欢哼唱这首歌。

每到这时，小美就叫妈妈把最漂亮的衣服拿出来。她渴望别人夸自己漂亮，因为故事里的男主角都是和漂亮的人在一起。再扎上满头的小辫子，她喜欢这些小辫子，感觉每一条就是一个生命；喜欢它们在洗澡时，像小虫一样在身上爬，那是另一个生命在躯体上游动。

终于盼来了暑假，小美迫不及待地去丁国安的大排档帮忙。店里生意特别好，都是师范学院的学生来吃饭。几张小桌子挤满了人，他们大声地讨论着师生、恋爱、电影、港台电视剧、篮球、打架，还有夏天女生的短裙子，让小美听入了迷。他们都很穷，有的男孩儿烟瘾犯了，只舍得买两根烟，先抽一根，另一根藏在头发盖住的耳朵根里。还有几个人常在丁大爹的饭店赊账，丁大爹从来都没说过难听话。

秀秀因为是个乖乖女，喜欢读书，一有时间就泡在学校的图书馆，有时也陪小美说说话，但很少来店里闲坐。阿俐倒是很勤快，一有空就跑来帮忙洗菜，阿峰招呼客人，连小美的妈妈周老师都闲不住，来帮忙炒菜。

“小美，搬到城里住，你觉得是老家丁家墩好，还是城里好？”丁国安问。

“我喜欢丁家墩，做梦都想回去。可是丁家墩也有一样不好，就是村子里人口多，路也全是泥巴路，每次过年，一下雨踩得两脚都是泥，深的地方能漫过膝盖。家里又买不起胶鞋，男孩儿会踩高跷，可以出去玩，我根本出不了门。所以每年既盼望过年，又怕过年。”小美进入了回忆模式。

“对哦，我每年都摔跤，摔得一身烂泥。”阿俐赞同。

“老丁，你烧的鱼为什么吃起来那么香？读书的娃子们说喝汤都能闻到江水的鱼腥味，腥而不腻，真是一绝哦！”小美隐隐听到妈妈开心的笑声，这种笑声在她的记忆中没几次，看来妈妈已经从失去爸爸的苦痛中走了出来。

“我有秘方，这方子还是我爷爷当年跑江时自己独创的。”

“什么叫跑江啊？”周老师很崇拜地问。

“就是纤夫，有活时帮富人背船，没活时就是个渔民。”

“哦，难怪呢！跑江的人生活苦，但烧鱼都好吃，他们知道怎么去腥。”

“我烧的鱼怎么吃也不腥气，就算是冻成鱼冻子，也照样香气扑鼻。你们没发现鱼汤里有股奇香？就是加了咱家乡特有的几味草药香料。”

“你这么好的手艺，开这么小的饭店，算不算浪费？”周老师好奇地问。

“不算，能养活一家人就够了。对面县宾馆的几位厨师不知从哪里听说我烧鱼好吃，隔三岔五跑来烧个鱼汤，还和我攀谈，就是想偷我的秘方，我才不傻呢！”

“对，秘方都是宝贝。”

“后来他们经理来请我过去掌勺，我都不去。”老丁一脸得意。这个男人三十岁就这样一张黑乎乎的脸，而今都快四十的人了，还是三十岁时的模样。

“呀！”小美听入了迷，手中的剪刀嫉妒她皮肤白，剪豆角时咬破了她的手指。一小股热热的血液突破伤口，沿着豆角流淌。阿峰慌忙奔过来，一把抓在手心，并示意爸爸赶紧去买纱布。

“疼吗？这剪刀有锈，要打破伤风针。”阿俐一看血如断线的红豆一滴滴地往外渗，慌忙去扶小美。

阿峰紧紧地捏着小美开裂的中指，探身将她殷红的中指塞进嘴里轻轻地吮吸。小美有点儿意外，感觉有点儿痛，心里却是暖暖的。阿峰的嘴像个漩涡一般在吮吸她的汁液，身体像是被渐渐加热。他嘴角不知什么时候长出的几根胡须扎得小美浑身不自在起来。阿峰吮吸干了她中指的瘀血，背上她就一路小跑着去了医院。

那天打完破伤风针，回来的时候天已经黑了，小美趴在阿峰肩上睡着了。快要到家的时候，她被星星点点的雨水打醒了。入秋的夜晚还是有点儿闷热，小美睡在阿峰的肩上，她能感觉阿峰的背心已被汗水浸透，一股略带着点儿酸的汗味让她很迷恋，像楼下老张头卖的柠檬酸汽水的味道。

“你累了，我们休息一会儿吧。”小美叫停阿峰，在街道边的一处草地上坐下。

“听你爸爸说，你长大了要当医生？”小美轻声地问。

“嗯，我想以后当医生了就可以给你看眼睛。”丁祖峰轻声地回答。

“那加油吧，我这双眼睛就托付给你了。”

“那不光要花钱，还要看运气。”

“嗯，是要花很多钱。我妈妈平时很节省，说要存钱为我物色眼角膜。我想到时换一只眼角膜就够了，能看到这个世界，也能看到你长胡子的样子了，呵呵。”小美抬起头，瞪圆了无光的双眼，任三三两两的雨点亲吻她的面颊，掉进眼窝。

那夜的风有点儿热，越吹越觉得身体燥热。

不知什么时候，小美感觉一直看着她的阿峰有些异样，粗重的呼吸声越来越近，都贴到耳根了。小美感觉脸颊被他捧在手心，雨点打在她脸上，被滚热的面颊加热、蒸发、升腾，发出“嗤嗤”的声响。他鼻子发出的呼吸如小时候放的牛，“呼呼”地喘气。就在阿峰灼热的唇快要在小美的唇上落下时，小美扭过了头。

“亲亲我的眼睛吧，里面全是江沙，你吸出来说不定我就能看见你了。”小美迎上了她空洞的双眼，她期待会有别样滋味的嘴唇亲她，可等了好几分钟，一边的丁祖峰都没有动静。

“等着，我一定治好你的眼睛！”丁祖峰的手很有力，攥得小美很疼，耳边传来他抽泣的哭声。

从那之后，丁祖峰好像生气了，小美感觉他们之间总是忽远忽近有距离感，是不是还在气她没接受他的吻？可是，她有拒绝吻的权利啊！听说恋人相吻时女孩要闭眼，可是她多么想睁眼看着那人，记住他的样子。

“妈，怎么很久没有听到他的声音了？”终于有一天小美忍不住问。因为过年了，只听到爆竹声，却没听到他的声音。

“出国了，到国外去读研究生了。”周老师叹了口气，轻声地说。

“外国？离我们这里很远吧！是坐船还是坐车去啊？还回不回来？”小美疑

惑地问。

“坐飞机去。当然回来，傻丫头！”妈妈没再理她，走开了。

那些天她每天照旧把窗户打开，等待他回来。外面刮着北风，飘着雪花，她知道雪花有种凄凉的美，落在手心很快就化成了水，像她的命运一样，随时都可能融化成一捧土、一缕烟。

星期天一大早，上大学回来的阿俐赶过来陪她。天刚蒙蒙亮，她们像往常一样早早去楼下上厕所。

“小美，你怎么不带导盲棍了？”阿俐一脸惊喜地问。看小美大踏步走在大街上，胸口的曲线上下颤动，自信的样子像是模特在走台，哪像个瞎子？

“前几年，自从我在这条路上摔过一次后，就再也不担心路上有障碍了。现在的人素质都高，从不在盲道上乱停放东西，知道关心我们这些人。”小美说到兴起，竟一蹦三跳地小跑起来，像奔跑在村口大江边的江滩上。

进了厕所，阿俐很是吃惊，原以为里面应该像她所在的街道厕所，苍蝇如战斗机一般到处飞舞，臭气熏天，没想到唯独这间路边厕所，人群熙熙攘攘，却异常干净。

“阿俐，你今年也十八岁了吧？你说女孩小时候丑，长大就漂亮，你现在是大美女了吧？”小美期待地问。

“谁说我小时候丑啊？那是我谦虚！”

“你在大学谈恋爱了吗？听收音机里说，大学女孩如果不恋爱，要么是心理变态，要么是丑得没人追。”

“我身材和你差不多，身高也一样，你说有人追吗？”

“瞎子的世界到处都是黑暗，我特别羡慕你们这些读大学的伙伴，你们阳光，风华正茂，不像我，天天在家等死。”

“瞎说，你不也上学啊！你们特教班也有五十多人，没人追你啊？”阿俐抿嘴很神秘地问。

“你别笑话我了，谁会爱上个瞎子！我要是个男人，可以学拉二胡出去卖艺，可以摇铃出去算命，可以给人家按摩，可我是个女人，除了吃干饭等死，什么都不会。”小美很失望，她想阿俐谈恋爱了，可以告诉自己那是什么滋味，是不是如蜂蜜，甜到心里？还是如阳光，暖到每一根毛孔？可是这家伙贼得很，把秘密藏在心里。

女厕所蹲位的后面是便池，中间只隔了几张芦苇席，老鼠在这里早就安了家，不知道便池前后，哪里是它们的客房，哪里是它们的餐厅。芦苇席上有几只老鼠串门时留下的洞，像来自另一个世界的深邃的目光。

小美突然感觉背后的芦苇席有粗重的呼吸声，那里肯定有人。呼吸急促、凌乱，没有节奏，肯定是个男人。她慌忙扯了下阿俐的衣服，示意身后有人在偷看。

阿俐心头一惊，自己竟然没个瞎子“眼尖”？

“大清早的，天刚刚亮，谁会躲在厕所后面脏兮兮的便池边偷看啊！”阿俐半信半疑，小声嘀咕，但她坚信小美的嗅觉。十个算命九个瞎，他们都有准确的第六感应。张伶俐贴着芦苇席，隔着老鼠洞，向便池后面望了一眼，正好那边也有双泛着红血丝的眼睛和她来了个对视。只对了个眼，阿俐吓得倒退了几步，差点儿摔倒。

那堵墙背后真有双眼睛。

“有……有色狼偷看！”阿俐大声地叫喊，并壮着胆子拉着小美的手绕到厕所后墙查看。她想小美天天来上厕所，这次不能让这个偷窥狂跑了。

一条小道直通厕所的后墙，只一转弯，阿俐真的看到厕所粪池边有一个矮黑的影子，他旁边放着两个塑料便桶，手里握着根干瘦的扁担，原来是个挑粪工。他个子很矮，但很壮实，低着头，一句话不说，也看不清脸，但能看出他脖子上青筋暴露。

小美闻到了一股酸酸的汗味，看来这个男人很少洗澡。做这份工作再不喜欢洗澡，那肯定脏死了！她赶紧退后几步，拉开和这个男人的距离。小美很少讨厌人，可是对于这个一大早躲在女厕所偷窥的男人，她感觉特瞧不起。人脏没关系，心灵一旦脏了，再怎么洗都洗不干净。

警察几分钟后就赶到了。清晨这个时段出来晨练的、上厕所的人很多，一会儿就围满了看热闹的人。那个挑粪工本来就矮，被人一围观，仿佛缩成一团球。

“是你在厕所后面偷看吗？”警察连问几个问题，那男人激动得挥起手中的扁担准备反抗，可一见面前站了好几位如花的姑娘，一下子就蔫了，扔了扁担，连连摇手，“咿呀呀”地嚷着，原来是个哑巴。

“越丑的人越没人爱，越流氓。”

“是这个小伙子啊！他很勤快，人很老实啊！”

“不能同情这些人，借工作机会偷窥。同情弱智和同情罪犯不是一回事。”人群中有人求情，也有人愤怒。

“自从这小伙子来这个街道掏粪，这里就特别干净，每天半夜等没人上厕所后他才来工作，而且都是这个时段掏干净。今天这两位姑娘来得特别早，他快收工了。我敢担保他是在工作，你们误会了。”路边一个修鞋的摊主摇着轮车挤进人群，很诚恳地说。

街道上一些老人也认识这两人，因为不知道他们的名字就胡乱地喊，一个喊老挑担子，一个喊老补绊子。

修鞋工是个双腿截肢的残疾人，两个裤脚扎了个死结，耷拉在轮椅上，像张叠成麻花的千张。他身体干瘦得像一道闪电，又像是用牛皮纸卷成的一个疙瘩，塞进一把韭菜再用油一炸，炸成一团开裂烧焦的春卷，又脏又皱，风大点儿就可能散开，散成一张豆腐皮。因为活做得仔细，价格公道，这个修鞋工在这片小区很受人喜欢。有他担保，大家也就没再为难挑粪工。

挑粪工连连向人群拱手，样子好像是道歉。

“没事的，这也是他的工作，我们应该感激他，每天都把公共厕所打扫得这么干净。”小美听说这个男人是个哑巴，也是个残疾人，心顿时就软了。同是天涯沦落人，都是苦命的人，谁还去嘲笑谁呢？她对警察说是误会。警察一走，人群很快就散了。回去的路上，小美总感觉在哪里闻到过那股淡淡的机油味，好像很熟悉，就是一时想不起来。

秀秀收到玉宝从部队写来的第一封信，有句话她特别喜欢，特意抄下来贴在床边：人生就像一杯茶，总会苦一阵子，但不会苦一辈子。

自从玉宝坐上部队派来的专车走了以后，秀秀感觉整个心都空了。原来能坐在图书馆里一整天，像条鱼沉寂在书的海洋里，忘却了吃饭，现在她时常坐在窗前发呆，满脑子都是奇怪的念头。看见别的阿姨牵着孩子从身边走过，能明显感觉到体内的激素在刺激她，让她有结婚生子的冲动。

一个多月后的一天下午，玉宝突然出现在校园的大门口，背着个大背包，剃着精神的寸头，人显得特别帅气。秀秀扔了怀里的课本，当着那几个保安的面，一个猛子就扎进了他怀里。那几个保安正在用煤炉煮鸡蛋，有个保安刚剥好一个，送到嘴里的鸡蛋被惊得掉到了地上。

“前段时间，部队到沙漠特训，这几天又开赴江边特训，刚好回去的车从县城旁边过，我请假来看看你。”

“嗯，我天天做梦梦到你，现在感觉还在做梦。”秀秀哭了。

“听说我们村江对面那个飞机场有可能要维修使用了，到时我就申请回来在那里开飞机陪你。”不知道是高兴，还是玉宝的肩膀更宽大了，搂得秀秀感觉有点儿窒息。尤其是他胸口练得鼓鼓的胸肌，暖烘烘的，像两块凸起的炭火。

“嗯，我明年就毕业分配了，到时我申请去家乡的学校任教。我一定等你回来。”秀秀抬头刚好看到落日的余晖映红了半边天，从玉宝的耳边折射过来，拉出了一根根细长的金丝，被玉宝黝黑的面部轮廓反射出去，显得特别有型。

一阵晚风吹拂过，玉宝抖了下眼皮，坚挺的鼻梁最前端有些下斜，弯曲如鹰嘴钩，很阳刚、威严，这就是她的兵哥哥。

“这是我用一个月的生活费买的，送给你，每天戴在手腕上，就当是我在陪你。”玉宝从身后的背包里取出一个盒子，打开是一只手表，亮晶晶的，表盘有火柴盒般大小，指针滴滴答答地响，是上海牌！

“嗯，没想到小时候玩的过家家酒你还记得！”

“你说的每一句话都记在我的细胞里，流在我的血液里，怎么可能会忘呢？”玉宝点点头，指着自己的脑门，那里有他们所有的青春记忆。

那天的相聚是那么短暂，吃麻辣烫的时候，秀秀明显感觉到玉宝不时地看秀秀手腕上的表。他在掐算归队的时间。只一个多月的时间，就让面前的这个男人褪去了原有的青涩，眉宇间有了股男人的刚毅，连眼神都显得多了份睿智。

“我……我上个月‘冤家’没有来，不知道是不是有了？”快要分别的时候，秀秀钻进那熟悉的怀抱里轻声地说。自打见到玉宝那一刻起，她好几次鼓起勇气想开口，但都不能确定情况是不是真的那么糟。

“什么？不会真的那么倒霉吧！那，那怎么办？”

“我也不知道。”

“秀秀，我没有时间陪你了，我必须在晚上七点前归队。”玉宝浑身颤了颤，晃悠悠像个不倒翁。当爹的担子太重了，他稚嫩的肩膀还没有长结实，根本承载不起这样的重压。

有那么一刻，秀秀抬头刻意用眼睛去寻找玉宝的目光，四目相聚，玉宝眼里那一丝慌乱无助让早当家的秀秀很失望。原以为一个男人一旦有了家，虽然那个家就几个平方，破烂不堪，但床是热的，睡上去就该是个能撑天地的英雄。可是那眼神告诉她，玉宝还是个孩子，像开春刚落花的杏子，青涩，难以下咽。

“你是个二十一天都捂不出小鸡的大坏蛋！”临走拥抱，秀秀撒娇般在玉宝耳边轻声骂了句，骂得那么苍白、无力。

玉宝拍了拍她的肩，秀秀勉强笑了笑，在心里自我安慰，没有那么巧的事情，她也没有做好当妈的准备。这几天她常做梦，梦里她依偎在妈妈的怀里撒娇。

那天的麻辣烫秀秀吃得很慢，想玉宝能多陪她一会儿，可是该走的人还是要走，如流沙，她抓不紧、留不住。夕阳西下，野草沟壑、树影斑驳，他背着高耸的背包，背影像个远足荒凉沙漠的骆驼，美得像一幅油画。最后玉宝的背影和落日的余晖一道消失在县城公路的尽头，淹没在夜色里。秀秀瞪圆了眼睛，想寻点儿消失前的痕迹，可是水静无痕，大地混沌成一片漆黑。

麻辣烫刚刚吃的时候特别的麻辣、够味，混着临别时玉宝激烈亲吻时注入的口水，分泌出五味刺激味蕾。秀秀抬头看着已经黑乎乎的天空，黑夜背对着她，给她一个无言的背影，拒绝和她沟通，连个倾诉的星星都不给她。胸口一阵刺痛，感觉像被一股酸味浸透，如浓硫酸一般烧得肠胃翻江倒海地疼。

沿着老街的梧桐树，秀秀低着头，深一脚浅一脚地走回学校。那夜路特别漫长，泥泞不堪，每走一步都仿佛耗尽她全部力气。

星星最终还是耐不住寂寞，下半夜的时候镶满天宇，星星点点，如在布置舞台背景。明天肯定又是一个晴天，可是秀秀知道她心里的阴霾天才刚刚开始。

第二天，秀秀总算挨到放学。这次她没有抱着一大堆课本去图书馆，而是直接上了街，七拐八绕来到一个小诊所。

"轰隆隆——"一阵响雷在秀秀心里炸响，医生的话彻底粉碎了她所有单纯的对未来的梦想，她怀孕了。

这句话成了她人生的分水岭，往前走一步她就可以为人母，往后退一步她还是那个黄毛丫头。她在这句话组成的双杠上玩着高空杂技，无人保护。

秀秀的确怀孕了，秋种种子春发芽，就这么简单，肚子里的小生命吮吸她的血肉，在不适宜的季节疯狂地生长。一次的冲动造就一次意外的心灵碰撞，电光火石间，一切都还未来得及细细体会，便已尘埃落定。那些天，秀秀每天不吃饭，发疯地在操场上跑步、跳绳，大幅度运动，每次上厕所时都瞪圆了眼珠，发誓、赌咒肚子里那个小家伙赶紧滚蛋。

她甚至特意去买了根很细的绳子，死死地勒住腰，将身体勒成一个扭曲的卡通气球，勒得胯骨都快撑破了腰，可是这个小蝌蚪实在是太可恶了，秀秀原本把他当个客人，可这家伙像个主人一样钻进了她的躯体，关上了门，抱着根本就不爱他、咒骂他下十八层地狱的亲娘，拒绝任何人说客求情，非要修炼成人。

那几天秀秀精神恍惚，总感觉身后有人跟踪。肚子里的小家伙时而像个小丑一样，上课的时候突然从她眼前跳过，吓得她猛一哆嗦，全班同学都被她失态的表情搞得一脸错愕。

有次她被噩梦惊醒，梦里她的肚皮成了机器猫的四维空间口袋，一打开，里面一群吵吵闹闹的光屁股小孩，呼啦啦地推着手推车冲出来，那场景像孙悟空大战红孩儿。

秀秀害怕见所有人，恨不得躲进无人的外太空。

同在一个舞蹈队的黄俊峰觉察出了她的异样，这些天图书馆里也找不到秀秀，好几次找借口问她是不是病了，都被秀秀搪塞了过去。

因为肚子里装了个定时炸弹，没几天，秀秀就彻底崩溃了。她害怕孤独，害怕未婚前先当上了妈，害怕流言蜚语，害怕肚子里的小肉球一天天长大，更怕被人看出什么。

"晚上有空吗？陪我走走吧！"一天晚自习下课，秀秀叫黄俊峰陪她去操场走走，这让这个俊俏的小伙子受宠若惊，连连点头。

"什么？你怀孕了！是那个开飞机的小子的吧？这事要是让学校知道了，是要被开除的！"秀秀感觉到身边的男人也同样受到了惊吓，她抬头和眼前这个陌生男人来了次对视，这是她第一次认真看他。这个苦苦追求她的人，每天如木偶一般坐在图书馆的最里角，傻傻地盯着她的背影。全班同学都知道他单相思，在班里的外号叫"呆男"。

秀秀从这个男人的眼中感觉到他们不过是一次擦肩的偶遇罢了，咫尺陌路，渺如云烟，彼此绝缘。

秀秀很失望，都是经不起事的小男人。她终于明白寝室里一些小女生私聊的话题中总有大叔情结，不是因为大叔有多好，而是因为大叔能遮风挡雨，他们成熟的面皮下藏着波澜不惊。

"你借我点儿钱吧，我去医院打掉。学校知道就知道，反正我们是真心的，大不了我不读书了，陪他守边疆。"秀秀语气很坚定，她相信那个男人无论飞多高、飞多远，爱的方向盘握在他手里，心已经给了他，他们已经融合在同一管血液里，谁也别想分开他们。

"钱我有，你哪天去医院，我陪你吧！"秀秀一只手接过黄俊峰递给她的十几块钱，那是他一个月的生活费，另一只手推开了想抱她的这个陌生男人，转身走进操场边已经漆黑的宿舍走廊里。不知道从什么时候起，她喜欢一个人呆坐在无人的黑夜里，让黑暗把自己包围，让自己消失、隐身在黑暗的任何一个点里，只有这样她才有点儿安全感，更不会被别人看见。她觉得黑暗不光能制造恐惧，也能抚慰伤口。

为了避开可能遇到的熟人，秀秀找遍了这座县城的大街小巷，最后撕了张小广告，在一个满是垃圾的巷子尽头找到了那家没有门牌的私人医院。说是私人开的，她知道其实就是一家黑医院，什么资质都没有。里面只有一个医生，是位已经七十多岁的老奶奶，满脸刀刻般的皱纹，面无表情，手脚却很麻利。经过一番讨价还价，最终谈好了价格，十八元。接过秀秀递的钱，她立刻就上足了发条，浑身抖擞，端出一个脸盆，倒进去一瓶冒热气的开水，“稀里哗啦”地洗着一堆闪闪发光的刀具，秀秀觉得她洗的是自己的肠胃。

“姑娘，师范的学生吧？来我这儿的不止你一个。放轻松点儿！”秀秀今天没穿校服，可老奶奶不知道从哪里看出秀秀是县城师范的学生。秀秀扭过头去，不去猜想。

不知道为什么，一看到这老奶奶，她满脑子都是村里丁婆的脸。

可现实是丁婆专门接生，这个老奶奶专门杀生。

屋子里面黑乎乎的，一盏大概只有15瓦的灯泡亮了后，秀秀看清屋子里只有一张铁架床，床边的扶手锈迹斑斑，一层乳白的胶漆几乎脱落干净，露出黝黑的铁管。墙上原本应该刷了漆，只是因为这间地下室地势很低，潮气很重，已经脱落了好几层墙皮，看不出原来的模样，露出一块块镶嵌在墙体里面的青砖黄沙，像个上了年纪的老人脸上布满的老年斑。一簇簇紫色的青苔在砖角的缝隙中滋生，竟然生出两朵如紫菜一样大小的花蕾来，弱弱地支撑着纤细的腰杆想要绽放。

床单上沾满黑黝黝的油迹，看不出床单原本的颜色。墙角的一个垃圾桶里满是沾了血块的粗糙的卫生纸，最上面的血块还没有凝固，泛着深黑色的光，堆得高高的，如装得满满的爆米花桶，只是没有爆米花的香味，远远地就传出一股冲鼻子倒胃口的臭腥味。

看来这家医院的生意还很好。秀秀紧咬嘴唇，脑子里竭力去想家乡的大江，想开春时漫山遍野的草地上开满紫色的四叶小花，她躺在那花做成的床铺上打滚，滚得全身满是花粉的香气。

这叫转移思维，她怕再多看几眼，会翻江倒海地呕吐。

“小姑娘，有点儿疼，忍着点儿，脑子里想些快乐的事就不疼了。男人的快乐本来就是建立在女人的痛苦之上的，当女人本来就命苦，认命吧！”只几句关心的客套话，就让秀秀委屈、痛苦、恐惧的河床彻底决堤，泪水瞬间从眼窝里涌了出来，像江水涨潮，顺着面颊流淌。

“这世界最危险的地方，你知道是哪里吗？”

秀秀摇摇头，没有说话。

“是在妈妈的子宫里。”老女人还在自言自语。

机械地脱去衣服，秀秀躺在床上，摆成“大”字形，像个被摆拍的木偶，又像一个脱光了的芭比娃娃。头顶的天花板“滴滴答答”地往下滴着水，也许它在为进这间屋子的女人们流泪。

秀秀侧过头，紧闭双眼，攥紧拳头，浑身的肌肉僵硬成一块干硬的木板，身体麻木的不能支配，连动一下脚指头都做不到。

她像只被扒光了毛的板鸭，被人按在砧板上，准备开膛破肚。

“啪”的一声，老女人手上的铁镊子在她张开的双腿某处开了个天窗，先是一小股热热的体液试探性地流了出来。老女人本来还很呆滞的眼睛看到有殷红的血流出来，顿时就充满了电，往外放着光。她看准时机，另一只手里的刮刀顺着那刚刚开口的缝隙伸了进去，庖丁解牛一般顺着肌肉的纹路手腕一抖，猛地一使劲，锋利的刮刀泛着刺眼的寒光，如打着手电在寻找东西一般，在狭小的空间里游走、飘移，接着又来了个华丽转身，如冰刀在冰面上极速的滑行。

尽管满脑子里都是玉宝的模样，可是身体还是割肉般的痛。刮刀在肉上刮磨的声音刺激着她的神经，每刮一次就如一面铜锣在脑子里敲响，“轰隆隆”的从左耳洞一直翻滚到右耳根。疼痛让秀秀收缩、再收缩，直至将身体蜷缩成一个球，像一只被拔光了外刺的小刺猬。

只短短的几分钟，秀秀却感觉煎熬折磨了几个世纪。

“好了！”老女人紧绷的神经随着那团肉一起松弛了下来。她随手将那团肉扔进一边的铁盘子里，全身如泄了气的皮球，干瘪成一张挂在衣架上的皮囊，瞬间没有了刚才上战场般的巾帼豪迈。

那团肉刚刚还包裹得很严实，可是一离开老女人的手心，就在铁盘子里散落成一堆小碎块。

“谢谢。”

“小姑娘，不管遇到什么样的坎，都一定要好好地对待自己。”老女人说。

结束了，秀秀一刻都不想停留，她挣扎着站起来，发现床上脱落了很多她的头发，不知道是谁在一边揪下的，也可能是她自己挣扎揪下的。扶着墙，墙边漏水处的滴答声证明她还活着。拖着淋血的双腿走出那扇低矮的小门，每走一步感觉身体就轻一点儿，腿脚就发软一些，眼前更模糊一片。

那条只有十几米长的小巷，她扶墙走啊走，走啊走，走了足有十几分钟，是那么漫长。小巷的尽头黑乎乎的，没有来时路，一如她的漫漫人生路。

"汪——汪"，几只土狗在巷子的尽头伸头张望，汪汪叫了两声。

秀秀抬起头看了一眼，她感觉自己眼里流的不是泪，是血。那几只土狗吓得立刻就闭了嘴，弓着身子退进了巷子。

很多年后，秀秀时常从睡梦中被惊醒，梦里反复出现这样的镜头：她独自走在一条幽暗、深邃的小巷里，怎么也走不完。前面一片漆黑，耳边有人在呼吸，可她不敢停下来，因为有次好奇地一回身，身后跟着个大头娃娃，瘪着嘴，大概还不能开口叫妈，用没有发育好的干瘦小手弱弱地牵着她的衣襟，就是不放手。小小的眼睛里满是委屈，仿佛饿了讨要奶水。

"娃啊，别怪我，我和你一样，也只是个孩子！"秀秀默默念叨。

秀秀不敢停下来歇一口气，更不敢回头再看一眼那间黑洞洞的屋子。那间地下室就是个集体坟墓，是个屠宰场，无数个小生命在他们妈妈的陪伴下，抚育了他们只短短的几个月，像过家家酒一样，游戏结束就一个回身，亲手将骨肉送进地狱。

秀秀怕有孩子一身血红地跑出来，抱着她还在流血的大腿喊她"妈妈"。秀秀清晰地记得，那年她十八岁，记得痴情总被无情伤。

第八章 村花回村

阿六带着雅青从广东回村了，那场面好比过年大塘干塘，起鱼分鱼，家家户户都出来瞧热闹，早就有单身汉期待一睹雅青的芳容。开始说雅青在工厂里做会计，整天不见太阳，坐办公室，比开春的竹笋还嫩，后来传说比夏天的第一根雪花藕还白，传得神乎其神。

那天丁家墩未结婚的男人几乎全部出动，站在家门口等待。阿六一头卷发，如爆米花，穿得花花绿绿，很是洋派。一回来，村里的单身汉就给他起了个外号“卷毛狮王”。他身后跟着身穿白花裙的雅青，两人走在一起煞是般配。

“真是走了狗屎运，一条养了一斤多的黄鳝，几村的男人天天在塘里摸都没摸到，这个小阿六用铁锹在岸边只铲一锹土，奶奶的，那竟然就是雅青的家。这条美得成精的大黄鳝被他铲到了！”进村就听到有光棍在愤愤地骂。

自从这丫头长了个子，隐约看出穿了件小内衣，从他们家门口背着书包上初中后，就加入了他们梦里女娃的名单，成了他们每晚梦里的常客，反反复复地出现，每次场景都不同，台词不一样，都有不一样的惊喜。现在她也被拐走了，少了一个萝卜，多了一个让人失望的坑。

只在前几年，阿六流着鼻涕跟在单身汉的屁股后面上山挖山药，跟谁后面都遭嫌弃，瘦得跟竹节虫似的，都骂他是“孬大个子”，而今阿六回村，去哪里都是香疙瘩。城里的新鲜事太多，阿六嘴里的新名词多得让他们听不懂，什么“酒吧”“约会”，说得一个个单身汉瞪眼流口水，充满无限幻想，那种幻想隔着天和地。

“男怕三十，女怕十八哦。”有人一脸失望地说。

“没办法，运气就是这么好。”阿六一脸得意，领着已经大了肚子的雅青回他那三间破瓦屋了，空气中弥漫着雅青身上的花露水香味。

“妈，你开开门吧，让女儿进门看看你。”阿六张罗几个亲戚去雅青家准备把雅青娘接过去和他们一起住，可是无论雅青怎么跪在门前求她娘，这个倔强的老女人就是不肯开门看女儿一眼。雅青娘拄着拐杖，靠在门后看着墙上死去男人的遗像发呆。女儿和这个还是一张娃娃脸的阿六私奔，一年竟然没有回来看过她一次，也没托人带信回来。家里责任田小爷在耕种，她这个老娘都快饿死了。

阿六曾去过雅青家，他最怕看挂在墙上雅青爹的遗像，老家伙眼睛瞪得大大的，像是能转动，阿六走到哪儿，他的眼珠就转到哪儿，一脸严肃，让他感到很压抑。雅青娘前半生的泪都流给了早死的男人，后半生的泪在追雅青那晚也流干了，这门亲事她死活不认。

“等你肚子里的娃出生了，会喊奶奶了，她自然会心软。”阿六无奈地领着已经大肚子的雅青回去了。

那天，夕阳西下，挺着大肚子走在大塘埂上的雅青很美，夕阳将她的侧影拉得很长，微风将她的长发微微吹散、托起，美得像挂历上的明星。

“来吧阿六，来两把暖暖身子。”丁小气家门口永远有一堆“苍蝇”聚集，今天他们又在赌牌九。

阿六一进村就两眼放光，浑身像充满了电。他一听到牌九骰子在碗里的滚动声，就会情不自禁地流鼻涕、淌口水，像个烟鬼烟瘾犯了，不玩几把浑身难受。那两个骰子在碗里如溜冰一般，时而猫着腰，贴着碗边急速飞驰，如电视上的溜冰运动员；时而如斗鸡一般抱成一团，撕咬成一片，发出“叮叮当当”的清脆声。每到“三关口”，一骰子掷下碗，两个猴子兄弟的翻滚，就能将很多单身汉一年辛苦挣的血汗钱改名换姓。

“雅青，小赌贴家用，我去练几把手哦。”阿六乞求着向雅青讨了钱，一头扎进了欢快的人群。

这天阿六手气特别好，眼看一帮老小快被他吸光了血汗钱，阿六嘴巴乐得都合不拢了，歪叼着烟，一边抓钱，一边骂着恶毒流氓的话，甚至唱了起来：

讲真话，一场牌九，推得爽
四个朋友我们坐桌上
蒙你们情面，加我的相

你们压，我坐庄，猴子一掷两分旁
掷个九，拿头首
拿到手里摸一摸，荡一荡
粗来来，还真不瓤
反过来，望一望
我的乖乖隆嘀的咚
花公鸡配红人杀四方
……

阿六边唱边赢钱，成了一个人的表演。

“阿六，来根烟！”对面六爹家儿子阿超子从外地刚回村，给他递了根包装特别讲究的烟，阿六看都不看，点上猛吸了一口。好烟就是不一样，天高云淡，吸一口浑身血液都通畅，屁股都冒烟，舒服！

自从吸了那根烟，阿六就感觉像被下了毒咒，每次摸牌在手，就有人大声叫喊，拍着胸口嚷嚷：“阿六，不超过三点，超过三点老子一生不赌了！”

结果和猜想惊人地相似，每把牌真的不超过三点。

阿六就是不信这个邪，他浑身攒劲，歪着脖子，一跺脚，猛吐一口吐沫，嚷嚷着：“牌九，老子杀了你家人啊，快快显灵！”

只短短的几分钟，阿六就口袋朝天，硬生生地被挤到一边站岗了。等手中的烟蒂烧到了尽头，烧疼了手指，阿六才反应过来。抬手想扔了烟屁股，突然发现了夹得变形的烟蒂上的字。阿六一看那牌子，气得鼻子都歪了，竟然是根“苏烟”！

“阿超子，你他妈的什么意思？老子推牌九，你使阴招，给老子递根输烟。”

“怎么，我递烟给你还犯法啊！你真是赌输钱，风都挡事。”

“你他妈的上街怎么不让车撞死！出门让流星砸死！”阿六叫骂着冲进人群，一把揪住扬扬得意的阿超，两人扭打成一团。

赌钱的人都迷信，阿六对这些特别讲究。那天一桌的人将钱还了阿六还不行，他抓着一块砖头，一路追到阿超家里，阿超妈连连赔礼都不行。阿六说得罪了赌神，他这辈子翻不了身，赔礼必须去村土地庙，放炮仗、敬香蛋，请土地爷爷牵线，财神爷爷才会带他好运。

从那以后，阿六常跑去丁小气家赌钱。雅青阴沉着脸，挺着大肚子，两手撑着腰走回满是灰尘的老屋，怎么也开心不起来。

一晃就过完了年，雅青生了个女娃，光棍们说是布谷鸟叫春——开窝就能生。她给女儿起名叫丁鱼鲤。因为阿六是个孤儿，没爹没妈疼，孩子没人带，雅青干脆用个竹篓到哪里都背着娃。她个子高，皮肤白，留着长发，背个竹篓像山寨里的妹子，是村里最美的一道风景线。一次阿六在丁小气家赌钱，本来牌九手气好，两个骰子扔下碗，如两个炒得快要爆了的蚕豆，上了马达一般在碗里狂暴地跳跃，让他血液凝固。

“好，又扔了个九，天方拿首！”阿六大声地吆喝着，声音洪亮，半个村的人都能听到。

村里老人说赌钱赌精神，绝对不能在气场上输给对桌。阿六说赌场如战场，桌上无父子，上桌是敌人，下桌才叫爹，要六亲不认，心狠手辣才能赢大钱。

“骰子，你他妈的结婚那晚，是不是让人用肚脐眼把初夜给骗走了！”自从阿六爱上赌钱后，他就喜欢骂人了，每次上桌子先破口大骂一会儿，活脱脱一个泼妇样。他喜欢赌钱时骂脏话，觉得骂得越难听，才可能让牌九怕他，才能出点子。

之前那些把他当偶像的女孩儿大多还没结婚，私下里说阿六结了婚就完全变了个人，抽烟、喝酒、赌钱、骂人、打架，五毒俱全。

他摸牌在手，嘴里歪叼着根烟，微闭双眼，135 度仰视着天花板，眼神专注而凝重。烟屁股已经被他咀嚼成一块变形的口香糖，海绵被嚼得没有了吸附性，光往外冒小气泡。那两扇牌九像小乌龟一样被他抓在手心，他先将两扇牌九并排紧捏，再用右手大拇指按住牌九背，伸出熏成古铜色的食指，在泛白的牌九肚皮下先是轻轻地做了一次熨烫，再用指尖轻轻地贴着牌九肚皮给牌九做了一次按摩，这有个专业术语叫“烫牌”。

那根黄黄的食指开始只是试探性地一次推进，等触碰到牌九的边缘时，食指先停了停，顿了顿，做了一次刹车，再突然加大指尖挤压力度，全身的力量都集中在发黄的食指指尖，做了一次反拉。这次是刻意地挤压，牌九的刻字在指尖摩擦，一沟一壑，一草一木，大江大河，草原荒漠，全在指尖彰显。

他摸牌的动作很慢，慢得像个刚拿到驾照的人开车上江堤，反拉的动作像打出去的旋网[①]，如今该是拉网收鱼的时候了。香烟缠绕的烟絮在嘴边升腾，熏着嘴

① 渔民用的一种带回旋的捕鱼工具，这里形容赌钱人摸牌时的回拉动作。

唇上那一小撮毛茸茸的胡须，被分割成无数条线，借着折射进来的太阳光，像是被切割成无数根的胡萝卜丝，向上升腾，遇到鼻孔重新又集聚成两拢，排着整齐的队伍，缓缓地流进了鼻孔里，如吸烟机一般打着回旋，反复过滤，净化成一股呛鼻的气味，再被一股脑儿喷出去。

这叫“摸牌”，整个动作一气呵成。

一个个点数刺激着指尖的细胞感受，飞快地转换成信号，传输给大脑，再以亿万分之一秒的速度，急速地计算出点数。

“啪”的一声，一盏灯亮了，整个过程只是十分之一秒。在他们心中，这盏灯亮得比爱因斯坦的什么理论丝毫不差，计算的速度更不输给世界上任何一台超级计算器。

一桌子的赌客全都屏住呼吸，咽着吐沫大气不敢出地盯着阿六的面部表情，那张脸现在就是股票，稍微一变化，那都是钱。

“嫩——九！小猴子拎灯笼。”阿六一声怒吼有120分贝，震得房梁直落灰，震得星星坠落，月亮翻船。

门口一只母鸡正在墙角下蛋，大概被阿六吓着了，很不高兴，扯起嗓子“咯咯”地抗议。一个输光了被挤到外围当观众的单身汉抬起脚，一脚踢得这只叫得正欢的母鸡屁股一抖，丢下一只冒着热气的软白壳的蛋逃走了。

“砰”的一声，阿六猛地睁开双眼，瞪圆了眼珠，张开大嘴，恶狠狠地将嘴里嚼成一小团的烟屁股吐到地上，哈哈大笑起来，露出一嘴黄牙，看也不看，将两扇牌九重重地摔在桌子上。

两扇门倒了，屋里黄沙迷漫，一片寂静。

“妈的，吃了壮阳药了啊，这么厉害。”又是一次统杀四方，一帮老单身汉输得一个个哭丧着脸骂，如丧考妣，在裤兜里抠钱。

“对哦，牌牌都是钢货。”

“阿六，来根烟啊！”旁边有单身汉想演插曲，制造混乱。

“滚，谁要是再递输烟，老子杀他全家！”阿六叫骂着继续做牌，一堆堆地码他心目中的长城。

阿超子见阿六变精了，递烟他不上当，转身从雨露家找出一本《故事会》，蹲在阿六身后，津津有味地看。

阿六起初没注意，突然感觉不对劲，桌上所有人好像都在阴笑。阿超子小学三年级就辍学了，刚刚会写名字，认识的字加一起也不超过100个，怎么今天关键时候在看什么书？

“奶奶的！”他猛拍脑袋，一声大叫，回过身，抬脚就将正他身后看书的阿超子踹出了门外。

“你……你怎么踹人啊！”阿超子大叫。

“你他妈的非要我哪天一刀捅了你啊！老子牌好，你总是使阴招，偏偏早不看书，晚不看书，老子点子好的时候，你蹲我后面看书（输）！”

阿超子刚刚还瞪圆了眼珠要和阿六拼命，见被阿六识破，自觉理亏，拍拍胸口没说话。

“阿六，回家吃饭啦。”雅青笑盈盈地背着女儿挤进人群打着招呼。

“等会儿，今天手气好。过几天就去广东打工了，今天要把阿爹们的养老钱、棺材钱全赢走。”阿六没理会她，继续坐庄。他得意地用眼角扫了下四周，四周全是一张张哭丧的老脸。这些老爹，一个个眼泡松弛，骨头锈蚀，天天酒精中毒，生命之火挣扎着快烧尽了。

说来也怪，雅青一来，阿六就成了鳖王，刚刚赢的一大堆票子没十几分钟就还给了老爹们。场面一下子活跃起来，刚刚还是一边倒的战争，一下子反转了角色，老爹们一个个下手忒狠。

“一点就通杀！”

“专逮鳖！”

阿六点子好的时候，他们一个个装死，上厕所、搬桌子方向，故意冷阿六的猴子，可阿六点子一冷，他们一个个瞪圆了灯泡眼，一下一个准，一个个笑得老脸开花，高兴得递烟打通关。

“情场得意，赌场失意。阿六，你不行了哦！”

“人家城里人过年发红包，送福利，谢谢你哦，还记得我们这些老爹。”单身汉们盯着雅青，打趣地调侃阿六。

“回家吧，别玩了，反正也没输。”雅青因为不是本村人，和这一帮脏兮兮满嘴烟味的男人不熟悉。女儿一进屋子就被烟呛得咳嗽，雅青总感觉这些男人眼里带刀子，盯着她上下看，眼神老在胸口领子处划拉，像是恨不得要在身上剐肉。

阿六阴沉着脸，重新点了根红“东海”，扭动了几下脖子，将颈椎扭得“嘎吱嘎吱”响，又特意去洗了把冷水脸，调整呼吸，继续坐庄。

“哈哈，王者归来啊，王八的王吧！”

“还弼马温的温呢！”

“哈哈阿六，你这个小孬鳖，怕是鳖窝里爬出来的，你今天坐的这方是个坐塘鳖窝吧！”阿六儿骰子下碗，不是老猴子抱嫦娥，就是虎头子抱九姑娘，还是几个鳖，一屋子人哄笑起来。

“瞧来瞧去，满山遍野的傻子原来全在这里，真晦气！”雅青一来，阿六简直就是掉鳖窝里了，口袋朝天，泛着白肚皮，真的像只死鳖肚子。他气得哆嗦着嘴，顺手推翻了桌子上的碗，临走的时候还抓了一把牌九揣在兜里。

“你带女儿来干什么？背个竹篓像个捡破烂的，烦不烦！家里还剩的钱呢？”阿六瞪圆了眼珠，觉得太晦气，回身出了丁小气家的门，怒气冲冲地问。

“那钱给我妈妈买了点儿药和衣服，托人送过去了。”雅青怯生生地背着女儿跟在他身后。女人一旦结婚、生娃，所有的傲气都转化成母爱。去年阿六在她面前说话嗓门都不敢大，含嘴里都怕化了，可雅青一生孩子，角色完全转换了，他眼睛好像突然变大了，一生气就瞪得溜圆，山呼海啸像个国王。

“那是我扳本的钱，家里就剩那么点儿钱，你烦不烦啊！”阿六猛地一声咆哮，吓得雅青背篓里的女儿大声啼哭。

“老子叫你温[①]！”阿六出了雨红家的门，猛跑几步到了大塘边，抡起手臂，将那几张牌九扔到了大塘里。

当晚，阿六的破屋里传出一夜的争吵声。

从那之后，阿六得了个最新的外号——老宋（送）。

今年石蛙行情好，城里一些饭店图新鲜，收购这些山货，大虎的投入总算有了回报。至于娃娃鱼，没个五年是出不了栏的，就当是养儿子吧，耐心等它长大再享福。拿到外地老板收购石蛙付的一千多块钱，他仿佛看到迎娶雨红入门的画面，裹成蝶蛹一样的雨红成了他的小丫头，最后躺到床上，如熟透的玉米，期待他一件件剥去外衣。

他们一起欢喜地回村，天色已将黑。路过山下丁家祠堂的时候，雨红突发奇想，觉得应该去拜拜老祖宗，让新女婿给他们磕头上香。丁家祠堂大门紧闭，照看祠堂的老人一个月也来不了几次，用一把大锁将大院锁住就算完事了。他们只能绕到祠堂后面，从一棵斜歪的小树上跳了进去。

“呜呜”，大概因为太寂寞，祠堂后院发出低沉的叹息声。后院有一百多平方

---

① 方言，文中的意思为晦气。

米，种着两棵梧桐树，枝繁叶茂遮住了绝大部分月光，显得有些幽暗。两棵树之间是一口老井，低沉的清唱声就是风挑逗老井发出的叹息。

因为山好、水好，前些年，一家农户将祠堂的后院租下来专门做豆腐，生意特别好。后来县里专门来了人，说丁家祠堂是典型的徽州古建筑，是珍贵的文化遗产，要保护，责令豆腐店关了门，还差点儿罚了款。

自那以后，每天晚上都有人拉着板车，专偷祠堂的墙砖青石板倒卖，听说有的还很值钱。现在渐渐流行复古，专门有一帮人收购这些东西。村长张祥林跑去和丁婆商量，请她回去照看祖业，有她在祠堂里，人鬼都不敢进去。丁婆摇摇头，说偷就偷了，都是穷人，能卖几个钱补贴家用，也总比烂在山里好。

井边支着一盘手工磨豆腐的石磨，圆形石磨上下两半，犬牙交错，上面有一个拳头大小的洞，是放黄豆的入口，石磨上吊着木质的推架。这架磨浆机已经有些年头没有用过了，但木质做的推手横架依然保持着推进的姿势，如螳螂出拳。石磨旁是一口泡豆槽，深约半米，足有一张床那么大，是一块青石掏空制成的。槽口光滑如泉眼边的水磨石，绿白混合，绿处如翡翠，白处如嫩藕，泛着清幽的光。大虎比画着自己的身高、体型，估计躺进去刚刚好，呵呵，当床不错哦!

上香的几个房间都锁上了，雨红招呼大虎在后院给祖宗磕了三个头，双手合十，心想这辈子算是给大虎了。

“你等我一下。”临走的时候，大虎忽然拉住雨红，几个疾步跑到那口枯井边，趴在井口，双手拱在嘴边，拱成话筒形状，大声地喊了一嗓子。

“丁雨红，我爱你——”大虎使尽浑身力气，将心中所有的欢喜与展望化成一句呐喊，对着一辈子都是哑巴的这口枯井做了次真情告白。

“爱你——爱你。”他竭尽全力的喊声沿着井壁，如扩音器，被层层复制，再被放大，在抵达井底深处的时候再被反射，一路狂奔着向他扑回来，咆哮的声音像是有一万个声音在回答他。

老屋四周纷纷落灰，老树感动得“沙沙”落叶。

雨红浑身起了层鸡皮疙瘩。大虎小时候很调皮，但自从雨露说他像电视剧中那个郭靖，他的确越来越呆，现在更是木讷得一竿子打不出个闷屁来。今天煽情起来，真的让她有种感动得想哭的幸福。

第二天上午，张德标带着大虎，抓了几只鸡鸭，买了几样糕点和烟酒，将家里仅剩的八百多块钱全部取出来，加上儿子卖石蛙的钱，刚好凑足一千块，正式去雨红家向丁小气提亲了。

“家里汤汤水水全掏出来了，娶个儿媳妇等于遭次贼啊！”黄桂香捏着钱，心疼地说。

“到底是钱重要，还是儿媳妇重要！”张德标很不高兴，把爱人训斥了一顿，带着大虎出门了。

丁小气不在前屋，问雨红才知道，他在后屋开会。

屋里坐了十几号人，都是村里上了岁数的老人。村里最德高望重的丁三爹爹和丁婆一个辈分，他坐在正中央，正在说着什么，好像在开秘密会议。桌上放着一个破信封，里面塞满了信纸，其中一张纸上密密麻麻按着很多血红的手印。

大虎因为太激动，进门找丁小气谈正经事却被大爹们轰出门，雨红将他拉到一边，一脸神秘地说：“你知道吗？这帮老头要告村长，他们已经收集了很多材料。村集体张公山林场这些年伐木卖的木材和竹子钱，村圩区一些塘口和沟渠承包钱，每年征收的公粮，还有村部每年收支和吃喝，都是一本糊涂账，没人敢问。老爹们粗略地算了下，这二十多年，有三万多的账对不起来。”

“哦，怪不得前几天丁三爹爹带几个老头晚上去我家，拿张纸要我大按手印，原来是要造反啊！”大虎隐约想起来了。

“村里现在分成两派，一派是以丁三爹爹为首的倒皇派，正在四处收集材料，壮大告状队伍；一派是以张玉宝大为首的保皇派，他们也在收集材料，说那些钱用在村集体修抗旱沟渠、挖塘口、加固河埂上了，也在四处拉人。大虎，你大属于哪派？”

“我大属于想儿媳妇派。你大呢？”大虎一脸坏笑地问。

“今天丁三爹爹带一帮老头来我家，就是要争取我大的支持。我大当过兵，还是个党员干部，是村里最有含金量的一票呢！”雨红一脸自豪，想不到她爹这么吃香。

大虎不以为然，反正他现在满脑子都是和雨红的婚事，别的他什么也不感兴趣。

“哦，哦，不错！中午在这里吃饭。”中午等老爹们秘密会议结束后，张德标将一千块钱堆在雨红家的四方桌上，瞬间就让丁小气紧绷的脸乐开了花，嘴巴像是上了马达，到晚都在咯咯地笑。

“还带这么多东西干什么啊，晚上带回去啊！”雨红妈慧芳大婶看见大虎带来的鸡鸭，乐得合不拢嘴。她嘴上说让把鸡鸭带回去，却抓把剪刀，把绑绳剪了。

今天是星期天，雨露没上学。自打大虎进门，她一直都坐在电视机前，眼皮都没动一下，她妈喊了几次叫她去烧锅，这丫头应都不应一声。

张德标父子第一次在雨红家享受到了贵宾级的待遇，她爹破例开了瓶大肚子“三秋醉”酒，三人平分，还递了根带过滤嘴的“没皮”牌香烟给他们抽，屋里充满了欢快的笑声。丁小气接到提亲钱的那一刻起，对大虎的称呼也变了，变成了女婿。

酒过三巡，切入正题，丁小气大声宣布，解除小女儿雨露对未来女婿的跟踪，那意思就是默认答应了这门亲事。在丁小气眼里，村里的小伙子比村里的单身汉要可恶几百倍，单身汉是嘴皮功夫，只敢说不敢动手，而这几个愣头青小子都是无赖，整天盯着别家的女儿，相中哪家女儿，如果女方父母反对，就无赖到私奔，或是先弄大人家肚子。这叫什么事？是犯罪！

私奔是什么？私奔就是明偷暗抢，和土匪有什么区别？抓到了该集体打嘴巴子，集体枪毙。

中午雨露趴在桌边，一直气鼓鼓地埋头吃饭，不知道谁惹了这位小公主不高兴。也许是突然失业，让她转换角色还有些困难。一听爹解除她小特务的职务，大虎原以为她会高兴得跳起来。跟踪他们这对小鸳鸯，小丫头实在是太辛苦了，夏天每次回家，浑身都是蚊虫叮咬的疙瘩。有时为了能拥抱一下，过会儿嘴巴瘾，大虎会突然拉着雨红的手，狂奔在夜晚漆黑的山路上，为的就是能在山路的拐角处有几秒时间离开雨露的监视，抱着雨红疯狂地亲嘴。

“我反对！姐姐还没结婚，和姐夫在一起不安全。”雨露沉着脸，像个冰霜小美人，摔了筷子，电视也不看就出去了，把一屋子人惊得目瞪口呆。

“大虎哥，和你谈对象，我每天感觉空气、阳光、路边的野草，甚至上茅房都能闻到香，无论到哪里都感觉有你的影子。如果没有爱情，不知道人活着还有什么意思。”那天大虎和老丈人拼酒喝多了，雨红趴在他胸口自言自语，她以为大虎睡了，可大虎的眼角流下了滚烫的泪。

解除跟踪的第二天晚上，天刚黑，雨红就把妹妹的房门从外面锁上，任凭小丫头在里面鬼叫。她一路狂奔，追上了刚出门准备去后山的大虎。散步在大塘埂上，大虎紧握着雨红纤细的手，钻进大塘堤岸边的狗尾巴草里，借着隆重的呼吸声壮胆，把彼此心里的欲火像吹气球一样迅速吹得膨胀起来，他翻身把雨红海绵般柔软的身体压在身下。

“嗯，嗯……”雨红沉闷地哼了两声，没有笑，两个小酒窝却已装满汗水，像是渗满了酒，浑身如腌制好的腊肠散发着诱惑。大虎刚一探下他的嘴，雨红灼热的刚长满小绒毛的嘴就如眼镜蛇出击一般，咬住他的嘴唇。还没品尝到彼此口水的味道，他们瞬间就如两条发情的蛇，死死地纠缠在一起。

地做床铺星做灯，两个懵懂的青年私订终身了。

宇宙的起源科学家一直争论了几个世纪，每段爱情也一样，都有个理不清的起源，一样是个无法研究的世纪谜团。

儿时第一次和雨红游泳，当她脱了衣服露出胸口那颗米粒大的黑痣时，那一刻记不清自己多大的小虎像是过了电，那是枚启动他人生恋爱的按钮，身体里的每个细胞瞬间就明白了这辈子基因传递的使命。那一刻，小小的心脏随着她跃进大塘里溅起的水花开花了，小虎就这样瞬间懂爱了。

那夜，在一番撕咬后，大虎开始支配身下这个猎物，他感觉整个大塘堤岸都在随他们的躯体颤抖，就算一里之外的长江水，也没有他体内奔涌的血液流得快。就在躯体的某个点快要爆开的时候，雨红收起了呻吟声，突然张口死死地咬住了大虎的胳膊。牙齿撕咬的力度瞬间就嵌进了肉里，压迫到脆骨，“咔咔”地把疼痛的信号发射到大虎的大脑里，一点点鲜血染红了她艳红的唇。

“王八咬人打雷都不放，你是王八投胎啊，这么喜欢咬人。”大虎埋怨雨红示爱的方式太过激烈。

“我心有猛虎，细嗅蔷薇。”

“这句话恐怕又是从电视里学来的吧！咬人不会也是从电视里学来的吧？”

“这些你别管，又没真吃了你。如果哪天你不爱我了，我就咬死你！”雨红恶狠狠地说，这是她第二次咬这个男人。

大虎欣然同意。人类从山洞一路喋血而来，撕咬是表达爱的方式，最原始也最直接。

寂静的大塘水面平静如镜，静到像锅煮好的豆浆，用杆子一挑就能捞张豆腐皮上来。偶尔有一两对萤火虫情侣在大塘的高空中亲热，抱成一团，炫耀一般，旋转着向大塘的水面俯冲，用屁股作画，忽闪忽闪的尾灯在夜空中画着优美的弧线，荧光棒一般，一截一截的，断断续续，在接触水面的一刹那，像是被烫伤了一般又腾空而起，再次激情拥抱、旋转，迎接下一次俯冲。

“砰”的一声，一个黑乎乎的东西像是从大塘里跃上来的，落在岸边的草里欢快地跳跃，大虎回身一看，是条大鲢鱼。夏天的夜晚很闷，估计明天要下大雨。正在呻吟的雨红很不高兴，狠狠地掐了大虎一把，埋怨他不专心，大虎回身用唇狠狠地报复了她。

“砰、砰、砰”，脚边又有几条鱼在跳动，借着塘边灯火的余光，大虎看到平静的大塘水面上有鱼接二连三地往他和雨红拥抱的草堆里扎堆跳过来，像是商量好了似的。只一会儿，他们躺的草地上成了银白色的一片。

“怎么了？今晚大塘的鱼发神经啊！”雨红纳闷地抓过一条鱼看了眼，那鱼身上有几道血痕，还流着血，嘴巴张得大大的，在离开水的瞬间它就死了。大虎隐隐感觉身下的雨红在发抖，他浑身顿时也起了一身的鸡皮疙瘩，一股冰冷波浪一般从后背一直涌往前胸，再在胸口以冰点的温度向四肢炸开。

“啊，谁抓我脚！”突然雨红尖叫了一声，猛地抬起脚，向腿脚处的草丛望去，却见一个披头散发，瞪着圆鼓鼓眼珠如小孩般的黑影坐在那里，扛着雨红一只雪白的脚在啃咬，像在吃雪花藕。

“唧唧”，那只小猴子不时地叫几声，可能是雨红脚的味道不错。

“滚！”大虎触电一般翻身跳起来，他如踢足球一般，抬脚怒射，正踢在“水鬼”瘦得只剩下骨头的躯体上。“水鬼”瞪着愤怒的双眼，比画着锋利的长指甲，披散着满头长发，在大塘昏暗的水面上画出了一道抛物线，“扑通”一声落进远处的柳条丛中。

这个鬼一样的水猴子，三块骨头顶着个脑袋在空中翻滚着，竟然没有散架。可能这个躯体实在是太瘦了，全身都是硬邦邦的骨头，扎得大虎的脚钻心地疼。

当一切归于平静，大虎顾不得穿衣服，抖去满身的死鱼，猛地抓紧雨红，一路狂奔回到家。打开灯，煞白的脸、急促的呼吸、颤抖的躯体、雨点大的汗滴，镜子中的一对男女和刚刚那只水鬼一样吓人。

那夜回家时，雨红远远地看到村长手里拎着一个塑料袋子，里面塞得鼓鼓的，正在敲自家的门。丁小气刚露脸，张祥林就生硬地笑起来，硬是挤进了她家的小店。雨红清晰地记得，她妈怀弟弟小带兵的时候，他们全家一看见村长，魂都吓没了。为了当好超生游击队，他们住过山洞，投过一百多里远的亲戚。一次乡里来人，村长第一个冲进她家，搬光了她家所有的家具，又第一个爬上她家屋梁，拆了她那个破得不能再破的家。那时爹一有空就乘着夜色，拎着烟酒进了村长的家门，今天是怎么了？太阳变月亮，月亮变星星，星星变良心，良心变马屁，今晚全出来了。

都说女鬼的手指甲沾过尸油，抓一把毒到骨头里，雨红脚脖子上的三道抓痕半年后才停止发炎。

第九章 放逐支教

收音机里说两个男人常年在一起会成为战友，两个女人常年在一起会变成敌人，小美觉得这句话太有哲理了。

小美长大后，感觉妈妈越来越不理解她，两人常为家里一点儿小事发生争执。小美感觉家里的气味都不对，好像总有鱼腥味，可每次她一问，妈妈就岔开话题，说是买了鱼。

四楼的章晓惠好像也长大了，她妈每天晚上都去县城的高中接她，既当爹又当妈。邻居说孩子都大了，哪还用天天接送。

“我女儿是单亲家庭，你们知道女儿对我有多重要吗？晚上必须接，防火、防盗、防色狼。”她妈听后一脸的不解，说话像放爆竹一样，“噼噼啪啪”的一顿炸。

“妈，你答应过我期末考试考好了就给我钱，我要去北京看明星演唱会！”一次在楼道口，小美听到晓惠在跟她妈嚷嚷，撒娇的样子一定很像自己十四岁之前在爸爸怀里吵闹的样子。

阿俐说晓惠长得特别好看，因为她妈对她很是宠爱，吃穿都比别人家好。晓惠在家的时候喜欢穿带兔耳朵的睡衣，像只卡通兔，出门怀里总抱着一大包薯片，边走边“咔嚓咔嚓”地吃。小美想象着，叫阿俐去新华书店买支胡萝卜形状的圆珠笔送给她，那多有意思。

那年小美十九岁，章晓惠十五岁。

这天中午刚吃过饭，小美坐在窗前回忆家乡的大江，听见楼下乱糟糟的，阿俐一路欣喜地跑进来，拉上小美去看热闹。原来是楼上那个小丫头报警了，晓惠今天又丢了一套刚买的才穿了几水的内衣，内裤是卡通兔子图案，昨晚放在阳台晾晒，中午回家就不见了，肯定是色狼站在楼道口用竹竿伸进阳台挑走了。晓惠正生闷气时，看到楼下小店阳台的门后面老张头拿个好像望远镜的东西向这边张望。晓惠越看越生气，越看越觉得她的内衣就是被这个老头偷了，就报了警。一个帅气的巡警在晓惠家做了很长时间的询问笔记，而后进了老张头的小店，在里面仔细查找，还做了半小时的笔录。临走时警察告诉晓惠，老张头家查过了，没有找到望远镜，也没发现有偷内衣和偷看的证据。大家左右是邻居，要相互关爱，和睦相处。

那个民警前脚刚走，阿俐看见对面马路遛狗的楼上大妈拖拽着还没撒完尿的小狗，摇摆着胖乎乎的身体，急匆匆地赶过来，招手召集还未散去的人群开会。阿俐拉上小美去凑热闹，小美显得特别兴奋，她太寂寞了，只要听见有人说话，她统统都想装进脑子里去。

“真是过年流氓少，开春变态多，现在最色的就是这些老头。”一个老奶奶气愤地嚷嚷。

“这个死老头，就在前几天，一次我下楼遛狗，刚好听到老张头的房东来收租，这老头要再续租三个月。房东骂咧咧地说，哪有租房开小店，三个月一交租的？老张头满脸堆笑，说到了要死的年纪了，活一天赚一天，房租交多了，怕万一腿一蹬死了那多吃亏！”楼上大妈一脸严肃的小声嘀咕，仿佛发现了一个天大的秘密。

“嗯，身体好得都能演《西游记》里面的孙猴子，竟然咒自己早死，绝对不正常。”人群里有人附和。从那之后，这帮老太太每天都定时开会，像群小蝌蚪聚在一起嘀嘀咕咕，竟然不让小美她们偷听。

又是一个失望的季节，没有盼到阿峰回来，小美感觉前几天穿裙子受凉了，一直咳嗽，咳得胸口疼得喘不上来气，快要窒息了。原来是喉咙疼，现在好像传染到胸口，一咳两个前胸就揪着肉，胀得要开裂，以至于在洗澡时恨不得揪下来扔到窗外去。她总觉得自己的疼痛和他没有回来有关系，每咳一次，她就觉得心里的恨多了一点儿。以前一年还能盼两个季节，可现在没个盼头。

妈妈发现小美的异样后，要给检查一下她胸口，可是小美说什么也不肯。胸口除了心爱的人，谁也不能摸，就算是妈妈也不行！第二天周老师请了假，带着很不情愿的小美坐了很长时间的车，才到了一个很吵闹的地方，听说是市里的一家大医院。小美不想出来，她怕阳台那边的人一路唱着《甜蜜蜜》，突然回来，自己却不在。

小美被安排在一个房间坐下，进来一位阿姨，让她张嘴看她的舌头、喉咙，在她胸口乱摸，还使劲地捏。小美大叫，她害怕、恐惧、愤怒，抱紧了身体向门外冲去。一个毫不相干的陌生人怎么就能摸她的乳房呢？而且还在人来人往的医院里，这算什么！

“妈妈！我要回家，回家！”她抓紧衣服暴躁地怒吼。

“小美，让阿姨给你检查一下，她是这里最好的医生。”妈妈疲惫地安慰。

“我不要检查，我为什么要检查？我要回家，回家！”小美就这样发疯般地抗争，直到精疲力竭也不顺从。

“小美，我给你检查好吗？我昨天刚回来上班，原本准备等双休日去看你。不舒服就要检查的。”不知道是什么时候，那个熟悉的声音竟然在耳畔响起，还真的在叫小美，说得那样的小心翼翼，让她手足无措。

虽然每年他的声音都在变，他的话越来越少，可是每次他一开口，小美感觉浑身都软了，她连坐在阿峰旁边的勇气都没有了。没想到这次在拥挤、吵闹的医院里遇到了他，不是说到国外去了吗？什么时候回来的？他已经当上了医生，在离自己这么近的地方上班。小美的脸一下子变得很烫，她不明白这不松软的乳房为什么所有人都要查看，还包括他，难道它的存在就是被人检查的吗？

那天小美不知道是怎样一脸狼狈逃回家，第一件事就是关上窗户，她不想让他看到自己不漂亮的样子。打开琴盖想要倾诉，可是怎么也弹不下去，琴键和乳房一样生硬，一点儿不像以前一按就像水一样流淌。心里有太多的杂念，可她还是不停地弹，算是发泄。是不是自己的乳房不松软，连他都在嘲笑自己？

为什么自己谈恋爱和别人不一样？别人是牵手、聊天，自己却是摸这东西！

她就这样一连烦躁了好几天，像只再怎么蹦也蹦不出去的青蛙，她有些绝望了。

“小美，医院有两个眼角膜源了，你可以重见光明了！”一个月后，阿峰一路风尘地赶到了她家。只一句话，就让已经枯萎成一堆干草的小美顿时恢复了生机，面颊红润，瞬间开放。

“真的吗？可是，听老师说那要很多很多钱。再说，那人把眼角膜给我，自己不就成瞎子了啊！”小美犹豫地问。

“钱我和院长说了，他说一方面可以优惠点儿，另一方面发动医院捐款。”

“哦，那太感谢了，还是好人多。”

“你妈妈也有点儿积蓄，我爸爸也答应全力支持。”

“你爸爸人真好，每次我家遇到事，他都过来帮忙。一次大冬天水管爆裂了，他衣服全湿了，帮我们家修好了。”

“我算了下，钱差不多了。此事宜早不宜迟，所以就这几天，你要调整好身体。”

“嗯，我要吃成胖猪。”

“眼角膜是个有爱心的人去世前自愿捐赠的，你运气好，别担心。”

“这个人还健在吗？我想当面感谢他，握个手，抱抱他，留个念想也好。”

“不能见，他有传染病。为了能治好你，我大学医学选的专业就是眼科，毕业后我到国外攻读的也是眼科。这次院长说让我来主刀。他看了你的照片，说你特别漂亮，形象干净，如果手术成功，将聘请你做医院的形象大使，到时不光医药费免掉大部分，还有代言费。”那天阿峰带来了小美最喜欢吃的臭豆腐，小美大口大口地咀嚼着，越嚼越有味道。她感觉自己现在坐在大江拐角处的一条大船上，船被大江推着，就像躺在妈妈的摇篮里，在黑暗中一路前行。很快她就要驶过眼前这座大山，外面的世界就在拐角的另一边扑面而来，阳光、色彩、爱情都在等待她靠岸，让她应接不暇。

阿峰回来一个来月，小美的脸蛋就如上了彩虹，一天一个样。养得胖胖的，如只蚕宝宝，就等手术破茧成蝶了。她每天胃口特别好，妈妈做了很多她喜欢吃的菜。阿俐也大学毕业了，听说学的是旅游专业。小美不懂她为什么要学那个专业，阿俐说那个专业就是涂鸦家乡，能让家乡变得漂亮。小美更听不懂了，家乡本来就漂亮啊，还涂鸦？这次阿俐特意赶回来陪她一起唠嗑，小美的咳嗽一下子就好了，胸口的炎症吃了些消炎药也不疼了，不再纠缠她。

阿峰每天有空就过来，见到小美就舍不得走。三个孩子总有说不完的话，他们在房间里捉迷藏、玩老鹰捉小鸡、在床上翻跟头，世界是那般的美好。小美感觉时间过得特别快，每天晚上阿峰一来，天就快亮了。

“甜蜜蜜，你笑得甜蜜蜜，好像花儿开在春风里，开在春风里……”阿峰不知道什么时候竟然学会了弹吉他，可能是刚入门，弹的节奏还有点儿不跟拍，唱得不咋地，但是一脸认真的样子让阿俐笑得合不拢嘴。

“小美，晚上要休息了。”每到他们玩得忘情时，周老师总是敲开房门，提醒阿峰该回家了。有天已经是下半夜了，外面很冷，还下着小雨，小美向妈妈求情，阿峰晚上就不用回去了，在自己家住。

“不行，太晚了不方便。”妈妈一口拒绝，脸色阴沉，容不得她再说什么。小美能感觉到妈妈在监视她，可是自己已经长大了，有爱的权利，更应该有自己的空间。

“是不是我妈更年期到了，或是嫉妒女儿啊？”一次她送阿峰，出门后小声地埋怨。阿峰也感觉到了周老师对他的敌视。以前她是个慈爱的妈妈，他每次去小美家都有可口的小点心，可是现在她每次都在一边紧紧地盯梢，仿佛怕女儿被拐卖了。

这些天三楼特别安静，小美怀疑住户是不是搬走了，一点儿声响都没有。终于等到了动手术这天，小美激动得一整夜没睡。她躺在床上强迫自己要保持好状态，可是脑子里如过山车一般闪过一组画面，感觉自己就是一根长在江边石缝里的野甘蔗，被一场命运的暴风雨折成了三截，十四岁前断成一截，算是开春，味道是童年青涩的甜；现在断成一截，算是盛夏，思念中有苦苦的艾草味；从明天开始又是崭新的一截，是秋收的季节，应该是甘蔗的甜味了。

换上病号服装，衣服大大的，很松，她感觉自己像只企鹅。以前笑话晓惠是只兔子，现在自己这个样子一定很滑稽。管它呢，只要可爱就行。

“状态不错哦！”准备推进手术室的时候，阿峰带着一帮医生进来看她，感觉像是带队的将军，让小美感觉很放松。

“这是医院捐赠的钱，你收好。”阿峰私下里塞给焦急的小美妈妈一个塑料袋子，小声说里面有一千多块钱。小美闻到了一股机油的味道，她感觉那股味道很熟悉，就是想不起来。

“谢谢！”周老师长出了口气，总算凑足了医疗费。人间有大爱，感谢好心人！

小美在妈妈、丁国安、阿俐等亲朋好友的关注中被推进了手术室，她一路笑盈盈，如去赴宴。只要有阿峰在，她就不怕。可是她隐隐闻到有股机油的味道，那股味道这几年一直伴随着她成长，忽远忽近、忽明忽暗、忽强忽弱，让她有种幻觉，那就是阿峰身上的味道。可是这几年阿峰去国外读书后，这股味道也一直伴随她左右，一大早打开窗户就淡淡地飘进来，从未间断。

原以为麻醉针打在脸上会很疼，可是小美感觉如同被蚊子咬了一口。麻醉师手按住她后背的脊椎处只轻轻一点儿，后背就如同撒了一把虫子，它们渐渐分散开来，蠕动着，一路向上爬行，爬上胸口，穿过脖子，攀上下巴，一点点漫过面颊，痒痒地从鼻孔里、耳朵里钻入大脑，再将她抬起，直接从记忆中家里的三间瓦房里抬出来，绕过村口，沿着一路送行的大江，直接抬到屋后入云的山巅，直至熟睡在云里。

张玉宝走了一年多了，秀秀仿佛只用了一夜就度过了，她睡了一个混沌的觉就毕业了。

每晚她都将那块手表放在枕头边听着它跳动的声音，仿佛是一个人的心跳。她喜欢独来独往，和同寝室的几个姐妹关系处得很不好，她们喜欢闹，秀秀喜欢安静。她们星期六喜欢出去聚餐，喜欢男友在楼下送花，喜欢有几个死党，这些秀秀通通不喜欢，她在学校就是个另类。

同学们说考上师范后，任务就是玩，可秀秀考上师范还在拼命学习，真不知道她图什么。

同学们私下里议论，秀秀外表冷酷是装的，她爱慕虚荣，跟任何人都处得不好不坏，每天来去了无痕迹。跳舞在省里得了大奖，学校让她留校任教，她却不识抬举，竟然不要那名额。装什么清高！人不往高处走，早晚淹死，总有后悔的那天。

毕业后秀秀第一时间就回家陪爹，丁国平晚上亲自下厨张罗了很多菜，还特意去邻居家请玉宝爹张国宝过来喝一杯。

“哦，不好意思，中午村长家来客人，请我去陪客，喝多了。你知道我没二顿酒的量，人上了年纪，近来火气又大，就不过去了。”那天张国宝正在床上睡觉，撇着嘴感谢邻居的邀请。

“那好，改天吧。”丁国平一脸郁闷，阴沉着脸回家了。

晚上吃饭的时候，丁国平边喝酒边说女儿有出息了，终于毕业要上班了，要好好表现，争取留城，留城不行也要留在集市上的中学教书，那里条件好，找对象也好找。秀秀低头吃饭，没吱声。

第二天一大早，秀秀被一股豆香熏醒。喝了两碗香喷喷的稀饭，她拎包走出家门去镇教办报道。原来的山里红乡已经改成镇了，但换汤不换药，还是一样的地界、一样的人口、一样的穷酸味。

两个老头坐在各自的小方桌前，张国宝面前的桌子上有一袋拆开的花生米，袋子拆的口很小，小到和人的鼻孔眼一般大，必须使劲地翻倒才能倒出一两粒。

张国宝个子不高，长了张国字脸，这几年明显发福长胖了。他的老伴好像也长胖了，可能是玉宝有出息了，她比之前有精神多了，还学会了打扮，穿的衣服都是新的，显得年轻了十来岁。

张国宝悠闲地靠在一张破旧的藤椅上，眯着眼，嘴角慢慢嚼动，不知道在品味哪一粒被磨成细粉末的花生米。他见秀秀走过来，双眼只微微睁了一道缝隙，慢悠悠地又合上了，用手轻轻摇动了一下藤椅，然后任由它随着地心的引力一点点减少摇动的幅度，完成一次轮回，在下一次给藤椅加力之前，他赶紧眯上眼睛再睡一个回笼觉。

丁国平正在催茶，一手握一本书，一手抓一把破旧的蒲扇，用力扇了几下，炉火立刻就旺了起来。

“老张，今年开春买好茶叶了吗？”丁国平笑着问。

“儿子在部队寄了两斤回来。外面的茶叶就是好，隔夜茶都香。”

“哦，儿子挺孝顺啊！茶这东西，外行品茶只知道有上好的茶叶就行了，其实一口好茶不光要茶好、水好，更要有催茶的好柴。你看这些小榆树料是我特意从山上刨下山的，小榆树本身就有奇香，百年不烂不生虫，如楠木一样越陈年越有楠香。”

“嗯，这不抬杠，祖宗选在张公山下落户，肯定经过多方面考证，这里山好，水更好。”

“其实，这世间最极品的催茶柴火是桃树，桃树分泌的松油遇火即燃烧，香气弥漫，用烈火猛催，烧出的泡水不用放茶叶，品一口存放舌头上，都有股淡淡的桃花香。”丁国平喃喃自语，沉醉其中，不时向炉火中送节劈好的木柴。

“你倒是个很会享受的人，看来祖上肯定出过什么大富大贵的人。”张国宝眼也不睁，偶尔说上两句话，证明他没睡着，在和这个已经比他家矮半截的邻居唠嗑。

自从儿子招飞去了部队，这个老头一夜之间就换了身行头，定制了一套蓝色中山装，穿了好几年虽然旧了点儿，褪了些色，但每天出门衣服必须要翠大婶反复熨烫，没有一处褶皱，显得很干练、精神。儿子有出息了，他老爹怎么说也是有身份的人，和镇上的干部也算同一级别吧，连饭局都多了，张祥林更是接二连三地宴请。原来他和丁国平家比，觉得事事不如他家是应该的，可现在他什么都要和邻居比，比他个自尊心，比他个高贵，比他个安度晚年。

“哪有！除了秀秀，都是泥腿子。要不要来一块？”秀秀爹自嘲着，又喝了一口茶。他面前摆着个紫色的小碟，碟子里整齐地码着两块茶干，一黑一黄，黑的是臭干子，黄的是茶干，都先用卤水酱了色，再用石板反复碾压，挤出绝大部分的水分。那两块茶干切得特别讲究，像是用直尺量着切割成正方形，边和长都分毫不差。

丁国平端起茶杯闭眼冥想，沉醉其中，而后一小口滚烫的茶水含在嘴里打了几个回旋，让浸透了清香的茶水均匀地在舌尖漫过，一点点接近鼻腔、咽喉。等口腔里的每一处肌肤都被浸透，感受到了，再深吸一口气，轻轻吐纳，将茶水从咽喉处往回驱赶。细流再次漫过舌头，如水漫原野，一点点渗过齿缝，囤积在唇边，鼻咽里已满是茶香。这样反复推进几次，茶水如激情滚动后的床单，也就凉了，那一缕清香已通过神经传遍每一个毛孔。丁国平再微卷舌头，打开咽喉处的阀门，驱赶茶水穿胃入肠。

“我喜欢上街吃些油足的油条。”张国宝眼都不睁，拒绝得很干脆。

“你看，这切干子也很有讲究，案板要平，手要捏得紧，刀要快、准、狠，刀的入口必须垂直，要切、拉、推一气呵成，这样切出来的干子才会边沿整齐，吃起来更不会粘嘴。就像是切马铃薯丝，要横切薄如纸，齐切才可能全部细如丝，用细肉爆炒之后，才会瞬间入味，没有淀粉粘牙，更不会油腻。”丁国平夹起一块刚卤好的还散发着热气的茶干送入嘴里，先用尖牙轻咬一小口，触碰两次，再送至磨牙处细细咀嚼，慢慢品味，和嘴里的茶水余香纠缠调和，缠绵发酵，又产生了一种别样的香味。丁国平喜欢清晨喝茶，他觉得清晨时清空了肠胃，肚子是空的，对食物和味觉特别灵敏，最能体会到什么叫茶香。他试过一天不吃饭，但从来没有一天不喝茶。

不知道从什么时候起，两个老头开始暗暗较劲了，什么都比，比起早、比吃喝、比儿女，话语中句句带着钩子，像两个太极拳高手在练推手。

“村里张德标给儿子提亲了，媳妇是开小店的丁国富家大女儿。你们年纪差不多，你也该考虑婚事了。女孩家结婚早点儿好，不能拖。”晚饭后丁国平叫住秀秀，父女俩要谈谈心。

“我刚毕业，先把工作稳定了再说。”秀秀轻声回答。

“嗯，听说你舞蹈跳得好，可以留校，那好，在师范当老师等于大学教授。”

“大，我……我要回村当老师。”秀秀几乎是从牙缝挤出了这句话。她爹起初还以为自己耳朵听错了，等明白后猛地跳起来，愤怒得像头战败的公狮，瞬间就老了十岁。

“在师范当老师是人上人，回家教书，天天教一帮流鼻涕的孩子有什么出息！”丁国平咆哮着，他们父女俩的关系在那一刻像隔了条银河。女儿一直都是他的骄傲，好不容易培养成吃皇粮的国家人才，可以进城上班、住高楼，可是女儿长大了，翅膀也长硬了，她自己做主要回到这穷得叮当响的山沟沟里教书。

“我想离家近点儿，能多照顾着点儿你。”

“我不需要你照顾！我就知道女儿大了不中留。我还不知道你的花花肠子，你回来不就是为了能和隔壁家儿子在一起啊！我早就打听好了，后山那个机场从来就没什么文件下来说要修，他也不可能回来，你就等着在这穷山沟里养成老姑娘吧！”秀秀还想说些什么，却被她爹狠狠地甩了一巴掌。

“100 度的开水都会凉，更何况 37 度的人心……”

爹还在不停地咆哮。秀秀捂着灼烧的脸，落下了泪，看来这个家是住不下去了。

巴掌能让人坚强，秀秀觉得自己为爱坚守没什么错。家乡再穷，心中应该有爱；外面再怎么充满诱惑，只是常人眼中的海市蜃楼，也不能动摇她一颗赤诚的思念之心。

人在世间游走的只是皮囊而已，没信念，心中无爱，随时都会被风刮走。

秀秀迎着脸接受爹的教训，长大后这是爹第一次打她。妈妈在她几岁的时候因为生二胎，大出血死了，现在毕业了回家一看，家里除了这三间破旧的老房子，还有一个老父亲。

记得妈妈在的时候，家是那么的温馨，家还是现在的家，那时还是新的三间土坯房。记忆中家很高，虽然一米七的爹站在堂屋，抬手就能摸到房梁。三间房也不大，卧室只能放张大点儿的断脚床，堂屋放张四角桌和几个鸡笼，厨房里一个灶台一墩储谷仓，就没多少落脚的地方，但秀秀觉得那时的家很大，大得能和玉宝哥哥捉迷藏。

儿时的冬天总是特别漫长，屋外的地泥泞得如一锅粥，一直从年前煮到开春。那时的冬天虽然特别冷，但矮矮的家门是温暖的分界线，屋外屋檐下的冰锥露出的獠牙再锋利，也刺不破那道纸糊的窗。窗外那根黑乎乎的烟囱脾气不太好，儿时总有关于火的梦伴随她成长，最主要的原因就是屋外的烟囱口离房上的茅草太近，近到家里偶尔来了客人，火稍微加旺点儿，屋里香气刚弥漫，屋外就有人喊着火啦！于是一家人撂下客人，拎上桶，端上盆，冲出屋外救火。

现在呢？家里清冷、孤寂。

为了能第一时间得到玉宝的消息，秀秀不敢去远点儿的学校上班，她拿着分配单，直接去养育她的村小学报到了。学校连同快退休的老校长在一起，一共就五个教师，都是清一色的代课教师。

第一个月领工资的时候，秀秀领到了三十六块钱。她攥着那一叠钱，感觉像个富翁。长这么大，她身上从来没超过二十块钱。这年秀秀十九岁，眼看要跨过二十岁的门槛，她有点儿成长恐惧症。

张公山下的这所小学就坐落在丁家墩村头，紧挨丁家祠堂。因为校边有一眼常年喷涌的清泉，所以得名清泉小学。如果说环抱的河埂是张拉满的弓，那横穿村庄的泥巴路就是支待射的箭，学校就是拉满了弓的弦，村里一些读书识字的孩子都是从这所乡村小学射出去的。

小学坐落在村口，地势偏高，两排青砖屋，四周土矮墙。农村选校址大多是在坟多、地荒的地方，大概是孩子们的阳气能压得住荒野的磷火。清泉小学也不例外，墙外便是大大小小的坟场，绵延起伏，杂乱地挤在一起。坟户多半叫不上名，无人祭奠。

村里孩子每到清明节那晚都不敢出门，大人说那晚校墙外总会吵闹一夜，那是他们在为收钱不公骂街。可是一到天亮，再怎么恐怖的坟堆也都成了孩子们的游乐场，在孩子们拎着一条腿“斗鸡”的游戏中，一个坟堆就是一个战斗的堡垒、一个冲杀的制高点，哪怕只有十分钟的课余时间，一个坟堆已是几易敌我。

秀秀特别喜欢校园内那一排冬青树，抱团取暖一般围成一个圈，圈的中点插着飘扬着五星红旗的旗杆。那一棵棵冬青树被一代代调皮的孩子压得干瘦，但都很坚韧，经脉扭曲成各式图腾，一束藤蔓就是一件艺术品。有时一帮孩子把一棵树压到地上，活生生让它屈服，秀秀远远地一出现，孩子们呼地一下子全跑了。那树依然能在下一个课间直起细腰，迎接下一次孩子们的嬉闹。

一所学校就是一个窝床，几个村落的孩子们都是在这个怀抱里牙牙学语，早上他们从各个村落里飞出来，在窝里栖息、嬉闹，傍晚赶在余晖之前再飞进爹妈的被窝。秀秀就在这样的窝床里安顿了下来，每天除了面对一帮喧闹的孩子，就是对着落下的夕阳发呆。

新学期过半，镇上组织新教师上公开课，指明要来听秀秀上课。大家都知道最穷的那所小学分配了个最漂亮的老师，还在省里得过舞蹈大奖。对着一群整天流鼻涕的孩子，这算是一种讽刺，还是一种浪费？

教办负责人的爱人特别喜欢秀秀，是个专业“红娘”，私下里张罗了好几次，要给秀秀介绍对象，秀秀都说自己还小，等过两年再说。

秀秀准备上节音乐课，挑了三年级作为教学班。主要是这班有几个唱歌声音比较好的小女孩，她希望课上得出彩些。秀秀和孩子们提前预演了几次，效果不错，尤其是张村的一个叫兰兰的小女孩，眼睛大大的很可爱，扎两个小辫子，唱那首《小毛驴》的儿歌特别悦耳动听。

上公开课的那天早上，镇上老师都是骑自行车来的，男的清一色二八大杠，女的清一色凤凰，像当年下乡的知青，特别有气场。“呼啦”一下十几号人进了校门，场面很壮观。

秀秀一进教室傻眼了，山里孩子大多没见过什么世面，一听说有很多镇上的老师来听课，有一些吓得在家装肚子疼，那天安排课上发言的几个学生只有兰兰来了。教室后面黑压压地坐了两排听课教师，秀秀只能硬着头皮，装作很镇定地上课。原以为兰兰这个小丫头会和她一样紧张，可没想到课一开始，她就将所有人的注意力全吸引了过去。

“我有一头小毛驴，我从来也不骑，有一天我心血来潮骑着去赶集。我手里拿着小皮鞭，我心里正得意，不知怎么哗啦啦啦摔了一身泥……”秀秀一点她的名字，她立刻就进入角色，甩着辫子走到讲台上，活泼得像只下山的小山羊，一张口就有点儿天籁之音的感觉。

那天的公开课上得特别成功，虽然只有一个学生发言，像是一群狮子在观摩一只猴子，但气氛很热烈。兰兰很抢戏，完全将秀秀的风头压了过去，整节课成了她一个人的表演。送走了老师们，秀秀将兰兰叫进办公室，问兰兰为什么别的同学都吓得不敢来，她却来了，而且一点儿不怯场，表现得这么好。

“我连死人都不怕，还怕镇上来的老师啊！”小兰兰最多也就十岁，可一脸的老成，完全不像个孩子，一句话说得秀秀浑身起鸡皮疙瘩。

后来问了几位老教师才知道，原来她妈妈叫大兰兰，生了对龙凤胎，可惜爸爸死得早，妈妈含辛茹苦抚养两个孩子。一年夏天，小兰兰的哥哥掉进池塘淹死了，大兰兰一屁股坐在孩子坟前，哭得抑扬顿挫、惊天动地。全村人都停下了农活侧耳恭听，他们还从来没听到哪个女人能将悲情的伤痛哭得这么入味、入骨、入戏，哭得比炖排骨还香，哭得让老人都有想死的冲动，幻想着坟堆里埋的是自己，她正坐在家门前为自己哭丧。

那天大兰兰又被人骚扰，憋了满肚子的委屈，跑到男人坟前又打开水龙头哭开了，面对一样的道具，却有着不一样的思念。几村老人听说大兰兰去男人坟前了，都欢喜得拎着小板凳，迈着小脚，跑到她男人坟边坐好，像是参加神圣的集会，聚精会神、津津有味地听她哭唱“送葬歌”。

对面山冈上刚好有一队敲锣打鼓的乐队在给一位老人唱哀歌，乐队领队姓黄，叫黄发尚，一听大兰兰那唱腔就定住了，突然扔了手里的鼓槌，一路小跑着追上已经哭够了起身回家的大兰兰。

他跑得太匆忙，一个踉跄，竟然跪倒在大兰兰的身前。

“你，你给我们极乐世界乐队当主哭吧！我一直在苦苦寻觅，就是要找你这样的拍手入戏、张口落泪、端碗吃饭、万中无一的绝世哭手。你来我们乐队，包你出场费每场不低于五元！”黄队一脸崇拜，像是星探发现了旷世奇才，恨不得抱住大兰兰的腿，生怕她跑了。

大兰兰听他说了出场费后吓了一跳，一天五元，那一个月就是一百多元的收入，比镇上干部工资都高三倍多呢！

想不到这世界上什么都值钱，连哭死人都有钱拿，而且贵得让她都不敢相信。因为生活所迫，抱着试试看的态度，大兰兰挑了一个中年男人送葬的哭戏。选他是因为一哭就想到自己男人，好哭得逼真，容易哭出情绪。没想到她一炮而红，那天她一张口，那家亲戚就全低下了头，一个个抹着眼泪，和着大兰兰的音律轻声合唱，哭成了一支队伍，来了一次大合唱，高潮时连G调的八度都一起顶了上去。

大兰兰一哭起来就如滔滔江水，一发不可收拾，生老病死、白云苍狗、功名利禄都成了尘世间的过眼浮云。

几个村的老头老太太立刻就成了她的唱迷，他们原来都是地方戏庐剧最忠实的听众，可一瞬间就集体叛变了。大兰兰是他们看得见摸得着的心灵慰藉，是一碗心灵鸡汤，带着乡土的湿度，听着解渴、暖心，浸润灵魂。

他们扔了手里的棉花，放下手中的纸牌，全都躲在隔壁墙后专注地听她哭唱了。

临别时，那家人不光超额付了她哭费，还另外给了五块钱的小费。从那之后，大兰兰的名气就不胫而走。乡村有乡村的偶像和图腾，大兰兰的名气已经和地方戏庐剧几个挑梁柱同等身价了，偶尔遇到要哭小戏的活，她就带上已经和她差不多名气的十岁的女儿，母女俩来场哭唱演唱会！

作为名人，一般都有名言，大兰兰的名言就是：跪下为女，站起为客。

自那以后，大兰兰有价码了，也就是出场费。她终于明白了，穷人死了埋人，富人死了埋钱。

秀秀好奇地听着村里老人对兰兰母女的评价，她想抽个机会去看看这对名人。

秀秀这些天很郁闷，已经很多天没有收到玉宝哥的信了。他当兵已经两年多了，原以为旧机场能翻修使用，他会回来，可是他说又考上了军校。

记得玉宝刚去部队，几乎每天都能收到他的来信，那时候她还在师范读书，收信方便。毕业后这穷山村太闭塞，唯一的一条公路，雨稍微大点儿就有路段坍塌，车没法进来。

邮递员骑辆载重自行车，一两个星期才来一次，往往都是信件太多被逼来的。邮递员说每次来清泉小学等于发配次边疆，进村的路说是公路，用放大镜都找不到一颗指尖大的石子，只要一下雨，路上全是烂泥巴，不是他骑车来，而是车骑他来。

秀秀不管那些，只要收到信她就开心，感觉像过年，每次她都能收到一沓沉甸甸的信。部队寄信不要钱，盖个章就行，所以他说把每天的心情都记下来，让秀秀体会他当兵的快乐，也能倾诉对她的相思。雅青已经结婚生娃了，秀秀期盼有一天背着给玉宝生的小宝，走在后山上，看那满山苍翠的青松。

“丁老师，你有个大邮件。”一次邮递员送给她一只漂亮的模型飞机，是玉宝寄来的，说想他的时候就让它飞到天上。她很喜欢，她觉得真假没什么区别，都能装载她的思念飞到遥远的地方，那里有个人开着更大的飞机在她身旁，像天上成双的鸟儿。

于是她最大的快乐就是站在学校的操场上，指挥她的爱情鸟飞翔。

“临行喝妈一碗酒，浑身是胆——雄赳赳……”

这天一大早，隔壁张国宝破例展示他刚从收音机里学来的几句京剧，唱得走调、乏味，却信心满满，吓得院后鸡飞鸟散。

“唱得不怎么样，声音倒不小。”翠大婶笑着骂道。

几年前，玉宝爹看见秀秀就会一脸赔笑，叫得十分亲切，都能听到有蜜的甜味，那感觉就是当未来儿媳妇对待。可自打玉宝考上了军校，每次偶遇，他就像唱戏里出场的一品官员，昂首挺胸，迈着四方步，像用尺量好了一般，正视前方135度，抬头看天空，像个出游的达官贵人，再也没正眼瞧过她，一见村里人就谈他的宝贝儿子。

他妈翠大婶更过分，和村里一帮妇女聊天，说儿子开飞机是天上龙，以后儿媳妇一定也要是天上凤，绝不要地上鸡。

秀秀觉得这样的邂逅毫无风景可言，简直就是迫害。

“你们看天上，夜空中亮红灯的飞机，说不定就是我家玉宝在开。”

“那是客机，你儿子是开战斗机的，就是能发导弹的那种飞机。”

“那我可警告你，别让你家鸭子乱飞，要是让我儿子打下来我可不负责。”

“听说客机上有很多小姐，叫空姐，叫你儿子也带一个回来！”

“那还用说！当然了，城里女娃不见太阳，面嫩、腿长，哪像咱山里的女娃山芋根吃多了，脸老得像树皮疙瘩。”每每玉宝爹和村里人聊天，秀秀都躲得远远的，可小村就巴掌大的地方，这些戳心窝的话怎么也躲不掉。

玉宝又来信了，国家要培养他，是军事机密，所以要好几年才能给她写信了。她不怕等，她怕玉宝哥开的飞机里有很多空姐。但在这些空荡荡的日子里，她总是在做同样的噩梦，玉宝哥的飞机掉了下来，就挂在后山的松树上，等她赶过去的时候已经烧成了一具干尸；或是村前的打谷场上突然迫降了一架大飞机，走下来的玉宝身后牵着个靓丽的空姐。

这天一大早，秀秀被后院“轰”的一声巨响惊醒。今天是星期天，秀秀本想好好焐被窝，听到后院吵吵闹闹，赶忙爬起来。

“你家要重新修建围墙，只能在这泥巴墙地基的后面，想在原址上重建，没门儿！”丁国平正阴沉着脸和张国宝争吵。原来玉宝爹带了几个小工，要推倒他们两家共用了几十年的那堵泥巴墙。他家院子里堆了很多新砖，现在要单独重新修自家的院墙。

“我儿子从部队寄回了钱，要我把房子全部重修，不怕花钱。”翠大婶说。

“你说这堵破泥巴墙地基你们家有一半也行，我现在推倒了正好，免得以后倒了砸了我家新院墙。现在我把新地基往后挪点儿，以后谁也沾不上谁。”秀秀感觉玉宝爹说话时头抬得很高，眼睛总是看着天，那气势像个过去收租的地主。

“随便你们家，但有一样，墙倒了要是砸着我们家墙，造成损失慢慢算。”丁国平站在后院冷冷地说。

“推倒，重修。”张国宝一挥手，像是在模仿伟人演讲，说话像是吃了枪子和大蒜，呛鼻子、戳心窝，大声地命令小工干活。

秀秀走近墙角，走近那满篱蔷薇，轻轻抚摸，有刚出包的花骨朵，有的已迫不及待，半掩半开，如美人遮面，欲语还休，红艳艳、湿润润。一墙绿绿的藤蔓翠色欲滴，在黄篱笆上开满了一簇簇粉色的花朵，迎风摇曳，嗅得丝丝缕缕的香，满眼都是多彩的花儿，一簇簇，细小、繁密。

“轰”的一声，铁锹扬土，镐锄锄枝，一截泥巴墙轰然倒塌，黄尘迷眼。刚下过了几场细雨，脚下落英缤纷，片片轻柔的花瓣撒满篱院，如婚礼现场，满院绯红。

秀秀伸手去摘，最艳的那朵摇动着身子，生气似的躲一边去了，等秀秀再次去触碰时，被长长的藤茎上密密麻麻的刺扎了一下，小家伙狠狠地在她的手指上咬了一口。一股殷红从指尖慢慢渗出来，如开出的花，一点点变大，长成一指的艳红，映着花簇，姹紫嫣红。

含泪四望，从今天起，它们再也不是她心目中的玫瑰了。

“你现在知道什么叫势利小人，什么叫世态炎凉，人情薄如纸，人心狠如狼了吧！他儿子寄钱回家了，怕咱家泥巴墙砸到他家新墙。我呸！什么东西？老子不稀罕！”丁国平一边骂一边回了家。那天早上他们父女都饿着肚子，没有心情吃饭。

“浑——身是胆——雄赳赳……”那几天一回家就听到后院张国宝亮嗓子，伴着“叮叮当当”的砌砖声，像只早起打鸣的公鸡。秀秀忍耐的限度到了临界点，每晚一回家就感觉窗外隔壁的围墙高了很多，一点儿月光都照不进来，睡在家像是被关进牢房，难怪爹出去吵了很多次，说他家院墙修得太高，挡了自家的阳光和风水。

“有本事你家也修高高的啊！修到南天门啊！”张国宝讽刺地说。那天晚上爹又喝多了回家，父女俩的战争一触即发。

“好！我不给你争气，以后我住学校不回家了，再回来我会被逼疯的。”

“你妈去世早，我把你当心头肉。丫头，人情如烟花易冷，别在一棵树上吊死了。”秀秀爹几乎是哀求道。

“大，给我点儿时间吧！”

“以你的条件，提亲的踏破了门槛。村里几个比你小的女娃都定亲了。

“有些事不能再由你性子了，他们夫妻俩是什么东西，你也亲眼看到了。有什么样的爹就有什么样的儿子，以前他在圩心养鱼，有一年发大水，十几家鱼塘都淹了，水退的那晚，有人看见张国宝在自家鱼塘里撒菜籽饼，第二天水退了，鱼全在他家鱼塘里。

“包干到户，天旱时各家忙着抗水车抗旱，张国宝怕热，白天窝在家睡觉，晚上等别人家田里灌满了水，他去用牛鞭在田埂底下戳一个洞，第二天，他家的田里就有一半的水了。人家发现他也不承认，说是黄鳝拱的洞。

“他儿子以前那德行，赖咱家赶都赶不走。也不知道他祖上积了什么德，儿子竟然能考上军校，现在有体面工作了，那屁股翘到天上去了。当兵都三年了，你还在傻傻地等。全村人都知道他家小子不可能回来娶你，在看我们父女的笑话！”秀秀爹越说越激动，说到最后哽咽了，流下两行老泪来。

秀秀长这么大，这是第二次看见她爹流泪，第一次是妈去世那年。

“爹，给我点儿时间吧！有些事，做女儿的也是摸着石头过河。别逼我了，我认命。”那夜秀秀失眠了，收拾了一夜行李。考虑到村小学离家太近，她盘算着明早去镇教办申请工作调动。去哪里都可以，只要别遇到熟人就可以，脸丢到这个份上也不在乎了，她只想清静地养伤口。

秀秀想，这段初恋算是过了保质期了。

第十章 雨红订婚

丁小气从雨红戴上金项链那天起就开始准备大女儿的婚事了，新被褥、新皮箱、新痰盂、新澡盆、新衣架、新蚊帐……嫁女儿要准备的物件样样都齐了，就连城里刚刚流行的缝纫机、自行车、录音机也都买回了家。几样陪嫁电器送进村的时候，几村好几个老奶奶跑他家嚷嚷着要看稀奇，看看能唱戏的录音机是什么样子。

在买自行车这件事上，雨红和雨露发生了争执，雨红要买“永久牌”二八杠载重自行车，那车大气、敦实，车胎皮厚，适合农村的山路；雨露偏要买“凤凰”牌轻便自行车，车身秀气，适合女孩家招摇过市。姐妹俩天天为这事吵，后来雨红吵累了，随便爹买什么。丁小气随了小女儿，买了辆轻便的红色自行车。

车刚送到家，雨露就把车推出去了，晚上回家的时候，这丫头不仅胳膊摔破了，新车也刮掉了油漆。雨红气得当晚没吃饭，感觉不是自己结婚，是妹妹结婚。

大虎当丁小气家女婿的第一年秋天就有了表现的机会。每年秋收刚过就要先砍山，后砍圩，囤积柴火，准备过年。

砍山是个力气活，雨红一大早就把大虎约出了门，丁小气第一次在家喝茶，这是对女婿的前期考验。雨露一大早就带好了干粮，她觉得新鲜，也要陪着姐夫上山砍柴。

每年这个时候，张公山上全是人，各户都在忙着在山上打石灰线，像切西瓜一样将张公山切成成千上万块。一座大山，只一天时间，就被十里八村赶来的村民将茅草全部割完。

“把担子掀开我检查，只准砍草，不准砍树，要是里面塞了松树枝，那是犯法的，林场抓到要坐牢。”下山的路口，村长张祥林大声地嚷嚷，挨个检查每一担牧草。

“大，我也帮你检查，谁要是砍树枝，毁坏国家森林，就是同村人也不能讲情面。”张富贵跟在他爹身后，也手握一根细竹竿，挨个检查村民挑的担子。

“哪能哦！湿松树枝和沙子一样沉，塞进去也挑不动。”大虎压了满满的一担牧草，远远地看像大草堆一样，从张公山上一路挪拽着下来了。

“雨红，你也来砍柴啊！还有没挑的牧草吗？我可以帮你家挑。”张富贵见雨红也下来了，讨好地笑着说。

“你是牛啊？一担挑这么多！把绳子松开，我检查里面看有没有树枝。”张祥林命令大虎站住，检查了担子还不够，还要求他松开绳子。

“村长，这担草我好不容易扎紧，要是松了绳子，怕是很难再扎了。你用棍子检查了，里面都看见了，没松树枝。”大虎很不情愿地说。

“那不行！”

“有什么不行的？！拿个鸡毛当令箭。”雨露在一边嚷嚷。她走过来，一把推开盛气凌人的张祥林，示意姐夫少啰唆，叫姐夫挑起担子，拉上姐姐回家了。

这下惊得张祥林半天说不出话来，他儿子张富贵倒是很高兴，一直目送到雨红姐妹俩的身影消失。

秋高气爽，这个时节大江最瘦。砍完山再砍圩，村尾大江边那一千多亩芦苇场也裸露在滩头，它是村里天然的牧草场，什么时候有的已经无从考证了。民间流传一个故事，当年曹操屯兵在此，见到处汪洋一片，随口说道：此地碌碌无为。没想到第二年，江滩边就长出了千亩芦苇。

芦苇命贱，可浑身都是宝。旧社会穷人收集芦苇花，用布袋扎紧当被子，芦苇叶是裹粽子的必需，芦苇秆可以建房子、编芦席，最次的下脚料才当柴火烧。

这处芦苇滩可是村里的一块宝地，每年过端午节时，每家每户都会下去打芦苇叶，回来用开水一煮，喷香的，再拿到集上去卖，三毛钱一斤，每家都能收入几十元。村里总派人昼夜看护，防止别村人偷，也不准每家多派劳力下去摘。

收割芦苇比砍山更累，满天都是芦苇花的飞絮，人钻进芦苇丛中不只是痒，闷得都喘不过来气。江风还使坏，将芦苇摇得乱舞，不一会儿，身上到处都是刮痕。成群被惊飞的鸟雀看热闹一般打着飞旋，久久不肯离去。大虎第一年割芦苇，才知道不光累，更是个技术活，镰刀要贴着泥地平割，稍有上扬角度，割出来的芦苇桩就会像刀梭子，一脚落空就被刺个透脚凉。芦苇一般都有四五米高，要尽量留长些才能卖上好价钱，最粗的一分钱一根，建房要用它托瓦。那些个头大的长在水沟里的芦苇，就把镰刀绑在脚面上，跳下去一根根摸着砍。

大的小的挑出来扎好，大虎拿起扁担，一边一捆，他挑大头，雨红挑小头，两人真的演了一出夫妻双双把家还了。挑芦苇两人个头差别不能太大，所以村里经常有人换老婆挑。割完了芦苇才割底下的黄草，那草又茂盛又软，是垫床底的好料。可它不抵秤，大虎一担就能挑个大草堆，远远看着像朵棉花云在移动。

短短三天，大虎累得腰都快断了。村里又出了通知，一年一度的岁修又到了，要求每家每户出劳力挑江坝。这次丁小气没有再为难女婿，也没有叫雨红去，自己亲自去了，总算心疼了女儿女婿一把。

直到这个时候，大虎才明白村里一些老人的话：最怕过秋。

“这个丁小气，简直把我家儿子当牛使。”大虎妈桂香晚上看见儿子回来，肩膀肿得像是被五步蛇咬了，不光乌血还化脓，心疼地说。

“哪个女婿不是这么过来的？当年我和你定亲后，不也是家里农活不干，先去给老丈人干双抢啊！”大虎爹张德标一脸无所谓，他觉得儿子锻炼锻炼是好事，明年就要结婚了，儿子苦日子才刚刚开始。

“关键我家大虎什么事也没干过，嫩腰架不住。”

“人家女儿能嫁给咱家大虎，已经是天大的福分了！雨红这丫头，多少公社干部的儿子盯着，你就知足吧！今年分的芦柴挑好的留着，明年大虎结婚，就是背债也要给他们小两口建三间新房。”

“给娃定亲，已经把家底掏空了，还要建新房啊？”

“不建新房，丁小气能嫁女儿？没钱出去借啊！儿子养大了就是来要爹妈命的。”

随着年纪的增长，小麻子不知不觉被规划到村里单身汉的行列。他长年在外打工，偶尔回村，总能带回来惊喜。他小学没毕业，字却认识不少，没事喜欢捧本书看，村里人说那书肯定是不健康的书。小麻子说单身汉是游走在婚姻边缘之外的哲学家，是夫妻这档大片最忠实的观众。在老夫老妻眼中，婚姻是平静的、黑白的，在光棍的眼中却是波澜壮阔、五彩斑斓、绚丽夺目的。

村里男人三十岁是道坎，到了二十大几的年纪就拼命挣钱，必须赶在这个勒脖子的年纪娶个老婆，告别长辈们从小就给他们灌输的长大可能打光棍的恐吓。

可一旦过了三十岁就放松了，很多都是破罐子破摔，好吃懒做，上午睡觉，中午干酒，下午赌牌，晚上扯淡、吹牛，其他啥事都不想干了。

村里单身汉为什么那么多，原因是老爹们遵循了多生孩子好打群架的古训，越穷越喜欢生孩子，一家从老大排到老七算正常，而且年纪跨度又特别大，往往老大比老七大二十多岁都正常。所以村里常出现这样的画面：老大的媳妇和婆婆同时挺着大肚子，同时坐月子，杀个鸡，一半婆婆吃，一半儿媳吃。等两个娃子大了能跑了，一打架骂娘，不知道谁喊谁什么辈分，双方爹妈出来不知道该先责备谁。

老爹们苦累一辈子，好不容易帮老大、老二建三间屋子成个家，老三老四也大了，老爹却老了，只能任后面的儿子们自生自灭，眼巴巴地看别人家娶媳妇。

小麻子在家排行老二，还有个哥哥，因为长得比小麻子有过之而无不及，村里人给起了个外号，叫小丑巴。小丑巴年轻的时候很活泼，见到姑娘眼睛放光。因为一件事，小丑巴一夜之间变了个人，闷得三棍子打不出一个屁，见到姑娘手脚就像是多余的，浑身挠痒痒，不知道藏到哪里好。小丑巴原先脑子很活，手很灵巧，能修理收音机这些小家电，常有人家里收音机坏了就请他过去修。

有段时间，狐狸、黄鼠狼特别多，皮毛厚密、泛黄，很值钱，小丑巴急于存钱想成个家就打起了狐狸和黄鼠狼皮毛的主意。虽然他不认识字，却喜欢发明些小工具，就自己动手制作了精致的捕捉器。他将三根竹条两边都削成锋利的面，用一截旧自行车内胎拉成一个三角形的框架，机关的开口处用一只牙签大小的竹签支撑，选个背风的河埂，用小铁锹侧向挖个小腿腕粗的洞口，里面放几片鸡毛，将他的猎捕工具三角口放在洞口，只要有狐狸或贪嘴的黄鼠狼探头向洞里张望就必死无疑。

那几年，每天一大早，小丑巴都拎着一大捆狐狸和黄鼠狼在屋后的老榆树下剥皮。村里设陷阱猎捕野物的人也有几个，但他们很多时间都是两手空空。就这样，小丑巴在快三十岁的时候竟然结了婚，还建了三间青砖瓦屋。

“狐狸有灵性，不能杀生太多，当心哪天被狐狸精迷着了。”丁婆有次语重心长地告诫他。

“真的啊？被狐狸精迷上了最好！省得我这么起早贪黑地挣钱，就当二房娶了。”小丑巴哈哈大笑，毫不理会。

村口的丁家祠堂很气派，祠堂背靠张公山，山高林密，沟壑纵横，漫山遍野都是过腰的茅草。小丑巴有一次追一只受伤的狐狸，在山腰茅草深处发现一个小山洞，爬进去发现里面有十来个平方，对他来说等于发现了聚宝盆。这里是他的秘密基地，不管刮风下雨、冰天雪地，只要他往那个洞口下套子，肯定有收获，以至于后来他别的地方都不去了，将所有的猎套都放进那个洞里。

一天大清早，他打着手电爬进洞里，却见只有一间屋子大小的洞里坐满了狐狸，数数足有四十多只。它们像是在开会一样，满脸期待地等着小丑巴进来，也不跑，更没有慌张，全都眯缝着小眼睛朝他笑。今天已经是连续第三天，洞里坐满了一见他就笑的狐狸。

那天早晨，小丑巴面色煞白，机械地从张公山上走下来，动作十分僵硬，进村老婆唤他也不应，回家倒头就睡，醒来后就木讷到见人说不出话来，村里人都说他被花狐狸精迷了。

“活该！”每当听到有人同情小丑巴，总会有人骂。

村里单身汉每晚的话题都是丁小气家桂香怎么那么会生，生个丰满俊俏的雨红也就算了，可是他家的二女儿雨露，这两年如谷雨过后的芦苇笋，疯了一样长，粉嫩得无论从气质还是从体型上，都已经超过她姐姐了。姐俩不管穿什么样的衣服，包裹得都如端午节熟透的粽子，S形的曲线把棱角都快撑爆了，轻轻咬一口都有牙印。

“丁小气家大女儿雨红定亲了，日子都选好了，要结婚啦！”大虎爹前脚出了丁小气家的小店门，大虎和雨红定好婚期的消息就贴着地面，以丁小气家为中心，以水波的扩散方式向四面八方漫延，只短短几分钟就淹没了整个丁家墩。甚至连江对岸几个干部家儿子也知道了，当晚就带了一些人坐轮渡过江，要打群架。

受伤最深的还是村里那一帮单身汉，他们常去她家不买东西，但每天都会习惯性地偷偷瞟几眼雨红。听到这样的消息，一个个都如同丢了魂。雨红是他们的精神鸦片，没结婚还等于是公家的财产，一旦结婚就等于私有化了，灭了他们的念想，断了他们过冬的粮。

他们没事偷看几眼丁小气家挂在墙上的大木边相框，回来激烈地争论，是小时候的雨红可爱还是雨露更漂亮。早在大虎还是个愣头小子的时候，他们就表现得比谁都急切，每次村里放电影，他们都提前打招呼，别村的小年轻来村里看电影可以，但绝不准和村里的雨红套近乎，她是非观赏品，谢绝攀谈，并反复嘱咐大虎要做好保镖工作。

就是在这样的严厉警告中，还是有别村的小年轻架不住诱惑，抵挡不了青春期脑垂体分泌的激素，挑战了丁家墩没结婚男人们的底线，只因多和雨红攀谈了那么几句乏味的客套话，多看了几眼她嘴角那两个醉死人的酒窝。

“咻——咻，咻……”哨子声响起，一长两短，电影正放映到高潮处，突然队伍最后面响起一串尖锐的哨子声，一长两短，和悠长的一声哨子节奏不一样，这是另一种暗示。

村里男人吹哨子有两种，一种是流氓哨，一种是战斗哨。

丁家墩没有结婚的男人们顿时进入一级备战状态，条件反射般跳起身，扔掉手心闪烁的烟蒂，晃动着手中三节电池改装的长手电筒，飞快向响哨子处跑去，那是战斗的集结号，是战斗前的号角。

人群瞬间聚集，如秃鹫争食，人头攒动，拐角处“噼噼啪啪”响起一阵捶打手电筒的声音，这是村里的男人在集体表达愤怒。

有人为爱战斗，他们为守护战斗，一直打得江对岸那几个公社干部家儿子不敢过江。那年雨红十九岁，丁小气到处放风，说过了这个年，等女儿二十岁就嫁人。

雨露已经十五岁了，她特别讨厌阿六带着村里一帮男人没事就聚在她家赌钱。这家伙自从和雅青结婚后，变得越来越懒，出去打工几个月，天冷了就回村，天热了也回村，自己给自己放假。挣点儿钱回来，赌没了再出去打工。雅青拿他一点儿办法没有，常来家里和姐姐谈心，一脸无奈，只能带着已经五岁的鱼鲤跟着他受罪。

赌桌上，男人们一个个嘴里歪叼着一根烟，吞云吐雾，搞得家里乌烟瘴气。说脏话成了他们的口头禅，仿佛不说脏话显得不够男人，没有男人身上的野味。这群男人还特别不讲卫生，高兴起来一大口唾沫吐到地上，不高兴还是一大口唾沫吐到地上，再用脚狠狠地踩上去，像是有深仇大恨，先逆时针旋转踩踏，再顺时针旋转几次，在她家地上刻章盖印。晚上扫地，一地烟屁股，一地潮湿的圆圆的章印，像煎烂的荷包蛋，看着恶心，闻着反胃。

一次雨露实在受不了，把一群男人全赶出了门。她放出话，谁要是再敢到她家赌钱，她就报警，让这群老男人免费吃十几天号子里的牢饭。

自从雨露说要报警，那些赌徒就不敢去她家了，于是阿六家就成了他们的新赌场，而且还中午管饭，晚上管酒，雅青一大早就要为一桌菜忙乎。村里人都知道，阿六上午清醒时还像个人，下午喝得醉醺醺的，舌头都伸不直时，那就是个醉鬼。

新年刚过，村上一部分劳力就匆匆收拾行囊去外地打工了。本来还鼓鼓的乡村一下子瘦了，冷清了，到处都是空的，空的山，空的留守儿童、女人，空的单身汉，空的性。

“家里都欠债了，再不打工，过年都借不到钱了。”雅青催促了几次，阿六却不着急，每天照样赌他的钱。她妈妈一见阿六就叹气，说不怕傻子多，就怕傻子聚一窝。

这天中午雅青忙乎了一桌子饭菜，吃饭时发现女儿鱼鲤不见了，才想起一上午都没看到她。

“阿六，你去村口找找，我去大塘口喊喊，叫鱼鲤回家吃饭。”雅青慌忙解下围裙，拉阿六下酒桌出门去找女儿。

“找什么找啊！娃子都是猫，有九条命，饿了自然回家吃饭。我一会儿还要上桌子呢！”阿六一脸的不高兴，一把甩开雅青的手，回身坐到酒桌前。

“到底是你赌钱重要，还是娃子命重要？”雅青气得全身发抖，这几天窝在胸口的一股怒火熊熊燃烧，回身瞪圆了眼珠。她要好好看清这个男人，当初死心塌地要跟他一辈子，现在怎么变得这么陌生、懒惰、无情、无可救药。

桌上有的男人看情形不对，胆小的磨蹭着屁股想回家，阿六摆摆手，示意他们全坐下，一脸的不在乎，照样坦然地喝酒。

“走啊！鱼鲤一上午没看见了，找娃子去啊！”雅青拉了他几次，阿六毫不理会。她彻底愤怒了，一个箭步冲到酒桌边，端起一面桌角，“轰”的一声将那张破旧的四方桌给掀翻了。

稀里哗啦，一阵酒杯、碗筷摔碎的响声，酒菜散落一地。

“妈的！小贱驴，你神经病啊！”阿六怒吼着跳起来，一米八几的身高站到雅青面前，她立刻就矮了半截。

“啪”的一声，阿六抡起黑乎乎的手掌，重重地给了雅青一个耳光。雅青晃悠着身子，“扑通”一声栽倒在地上，胳膊肘在桌腿边磕破了，流着血。

刚刚还在忙着划拳、行酒令的一帮男人一下子蒙了，慌忙起身拉架。

“妈妈，我饿了，我要吃饭。”这时门外一个小身影像只兔子一样一蹦三跳地进了屋，正是雅青的女儿鱼鲤，她脸上挂着天真无邪的笑容，抬头一看妈妈被打翻躺在地上，吓得脸上的笑顿时就变成了恐惧，赶紧躲到站起来的妈妈身后，怯生生地张望着。

“好！打得好！男怕入错行，女怕嫁错郎，这一巴掌让我们缘分尽了，我要和你离婚！”雅青捂着肿起来的腮帮子叹了口气，摇着头，一字一句地说，然后拉上受到惊吓的女儿头也不回地出了门，留下一屋一脸惊愕的男人。

“拉什么拉！女人三天不打，上墙揭瓦，过几天她就回来了。”阿六招呼大家坐下，可是谁还有胃口吃饭？一个个脚底抹油，都溜了。

“阿六，你个大孬子！老婆不是年糕，越打越黏人，要用心，用爱心。”

“阿六，我叫你狂，狂得像猪奶一样乱甩，以后跟我们一样，一人吃饱，全家不饿了！”

“阿六，你就是支 2B 铅笔！”几个赌客一路骂着走远了。

屋里只剩下阿六一人，蹲在一条板凳上，右手夹着一根烟，烟熏烫着他泛黄的手指，烟蒂已经烧到了肉，可他一点儿疼的感觉都没有，两眼直勾勾地望着地上的饭菜发呆。

张德标那双破旧的胶底橡皮鞋前面破了个洞，露出大脚趾，赶路的时候一动一动，像个王八头，显得很滑稽。

“乡里一个辣子，不如城里一个瞎子。来我家提亲的都是江对岸干部家的子女。”他又一次去丁小气家商量儿子的婚事，这老家伙还是那副表情，小声地说。

张德标怕丁小气那个老家伙反悔，天天去丁小气家陪吃、陪喝，赔着笑脸，毕恭毕敬地当了半年他家的伙计，还将家里养的几十只麻鸭隔三岔五地拎去他家，成了这个大肚子男人的下酒菜。

这几天一大早张德标就出门了，去外地亲戚那儿借钱，按照丁小气的要求，先给儿媳妇买“三黄”。他跑遍了所有的亲戚家，总算借回来六百多块钱，一脸高兴地交给儿子。

“到市里买首饰，要挑最重的买，别怕多花钱！”将儿子送上轮渡，张德标还不忘嘱咐一句。

趴在轮渡栏杆边，看着滔滔江水整天不知疲倦的流淌，大虎怎么也高兴不起来。他攥着一沓借来的钱，心里不是滋味。他在家是独子，爹妈累成牛马，儿子结婚时还是两手空空。

“姐夫！等等我！”轮渡喘着粗气，摇晃着船身准备启动了，安全员刚要收缆绳，江滩边有人大声地叫喊。那声音大虎很熟悉，是雨露！

小丫头一个跨步跳上了轮渡。她气鼓鼓地上了船，也不说话，绷着脸、侧着身，一脸不高兴地看两岸的风景。

听说县城到处都是灯红酒绿，雨红是第一次进城，感觉腿都迈不动了。到处都是好吃的糖果，到处都是好看的衣服，尤其是那个门楼，青砖一拃厚，特别气派，满是痕迹，放眼望去都是历史。

几家金店雨红都逛过了，总觉得那个心形的吊坠项链很漂亮，可就是重了点儿，肯定很贵，因此她一直犹豫不决。

“喜欢？喜欢就买这个吧！”一直跟在她身后的大虎咬咬牙，试探性地问。因为兜里就六百多块钱，他说话的底气明显不足。

“这个好，代表心心相印，真爱一生。打完折后才五百块钱，很划算的。”金店老板很机灵，两只小眼睛乱转，像是能看透人心，说得雨红心里痒痒的。身后的大虎见雨红这么喜欢，一狠心，准备付钱。

“这个有什么好看的？老板，我姐买这个，十二生肖老虎头的。”一进门就跑没影的雨露突然从一边冲出来，挑了条更粗的老虎头的金项链，放到柜台上要大虎付账，顺手抓过雨红手里的心型吊坠扔了回去。

“你别乱买，这里每样东西都抵我们家当，弄坏了赔不起。”雨红沉着脸责备道。

“顾客是上帝，我们来看首饰，老板笑得嘴都合不拢，当然要随便我们挑了。姐，你不是喜欢大虎哥哥吗？这个老虎生肖寓意更好，那个爱心太俗气了。老板，这个不要了！”

“好，好，这个好！我来称下，十六克，刚好八百块钱。”老板手脚麻利，见顾客要挑条重的，立刻欢喜地给换了。

“八百块啊！”雨红接过妹妹挑的项链仔细端详，这是一只卡通形状的小老虎头像，的确是很憨厚、可爱，妹妹的眼光很不错，有寓意。可一听说要八百块钱，吓得她慌忙将手中的项链放回柜台上，生怕弄坏了。

一边的大虎很尴尬，带雨红出来买结婚首饰，本该就是他表现的时候，可是面子在钱面前就是张纸，一捅就破。

“姐夫，你别磨蹭了！钱不够是吧？我早就知道了，我这里有二百多块钱，算我家给姐姐的陪嫁了。”雨露让大虎把带的钱掏出来，和自己兜里带的钱叠放在一起，大声地和老板砍价。大概是因为热，她说话的语气又快，两个红红的脸蛋上渗出了细汗，呼呼地出气，像只大肚皮青蛙。

雨露有好动症，身体不停地左右摆动，像个摇头娃娃，红头绳扎成一扎的辫子翘得很高，像马在甩动尾巴驱赶苍蝇。雨红曾经和妹妹打赌，赌她看书两分钟不动，小丫头一本正经地只坐了不到一分钟就开始抓头，旋转手中的笔了。

“你哪来这么多钱？”自从妹妹一天天长大后，雨红越来越感觉到妹妹陌生，这小丫头整天嘟着个嘴，好像全世界都欠她的，干什么事都让人摸不着头脑。小小年纪，身上竟然有二百多块钱。

“知道你们早晚要结婚，可爸爸小气出了名，要提早做准备啊！”

“你偷家里的钱？”

“谁偷钱了！这是我的工资。我每天从小店里拿一块钱，积少成多，算我给老爸打工的工钱。爸爸是个全乡都出了名的铁公鸡，我不早做准备，老姐出嫁，肯定寒酸得让村里人笑话。”雨露一番话惊得雨红一脸惊愕。小时候自从将弟弟带丢在大塘里，爹脾气就变得特别暴躁，如八月午后的雷暴，一不高兴一巴掌就扇过来，打得她眼前发黑，耳根都流过血。她被打怕了，哪还敢拿店里一分钱啊！可这小丫头早就在存私房钱了。

“我这一生，不问前尘，不求来世，但求平平安安！”戴上项链，雨红感动异常，泪眼模糊。

“男人送首饰承载承诺，女人收首饰寄托终身，你们是一对儿！”雨露见姐姐戴上项链，金光闪闪，拍手称赞。

买好东西，大虎顺道去看望了小美和另外几个伙伴。村里一部分人搬迁来县城，一晃几年没见，挺想他们的。顺便告诉他们自己和雨红的婚期，邀请他们一道去村里喝喜酒。

“想想日子过得真快，以前我们还在大江里洗澡，一眨眼雨红就要结婚了！”今天真是个好日子，阿峰和阿俐都在，雨红笑得最欢快，快要做新娘了。雨红成了全场的焦点，尤其是小美抬着头，细心地摸着她脖子上的项链，叹着气，不愿放手，心里除了羡慕，就是嫉妒了。

听说女人一旦挂了男人送的项链，就是戴上了枷锁，可她幻想有一天自己也有枷锁可戴，她愿意给一个人当一辈子的奴隶。

“日子都定好了，就在下月初六，到时你们一定都要来啊！”大虎递了根烟给阿峰，两个男人不知道什么时候学会抽烟了。

一闻到香烟的味道就让小美迷恋，男人抽烟才更有男人味。不知道为什么，她特别迷恋男人身上的汗酸味、烟草味，像家乡端午节熏烤的艾草，闻多了有一股淡淡的芸香。深吸一口，细细品味，每股烟都有记忆，都有故事，闻着闻着，全身都被沾染了香。

“那不是秀秀姐吗？”雨露正在吃饭，见师范大门口一个女孩抱着课本，在那里驻足观望，竟然真是丁秀秀。

“我来县教育局送调动申请，顺便来母校看看。不知为什么，晚上常做梦抱着书本去校图书馆上自习。这里有我太多的记忆，忘不了，就是忘不了！”秀秀抱着几本书，怯生生地进了屋，发现竟然坐了一屋子的老同学，不知道在说些什么，都开心地笑着。

她消瘦了很多，原来皮肤水嫩得像开春的荠菜，掐一把都沾湿手心，现在面色有点儿憔悴，脚步也显得匆匆。

“雨红，你这肚皮有点儿鼓哦！不会是要当妈妈了吧？”阿俐不仅羡慕雨红脖子上的项链，她对雨红微微凸起的肚子更感兴趣，看了很久，终于忍不住伸手去摸。

气氛一下子又活跃起来，小美摸脖子，阿俐摸肚子，待嫁的新娘旁边坐了一帮女人，都到了挂怀的年纪，期待着当妈，姑娘们个个都想摸摸。

雨红被吓了一跳，她也没注意最近自己体型的变化，可是小腹像是扣上了一口小炒锅，微微凸起，难道真有了？

“不会吧？哪有这么准啊！怪不得这些天老感觉不对劲，想吐，原来要当妈了。”

“我发现老姐是天下最笨的女人。”雨露抱着一大包零食在吃，不时地插几句。

“幸好下月就要结婚了，不然没结婚挺个大肚子，那多难看啊！”一听说有娃在肚子里拱，雨红原先还有点儿不好意思，可只一瞬间，她就欢喜地笑了，摸着好像凸起来的肚皮，拍着手掌“咯咯”地笑得更欢了。

一边的秀秀静静地埋头吃饭，一听到雨红大了肚子，要生宝宝了，冷不丁打了个冷战，哆嗦了几下。几个同学问她是不是不舒服，受凉了，她摇摇头说没事，最近累的。

秀秀心里暗想，同样是一枚种子，种对了地方就是心头肉，生错了季节却是肿瘤，都是命！

第十一章 重见光明

世界很大，其实也很小，闭眼时世界只是黑暗的一个点，睁开眼睛时，世界浩瀚得了无边际。时间奔波了几万光年，只在一扇门打开的瞬间就被捕捉，收进心里，压缩成记忆的饼干。

一层层纱布揭开的时候，小美感觉自己像是做了几千年的木乃伊，一点点剥去坏死的外壳，露出一点儿新绿。突然，远处一点点、一束束暗淡的星光从黑暗的夹缝中一闪身，开始还是萤火虫一般微弱的光亮，在黑暗的界面忽闪忽闪的，渐渐地亮光放大，直到如手电一般，带着炭火的温度，从纱布的缝隙中跳跃出来，千万条霞光从四面八方涌进来，在眼前晃动着。

光明！是它，整整七年了，她整天和黑夜为伴，世界混沌成一整块黑乎乎的木炭，任她再怎么敲击，都没给她一点点星火。今天揭开纱布，时光的投影机将一个怀春少女的情窦正式开拍，她人生的大电影正式上映了。

“我看见啦！我真的看见啦！”小美惊喜地尖叫。

“嗯，坎坎坷坷才是人生，酸甜苦辣才是生活。”丁祖峰也激动地说道。一屋子人都长出了口气，高兴地鼓掌。还有几个医生拿着照相机在一边拍照，说是为了做广告。小美这么漂亮的姑娘，这么华丽的变身，比什么样的包装、宣传都有吸引力。

世间的诱惑，没有什么比美丽更让人动心。

在医院观察了几天，小美急切地出了院，对她来说，世界万物都有无限的吸引力，她要用眼睛去好好看看。城里的蓝天没有老家的湛蓝，城里的草木没有老家的翠绿，城里的路人没有老家的乡亲热情，可她不在乎，遇见人就笑着打招呼，尽管多数人用漠然的表情回应她。

回家上楼的时候，刚好遇到四楼的邻居晓惠，小丫头已经长大了。小美硬拉着她来家里做客，周老师手脚麻利，一会儿工夫就烧了满满一大桌子菜，像是乡下做喜事一样。晓惠这次过来蹭饭，看着满桌子的菜犹豫着不好下筷子，但看到一盘马铃薯丝切得细如头发，泛着乳白的油脂光就笑了，摇着马尾辫子，伸出筷子一夹，翻出一根肉丝来。

“阿姨，有肉！”晓惠突然大叫一声，感觉像夹到了老鼠尾巴，吓得筷子掉在地上。

一看到肉，她的小肠胃就翻滚，造反似的要吐。她哇哇地叫喊着，别在头发上的发夹都掉汤里了。她跑到水龙头下猛烈地呕吐、漱口。原来她是个素食主义者，不沾任何肉食。晓惠之所以不吃荤，就是小时候有一次看见邻居家杀狗，硬是将一只可爱的大黄狗剥成世间最恐怖、狰狞的一具血淋淋的骨架。从那之后，她一看到肉，眼前就挂着那条瞪圆了眼珠流着血的狗。

丁祖峰笑了笑，继续埋头吃饭。他小时候曾经无数次幻想过，要有个妹妹该多好啊，扎对山羊辫子，流着鼻涕，圆嘟嘟的脸蛋脏兮兮的，跟屁虫似的在后面喊哥哥。可是那年泥石流没了妈妈，自然也就没有妹妹了，所以有时候他觉得这种不吉利的梦不能做。不知道从何时起，丁祖峰开始有点儿讨厌晓惠了，这丫头如大棚菜地里培育出来的豆芽芽，皮肤水嫩，掐一把都流水，身体娇弱，这不吃那也不吃，整天埋怨。就是因为她命好，有个在银行上班的老妈，不愁吃不愁喝，动不动就嚷嚷着要去北京看某明星现场演唱会，是那种给串糖葫芦就能哄骗回家当老婆的女孩，对社会没有一点儿免疫力，整天脑子不知道想些什么。

有时候丁祖峰自己都搞不懂，这世界到底是单纯的女孩好，还是现实的女孩好。

吃饭时，小美聊到了小区里那个偷小女生内衣的变态，晓惠说都几年了，没有抓到，但她始终怀疑是楼下开小店的那个老头，一有新发现，她就找街面上巡逻的那个警察哥哥汇报。小美想了想，突然放下碗筷，欢喜地拉着阿峰奔下楼。她要去看看传说中的变态是什么样，脑子里无数次地勾勒过，但怎么画也没真人逼真吧！

楼下的小店晚上关着门。上大学的时候，自从听小美说小区有色狼，丁祖峰觉得小店生意肯定会受到影响，可能早就换人了。记得高三时一天傍晚来看小美，上楼时楼道口遇到六楼遛狗的大妈，她正在和几个邻居嘀咕：“一次去买纸巾，这老家伙的眼睛像汽油高压灯盯着我看，我就知道这老头不怀好意。我年轻时可是水泥厂里一枝花，人俊丰满人人夸，追求我的都是些公社干部、转业军人，我老了也不可能看上他！这老头像是报复我，今天傍晚竟然把别的小区几个老太太勾引过来了，就在他家的小店门口弄个破录音机，跳起了什么交谊舞，搂搂抱抱的，又是摸屁股又是摸腰，简直不堪入目。我都报警了，可警察说跳舞是体育运动，不犯法。你说这个穷得连三个月房租都交不起的老变态，现在不偷女人内衣了，改成明目张胆地耍流氓了，真是气死人！你们别看我每天遛狗不管事，其实我遛狗的时候眼睛一直盯着这老变态，只要他有什么不对劲我立刻报警。”

那天丁祖峰侧身从几个正说得起劲的大妈身边挤过，心里暗暗发笑。就在过年的一个清早，起了点儿雾，他从对面马路公交车上下来，隐隐看见六楼大妈在阳台上探出头，手里掂着一块毛巾一样的东西朝楼下老张头的小店扔下去，然后迅速消失。等那块东西落了地，他才看清楚是件粉红色的胸罩，大得有点儿过分，旧得都起毛了，布料肯定不好，钢圈也可能坏了，憋着肚子趴在老张头家小店的大门前，像两个漏了气的蒙古包。

过几天去小美家的时候，看见那个胸罩像条死红鲢鱼一般，仰面躺在老张头家对面的垃圾桶旁，全身污垢，已经看不出原来的颜色。晚饭在小美家阳台帮小美晾衣服，看见楼上大妈家的小狗欢快地跑下楼，将那件胸罩叼在嘴里，先抬腿在胸罩上撒了泡尿，然后拖拽着像捡到宝贝一样跑上了楼。

从那天之后，丁祖峰总算明白了，这些退休大妈也追星。

好几次丁祖峰敲小美家门的时候，看见三楼楼梯转弯处坐着已经上了初中的晓惠，她穿着兔子睡衣，戴着有两只长耳朵的睡帽，怀里抱着一大袋薯片，坐在台阶侧面，一边“咔嚓咔嚓”大口咀嚼着薯片，一边聚精会神地听着楼下大妈的议论。

“哪天我要和老张头跳舞，嘻嘻！”小美见老张头的小店锁了门还不死心，在小区找了一圈也没找到他，失望地说。丁祖峰看着她一脸期待的样子，纳闷是不是手术时哪根线接错了。

这些天，小美像是弥补之前老天爷欠她的债一样，选了个双休日，拉上阿峰回了老家。这些年，家乡的山水对她的诱惑力太大，在她的心里挖洞，挖空了她的心窝，是那种空灵的空。现在眼睛虽然能看见了，但还缺少色彩，缺少家乡山水那种令人窒息的美，她要去亲眼看看，填埋心中空了那么多年的缺口。

他们先去老家小美爸爸的坟前还愿。失明这么些年，出门不方便，这是她第一次回村给爸爸烧纸。以前每到清明都是妈妈领着她，带上从农村带出来的一把铁叉，在公园的墙角边选好位置，把圆规形状的叉样[①]的一只脚插进地里，另一只脚旋转一圈，画个完美的圆，将纸钱放在圆心里，阴阳两界就相连了，烧给另一边的爸爸。

“走吧！去我们丁家祠堂拜拜，你手术能成功，也有他们的保佑。”下了山，丁祖峰拉上小美走进了坐落在山脚下的丁家祠堂，这里是他家族的根。

这是一栋三层结构的木楼，马头墙高耸，典型的徽式建筑，岁月将它全身染成黝黑，如被墨水浸过。门前的青石板磨得光溜溜的，没有留下多少岁月雕刻的痕迹，如老人的秃顶。手掌厚的门板上到处是刮痕，露出泛黄的木料。

小美抬手扶墙，糕点般厚的青砖镶嵌其中，坚守一生。青砖的缝隙中滋生着一簇簇青苔，像是发酵的豆腐卤长的毛，掐一把放锅里用猛火一蒸，立刻就有刺激味蕾的奇香。一股冰冷从手掌蔓延至全身，闭眼冥想，满大街的吆喝声、拥挤的人群、繁华的庙会在脑海里浮现，穷人、富人都是匆匆过客，唯一留下的就是这脚下的路和身边的土墙、门楼。

“啪”的一声，屋顶一片薄如茶干的虎头瓦片滑落下来，清脆地在她脚下摔成无数个碎片。

她推了推门，两扇门虽然老旧，却很结实，抵御着岁月的侵蚀，如情侣一般挨得很紧，继续沉睡，不允许被分开，更容不得第三者插入。小美叹了口气，丁婆当年跟命运赌气，出走后就再没回来，把大塘埂上那间石头屋当成她的家。而今物是人非，繁华已经不复存在，留下的只有破败和回忆。要不了多久，这个破旧的祠堂可能就和当下千千万万条老街一样被肢解、掩埋，成为摄影者镜头里的掠影、作家笔下的华章。

如果可以，小美情愿住在这古色古香的老宅里，这里接地气，似乎更能和先辈沟通，更能找到归属感。但生活在社会这个大染缸里，游戏规则不是她定的，一些老的东西终究会一点点湮没、消失，最后变成活化石，而自己终将也成为化石的一部分。

上香的时候，小美跪在香案前双手手掌合十，心无杂念，仿佛身体的一切在这一刻全还给了祖宗，有种落叶归根的归属感。丁祖峰始终跟在她身后，他妈妈

① 叉草的农具。

是个知青，原先在村小学教书，嫁给了跑江的丁国安，这里埋葬了他妈妈，有他全部的童年记忆，有他对故乡的眷恋，承载着他对眼前这个姑娘浓浓的爱意。

“轰隆隆”，远处传来炸药开山的轰鸣声，像个熟睡的老人打的呼噜，百转千回，铿锵有力，正在下坡一般，还带着惯性。

那是一帮工人在开山，西九华公路要重修，要铺成石子路，保证下雨天车能通行。听说不光要加宽，还要直接打通到县城。一些外地工人已住进了施工现场，路边已经用石棉瓦搭了几间工棚，因为太破旧，常有路人跑进工棚上厕所。

进了村子，小美四下里搜索，这是她失明后第一次回来，乡村多了一些新瓦房，也多了一些陌生的孩子。一些老爹前几年还是一头黑发，而今全白了头。村里的路还是老样子，全是黄泥巴，估计过年还是一锅粥，夏天半个月不下雨就起黄烟。听收音机说中国改革开放，到处大变样，可家乡这几年还是老样子。

小美家原先在村里的老房子在那场泥石流中被毁掉了，变成了一块稻田，已经找不到一点儿旧有的痕迹。

小美在大塘埂上走了一圈，大塘边一如既往地有很多孩子在追逐、嬉闹。两只蜻蜓在塘边翻飞、追逐，一青一红，青的大，眼睛清幽，身体翠绿，如上了藤紫青的油漆，似一只饱满的青椒；红的小，眸子明亮，红成一团血红的火，像一枚姹紫嫣红娇小的朝天椒。它们紧紧抱在一起，轻柔而随意地飞舞，炫耀着舞姿，偶然掠过水面，沾湿微翘的尾巴，洒下希望，然后再次忘我地缠绵、交配，累了就落在塘边的柳条上凝视、抚慰，让人嫉妒。

小美捡了片瓦片，侧着身，西沉的余晖将她的身影拉长，臀部和胸部的侧影向着各自相反的方向拱起，让人分不清哪边更美。她抡起手臂，在空中画了大半个圆，将手心那块瓦片掷向了大塘的水面，放逐出去。那枚瓦片瞬间就像被施了魔法，旋转着，如只陀螺，在平静的水面上连连跳跃，仿佛受到惊吓一般，一口气飞向大塘中心。十几个圈圈在平静的湖面上一个接着一个地扩散、拥抱、重叠，相互渗透，最后消失，还原成最初的平静。

小美捋顺额头上的几根乱发，闭上眼，深深地吸了口家乡大塘边的空气，还是这种老味道，像老冰棍那种味道，淡淡的，细细品味还有一丝甜，咬不透，嚼不烂。含在嘴里化了，咽进肚子里一股甘甜。这一切是真的，此刻她真的站在养育她长大的大塘口，将故乡的山山水水全部收进了眼帘，刻在脑海，储藏进每一滴血液里。

中午在雨红家吃饭，屋外陆续进来一帮村里的长辈和亲戚，都是来看望小美的。一个丫头失明十来年，竟然真的有人捐眼角膜给她，真的能看见了。一些年长的男人站在门口打转，雨红唤他们进屋喝一杯，他们都红着脸摇摇头，说不打扰小辈了。雨红知道，他们是特意来看漂亮的小美的。

那天下午，雨红约了一帮同学，在江滩上，十来个同学重新聚首，都变了模样，有一些都当爹当妈了，怀里抱手里牵的。可抱得越多，娃子越大，就越显老，个个累得跟小老头似的。有人笑话他们可怜，可小美羡慕他们。

不知道雨红到底怀孕多长时间了，她走路显得四平八稳，一下子就过渡到了已婚妇女，显得很成熟，有时还故意用手撑着腰。

“现在是枯水期，江心的黑沙洲上水位很低，沟渠里、草垛里有很多小鱼虾、泥鳅、扇贝，大家跟我一起划船过去吧！上面有几间渔民跑江临时住的小屋，大家带些油盐酱醋，晚上可以在那里吃水煮鱼。”雨露正带着几个人在江边比画，远远见姐姐从村里出来，带一帮同学也在江边散步，赶过来招呼。

这小丫头真是投错了胎，好动症长大了也没见得好。成绩不好，高中没考上，回家帮丁小气照看小店，隔三岔五地在家收拾行李说要出去打工。慧芳大婶说什么也不让小女儿出门，这丫头喜欢多管闲事，城里到处都是骗子，嘴巴抹油，她可不想二女儿帮城里人养了。

村里人说丁雨露的权比村长张祥林还大，村长管正经事，她专门管闲事。

村里单身汉丁福满好吃懒做，脸上的青春痘从十五岁一直长到二十八还没消，听说是青春期不怎么喜欢洗脸，以至于脸上还残留着两个大疙瘩，像过了成熟期的发黑的草莓，因此得了个“大草莓”的外号。这家伙脖子上挂了根手指粗的项链，黄灿灿的闪光。村里人好奇地问这狗链子是不是金的，他每次都一本正经地回答当然是真的，城里最大的金店买的。可是私下村里人议论，有段时间这家伙到处收集黄铜，找前村的银匠打的。

这家伙偷买了毒鱼药，每天晚上跑到江边的芦苇沟里毒鱼，村里没人敢说，连村长都睁一只眼闭一只眼，说这是派出所管的事情。

可是雨露跑他家里闹，说“大草莓”没素质，用药毒鱼等于一扫光，太缺德。只图自己一个人快活，把子孙的饭全吃了，对环境是毁灭性的破坏，要“大草莓”把药交出来。

丁福满除了怕脸上的青春痘，什么都不怕。他哪听这个小丫头的，一个大活人，抽烟、喝酒、赌钱，样样都少不了钱，不毒鱼，哪来的钱！一天夜里他照样出门毒鱼，被派出所抓了个正着，不光罚了款没收了药，还关了几天。雨露当着村里人面说就是她举报的，以后谁要是再干缺德事，她就举报，村里男人遇到她都怕。

“不会有危险吧？这可是在江中心睡觉，晚上万一要是发大水，往哪跑啊！”小美有点儿担心。她看到这花花绿绿的世界才几天，不想再回到黑暗的世界里。年少时那场泥石流留下的心理阴影太大了，一靠近翻滚的大江，她就有点儿怕。好在一边的丁祖峰像是读懂了她的恐惧，主动上来牵着她的手。他手掌暖暖的，让小美踏实了很多。

这帮同学都是江边长大的，都是水猴子，一听说晚上要在江心洲上野炊，可以折回童年，都欢叫着赞成。雨露叫过江边放鸭的张三爹爹张兆奎，求他用小木船把大家送到江心。

“我就不上去了。我大托人给我算过命，说我家住的地方是个泉眼口，命中和水相克。”雨红肚子已微微凸起，一听说要到江心去玩一夜，心里发虚，连连摇手。

“你是怀孕了，不敢乱跑吧！”小美羡慕地说。

“我要结婚了，家里还有很多客人，我就不过去了，你们好好玩。”雨红特别担心妹妹，这小丫头天天像个野人。

黑沙洲因泥沙多呈黑色得名，由两个连在一起的小洲组成，像两个相对而立、含情脉脉的恋人，对立着注目、牵手。这片神奇的土地一洲两子，涨水时将两洲分离，如天宇中的牛郎织女，只能隔河相望；枯水时又拉红线撮合他们牵手、拥抱。涨水必分，枯水又合，一年一次轮回。

反复无常的江水，秋天是个多事的媒婆，春夏又是个棒打鸳鸯的老女人王母娘娘。

黑沙洲是长江下游重点碍航浅水道，每有大船经过这里都要减速，小心驾驶、避让。每个拐弯的江口必然有暗流，每处暗流都有一串血淋淋的事故，这里埋藏着太多的长江故事。

这里是小美儿时的摇篮，承载着她太多的记忆，那时一发水，被冲得七零八落的黑沙洲就成了江猪子（江豚）的家。江面的芦苇丛中挤满了刚出生的小江猪，那黑黝黝的小脑袋，用小绿豆眼好奇地和她对视。

听母亲无数次描述过，小美大概两岁的时候，一个冬日的傍晚在摇篮里熟睡，摇篮底下烤火的炭灰烧着了棉被，等母亲吃完晚饭准备给她喂饭，掀开棉被后，顿时一股明火翻身而起，扑救中，她右腿上的肉一片片脱落，被烧成炭黑色。之后的三年，她都是在床上攀爬度过，后来一位老中医用江猪子肚皮上的脂肪提炼的油，反复在她右腿的伤口上涂擦，半年后一层层伤疤脱落，她竟然奇迹般能走路了。

她时常在想，如果没有母亲的坚持和故乡江水养育的江猪子，自己现在怕是路边摆小摊的卖饼人。而今她右腿处留下一块一尺多长的痂疤，硬硬的，还有蓝天白云一般的图案，像是一件被烧到恰到好处的青花瓷器，不长一根汗毛，再热的天也不会出汗。就是被烧成这样的一条腿，刮风下雨从来都没疼过，没有留下任何后遗症，而且右腿跳跃的力量好像比左腿还要强，真是烈火中出金刚。

年少时，小美从来不穿裙子，一露肉她就有点儿自卑，后来长大成人了，去城里住，她反倒喜欢穿裙子。瑕不掩瑜，城里买的丝袜特别有包容感，丝滑得如纤手抚慰肌肤，平滑而细腻。她喜欢裙边空气流动的感觉，像蝴蝶扇动着翅膀。

小美时常想，自己这辈子为什么这么多苦难？是老天爷在惩罚她前世的错，还是对她今生的考验？但不管怎样，老天还是很心疼她的，至少给了她一个漂亮的脸蛋，没有毁容，这就够了。而今老天爷还格外疼爱她，有人为她捐款，还捐了眼角膜，而这些恩人，她一位都没有见过，哪怕是当面说声谢谢也好啊！

那天，一帮人都成了泥巴人，仿佛回到了童年，一个个挽起衣袖、高卷裤脚，在黑沙洲的浅滩处抓了些搁浅的鱼虾。阿俐大学学的是旅游专业，毕业分配到山里红镇，她一有空就往村里跑。自从和雨露见面后，两个女人到一起一台戏，嘀嘀咕咕没完没了，也不知道说些什么那么开心。

每次阿俐来的时候，要不了多时，镇上的姜秘书就会急匆匆跑来，一脸堆笑和她套近乎。他面颊处露出一圈一圈的褶皱，戴着细边眼镜，样子很干瘦，头发却长得特别茂盛，一根根地竖立着，奔逃似的向外扩散着，粗壮而挺拔，像豪猪的毛发。村里人总怀疑他那头发不是长出来的，而是将焊丝焊接在头上的。大家疑惑他之所以长不胖，全是因为那长得像毛刷一样的头发吸去了营养。

姜干事戴的眼镜和啤酒瓶底差不多厚，听说近视都超过了400度。村上光棍没事时喜欢模仿他，假装边走路边看书，很夸张地一头撞到电线杆上，然后愤怒地吼一声："哪个王八蛋打我！"

"姜干事，我和一帮同学聊聊天，镇党政办还有很多事情，你先回去吧！"张伶俐对姜干事的追求很反感，下了逐客令。

“我碎子心娘[①]！你们玩，没事，我就喜欢看你们玩。”姜干事竟然没有听出阿俐的话外音。他每次开口说话必会带上这句口头禅，久而久之，这句方言被他打上了深深的姜氏烙印。

几颗星星在夜幕上闪动，江面平静了很多，好像瞌睡了。趴在小岛上往岸边看，所有的人影和建筑都在波涛上起伏、晃悠，感觉世界像是在一张颠簸的木筏上面。

小美拉上阿峰，借了一把改装过的三节电池手电筒，找了根破旧的牙刷柄，买了一包粗针，将针屁股用蜡烛烧红了，烙在牙刷柄上，整齐排列，如毛刷一般，再将牙刷柄绑在一细竹竿上，他们去江边的芦苇沟里扎泥鳅去了。

那夜，一帮小青年在漆黑的黑沙洲上燃起篝火，烧烤鱼虾，吃得特别香。夜晚的江面风很大，在一间用竹子搭建的简易破旧窝棚里，他们挤成一团，像一窝小猪，睡得特别甜。

屋外江滩边站着一直都无法入眠的小美，真的回到了带着鱼腥味的江边了，环视四周，两边是高耸的悬壁，像怀抱一样将她包裹，为她站岗。耳鬓的发梢动了动，一阵旋风从对面山峰的崖壁处吹过来。那片山崖景色特别美，是这一带最高、最陡峭的山峰，站在山崖下，总能听到“轰轰”的吼叫声，村里人叫它老虎崖。

江风打着回旋，从她耳畔掠过，头顶一片厚厚的乌云被拨开，露出闪亮的北极星，亮晶晶的，像是头顶亮了盏小灯泡。

小美看呆了，因为被黑暗关在笼子里太久，她对亮的东西特别敏感，尤其是天上最亮的那颗星星。无数个不眠之夜，她都在反复回忆那颗星星的明亮，那都是她倾诉的对象，是她心灵的灯塔。

“为什么世界上有那么多苦难？就这样活着多好！”下半夜，小美满足地挤进一帮同学堆里，牵上已经睡着了的丁祖峰的手，依偎在他身边，蜷缩着身子，呼呼睡着了，像只温顺的小绵羊。

那年小美二十岁，她常梦到自己结婚了，可是梦里那个男人怎么也看不清脸。

---

① 地方方言，意思为伤透了心、死了心。文中是姜必胜的口头禅。

第十二章 支教生爱

山里红镇拖欠教师工资半年，后来一次性发放，一共五百多块钱，秀秀感觉一下子成了富翁。她去山里买了几斤好茶叶孝敬她爹，爹喜欢喝茶，可是从来都舍不得花钱买好茶叶。

调动申请批得很快，只一个来月，镇上就通知她去别的学校上班了，但提醒她要做好思想准备，因为那所学校是个教学点，而且在大山上，全校就三十几个学生。前几年这所学校被撤并了，学生下山上学有二十多里山路，可是一次发大水，一山里的娃子放学回家被冲走了，后来在家长的一致要求下，这所被废弃好几年的小学又启用了。

山上还有几十户人家，孩子上学实在不方便，撤也不能撤，再建设也是资源浪费，进山连条正式的公路都没有，穷得出名，分配去的老师几乎都坚持不了两年，找各种理由和关系调走了。现在秀秀要求去那里上班，正好解决了领导的心头大患。

秀秀是个宅女，除了在县城读过几年书，就没出过远门，镇子有多大、人口有多少，她都不清楚。这次虽然是镇内调动，可距家也有六十多里山路。

临走的时候，她特意挑个周末去了趟张村，她想去看看上四年级的小兰兰，这丫头正是长身体的时候，个子一年蹿一个头。张村不大，就三个生产队，和丁家墩六个生产队比显得冷清多了，进村后除了偶尔窜出的一两条看门狗和在门口晒太阳的老人，很难看到青壮年劳力。

今天是星期天，小兰兰陪妈妈哭丧去了，只有奶奶在家。这对母女忙得吃饭都没工夫。这世界什么生意都不好做，都可能亏本，唯独做死人这门生意没顾虑，没人讨价还价，不打折不赊账，更不会没生意，大年三十阎王照样开门收小鬼，都有人边吃年饭边咽气。

有时候大兰兰身体不舒服，或是心情不好不想去，人家来请的晚辈急得“扑通”一声跪倒在她家门口，死活不走，说爹临走时千叮咛万嘱咐，这辈子儿女不孝没享过什么福，受尽了罪，死后儿女肯定不哭，就是哭也是假的，一定要请张村大兰兰来哭丧，她能把假的哭成真的。

秀秀走到张村中央，看到一面墙上用红油漆写着一行大字，标语非常有噱头：极乐世界专业送葬团，当红哭丧第一人大兰兰真情演绎，期待您的邀请。

底下还有一行小字：因为专业，所以感动！

不知道为什么，一想到小兰兰，秀秀就质问自己，如果自己的孩子没有拿掉，那现在该有多高了？秀秀倒是有点儿期待，想看看这个如花一般年纪的小女孩怎么就能随她妈，把哭丧当成开演唱会，哭得那么快乐。

“当当当”，突然村口一阵嘈杂的敲锣声，几辆破旧的自行车一路颠簸着，艰难地在秀秀跟前停下来。车上跳下一帮男女，都穿着整齐的工作服，精神抖擞。

“各位父老乡亲，今天我们国家科技公司下乡义演，做活动，免费抽奖，免费啊！大家赶紧来碰碰运气！”这群年轻人手里都拿着小铜锣，边敲边嚷，只几嗓子，刚刚还寂静的张村一下子就热闹了起来，人们从各个岔路口接二连三地跑出来，仿佛是从土里冒出来一般。有男有女、有老有少，娃子们手里捏着泥团，老人们手里还捏着一把纸牌。他们一下子就将货车团团围住，一个个眼放绿光，争抢着要了几张彩票，盯着奖券，沾着唾沫使劲地刮。

“我中奖啦！三等奖！老板，我的奖品是什么啊？”小兰兰的奶奶一直挤在人群最前面，第一个惊喜地叫出了声。

“奖品是外国进口、国家免检、永不生锈的炒锅一个，外加一个炖骨头王高压锅，这些全都是免费的。”年轻人大声地说。

“这么多功能啊？等于一样多用哦！”有人赞叹。

“我们公司享受国务院特殊津贴，是高科技产品，所有赠送产品国家一律报销。但今天你们要先交五十元的抵押金，过几天我们公司还要来你们村回访，到时我们将这五十元抵押金全部退还你们。高科技的炒锅和高压锅就免费送给你们用了，你们村就十个名额，要试用的赶紧交钱拿货啊！我们开国务院发票，先交钱先送，送完为止！”一个领导模样的小年轻穿着整齐，侃侃而谈，说话很像每年年底镇上领导送温暖的那副表情。

小兰兰的奶奶第一个掏钱，一手提着炒锅，一手提着炖骨头王高压锅，欢喜地跑回了家。

秀秀前脚刚出了张村，那几辆自行车就一路赶着风尘，从她身边飞驰而去。

回家收拾好衣物，爹烧了些她喜欢吃的菜，父女俩上桌吃饭都不说话，形同陌路。秀秀发现毕业这几年爹变了，变得沉默寡言，变得不合群，干瘦得如河道里弯腰驼背的虾。自从秀秀回村教书，丁国平看人的眼神都透着绝望，如釜底抽薪一般，抽干了他所有的激情和对生活的憧憬。他吃不香，睡不好，万念俱灰，对什么都打不起精神。以前孑然一身他过得倒也自在，而现在除了喝茶时能沉浸在安静中，其余时间很郁闷。

今年夏天，丁国平做了两件让秀秀意外的事，第一件事是他捉了三百多只小鸭子，先在圩埂上搭个窝棚，栽几根柱子，支几块大点儿的雨布，破旧的竹制凉床上放堆软稻草，铺上被子，这就是他和小鸭的家了。等鸭子褪了第一茬绒毛，他打好被单，制作了一大包茶干，封好一罐茶叶，带上几本厚书和干粮，拎上茶炉出发了。

他赶着小鸭子，从山里红镇东面的乡界放养到山里红镇西面的乡界，等小鸭身上泛黄的小绒毛换了装，夏天就过去了，这群鸭子也就出栏了。丁国平再捉一批小鸭子，从山里红镇西面赶到东面，秋天就过去了。

鸭子放到哪里，他就在哪里打地铺，支一块大点儿的雨布，陈旧的竹席上铺堆稻草，铺上被子，这就是他临时的家了。然后将放鸭时捡拾的一大抱树枝扔到地上，支起茶炉，泡上一杯热茶，看一会儿书，一夜就这么暖乎乎地过去了。

“老丁头，你就一个女儿，考上了大学还吃上国家饭了，你这么累图什么！”村里有人问。

“挣点儿钱防老，等秀秀结婚，急用钱时也能支援点儿。我们这辈子老人，哪个不是累死的命！”丁国平一脸无奈地回答。

“老丁头，说句不好听的，一个女孩家，培养她成人，到哪里都能说得过去，还给她钱成家？你图什么哦！”

“女儿也是儿啊！都是心头肉，有什么区别？我就图个安心。”丁国平很不高兴地走开了。

今年夏天丁国平做的第二件事，就是养了条狗。之所以养狗，是因为年纪大了，想有个伴。土狗的命似乎比路边的野花更轻贱，很容易夭折，和丁国平的命一样，哪天放鸭他一头倒在田埂上，这辈子就算过去了。丁国平养狗必须是公狗，他觉得公狗忠心，就算是跑出去玩了也不吃亏，更不会跟人跑，有本事就带个回来，老子养你们一家子。

大黄是老丁头养的第二只狗。每养次狗，老丁头就要经历一次热恋和失恋。因为农村里的土狗命都不长，都要经历生老病死，老丁头把它们从没睁眼时抱回来，既当爹又当妈，过几年等狗老了，走不动了，老年痴呆了，他又给它们当起儿子来，给它们送终。

第一条狗死后，老丁头在河埂上刨个洞，用被子包好把狗埋了，惹得村里一帮馋嘴的懒汉直咂嘴。丁大炮说狗埋了太可惜了，剥了皮加点儿蒜头辣酱，聚餐喝几杯烧酒，我的个乖乖隆的咚，阳寿都长些。那可是极品美味，解馋，埋了便宜了苍蝇儿子。

大黄两耳黑毛，全身油黄，虽然是土狗，却生得一副好身段，大腿上那块健硕的肉很扎眼，凹凸有致，比拳头还大，走起路上下滚动，像个秤砣一样结实。大黄体重目测至少有四十多斤，农村土狗能有这体重，也算是养到极限了。听说老丁头就是自己不吃饭，也要掏钱去买点儿东西给狗吃，有时候还有板鸭、猪头肉，待遇赶上城里卷毛的外国狗了。村里男人笑话说他们挣钱养儿子、女人，老丁头挣钱养狗。自己过得像条流浪狗，他家的狗过得却像个阔少，这什么世道？孬子！

大黄魁梧的身段像条红毛狼，没事就趴在老丁头脚边，伸出海带一般的大舌头舔自己的毛发。它毛皮贼亮，像是刷了桐油黄漆。每有村里青年换了发型，梳个中分的汉奸头，都有人打趣说你头发梳得这么贼亮，连苍蝇上去都要拄拐杖，八成是老丁头家的大黄帮你舔的吧！

大黄不喜欢叫，一叫必有战斗。它喜欢昂着头，翘着屁股，尾巴微翘着左右摆动，昂首阔步走在老丁头前面，像一匹汗血宝马。放鸭每经过一个村，大黄屁股后总免不了多出几只杂色母土狗跟随。它们低着头，夹着尾巴，在大黄屁股后面嗅，都是它的后宫。大黄看都不看，照样走它的台步，一脸不为所动的样子。不远处站着几条公狗，瞪圆了眼珠，一脸嫉妒和仇视，可又不敢靠近。

“他娘的！老子自己吃了上顿没下顿，你却到处留情，没想到老来养了你这么只情种狗。”老丁头有时很嫉妒，但更多的是自豪。随着年纪的增长，丁国平脾气越来越大，而且还喜欢骂人，他也不知道为什么。

老丁头赶着几百只鸭子，追赶着季节的脚步。有大黄在，他睡得很安稳，不用担心有人偷鸭子，更不用担心黄鼠狼来偷吃鸭子。他泡上一壶茶，看完田野的风景，然后进鸭棚，坐进被子里，捧上书，掏出酒瓶，摸出一叠包好的茶干，挑出一块，咀嚼一口，再喝一小口酒，自嘲道：酒是粮食精，越喝越神经！

他特别享受这种一块干子半斤酒的过程。人生如戏，戏如人生，自从秀秀回到村里教书，他觉得这辈子只有身边的狗和喝进肚子里的酒精懂他。

自从秀秀爹养了这条大黄狗，隔壁家也养了条黑狗，两个老家伙从人斗到狗了。

终于到了目的地，进了镇上那所最偏僻、最贫穷的学校。虽然秀秀心里早有思想准备，可还是被眼前的贫穷和破败惊呆了。所谓的学校只是一排靠山腰低矮的木房，加一起也就一百来平方，虽然宽敞，光线却很差。

秀秀能感觉这就是思念的酸痛。虽然玉宝没提出分手，但她能感觉到剃头担子一头冷一头热的温度对比，爱的伤害犹如割开肚皮撒上盐，再被岁月腌制风化，慢慢腐烂。

这次是绝望中让心灵放逐，来农村最偏远的地方支教了。

“欢迎新老师！丁秀秀老师，你的眼睛很亮，有点儿湘妹子的味道哦！”接待她的是学校的校长，叫曾晓东。说是校长，其实就是光杆司令，年纪比她还小，竟然是个学弟，而且长得一脸的嫩稚。他是个刚毕业不久的师范生，肯定没二十岁，高高的个子，俊朗的外表像个奶油小生，和周围干瘦的一帮孩子形成很大的反差。

这所学校是个没奶的娃，只有一个老师，他是全能战士，什么科目都教。秀秀心里感觉真好笑，这一来最少也是个副校长啊！

“欢迎欢迎，热烈欢迎！”一边的孩子们整齐地排着队喊口号。

“孩子们听说有新老师来，天天站在山顶上望，总算把你盼来了。”曾校长笑着说。

“来的时候我看到路边开着很多野菊花，星星点点很漂亮。我特别喜欢菊花的坚韧，即使在最偏僻的土壤，也能快乐自由地绽放。”

“自愿来这里支教的老师，品质比菊花更坚韧。”

“对我来说，老师和菊花的使命是一样的，都是神圣的，即使在最贫瘠的地方，也能美丽地绽放。”秀秀甜甜地笑着，发表就职演说，和曾校长热情握手，她能感觉到彼此手心的温暖。他比自己小，这算是青春的温度吗？

热烈交谈中秀秀才知道，他们的理想竟然都是一样的。他家住在县城，去年毕业自愿来到这个全县最偏远的学校任教。这所学校像个挣扎在饥饿边缘的孩子，总是吃不饱，每次强制性地分配一两个刚毕业的教师，要不了两年，无论山里的孩子多么热情，山里人多么无私的款待，人家都会找各种各样的理由和关系调走。

秀秀猛然惊觉，她的手一直被曾校长握在手里，手心都被握出汗来，让她很不好意思。慌乱中她赶忙将手往回撤，两人四目相对，他的眼睛很好看，清澈、干净，让她浑身起了一层鸡皮疙瘩。因为这些年，她的心里只住着一个人，而今这么刻意地去看另一个比她小几岁的男人，让她觉得自己好笑，这算不算爱的饥渴？

校门口摆放着一口大水缸，要把它弄上山，那可要费点儿力气。

“这是你的房间，五星级的豪华包间哦！”秀秀被曾校长领到教室旁边的一间小屋子里，提着行李找到了自己住的地方，是个刚用木板隔成的小房间，钉得很仔细，墙上都用破旧的报纸重新贴了个遍，和隔壁破旧漏风的教室比，算是精致的装修了。

秀秀感觉是个家了，不大，但很温暖，最难得的是特别安静。有时就是下课，孩子们在一起都是小声地说笑，从来没有给她山里野孩子管不了的感觉。

眼看天色暗了，秀秀将叽叽喳喳帮忙的学生赶回家，抓过一个破脸盆，直奔校门口那口大缸。走了一天的山路真累，她想痛痛快快地烧水洗个澡。

“你要省着点儿用水，一个多月没下雨了。这所学校前几年荒废了，山上原来修的蓄水池也坏了，没地方存水，缺水时这缸里的水都是从山下挑上来的。”晚上秀秀大桶小盆洗得正欢，曾校长在隔壁亲切地提醒她。

她猛然想起来这个屋子隔音效果不好，而且报纸再怎么张贴也是有漏洞的；就算没有窟窿，也能看到人影的轮廓。在这大山里，孤男寡女的，住在一排破旧的老屋里，尤其是还有点儿姿色的女人在洗澡，可不能当刚认识的男同事是圣人。她慌忙抱起衣服，跑到一边穿上。

晚上她被尿憋醒了，在床上坚持了几个小时，实在不行了，摸索着下了床。还好学校旁边的竹林边有间小房子，借着月光，看见墙上挂了个小牌子，上面歪歪扭扭写着个“女”字，好像是用锅底灰写上去的。

第二天一大早，秀秀就找了只毛笔，将那面牌子翻过来，狠狠地写了个“男”字。因为这是全校唯一的一间厕所，只能男女共用。以前这是女生专用的，男生都自发地去学校后面竹林里解决了。秀秀主要是怕晚上万一她和曾校长同时用厕所，撞到了怎么办?

刚来时，每次下课，男娃们都一窝蜂地往林子里跑，她起初以为是孩子们贪玩，后来才知道那里是他们的露天小便池。这以后他俩就默认了，只要那牌子哪面朝外，厕所就自动表明性别。这真是世界上最环保的厕所。

秀秀来到学校后，真给自己戴了顶官帽子，女子“挤榨队”队长。天冷时，她召集全校女孩儿站成一堆，她任女队长；所有男生站成一堆，曾校长任男队长。下课铃一响，孩子们冲出教室，抢好位置，两队人顺着墙角挤成一团，短短五分钟，所有人都挤出一身汗。

一些家长来接孩子，说山里来的两个老师是孩子王。

几天后秀秀才知道，难怪她洗澡用水住对面那家伙会说话，山上一个月没下雨，那口缸里的水都是孩子们挑上来的。水缸总是满的，因为有次缸里没有水，刚来的老师就气呼呼地走了，再没有回来。老师教给他们知识，可山里人不能连水都让他们喝不上。

山里孩子特别好客，他们每天都要走十几里的山路，路边山沟里、坟头上偶尔结出一簇簇成熟的野果，指尖大小，红得争艳，孩子们一般都挑最大、最红的，他们舍不得吃，用纸包好，第一时间给秀秀送过来。秀秀说声谢谢，他们反而不好意思，觉得这是他们应该做的。

来这里没有信，没有思念，秀秀觉得时间过得特别快，白天的天空湛蓝，云朵洁白，夜晚的月色特别明亮，一片安宁。夜晚她喜欢静静地靠在木质的窗边看满天星星，那满天的星星每天对她保持一颗明亮的心，永远不变质。

有时隔壁偶尔传过来的吉他声让她很惆怅，心情会时而变得有些坏坏的，让她想起那个不知道飞到哪里的人。

“你怎么大学毕业自愿到这里来？我从你吉他声里感觉到，估计是被什么伤到了。”一夜秀秀失眠了，敲了两声木板隔的墙，和隔壁那个同样失眠的人聊起来。

那是他们的暗号，敲两声是聊天，三声是睡觉。

“还能是什么事？不就是那些分分合合的感情事。学校里谈得死去活来，都是假的，注定见光死。毕业分配，什么贫富、家境都要拿出来衡量。”

“学校是理想主义，社会是现实主义。”

“现在的女孩都很势利，到谈婚论嫁的时候，人家会带着老娘来问家境怎么样，工作能不能调到市里，家里种田的老爹和生病的老娘将来跟谁。每一个条件都是一道横沟。”

“也不一定，我师范毕业可以留校，我都回了老家。有的人心里还是有信念的。”秀秀强烈反对。

“我前女友就没你这么伟大，她家市里的，分配的单位好，我分配得差，被甩那是必然的结果，就自愿来山里疗伤，教教孩子真的不错。”自嘲中的曾校长让秀秀觉得很亲切，有种成熟的韵味。都是受伤放逐的人，所以能够惺惺相惜。

“是哦！常听说这样的故事，爷爷只用半斗米娶了奶奶，爹只用半头猪娶了妈妈，而爹妈还要用一辈子积蓄帮儿子娶媳妇，媳妇娶进家门，第一件事就是将公公婆婆赶回农村。”秀秀也很无奈地回答。

墙角一只蜗牛撅着屁股，沿着门板一点点慢慢往上爬，仿佛山里的时间。

那夜的月亮有些害羞，时明时暗。对于隔壁那个学弟，秀秀有时感觉他们好像认识很多年了，可以敞开心扉畅谈；有时又感到陌生，根本不知道他来自哪里，要去向何方。睡在这大山深处寂静的小木屋里，真是恍如一梦。

一晃一个学期已过了大半，在这几个月里，秀秀忘却了时间，忘却了山外繁杂的烦心事。老天爷有些反常，开始干旱，这几天又一直下雨，仿佛是还前几个月欠下的债。整座山都躲在云里，让秀秀感觉自己住在三仙观里，都快得道成仙了。

直到有一天亲戚捎信，说爹早上走出鸭棚，突然脑出血，晕倒在河边，正在镇上的医院急救，目前还在昏迷。秀秀“哇”的一声尖叫，冲上下山的羊肠小道。这些天她忘了家里还有个体弱的老爹，为了帮女儿挣点儿嫁妆钱，整天风里来雨里去地放鸭。她这个女儿不称职，更别谈孝顺，自己心情不好可以一走了之，可是她知道爹再怎么打骂她，心窝窝里都是爱她的。

“我送你吧！这几天下暴雨发山洪，冲垮了山下的石桥，孩子放学都是我背过去的。你一个人回去，怎么能过河？”曾校长让学生们自习，一路小跑追上了发疯一样跑下山的秀秀。

“我来这里一年多，今夏又大旱，可你一来，暴雨连天，孩子们说你是女娲娘娘。”爬上曾校长的后背，淌在过臀的浑浊山洪中，秀秀感觉他的步子很稳健，让她有种从未有过的踏实感。这家伙身高至少一米八，应该比那个负心人高几厘米。身边不时有拳头般大的鹅卵石翻滚而过，还有枯死的树木从上游呼啸而下，让她本能地将曾校长抱得更紧，场景一如年少时那场天灾。危险的时候有个宽敞的怀抱供你避难，真的是种幸福。

到了医院，远远看见病床上睡着干瘦的爹，眊着眼向医院的大门口张望，床下睡着那条大黄狗。秀秀鼻子一酸，“呜呜”地哭起来，扑进爹的怀里，像个叛逆的孩子终于懂事了，终于找到了回家的路，要好好哭一场。

这才几年，爹就突然老了。秀秀始终觉得爹的衰老和消瘦是从她毕业那年开始的，原指望女儿有个好归宿，能往他脸上贴金，可没想到女儿从他身上割肉。

“大，小病不能拖，慢病不能扛，你一定要多注意。女儿不在身边，你要照顾好自己。”

“娃啊，不哭。爹是累的，没事，休息几天就好了。这位是……”秀秀爹双眼盯着曾校长，自打这个小伙子跟在女儿身后一进门，这老头子的眼睛就亮了，顿时来了精神。这种明亮，秀秀很多年没有见过了。秀秀说是同事，和她一起在山上的小学教书。丁国平很开心，拍着手咯咯地笑，像个孩子。

“教书好！教书好！我家秀秀在学校里多亏你照顾。今天我心情好，咱们立刻出院，回家给你们杀只麻鸭。走，现在就走！”丁国平挣扎着支起身，秀秀强忍住眼中泪水，连连点头。

父女间的隔膜原以为很厚，其实就是一层纸，轻轻一捅，父爱即如暖风，吹走几个冬天的雾霾。

秀秀那天陪着爹回到满是霉味的家里，炊烟升起，满屋子顿时就溢满了温馨。童年味十足的几个家常菜一上桌，气氛一下子就被调动起来。丁国平对这个第一次来家里做客的小曾显得特别关心，问个不停，还端出酒杯，一人一杯白酒喝了起来。

本来对曾老师还有戒备心的大黄，从秀秀眼中读懂了什么，吃饭的时候竟然一个劲往他腿上蹭，样子特别的温馨。

“奶奶！你听我说……”

酒正喝到兴处时，突然后院传来高亢的大嗓门。张国宝就是只公鸡投胎，每天会在特定的时候亮嗓子打鸣。他唱得不怎么样，嗓子中却蕴藏着满满的幸福感，一听就让人浑身起鸡皮疙瘩。

“你中午孬酒一喝就乱叫，唱得真难听！”翠大婶不知道是批评男人，还是在赞美男人。

丁国平一听到鬼叫声，胸口就疼起来了，他始终怀疑这几年身体每况愈下就是因为每天听到这催命曲。只这一嗓子，就让秀秀烦躁不安起来。本来躲到大山里教书半年，把该忘的人忘得差不多了，可是风筝飞得再高、再远，被人一拽线，她照样疼到心窝，还会滴血。

“曾老师啊，再过一个来月就过年了，你们学校也放寒假了。腊月二十三你来我家做客，到时我杀过年猪，叫亲戚们都来帮忙，你也来给我搭把手吧！”丁国平给自己斟了个满杯，一饮而尽。他站到后院门口，突然提高了说话的嗓音，音调盖过了隔壁的京剧声。

“杀猪啊？我哪有那胆子！”曾老师被吓了一跳。他拿粉笔写字可以，拿刀杀猪，可别被猪咬了。

“家里这头老公猪天天吃了睡，睡醒了还叫，真吵人！我早就想宰了它！”

“只听说狗叫吵人，没听过猪还天天叫的。”

“贱猪呗！杀猪有什么好怕？揪住耳朵，放血条子对着脖子，白刀子进去，红刀子出来，血飞溅一脸，那才叫爽。来，咱俩再喝一杯，先压压惊，到时你来帮忙，杀了那头公猪。”老丁头涨红了脸，脖子上青筋暴起，大声地嚷嚷，像个舞台上的演说家，边说边还做着刀子捅猪的动作。

那几天，屋外围墙那边暂时没有传来张国宝高亢的京剧声。

秀秀总算懂了，骂街也是一种特别爽的行为艺术。想不到她二十岁的新年，竟然是以这种方式度过的。

第十三章 雨红之死

村里传言雨红怀的是双胞胎，男人们见了大虎就夸他厉害，有本事，说得他很不好意思。

“丁小气家两个女儿又买新衣服啦！”听说雨露去城里买了件黑色的健美裤，一穿屁股勒得圆嘟嘟的特好看，单身汉看见都流鼻血。每逢听到单身汉这样的私语，大虎都暗暗窃喜，因为雨红那光滑如泥鳅般的身体每一寸他都摸过，连她右乳上那颗米粒大的黑痣他都吻过很多次。

可能人们对傻姑的关心不够，感觉她好像突然在一夜间长成了个大姑娘。这丫头竟然上完了初中。人虽然有点儿傻，但特别喜欢看书，丁婆石头屋里堆满了书，这丫头几乎看了个遍。

因为没什么朋友，她喜欢写日记，自己跟自己说话。雨露和她同岁，总感觉傻姑不傻，村里人欺生，她是自卑。

村里早有单身汉按捺不住传宗接代的诱惑，提前很多天就放风给自己壮胆，要去傻姑家提亲。有人挖苦他说，傻姑孬成这样你都敢要？不怕她夜里戴着银光粉发环，喊小花狗陪你一起睡啊！

“我才不怕，孬有什么？只要是女人，灯关了不都一样啊！能生娃就行。”单身汉一脸的不屑，他挑了个双日子提着四样头礼品迈进了丁婆的家门。

“喜欢我家娃啊？是好事啊！儿女终身大事我做不了主，这样吧，你晚上下半夜来，我喊大塘里孩子她爸和你谈谈。”丁婆很客气，满口答应，张罗着来客晚上留下来吃饭，下半夜好谈婚事。

"哦，哦……"只几句话，就让那个提亲的汉子吓得脸色煞白，慌忙丢下礼物，再没敢登傻姑的家门。

傻姑原来每天都带着她的第二条小花狗村前村后转悠，像片树叶落地无声，巡视她的疆土。可是自从公路修到张公山后，她常去山上闲逛。一次回来后，她欢喜得像是捡到了宝贝，怀里竟然多了个玩具娃娃，毛茸茸的。料子一般，一看就是便宜货，但眼睛很亮，像是有灵性，而且装上电池，一按底下的开关，竟然能很清晰地喊"妈妈"。

村里人纳闷，这丫头没什么朋友，可总能得到些奇怪的礼物。

不安、烦躁、无助，那天清晨特闷热，可大虎莫名其妙地感觉冷，冷到站在窗边就像是站在冰窟窿口。这些天他几乎是掐着手指头过日子，和雨红的婚期一天天逼近，他总是睡不安稳。

虽然只给雨红买了"三黄"中的一件，可她爹还是很高兴，看见村里的男人就说女儿的项链特别粗，是纯金的。

丁小气原先一口咬定，张家必须建三间新房才能嫁女儿，可是大虎妈桂香天天去他家磨嘴皮子，说家里没钱，买首饰把该借的亲戚都借遍了，真到了山穷水尽的地步。丁小气说什么也不同意，可有一次桂香好像故意说漏了嘴，说雨红要坐月子了，还要准备钱买营养品呢！

这下丁小气彻底服软了，女儿肚子不等人，他只能举手投降。

终于下大雨了，天闷得让人总觉得哪里不舒服，可雨一下，稀里哗啦地又感觉不清静，像是有人喋喋不休地在耳边唠叨，很让人烦躁。

刚捧上碗筷准备吃早饭，突然整个村子的人都往大塘边跑，大虎也好奇地赶到出事处。村里的闲事大虎一般不去凑热闹，他现在满脑子都是怎么挣钱结婚，给娃挣奶粉钱。听说西九华修路的工程队需要小工，他想抽个时间去问问，只要不空手，一天挣多少都行。可那个清晨总有人在背后推他，身体里的生物钟仿佛就是在等这个特定的时刻。

"丁小气家大女儿在大塘边捶衣服掉大塘里了，被水鬼拉下水啦！"村里单身汉丁大炮扯开嗓门，一路小跑着从村头喊到村尾。他的嗓门特别大，是不插电的村头广播。

远远看见一个人影站在大塘埂上拖东西，听说是死人，死人都是很沉的，都会暗中使坏。

隔着拥挤的人群，当看到雨红满身是水，穿着大虎给她买的那条黑色健美裤，翘着屁股趴在牛背上往外吐水时，大虎脑子里滚过一声地动山摇的炸雷，分明是有人扒开他的五脏六腑，扔了枚雷管在里面引爆。

“不、不行了，都、都漂上来了，还、还是准备……准备后事吧！”学过些西医的张祥林一脸惋惜地说。他家儿子张富贵怯生生地跟在他身后，涨红了脸不说话。

关于村长张祥林家族的故事，一直有个讲不清的传说，他们家族血脉里有一种遗传密码，荒唐得简直可笑，但又实实在在地存在。张祥林在家中排行老三，祖上没有留给他们大富大贵、聪明绝顶，倒是留给子孙二十五岁后必定结巴的遗传病。张祥林年轻气盛的时候哪信这些邪门歪道的胡扯，一个大活人还犟不过自己的嘴？可事实胜过任何雄辩，他大哥二十五岁的时候开始莫名其妙地说话结巴，无论怎么刻意地克制也不行。等到二哥二十五岁，说话也开始口吃。轮到他战战兢兢到了二十五岁时，一夜也成了结巴，无论怎么跺脚憋屈都不行，仿佛喉咙里卡了个枣核，不结巴说不出话。更奇怪的是，家族的遗传还有时段性，当他们到四十五岁的时候，结巴又神奇地全都好了。张祥林现在结巴正当年，一句三顿，说话嘴里像含了个荷包蛋。他时常掐指算着还有多少天到四十五岁，到那时就解放了。

只这一句话，雨红的妈慧芳大婶就杀牛般惨烈地叫唤了一声，晕倒在地上。这场景六年后再次重演，那次是她的小儿子，这次是她的大女儿。丁小气却什么也没说，阴沉着发黑的脸爬上牛背，使劲给一动不动的大女儿按着肚子里的水。他每压一次，雨红那两个鼓鼓的前胸就被挤压一次，湿透了的衣服根本包不住胸口，露出一片雪白的肉。肉越露越多，聚集成翻滚的波浪，那两个雪白如水豆腐的肉球有节奏地靠拢，海绵一般抖动，挤出一股细流来，顺着中间深深的沟壑流淌。

雨红脖子上那串挂上还没几个月的虎头金项链坠子被压在沟壑里，窒息一般挣扎，不时探出头来好奇地看，最后任她爹摆布，毫无生气。

雨红微微凸起的小腹很光滑，那里面应该是有个小生命，陪他娘一起睡着了。她衣服有几处划破了，胳膊上衣服都撕破了，还留有几处血痕，那一定是水猴子虐待的铁证。村里的孩子远远地瞪着惊恐的眼珠，不敢再走近半步，因为那伤痕上有水鬼留下的尸油。

“怎么这样，这只水猴子怎么专找丁小气一家的娃子拉啊！这次还是一尸两命！”

“大虎早上还张罗着结婚，是个富有的千万富翁，但日落之后就成了个穷光蛋，二者之间只隔了一条牛背。”村里的单身汉盯着雨红敞开的衬衣口咂着嘴，一脸愤怒加可惜。

雨露呆呆地站在牛旁边，盯着姐姐胸口泛着金光的项链发呆。今天早上她还趁姐姐睡着的时候，将她脖子上的项链摘下来戴在自己脖子上，对着镜子照了好一会儿。姐姐醒了差点儿和她翻脸，说是大虎的定情物，别人绝不准碰。

“小兔子乖乖，把门开开，快点儿开开，我要进来……”傻姑头戴着兔子型的发环，抱着她的布娃娃玩具，在大塘的河埂上边走边唱。借着夜色，荧光粉的光亮一闪一闪，上下跳动，像只小兔子，身后还是跟着那条小花狗。

一只黑如牛屎的小鸟盘旋着落在牛背上，这种奇怪的水鸟喜欢临风筑巢，今天却蹬在牛背上，缩着脖子发呆，精瘦无肉，好像一根鸡毛掸子。

“娃啊！松手吧！大妞死了……”天已经黑了，雨红被她爹从牛背上抬了下来，直挺挺地躺在一张门板上。大虎抱着雨红冰冷的身体怎么也不肯撒手，丁国富抽泣着，想拉呆若木鸡的大虎起来。

“雨红，你没死，只是睡着了。你睁眼看看，我是大虎，过几天我们就要结婚了啊！”大虎突然瞪圆了眼珠，像只发病的疯牛般抓着雨红蓬乱的头发猛烈地摇晃着，揪扯下一缕缕还粘着细草的头发。丁国富看他情绪失控，慌忙叫过几个亲戚过来拉大虎。

“别拉我！放开我！放开我——啊——”拉扯中大虎突然张口死死地咬住了雨红露在外面的肩膀，像只小老虎，和着酸咸的浑浊泪水，牙齿直接刺破雨红冰冷的皮肤，咬进了骨头，雨红已经硬直的身子竟然流出了一些暗红的血块，顺着大虎牙齿撕咬的地方慢慢往外滴血。

几个男人揪住大虎的头发，使劲将他翻过身，反扭着胳膊往一边拉，可他死死咬着雨红就是不松口。

“嘎吱”一声，拉他的一个男人从路边捡起一根小木棍硬塞进大虎嘴里，用力一撬，木棍戛然折断。

“你他娘的，我家女儿还没过门，你就这么往死里咬啊！给老子松口！”丁国富也哭了，气得哇哇叫。他见女儿胳膊上的一块肉都快被这个疯小子咬下来了，一下急眼了，上去抡起手掌，照着大虎的脸就是一巴掌。丁国富当过兵，在林子里站过岗，和黑瞎子熊相遇他都没怕过，熊拍他一巴掌，他给熊一口唾沫外加一拳头。这一巴掌下去那力度，他自己也不知道到底有多大。

“啪”的一声响，半个村子都能听到。大虎翻着白眼，腿一蹬，直挺挺地轰然倒地，眼睛直勾勾地望着天空。

雨红胳膊伤口处的一块肉耷拉在一边，还没有完全被撕咬分离下来，伤口好像一只大张着的嘴，殷红的血块像是涂了口红，更像是在呐喊、哭泣。她挺着微凸的肚子，静静地躺在那里，一缕缕头发凌乱地贴在面颊上，挡住了半边脸。雨红闭着眼，带着几个月的身孕睡着了，也带走了大虎的全部。

女人是水，这个连名字都是水做的女人被水带走了，没有彩虹，只有哭泣。

远处大江上一阵狂风吹过，浪翻了天，呼呼地叫。这江面上的风浪就像是永世的哭声，一波撵着一波，囤积着情人的眼泪和悲伤。

“嘿嘿，肉露出来喽，露出来了喽，是我咬的！”只几秒钟，倒在地上的大虎腿猛地抽动了几下，木偶一般坐起来。

他嘴角的肌肉突然猛烈抽动了几下，被外力向面部两边拉到某个极限的点时，戛然停止抽搐。大虎边拍巴掌边嘿嘿地笑，迅速爬上一棵树的树顶，坐在树上边叫边笑。他知道，老丈人要是再用力挤压，就能看到雨红右边胸上那颗黑痣了。每次大虎摸那颗黑痣时，雨红都说那是他们的爱心痣。

“砰！砰！”那夜大虎站在村里最高的那棵柳花树上，每隔几分钟就轮起两个铁锤一般的拳头猛烈地砸着胸口，如只发怒的大猩猩，一边捶打一边绝望地流下滚烫的泪水。

他咒骂苍天，苍天沉着苍白的脸，选择沉默；他脚踹大地，大地一声咳嗽，还他一身灰。

江面如长了毛一般，往上升腾着雾气。但凡死人时，江面总是阴沉沉的，风也惨兮兮地刮，整个江面“咔咔”地颤抖着，像一块将要破裂的大玻璃。

雨红死的那年二十岁，比大虎小两岁。改革开放已经如火如荼，祖国大地到处一片红，可是她这滴雨滴变成了彩虹。一个黄花大闺女，没经过最爱她的男人同意，带着他们的骨肉，在第二天的上午被她爹偷偷埋进了后山。他们埋得那么偏僻、那么匆忙，家里已经买好的爆竹没有为她炸响，送给远方亲戚的请帖也已追回。雨红穿上了她娘亲手为她做的那件新婚衣服，梳好了辫子，扣紧了衣领，躺进了她娘用秋收的第一篮棉花特意为她定做的几床崭新的新婚被褥上，被子很暖和，却怎么也焐不热她的身子了。

这张被子在启用的那天晚上，她身边应该还睡着个男人，可是这个刚刚挖好的窄窄的山沟里，只能容下她孤单的一个人，连翻个身都不行，更睡不下她心爱的男人。

天蓝蓝，草青青，这个一笑就有对称酒窝的女人，从此再没有男人在她的天空打雷，她的天空从此再没有云彩，她脸上的彩虹随着冰冷的身体深埋进了土里。来年她的坟头将开满山花，她将以另一种姿势绽放，可是那时的她为谁而香？

一缕缕阳光从斑驳的树荫间折射进来，被树叶打碎得七零八落，摇晃着，散乱地落在脚下，满地都是碎银。

雨露给姐姐磕了三个头，额头上、嘴唇上都沾上了新鲜的黄土。她跳进姐姐的新家，这个家没有厨房、没有客厅，只有卧室，却没有床，供一个孤独的背影沉睡，黄沙遮面后将永远没有灯火。

雨露弯腰将姐姐脖子上闪亮的项链摘下来戴在自己脖子上，金属贴到肉的刹那间，疯狂地吸收热量，如一个被冻坏的孩子找到了温暖的怀抱，贪婪地吮吸。那股凉，刺得她一阵心寒。

雨露抬起头，一缕阳光正好打在她脸上，将她眼角渗出的一滴滴泪珠染成金黄色，"噼噼啪啪"地往下落，在熟睡的雨红脸上摔成无数个碎片，再重新聚集，滑落进新被褥里。

铁锹扬沙，黄土遮面，雨红背对黄土，面掩黄土，左肩是黄土，右肩是黄土，她在青松下、野草里闭眼睡去了，如躲猫猫一般藏进了大山的怀抱里再没出来，隐身在黄土堆里，一点儿一点儿融进故乡的水土。这个女人，生前月老在上牵红线，一生只进一家门，一生只爱一个人。死后孟婆在下断情缘，一生只进一家坟，一生只记一人魂。始于月老，终于孟婆。从今以后，尘归尘，土归土。

一股纸钱燃起的浓烟熏得几只山雀打着飞旋，叽叽喳喳地叫着很不高兴地飞走了。

两座小土堆并肩立在张公山的怀抱里，一高一低、一大一小，一个覆盖着崭新的黄土，一个已被翠绿的花草占领、点缀。世界就是这样的无奈，他们姐弟一样的命运，一样的归宿，小带兵再也享受不到他爹的百般疼爱，雨红再也不用担心她爹用满是刺的野橘子枝抽打她。

世间有大爱，更有大悲！人生就是在这样的得与失中被反复捶打、侵蚀，变得千疮百孔。

浮萍漂泊，有水陪伴，可以水中生根，雨红一路漂泊，无处是岸。

天有阴晴，有四季更迭，可以冷暖人生，大虎四周黑暗，无处透风。

那天一上午，大虎都在敲雨红的家门，可是没人应声。下午他再去的时候，她家门口多了几个泥瓦匠，正在拆她家的门。一个穿着道士服的人在她家屋前屋后到处仔细测量、查看，最后那个道士认定她家的门相不好，朝错了方向，挡了祖坟排水口，所以她家多水，两个娃子都淹死了，要改，换个角度，不然她家二女儿也不一定保得住。

丁国富铁青着脸，亲手将一面小铜镜镶嵌在改了门向的大门头，磕头、烧纸，再祭拜。

那面铜镜闪着金光，将一面拳头大的光束反射到雨红家门前的打谷场上，大虎一有空就躺在那束光圈边，沿着光束的方向看去，能看到金光闪闪的另一个世界，那个世界里有他的雨红，挂着他们的定情信物，一条金光闪闪的项链，一路向他走来。

雨露在家，傍晚大虎进屋找遍她家每一处角落，都没有雨红的身影，只有雨露脖子上挂的那串闪光的项链让他感觉很熟悉。大虎仔细地端详着雨露的脸蛋，他能百分百确定眼前的这个小丫头不是他已经挺了大肚子要迎娶的老婆。他失望地摇摇头，寻了几圈，又疑惑地看着她脖子上的项链，若有所思，最后他急匆匆地去大塘埂上寻找了。

“你们有没有看见我家的雨红，一大早拎一篮子衣服去大塘边捶衣服，到现在还没回来。”从那天之后，整个村子里的人走路都让着大虎。他见人就问，总是那么急匆匆的，站着手脚都抖动，生怕错过了时间，落下什么事。

雨露已经十六岁了，是个大人了。她消瘦了很多，一如既往地跟在大虎身后，默默地流着泪，晚上去大虎的山洞里帮他照顾娃娃鱼。这个丫头变了，变得沉默寡言，好动症也不知道什么时候痊愈了。雨露已经长大了，和姐姐仿佛是一个模子刻出来的，连大虎这位未来的姐夫都分不清，有时对着阳光看她的背影，大虎有种雨红还活着的幻觉。

“丁小气家大女儿死得实在是太可惜了！还没正式结婚呢！”丁大炮一次午后咂嘴和一帮人谈心，话音刚落，就被躲在一边的大虎用砖头拍得大脑门子鲜血飞溅。

“狗日的！谁说我家雨红死了？她去捶衣服了。你敢惦记我家雨红，我早晚要你的狗命，就算是阎王惦记，我都打得连他老妈都不认识。”大虎一路叫骂着，拎着块已经拍断的沾血的砖头，从村头一直找到村尾。他现在是个疯子，稍一刺激就会上演全武行。

“你家的雨红被大塘里的水鬼拉下去淹死了，别再发疯害人了。”丁大炮捂着流血的头，一路哇哇叫着逃走了。这家伙在山里红镇是出了名的狠角色，从来吃不得一点儿亏，这次遇到对手了，大虎就是他的克星。

“不怕遇到龙，就怕遇到虫。”大虎整天嚷嚷着这句口头禅，到处找人打架，没想到竟然成了村里那些好斗的小伙子引用的名言。

村里人都说张德标家儿子疯了。致富小能人，一个已定亲快做爸爸的好男人突然就疯了，从天上掉到了地狱，变成极度有攻击性的恶魔。每天从早到晚、从晚到早，他都坐在大塘边的柳花树上，眼睛一动不动地盯着水面。他在等那个要了雨红命的水鬼，要她给雨红偿命。村里那么多姑娘小子，为什么偏偏选他心爱的女人？

大虎已经想好了，抓到了要打它几十个耳光，然后活活掐死，再吊在雨红的坟前鞭尸。

“虎仔，回家吃饭了！”一天张德标命令大虎回家，因为儿子一坐就是一整天，不动不眨眼，也不知道饿，嘴角总是挂着得意的冷笑。

每个人心里都有一个监狱，可以把憎恨的人关进去，咒骂、鞭打。大虎的胸膛里关着一头野兽，饥饿、寒冷、酷热对他的神经已失去了控制力。当他是个疯子时，浑然是两军对垒时的武士，手握稻草都是剑，人挡杀人，佛挡杀佛。身后只站着一个心爱的女人，却敢面对全世界做一千次的冲杀。

从那个清晨开始，大虎看任何东西两眼都会瞬间聚光，卖猪肉的说这是杀气，村里的狗原来见他还敢翘着尾巴跟几步，狂吼几嗓子，引得一帮好事的小母狗为它们转身，现在全村的狗都去邻村逃荒避难去了，因为大虎曾当着它们的面，把村里秀秀家的狗恶霸大黄按倒在大塘里，肚子喝得像是怀了孕。

“爹，水鬼！那只水鬼就躲在那边的柳树根下。咱家的叉梓你藏哪里了？我怎么找不到！”

“虎崽，回家吧！睡一觉或哭出来就好了。”桂香大婶也来劝儿子。

“明天晚上我就躲那里，嗯，就躲那里，等这个该死的水鬼一探出头，我就一叉要了它的命。”大虎始终自言自语，牙根磨得“嘎吱嘎吱”响，眼睛始终没离开过水面。他知道，这些天水面下也有双眼睛一直在盯着他，无数个午后，那双黝黑的眼珠就在柳絮的阴影里和他对视，眼珠如地上弹的玻璃弹珠，滴溜溜乱转。

大虎搬起石头猛砸下去，水猴子翻身不见了，不大一会儿从远处探出小头，竖起中指，边挑衅边鄙视他。

“你给我回家，你个武孬子！”那天张德标当着全村人的面，一路拖拽着儿子回家了。后来他家的大门就多了一把大锁，但大虎爬上屋顶，眼睛还是没有离开那个水面。

老人说被水猴子拉下水的人，一年后就会化成一只勾引人的水猴子。大虎期待一年后，被那只水猴子拉下大塘，那是雨红来接他了。

从那之后，每次下雨一看到天上的彩虹，大虎就坐在大塘埂边笑，那是他的雨红想他了，想得天都红了。

第十四章 绝缘之情

幸福来得太突然，以至于小美每天晚上回家都要细细回味，像头反刍、倒嚼的牛。

终于见到了楼下的老张头，根本没有传说中的恐怖，就是很普通的一个老头，扔人堆里立刻就淹没了。不过这位大爷女人缘异常得好，每天晚上他那小店门口简直就是老年文化宫，一帮老太太把他当成偶像，天天跟着他跳舞。

小美像是得了花痴症，把自己关在屋里，穿件紧身内衣，有空就对着镜子练舞蹈。她喜欢一个人看着镜子中丰满的自己。她告诉阿峰说要练成舞霸，和老张头比赛。

这天阿峰晚上赶过去的时候，天已快黑了，远远地看见老张头家的小店前聚集了很多人，三五成行地整齐排列，走近一看是一帮老太太，都穿着整齐，手拿折扇，随着音乐，踩着鼓点，踏着轻快的步子，一步一跳，一个鼓点一扭屁股，跳得别提多欢快。

老张头正站在人群最前排，头发上沾了些水，梳了个精神的背头，穿着一件紧身裤子，屁股勒得翘翘的，初看还真以为是个要参加比赛的国标舞选手。他手里牵着一个女孩的手，天色昏暗，看不清姑娘长相，但阿峰从那姑娘跳舞时胸口的饱满程度，以及上下弹动的幅度、韧性和脚掌随音乐的弹速判断出来，那个扎着马尾辫子的身影绝对是个二十多岁的姑娘。这就叫青春，连背影里都有火热的温度，透着朝气。

“甜蜜蜜，你笑得甜蜜蜜，好像花儿开在春风里，开在春风里……”录音机里传出邓丽君清亮带蜜糖似的声音，热恋一般倾诉人生。

“啊哦——哦！”一曲唱罢，录音机里传出一个男人一声尖叫。

“我的妈呀！被人踩到尾巴跟儿了啊？叫得这么惨。”几个年纪大的大娘被这一声叫给吓得一个踉跄，差点儿跌倒。录音机里播放的是世界舞王迈克尔·杰克逊的歌，歌词没人听得懂，但强烈的音乐节奏是世界公用语言，给每个人都打了一针强心针，左右摇摆起来。

老张头刚刚还搂着姑娘，踏着缓慢的舞步，可是音乐一变，他立刻如打了鸡血一般，撅着屁股，高举右臂，用指尖的力量捏着姑娘手指，猛地一抖手腕，姑娘顿时被上足了发条旋转起来。他眯着眼睛，等姑娘转出他一臂的距离，顿时眼睛一亮，立刻一收臂，做了次完美的回拉，像个指挥官一样，姑娘立刻又一抖手腕向回旋转，活生生地被他反锁在怀里。

随着节奏，老张头全身上下都是戏，如舞台上的指挥家，踩着太空步，像是腾云驾雾缓缓而起，高潮时全身抽搐，连抽筋都抽得那么有节奏、那么有型、那么帅气，让人忍不住叫好。只见他双脚在地上轻轻地前后一点，顺着下一个重鼓点，右手一抖，做着放逐的手势，姑娘已心领神会地从他怀里旋转出去了，真的像个恋人一样飘向了远方。可在下一个强烈的四拍响起后，老张头用力一拽，捏着姑娘的左手，姑娘就又如陀螺一般舞动着大红裙子回到老张头的怀抱里，像对化蝶起舞的恋人。

“女人的腰，杀人的刀哦！”有老头在低声控诉。

一帮老太太完全被他们的舞姿压了下去，有点儿嫉妒地停下了舞步，假装口渴找水喝。尤其是队伍旁边的一个老太太看呆了，足足站了十来分钟没动。她手里牵着的遛狗绳动了好几次，老太太都没有反应过来，以至于那条小狗急了，翘起后腿，在她的裤脚上尿湿了好大一块。丁祖峰认识，那是六楼的大妈。

“再见啦！”一曲跳完，姑娘欣然一笑，拂去额头细汗，盈盈而别，转身甩动着马尾辫款款而来。丁祖峰闭着眼睛都能猜出来，跳舞的姑娘就是小美。

“男人就那么点儿小花招，骗十岁的小姑娘用糖，骗二十岁的小姑娘用花，骗三十岁的女人用花言巧语，想不到这个老家伙老少通吃，现在用跳舞了，真是没处说理去。”六楼大妈气愤地骂。

老张头彻底改变了小区一帮大妈的生活规律，六楼大妈这些天好像也变了，将她家小洋狗关在家里，专门找人定制了一套红色表演服，每天跟在人群后面，扭动着肥胖的屁股，一脸嫉妒地盯着老张头，盯着她心目中的偶像。

“都说这老头是个专偷小女生内衣的变态，你跟他跳舞不怕吗？”小美一身是汗回到家，丁祖峰疑惑地问。

“怕？你试过用心去看一个陌生人的眼睛吗？”小美认真地问。

“现在天天看你的眼睛。”丁祖峰笑着回答。

“我试过，他的眼里满是对生活的热爱。虽然他生活艰难，小店生意也不好，但他活得很快乐，眼里满是幸福感，这是装不出来的。”

“你恢复视力才几天，就能用眼看人了？”

“这和看多看少没关系，有的人看一辈子人，也是个睁眼瞎。正常人的目光就像太阳光，阴暗猥琐的人的目光就像月光，从他眼里我能感受到热度，一份淳朴和真诚，他绝不是什么变态。”小美相信自己的眼睛，根本不相信谣传的那些鬼话，虽然这双眼睛复明才几个月。

“没有就好，安全第一哦！”丁祖峰笑着说。

“其实人心就是一片海洋，瞎子的心里却比常人多了一盏灯塔。”小美毫不在乎。

为了满足小美的好奇心，丁祖峰特意请假带她坐车直奔省城，去看看大都市的摩天大楼。小美妈妈也请了假，固执地陪在小美身边。

他们趴在天桥上看川流的车流，上下班的人群喧闹得如开闸放水，如蚁出巢，从各个路口涌进主干道，从天桥下川流而过，奔涌而去；他们坐在铁轨上感受远处奔跑而来的火车的喘息声，像斗牛一般，吓得尖叫着远远地躲到一边；他们托着下巴在公园里看贪吃的河马，和它对眼看谁更萌，学它憨厚的样子，甩着尾巴相互排便便，宣泄愤怒。

“小美，玩得差不多了吧？可以回家了！”中午吃饭的时候，妈妈冷冷地说。小美不知道为什么这次出来，妈妈像个保镖似的跟在身后；早上刚来，下午就催促她回家。妈妈略带责备的语气让她有些陌生。不知道是怎么了，近来她们母女间的火药味越来越重，自己已经大了，出来玩玩没什么过分的地方啊？小美气得中午饭都没吃。

“好的阿姨，我带小美去游乐场玩一会儿就回去，你在游乐场门口等我们吧！”丁祖峰打着圆场，将母女俩分开了。

“我妈是不是受了什么刺激，自从我手术成功后就跟我过不去，烦死了！”小美宣泄着不满。

丁祖峰见小美沉着脸，牵着她冰凉的手去了游乐场。

终于坐上游乐场里的旋转木马，小美一直幻想木马上的爱情，如蝶比翼上下翻飞，也许是妈妈的质问影响了她的心情，一坐上去却是另一番滋味，两匹马代表两颗赤诚的心，只有擦肩而过的距离却一直追逐，虽近在抬手间，却永远不能再靠近一点点。

“阿峰，我这是怎么了？已经圆梦了，该开心的，可心里总是感觉还有个疙瘩没解开。”当木马停止转动的时候，小美哭了。

“生活是白开水，你把它想象得太美好了。”

“不对，生活是流沙，我怎么也抓不住。”

“人生就是旋转木马，开始有音乐，等到音乐结束了，木马也就停止旋转了。人生的开始就是一段美妙悠扬的曲子，中间有着欢笑、泪水或是幸福，等到音乐终止的那刻，似乎又回到了原点，同样的落寞，一样的轮回。我们就是在这样的起伏中旋转、感动、停下，然后再开始，似乎这就是人生，扑朔迷离。”小美的情绪似乎传染了丁祖峰，他也哭了。

“小美，快点儿出来，不然赶不上回家的最后一班车了。”快天黑的时候，周老师再次找到了他们。只几句话，就让小美愤怒的情绪彻底爆发了，她猛地摔了怀里刚买的挎包，满脸泪水，头也不回地往街对面跑去。

“滴滴”，大街上的汽车喇叭声一起愤怒地抓狂尖叫，紧急刹车的声音很刺耳，拥挤的车流很快就拥堵了，喇叭声响彻一街。

丁祖峰追上去，慌忙一把拉住小美。

那天回家的路上，两个女人如同敌人，谁也不开口说一句话。不知什么时候，丁祖峰已经学会了抽烟，他点上一支，狠狠地吸了几口。烟雾弥漫，麻醉躯体神经，他看着窗外疾驰而过的风景发呆，身后的小美看着他的轮廓也在发呆。

自从睁开眼睛看世界，小美总感觉两只眼睛里有叠影，有时迷迷糊糊，有时很清晰，穿着长裙，那是个女孩的身影，身材高挑，体型丰满，一定很漂亮。听说人死之前，最后看一眼的影像会留在瞳孔里，公安常用这种常识破案。自己的眼膜里常飘过一个女孩，那她一定是这对眼角膜主人所爱的人，他爱她的心虽然已经化成了土，可是眼角膜的细胞有记忆，牢牢地记住了心爱的人，刻下了她的倩影，反复播映。

车子驶进一条长长的隧道，眼前顿时有几秒的黑，小美闭上了眼，仿佛回到了失明时的过去，两行滚烫的热泪从面颊滚落，如火柴摩擦火柴梗，有种要燃成一堆火的愤怒。那时幻想的爱情多么唯美，面对现实时，人就是墙头的一株草。

人生就是一段隧道，有光明，有黑暗，前进的方向应该由自己把握才对，可小美感觉不到她的人生方向在哪里。

回到家，又闻到一股淡淡的鱼腥味，周老师做了很多她喜欢吃的菜，可小美一筷子都没动。

“小美，你已经长大了，也应该懂事了。”小美妈妈堵住要进自己房间的小美。

“懂事！难道我是个不懂事的孩子？”小美愤怒地质问。

“有些话妈妈直接跟你说吧！阿峰这孩子考上了大学，现在有稳定的工作。你虽然复明了，但你没有工作，妈妈给你看病也花光了所有积蓄，你们在一起不合适。”

“我们在一起合适不合适不是你说了算，丁祖峰如果喜欢我，就不会介意我没上过大学，不会介意我没工作，更不会去比什么贫穷富贵。”

“可是——”

“可是什么？妈妈，我长大了，有追求爱的权利了。这些年家里常来男人，你以为我不知道吗？我眼瞎心不瞎。你守寡需要爱，这本来就不是什么丑事，爸那么爱你，在那边更不会介意，只要你过得好没什么不可以，没必要怕别人说三道四。”小美回身瞪圆了眼睛，在爱面前她寸步不让，浑身毛发竖起，如只斗鸡。

“不管怎么样，我就是不同意。”周老师强势回应，两个女人那夜谁也不让谁，吵了半夜，生了一夜的气。

丁祖峰很争气，很快成了医院的顶梁柱。小美失明前和复明后的照片被医院拿来到处做广告，连偏僻的乡下都贴了。广告很快就有了效应，大批的患者慕名而来，不光是治疗眼睛，更多的是点燃了心灯，幻想能像小美一样一夜成蝶，这让小美找到了自己的存在感，更坚定了她追爱的信心。

这天小美应特教学校的邀请去义演，本来以为会在教室里交流，可是她一到学校就呆住了，没想到学校的活动开展得很活跃，在教室外临时搭了个简易舞台，台上不光摆满了各式的花，还摆上了那台她最喜欢的脚踏琴。舞台下黑压压地挤满了人，她一上舞台，底下立刻爆发出雷鸣般的掌声。

小美感到有点儿受宠若惊，很不好意思。以前她也是台底下的一员，没有融入社会，但现在她一下子就融入了这个特殊的大家庭，一个个同学单纯得似乎都是同一种颜色，问候都是暖心窝的一个调子。

现在转换角色，他们都用羡慕、崇拜的目光看她，却让她顿时感觉拉开了距离，有时小美会刻意地走近他们，可是他们却有意地后退几步，永远走不近。

依然能闻到很多熟悉的味道，用眼再去看时，却是一张张陌生的面孔。虽然他们很多都有肢体残疾，可小美能感觉到他们那双灼热的眼睛紧紧地盯着自己，里面有崇拜、瞻仰，可她不喜欢被人当花瓶一样看。

抚摸琴键，屏住呼吸，打开心扉，台下顿时鸦雀无声。小美弹了首《化蝶》，风起琴响，如开闸放水，滋润着台下一颗颗干渴的心，如大地复苏。

她那纤细的十指在黑白键上随着节拍上下跳动，舒缓而又缠绵，带着淡淡的忧伤。那一起一伏的琴键，好像一字一句诉说着梁山伯与祝英台化蝶后比翼双飞的幸福与快乐，又有不能在人间朝夕相处的怨恨。人世间的恩怨太多，两个痴情人为人时不能爱，只能化蝶，用默默地飞舞和不离不弃的相伴，宣誓忠诚，祭奠爱情。

小美闭上眼睛，美妙的乐曲宛如山涧溪水从她指尖流出，她好像看见了一对彩蝶翩翩起舞，在百花丛中追逐嬉戏，好不惬意。那翻飞的翅膀时而闪离，时而交集，淋漓尽致地宣泄、展示着它们深深的感情。那些娇艳的花儿使劲地绽开每一片花瓣，迎接爱的王子带着公主的身影翻飞在它们的花蜜中，尽情享受化蝶后的人生。

“再来一曲。”一曲弹罢，台下鼓掌雷动，几位耳聋的同学仿佛听到了什么，瞪圆了欣喜的眼睛，抡起巴掌啪啪地拍。

“好！”小美欣然同意。

那天小美成了绝对的主角，一连弹了很多首，她把心里所有的郁闷、期望都和琴做了倾诉。

结束的时候，台下涌上来很多她的仰慕者，一个个抢着要合影，小美一一满足。她没觉得自己是什么明星，只是运气好，有这些可爱的同学；运气好，有人捐了眼角膜；运气好，长得漂亮点儿而已。

“咿呀呀。”一个矮个子男人推了辆轮椅过来，轮椅上坐了个人。刚才他们一直站在人群外，直到人群快散尽的时候才有机会挤进来。那个推轮椅的男人支支吾吾，想和小美合影。

他俩都戴着帽子，低着头，看不清脸。还没等小美说话，他们脖子已经紧张得发红了。小美闻到了那股淡淡的机油的味道，想起来了，矮个子就是那个掏粪工，轮椅上是那个修鞋工，原来他们都是自己的同班同学，一直就在擦肩的距离，难怪一直都能闻到那股机油味。

“听说你眼睛好了，要来我们学校慰问，我们俩兴奋得这几天一直没睡着，他还一天洗了三次澡，就是怕和你合影的时候弄脏你衣服。小美，你真漂亮，能有你这样的同学是我们的福分。”修鞋工激动得用黑乎乎的手在空荡的裤管上擦了又擦，想握手却又不敢伸出手。

“谢谢，你们是我同学，我还不知道你们的名字呢！”小美亲切地说。

“我叫方中爱，他叫艾有心，外号大壮。”修鞋工低着头说。

“哦，方中爱、艾有心，我记住你们了，你们名字加一起就叫有爱心啊！呵呵。”小美伸手主动和他们握手。

两个男人可能是第一次听别人将他们的名字合在一起叫：有爱心！两人都微微一惊，显得特别激动。

修鞋工那双手全是裂痕，如卫星近拍下的黄土高原的山岭沟壑，上面还有很多小针眼，塌陷成一个个黑黝黝的小洞，小洞里有几许永远也洗不干净的机油，闪烁着油脂的光，那些全是修补鞋时扎的窟窿。挑粪工那双手可能是用香皂洗了很多次，手心的皮肤已经有些泛白了，但手背依然黑如木炭。

掏粪工站在轮椅后面，今天戴在手上的那一副雪白的手套很吸引眼球，手套旁边的标签都没有摘，不知道是不是特意去买的，和他黝黑的身体形成鲜明的对比，显得很滑稽，但他紧绷着脸，一脸严肃认真。

小美身高大概有一米七，人家说高挑的女孩气场就像磁场，能将爱慕她的人牢牢吸附，无法挣脱，也能将仰慕的人拒在三米之外不敢靠近半步。小美明显感觉到自己的气场让他们很紧张、慌乱。

她俯下身，张开怀抱，蹲在两个男人中间，现在个子和他们一样高了。她抬起头，仰着脸，迎着镜头摆了好几个笑吟吟的造型。

小美和所有漂亮的女孩一样，都热衷于拍照，热衷于留下青春倩影。

“拍照啦，你们怎么总是低头啊？要抬头挺胸，微笑着留下我们友谊的合影！”小美见他们总是低着头，埋怨起来。

两个男人微微抬起头，强忍微笑，“咔”的一声，相机将记忆定格。

小美应付完拍照后，让人将那台她心爱的脚踏琴从舞台上搬下来，准备抬上车带回家。天已经黑了，小美走下木板钉成的简易楼梯，她能感觉那两个男人一直站在台下的角落里注视着她，这让她有些慌乱和不自在。不知道为什么，自从知道这两个男人是她的同学，她反而有点儿不自在，总觉得哪里怪怪的，可就是说不上来。

“轰”的一声，突然她脚下一个不留神，从一米来高的阶梯摔了下来。

小美脸朝地，以狗刨的姿势亲吻大地，摔了个满嘴灰尘。还好落地的时候，她用手臂撑起上肢，保护了她心爱的眼睛没有受到多大冲击。她慌忙揉了揉眼睛，光明依旧。可是胸口狠狠地摔在了地上，前些天感冒发炎，胸口的炎症大概还没有痊愈，也许是因为和妈妈生闷气，心口总感觉很憋闷。现在，小美感觉胸口一股钻心的疼痛，如被人打了一拳，有几秒眼前发黑，一口气憋在胸口，缓了好一会儿才喘上了气。

“没事，谢谢。”掏粪工一个箭步就冲上来，小美示意没事，弓着腰，上了回家的车。

“她眼睛能看见了，怎么感觉她没以前快乐了？”修鞋工疑惑地嘀咕，然后被掏粪工推走了，他们好像也被小美传染了，一脸沮丧。

第十五章 日久生情

丁国平身体恢复得很快，没几天就又出门放鸭了。

秀秀多了份牵挂，眼看要过年了，她盘好头发在屋里打扫，扫去一年晦气，好干干净净过年。正在忙碌时，突然门缝里一个黑影摇晃着尾巴挤了进来，吓了秀秀一跳。原来是邻居老张头家养的那条看家狗黑妞，才几个月没见，这黑妞突然长大了。黑妞转动着黑黝黝的熊猫眼，样子很憨厚，在屋里转悠了一圈。秀秀特意盯着它的肚皮仔细看了眼，一排野草莓般的乳头整齐排列，丰满而有弹性，这是条青春的小母狗呀！

黑妞在屋里寻了一圈，就又从门缝里使劲地往外挤，直至将门挤得完全敞开。

远远一群鸭沿着大塘埂排着整齐的队伍往家走，摇摆着胖乎乎的身体，一路“嘎嘎嘎嘎”地叫着，像是镇上开选举大会，散会后从礼堂里涌出的人流。

鸭群最前端走着大黄，它昂首阔步，带着它的士兵巡视疆土。黑妞起初一脸无精打采，看见远处的大黄，立刻就欢喜萌动了起来，摇着尾巴，一路狂奔迎了上去。等到了大黄跟前，立刻就垂着耳朵，夹着尾巴在它身边转悠，样子很暧昧，一直将大黄迎到了秀秀家门口。

大黄原先还一脸的孤傲，等到了家才停下脚步，伸出大长舌头，在村里一帮狗面前，迎着黑妞的舌头，两条大舌头纠缠在一起，带着口水，反复摩擦，忘情地舌吻起来。

“这只畜生，这些天怪不得天天回村走这条路，天天装得跟老子一样不食人间烟火，原来有私心啊！”丁国平走在鸭群的最后面，被大黄甜蜜的秀恩爱搞得有点儿嫉妒，愤愤地骂。

大黄原本只是和黑妞摩擦下身体，对个口型，可能是小别重逢，也可能是被秀秀爹嫉妒的恶骂刺激了，兴奋地嗅着黑妞的屁股，嘴里发出“嘶嘶”的声响，最后竟然抬起前腿，一下子骑到黑妞屁股上了。四周围观的十来条狗本来还懒洋洋地踱步，装着不在意，可一看大黄这架势，一个个扯起嗓子“嗷嗷”地直叫唤，嫉妒加吆喝，抗议加骂街。大黄原先还是试探性地进攻，有了观众喝彩更来劲了，两腿强行按住躁动不安的黑妞后背就要行凶。

“我靠，老丁头，你个老流氓，你家狗欺负我家黑妞了，你眼瞎啦！”张国宝本来在家睡觉，屋外狗叫连天，他慌忙下床出门，怕有小偷。

“嘎嘎嘎。”一群鸭叽里呱啦像牛蛙发情一样乱叫，边叫还边摆动屁股拉屎，吵得人脑袋疼。张国宝没找到小偷，倒看到隔壁家那条没教养的黄狗，天天耍酷、装深沉也就算了，今天竟然在欺负自家的母狗黑妞，是那种非礼性的欺负，这要是人就算强奸，必须坐牢。

丁国平一看这架势，也有点儿不好意思起来，自觉理亏，赶忙用手中放鸭的长竹竿驱赶两条缠绵在一起的狗。也许是大黄太过于兴奋，也许是不愿意被打扰好事，竟然抱着黑妞分不开了。秀秀爹越赶它们，两条狗越急躁，嗷嗷直叫唤，转悠着小眼祈求地看着各自的主人。

“嘎嘎嘎”，一群鸭晃悠着胖乎乎的身体，将两条狗围在正中央，边围观边转，像一群观众在起哄。舞台在摇晃，观众在摇摆，鸭群叫得更起劲了。

“老丁头，你要不要脸啊？你再让你家的狗耍流氓，老子——老子就打断你家野种的狗腿。”张国宝急眼了，打狗还得看主人，这是在欺负自家闺女。他叫骂着冲进家门，感觉受到了莫大的羞辱，抓了把一人高的竹苗扫帚，几个箭步就冲到了两只狗的身边，抬手对着狗屁股的结合部位就是一扫帚。

扫帚丝竹签一般，磨得尖尖的，粗细如牙签，有几根一下子就扎进了大黄和黑妞的皮毛里。两条狗全身一抖，一个踉跄倒在地上，打了个滚，爬起来时已经分开了。黑妞夹着尾巴，低沉地呜呜叫了几声，跑到旁边躲了起来。大黄伤得最重，屁股上都是血，粘在黄色的皮毛上，如面包蘸了番茄酱。

“汪汪！”大黄第一次眼露凶光，匍匐着身子，露出獠牙，像条被惹怒的饥饿的狼，摆出攻击的姿势。张国宝迟疑了一下，但立刻就迎了上去，将扫帚横在身前，额头上渗出细汗来。

丁国平慌忙冲到大黄面前，用手里的竹竿连续猛打了大黄几次。大黄一看是秀秀爹，眼里的凶光渐渐消退，原来竖得笔直的耳朵也耷拉下来。它夹着尾巴在原地转了几圈，退到一边去了。

“老子早晚宰了你这条野狗下锅。黑妞，黑——妞，回家！”张国宝愤愤地骂，像个打输了架的妇女要找个出气筒，大声呵斥正在给大黄舔屁股、大腿处伤口的黑妞。黑妞被吓坏了，哆嗦着身子，迟疑了一下，抬头看了几眼盛气凌人的主人，又看看身边正疼得哆嗦的大黄，愣在那里。

“黑妞！”张国宝提高了呵斥的声调，平时乖顺的黑妞竟然没有听他的命令，迟疑着不愿意过来。要知道黑妞很通人性，甚至能通过老张头的语言、行为判断出他的心思，有时老张头故意把脚上的鞋子脱了丢到远处，喊一声“黑妞”，它就会马上飞跑过去，把鞋子叼回来。可今天是怎么了，他气得都快脑浆迸裂了，女大不中留他知道，想不到他老张家养条狗竟然也变了心，而且还跟了老丁头家的狗。这辈子他谁都能输，就是不能输给老丁头。

“黑妞，黑妞！”老张头愤怒地又连叫了几声，黑妞还是一副迷茫的样子在原地打转，躁动不安，迟疑着不愿意回家。张国宝气得浑身哆嗦，上前几步，抡起手中的扫帚柄，使出浑身的力气向黑妞打去。

“咔嚓”，一声清脆的断裂声，黑妞刚刚还在发呆、走神，主人越来越焦虑的呼唤让它很不安，不时地用爪子挠鼻梁，两种气味的选择让它有点儿神经错乱。突然屁股后一个黑影伴着一股恶风吹过来，让它躲闪不及，巨大的冲击力让它一个踉跄，想挣扎着站起来，右后腿却怎么也使不上劲了，耷拉着在地上拖动。黑妞连连痛苦地低吼，老张头像是疯了，抡起手腕粗的大扫帚柄追着受伤的黑妞和大黄打。

刚刚大黄被惹急了，还瞪圆了红眼睛，竖起耳朵像条狼一样，当真正面对已经发疯的张国宝时，却吓得夹着尾巴，钻进一边的草丛里不见了，身后到处都是被惊扰乱飞的鸭。

曾晓东用几个月的工资给秀秀买了一条六百多块钱的项链，粗细刚刚好，秀秀戴在脖子上，感觉整个人都飘飘然了。

“我看你手上那个手表很旧了，外壳都磨掉了颜色，哪天我给你买块新的吧！”一次曾晓东纳闷地说，问能不能扔了，秀秀慌忙抢过去揣好。

“戴旧了有感情，扔了舍不得。”秀秀有些心慌，赶忙支开话题。

当名小学教师，三尺讲台一眼就能看到终点，秀秀很满足。山上很清冷，秀秀空闲的时候喜欢在学校后门的竹林里独舞。晓东喜欢看书，他上进心很强，常参加一些自学考试。

秀秀现在对看书没兴趣，她已经被时光机器打磨掉所有的棱角，变得世俗，以前的精神食粮完全填补不了她内心的孤独与空白。原来觉得世间冷暖全在书本里转化成流感，将她传染，再转化成快乐、忧伤，而现在她怕接触煽情的书，怕她脆弱的心理防线抵挡不了作家勾勒的煽动情节，将她熔化。

“这个星期六我想回城去看看妈妈，你可以陪我一起去吗？”一天晚饭后，当秀秀隔着木墙听到那边的晓东终于开口邀请她一起去看妈妈时，心里突然涌起一股暖流，想哭。这些天他们虽然很少说话，可是巴掌大的学校，天一黑，就剩下两个孤男寡女在一起，有时候一个不经意的转身都能触碰到，四目激情相撞。连在漆黑的被窝里的一个转身，都能察觉到隔墙那边一颗燥热的心也在翻滚。

他们都在暗暗较劲，看谁先捅破那层窗户纸。有次上厕所，秀秀故意在里面看漫画书不出来，她知道外面大风中站着一个呆呆的男主角，憋得团团转，那傻样就是个靖哥哥。秀秀怀疑自己患有恋爱饥渴症，才喜欢上这个比自己小几岁的学弟；而他喜欢上自己，可能是每天早上她戴着耳机，一个人忘我地在教室后面的树林里跳着忧伤的舞曲，舞动的曲线让他发呆，他说她是山里狐狸变的一只狐妖。秀秀不想让自己的身材变得臃肿，不想像个萝卜体型的农村妇女，她希望成为男人注目的焦点，希望被他们关注、爱慕。

星期六秀秀起得特别早，拉上曾晓东下山，到镇上做了个拉直，剪了个刘海，看起来更加年轻可爱。这些年，她从来就没在自己的外表上花过什么心思，自然美才是最美，可是最近她对自己没什么信心。

乡下女娃比不得城里女人，超过二十就是水豆腐，容易变质。这几年光阴流逝，她埋没了自己的青春。那些小学、初中女同学都超计划生育要了二胎。女人年轻有高傲的资本，一旦过了那个年纪，心里空荡荡的，尤其对心爱的男人没任何底气。

进了曾晓东的家门，秀秀有些紧张。妈妈死得早，她没感受到什么母爱，只在父亲那一棵大树下坚强地生长，风里来雨里去，习惯了被冷落。从小在同龄人眼中，她最大的骄傲就是读书，唯有读书能让她自豪地在村里抬头挺胸走路，让他们投来羡慕的目光。

“秀秀，你多大了啊？”

“二十二。”

“哦，比我家晓东大一岁。嗯，女大一春，富贵抱金。陪阿姨去菜市场买菜吧！”进屋见到曾晓东的妈妈让秀秀很惊喜，很年轻的一个中年女性，保养得还好，不细看还以为只四十来岁。她男人前几年过世了，目前是单身。好像在什么厂里上班，是个管账的会计。她眼神犀利地盯着秀秀上下打量，像是拍片子看到骨头里，让秀秀浑身不自在。

“听说你是县师范恢复招生招的第一批学生，你是那年的县中考状元。”

“哪有哦，阿姨，没有那么优秀。”

“你现在的工资多少啊？”

“一个月178块钱！”

吃过饭，曾晓东的妈妈主动和秀秀唠家常，说是聊天，其实秀秀能明显感觉到她是在套自己的话，像是买东西时比较质量一般，让她浑身不自在。好不容易等到天快黑了，秀秀说明天还要给孩子们发寒假成绩单，必须赶回学校，拉着曾晓东的手如释重负般出了他家的门。

“你妈好像对我有意见啊？什么都问，连我上班这么多年存了多少钱都问。教师的工资你又不是不知道，刚够父女俩生活买药。”等公交车时，秀秀有点儿犹豫，心里忐忑，她很在意自己给曾妈妈的第一印象。

“我妈就这样。我爸前几年过世，我是她唯一的精神寄托。哪个妈不想儿子过得好些，少受罪？还有我刚毕业一年多，才二十一岁，年纪比较小，她还不适应我结婚，总觉得我是孩子，有点儿不放心吧！”

“嗯，她连我全县第一名考进师范的消息都知道。男的二十一岁也不小了，我好几个初中同学十六岁就结婚了。”

“从小到大我妈什么都管，现在带个女孩回家吃饭，她当然兴奋了。打听你消息是好事，说明在乎你。”晓东几句话让车上的秀秀一路甜到了家。一直觉得自己是个孤独的孩子，现在突然有种停船靠岸、不再漂泊、找到了家的感觉。

这几天降温很厉害，天还没彻底黑下来，路面就结了冰。车在崎岖的山路上开得像条冻僵的蛇，机械地游动。秀秀依偎在晓东的怀里，车颠簸得很厉害，不时遇到危险的路段吓得乘客大声尖叫，可秀秀蜷缩着身子，钻在她的爱情被窝里睡得特别香甜，她已经很久没有这种久违的踏实感了。

前排一个妇女带着一个小女孩，也去他们所在的乡镇。交谈中，妇女说自己老公也是个老师，她们是去看望老公的。那小女孩眼睛很亮，扎着山羊辫，穿着印着机器猫头像的外套，特别可爱。

“你叫什么名字啊？”秀秀轻声问，她幻想着，下半年要是能生个这么可爱的娃娃就好了。

“黄郭香！”小女孩亮着童音回答。

“几岁啦？”

“三岁！”

“郭香！妈跟你说了很多次了，不要和陌生人说话！”小女孩的妈妈打断她们的对话，将女儿拉到怀里，一脸严肃地说。

“妈，这位阿姨很漂亮，不是坏人。”

“你懂什么啊？坏人脸上写着字啊？”

……

回到学校已经是晚上十点多了，四周一片白茫茫的，入冬的第一场雪将整个大山漆成乳胶色，连上山的路都没放过。秀秀几乎是被曾晓东架上山的。飞旋的雪花在两边的悬崖绝壁中追逐、飞舞、穿梭，调皮地钻进她单薄的衣服里，吮吸她的体温。

住在四周银装素裹的小木屋里，视线所及的范围内都被白雪点缀，好像住进童话世界里。秀秀感觉自己这朵封闭了多年的梅花终于在这个夜晚打开心扉，吐露芬芳了。

“这场雪下得太突然了，你没带厚被子吧？今晚就住我这儿吧。别冻着了，明天发完孩子们的成绩单，我们还要下山帮我爹杀猪呢！”秀秀说完这几句话，长出了口气，急忙回身假装做事。她瞟了眼曾晓东，见他红了脸在那里支支吾吾，手不知道放哪里，简直是个不用背台词就能入戏的靖哥哥。

四周很安静，从树林里散发出的这个时令特有的温馨气息弥漫了整个小屋，混杂着被窝里的汗味，那是一种源于生命本身的最原始也是最自然的气息，让人嗅着有一种通体舒畅、飘飘欲仙的感觉。

秀秀在这种气息的熏陶下感到很舒坦，有一种骨骼、静脉都彻底放松、尽力舒展的惬意。屋外天寒地冻，屋内两个人焐的被窝却燥热如夏。当曾晓东试探性地用手去解秀秀的胸衣时，她侧过身拒绝了，摇摇头说没做好准备。这些年她的心就是深埋在地下的一颗种子，被冻土冰封，等来春吧，来春这件衣服她自己脱。

曾晓东没有说话，还是一如既往地害羞，不同的是把她抱得更紧了。

秀秀这晚睡得很酣甜，早上一睁眼，学校里来领成绩单的学生早就到了。大雪已经封山，可这些山里的娃子就是下子弹也照样一个不落地准点来上学。她刚洗好脸、刷好牙，曾晓冬就把成绩单发完了，抓上秀秀，深一脚浅一脚地下山了。

“你爹为什么非要我今天去你家做客啊？杀猪要我帮忙，我可连鸡都不敢杀！”路上曾晓东有点儿疑惑地问。

“人老了就怕过年孤单。你没发现你去我家，他特别开心吗？”两人手牵着手，一路说笑着下了山。两边风景如画，佳人画中行，真是别样情趣。

上了公路，前面拐弯处熙熙攘攘走来一群人，穿着红红绿绿的衣服，显得特别喜庆。中间簇拥着一对新人，新娘一袭洁白的婚纱，在路边白雪的映衬下格外纯洁。今天大雪封路，看来新娘要步行去结婚了。

秀秀特别喜欢那一袭洁白的婚纱，那是女人一生中穿得最漂亮的一件衣服。为了能陪衬得起婚纱，女人甘愿在这么寒冷的冬天裸露上身，露出乳沟，也是为爱宣誓。她瞟了眼风中的新娘，面颊红润，身材高挑，体型丰满，是个标致的美人，肯定是城里的娃，山里泉水孕育不出这么稚嫩的脸蛋和皮肤。

“新娘是不是比我美？现在后悔还来得及。”一边的曾晓东不时地瞅几眼新娘，秀秀有些嫉妒，故意问他。

“因为有爱，你永远是最美的。”晓东不怎么会说假话，但这话让她听着特别舒服。

刚刚一群人赶超过去的时候，有个身影扭头盯着秀秀看了几眼，秀秀抬头去找，可那群人走得很匆忙，已经进村了。

“今天丁家墩有喜事啊！要是个单身汉就好了，他们最可怜。”秀秀觉得他们才是最可怜的人，别看天天吹牛说一人吃饱全家不饿，可谁都知道他们那是嘴硬，是典型的吃不到葡萄说葡萄酸。

到了家门口，丁国平正带着几个亲戚打扫门前的积雪，已经扫得很干净了。隔壁家不知道怎么了，屋里、门口挤满了人，炮仗声不断。直到这个时候秀秀才恍然大悟，今天是玉宝结婚，难怪在回村的路上偶遇迎亲队伍时，秀秀感觉有人扭头看她，原来人群中那一双熟悉的眼睛是他，是那个给了她一万个承诺，却欠她一个担当的男人。

结婚就结婚吧，秀秀觉得对他的爱已经全部随着下水道冲走了。

“在这边，快过来。”丁国平手里拎着一袋子石灰粉，一大早门前还是雪白的一片，可隔壁家亲戚一来，全给踩成稀巴烂了，没有一点儿雪的颜色。她爹沿着自家墙向门前的打谷场辐射打石灰线，见秀秀领着男友过来，大声招呼他们赶紧过来帮忙。

几个亲戚已经将家里一头接近三百多斤的黑猪抓住了，四角朝天地按倒在地上。秀秀张望着寻找大黄，这个家伙不知道带着黑妞跑哪个草垛里玩去了。

“哇哇哇”，那头平日里懒得走路都迈唱戏步的肥猪，被揪了耳朵怎么也不肯翻身，挣扎着水桶一般粗的腰在地上打滚，像个撒娇的孩子。它见秀秀爹手里拿着一把闪着银白光亮、足有半米长的放血条长刀时，立刻瞪圆了眼珠，翘起头激烈地挣扎，发出撕心裂肺的哀号。

“张玉宝，你愿意娶胡如梦小姐为妻吗？愿意照顾她一辈子吗？”隔壁玉宝家几个嫩头小亲戚正在捉弄一对新婚人，索要进门礼钱，堵住门不让他们进去。

“哇哇哇。”黑猪发疯地挣扎，绝望地号叫。

张国宝家客人正围坐在桌边准备吃喜酒，被这头鬼哭狼嚎的猪吵得纷纷放下碗筷，向这边张望。这边在结婚，那边在杀猪，喜庆的喧哗和猪的哀号搅和在一起，总有点儿不和谐。

“老丁头，你这是什么意思啊！我家今天娶媳妇，你成心找碴儿啊！”张国宝气呼呼地跑来埋怨道。他这些年有些发福了，体型像个不倒翁，一跑就呼呼喘气，像个漏气的风箱。

“我杀自家的猪，关你什么事！难不成给猪买个口罩戴上啊！”丁国平头都不抬，在猪脖子上比画着手中的刀。

“我家一帮亲戚正在吃喜酒，你家今天杀猪我不反对，但要杀你就快点儿杀啊，别把个猪绑了拿把放血条吓得它鬼叫，这样我家客人怎么吃喜酒啊！”张国宝开始还盛气凌人，可一走近丁国平身边，见冤家手里拿了把雪亮的放血条，瞪着血红的眼睛盯着自己，吓得倒退几步，退到刚刚打的白石灰线后面去了，那是他们两家的地界线。

“你家院墙修得一楼多高，像鬼子碉堡，考虑别家感受了吗？你看这头肥猪，简直就是个畜生，以前见到我夹着尾巴跟在屁股后面讨好要吃的，等长肥了见到我招呼都不打一声，还装老板，天天早上天没亮还学城里人唱歌。你个狗日的忘恩负义，你叫啊！你叫啊！再叫老子就白刀子进去，红刀子出来。”丁国平拿把明晃晃的刀敲打着猪头，吓得这头就知道吃了睡的肥猪一个劲地翻滚、挣扎，屁股撅了几下，挤出了一坨大便。

张国宝气得脸色像酱过的猪肝，可今天儿子大喜，他又不能当着一帮城里亲家、亲戚的面和隔壁的冤家干一仗，那就正中了这老家伙的计了。

“大爹，来我家喝杯喜酒吧！远亲不如近邻，多双筷子热闹哦！”这时候玉宝的新婚媳妇已经换下婚纱，穿上一身红色的礼服，挽着一身西装的玉宝过来了，说话的声音很甜。

张玉宝个头没变，魁梧成熟了许多。一晃也有六年没有回家了，轮廓没怎么变，但让人感到陌生。他见到秀秀爹，低着头不说话。他身边的新娘却很大方，满脸堆笑，一口一个大爹地叫着，手里抓了一大把喜糖和一包香烟往秀秀爹怀里揣，声音甜得像滴了蜂蜜。

秀秀和这个叫胡如梦的姑娘对视了一眼，双方好像都从对方的眼里读懂了点儿什么，又好像什么都没有搞明白，必须死死地盯着，才能看清对方面目，看清那张陌生的面孔，将对方铭记。

“姑娘，喜糖、喜酒我不需要。人恶不欺邻，我就是为了出口气。你们结婚去吧，我杀我的猪，曾老师过来给我搭把手。”丁国平见到这样贤惠的小媳妇，气顿时消了许多。俗话说，抬手不打笑脸人。

“雪崩时没有一片雪花是无辜的。”

“一个巴掌拍不响。”人群中有人小声地议论。

曾晓东一脸茫然地看着他们吵嘴，突然听见秀秀爹叫他，慌忙跑过去。秀秀抬头去寻找那双熟悉的眼睛，人还是那个人，心已不再是那颗心了。张玉宝赶忙侧过头，目光闪躲，不敢和秀秀触碰。他欠这个女人太多，还不起干脆就要赖不还了。

就在新婚夫妇转身往家走的时候，秀秀从手腕上摘下那块已经完全掉色的手表，对着那个熟悉的背影狠狠地砸了过去，然后迅速转身帮她爹杀猪去了。

也许是人群太嘈杂，也许那只怕得要死的猪的叫声太过凄惨，吸引了大家的注意力，竟然没有人注意到秀秀用块火柴盒大小的手表砸了新郎。两家丝毫没有察觉到这个小插曲，照样招呼自家的客人。

扔出那东西，秀秀感觉轻松了很多，再不用每晚看着那黑匣子发一夜的呆了。孽缘扔了，肿瘤割了，一切都结束了，自己重生了。

晓东按住猪头，只见秀秀爹阴沉着脸，挥舞手里半米长的长刀，看准部位，手起刀落。

“扑哧”一声，血顿时就喷了出来，吓得玉宝赶忙将新媳妇护到身后，硬拉上被溅了一身猪血还喋喋不休的爹回家了。

“哇哇哇”，那头猪全身如过了电，极速颤抖，眼珠子瞪得比桃核都大，几只脚蹄在地上狂蹬。断气后地上一摊鲜血渐渐聚集，不一会儿就变成一大摊，灌满那只猪临死前用脚刨挖的几个洞。

“曾老师啊，没见过农村杀猪吧？今天就让你见识一下我的刀功，看好了哦！”丁国平得意地蹲在地上，见猪不再挣扎，将手里的长刀换成了一把雪亮的剔骨刀，抓过一条小板凳坐下，用刀尖对着吃得鼓鼓的猪肚皮只轻轻一划拉，“扑哧”一声，撑得圆鼓鼓的猪肚皮就如拉链一般开了一道缝隙。

“啪”，一个气泡从肚子里冒出来，遇到空气慢慢变大，最后炸裂成一团吐着热气的气团，渐渐散开、消失。一股泛着乳白色的油脂和一节节盘绕成一团的肠子一股脑儿从缝隙中挤出来。

一见那肠子，丁国平眼睛顿时一亮，如灯泡通了强电压一般。那把雪亮的小刀在他手里像是有了灵性，上下翻飞，穿云破雾。刚刚还包得紧紧的一肚子肠胃，像是刚收到的包裹被打开了塑封条，被他签收后，在他面前摊开。

丁国平切刀口的位置很有讲究，就在猪的肚脐眼下一指处，口子大小也就一尺来长，内脏掏点儿整理点儿，不沾脏。也就一个来小时，本来还圆滚滚的猪肚子就被掏成了一只空麻袋。他身边的柳筐里，猪内脏被一一掏出来，整齐地叠放在一起，像准备入柜的大小衣服。由于猪死没多久，大小肠还冒着热气，像煮熟的饺子。晓东不知道怎么形容秀秀爹的刀法，他那把锋利的小刀对大小肠没有丝毫损伤，因为现场闻不到一丝屎臭味。

“好刀功！”围观的亲戚一阵叫好。曾晓东挤在人群最前面，刚刚秀秀爹那一刀捅进猪脖子，场面着实把他吓得够呛，但好奇心还是战胜了恐惧。秀秀爹像是在表演节目，周围的人都被他征服了，他专心致志地顺着猪的每一条经脉，像拆解零部件一般，将一头完整的猪一点点肢解分离。

“临行喝妈一碗酒，呀、呀、呀——过瘾啦——”秀秀爹溅了满脸的猪血，他用手在脸上一抹，成了个红脸关公，提着那把刀亮了一嗓子，摆了个架势，来了个亮相，的确是飒爽英姿。

“好！”秀秀家亲戚一个个被征服了，鼓起掌来。一边的玉宝家一帮亲戚一脸茫然地看着这边，他们是来喝喜酒的，看这架势，隔壁家在抢戏。

秀秀扔了那块手表就躲进了屋里，可还是忍不住从自家的窗户往外窥探。她怕爹脾气暴，和人家打起来就不好了，还好最后没起什么冲突。

再次见到那个恨到骨子里的人，拿曾晓东和他一比，她心里立刻就平衡了。

现在的玉宝个子没晓东高，长得没晓东帅气，气质跟晓东也没得比，她不知道自己怎么就深陷那么多年不能自拔。难道所有的初恋都是盲目的，都是一叶障目？

听亲戚议论，秀秀才知道，玉宝还真娶了个空姐，脸蛋粉嫩，个子高高的、屁股翘翘的，的确是个大美人，难怪他爹整天见人就吹嘘她家媳妇长得比画的还好看。

“看那前面黑洞洞，定是那贼巢穴，待俺赶上前去，杀他个干干净净，哎呀呀——”丁国平将猪庖丁解牛般大卸八块，借着猪肚子里还散发出的热乎气，他浑身燥热起来，挥舞着手里的长刀，在门前的空地上又亮了一嗓子，还走起了台步，气得那边正在喝酒、划拳的老冤家从家里探出头来，恶狠狠地瞪着今天特意找麻烦的冤家。

晚上秀秀做了一桌子热乎乎的菜，看得出来爹今天特别高兴，还特意要求曾晓东陪他喝几杯。作为女儿，从来没陪爹喝过哪怕是一顿酒，父女俩之间一直像隔了条河，无法跨越。每次回来她都是匆匆吃上几口饭就躲进自己房间，父女俩形同陌路，而今有曾晓东在，家里一下子温馨了许多。酒过三巡，爹喝得刚刚好，晓东已经成了红脸关公，身体摇晃着快坐不住了。

隔壁的喜酒喝得正酣，说笑声、划拳声一浪高过一浪，快要将秀秀家的老屋震塌了。

“爹今天晚上去找几个老家伙打牌，你们就住在家里吧！别看隔壁家结婚炮仗响，等秀秀结婚，爹买一汽车炮仗放，到时炸倒他家院墙。”

“好，这里离大江不远，晚上睡觉能听到江涛声呢！”曾晓东卷着舌头，一脸欣喜。

“还有爹这些年种田、养鸭，存了五千多块钱，等你们结婚了，或是准备在城里买房子，这钱算是秀秀的嫁妆。”丁国平丢下这句话，哼着小曲出了家门。秀秀暗自感叹爹变了，以前她不管在哪里，爹都看得特别紧，生怕女儿吃亏，现在主动留曾晓东在家过夜，自己避出去，不在家打扰他们。

“你和隔壁家好像有点儿过节？”晓东问。

“人字好写却难做，心字简单却难懂。做人太难，家家都有一本难念的经。”秀秀轻声回答。

曾晓东面相嫩，其实也不小了，只是因为秀秀比他大，被关照多了让他很不自在。今晚和秀秀爹拼酒，的确很过瘾，但乡村的酒便宜，都是勾兑的，一停下来，才发觉地动山摇，头痛欲裂，仿佛有个人拿个大锤子在脑子里敲打。

秀秀把晓东扶到自己的床上休息，刚一转身就被他猛地跳起来扑倒在床上。隔壁喝喜酒的人刚刚散去，还能听到大宝爹驱赶闹洞房的亲戚，轰小夫妻回房休息，“嘎吱”一声关上了门。

“轰、轰”，身边的墙上传过来轻微的撞击声。

当曾晓东将秀秀压在身下时，她满脑子都是记忆中那间存放体育器材的小黑屋，身下睡的还是那张满是灰尘的海绵垫。女人的躯体依旧，只是男主角睡在一墙之隔的那张新床上。那个曾经在她春天的河床上播种，抛洒下无数小蝌蚪的男人，此刻正压着他的俘虏，催马扬鞭征战沙场，就如他们小时候坐在院子后面的土墙上杀得昏天黑地。

四周漆黑一片，秀秀浑身湿漉漉的。可能真喝多了，晓东手忙脚乱，怎么也解不开秀秀的胸衣纽扣，那是抵御入侵的最后一块遮羞布，最后一道防线。

秀秀想象着他手忙脚乱的神情，她本能地装出点儿不那么愿意的反抗，半推半就，这样显得女娃身体金贵。当曾晓东终于找到纽扣的解环，情绪被点燃得像只野兽一样粗鲁地撕下她的胸罩时，秀秀瞪圆了眼珠想专注地观察这个男人几乎要将她生吞下去的整个过程，可是四周一片漆黑，只能凭想象来享受他带来的行云流水、天高云淡再到天昏地暗、日月无光的冲击波，直至撕心裂体，灵魂出窍，世界不复存在。

“轰、轰”，隔壁的墙壁又传来一两声沉闷的撞击声，像寺庙里的撞钟一样摧残着秀秀脆弱的心。她竭力控制自己的思维，不去想那个正怀抱别的女人的男人，可是满脑子还是过山车一般闪过他的身影。秀秀幻想是玉宝驾着战斗机，在向她的躯体里俯冲、扫射，直至投下一枚重磅炸弹，将她炸得四分五裂。

秀秀知道她骗不了自己，机体里的细胞有记忆功能，有些东西永远删除不了。

第十六章 买卖媳妇

自从阿六打了雅青后，村里男人都自觉了很多，不再聚一起赌钱了。阿六整天无精打采，坐在门前打着哈欠。他去雅青家请了无数次，还托中间人说了很多赔礼的好话，写了保证书，可这个倔强的女人就是不开门，连女儿都不让他见。听说雅青已经请人写了申请书，要到镇上和他办理离婚。

“阿六，你没得救了！你马上就和我们一样成单身汉了，一人吃饱全家不饿。看你以后咋个笑话我们，学我们结巴说话了。”

“阿六，打女人算男人吗？有本事去打小日本啊！打老婆的男人是太监、是猪。”阿六每次到丁小气家的门前闲聊，都被村里男人轰走，要他去接雅青回来。

每次他被雅青拒在门外回到村后，都独自坐在大塘的柳花树下抽闷烟。

距离雨红去世快一年了，不知道是不是狂犬病要发作的前期症状，大虎开始怕光、怕吵、怕冷，情不自禁地流口水，时不时还有冲上去咬人的冲动，有时极度想攻击人，有时又感觉无论藏在哪里都不安全，全世界都谋划着要杀他。

他每天的标配着装是一件天蓝色西装，那是雨红婚前买给他的，准备结婚那天穿。中山装上衣的口袋里永远插着一支笔，里面揣着一个笔记本，那个红本本也是年少时雨红送他的定情物。大虎不发疯的时候很文静，像村小学的知青老师。

村里男人特别不屑大虎那副打扮，骂他是假斯文，上衣口袋里放个红本本，领导事多怕忘才要揣本本的，他一个神经病，有屁大的事可以记？八成是空页，从来没写过字。

雨露每天必做两件事，一是帮大虎梳理头发，一是给他冲碗热气腾腾的鸡蛋花，加几勺红糖。张德标觉得儿子能活过去年那个冬天，全凭丁家二女儿无微不至的照顾。一次大虎睡着了，雨露取出他口袋里的本子，翻开发现竟然歪歪扭扭真写着字，思维还很清晰，看来是他清醒时写的，可大虎清醒过吗？

大虎的日记

雨红，这些天总是睡不好，昨晚又梦见了你，梦到你躺在大塘埂底下的杂草丛里喊冷，叫我送衣服；喊饿，叫我端碗粥给你喝。可是我捧着碗、背着衣服在大塘埂上跌倒了，衣服被那条水鬼抢去了，洒在地上的粥也被那条水鬼喝了。我爬起来迷失了方向，找不到你在哪里，更找不到回村的路。

雨红，我们一起刻在张公山竹子上的誓言我想去找，可一出村，我不光没找到上张公山的路，连回家的路都找不到了。要不是傻姑领我回家，我怕是饿死在路边了。夜夜我都在想同一个问题，想你为什么招呼不打一声就走了，再也找不到，想得脑子里塞得满满的，涨得头快炸了。这半年总感觉走路身后有人跟着，不管白天黑夜，躲到哪里都有，我一回身他就背对着我，看不清面相，那人是你吗？是你我就不怕了！

……

太阳刚下山，一辆破旧的二人杠自行车进了村里，车上坐了两个人，一男一女。两人刚在雨露家的小店门口停下，整个村子就沸腾了。

“卖媳妇啦，拍卖媳妇，快准备钱去现场买啊，迟了就没货啦！”丁大炮原本还在家蒙头大睡，一听有车进村，竟然还有人在叫卖媳妇，这世界也太稀奇了，他慌忙披上外套，一路嚷嚷着向丁小气家的小店奔去。

只一根烟的工夫，丁小气小店外已用几个小凳搭了个台阶，像个露天的微型演唱会。戏台上站着位姑娘，最多不超过十八岁，额头凌乱的头发遮住了面容，两只眼睛大大的，很亮，耳鬓细白的皮肤很细腻，手被反绑着靠在电线杆上。她梳着刘海，穿了一套天蓝色的运动服，样子像个抱着课本赶着去上自习的高中生，显得特别乖巧，茫然中夹着无助、可怜。

“呜——呜——”，姑娘嘴里塞着毛巾，摇着头，但发不出声音。眼里像是有泪，只在眼窝里打转，场景像是美女特务被鬼子抓住了要逼供。

丁小气家小店外吊着的路灯只有 15 瓦，以钟摆的频率和幅度摇晃着，昏黄的灯丝泛着光，像是没睡好，但光线已经足够了。

对于丁家墩的单身汉来说，欣赏美丽并不需要太多的光亮，只要有个舞台就够了。

“嘻嘻，真俊，还是个学生呢！”台下站满了人，挤在最前面的是一帮馋得直流口水的单身汉，眼巴巴地围着简陋的舞台打转，像一群鸭子。

“这姑娘是我的了，长得真漂亮，刚好配得上我的帅，我们是一对儿。”这当中当数在温州做了十余年皮鞋，刚结账回村准备讨媳妇的小麻子最兴奋。他挤到人群最前排，眼珠死死地盯着舞台上的姑娘，浑身攒劲，两只手像是有仇，使劲地揉搓，都快冒烟了，裤子拉链处鼓起了一个大包。

每年过年回老家，看到儿时的伙伴娶了媳妇，他都会愤愤地骂：“这世道是怎么了，人家一个棒棒糖都能骗个小丫头。阿六去邻村搬砖都能带小丫头私奔，我小麻子这么帅，都快三十岁了，不信找不到。我要挣钱买个，买个十六岁的，羡慕死你们这些狗日的，到时看一眼老子都收费！”

今年回来的第一件事，小麻子竟然将从城里带回来的一束菊花插到雨红已经长草的坟头上。他始终自信地认为，如果自己脸上少长几个疙瘩，少生几个麻子，雨红就是他的婆娘，不至于在底下受苦。

“瞧一瞧，看一看，她是我从边界批发过来，自己准备当媳妇的。你们瞧瞧这口雪白的牙，瞧瞧这头乌黑的头发，瞧瞧这么俊的脸蛋，快来瞧一瞧啊！”一个中年男人站在舞台中央，最多也就四十来岁，手里拿了根棍子，拉长着脸，显得很无奈，但叫卖的声音很大。

“哟，是个学生，真是个学生哦！”

“嗯，今天就是给你村光棍送福利来了，从此你们就要告别一人一床一口锅，无儿无女无老婆，半生半世半蹉跎的孤单岁月了，就看你们谁舍得，谁领回家啦！”中年男人大声喊道。

“这男人很了解我们哦，我们年轻时那真是青年小伙如神仙，现在是老年光棍哭叫天。”

“我赌钱欠了一屁股债，现在我准备把她卖了，起步价两千，谁出价高就领回家焐被窝、当老婆，概不赊账！一手交钱，一手交货。”

“自家老婆也卖，怎么舍得哦！”中年男人宣布完价格，人群立刻就骚动起来，没钱的垂头丧气，有钱的跃跃欲试；富有的胸有成竹，穷光蛋看着想哭。

雨露站在自家柜台后静静地看着，一脸的惊讶，原来婚姻还可以这样啊！一个如花的姑娘，前一刻可能还单纯得买个棉花糖在路边吃，这一刻就被拐骗到这偏僻的大山里，像头牲口一样被叫卖。一群饥渴的老男人像狼群一样，流着口水将她包围，不停地打转，随时准备冲上去撕咬。

他们手里紧握着一辈子积攒的一点点积蓄，原本是准备养老的，可这个男人只几句话，他们立刻就被动员了，如被催眠洗脑了一般，架不住欲望的诱惑，前赴后续，倾家荡产。

“钱是什么东西啊！在世就要好好享受，别等到以后，人在天堂，钱在银行。”中年男人继续添柴加火。

“我前几天刚卖了第一批鸭，我出两千。”第一个喊价的是丁四爷家六儿子丁老六，他来得最晚，跑了一身汗。这家伙常年在江边搭个窝棚养毛蟹，头顶的草帽破得稀烂，两边耷拉着，一跑忽闪忽闪的像猪耳朵，他都舍不得买顶新的，脸晒得像抹了锅底灰。

竞拍刚一开始，他就忍不住开价了，一锅水一路加温，很快沸腾了。像这样的买女竞拍场面，村里人一辈子也没看到过。拍价也一路飙升，只十来分钟，有人已经出价到两千五了。

“好！好！机不可失，失不再来。钱这东西，你不弄它妈妈，它就不喊你大大！”

“钱这东西生不带来，死不带去，花了可以再挣，但这么俊的小老婆过了这个村，往后就没机会遇到这个店了，快快行动。”

“谁价高谁今晚当新郎，以后夜夜都当新郎。”

“这姑娘不光人漂亮，娶回家就能生儿子，明年你们就当爸啦！”人群中每有人加一次价，那男人脸就欢喜地抖动一次。他嘴巴像是抹了油，一刻不停地说着。

雨露想，看这家伙叫卖的麻利样，哪像个落难的赌徒，分明就像古装电视里那个拉皮条的老鸨，浑身上下都是戏。要是再给他一只手绢，喊一嗓子：楼上的姑娘们出来接客啦！那就更像了。

“我出两千八百零一块。”小麻子喊价的声音最大，每次有人超过了他的开价，他都隔几秒，先缓缓，再象征性地追加一块钱占据领先。

他身体僵硬，紧捏着裤兜里的钱袋，浑身紧张得如一张弓，站在台下的人群最前面，随时准备冲上舞台抢人。

“我出三千，加——加，没得加了！”张公山下林场养羊的张大山不知道什么时候赶到了丁家墩。这家伙不是本村的，不知道是消息灵通，还是鼻子嗅觉好。他个子不高，跑的样子像只企鹅，上气不接下气，跑得连哮喘都快犯了。

“有人开三千，还有没有人出价？有没有人？”那男人提高嗓门，连续叫喊了几声。

“我出三千零——零一块！”小麻子涨红了脸，猛地跳上舞台，紧紧地捏着鼓鼓的衣兜。这次他真的急了，这是他的极限，因为兜里就这么多钱。

“哇！”人群发出一阵感叹。

这小子做皮鞋成了大款，回家递烟还是几毛钱一包的，有这么多钱，可以在乡下建三间楼上楼下装电灯、电话的大宅院了。

“好，三千零——零一块，一次；三千零一块，二次；三千零一块，三次！没人加价了吧！真的没人再加价了吗？好，本次拍卖公证有效，受到法律保护，一百年不变，一万年有效，成交！”那男人一连吆喝了三声，见无人再加价，回身向小麻子拱了拱手，示意他付钱，并将身后那个姑娘推给他。

“商场买东西都打折，能不能打八点八折，我一次性付账？”小麻子摸着钱袋，试探性地问。

“呀！别扯了，概不打折，也不赊账。”那男人见小麻子跟他还价，立刻瞪圆了眼珠跳了起来，像头斗牛，往回拉已经走过去的姑娘。

“那跟我签个合同吧，按个手印也行！”小麻子还是有点儿顾虑，试探性地说。

“买卖婚姻能签合同吗？留下证据自己找死等警察抓啊？看你挺精明的人，怎么说的话这么傻孬呆！你到底买不买？不买我就卖给前面开价的老兄了！”那男人有点儿火了，招呼着要重新开始拍卖。

小麻子瞟了眼走过来的姑娘，狠狠地咽了口口水，一狠心，从裤兜里掏出一个塑料袋，解开捆塑料袋子的麻绳，把包得里三层外三层的袋子打开，终于从里面取出了叠放整齐的一扎钱，还有一些毛票。他哆嗦着塞给男人，扑向面前的姑娘。

“帅，帅呆了！”小麻子满脸欢喜地大声叫嚷。

“妈球，起个大早，赶个晚集！”有人大声咒骂。

“啪”的一声，不知道是谁，把丁小气家门前那一盏灯拉灭了，拍卖现场顿时漆黑一片。

等小麻子拉上灯，气得满脸的麻子如炒熟的芝麻夸张地乱跳，他刚买到手还没舍得摸的小媳妇，运动服被撩到了肚脐眼上面，连内衣都被扯掉在地上，修长光洁的大腿上、屁股上、乳房上多出来几个大大小小的脏手印。

“哪个小歪摸的？这是我媳妇！不出钱乱摸，叫你们烂手！”那男人边点钱边愤愤地骂着，丢下几张名片，说以后谁还想买媳妇就找他，看货论价，只要有钱就行，说完就头也不回地开车走了。

“有本事自己挣钱买啊！趁黑乱摸可有素质？这要是在大城市，这叫性骚扰！我媳妇要是告你们，够你们坐十八年的大牢。”等人群散去，小麻子牵上那姑娘软软的手，嘴里还在喋喋不休地骂。转身进店里要了包二毛五的烟，这小子刚有家就知道节省了。

雨露坐在小店的柜台前一脸的羡慕，本来是一场闹剧，现在变成一场喜剧了。她从小就讨厌小麻子，哪里有女孩他就跑过去，死皮赖脸地套近乎。小时候大家都诅咒他掉大塘里淹死，听说那只水鬼嫌弃他太丑，不愿意理他，现在谁也猜不出他会以这种方式结婚。

大虎被她拉过来当看客，笔直地坐在拐角一动不动，一脸的阴沉。今晚他出奇的安静，像个思想家。

“恭喜恭喜，你终于有个家了。”张富贵不知道从哪里钻出来的，一脸嫉妒地说。

“男人要凸，女人要凹，你看我老婆又凸又凹，极品！”小麻子一脸自豪地嚷嚷。他得意地点上一根劣质香烟，猛吸一口，边吐烟圈边看着身边的新媳妇，眯着眼细细地品味。

“不错！小麻子，你真不够朋友，去年我跟你借一百块你都说没钱，现在三千都拿得出来！”张富贵一脸饥渴地看着小麻子刚买的媳妇，咽着唾沫说。

“我这钱都是卖命挣来的。你有个当村长的老爸，还向我借钱，要脸吗？”小麻子大声地骂。

“不错！一看就不是我们本地姑娘，睫毛长了点儿，皮肤虽然也很光洁，但没我们湿度大。”雨露像买牲口一样品头论足。

“比你虽然差点儿，但在村里那也是二小姐啊！”小麻子依然一脸得意。

“你不怕是人贩子和她演双簧啊？这几年前后村都有买媳妇的，可一般半年内全跑光，到时你可就人财两空了！”雨露翻着白眼问他。这是事实，有市场就有需求，有需求就有买卖、欺骗，也有商机。

“这是什么话？你怀疑我的帅啊！男人和女人之间，所有的一见钟情都是建立在脸蛋和性感的身材上，我和她是真感情，也就是……是一见钟情！妹子你叫什么名字？明早我们就去县城领结婚证去！要是你没满十八岁，我就找办假证的先做个证，假证也是合法夫妻。”小麻子有点儿急了，脸上的麻子又在蹦了。

“麻叔，好看的皮囊养不起，有趣的灵魂不找你，反正你要注意点儿哦！”

“改革开放后，你们知道城里男人成功的标志是什么吗？就是娶一个比自己小几十岁的漂亮小女人。你们这些人啊！买老婆舍不得钱，看人家买了又说风凉话，都有红眼病，还不要脸掐灯下黑手。”小麻子一脸不屑地骂。

“想一辈子拥有你的妹子吗？听我的，她肯定会一辈子死心塌地地跟着你。”大虎突然站起身，拍拍小麻子的肩，一本正经地说。

“当然想啊！我要当葫芦娃的爹，要她给我生七个胖小子。”小麻子满脸欢喜，期待地点点头。虽然大虎已疯得不成人样，但就凭他能征服雨红，跟她青梅竹马，两小无猜，在小麻子心里永远高大，大虎是村里大神级别的人物。

“拿上这个，回家打断她一条腿，保管她一年给你生一个娃，每天出门不用链子锁，死心塌地跟你一辈子。”大虎抓起门边一根棒槌扔给小麻子，冷冷地说，像个老专家。

只一句话，就让小麻子身后那个姑娘吓得一哆嗦，瞪圆了恐惧的眼睛，躲到小麻子身后，还刻意地用手抱了小麻子胳膊一下。

“你是个神经病，我跟你讨论什么爱情！如果雨红没死，你舍得打断她一条腿？你真恶毒、不解风情，而且还不可理喻。暴力得不到爱情。别人是先恋爱后结婚，我们是先结婚后恋爱。我这么帅，已经征服她了，回头别嫉妒我们的爱。”小麻子一脸的愤怒，拉着姑娘的手，急匆匆回家睡觉了。

“姐夫，如果能跟你一辈子，断一条腿算什么？”等所有人都散去，雨露湿润了双眼帮大虎梳理蓬乱的头发。

“嘿嘿，小麻子说雨红没死，他也知道雨红没死……没死……”刚刚还很安静坐着的大虎突然跳起来。小麻子说雨红没死的话刺激了他，他站起身，一把推开雨露，一路向大塘埂跑去，去找他的雨红，留下一脸悲伤的雨露呆呆地站在柜台前，摸着胸口的项链发呆。

“想要你爱的人跟你一辈子，就打断她一条腿。”雨露湿润着眼睛唠叨，难道家暴也是一种爱？

自从上次从一米多高的舞台上摔下来后，小美感觉胸口的炎症转移了。大概是近来常参加医院组织的宣传活动，小美感觉身体越来越累，像是生了锈的自行车，抬不起步子，直不起腰，身体不听使唤。

上次感冒好像还没有痊愈，这几天又开始发低烧了，胸口燃着一团火，不熄不灭，伴随着几声断断续续的咳嗽，胸口又开始闷疼。人不开心的时候，哪里都感觉不舒服。

丁祖峰因为来家里看望小美几次，她妈妈都没有给他好脸色，他很知趣，来得越来越少了，偶尔打几次电话倒还是那么关切。前几天去医院检查后，医生看小美咳嗽得厉害，建议她去拍胸透，小美坚决不肯。现在她特别恐惧躺到医院的仪器上，感觉人一旦上去就会被肢解、被偷窥，毫无隐私。后来丁祖峰走进来要给她检查胸口，吓得小美慌忙抱紧衣服，一路逃回了家。

医生给她开了些消炎药带回家，可是一直没什么效果。小美感觉身体变得很坏、很虚弱，看来这次流感病毒特别凶。她以前走路都恨不得一蹦三跳，可是这个冬天她特别怕冷，感觉身体一离开床就渐渐流失了温度。而且她感觉自己特别懒，懒到不想吃饭，不想去楼下的厕所。

生病后，小美渐渐理解了妈妈。听说妈妈以前在城里是个大户人家的女儿，能写一手好字，下放到偏远的乡村嫁给家徒四壁的爸爸，现在又守寡这么多年，照顾自己不愿再成家。同为女人，她深深体会到那种空空的寂寞最要命，像无根的浮萍。

“妈妈，你和他结婚吧！以前跟爸爸你肯定没穿过婚纱，可能爸爸连件新衣服都没有给你买过，现在你们有条件，我想看看一个女人穿婚纱是什么样，该有多幸福！”这天在丁国安的排档里帮忙，小美见妈妈和丁叔叔在那里窃窃私语，就当着一屋子学生的面，建议他们结婚。

“好，有感情就结婚！”一帮学生天天在这馆子里吃饭，彼此也很熟悉了，也早就看出点儿爱的火花，都在那儿大声地起哄、撮合。

“好，那我就过几天正式求婚。以前小美小，而且眼睛看不见，怕她有意见。现在儿女们都大了，既然小美都赞成我们结婚，那我们也就没什么顾虑了。”

“我没有意见，我只有祝福！”小美说。

“好，到时大家都来免费吃喜酒，就在这里摆喜桌，不醉不能走。”丁国安一脸欢喜地一桌桌敬酒。

周老师躲进厨房里烧菜去了。这个女人心里沉积着一片大海，全是这些年积累的苦水。她只能慢慢等待，等女儿大了，生活能自理了，她好逆流而上，寻找心里那眼清泉，像条洄游的鱼，寻找青春的来时路。

丁国安是个性子特别急的人，说到做到，只一个月的时间，就将结婚的事全部安排到位，婚纱、结婚照、请帖一样不少。酒席就安排在他的小饭店里，紧凑地摆了六桌，除了几桌是家人、朋友、隔壁邻居，一半的来客是在校学生。

虽然条件简陋，但丁国安是个特别细心的人，将气氛调配得特别温馨。

雨露特意从农村进了城，还随了礼钱，身后一如既往地带着她的姐夫大虎。这个曾经快要当新郎的男人，现在算是彻底地孬了。村里一个大爷晚上给田灌水，从村后的坟堆边走过，竟然看见有个黑影在坟堆前点了一堆火，嘴里边嘀咕着听不懂的话，边吃着什么东西。大爷壮胆走近了一看，竟然是大虎，他在烧烤贝壳肉。

这一年，大虎成了邻近几村饭后的谈资，雨露觉得他体内仿佛住着两个人，一个文艺，常趴在满是灰的打谷场上写日记，一脸天真，像个小学生；一个喋血，常在半夜将红色的被单撕成燕尾服状披在身上，一个人在大塘埂上将一根扁担抡得呼呼生风，浑然是要出征的万军统帅。一次后村卖板鸭的贩子将挑篮放在小店门口叫卖，大虎正站在雨露家院子里对着那棵老榆树冥想，突然就暴跳起来，大叫一声“冲啊”，抄起扁担一个飞跃跳出院墙，一扁担就打烂了板鸭摊，还追出一里多路，打了那小贩三扁担，骂他是敌军奸细。

但雨露对大虎的好，让村里的光棍嫉妒得骂娘。每天一大早大虎定时去她家吃上一碗热腾腾、甜丝丝的鸡蛋花才肯走。这个张大孬，没傻时有雨红陪，想不到孬成这个样子，丁小气家二女儿心甘情愿做他保姆。这家伙是不是哪年大年三十晚上求到了张公山西九华的第一炷香，好事都让他一人占尽了。

大虎今天进城穿了一件崭新的中山装，这全是雨露的手艺。丁小气给大女儿准备的结婚三大件小女儿一样没浪费，全接收了。雨露没事就坐在缝纫机前，买些布料给爹妈做衣服。几件衣服一做，她的手艺就渐长了。等雨露感觉能出师了，就扯了块好布，给大虎量身做了套中山装。

做好的那天晚上，她将新衣服摆到大虎的床头。第二天一大早，大虎睁眼找不到他的旧衣服，那件旧中山装是雨红买给他的结婚礼物。慌乱中大虎摸到一套崭新的中山装，他瞪圆了眼睛，到处找雨红，雨红又给他买新衣服了。

那套中山装是关闭式八字形领口，装袖，前门襟正中钉着五粒明纽扣。胸口是两个对称的明口袋，有盖，钉扣，上面两个小衣袋为平贴袋，下面两个大口袋是老虎袋。裤子有三个口袋——两个侧裤袋和一个带盖的后口袋，挽裤脚。

那天雨露特意帮大虎理了发，晚上大虎穿着那套中山装，站在柳花树下冥想的时候，丁婆听到屋外有响动，走出来看到他的背影，惊得差点儿扔了拐杖，她以为男人来找她了。

雨露进屋后和丁国安嘀咕了好一阵子，两人像是在说什么开心的事，都一脸欢喜。大虎跟在她身后，像是被驯化了，一声不吭，只顾埋头想心事。

“峰哥，听说你在市里大医院当主治医生，过几天我想带姐夫去你医院看看，拍个 CT 确定一下病情，拟定个医治的方案。”雨露见阿峰在一边埋头抽烟，将大虎带到他身边。

“好，到时你到医院找我，我给他找最好的医生。”丁祖峰点点头。他早听说从小玩到大的大虎疯了，今天第一次看到，看情景病得不轻。心病难医啊！具体病情那要等拍了片子，专家会诊才能确定。

饭店外一个男人推着轮椅，一大早就在店门外来回走动，张望着又不好意思进来。小美一看是班里的同学修鞋工和掏粪工，都戴着墨镜，小美迎出去招呼他们进来，两人都摇头。

“我们只是来看看，你是不是结婚了啊？店里这么热闹。”坐在轮椅上的修鞋工弱弱地问。

“哦，谢谢你们关心，是我妈结婚。进来坐坐吧！喝杯喜酒。”小美恍然大悟，原来他们一大早赶来，还以为是自己结婚呢！

“不是你结婚啊？哦，我们不进去了，身上有味，不能扫了客人喝酒的兴。”修鞋工一脸欢喜，招呼身后的掏粪工走了。

小美这天特别高兴，陪着妈妈在婚庆店里打扮了一上午。原来化妆后能让女人至少年轻十岁。周老师穿着洁白的婚纱，如只翩翩起舞的天鹅。她还没有发福变胖的身材穿上婚纱，简直像变了个人。妈妈常说自己遗传了她，个子、体型，母女俩是很像。

“妈妈，结婚能让一个女人成熟、沉淀，有满足和归属感，我也想结婚，可以吗？”在化妆室里等婚车的时候，小美怯怯地问。每次一提到自己的事，她能明显感觉到妈妈的态度变化。

“可以！”

“谢谢！”

“但——但有一个人你不可以。”

“谁？”

“小美，你是妈妈的心头肉，有些事你以后就知道了。”周老师犹豫了一会儿，欲言又止，眼角有泪在闪动。她背过身看着窗外，全身颤抖。

女人结婚那天，眼泪是必备的道具，一句话、一个眼神、一个道别的拥抱都是催泪剂，今天的周老师也不例外。

“不知道是不是十四岁被埋在土里，让我变得对未来没有信心，我把握不了未来。现在复明了，可是感觉眼睛看到的一切都是虚幻的。妈妈，你懂我吗？”

“我懂！知儿莫过母，我还没老到痴呆，连女儿心里喜欢什么都不知道。”

“妈妈，我已经二十多岁了，再不去爱我就老了。如果真是飞蛾的命，你就让我扑次火吧！至少我爱过，勇敢地争取过。”小美觉得自己没有必要再去回避什么，爱就爱了，怕也没人同情你。

“可是，事到如今妈也不想瞒你了。妈下放那几年刚来农村吃不下苦，静不下心，常被骂，是他照顾的我。后来我们好上了，我还怀了他的孩子，可是有天他出江捕鱼为我补身子，再没回来。那时我肚子一天天大起来，等不及了，刚好你爸爸对我特别好，也没嫌弃我怀孕，说会照顾我和肚子里的孩子一辈子，没办法我就和你爸爸结婚了。”

“妈，他很爱你吧？你也和我一样，这么命苦！”小美第一次听妈妈吐露心声，谈她以前的事。

“一年后他回来了，那次涨潮他被冲到下游很远的地方，被救起时记忆不怎么好，一年后才完全恢复回到了村里，可是我已经和你爸爸过上了安稳的日子。”

“原来妈妈也年轻过，也用心去爱过，你一定能理解我。”

“这么些年我和你爸爸一直将过去埋在心里，和谁也没说，连丁祖峰父子也不知道。你爸爸一直信守承诺，对你如亲骨肉一般疼爱。我犹豫了这么些年，就是感觉欠你爸太多，我放不下他。”周老师终于下定决心，倒罐子一般一口气全部把过去的事告诉了小美。

这些年，小美一直以为妈妈是个心静如水的女人，原来她和自己一样，心里都有个紧锁着的珍藏着记忆的箱子，外面看上去落满灰尘、锈迹斑斑，打开却是一尘不染，因为每天都有人在擦拭岁月沉淀的灰尘。

“那个人是谁？”小美急切地问。

“是……是丁祖峰的爸爸丁国安。妈妈阻止你们，因为你们是亲姐弟。”

“哦——嗯！”妈妈的一句话让小美顿时感觉此生浑然无味，积攒了十来年的爱情海刚刚满溢，只一瞬间就被烘烤干涸，爱情的大厦轰然倒塌成一片废墟，满眼尽是沙砾。

她紧咬嘴唇，没再说什么，感觉脖子像被人勒上了绳索，眼前一片发黑，勉强支撑没有晕倒。

中午吃饭的时候，小美第一次喝了酒。丁祖峰就坐在旁边，他们彼此打着照面，小美沉着冰冷的脸，看也不看他，他们现在已经是绝缘体了。婚宴场面很热闹，学生们大声地嚷嚷，粗暴地抢自己喜欢吃的菜。

楼上楼下的一些大妈也来了，连开小店的老张头也喝得小脸红扑扑的，像个老顽童。晓惠大学刚毕业，回家收拾衣服，准备去上班，也来凑热闹，还给自己斟了满满一大杯酒。一帮学生很快就和邻居们熟悉了，一切尽在酒杯中。穷人有穷人的乐趣，店虽小，但喝婚酒的气氛很热烈。对面师范看大门的几个保安不时地向这边张望，一脸羡慕。

“那个专偷小女孩内衣的老张头，我敬你酒，敬你酒是因为你舞跳得好，名声也响。想不到城东新开发的几个小区的一帮老牌友也都知道你的名号，我服！”六楼大妈摇晃着身体站起来，像个不倒翁，眼睛深情地盯着老张头。

“感谢感谢！我老伴去世早，一个人没事干，跳交谊舞也是锻炼身体。”老张头很礼貌地回敬酒。

“哈哈，你们都被我骗了，哪有什么变态哦！”晓惠今天喝多了，站起身很神秘地说。

“我上初中那会儿，疯狂地暗恋上了街面上那个巡街的警察哥哥，追他又不理我，一次想过火了就报了假警，张爷爷就躺着中枪了，嘻嘻！”晓惠几句话，一下子就吹散了笼罩在小区上空六七年的阴霾。这小丫头要是在战乱年代，不是土匪就是枭雄，小小年纪就能干出让人目瞪口呆的事，连警察都敢捉弄。

“谎老三天天喊狼来了，狼来了，骗农夫，别哪天狼真来了，看谁救你！”晓惠妈赶忙向各位邻居和老张头赔礼。生下这个女儿，她一辈子都没省过心。

老张头照样笑眯眯地喝酒，也不恼。他好像得了什么重病，医生说只有几个月的时间了。就是抛荒田望天收的命，可他活得坦然。十几年前，他就将人生规划成三个月一次轮回，被人误当变态那又算得了什么？每天照样阳光地活着，心里坦荡，什么样的流言也伤害不了他。

“雨露，我大学毕业不想像我妈一样进体制朝九晚五地上班。我把履历投给了一家长江旅游开发公司，这家公司这几年开发重点就在长江中下游沿线，刚好合我的胃口。这里风景好，又有美食，到时我们可就是好姐妹了。”晓惠不一会儿就和雨露聊熟了，雨露从她身上仿佛看到了自己前几年的影子。敢为爱疯狂，这就叫青春。

“小美，别喝了！”丁祖峰告诫了小美几次，手术后不能吃刺激性的东西，更不能喝酒。可是今天的小美豁出去了，每有人敬酒或回敬，她都一饮而尽，爽快得令大家吃惊。一边的丁祖峰气得一句话不说，铁青着脸，自己也在那一口一口地端杯喝闷酒。

“小美，别喝了，你感冒还没好，这酒烈！”张伶俐很是心疼，给小美倒了杯热水。

小美晃悠着身体，站起来还要去敬酒。她已经醉了，妈妈过来搀扶她，小美一抬手，粗暴地推开她。

“小美，你什么时候结婚啊？我和雨红定亲了，什么时候去我们家喝喜酒啊！”也许是大家谈话的气氛带动了一直麻木静坐的大虎，他突然坐起来，抓过一酒杯要和小美喝酒。

“大虎哥，我敬你一杯吧！我眼瞎时觉得我最可怜，可是我现在知道你最可怜，都订婚了，雨红却死了。你的躯体虽在，但心已被雨红带走了。你爱上个死人，我却爱上一个比死人更不能爱的大活人。”小美已经醉了，满面绯红，摇摇晃晃演着贵妃醉酒。

“晓惠，还是你勇敢，喜欢就去追，连报假警都敢，因为青春可以挥霍。姐姐不行，姐姐老了，姐姐前怕狼后怕虎，姐姐翻不过命运这座大山，注定的，是命……”小美继续卖醉。

“谁说我老婆雨红死了？她是去捶衣服了，我这就去大塘口找她。”大虎猛地摔了手里的酒杯，愤怒地大叫，面部扭曲成门画上的门神。他冲出丁国安的饭店，冲过对面的马路。

“我手握菜刀砍电线，一路火花带闪电。”那个黑影一路叫骂着跑远了。

雨露正和丁国安在谈论什么事，见大虎咆哮着跑了出去，慌忙放下酒杯追了出去。

“张爹，请我跳支舞吧！就跳你独创的那种抽筋舞，浑身触电，电死一了百了。”小美主动邀请老张头跳舞。

“好！你想跳霹雳舞、擦玻璃舞，还是太空步？”老张头欣然同意。一帮老太太立刻报以热烈的掌声，几个学生很快撤了一张桌子，舞台立刻就有了。

“你是迈克尔·杰克逊的舞迷啊？我可是你的舞迷哦！”小美惊喜地说。

“对啊！迈克尔·杰克逊是世界舞神，他的舞难度太大，我一个小老头还是轻松一点儿的，以锻炼身体为主。”老张头也被惊到了，小美也是迈克尔·杰克逊的舞迷。

老张头踮着脚上前，单膝弯曲，很绅士地做了次背请。

音乐响起，一老一少轻柔地起舞，老张头随着节拍一脚高、一脚低，每走一步，身体都很有规律地上下抖动。他微仰着身子，目光深沉，手掌托着小美纤细的腰，拥着她柔软的身体，用手牵引着小美，先是左腿正常迈步保持直线，右腿停顿着拖后，慢那么半拍，每走一步都是先抬腿，再膝关节向内伸展画个小圆后再向前挪一步。老张头每走三步就很有型地猛一回头，抛出一个犀利的眼神，整个走路的过程都像是充电——放电——再充电。

“啪啪啪！”整个小饭店掌声不断。

“以前我瞎眼时，每天都觉得很快乐，世界五彩缤纷，无限美好；自从我能看到世界后，我一点儿都不快乐，都是烦心的事，爱也不能爱，恨也恨不了。妈妈，你告诉我，我该怎么办……”一曲结束，小美端着酒杯，看着雨露还在寻找大虎的背影，放纵了自己一回，尽情哭笑。

满满一杯干烈的白酒，她对天一饮而尽，一股冰凉从咽喉滑落进肠胃，演化成一阵燥热，烧得胃生起了熊熊大火。

“喝醉了我谁也不服，就服（扶）墙！”

“啪”的一声，杯落碎满一地，满地亮晶晶闪动的玻璃碎片，如结了一层冰霜。她软软地倒地入睡，醉成泪人。

“我是观音瓶中露，你是佛前水晶珠，呵呵，早就注定了。”这是她第一次醉，醉得这么彻底，像个赌徒输得一无所有，痛痛快快醉了一场，宣泄悲伤。她独自醉在师范大门的旁边，将身体蜷缩成一团小肉球，双臂抱着头将自己包裹起来，呼呼睡去。

王小美知道太爱一个人，本身就是一种罪过。只是有些人可以回头，自己爱得太深了，却再也上不了岸。

“鱼哭水知道，小美哭我们知道，呜——呜！”远处梧桐树底下站着一个手推轮椅的黑影，黑影竟然也在轻声抽泣。

第十七章 杀狗

秋叶清冷，白霜如锡。这个年张国宝过得既高兴又郁闷，高兴的是家里添了新人口，儿子这么多年第一次回家就带回个儿媳妇，媳妇嘴特别甜，把公公婆婆哄得团团转。空姐就是空姐，如梦不光个子高，在村子里走动，明显感觉到和周围的风景格格不入，连说话的语调也不一样，仿佛每句话里都夹着块糖。她出门喜欢拖个旅行包，连上街买菜都带包，尤其是拖旅行包走在大塘埂上的样子，像是要登机。

老张头给老伴汪翠下了死命令，不让媳妇做一点儿事，哪怕洗菜、沾冷水都不行，儿媳妇的工作就是造人。如梦没事喜欢找婆婆唠嗑，问些隔壁秀秀读书和一些家长里短的小事，翠大婶是个小鸡肠子，媳妇撒娇一问，她就全说了。

张国宝郁闷的是家里也少了一样东西，就是养的那条母狗黑妞，自从上次打断了它一条腿后，这家伙就彻底和老张家决裂了。有几次他远远看见黑妞在大塘埂上艰难地走，等赶过去，这家伙鼻子灵得很，早跑没影了，身边一直跟着隔壁家那条大黄。

最近一次看见黑妞是在玉宝结婚那晚，张国宝喝多了去后院解急，看见黑妞一步一瘸地在墙角寻找碎骨头吃，鼓起的肚子像吹足了气的气球。三条腿走路不好平衡，晃晃悠悠的，醉八仙一般。不知道老丁头天天喂狗什么，竟然把个黑妞养成了一堆肉球，肚皮在地上拖动，两排黑乳头在肚皮上排列整齐，像是等待检阅。

“黑妞！”张国宝吆喝一声，黑妞立刻摇摆着尾巴不见了。那夜老张头越想越气，白天当着亲戚的面被隔壁那个老家伙羞辱得够呛，肺都气炸了，晚上又看到变心的狗，认了干爹忘了娘，竟然还怀了野种，这口气他怎么也咽不下。

“你老张家娶了个空姐是露了脸，养条狗却跟老丁家大黄跑了。”

“儿不嫌母丑，狗不嫌家贫，你老张头一天到晚吹儿子开飞机敢和老外干，可你连个邻居都干不过，还吹屁牛。”这天他去丁小气的小店吹牛，却被一帮老哥调侃了。中午刚好村长张祥林请他喝酒，两人一拍即合。大冷的天，正是吃狗肉的大好时节，黑妞本来就是张国宝养大的，吃自家狗肉，说到哪里都是天经地义，有理不怕嘴歪。

张祥林一声令下，村里几个馋嘴男人就赶去了他家。自从张玉宝有出息了，老张头就成了村长家酒桌的常客，再后来成了贵客。几个单身汉一进门，他们立刻就抄家伙，直奔河埂上大黄的窝棚。

自从黑妞大了肚子，大黄就整天窝在窝棚里，不愿意和老丁头出门放鸭了。一对狗情侣没事就伸出大舌头，相互给对方舔皮毛，搞得老丁头不好意思回鸭棚。

那天下午，老丁头陪秀秀去了趟县城，去认未来亲家的门。老张头阴沉着脸，左手握根粗木棍，右手拿了一截八号铁丝做成的铁圈，挥挥手，命人堵住后门，自己怒气冲冲地从鸭棚前门进了老丁头的草屋，直奔狗窝而去。

两条狗刚刚还在眯眼打盹，老张头刚上河埂，大黄就觉察到了危险，立刻竖起耳朵，用尾巴扫醒了黑妞。黑妞艰难地支撑起大肚子，张国宝已经站在它们跟前了。

“汪、汪！”大黄低下头，露出獠牙，前爪激烈地刮擦着地面，发出低沉的吼声，将黑妞护在身后。

“黑妞！跟我回去，不然今天你就是下酒菜！”老张头对着已经吓得钻进凉床底下的黑妞大吼。可是他越吼，黑妞靠大黄越紧，此情此景让老张头暴跳如雷。

“你还真当你是西施貂蝉啊！真是一对狗男女。今天老子带人来就是吃狗肉的。”老张头愤愤地骂道，举起左手的棍子就打下去。大黄一闪身，很灵巧地躲了过去，老张头一连扑了几次空，越发恼羞成怒，招呼后门进来的几个人一起扑上去。老张头趁大黄转身对付门外人的机会，一把抓住黑妞的尾巴，将它从凉床底下提溜了出来。

“呜呜”，黑妞低沉地吼叫，瞪着惊恐的眼睛，乞求地看着曾经的主人。可是老张头眼里全是杀气，他将右手的铁丝套子套住了黑妞的头，然后狠狠将它扔到地上，用力地拉扯、拖拽。圆圈形的铁丝套头是个活动的结，老张头一抖手中的铁丝线，铁圈像装了自动按钮，立刻就收紧了，项圈一样紧紧地套住了黑妞的脖子，越来越紧，像孙悟空的紧箍咒。

“哦——呼呼！”只几秒钟，铁丝就嵌进了黑妞的肉里，老张头再一使劲，黑妞急促地呼了几口气，但脖子处被死死地掐住了。它鼓着腮帮子，瞪圆了眼珠，使劲地蹬着腿，展示着什么是真正的狗刨。肚皮越来越大，像是一个气球被线从中间拴住了，鼓出两个不成比例的大气泡，只要用针尖轻轻一戳，气泡立刻就爆了。

老张头边骂边拖拽着黑妞出了门，将手中的铁丝往横着的竹竿上一挂，黑妞立刻就被腾空倒吊起来，撅着屁股拼命挣扎。大概是快要生了，肚子太重，下坠得很厉害，肚子里的狗宝宝强拉着肚皮，像个大铅球一般将黑妞的身体拉扯得严重变形，像是挂在树藤上的一只大葫芦，葫芦屁股底下都挤出了几截狗屎。

老张头得意地等着黑妞咽下最后一口气，好剥皮晚上烧狗肉锅子，突然感觉耳边呼呼生风，那是一股恶风，一个黑影向他扑过来。他慌忙扔了手中的铁丝，将身子向侧面闪去，可脚下一落空，一个踉跄摔出屋外。是大黄！它一见黑妞被套住了，挣扎着发出绝望的哀号，红了眼扑上去，它的样子已将老张头当仇人，要将他撕烂。见扑了个空，它迅速转身，步步往屋里紧逼。

“轰”的一声，黑妞从竹竿上摔下来，它支撑着三条腿想站起来，可是河埂的斜披太大，它踉踉跄跄地从河埂上滚了下去，掉进了极速流动的大河里，在河水里上下挣扎了几下就消失在远处大河拐弯的尽头，过了那个拐弯就是奔涌的大江了。

鸭棚里，大黄脖子上鬃毛竖立，昂起头，一步步将老张头逼到墙角。这里是它的家，是它的地盘，它露出的獠牙泛着瘆人的白光，只要一触碰到老张头的皮肤，立刻就会血管爆裂。老张头两手空空，吓得脸色煞白。他最喜欢吃狗肉，越健壮的公狗越有嚼头，可是现在他感觉角色互换了，一只疯狗要嚼他的老骨头。

“上——上啊！傻愣着干——干什么？”张祥林急得直跺脚，示意跟来的一帮人赶紧帮忙。

“我，我是来打老张头家黑妞的，不是打大黄的。要是打了老丁头家的狗，他回来不跟我拼命啊！”丁福满手里提溜着根棒槌，一脸的为难。

“我——我们不说，他知道谁打——打的啊！”

“每——每年村里那么多狗，被骑摩托车的进村，用——用针射杀偷走了，到——到时我就说是被偷了。”

“你——你们能不能快点儿啊！磨——磨蹭什么？明年村部有扶贫指标，你们几个还想不想要了？一年好几百块钱白——白给你们，关键时候叫你们打条狗比杀——杀个人还难。一会儿吃狗肉，包——包你们吃得像饿死鬼投胎。”张祥林一激动就骂人，一骂人结巴套结巴，浑身犯癫疯一般手舞足蹈，唾沫横飞。

“嗖”的一声，大黄一个鱼跃，以猎豹的姿势扑出去。它弹跳力惊人，足有一丈，身体画出一条抛物线，扑向它的猎物。就在它腾空到最高点的时候，空中飞过来一截铁丝套，不偏不倚，恰好套住它的脖子。

铁圈突然一紧，“啪”的一声，大黄从最高处直接坠落，重重地摔在地上。丁福满冲上来，一拽手中的那根八号铁丝，细细铁圈迅速收网，死死扣进了大黄的脖子，掐住了它的喉咙。

“呜——呜——”大黄发疯似的在地上打圈、翻滚，它想拧断套住脖子的那根铁丝套，可是它越挣扎、旋转，铁丝套就收得越紧，勒得它窒息。

“阎王叫你今晚死，你还能活到天明？今晚我就是送你上路的小鬼！”丁福满面部扭曲，开成一朵狰狞的紫色花。

“拖——拖到门外竹竿上，直——直接吊死，晚上红——红烧！”张祥林大声地命令，上去一把夺过铁丝线，奔到门边，一抖手，将铁丝往门头上一挂。不过短短的两分钟，大黄就口吐白沫，吐着长长的舌头，瞪着血红的眼球咽气了。

第二天上午，回家的老丁头终于找到了浑身是伤，趴在村芦苇堆上的黑妞，把黑妞拖上岸，能看到有硬块在乳白色的肚皮里蠕动，那是快要出生的小狗脑袋。

黑妞一睁眼就上吐下生，生了一对狗崽，一黑一白，都胖嘟嘟的，浑身是肉。张祥林告诉他昨晚村里有人偷狗，问他家有没有什么损失。老丁头强忍愤怒，他从村里几个小辈闪烁的眼神中早就猜了个八九不离十。老张头这个冤家忒狠了，连张狗皮都没有给他留下做个念想。想想正在筹备秀秀的婚事，老丁头硬是将心头的一座火焰山强行一点点压了下去。

一晃就过年了，老丁头特意备了几份家里的土特产，大年初二，曾妈妈如约而至，两家父母围着四方桌商量孩子的婚事，场面很融洽。老丁头说了好几次，只要女儿看中了，我那五千块钱随时都能取出来。累了半辈子，就是留给孩子们办大事用的。

秀秀拉上曾晓东的手特意去村头村尾转悠了几圈，正式向村里的大嘴婆们炫耀，她这个姑娘今天亲家来提亲了，而且男友是大学毕业生，是个老师，长得比隔壁那个飞上天的家伙高大英俊多了。

“唉！村里女娃本来就少，我们看着她们长大，等长大了，全被山外的狼叼了去，现在只有看的份，老天爷真是不公平。”

“谁叫你不读书？肚子里没墨水，不是人家的菜。”身后传来村里男人失落的叹息声，有一点点无奈，更多的是绝望。

秀秀他们路过阿六家门口的时候，见他家门前停了辆警车，几个穿制服的人正在给阿六做笔录。难道阿六赌钱被抓了？

“我带你看看我们村的卷毛狮王。”秀秀好奇地拉上晓东走近阿六家门。对于晓东来说，丁家墩的每个男人都是极品，都是一道风景。来了几次，他算是明白了农村什么叫“浑”，有怪怪的傻姑和超自信的小麻子，还有张口都是荤段子的一帮单身汉。

“我不会离婚的。雅青，现在你给我听好了，你嫌弃我懒，嫌弃我赌钱不顾家，现在我对着镇上来的这两位民警发誓，我阿六当初是怎么把你追到手的，我现在就怎么把你重新追回来。”阿六站在门口对着警车里的雅青表白。

“不行，我不会再给你机会了。今天只是来送开庭通知书，要是开庭你不来，就等于你默认了，同意离婚。”警车里传出雅青失控的哭泣声。

“我要用行动来证明自己。你把离婚申请书撤了吧，我们重新开始。给我一个机会，就一次机会。”阿六乞求雅青。

“到时你不签字也等于离婚。女怕嫁错郎，我以前年纪小不懂事，跟你我认了，现在我绝不会再听你装可怜了。”

秀秀津津有味地听着，她很乐意当个旁观者。以前她家和邻居一吵嘴，总有些女人从各个屋前墙后探头，指指点点的，像是在看电影，现在她感觉看别人家吵嘴也挺有味道的，她很享受这个过程。

曾晓东拉了下秀秀的衣角，示意她去别处看看。他不喜欢看人家的家长里短，听多了要么是同情心泛滥，要么是麻木不仁。

“阿爹们好！”走到丁小气店旁边时，秀秀特意进屋买了包口香糖。正好玉宝爹也在，屋里一帮老人正在聊闲天。常给死人穿寿衣的二队长桥大爹在讲鬼故事：“村里小眼死的那年，我给他穿衣服，这个老家伙全身掰不动，抬胳膊、抬腿硬不听我的，身体硬得像块板，腿脚掰断了衣服都穿不上。我当时气得抓起他头毛，几耳光一打，浑身就软了，乖乖地听话。还有村里丁老四的老妈妈，九十多岁得了老年痴呆，总死不了，一次自己上吊死了。我给她穿寿衣时，这老奶奶也犟怪，死活不肯穿。我后来才想起来，老人上吊死的，必须要儿子打几耳光，不然她到底下就是厉鬼，会缠着家里人。喊她儿子狠狠地扇了几耳光，死老家伙立刻就听话了。”

秀秀牵着男友的手，一脸调皮地进屋喊了声，屋子里一帮老头立刻就没兴趣听鬼故事了，由听众变为记者，七嘴八舌地向坐在人群中的张国宝提问。

“你媳妇到底是什么空姐啊？以前你说得天花乱坠，有多漂亮，结婚那天我特意凑近看了看，倒还可以，可是第二天一卸妆，怎么丑得要死啊！还没咱山里山芋根养的秀秀漂亮。”

“秀秀不涂雪花膏，那是自然美，你就知道吹牛，真是猪八戒坐飞机——丑上了天。”

“听你说你儿子结婚后还出国旅游结婚，那不是猪八戒坐飞机——丑出了国啊？”一帮老爹笑得东倒西歪，谁也不知道他们为什么这么高兴，有的已经满嘴没牙了，但他们笑得一点儿也不避讳。

“哪有啊！现在村里最漂亮的是丁大爷家的雨露，这是村里大伙集体口头投票评出来的，我哪有她漂亮哦！”秀秀高兴得如只小麻雀一路跳跃着出了小店。人都有虚荣心，都喜欢听好话，尤其是听老爹们说自己漂亮，而且比那个什么狗屁空姐漂亮，她心里不知道有多高兴。每次看到玉宝爹那副得意样，她都恨不得找出小时候打鸟的弹弓打瞎他一只眼，叫你再眼狗眼看人低！

她以前最讨厌暴力，想不到随着年纪的增长，自己的脾气变得越来越暴躁。人家说女人是天生的吵嘴高手，现在她的脾气连她自己都感觉陌生。

“今天怎么这么高兴？”晓东疑惑地问。他今天围了条天蓝色的围巾，穿了件外套，显得文质彬彬，特像电视剧的男主角，有种忧郁的美。

“因为我终于要告别单身啦！”秀秀大声地嚷嚷，她就是要全村的人都听到。这么些年，她缺少的就是个身影，给她一个肩膀依靠的身影。

她拉上晓东的手，去村后面的祠堂烧了炷香，闭眼许了个愿。晓东看着她那一本正经的样子，问许的什么愿，秀秀闭口不答。其实他们心里都知道，秀秀求祖宗保佑和她一起跪在香案前的这个男人不变心，能一辈子陪她，不离不弃。

老天一连阴了好几天，今天终于想通了，痛痛快快下了场细雨，如线般密密麻麻，被东南西北风刮得乱飞。祠堂正屋因为有专人看管，而且每晚都上锁，这些年保护得很好，几乎没受到什么破坏。可是走进祠堂后院就是天壤之别了，门还是一样的门，院子还是一样的院子，品不出古色古香，倒有几分幽暗的寒意。一股霉味扑面而来，院子里像遭了贼，已经完全看不出原来的模样。这几年随着复古浪潮越来越热，盗贼像蚂蚁运粮一样将所有能搬走的东西全偷出去卖了。墙角被掏出一个大洞，像是古墓的入口，几只蜘蛛在墙角边、屋檐下忙碌着，织着大大小小的网，宣誓主权。

江南的天气像好哭的女人，雨水很多，湿气重，地上到处都是雨洼，已经长出了一层翠绿色的青苔。走进院子，那口古井还在，张着要水喝的口型，对天讨要。井边满是落叶，像是长在男人嘴边邋遢的胡子。那块泡豆槽的石板已经碎成了无数块，散落在院子的各个角落。这么好的老工具，不算古董也是件有历史传承价值的手工品，说砸就砸了。秀秀叹了口气，人在无知面前只剩下无奈。

出了丁家祠堂，远远看见大虎养鱼的洞口有人影在晃动，秀秀拉上男友的手走了上去。这个洞口很深，小时候秀秀只进来过几次，记忆中里面阴暗、潮湿、冷飕飕的，让她很害怕。可这次一进去，发现里面很宽敞，灯、床、桌椅和生活用的物件都有，很干燥，也很温馨。洞里被改装成了养殖场，听说洞里最深处养了几十条娃娃鱼，洞外的石缝里养了很多石蛙，为了防止石蛙跑出来，洞口的生活区用尼龙网隔开了。

“甜蜜蜜，甜蜜蜜，你笑得多甜蜜……”远远的，山洞里传出甜美的歌声，这是雨露用她姐姐做嫁妆的那台录音机在听歌。村里一些老人没事的时候喜欢聚在雨露家屋后假装聊天，雨露知道她们想听庐剧，却又不好意思开口。

每次雨露都把录音机拎出来，音量开到最大。这些老人一听戏就特别安静，完全进入了另一个世界。对岸轮渡边那个流动的集市已经有点儿规模了，雨露常过去挑一些新上市的庐剧磁带。一次雨露把刚买回来的庐剧《张万郎休丁香》放给她们听，她有事就出去了，一小时后回来，一帮大娘全都哭丧着脸坐在墙角抽泣，嘴里还唠叨着哪有这么狠心的男人。听说这部庐剧还有下集，叫《张万郎讨饭》，问雨露能不能去买来，她们想听。雨露当天下午就买回来了，村里大娘提到雨露就连连说好，说这丫头菩萨心肠，在村里的口碑比村长还好。

“别动，嗯，乖，今天你特别乖。来，张嘴，吃了鸡蛋花给你洗头，洗好头再给你剪头发。”在一张简陋的桌子前，雨露正背对着洞口，手里端着碗热气腾腾的鸡蛋花，一勺一勺给人喂汤。借着灯光，秀秀认出头发乱糟糟的那个男人是大虎，那个读书成绩不怎么好，但心肠特别好的人。听爹说他疯了，为了从小就惹人疼的雨红彻底疯了。村里人说雨露带他去省城最好的医生那里看病，每天吃十几粒药都不见好转，已经疯得无药可救。真是可惜了，这样痴情的男人自己没有运气遇到。夏虫不语冰，井蛙不语海，某些时候，秀秀觉得人难得糊涂。

“是秀秀啊？快进来坐。来找我家雨红聊天的吧！你难得回来一趟，她去捶衣服了，一会儿就回来，你坐。”大虎哆嗦着给他们找凳子。他越正常越让人感觉心里酸酸的，因为他现在就在半梦半醒、半疯半傻之间，一点点风吹草动就能刺激他变成个武疯子。

雨露一看，是村里的才女秀秀领个男人来看他们，很感激。看他们的亲密样子，应该是她男朋友。雨露比秀秀小四岁，她只知道秀秀原来和她家隔壁开飞机的玉宝好过，不过现在两家老人经常吵嘴，关系好像闹得很僵。一次听说张国宝晚上喝多了，走过了他们两家门前打的白石灰线，那条石灰线像是楚河汉界一样，越线对于两个斗气的老头子来说就是侵略，丁国平冲出来打了张国宝一扁担。

洞里一张桌子上放了几张大白纸，上面画了些什么，秀秀参观完洞里的娃娃鱼，出来的时候好奇地拿起来看了几眼，顿时眼前一亮。那上面画了些草图，还标注了路线，清晰地标注了丁家墩的基本轮廓，从村后的张公山上的西九华庙开始，一条清晰的旅游景点标注图，分别是西九华庙、丁家祠堂、娃娃鱼洞、丁家笑泉、妻子树、丁家大塘、黑沙洲农家饭店。在绕村而过的河面上勾勒了几排竹筏，从丁家墩笑泉处开始，一直延伸到黑沙洲的一排农家屋前。这是一张竹筏漂流图。

“这谁画的啊？村子要开发搞旅游吗？”秀秀好奇地问。

“嗯，是我和学旅游专业的张伶俐一起策划的。我们村老祖宗留了很多好东西，这么多亮点，我想把村子的旅游资源和劳动力利用起来。”雨露现在黑了很多，但笑得依然是那么动人，那么甜。

“哦，这个好，金山银山不如绿水青山，咱们村的旅游资源确实不错。”

“现在旅游产业越来越热，只要有内涵、好玩，农家饭店味道好，应该是条好路子。但资金是个问题，我正在筹备。”

“可以找大老板合资。”

“今年丁氏修族谱，正在筹资准备重新修缮祠堂，办事处就设在西九华庙的山脚下。”雨露很麻利地给大虎剪好了寸头，也帮他刮好了胡子，显得精神了很多。

“哦，不错！你们农家饭店什么时候开业记得通知我，我来给你们帮忙。”因为家里还有很多客人需要照顾，秀秀说了几句客套话就拉上男友下山了。

“这个小姑娘多大？读过大学吗？这么点儿大的年纪，知道什么叫规划，什么叫资本运作吗？敢搞旅游路线和农家饭店，太异想天开了吧！”回家的路上，晓东带着嘲笑的口吻说。

“十七八岁。我村就我一个上过师范，哪还有读大学的啊！小姑娘有梦想不好吗？我现在已经是大江里的鹅卵石了，被磨平了所有的棱角，一点儿梦想都没了。”秀秀叹了口气，晓东有点儿看不起家乡人的话让她有点儿不高兴，但她不敢反驳，她怕再次被抛弃。秀秀知道韶华似水、红颜易老，女人的傲气会随着年纪的增长渐渐褪色、干瘪。

第十八章 大虎看病

张大虎疯了已经有一年时间了，丁小气给大女儿结婚准备的红皮箱，雨露妈慧芳大婶将它藏在屋后的茅草屋里，一天竟然被大虎翻了出来，里面整整齐齐地叠放着很多新旧衣服，大虎每件都认识。

“结婚了，结婚了，我结婚了！”一天早上，大虎拖拽着那只沉甸甸的皮箱，在村里大声地叫喊，身后跟着一帮看热闹的孩子。

每次看到女婿的孬样子，丁小气就“轰”的一声关上店面，不做生意了。

自从大虎被收电费的打了后，雨露就决定带他去省城看病。原以为他只是受了刺激，说不定哪天一觉睡醒就正常了，可现在来看有越来越严重的趋势。那天收电费的会计抄他家电表，嚷嚷着他家电费每季用得太少了，不正常，可能有人偷电。

“哎——哟，哪还有人偷电呢！”大虎瞪圆眼睛和他理论，却被会计打了一耳光。

“哎——哟，怎么还打人呢？”大虎捂着红肿的脸，嘟囔着跑进了自己房间，半天不敢出来，像个在外受了欺负的孩子。

那段时间，村里小孩又多了一句口头禅，常有人在校门口或路口阴阳怪气地说：“哎——哟，你怎么打人呢！”

雨露发现大虎变了，变得胆小、怯懦，有时更像个孩子。这些天她的床铺上、被褥里会莫名其妙多出几根大头钉，清晨起床的时候鞋托里会多出一个摆放好的捕鼠器，不用说，这些全是大虎玩的恶作剧，是他自认为布置的最好的礼物，而且带着强烈的攻击性。

镇医院医生说这是精神分裂症的必然过程，开始天不怕地不怕，几年后就欺屃怕恶。打个比方，得这种病的人就像是狗遇到陌生人，你越怕它，它越叫得大声，还会冲上来咬你；你不怕它，假装蹲下来捡石头，它立刻就吓得夹起尾巴跑了。

为了赶上省城唯一的一趟班车，这天雨露起得特别早。天还没亮，张德标就把儿子送过来了。雨露在灶台上忙碌着张罗早饭，大虎蹲在灶台下负责添柴烧火，柴火烧得很旺，照得他黝黑的脸有点儿高原红，一根手指粗的木棍他试着折了几次都没能让它屈服。大虎将树枝抵在膝盖上，使出浑身力气，以至于他全身颤抖。

“咔嚓”一声，树枝在他手里很不甘心地折为两段，大虎满脸高兴，哆嗦着将树枝塞进了炉灶里，脸上多了几滴亮晶晶的汗珠。

雨露照例为大虎和自己各冲了一碗鸡蛋花，还特意为他煮了几个鸡蛋。大虎大概是饿坏了，“呼哧呼哧”地大口吞咽，大口喝汤。雨露突然发现大虎鬓角长出了一根白发，像专钓青鲢的粗鱼线，才疯了一年他就老了。那天鸡蛋花冲得特别软，雨露下咽的时候，眼角被一层水雾弥漫了，看不清对面那个男人的模样。鸡蛋花好吃，真情难咽。

早上出发的时候，雨露给大虎穿上了那件旧中山装。穿上这件旧衣服，大虎显得安静一些。

丁祖峰一大早就在医院的大门口等候，雨露和他约好了，今天要带大虎来看病。听说大虎这样疯疯癫癫一年多了，一个好端端的男人为爱疯狂，着了魔一般嘴里整天念叨着雨红的名字，他和村里大字不识的光棍一样，过得浑浑噩噩，虚度青春。

站在拥挤的医院门口，不知道焦急的等待是一种什么样的过程，丁祖峰心里暗自自嘲，自己比大虎也好不到哪里去。他无缘无故又找了一个妈，无缘无故多了个亲姐姐，却失去了爱的权利，多了份当弟弟的责任，日子一下子变得索然无味。

对面马路上一辆出租车上下来两个人，一个身影在如潮的人流中闪动，是那样的清晰和醒目，身上穿的还是那件整天不离身的中山装，那是他们准备结婚时，雨红在城里买给他的，已经在雨露无数次的揉搓后脱去了部分原来的天蓝色。

“嘿嘿”，大虎嘴角那天真的笑和听不懂的话语引来异样的目光。

“丁祖峰，我们在这里。”雨露紧紧地攥着大虎的手，看见远处的阿峰，惊喜地叫着。

丁祖峰一直特别佩服丁小气家这个二女儿，精力充沛，一天到晚总有使不完的劲。村里男人说他家两个女儿都是水做的，可一个掉进大塘里融化了，一个被老家火辣的太阳风化成硬得能磕掉牙的硬石头。现在的雨露将头发盘成一束，像个兵马俑坑里的秦兵战士。

“嘀嘀”，穿过马路的时候，大路上的车也仿佛欺生，一见到大虎满脸痴呆的样子就使劲按喇叭。大虎被吓得左顾右盼，眼里尽是恐慌，双手牢牢地抓着雨露，像个受了惊吓的孩子。

站在十字路口，来来往往的车流催促着他们，喇叭的尖叫声此起彼伏，都恨不得一头撞过来，雨露则恨不得抡起石头冲上去，将它们全部砸成哑巴。

“你们乱按喇叭干什么啊！吓到人了。”连红绿灯都特别的刺眼，戴上有色的眼镜，在最不适宜的时刻让他们停在拥挤的十字路口，成为所有目光的焦点。雨露被激怒了，回身和一个出租车司机大声理论。

“妈妈，看，那边站了个傻子，脏死了。”一个放学的小孩坐在妈妈的自行车后，惊奇地大声叫喊着。

终于到了医院，走过一段长长的走廊，丁祖峰将大虎领进了一间挂有“精神科”牌子的办公室里。屋里坐着很多像他一样的人，都嘴角流着口水，被三五个家人摁在座位上，表情麻木，等待救世主为他们寻找失落的人生。

大虎在屋子拐角的长椅上哆嗦着坐下。大概是医院里弥漫的药味刺激了他，大虎习惯性地咳嗽一声，吐出一口浓痰，“啪”的一声，那口浓痰像个荷包蛋一样，响亮地摔在地上，展开成一大摊，冒着热气。

“你——你干什么啊！要注意卫生，别在我办公室里乱吐痰。”接待他的是个老女人，大概是职业病的缘由，一见到有人不讲究卫生，她暴躁地大声呵斥，有几个病人都吓哭了。

雨露自打第一眼看到这个女医生就有股说不出的无名火，原以为医者父母心，应该是和蔼的，可这位五十来岁的白衣天使麻木的表情比病人还要冷漠，看什么都不顺眼。上帝安排她不是来医人的，而是来鄙视弱者的。她绷着一张更年期的脸，像是死了男人，再怎么问也没有一句话，仿佛所有人都欠她的钱。

大虎被领着楼上楼下来来回回做了一天的检查，最后报告终于出来了：精神分裂症！但雨露早就有了思想准备。最后快到下午下班的时候，老女人终于开药了，分别是奋乃静、利培酮、舍曲林、西太普兰。

“医生，我姐夫这病是我爹一巴掌打的，我看你开的这几种药都是安眠成分很高的镇静药。”雨露看那药物说明书上写了很多注意事项，而且一旦用药就要天天吃，要吃一辈子，那大虎这辈子就等于废了。

“对啊，你还懂点儿行啊！”医生冷冷地回答。

“是药都有三分毒。你们拍了 CT，他脑子里没什么瘀血，能不能不吃药？有什么中医疗法吗？”

“不吃药，想用中医疗法，有啊！解铃还须系铃人，你回去叫你爹再在他头上狠狠地打一巴掌，说不定就打好了。”

“我是说保守治疗，尽量不吃药那种。”

“再打一次就是保守治疗啊！就像用过的电灯泡，瓦斯断了，晃晃线又搭上电就亮了。不过你爹要是真有那本事，我们医院开车去接他来坐我的位置。一巴掌就能治病，那要我们这些医生干什么啊！”医生突然被雨露几句话刺激了，眼放金光，一脸的不屑，像只要决斗的鸡。

“你这是什么态度？是医生还是审问犯人？我看你天天给神经病看病，自己也是个神经病吧！”也许是近些天的压力太大，也许是没日没夜地照顾大虎，让雨露的神经一直处于紧绷的状态，她被这个冷漠加嘲讽的老医生彻底激怒了，大声地咆哮。一屋子的病人都被她吓着了，以为她们要打架，纷纷缩着身子往墙角躲。

“我就这态度！有本事你叫你爹来，也一巴掌把我打成精神分裂症啊！孬子不吃药能好，哼，那是装孬！”老女人估计是真到更年期了，尖厉的声音都可以给鬼电影配音了。她摆出一副要吵嘴的架势，看来很享受这种吵嘴的过程。

“回家，回家，我怕……”大虎也被吓着了，拉着雨露的衣角小声地央求。

“别吵了，她是我同事，在精神科干了一辈子，天天接触神经病，再精神的人也成神经了。药在这里，回去不吃也行，别吵了！”丁祖峰冲进来，慌忙将雨露拉了出来。

“这药我绝不会让姐夫吃。我就不信他一辈子都是疯子，不会醒来。”雨露将一大包药塞还给丁祖峰，气冲冲地拉着大虎走出了医院。

一个薄雾弥漫的清晨，大虎趴在屋顶没有等到水鬼的出现，却真切地看到雨红从他家门前走过。是她，那高挑的身材大虎一眼就能认出来，红色的健美裤勒得两瓣屁股翘得如踱步的公鸡。

大虎使出浑身的力气弄弯了窗户钢筋，爬了出去。

“那水鬼被我吓怕了，把你放回来了吧？来，亲一个，就亲一个。”大虎猛追几步追到她家，赶上了正要进屋的雨红，一把就紧紧抱住了她柔软的腰。可是雨红却没有像订婚时那样也把他抱得很紧，而是用力推着大虎。

屋里坐着村长张祥林和他的宝贝儿子张富贵，桌上摆了些酒水礼品，还有个厚厚的红布包，里头是厚厚一沓彩礼钱，他们来向雨露提亲了。

“雨——露，你——你回来了啊！”张富贵今天特意打扮了一番，穿了件雪白的衬衫。今年流行打领带，他特意去城里买了套挺括的西装，还请人帮忙打了条领带，笔直地坐在凳子上，脸憋得通红，看起来很紧张。他在家族里也排行老三，就在去年，大爹、二爹家的两个儿子都到了二十五岁，不出所料，他们将家族祖传结巴继续发扬光大。张富贵今年二十四岁，马上要过二十五岁这道门槛，他今天遇到雨露，算是预演第一次结巴了。

张富贵一见雨露回家，立刻赔着笑脸给她倒水。

“这里是两千块钱彩礼，两个娃娃定亲后，我立刻给他们在村头建新房，保证不比对岸几个公社干部儿子的结婚场面差。”张祥林大声说。他看着雨露满心的欢喜，儿子从小顽劣成性，不好管教，要是能把丁雨露娶回家，估计儿子也就服帖了。

“大虎，你来得正好。几年前你爹来跟我家雨红提亲，这几年遇到你爹说了几次，叫他把这钱取回去，这老家伙说儿子疯了，要钱也没用，硬不要。现在你来得正好，我丁家不能要这钱，你带回去吧！”丁国富把一个红布包塞进大虎衣兜里。都说丁小气是个捕黄鳝的笼子，只有入的口，没有出的洞，从来都是只进不出，想不到这钱他真的不要。

“雨红没死，已经和我定好了日子，我要和她结婚，你们不能给她另开亲！”大虎咆哮着怒吼，一把将兜里的钱扔回去，扔了个天女散花，满屋子都飘钱。就在大家愣神的时候，他猛地抓起傻呆呆站着的雨露就要夺门而出。

“你——你这家伙，整天装疯卖傻就算了，还——还吃了碗里护锅里的，雨露也是你抱的吗？”一边的张富贵早就想好好教训下这个孬得不成样子的大虎了，今天终于找到借口，他抬起一脚，刚好踹在大虎腰上，踹了大虎一个踉跄。

“张家大孬子，我二女儿已经大了，你要是敢犯孬，坏了我家二女儿的名声，我把你埋粪坑里烂了当肥料。”慧芳大婶原本准备挑粪去菜地，见大虎在欺负她家唯一的女儿，气得端起粪瓢追出来，泼了大虎一身大粪。

大虎被赶跑的一瞬间，他回身疑惑地看了一眼，呆呆地站在门口的雨红一脸红霞，阳光打在她脸上染了色，好像有彩虹，那两个眸子里分明晃动着他的影子。这就更加让他确认了雨红没死的判断，因为第一次和雨红亲热的时候，她的脸也是那样的绯红。

“我的婚事我做主，这礼物和钱你叫他们带回去。”雨露看都不看张祥林父子，坚决反对。

“雨露，你这么大人了，不能整天跟一个神经病搅和在一起吧！名声也不好听。”惠芳大婶气得恨不得用粪瓢打醒女儿。

“妈妈，姐夫是个好人，没和姐姐成亲也算是半个亲戚，是大把他打疯了，你们怎么能拿粪瓢打人家啊！还泼粪，太过分了，有没有点儿爱心啊。”雨露跑回家和妈妈大吵一架，临走把桌上的一沓礼钱扔回给张富贵父子，弄得场面极度尴尬，丁小气连连给张祥林赔礼。

“这小子简直不是人，姐姐去世后就来调戏小姨子。”丁大炮远远地嚷嚷，一脸的愤怒，那样子像是大虎偷了公家的财产。

他最经典的事就是夜晚对着另一帮光棍吹牛：“那一年八月大旱，我连续三天爬前村寡妇香秀家的厢房窗户看她洗澡，第一天晚上我趴窗户上，看到她在洗胶鞋；第二天晚上我等了半夜，听到她房里有水声，一看她还在洗胶鞋；第三天等到下半夜，她还是在洗胶鞋，气得我当时就在窗外大骂，晚上不能洗点儿别的？大旱的季节天天晚上洗死鬼男人留下的胶鞋，什么意思！”

“哈哈，嘿嘿，雨红没死，前几天我去她家还抱了她呢！她没死。”一连很多天，大虎在村里见人就边拍手边笑着说这句话。直到村长儿子张富贵受不了，带着几个人，骑着自行车到处抓他，要给他吃药。后来张富贵被大虎锯了车大杠，放光了轮胎气，吓得不敢再惹他。

“要是张富贵不去镇上带一箱子敌杀死给我，我就烧他的车。我要把那只水鬼毒上来。”大虎见人就放狠话，他对那只水鬼的仇恨已经到了极限。

自从大虎说了这话，村里就没人再敢从大塘里挑水煮饭了。

张富贵放出话，大虎这个武疯子是村里的祸害，必须送走，不然村里早晚要出人命。他私下里张罗，要把大虎用车送到遥远的北方，那里冬天冷，生死就看他自己的造化了。雨露听到这样的消息后也放出话，谁要是敢动她姐夫，她就去举报，要他们坐牢。

大虎是疯子，他能激发人类的潜能，江滩边几位拄拐杖的八十岁老太太见到他，都能以百米赛跑的速度瞬间逃走。

大虎是疯子，每当有情侣去后山丁老地主家的明清大宅院参观时，当他们手挽手在他面前搂搂抱抱时，他嫉妒、他恨，那样更刺激他想他的雨红，想得他都瘦成了皮包骨头，浑然和那头水鬼成了孪生兄弟。

大虎会一路小跑着奔到丁家大宅院里，披散着满是虱子的头发，披张化肥袋，睡在阁楼上那张徽州大红漆古床上，这张古床不知道睡过多少大家闺秀、小妾。

当脚步声从前门、客堂、阁楼，参观到厢房，他能感觉就是雨红来了，一点点脱光要上他的床。当参观者满怀期待地看到昏暗的厢房里充满古韵的红漆古床上，穿越一般睡了个咧嘴露出满嘴生锈的黄牙向她们笑的痴情汉，“啊”的一声夺路逃走时，大虎拍着手咯咯地笑，爬上屋顶，赤脚在几百年的虎头瓦片上跳舞、翻跟头，庆祝她们一路逃出村。

雨红坟上的草一岁一枯荣，可每年夏天的那天，大虎都会坐在她坟边陪她一整天，一个人自言自语，从早说到晚，边说边拍手，一脸的泪水。那天，他愿意当个为爱而疯的人。这两年实在太想雨红时，他就独自睡在丁家大宅院里那张已经破旧的大红漆床上，闻着那木头红漆发霉的味道，一躺上去就感觉穿越了，雨红就从村口的大塘里一步步走上来，一路笑盈盈地脱去水湿的衣服躺到大床上，睡进他的怀里，也睡进他一生的思念里。

第十九章 农家饭店建设

雨露的名言是：我是一块生石灰，你越泼我冷水，我就越沸腾。

一年前，雨露就开始策划在村边建饭店的事了。开始还被当作笑话到处疯传，渐渐竟然有些眉目了。村里谣传这丫头本事通天，镇上、县里的领导她全认识，而且还从上级申请到了专项资金，要把丁家墩做成西九华风景区的一个亮点。

首先改变模样的是丁家祠堂。近些年全国各地续谱成风，除了修缮祠堂外，主要是写上祖宗几十代的名字和续写底下几十代的辈分，牵着藤拽着瓜，丁氏一些在外挣了大钱的老板一碰头，带头捐赠了几笔钱，请几位长辈主持，很快修谱和修缮丁家祠堂的工作就有条不紊地开展了。

丁国安和小美妈结婚后搬到了小美家住，他把饭店兑了出去，自己的房子也卖了，整天往老家跑。小美听妈妈说他急需用钱，准备和人合伙在老家开渔家饭店。这社会不怕千招会，就怕一招绝，以他的手艺，不管到哪里都会有很多吃货跟随，生意应该不错。

周老师开始有些担心，刚结婚，怕他步子迈大了，万一赔了本，连个住的地方都没有。可是看他整天忙得那么充实，也就放心了。

这天一大早，老家村上的丫头雨露就来敲门，叫上丁国安说是去县旅游局找个重要的领导，请他给批村里旅游开发的许可证。一直熬到下午还不见丁国安回来，周老师在家就坐不住了，她带上小美，一起坐车回老家丁家墩看看究竟。

“村里真的要开农家饭店啊？我们坐竹漂去黑沙洲看看。”小美本来有点儿累，不想出门，但听妈妈说村里开发很热闹，她也想回家乡看看。这些天她真的成了只井底的青蛙了，无人倾诉，四面无光，整天活得浑浑噩噩。

在车站等车的时候，小美远远看见个背影好像很熟悉，等那人走近了一看，竟然是村里的阿六。这家伙一脸沮丧，正闷着头赶路，小美叫住了他。

“别提了，我和雅青吵架了。我不该不顾家，天天赌钱，还打了她。她赌气非要和我离婚。”阿六抬头一看是小美，立刻眼前一亮，用油黄的手抓住小美，祈求她给说和。

“打老婆肯定是你不对，我回头帮你劝劝她。”

“原先以为她是吓唬我的，现在事情闹大了，她告到县法院了，法院几次传票送到我家里，再不去就犯法了。你和雅青是同学，能不能帮我说说好话？我真的不赌钱了，以后全听她的。”

“我没结婚，婚姻的事我也不清楚。总之只要你真心爱她，她会原谅你的。”小美答应得很干脆，但心里终究没底。在爱情方面她是睁眼瞎，想得太天真，看的都是虚幻，哪还能给别人传经送道。

“谢谢，谢谢！”阿六一脸感激，匆匆赶去法院了。

进了村，一年多没回来，村里有了些变化，有几家建了新房子。走在村口的河滩上，那几亩常年冒热气的山泉还是那个脾气，“咕咕噜噜”地冒个不停。千百年来形成的河道绕村而过，在临近村庄的时候被分流，一部分山泉被引入村里的大塘。

沿溪而上，路边稻田郁郁葱葱。

也许是在城里住久了，小美感觉和老家的山水有隔阂，显得有点儿陌生。她倚立泉边，寒气袭身，脱去鞋子，探入泉中，瞬间周身的每一处毛孔被一股冰凉侵袭，冷得打了个寒战，连血液也失去了温度。

泉眼四周茂盛地生着一种开黄色花朵的绿色植物，叶子如菜场里出售的生菜。花蕾如菊，没在泉中，随波摇曳，却不见盛开，姿态曼妙可人。

沿溪而下，行至黑沙洲中心，那里的浅滩上停了两条大船，船全是木质的，外面用桐油反复漆成铜黄色，在阳光的映照下泛着光。船体分上下两层，下层是厨房和餐厅，上层是旅馆，隔成了一个个小房间，里面崭新的被褥、油漆通红的家具很诱人。雨露正带着村里一帮男人在开会。

“我们村的农家饭店，前期建设已基本差不多了，最用钱的也就是这两条大船。不瞒大家说，为了筹钱，我把我爹的存折偷出来取光了，丁大爹把城里的饭店关了，卖了房子，张伶俐也卖了城里泥石流补偿的房子，回老家支持我们，这都是因为我们热爱家乡的这片热土。在座的各位也都是有钱的出钱、有力的出力。这些天，大家都急着要选个好日子开业呢。”船舱里，一张四方桌边围满了人，小美一看都认识，都在聚精会神地听雨露分析。丁雨露晒得很黑，长发盘在头顶，看背影像个假小子，身后还是一如既往地坐着她的姐夫大虎。

小美向人群后面看去，竟然发现阿俐也坐在人群中，正聚精会神地听雨露说话。这家伙大学毕业听说不去城里上班，回乡镇上班，回老家陪一帮人策划旅游开发。

“我是学旅游专业的，现在国家发展很快，要不了几年，城里人就会到乡下体验生活。我们要靠山吃山，这条大江就是我们最好的靠山。”张伶俐说。

“嗯，不光我们村，别的村也早有人开了农家饭店，亏本的、赚钱的都有，关键是要有客人。”有老爹担心地说。

“我考察了别的县市，像我们这种类型的农家饭店经营模式，我村现有的旅游资源算是比较好的。从长远来看，只要我们能满足来旅游的人玩好、住好、吃好，就一定能形成长期稳定的客源。但现在开业，我总觉得还缺点儿什么最吸引游客的亮点，就是吸引游客必须来看的旅游冲动。我们打造亮点，必须要做到别人有的我也有，但比他们做得精；我有的别人却没有，这叫闪光点、亮点。”雨露继续分析。

“我们村除了单身汉多，还有什么优势哦！”丁大炮有些伤感地说。

“谁说的啊？我烧鱼就是绝活啊！城里几家星级饭店大厨想方设法想偷我的配方，这么些年都学不会。只要鱼料子好，是野生的家乡江鱼，加上我的独家配方，我煮的鱼汤能香二里地。吃好我敢打包票，来住的人肯定会喜欢。”丁国安坐在人群最前面，他是这两条船上最大的厨师，吃住方面他是领班。

“我们村大船边千亩芦苇场就是特色，方圆几百里江岸，哪里有这么好的风景！”一位老爹自豪地说。

“嗯，芦苇滩是亮点。以后开发成规模，我们村所有的景点全部免费，乘竹漂也免费。等盈利了，年底统一按出力多少分红。现在我们的重点是商量什么时候开业，我想人家来山里玩，体验农家生活，我们所要做的重点就是将客人带到江边的船上来，带到黑沙洲上来体验抓小鱼、划小船、吹江风、吃江鱼的乐趣。”

……

“菜就是农家菜，野荠菜、芹菜、春竹笋都是好料，但开业宣传的第一张宣传单特别重要。我一直在考虑，村大塘里那只水猴子是不是真的有？我弟弟淹死的时候，我亲眼看到它就在大塘里。如果它还在大塘里，我们把它抓住，等宣传单一发出去，那村子就被炒热了。现在不管城里人还是农村人，有几个亲眼见过水猴子是什么样？抓到它，我们村就有了形象代言人，比任何明星做广告都有号召力。”雨露像个专业教授，细致地分析，她把所有的重点都放到怎么打响第一炮，做好开门红，竟然要把那个全村人憎恨的水猴子作为亮点。她爹恨不得把那只水猴子喝血扒皮吃肉，想不到她家现在唯一的女儿却要把水猴子当宝贝供奉起来。

“我知道怎么抓到那只水猴子。听傻姑说，它天天晚上半夜去她家米缸里数米，要是有人帮忙，我就能抓住它。”一听说有人要抓那条水鬼，大虎条件反射一般站起来，大声嚷嚷着出去了，样子又正常得像个思想家。

留下一船舱惊愕的人。

这时突然听到船下吵吵嚷嚷的声音，原来是张村红人大兰兰的婆婆和村长一帮人，说要找雨露算账。

“丁小气家二女儿，我听孙女说媳妇把这几多年做生意挣的钱全合伙跟你们村开饭店了，我不同意！她做生意挣的钱都是一句一句哭出来的，给你们瞎折腾，等于扔井里都不带响声，现在我要讨回去。”小兰兰的奶奶怒气冲冲，终于找到仇人一般。看这架势，也是哭丧高手。

“大兰兰姐是自愿入我们村农家饭店股的，会计都打了条子，账算得很清楚。她说钱存银行是死钱，支援家乡建设，就算赔了也值得。她相信我的为人，你有什么权力到这里代表她讨要本金？”雨露说得不紧不慢，句句掷地有声。

“丁——丁雨露，你们在村里规——规划建设，筹集资金搞农家饭店我不——不反对，但在江边芦苇滩边修船开饭店，经过村委会研究同意了吗？这片芦苇滩可是村——村公共集体用地，不是你们几个小孩子在一起吃顿饭，心血来潮就可以玩的过——过家家酒。”张祥林和丁雨露的矛盾已经到了不可调和的地步，这个不知道天高地厚的黄毛丫头竟然完全不把他这个村支书放在眼里，在村里另起炉灶。

自从那次去丁小气家提亲被她扔了一脸钱后，张祥林感觉特别没面子，也领教了她的厉害。这丫头说话特别有鼓动性，做事又果敢，作风完全没有她爹一点儿影子。她将村里的男人分化成两股势力，原来还只是零星的，可短短几个月，就以燎原之势，几乎完全将他这个村长孤立了，现在他身边就剩下“大草莓”这几个人追随了。今天听说雨露召集所有人在新船上开会，他实在憋不住了，赶过来要好好杀杀她的威风。

雨露说：“既然你说这片芦苇地是村集体所有，今天在座的各位都是同一大队的人，几个村有三分之二的农户入股了，按照少数服从多数，我们更有发言权和使用权。”

“这——这条江滩是黄金水岸，对——对面江城市一直预留备用，要跨江发展，你——你们不能不顾国家规划乱——乱来！”张祥林摆出了官腔。

“跨江发展？中国只有上海具备跨江发展的能力，那是举全国之力。江城市一个省内二级市还要跨江发展，你可懂经济？”雨露轻蔑地质问。

“哈哈！”船上一些老爹情不自禁地笑出了声。

“另外，我们农家饭店证照齐全，上级部门都发证同意了，难道非要晚上带几样烟酒向你汇报才行啊？张书记，你该醒醒了，不是你作威作福的年代了！你村村都有丈母娘的土皇帝好日子过去了，而且永远不会再来。”雨露一个还没结婚的小丫头，吵起架来丝毫不含糊，直捅对方心窝子。

张祥林本来还盛气凌人，可只一个回合下来，嘴就像被塞上了水瓶盖，囫囵着说不出话，脸一下红到了耳根。这丫头竟然连他村村都有丈母娘的花边新闻都知道，这要再吵下去，她怕是什么烂舌根的事都敢说。也难怪，她家小店每晚就是丁家墩一套《新闻联播》，大到国外恐怖分子袭击，小到村里母猪配种，什么芝麻大的小事都逃不过村里一帮闲事老嘴。这丫头从小就站柜台，偷听的杂事也够他喝一壶的。

张祥林心里想着自己该走了，但还是挪不动步子。当着村里这么多人的面就这么走了，那以后还怎么在村里混！

“雨露，今年村里选举，我们选你当村长。”船上几个单身汉带头表态。他们早就受够张祥林了，年年为了能报个扶贫名额，他们就差喊他一声爹了。每次上面有人下来检查，张祥林都提前反复打招呼，这也不准说，那也不能讲，恨不得将他们毒成哑巴。这几年，国家每年到底发多少扶贫金，他们从来都没弄明白，年底村长给多少就是多少。

就在昨晚，张祥林还找到他们，说年底上面有扶贫项目，要是他们带头从丁雨露那里撤资，就报他们几个的名单，年底村里还可以帮他们把住的几间破屋修缮一下。一个喝多了的单身汉骂道：“就算给金山银山，老子也不要那钱了！老子再不想当你身边的一条狗了！”

“选——选她？你们也不看看她几斤几——几两。我老——老张当村长二十多年，不说能上天入地，盐巴比她吃的饭还——还多。笑话！我——我怕她？”张祥林被激怒了，几个单身汉竟然敢反水，还要选别人当村长，这还得了？这是赤裸裸的挑衅，今天要不给他们点儿颜色看看，以后还不反了天？

张祥林假装很生气，抓住旁边“大草莓”丁福满的胳膊，嚷嚷着叫他别拉自己，他要冲上船好好教训这几个忘恩负义的东西，可是丁福满根本就没拉过他。

“那你就好好在家自己乐呵吧！有些事我本不想提前说，这些天我去县里跑项目，也听到了点儿小道消息，村里老人反映你账务有问题的案子已经递上去了。你有找我们麻烦的时间，建议你还是回家看怎么做好假账吧！看看你这尊二十多年道行的泥菩萨，能不能蹚过面前这条翻滚的大江吧！”雨露冷笑着调侃道。

一听到有人举报，张祥林脸色骤变，这个小丫头鼻子这么灵敏，难道是狗吗？他哪还有心思吵架，转身带着几个人，一脸郁闷地走了，同时满脑子都在想着怎么把这份屈辱还给她丁雨露。

第二十章 第二次被抛弃

“爹，刚刚去院子里浇花，看到隔壁家刚生的两只小狗狗好可爱，我特别喜欢花色的那只，肉肉的。”如梦说。

“哦，那两只狗不是我们家的。狗认生哦！”张国宝告诫媳妇。

“我到院墙外唤过来一只，想摸摸，却被他家那条瘸狗给咬破了手指，你看还流血了。乡下野狗都脏得要死，听说连屎都吃，还不打防疫针，万一有狂犬病怎么办？那我怎么怀孕啊！”这天一大早，胡如梦一路尖叫着跑回家，捏着流血的手指，嚷嚷着说被狗咬了，吓得早上擦的粉底都掉色了。

这下子老张头家炸开了锅，儿媳妇正在积极准备“造人”，是张家未来一年的重点工程，胜过任何国家大事，竟然被狗咬了，而且还是条刚生了崽的母狗。母狗护崽，牙毒超过砒霜，这还得了！老张头暴跳如雷，提着根木棍，到老丁头家后院找了一圈，黑妞早带着一双儿女跑了。那天老张头特意包了辆专车，将媳妇送到县城打狂犬疫苗。回来的路上越想越气，这钱花得冤枉。自家狗不光背叛他，还咬自家人，张国宝的脸被一条狗丢尽了。人要脸，树要皮，这口气必须得出。

他去找张祥林商量对策，张祥林这些天正憋着一肚子火无处发泄，听说老张家媳妇被狗咬了，异常愤怒，说要报警，按规定疯狗必须处理。趁着老丁头在城里女儿亲家家，他嚷嚷着晚上就安排人打狗，吃狗肉锅子。

自从黑妞生下两只狗崽的那天早上，暴雨一连下了好几天，而后才转化成密密细雨，绵绵不断，天地间只剩下寂静的雨声。

说来奇怪，那两只小狗，黄皮毛的是只公狗，黑皮毛的是只母狗，刚好一只遗传大黄，一只遗传黑妞。两个小家伙长得肥嘟嘟的，像两只小肉球，老丁头一进门，就立刻放弃黑妞的乳头，从它肚皮底下滚到老丁头脚下，咬他的裤脚。它们的眼睛已经睁开了，黑黝黝的眸子盯着人看，萌呆了。老丁头把它们抱在怀里把玩可以，但如果有陌生人上了河埂，黑妞立刻就露出一脸狰狞，样子要和人拼命，时刻都处在备战状态。

丁福满小心翼翼地划着双桨，船上还挤着村长和老张头一帮人。小船两头尖尖，如裹脚女人的小脚在河中摇晃。村长脸色凝重，握着一支长杆气枪。自从他从外地偷偷带回这支气枪，山里红镇的野味就迎来了末日。以丁家墩为中心，方圆几十里辐射成一个圆，蓝天被划定了一块无形的禁飞区，近几年百谷鸟、喜鹊、黑头乌鸦都将开春的窝建在几十里之外的山里了，在这一杆狙击步枪的瞄准之外。

枪管上插着一支针管，淡绿色的一管液体在针管里晃动，像绿豆汤。他们悄无声息地接近了丁国平的鸭棚。举目四望，河水被煮熟成一碗八宝粥，什么料子都有，四周的景色都被涂鸦成一样苍白的颜色，全是黑白的镜头，天地如山水画，黑的是天，白的是地。

“嘎嘎嘎”岸上的鸭子突然受了惊吓，提前拉响警报。这里是它们的地盘，有朋自远方来，几百只鸭争先恐后地向餐桌一般大小的窝棚挤，挤成一堆知了的喧闹。

“汪！”黑妞猛地从睡眠中惊醒，支撑着站起来，后腿竟然不瘸了。它将身体紧贴着雨布角，只向外那么微微一探头，屋外那根黑乎乎的枪管一下子就锁定了它，那支针管如同装上了精确导航，“啪”的一声闷响，针管不偏不倚，刚好射在黑妞的脖子上。黑妞眨巴了几下眼睛，还没怎么反应过来，本能地挣扎着还想叫第二声，可是四条腿好像被打断了，瘫软着口吐白沫倒在门口。

“张书记，准，实在是准！那些偷狗的都是三脚猫的功夫，跟你的枪法没得比哦！”

“对哦，狙击手的枪法，拼刺刀的心理素质。”船上有人低声称赞。

“你这忘恩负义的狗东西！这身皮毛还不错，剥了正好做件贴身护胸。”老张头第一个跳上岸，踢了踢还没有咽下最后一口气的黑妞，厌恶地骂道。

黑妞闭着眼，眼角挤出了一堆米粒大的眼屎，泛白的肚皮上下起伏，肚皮上一排黝黑的乳头如小蘑菇一般，开出紫葡萄一样大小的花。乳头因为被过度吮吸失去了水分，显得很干瘪，如花蕊缺水，耷拉着，等待下一次绽放。

"汪汪！"黑妞怀里的两只小狗醒了，弱弱地叫了两声，抱着头又睡着了。

"好，我拖到船上，到村里剥皮。"张国宝得意地说。就在他以为黑妞死了，拎着它的尾巴拖下河埂的时候，黑妞竟然猛地睁开眼睛，如漆黑中的灯泡突然通了电，眼里烧着火，竟张口铁钳一般死死咬住了老张头的手腕，满嘴的尖牙全部嵌进了他的手臂，咬进了骨头里。鲜血像是水管爆裂一般，立刻就从张国宝那圆润的手臂里飞溅出来，溅了船员一身。

"老张头，你的手流了很多血！"丁福满大声尖叫，慌忙跑过去，想用手掰开黑妞的嘴。可是这条母狗真的发疯了，血红的眼珠死死地盯着老张头一动不动，已经将他牢牢地锁定。丁福满越掰，它撕咬的力度越大，快要把老张头整条手腕的肉都撕扯下来了。

"妈的！这毒狗药水是假的还是药量不够，怎么毒不死它！"张祥林揪着狗头猛拽几次，黑妞死死地咬着老张头的胳膊就是不松口。他急了，猛地抬起脚，对着黑妞鼓鼓的满是奶水的肚子就是一脚飞踹。

"砰"的一声闷响，如气球爆裂，黑妞刚刚还胀成羊皮筏的肚子瞬间就干瘪成一个空袋子，像是村里孩子玩的脚踹塑料瓶子游戏。一股浑浊的体液从它屁股处猛地喷射出来，向四面八方炸开，如臭鼬放屁，漫天弥漫着异物。

"晕死，炸弹屎。"丁福满吐着唾沫气愤地骂道。这枚夹杂着狗屎的烟幕弹，炸得所有人全身都是一身臭屎味。

"呜……"黑妞没有叫，只是沉闷地哼了一声，干瘪的肚皮拉扯着脸皮，将嘴活生生地拉扯成 90 度，夸张的嘴巴最大限度地张着，仿佛能吞下全世界。黑妞满嘴都是鲜血，因为面额的脸皮被拉扯过度，整张嘴里的利齿全部裸露在外。它全身像是触电一般急促地抽搐着，瞳孔胀得快要从眼眶里滚落下来，但它还是死死地锁定老张头，带着刮骨留痕的恨。也就是几秒钟的时间，黑妞全身神经性地颤抖了几次，最后头一歪，死了。这次就算它有九条命也不可能活过来，因为五脏六腑全部裂开，连肠子都从屁股喷射出来，滚落得很远，冒着热气，如炮仗一般盘在地上。

"嘿嘿，死了最好，今晚大家吃狗肉锅子啊！我来剥皮。"丁福满飞溅了狗屎的脸乐开了花。他抓住黑妞的尾巴，一使劲就把黑妞挂到了树杈上，命人去鸭棚里找刀，他要剥皮。这么冷的天，吃狗肉刚好御寒。一听说有狗肉吃，人群立刻就骚动起来，原以为真有狂犬病呢，如今像秃鹰发现了死尸，一窝蜂地向黑妞聚集过来，欢喜得围成一群，咂着嘴，空气中仿佛飘过来狗肉伴烧酒的香味。

“一点高升，五魁首啊！六六大顺！”

“我输了，我喝！人生能有几次醉，今晚我不醉谁买醉！”

那夜，丁福满家的厨房里，一群人围着一口大锅，地动山摇地喊着行酒令，锅里正在煮着什么，汤汁翻滚着，空气中到处弥漫着一股胡椒粉烧肉的香味。这种刺激味蕾的狗肉香至少能传一里路，老天闻着闻着，连雨也懒得下了。

丁福满划拳的声音和夏天的炸雷一样高，十分的刺耳。在这狂欢的雨夜，再没有什么比在家中架一口大锅，抓一把胡椒粉，切几片老姜，扔几粒河埂上摘的野生壮阳枸杞，割一缕野芹菜，烧一锅香喷喷的狗肉，喝一口辣得冒火的烧酒，一帮人围在篝火旁集体狂欢更惬意，更能治疗漫漫长夜独守空房的伤口。

“狗肉壮阳的，你们多吃啊！”张国宝处理好胳膊的伤口，招呼大家尽情吃喝，酒钱算他的。

“阳壮得再多也没地方释放，孤家寡人一个。”丁福满已经有点儿醉了，借着头顶的白炽灯，他有点儿微秃的头顶发着光，呼呼地冒白气，像个蒸熟的大包子。他特意挑了坨大块的肉，塞到嘴里使劲咀嚼，那是黑妞的肚皮肉，肉上还长了个手指粗的疙瘩。他剥皮的时候特意将肚皮上黑妞喂狗崽子的乳头连皮带肉一同割了下来。

老丁头不光会养鸭，养狗也很在行，狗肉一条比一条有嚼头，肌肉纤维在牙尖翻滚再被切割分离、下咽，一气呵成。下咽的时候，“大草莓”特意闭上眼仔细回味，慢慢享受这种过程，脑子里还在反复对比一个月前吃的大黄和现在的黑妞，大黄的肉作料好，火候足，肉筋道；黑妞的肉细，大锅爆炒的火旺，油放得足，虽然匆忙了点儿，没配齐佐料，但肉更鲜。尤其是这喂娃的乳头，大小和自己脸上的肉疙瘩差不多，颜色也一样，粗糙但有弹性，嚼头十足，舌头反复翻搅，牙尖反复挤压，虽然没有奶水，但有股淡淡的奶香味。

“大草莓”仿佛吮吸到了奶水味，他将乳头含在嘴里，如咀嚼奶糖一般津津有味，最后一狠心，伴着口水咽了下去。乳头边存留的几根肚皮毛在经过咽喉的时候，挠得咽喉痒痒的，有种说不出的舒坦。

“牛肉咽着快活，狗肉辣着快活。真香啊！人生千万，哪及一顿饱饭哦！”“大草莓”咂着嘴回味着，摇头叹道。

张国宝今晚狗肉吃得特别多，每咬一口，他心里就骂一次，这是对黑妞的报复。他晃悠着身子走进大草莓家的后院找茅房解急。屋后一棵小榆树歪着身子，看热闹一般，将“丫”字形的两根细手腕粗的枝条伸展到了老张头跟前，树枝上好像还挂着两件衣服。这娃真懒，下雨也不收衣服。老张头无奈地摇摇头，解开裤子准备放水，眼角的余光感觉有件衣服滴着雨水，竟然是红红的。他抬头瞪圆了眼珠仔细一看，挂在眼前的衣服竟然是两张狗皮，一黄一黑，风拨弄着它们打着旋，一会儿将黑色的皮毛一面展示给老张头看，让他回忆起那是他曾经养过的狗，一会儿又将已被剥离干净血淋淋的另一面转给他看。锅里肉已煮成奇香，而挂在树上的狗皮还在滴血。

一黑一黄两个身影在风中游荡、翻滚、拥抱、分离，天做背景，树做点缀，将黑黄的画面装裱成一张老照片，照片中有静有动，有悲有喜。一阵风掠过，在院子里打着回旋，没找到出口，遇到榆树被抬升，撩动着老张头的衣袖，静止的画面被惊醒，挂在枝条上的那两张帆布一样的东西旋转着晃动，如旧时客栈门前挂着的招牌，只撑着一层薄薄的皮毛，被十字形的竹签撑成了风筝型，在夜风的拨弄下，风铃一般轻轻飘动，一黄一黑，翻飞追逐。

天空中云团缓缓移动，老天刚刚打了个盹，重又“稀里哗啦”地下起了小雨。

一晃又过了一年，这一年秀秀过得最踏实、最开心。平淡是福，日子让她满足。爹去曾晓东家串了几次门，双方父母已经深度讨论过他们的婚事了，过完新年准备订婚。她现在彻底黏上了小学弟，一天不见如隔三秋。过年和曾晓东走了几家亲戚，收了些红包，一场人生的剧本已经写好，男女主角已定，就差一场婚礼和一个家了。

“我妈想我们自己买房子，我这里还缺点儿钱，你那里有积蓄吗？我们可以自己在县城先买套房子，我不想和父母住一起。”年前曾晓东突然问秀秀有没有存钱。

“我爹那里有五千，我工资刚刚涨了点儿，每个月也才二百多块，我这没存什么钱。”秀秀摇摇头。她已经很节省了，可还是月月光。曾晓东显得有点儿失望，没再说什么。

一晃新学期又开学了，秀秀特意上街，狠心花了一百多块钱给曾晓东买了件衣服，算是送他的礼物。那天她偷懒迟到了，她想曾晓东肯定早就赶到学校了，一大早正忙着给孩子们发书本呢。快中午的时候秀秀上了山，进了那排熟悉的瓦房，一帮孩子正挤在隔壁曾晓东住的房间里“叽叽喳喳”地说话，样子很兴奋。秀秀暗笑晓东越来越讨孩子喜欢了，要不了多久他就能当爸了。

“丁老师，我是新来这里支教的，以后请多关照！”秀秀正准备进自己屋子，晓东住的房间里走出来一个瘦高个中年男子，微笑着问候。秀秀蒙了，一时反应不过来，只支吾着应付。

“曾校长啊，他考上上海一所全国重点大学的研究生了。小伙子真有毅力，读四年研究生出来，再也不用在这穷山沟里教书了，以后至少是大学教师。”

“哦，哦！”秀秀含糊地应着。

“怎么，你还不知道啊？现在这里是你负责了。上山来我一直找不到你，就自己先给孩子发书本了。”新来的男老师几句话让秀秀感觉心脏猛地一阵收缩，瞬间天旋地转，大脑缺氧。两眼一黑，她的世界又一次坍塌了。

只坚持了两天，秀秀就实在忍受不了了，大脑像是出了故障，总是发出错误的指令。她感觉现在自己就是只蜘蛛，每天吐丝是在勒自己的脖子，脑子总是缺氧，不动也累得慌，还总出现各种各样的幻觉。

她请假直接去了趟县城曾晓东的家，敲门入室，一样的家，主人却换了。

“这家人把房子卖给我了，他们儿子很优秀，考去上海了，大年初四就搬走了，听说他妈妈也跟着一起去了。姑娘，你是他家亲戚吗？是不是来拜年的？”房主大娘很热情，秀秀紧咬嘴唇憋红了脸，强忍泪水，故作镇静地问有没有原房主的联系方式，大娘摇头说这家人走得很匆忙，房子卖得急，所以价格上她还占了便宜。

“啊——”走下那栋小楼，秀秀一头扎进街旁边的一间公共厕所，里面漆黑昏暗，脏得无处落脚，她张大嘴巴大口拼命呼吸，将绝望释放。

原来男人都是喋血动物，想不到这个连鸡都不敢杀的男人杀起女人来连眼都不眨一下。自己给他一个女儿身，他连个背影都懒得施舍。

那天一大早，她独自一个人蹲在厕所里，蹲了多长时间她没看表，直到腿脚已经麻木，完全动弹不得。

“姑娘，还好你没走。我想起来了，由于我们买房买得急，还欠这家两千块钱。他们催了好几次，过几天原房主要来取钱，到时你有什么事，自己找她吧！我看你年纪轻轻的，可别想不开啊！”不知道什么时候，屋外有人急匆匆地奔进来四下里张望，看到秀秀还在，长出了口气。是楼上那位大娘，跑得气喘吁吁，见到秀秀关切地说。

“谢谢！”秀秀晃悠着挣扎起来，走出了昏暗的厕所。

秀秀就近找了家便宜的旅馆住了下来，抽空回镇教办找到负责人，要求再请几天假，没想到遇到的却是师范的同学黄俊峰。毕业已有四年，他的声音没怎么变，对她还是那么关怀，急切地问是什么原因。

黄俊峰已经是镇教育系统的负责人了，秀秀生硬地回答身体不好需要请假，说完就走了。她现在讨厌所有的男人，只要一听到男人的声音就想吐。

只短短几天，秀秀就感觉自己有点儿神经质了。有时住在冷清的旅馆里，睡在冰冷得怎么也焐不热的床上，她会生生地从梦中被冻醒，冻成一块直挺挺的冰雕，怎么挣扎也无济于事，像一条被钓出冰窟窿扔在冰面上快死的鱼，除了张嘴拼命地瞪眼、呼吸，只能等死，什么也做不了。眼睛直勾勾地瞪着天花板，一望一整天，看一群老鼠来来回回地打闹、搬家、开运动会。

旅馆的窗户很小，小到秀秀感觉呼吸困难，让她这条缺氧的鱼只能将头探到窗户边拼命呼吸。世界真现实，一座城市就是一栋高楼，有钱的住上层，空气好、风景好。打工族住下层，抬头能看到彩虹和初升的太阳，那是他们拼搏的动力，低头看到的是楼下满地垃圾。穷人住地下室，阴暗、潮湿，挤在隔成蜂巢般的房间里，和老鼠为伴，呼吸着浑浊的空气，连阳光都是二手的。

“哦，你来了啊！钱我已经准备好了，你把我打的欠条给我吧！”一天早上，对面胡同里传来楼上大娘特意提高嗓门说话的声音。秀秀瞬间像打了一针亢奋剂，胡乱地穿好衣服，头发也没来得及梳，冲出门外。

当曾晓东的妈妈点完楼上大娘给的欠款，转过身，面对披头散发像个女疯子的秀秀时，脸色瞬间就变了。她来讨钱债，这个女人来讨感情债。

一家简陋的饭店里，两个女人对面而坐。秀秀不说话，紧咬嘴唇，盯着眼前这位曾经熟悉得已经喊了无数次妈的女人，一脸的陌生。原先感觉这个女人很年轻，带着鄙视的情绪再细看时，却是个令人厌恶的满脸褶皱的老女人。

“我家晓东考上的时候，大学开学在即，要求立刻去报道，没来得及和你打招呼，别生气啊！”曾晓东的妈妈一脸赔笑。秀秀以前觉得这个女人很和蔼，自己缺少母爱，自打见到这个女人，她就有种被宠爱的感觉，可是现在有种被这个女人卖了，自己还帮她数钱的感觉。

“呵呵，是吗？”秀秀苦笑着反问。她不相信曾晓东会这么狠心，来镇上办理关系调动的时候能忙到打个招呼的时间都没有，背后都是因为有这个当家的女人。

“秀秀啊！你聪明、优秀、漂亮，又孝顺，以后谁娶到你是福分。”曾晓东的妈妈继续满脸赔笑，像在哄孩子，始终不温不火，话语中有退有进，滴水不漏。

"谢谢你的夸奖，不需要！"

"你们性格差异太大，在一起不会快乐，也不合适啊！"

"你的意思是我和晓东结束了，你能做得了他的主吗？难道就是因为他去读研究生，我们就不般配了？感情不是买卖，我要亲口听他说。"秀秀被这句客套话刺激到了，猛地站起来。

"农村有句俗话，宁可男大一轮，不可女大一春，你比晓东大一岁，他不习惯被姐姐照顾。"

"你儿子过年考上研究生才知道我比他大啊？以前怎么不嫌弃呢？"

"去你们镇上办调动的时候，我陪晓东一起去的，他办完事就立刻回来收拾衣服走了。我原来以为他会去你家看看你，可是这孩子！我知道他不是很喜欢你，知子莫过娘，你不是他喜欢的类型。"

"我说过了，我们合不合适不是你说了算！"秀秀瞪大了眼睛，提高嗓门喊道。

"你们年轻人现在最讲究感觉，既然没感情，那又何必勉强呢？"也许是秀秀的失态刺激了她，晓东妈阴沉着脸，脸上的热度瞬间就从盛夏过渡到严冬，态度突然强硬起来，嘟囔着好像还在骂脏话，然后起身拿起衣服和挎包就要走。

"你以为是过家家吗？你儿子能说放就放，因为他是个男人，可以拍拍屁股走人，可我肚子里的孩子已经快两个月了，我能拍拍屁股当灰尘一样拍掉，能当屁一样放掉，能说完就完吗？！"秀秀一把抓住她，指指自己的肚子，一脸绝望地叫道。

"孩子？关我们家晓东什么事？你们年轻人开放，孩子谁知道是谁的？承诺就是骗子说给傻子听的，难道你不知道？"晓东妈一把推开挡在面前的秀秀，恶狠狠地瞪着她。如果有必要，她不会拒绝和秀秀在这空荡荡的饭店里打一架的。

"好！你儿子不认也可以，到时我生下来扔在他大学门口，我让他天天抱着孩子上课，抱着孩子搞研究，看是丢我的脸，还是丢你们这家绝情人的脸！"秀秀已经彻底绝望了，摔门而去。她恶心到不想再和这个女人打一次照面，说一句话。身后那个女人原本还装得很镇静，扭过头根本不想听秀秀多说一句话，可一听秀秀说怀孕了，还要把孩子生下来带到儿子读书的大学去闹，吓得慌忙跟出去，追上绝望的秀秀竭力地安慰。生为女人，她知道一个怀孕的女人什么事都能干得出来。她们有时候是天使，有时候是魔鬼。

第二十一章 抓水猴子

傻姑说每只水猴子都是贪玩的孩子，它们喜欢坐在人家的米缸上数米，却不识数。听到这个消息，大虎兴奋异常。苦于一直没有帮手，他一个人对付不了那只水猴子，就选了个特别闷热的夜晚，脖子上挂着家里那顶半人高的鸡罩，背上一袋米出发了。

他的身后紧跟着一个黑影，那是雨露，他们相约实施复仇计划。这些年来，大虎和那只水猴子已经是老朋友了，经历了多次正面交锋，大虎磨得雪亮的柴刀好几次贴着那只水猴子的头皮而过，就是没能要了它的命。

“嘎吱吱”，水磨坊的风车一如既往地哼唱着，一个人自斟自饮，举一杯甘泉敬皎白的月亮，再倒进下游的大河里。

“小花，上楼睡觉了。”一直等到下半夜，傻姑唤上她的小花狗，上水磨坊的二楼睡觉。

大虎踮手踮脚走到大塘的石铺边，把那口大米缸在水磨坊外放好，将半袋雪白的大米轻轻倒了进去。一股属于早稻米特有的清香被夜晚的微风搅动，烟雾一般一点点弥漫开来。

大虎弓着腰，探着身，一个回身，拎着竹制的鸡罩闪到屋角。他动作轻盈，半弓着身子趴在墙面上，像只壁虎，眼睛死死盯着大塘的水面。

借着月色，雨露发现大虎竟然赤着脚，难怪大虎这么悄无声息。她紧跟几步，贴近大虎的身体，一股男人特有的热气隔着一层衣服传过来，让她全身感觉被加热了。

头顶的月亮在云层里穿行，时而抛给他们一些光亮，像是在换衣服。

雨露闻到大虎身上有股淡淡的鱼腥味，有点儿刺鼻。这些天一直在忙村里农家饭店的事，没给他梳理头发，没想到他一头蓬乱的头发都能扎辫子了。就他这身打扮，往城里十字街头一睡，不用将腿和胳膊扭变形，肯定有人给钱。

这个男人专注的时候轮廓分明，很有型，甚至还残留着那么一点点睿智，嘴角胡须杂乱地生长，根根坚硬得如芦苇桩般扎手，消瘦的肩膀像沙漠里的骆驼的驼峰。如果姐姐没有死，他们早该一个当爸、一个当妈了，而今一个沦落成乞丐的样子，一个在大山里长眠不醒化成了土，随着山里的溪水融进家乡的山山水水。

也许是雨露想感受大虎身上的温度贴得太紧，大虎回过身，在雨露身上仔细地嗅了嗅。大虎皱了皱眉头，他闻到雨露身上有股女儿香。因为黑沙洲上的长腿黑斑纹蚊子咬人特别毒，天天晚上给她送“红包”，雨露每天晚上洗澡时都放些花露水。

雨露正在疑惑，这时大虎从上衣口袋掏出一条死鲫鱼，也不知道那条死鱼他在兜里放了几天，已经有点儿腥臭了。大虎将鱼在手心搓了搓，一股倒胃口的腥臭立刻就从泛白的鱼肚子里被挤压出来，胶白的液体沾满了他的手。大虎很认真地将满是变味的乳胶液体在雨露脸上涂抹，从额头、鼻梁、嘴唇，一点点抹到脖子，连耳鬓都涂抹均匀。

雨露很抗拒，但还是咬牙坚持没有动，刚刚还散发清香的身子被他涂抹得臭味熏人，可是当大虎温暖的手心在她的脸上游走，一点点抚摸到她的嘴唇、脖子时，她心跳加快，血液急速奔流，全身开始燥热起来，脑子里竟然出现了年少时跟踪姐姐，看到他们抱在一起亲热的画面。那时她只是个看客，完全不能体会姐姐为什么那么有气无力地呻吟，像个病得要死的病人，而今她被这个割舍不下的男人捧在手心也醉了，融化成一堆没有骨头的烂泥。

雨露脖子上的项链泛着光，大虎呆呆地抚摸，仔细地辨认，小心地拿捏，面色变得凝重，好像在快速地回忆着什么。可是他的高速公路上雾霾太大，他根本看不到青春时的风景，寻不到来时路的记忆。

这条项链，雨露爹娘多次要求她还给老张家，女儿还没嫁人，挂个项链不成样子。雨露说什么也不给，她说是姐姐送的。一提到雨红，两个老人心就软了。

金项链在她脖子上泛着金光。听人说如果心中无爱，女人戴金，金子会发黑；如果心中有爱，金子会越戴越亮。自打雨露戴上这条项链，胸口感觉挂了个小太阳，整天暖烘烘的，小老虎头像的吊坠越来越亮，越来越萌，好像还长胖了。

不知道是米粒的香味诱人，还是那只水猴子每晚都会上岸，把傻姑的家当家，半小时的工夫，水面上一道涟漪慢慢向四周散开，远处的水面上，一条正在树荫里吃露水的鱼被吓着了，猛地一甩大头，闪进了岸边的石缝里。

慢慢扩散的涟漪中心，一个小黑点探出头来，大小如一斤重的香瓜，一头光亮的毛发闪着光，紧紧贴在那个小黑脑袋上，光亮得像是打了蜡。雨露屏住呼吸，注目观望，那个小黑影从大塘的魅影中走了上来，先在大塘的石铺上坐下来，用嘴撕咬着手指甲，撕咬完手指甲又撕咬脚指甲，而后才走向那口充满诱惑的米缸。那家伙也赤着脚，走路悄无声息，每走一步都留下一朵梅花一样的湿脚印。

借着月色的光亮，雨露第一次看清这个要了她姐姐和弟弟命的仇人，样子比村里的猫大不了多少，细胳膊细腿，一双眼睛滴溜溜乱转，像扔在碗里的玻璃弹珠。小脑袋像是摇头的电风扇，四下里到处打探，鼻子呼呼地喘着粗气，像是在嗅着空气的味道。它不时地停下脚步，向他们隐身的墙角张望，迟疑地走走停停。

也许是米香太诱人，它一路犹豫着，最后还是走到了米缸边，伸进细长的小手抓起一把米，看来这是它最喜欢的玩具，忘我地一粒粒数起来。

大虎弓着背，猫着腰，绕到那个黑影背后，看准机会，一个箭步冲上去，举起鸡罩，将这个恨到骨子里的黑影扣在竹条编制的鸡罩里。新仇旧恨，是时候了断了。

可没想到这家伙力气大得很，瞬间就反应了过来，拼命地在里面跳跃、翻滚，看到落入仇敌大虎的手里，感觉到了末日的来临。

它龇牙咧嘴地怪叫着，瞪着愤怒的小眼睛，小手指甲从鸡罩的缝隙中伸出来，一次次想掐大虎。无奈它现在成了压在棺材板下的一个死鬼，再怎么也蹦不出大虎的手掌心。

“哈哈，雨红，你睁眼看看，我抓住它了，终于抓住它了！”大虎对天长啸，蓬乱的头发已看不出原来中分的发型，只一团糟地伴着他的身体在头顶跳舞，像只抽筋的刺猬。他从腰间抽出早已准备好的柴刀，准备在水猴子黑乎乎的小脑壳上敲个天窗，一击致命。

“你不能伤了它，这是村里的活宝贝，村里还指望它为农家饭店做广告呢！”雨露一看大虎要杀了这只宝贝疙瘩水猴子，吓得慌忙一把抱住大虎胳膊，夺他的柴刀。

“放开我！你放开我！”大虎回身瞪圆了眼珠，像只发疯的牛，六亲不认，倔强且浑身充满暴力。雨露死命夺刀真惹急了他，他一抬手臂，雨露踉跄着飞了出去，摔倒在地上。

大虎红了眼睛，他摆脱雨露的纠缠转过身，提着刀，决心剖了那只水猴子的肚皮。可是刚刚还装了小鬼的鸡罩已经侧倒在一边，里面空空的，那只水猴子乘乱跑了，大虎瞬间呆若木鸡。

“啊，放开我！”突然身后的雨露捂着头尖叫，拼命地挣扎。她就站在柳花树下，辫子不知什么时候被反吊起来，一个黑影蹲在树杈上，死死揪住她的头发，她越挣扎缠绕得越紧，树枝的弹性和黑影的揪扯让她身体腾空，双脚已经离地，咳嗽得都快窒息了。

大虎忙奔过去，用肩膀将她沉重的身体托起来，举起柴刀，手起刀落，“咔嚓”一声，雨露长长的发辫连同树枝被他砍成两截，一头挂在了树枝上，耷拉着来回摆动，像电视里悬挂在午门的人头。

两人跌倒在地上，来了个狗刨，雨露有了新发型，齐耳的头发像个民国学生。

“我，我的项链被它扯下去了！”坐在地上的雨露大叫，摸着空荡荡的胸口。少了一样最珍贵的东西，姐姐传递爱的接力棒被那只死猴子抢去了。

“扑通”一声，水猴子睁圆了愤怒的眼睛，一个鱼跃，从柳花树上跳进了暗黑的大塘里。

“你这个浑蛋！浑蛋水猴子！啊——”大虎绝望地怒吼，抡起手中的柴刀，顺着溅起的波澜狠狠地扔了下去。他知道，今夜错过了要这家伙命的最好机会。

那夜大虎坐在大塘的石铺上，一直叫骂到天明，咒骂那只水猴子，要那只死猴子还回他送给心爱女人的定情物，还回他的项链。

水猴子还他一夜沉默。

因为感觉特别累，小美决定在船上住些日子。傍晚她一个人沿着山泉，从黑沙洲的江滩上一路逆流而上朝村子走去，寻觅童年的记忆。

脱去鞋袜，清凉的山泉缓缓而来，匆匆而去。水深过膝，脚下的鹅卵石随波如鱼从脚边游过，两岸随处生长的杂树枝叶茂盛，郁郁葱葱，碧绿如黛。

远处炊烟一升起，山间的雾气就弥漫进乡村，远山近水忽明忽暗相互点缀，山川小溪或环绕村庄，或鱼贯而出，在黑瓦白墙间游弋。行至大塘埂上，猛然间眼角的余光发觉四周顿时暗淡了许多，抬头观望，村里那一棵古柳花树魏然屹立眼前。小美惊诧怎么走到了这里，这棵树上有她太多的童年记忆，让她想起了阿峰，那时自己才刚刚记事。年年花开时，岁岁遇故人，而今妻子树依然屹立在这里，自己的爱又在哪里?

盘膝坐在古树粗壮的枝条上，能参悟到这棵等待男人归来的妻子树静坐几百年的禅意。小美调整呼吸，悠然吐纳，顿觉胸中清气充沛，俗念全无，仿佛思维与古树接通了，能感受到彼此心里都有阵痛。

一束荧光粉的亮光从远处的大塘埂上忽闪忽闪地走过来，跳跃在夜色中，点缀了大塘的夜色。

“小黑，下来吃饭了，别站姐姐旁边吓着姐姐了。”荧光粉闪烁到柳花树下停住了，是傻姑，对着树上的两个黑影呼唤。

小美猛然间惊醒，仿佛逆游了几个世纪，她和这棵柳花树血脉相通了，相互倾诉不幸，可是带着荧光粉的傻姑静悄悄地站在她脚下，猛然一嗓子唤醒了她，将她从时空隧道里拉回了现实。

她眼睛的余光瞥见一个小黑影就坐在她的身边，陪伴她一起打禅静坐。不知道和她呆坐在这根树杈上多久，闪动着放绿光的眼睛，还呼呼地喘着粗气，一股刺鼻的鱼腥气扑面而来，让她肠胃立刻就过敏了一般，激烈地翻腾。

“扑通”一声，小美踉跄了几步，晃悠着身子在柳花树上走了几步，掉进了大塘里。冰冷的水从四面八方向她扑来，顿时将她淹没。无数个冰凉的怀抱将她抱紧，吮吸她的体温，就像十四岁那年那场泥石流，眼睛、耳朵……身体每一处开裂的地方都有人往里面灌铅，让她感觉身体越发沉重，手臂生了锈一般，足有几百斤重。

这棵树她年少时跳过无数次，可从来没感觉这么冷心窝般的怕。她能感觉那个黑肉球也落进了大塘里，就游弋在她的前后左右，带着扑鼻的鱼腥味，欢快地将她摁进大塘的淤泥，耳边都能听到“唧唧”的叫声。那个黑影纤细的手指甲已经抠进小美的肉里，只轻轻一划拉，就有千万条伤口流血。刚才在岸上的黑影原本瘦小的如只公鸡，可到了大塘里，全身的绒毛立刻就舒展开来，充气球一般，成了个庞然大物，两个小眼珠像充足了电的灯泡往外发光。

小美激烈挣扎，拼命拍打，想探出头来呼吸一口冰冷的空气，可是每次喉咙咽下的都是浑浊的搅拌着青草叶的塘水。灌咽的过程很粗暴，像是有人从她的喉咙处插进了一根水管，阀门被开到最大，往她的肚子里猛灌。她的脚脖子被一只小手紧紧地抓住，铁钎一般，小美越挣扎，它拉扯得越用力。

渐渐地，小美挣扎的节奏开始变得缓慢，划水、蹬脚的动作都变成了慢节奏，开始是慢三，后来是慢四，再后来是定格。她瞪圆的瞳孔越来越大，越来越大，像颗已经成熟了快要爆裂的大石榴，只要轻轻一触，就瞬间爆裂成一团殷红。飞翔中小美的辫子散开了，在水里折扇般打开，散成千万条线束，像个水母，又像是把撑开的黑油纸伞，将她的身体包成一颗赤条条的蛹。她张开四肢，以放逐的姿势，尽可能地将手臂打开、伸展，以十字架的姿势在水中定格，像是被制成了一个绽放的标本。

“小黑，别和姐姐闹了，上来吃饭。”傻姑在岸上冷冷地呼唤了一声，大塘立刻停止了喧闹，归于平静。

死神的手放开了，小美慢慢上浮，一点点复活。她猛烈地咳嗽几声，咳出一小团青草来。那夜她艰难地爬上岸，坐在大塘的青石台阶上大口大口地喘了十几分钟，生与死，和她也就一个转身的距离。

她的上衣已经在挣扎中掉在大塘里，内衣也被撕扯坏了，纽扣耷拉在胸前。借着月光，小美发现自己袒露在外的胸很丰满，像两座山峰，尖尖的，巍然挺拔。肌肤雪白，对称得恰到好处。两峰之间不用任何挤压，自然形成的沟壑深如山谷。发梢凝聚的水珠顺着山谷流淌、冲刷，水珠滚落的触动有种过电的刺激感。

自从感觉长大后，她很少审视自己的身体，觉得有点儿不好意思。以前还是瞎子的时候，妈妈帮她擦背时，她都双手捂着胸口。妈妈一摸她的乳房，她都有种怪怪的悸动，妈妈每捏一次，她就感觉胸口像是海绵，身体里就会被挤出一点点刺激她全身松软的酸水。

大概十六岁的时候，一天晚上妈妈送给她几套胸衣，问她喜欢什么颜色，小美说天蓝色，像家里江水的颜色。胸衣扣住胸口，小美顿时感觉自己长大了，是个大人了。妈妈不知道是不是偷量了她的胸围，买的尺寸大小刚刚好。不知道什么时候偷偷长得很丰满的乳房被两块布包裹着，再用背带反扣到后背扣紧，有种被捆绑的、约束的快感，一戴上去，心里的自信立刻就膨胀起来。妈妈特意买了件紧身的上衣让女儿搭配，一个懵懂小丫头长大了，亭亭玉立，浑身散发出一种青春的美。那夜她失眠了。

人类的进化真是奇怪，男人有强壮的肌肉线条，坚韧刚毅，女人有婀娜的曲线，松软且弹性十足。男女相互对岸而立，饥渴地欣赏着对岸的风景，千百万年从未有谁产生过审美疲劳。

今晚，小美瞬间体会到了那种酸溜溜的感觉，她作为女人，这种感觉好像天生骨子里就能生产，只是需要药引子来刺激、引导。水珠的滑动，像是有谁在胸口用嘴伸出舌头，贴着绒毛从脖子处一直抚摸、亲吻至胸口，游动至乳沟，再一点点向乳尖游走，以至于全身的汗毛都竖了起来，在此刻用心感受那种细微的电流。

“呀——”一阵微风吹过，小美打了个冷战。只几秒钟的过电后，她就被胸口隐约的一阵阵胀痛占去了大脑的快感，感觉有人用针对着她的胸口用力扎进去，疼到钻心窝。这是怎么了？自从前些日子感冒咳嗽后，总感觉胸口憋着块痰，吐不出、咽不下，隐隐作痛。老天爷给了她漂亮的脸蛋却夺去了她的眼睛，让她忍受了七年的失明之痛；给了她丰满的身材，却在她胸口落下了一枚大头针，让她只感受了几秒的快感就被刺痛、苦闷占据大脑神经。

小美一手捂住胸，赶紧往江边的黑沙洲船上赶，她怕自己的胸被那只水鬼的指甲刺破了，那指甲可是沾了尸油的，会感染。

第二十二章 第二次手术

西九华公路扩建已经过了一年多，每天天刚放亮，到处都是拖拉机的吵闹声，黄沙弥漫。偶尔山路拐弯处出现一辆八吨大卡车，摇摇晃晃地在崎岖的山路上爬行，后面跟着一群看稀奇的山里的孩子。路边石棉瓦搭建的工棚里睡着一些各地来的打工客，穿得破破烂烂，说着各地方方言，有的一句都听不懂。

按照规划，这条路属于县道，双向二车道，黄沙路面，建设工期两年。

秀秀向镇教办请了一个月的长假。黄俊峰起初不同意，秀秀毫无顾忌地说出了实情，她要去省立医院看病，他才同意。天刚亮她就出了村，刚上公路，回身看见村子里一帮男人匆匆地往这边走，她慌忙躲到路边的竹林里，她现在最怕就是遇到熟人。竹林边的工棚里，几个工人正在门前打哈欠，有的在刷牙，有的提着饭盒准备出门打早饭。远处几个身影从村口出来，只一念的工夫，村里男人就跑到了一个工棚的大门口。

“就是这个工棚，我昨晚看见傻姑被一个小青年带进去了。这家伙吃了豹子胆了，敢勾引我们村姑娘！敢吃嫩草？傻子也是草，我们都舍不得吃呢！”阿超子义愤填膺，嚷嚷着叫骂，抬脚就将公棚的门踹开了。

几人一拥而进，不一会儿就从屋里揪出一个二十几岁满脸黝黑的矮个子男人。那个男人只穿着短裤，一脸惊吓的表情，看来是刚从床上揪下来的。傻姑也出来了，怀里抱着那个永远陪着她的玩具娃娃，一脸疑惑。她穿着一件粉红色的内衣，胸口还有刺绣，料子已经起毛，肯定是旧货，但站在一帮男人中间，也是一朵盛开的红莲。

“你们为什么打他啊？他对我很好的！”傻姑将男人护在身后，疑惑地质问。

“打他！他对你干了坏事。”村里男人嚷嚷。

远远地，村里一个矮小的黑影一路端着小脚，晃悠着纸片一样的身子跑出来，等近了大家看清是丁婆。

“丁婆，你老人家来得正好。傻姑常来这里过夜，我一直怀疑他，我们帮你把勾引你女儿的这个男人抓到了。这个家伙来这里打工一年多了，说不定已经结婚了，还勾引小姑娘。这是强奸，今天一定要抓到镇上判刑。”阿超子不依不饶，耳光如雨打芭蕉，将那男人扇得啪啪响。

“阿超子，你出生时满嘴异物，猛打屁股都哭不出来，是我用手给你抠出来的。”

“二能巴子，你出生时脐带勒脖子不通气，是我嘴对嘴给你吹活的。现在你们一个个长能耐了，敢教训我家女儿了。”

“你们都给我放手！这小伙子我不管他怎么样，只要对傻姑好，傻姑过得开心比什么都好！”丁婆抡起拐杖，挨个指着他们骂，将一帮刚刚还准备上战场杀人的男人赶得乱飞，一窝蜂跑回村了。

“丫头，有空领他到家里吃顿饭。”丁婆摸摸傻姑的头，用一双几乎能看透凡世的浑浊老眼看着那个哆嗦的男人欲言又止，拄着拐杖，叹了口气，艰难地回村了。那个外地男人大概受了过度的惊吓，直到傻姑从屋里拿出一件破旧的大衣给他披上才缓过神来，摸出一根烟，一屁股坐到小板凳上埋头猛吸。

“我漂亮吗？”傻姑已经从刚才的惊吓中完全解脱，穿着旧内衣，跳跃着在路边乱花丛中采花。她挑了朵最艳的野蔷薇插在右耳边，挑了朵七彩的喇叭花插在左耳边，蹲到吸烟的男人面前欢喜地问。

“嘀嘀”，远处缓缓驶来一辆去省城的汽车，秀秀慌忙从竹林里跑出来。汽车停下了，车门缓缓打开，秀秀低着头，抬脚就要上车。

“妈——妈！”蹲在地上的傻姑抱在怀里那个玩具娃娃突然开口叫了声妈妈，清脆的童音响亮而悠长。小家伙脸蛋凸起，肉嘟嘟的，小巧的嘴巴微微上翘，很是淘气一般，还被涂上了一点儿微红。

“呀！”秀秀身子猛地颤抖，一个踉跄差点儿从已经启动的汽车上跌下去。她支着腰，再次一挂怀，身体反应特别大，让她不时地反胃，肚子里的小家伙开始像沙子，现在像颗珍珠一般折腾她。

刚刚开春，省城车站很拥挤，出门打工的人流又要像候鸟一样，在家只做短暂的停留，就留下窝里的老小，一千个挂念，一万个不情愿，飞去远方觅食、找钱去了。

来接秀秀的还是那个她最不愿意看到的面孔，脸上越赔着笑，越显得假惺惺。曾晓东的妈妈直接迎到大巴的门口，接到秀秀后，拦了辆车直奔省立医院。来这家医院全由秀秀做主，而且秀秀点名要请上海的专家来给她动手术。别人不会心疼自己，她要学会自己爱自己。不怕花钱，反正越花这老女人的钱，秀秀越觉得解恨，这是他无情的儿子必须付出的代价。

开始曾晓东的妈妈说什么也不同意，做个人流，要上海专家那是浪费，可秀秀根本不给她讨价还价的机会，最后这个女人只能妥协。

现在花与不花、花多花少，钱都是人家的，与自己无关。

医院门口依旧是人山人海，妇产科的门诊前，很多女人挺着大肚子，在三五个家人的簇拥下一脸幸福地来检查，有几个人是来引产的呢？这其中只有秀秀紧绷着脸。她们高兴是因为来造人的，是个称职的伟大母亲，而自己是来杀人的，还有帮凶，还是孩子的奶奶。

“烤山芋！”大门边一个烤山芋的大娘在大声叫卖刚烤好的山芋，吆喝声在喧闹、杂乱的人群中响起，大娘浑身透着土气，与周围的环境很不协调。

“妈！”秀秀鼻子一酸，想起了妈妈。

小时候，妈妈每次做饭都会往灶灰里扔个山芋，等到下午饿了的时候掏出来。就是这个味，夹着一股焦煳的香，弥漫了整个童年的梦。

秀秀要了一个，热热的，像个宝宝穿了件一辈子都没洗过的皮大衣。秀秀将山芋抓在手心，抖去尘灰，剥去烧焦的外皮，露出淡黄的肉，山芋散发着幽香。她轻咬一口细细品味，滚烫的山芋在舌尖翻滚，秀秀仿佛回到了童年，尝到了妈妈做的那一样样可口的小点心。

每个孩子都记不起母亲乳汁的味道，但一定会深深地记着母亲烧的小菜的味道，那是故乡的味道，只有用故乡的山水和母亲起茧摘菜的老手，才能调出那舌尖上的童年。

“姑娘，好吃吗？这山芋是自己在山里种的。”大娘一脸憨厚，亲切地问，让秀秀感觉到世界上还是有温情的。

“快点儿哦，约了专家，迟了就看不上了。”秀秀刚有点儿胃口，晓东妈催促的话又倒了她的胃口，她很不情愿地将山芋包好放到挎包里。

晓东妈提前找了熟人，不用排队直接就领着秀秀进了专家的房间。专家又是个六十来岁的老女人，秀秀现在对这类老女人有些抗拒。真搞不懂干这类活的为什么都是老女人？难道只有女人才有这么狠的心肠，只有女人才能这么从容地左手慈祥地抚摸自己的孩子，右手眼都不眨一下去杀别人的孩子？

“你们去预交两千元费用吧，准备上手术台。”一番开单检查后，老专家叫晓东妈赶紧去交钱，听说光专家费就要一千。

一听到要交两千，晓东妈的老脸抖了抖。看着晓东妈一脸的心疼，秀秀觉得很解气，她要的就是这样的效果。现在医院越大，越是吸血的魔鬼，穷人活着养不了家，病了更是医不起。

“现在医院放在第一位的不是救人，而是赚钱！我家一套房子才卖一万块钱，估计给个女人打次胎都不够。”晓东妈的挎包来时还是鼓鼓的，跑了一趟收费处，就干瘪得像泄了气的气球。她一脸愤怒，边走边小声地骂。

快上手术台时，一小护士夹个文件夹要病人家属签字，手术过程中谁也不敢担保没什么意外。

“快签字吧！你可是孩子的亲奶奶哦！亲自到处求人、请专家，花高价要你孙子的命。什么都有轮回的，你不怕吗？”秀秀冷冷地说，一字一个冰疙瘩，示意护士请墙角站着的那位“奶奶”签字。

晓东妈气得鼓着嘴在墙角一句话不说，抓起笔要签字时，听到手术可能还有危险，签字要担责任，顿了顿，缩回手不愿签了。

“你们到底谁签字？”小护士看着这位妈妈，一脸鄙视，大声嚷嚷要是不签，那专家号就白挂了，而且下次站队也轮不到她。

晓东妈一听，咬咬牙，签了字。

一番常规体检后，秀秀被推进了手术室。门外几个护士在一边窃窃私语，又拎着几张纸找晓东妈妈签字。

“上了手术台生死由命，反正也不是我亲女儿。”晓东妈小声地嘀咕，索性豁出去了，看也不看就签了。

秀秀有些困惑又要签字干什么？但又懒得问。来这里打胎的，风尘女子、未成年小姑娘、未婚妈妈，都被男人吸干汁液，成了只空奶瓶，伤成冷漠的人，谁还在意别人的眼光？这世界，哪个男人不是刽子手？哪个女人一生不能写一本书？

旁边柜台上摆了一大堆闪着寒光的不锈钢银盘，里面一些闪亮的器械静静地摆在那里，让她忍不住心悸，头皮发麻。虽然这样的场景她很早以前在读书的时候就经历过，也算是老运动员了，可那时是初生牛犊，因为心里有爱，豁出去了反倒不怕，心里念叨着反正以后要怀孕生娃，先预演算彩排、实习，到时从容些。而今心里空荡荡的，感觉什么都没有了，什么都抓不住。

丁婆说得没错，老兵更怕血。难怪人越老越迷信，越老越害怕。经历得多了，阴影就多了，怕命运的轮回。

耳边好像传来过年爹杀猪时那头可怜的肥猪的哀号声。一个女人沦落到这种地步，总是对自己肚子里的孩子下手，而生为妈妈，护不住，生不下，养不起，一次次总是无能为力，秀秀感觉自己就是屠夫。

既孕育了他，又要杀他，世界就是这么残忍。

娃啊！你爹欠我一个承诺，妈欠你一条命。

这个世界，每个人都有可能变成杀人犯。

“姑娘，多大了啊？老家是哪里的啊？”上海专家走到手术台前问长问短，净问些废话，秀秀感到很烦，敷衍着回她。其实秀秀能感觉到这位已经六十多岁的老专家的爱心，她是想分散秀秀的注意力。她这是敬业，是为了缓解秀秀的紧张，可是秀秀现在最不相信的就是感情。

提臀、抬腿、劈腿，这些动作如果让秀秀上舞台用肢体展示，她会笑盈盈做得很自信、很美，可是现在她翘着臀部，被一个老女人戴着老花镜来观摩自己，用沾了碘酒的窥阴器将身体支开一个大洞，拿个刨子像挖煤一样开挖她的身体时，秀秀感觉有股莫名的屈辱。但她不得不强忍着，竭力压制自己的情绪，她怕哪怕是眼角的一滴眼泪就能让自己瞬间崩溃，然后倒成一堆糊不上墙的烂泥，最后一根稻草就是这么压死人的。

身边站了好几个穿白大褂的小护士，可能是刚实习，也可能是上班不久，一个个扭着头不敢看。其中还有个更小的，梳的刘海发型让秀秀感觉像十几年前的自己，耳鬓的绒毛还泛着黄，俊秀的轮廓显示出一种刚刚长大的美。她手里拿着满满两袋血浆，绷着脸，在那里替秀秀紧张。

小姑娘就是小姑娘，没见过什么世面。经历算是一种阅历，还是一种财富？秀秀纳闷护士为什么拿几袋血浆。

就在秀秀烦躁地胡思乱想时，猛地感觉下体的最深处被拨开了一个洞，“啪”的一声响得很清脆，而后是一股热流顺着大腿两侧倾泻而下。开始像是打针的那种疼，秀秀咬咬牙，以为疼麻木了会好点儿，可这次的疼痛像是燃烧的线束一样，从下肢经脉某个点开始，先是被点燃，瞬间就泛着星火，带着灼热的温度，沿着经脉，游向她躯体的每个细胞。而且还伴随着撕心裂肺的疼痛，像是有人用剪刀剪开她的下体，再用双手撕扯她的躯体，直至有人抓住她的经脉，像拽绳子一样一扯、一拉，抽出每一条经脉，直到将她抽成一个蜷缩的球，放光所有的怨气，最后只剩下一张空空的皮囊。

“啊，轻点儿啊——”秀秀张口震动空气，头顶的小灯晃了晃，挣扎着没有掉下来，像只蜘蛛一样重又爬回它的岗位。这里哪是什么手术台，分明就是一口深井，埋葬她的枯井，四周阴暗潮湿，她无法逃脱，哪怕是一根打水的缆绳都没有。

秀秀感觉洞口的疼痛渐渐演化成一种膨胀的趋势，身体又像是充满气的气球，瞬间就将她刚刚还感觉干瘪的身体加满气压，将全身的血液驱赶成奔腾状态。下体飞溅的缺口瞬间打破了血液流动的平静，演化成一场集体越狱逃亡的奔流，一股股热流从下体翻滚而出，欢呼着、奔涌着，喧闹成一团爆裂的火。

她的身体决堤了，洪荒之流翻滚而出。

秀秀瞪圆了眼珠，身下的白色床单瞬间就被染红，原先还是一小股细流，顺着床单流到乳白色的地板上，渐渐聚集成一大摊殷红，像是打翻的蚕豆酱。一股刺鼻的怪味爬上床单，扑面而来，扒开她紧闭的嘴唇，钻入躯体，直到她倒了胃口，肠胃翻江倒海，“哇哇”地吐了一地淡黄的还没有完全消化的烤山芋。

顿时屋里弥漫着五谷杂味，胃液将烤山芋腌制成另一种刺鼻的臭味。那个小护士捂着嘴，作呕几次，强忍着没有吐出来。

“快！快拿止血钳，给她紧急输血！”上海专家用满是血的手扶了扶金丝边眼镜，大喊道。本来还静悄悄的手术室里一下子忙碌起来，刚刚还傻呆呆看着的几个小护士瞬间就像上足了发条，各自忙碌起来。止血钳夹住了崩裂的缺口，血浆袋挂了起来，插进了秀秀泛白的胳膊里。

“命，命啊！死了最好，赔肚里娃娃一条命。”秀秀喃喃自语，苦笑着看着天花板。她想起来，妈妈也是这么流干了血，生下弟弟就走了。她走得那么伟大，走得爹感觉欠她一辈子的情，可自己这么走了，那个已经喊了妈的老女人不会掉一滴眼泪，更不会同情她，还可能觉得如释重负，像是除了心头大患。而她留下的只是个烂名声，可以供村里男女唾骂很多年。

从医生护士的零星碎语中，秀秀才知道自己这次是宫外孕。小家伙找不到家，妈妈关闭大门不让他进门，他只能在妈妈狭小的躯体外某个不适宜生长的地方生根。身体其他部位强烈反对，一心要将他置于死地，而今一动，惹得他成了只愤怒的小鸟，竭力向妈妈开火了，咬断了她的血脉，导致大出血。呵呵，报应啊！

秀秀渐渐感觉眼皮越来越沉重，像是挂了几百斤重的石板，压得她的脖子“嘎吱”响，颈椎都快断了，她快要被压成一块茶干了。秀秀闭上眼想好好睡过去，可是每当她一闭眼，上海那个老专家就命人趴在耳边大声问话，还扒开她的眼皮，非把她叫答应，打扰她一个又一个美梦。

整个下午，秀秀就在这样反反复复和自己的睡眠战斗，奇怪的是现在的自己一点儿也不感觉到疼痛，胸口以下已经完全没了知觉，整个身体前所未有的轻松。

睁开眼，头顶的天花板已经消失，变成一片湛蓝的天空，有时还有灿烂的阳光，阳光下一架银白色的飞机在翱翔，从云霄俯冲而下，在空中画着爱心形状，最后冲下来接住她。

“血止住了，命总算是保住了。可怜这姑娘了，吃了这么大的亏，身边连个亲人都没有。”不知什么时候，老医生终于长出了口气，轻声地说。

“外面那个女人感觉不是很关心，估计不是她亲妈。”小护士说。

“子宫内壁损伤很大，输卵管也受了很大伤害，不知道以后还能不能怀孕了。”老医生小声嘀咕，疲惫不堪。

“不要，你们，你们对我做什么了？我以后怎么不能怀孕了！”睡梦中的秀秀正准备登上俯冲下来接她的飞机，突然被耳边这句话惊醒。她猛地睁开眼，抬起上身，绝望地大叫，像只发怒的豹子。

四周涌上来的护士死死地将她按倒，一针镇静剂打入血管，秀秀圆睁的双目渐渐失去了光泽，一点点关闭再次睡去，这次真的睡着了。

一连三天，秀秀躺在医院四楼靠墙的病床上，看着窗外发呆。每天那个看一眼就让她厌恶的女人除了送点儿稀饭、汤粥来不让秀秀饿死，就很少能看见她。秀秀原先绝食，毫无胃口，可是就在她醒来的第三天，黄俊峰特意来医院看望她，说她爹脑梗死又犯了，他将老人接到镇医院住院休养。并告诉丁国平说，秀秀是去省城进修学习去了，大概两个星期就回来。

一想到孤苦伶仃的爹，秀秀就忍不住鼻子发酸。这样的人生经历，她瘦弱的肩膀真的担负不起。自己为年轻时的叛逆付出的代价实在太大，才落到现在这步田地，还连累爹跟着受罪，不能安度晚年。

之前如果有人问她后不后悔，她会回答一万次不后悔！可是现在，她真的后悔了。不是在意坏了的名声，而是从心底彻底地厌倦了、绝望了。男人是块煤，暖和之后就变成渣了。这两个负心的男人，在她高傲、冷艳的心里倒下一瓶墨水，将她从里到外、从头到脚都染黑了，再怎么也洗不清、漂不白了。

“护士，请帮我到楼下买些烤山芋行吗？”有一次饿了，休息时秀秀弱弱地恳求那位最小的护士帮忙。只一会儿工夫就有人敲门，那位大娘张望着进来了，手里包着一团升腾着热气的烤山芋。

“大娘，你送上来的啊？楼下摊位没人照看怎么行啊！”秀秀支起身，艰难地取包掏钱。

“姑娘，不要钱。伤筋动骨一百天，要好好调养，不然会落下月子病。”

“谢谢大娘关心。”

“楼下摊位不用看，都是自家种的山芋，谁想拿点儿吃就拿点儿吃呗。咱农村人不稀罕那东西，要拿也是城里人拿。”大娘将暖暖的山芋和钱都塞进秀秀怀里。

黄俊峰临走的时候，秀秀问他过几天有没有时间来省城一趟，来接她，他答应得很干脆，有时间来接。秀秀突然觉得这么些年，自己活得竟然连一个朋友都没有，现在只有这个已婚男人能招之即来。虽然是冷饭，但炒热了还是温暖的，能填饱空洞的肠胃。

这天一大早，秀秀能下地走路了，便坚持出院。晓东妈妈一听，立刻脸上堆满了笑，屁颠屁颠地跑去柜台结账了。一切办理妥当，秀秀披衣下床，梳好头发，准备出院。

最后晓东妈妈从包里掏出一个信封，里面装了些钱，信封上写着八百元，硬塞进秀秀的挎包里，说是回去自己调养身体。本来已经麻木的秀秀身体渐渐颤抖起来，抬起头看了看这个不知道是可怜自己，还是为儿子还情债的老女人。她现在一句话都懒得说了，出院给八百块钱算什么意思？为她胆小、薄情、自私的儿子还良心债，还是封口费？

“卖大饼啦！卖烤山芋啦！”楼下吆喝声一片。

秀秀掏出钱，对着一脸堆笑的晓东妈妈扬了扬，顺手从开着的四楼窗户扔了出去。

“呀！看，楼上有人撒钱！”楼下立刻喧闹起来，如水池里的金鱼抢食，欢呼声、叫骂声、打斗声集体上演，像小时候家乡新房子建好后早上上梁，房主站在房梁上唱：炮仗一放喜洋洋啊！我们到贵府抢喜糖啊！底下人异口同声地喊声好啊！然后房主向人群抛撒糖果。

秀秀一直站在窗边，注视着全部过程。哄抢是动物的本性，电视里播放过无数次，国道旁、铁路边，一辆辆侧翻的货车、火车被蚁群一般的路人哄抢的画面。面对别人的不幸，很多人往往表现出比漠然更让人恐惧的占有欲，不但没去帮扶、救助，反而携老带少，将人性的灾难演化成一场集体狂欢。

“姑娘，你的钱掉下来了，我就帮你抢了这么点儿。人太挤，手都被他们踩破了。”楼下那位烤山芋的大娘一见秀秀出了医院大门就跟上来，说看见秀秀在窗边钱不小心掉下来了，人群太拥挤，她块头比较大，腿脚灵活，被挤跌倒了几次，捡到一百五十块钱。她把手里印满了脚印和泥土的一百五十块钱塞给秀秀。

“哦——”秀秀支吾着回答。

“你刚动了手术，注意别乱动。先收下这钱吧！”

“不用了，你收着吧！谢谢你，大娘。”秀秀将钱推回去，大娘的手黑乎乎的，却特别热乎。

“哟，孩子，你手好冰哦！赶紧回家吧，煮点儿热汤喝，最好是野生的鲫鱼，补伤口的。”烤山芋的大娘握着秀秀冰凉的手执意不肯拿钱，一个劲地推辞。

秀秀转过身，尽力不让泪流下来。这世界真有那么一点点带着热度的真情，就是丢在几百万人栖息的大染缸里捞出来也不褪色，带着烤山芋的乡土气息，散着一份由内而外的温度，透着一份纯真。

“大娘，你烤的山芋味道和我妈妈一个味，我——我可以叫你一声——妈妈吗？”秀秀紧紧地攥着大娘黑乎乎的手，盯着那位大娘喘着粗气为她抢回来的一百五十块钱，几度哽咽，泣不成声。

她心里已经骂了无数次，老天爷就是个浑蛋，在自己最绝望的时候，总会有最真挚的毫不相干的亲情冷不丁抱紧自己，焐热自己，让自己不得不感动，而且还被感动得稀里哗啦，甘心情愿，丝毫不准怀疑。老天爷就是这么王八蛋，偏偏要一颗石头心在荒漠里有一瞬间的开花吐绿，而后又要自己继续面对骄阳，被残暴地折磨，慢慢枯萎。

“好啊，我一把年纪本来就能当你妈啊！来，妈这儿还有烤好的山芋，包几个带着路上吃。”大娘满脸欢喜，麻利地包了好几个烤好的大山芋，塞进秀秀的挎包。

“嗯，知道了，妈妈！”

“动手术身子虚，回家要炖些土鸡汤喝哦，光吃这个可不行。”

“嗯，妈——妈——谢谢妈，谢谢妈，谢谢我的妈妈。”

“天下没有过不去的坎，只有放不下的心，一定要坚强。”

“嗯，妈妈，我会的，一定会变得坚强。妈，你在那边听到了吗？女儿在这边认了个干妈，她烤的山芋和你烤的一个味，她给女儿的爱和你的也是一个味道。妈——妈，秀秀想你，秀秀想去那边看你……”秀秀接过山芋，猛地张开双臂，扑进对面那个陌生却很安全的怀里。这个抱柴火的怀里有干草味、尘土味，甚至还有牛屎味，但特别暖和。秀秀像个刚死了男人的寡妇一般放声痛哭起来，哭得撕心裂肺，哭得五官挪位，面部扭曲成一张狰狞的面具，如一张掉了色的吓人的脸谱。

“又一个失足女人啊！可惜了，哭出来好，女人的泪水是杀菌的。”旁边一个小贩只抢到几张小票子，他叠好钱揣进屁股兜里，吃了亏一般愤愤地调侃。

“就是，太随便了。”一个穿得西装革履的上班族拎着包，愤怒地骂。

“妈，我走了。”秀秀就那样紧紧地抱着新认的妈哭了几分钟。这几分钟，她感觉哭尽了一生，哭哑了喉咙，哭干了肠胃，哭倒了张公山，哭死了自己。

新妈后背上两摊水湿，像是两个大补丁，形状像家乡的稻田，秀秀抬起衣袖，轻轻地擦了擦。几滴还没有被吸附的泪水沾到了她的手臂，立刻钻进皮肤里不见了，一股冰凉让她打了个寒战。她转过身擦干泪水，顺手将那一百五十块钱塞进新妈胸口的大补丁口袋里，新妈执意不要，秀秀固执地非塞进去，并大声说是个缺良心人的，如果那个缺良心的人不敢向你要，妈你就自己留着吧！说罢就转身走了，走出这家几乎将她一生毁灭的医院，坐上一辆人力三轮车，车里是来接她的黄俊峰。落难何曾见几人，秀秀又哭了。

就在车子启动的瞬间，秀秀从包里掏出那条金项链。从开学那天起，曾晓东没到学校上课，她就摘下来放在了包里。她摇下车窗玻璃，探出半个身子，抓着那串项链向站在医院大门口的晓东妈妈狠狠地扔了过去。

“啪”的一声，那串项链像个旋网一般在空中打开，先是落在坚硬的医院楼梯上，然后跳跃着飞进街边拥挤的人群中，不见了。

“有人扔项链啦！别抢，一人一半！”人群像烧滚的油锅，翻滚成一团。两个商贩同时抢到了那串项链，都死死地攥在手心，最后一使劲，项链被肢解，两人几乎平分了。

“今天怎么了，遇到富人还是遇到孬子？”有人纳闷地看着秀秀，小声地嘀咕。几秒钟的观望后，大街上匆匆的脚步重新响起，医院门口又恢复了喧闹。

“女儿，回家好好调养，妈就在这家医院门前卖烤山芋，想哭就来找妈。”医院高楼下，那位卖山芋的大娘用力挥着手，大声喊道，嗓音盖过了一阵阵尖锐的汽车喇叭声。

“这个世界虽然有太多不完美，我们仍可以治愈自己。今生为人，要善待自己。”黄俊峰轻声地说。

“嗯！”秀秀埋下头。

车子缓缓移动，秀秀回身看着医院门口并肩站立的两个身影，一个是曾晓东的妈妈，她曾经欢喜地叫妈的女人；一个是卖山芋的大娘，她刚刚新认的妈妈。

同样是女人，同样都叫了妈，一个刻薄无情，胸口是个冰窖；一个纯朴憨厚，胸口有颗滚烫的没有污染的心。

那年，秀秀又记住了一个重要的日子。

第二十三章 恢复记忆

村里人都知道，大虎差点儿杀死那只水鬼，差点儿杀死了村里的活宝贝。可是听说那只水鬼可能还有帮手，竟然能把雨露的头发在树枝上打个死结。

消息越传越玄乎，说那只水猴子会武功，虽然只有土行僧那么高，却比前些天村里放的《李小龙传奇》里的李小龙还厉害，能飞檐走壁，潜水遁土，还练得一身刀枪不入的真功夫。

因为没能杀了它，大虎每天都很沮丧，但他出门总是刀不离手，时刻警惕。任何一堵墙后看不见的拐角，一片树叶的背后，一只蜗牛壳里，都可能藏有水鬼的一双眼睛。

“我叫你天天犯孬！”一天大虎饿急了回家吃饭，张德标竟然自己动手用八号铁丝做了条铁链，将他捆了起来，还用小腿粗的木头棍子狠狠地抽打他。可是直到张德标把那根粗棍子打断，大虎趴在窗前的眼睛还是没眨一下，一直盯着远处那个水面，嘴角挂着邪魅的冷笑。

“嘿嘿，打得好！打得好！”大虎拍手称赞。他心里一直在酝酿下一个复仇计划，仿佛他爹打的根本不是他，而是那个可憎的水鬼。

“啪”的一声棍子断了，张德标脸色越来越难看，越打越害怕，最后扔了断成两截的木棍，给大虎解开链子，以后再也没绑过他。

那夜很清冷，大虎坐在大塘边的柳花树上打盹，树下两个人影的拉扯声惊醒了他。

“你跟我也半年了，不是今晚看到你在吃药让我逮个正着，我打死都不相信你一直在吃避孕药！为什么要吃这药？你不想给我生娃，我这么帅，你不想跟我一辈子？”原来是小麻子正在拉他的小媳妇。

他媳妇胳膊上挎着包，里面鼓鼓的，看来是要出村，被小麻子截住了。只半年的工夫，这个不知是哪个山沟沟里被转卖来的女人，小麻子把她当娘娘一样供着，从来不让她做一点儿事，皮肤养得雪白，出门倒盆水都有光棍偷窥。

小麻子人长得不怎么样，疼老婆倒是有一手。后来他也不出去打工了，见人就说在家造人。哪里人多就带上他的小媳妇往哪里赶，庙会带着他老婆，什么衣服好看、花哨买什么，口头禅就是“不怕花钱”，浑然就是个大款。逛街时两人的手还紧紧地握着，他说那叫恩爱，可村里光棍说小麻子是怕她逃跑。

一次逛庙会，一个小乞丐拽住他的裤脚，嚷嚷着老板给点儿吧！小麻子挣扎了几次都没能脱身，他蹲下来，对着那个脏兮兮的小孩耳边小声说：“其实我比你还穷！”

“光棍有酒喝啊，光棍有烟抽啊——”小麻子出门遇到村里的单身汉就唱这首自创的主打歌，不知道是自豪还是调侃他们，歌声里全是满满的得意。

“我拉拉手就叫媳妇怀孕，你行吗？”有的单身汉看不惯，说他几句，没想到小麻子火了，竖起中指挑衅对方。

太阳稍微大点儿，人家戴草帽，他们出门打把小红伞，小麻子说那把伞是防紫外线的。小麻子跟一帮光棍炫耀，紫外线你们知道吗？你们真是贱癌晚期，就是太阳有毒，必须防毒。我家媳妇皮肤多嫩你们知道吗？可不能晒着了。这把伞好几十呢！小麻子还特意给老婆买了个红色的蝴蝶发夹戴在辫子上，真的像只飞累了憩息的蝴蝶，衬着那把红色的伞，显得洋气又可爱。小麻子喜欢红色，自己给老婆取了个新名字叫小红。

“你们村女娃结婚都戴三黄，我也要戴三黄。”一次媳妇嚷嚷着要进城买首饰，小麻子一听气得直咬牙根，这肯定是哪个烂嘴婆在媳妇耳根边嚼舌头，不然媳妇不可能这么拜金。他现在穷得别说“三黄”了，就是“三银”也买不起。

“我还小，不想这么早生娃。我想家了，回家看看爹娘就回来。”小红避开小麻子主动迎上来的目光，将一板已经吃了一半的避孕药扔进了大塘里。

“早跟你说过了，你真爱她就打断她一条腿。当活宝贝养了半年，她不还是要偷偷地跑啊！”大虎从树上跳下来，拍拍一脸失落的小麻子，很老到的样子。

“嗯，大虎哥哥说得对！我媳妇我有权执行家法，打断条腿至少我得到个人，划得来，划得来。”小麻子像是被点化了，一脸感激地连连点头，接着在地上到处张望，看有没有大点儿的石头或棍子。

“别找了，我这有柴刀。你说吧，是打左腿还是右腿，我帮你打。先拿她试试手，让大塘里的水猴子看看，我以后就这样要它的命！”大虎边说边从腰后抽出磨得雪亮的柴刀，对着头顶的树杈砍去，“咔嚓”一声，一截树枝应声落地。

“我、我、我没真吃避孕药，那药是我在村里捡的，已经过期了。我——我估计怀孕了，想出去看医生。”小红看到大虎从树上跳下来就怯生生地怕，这家伙在村上什么事都干得出来。谁都知道他刀不离身，像个屠夫，是专为杀什么水猴子准备的，可今晚他要用那刀砍断她一条腿！这村男人都是神经病，这个满脸是麻子的男人奇丑无比，晚上亲嘴还非要开灯，不知从哪里来的自信，见人就说人家迷恋他长得帅，真是恶心到家了。

“你怀孕了？真的吗？我丁麻子要当爸爸了啊！大虎，你给我站远点儿，别碰着我儿子了。”

“嗯，真怀孕了。”小红连连点头。

“孬大虎，你看你那一头孬毛，也该洗洗剪剪了。媳妇别怕，走！我们回家，我给你炖枣子汤喝。”小麻子刚刚还是一脸的愤怒，决心打断媳妇一条腿，可一听说没领结婚证的媳妇可能怀孕了，顿时乐开了花，慌忙站到大虎面前，一把粗暴地推开他，牵上吓得直哆嗦的媳妇兴冲冲地回家了。

“啦——啦，葫芦娃，葫芦娃，金刚葫芦娃，啦啦，我要做七个葫芦娃的爸……”小麻子一路歌唱。

“他媳妇怀孕了，怀孕了，我家的雨红也怀孕了啊！我去找她。”大虎嘴里念叨着扔了柴刀，转身下了大塘埂。

那晚夜黑如墨，大虎很轻松就摸进了雨红的房间，因为这里他太熟悉了，闭着眼睛都能走进去。一闻到她身上的女儿香就让大虎亢奋，而且他知道雨红爸妈一大早就出门去远房亲戚家吃喜酒去了，现在估计还没回来，这是难得的机会。

雨红侧身躺在床上听收音机，大概睡着了，因为大虎伸手解她的胸衣时，她没有像以前他们偷欢时象征性地反抗，这就更让大虎确定了她就是雨红。只是大虎的手摸到她的右胸时，她的身子在颤抖，像只上足了发条的小闹钟，随时准备到点就响，而且一只手抓住他的手，如抓小偷般越来越紧，生怕大虎逃走。

终于撩起了雨红的上衣，大虎长出了一口气，手在润滑却有些微汗的躯体上游走。肌肤还是那么光滑，手感凹凸有致，满满的全是回忆。当大虎摸到那个特定的地方，却少了一样比命还值钱的东西，那个黑痣呢？我们的爱情痣呢？

“雨红，你不会变心了吧？你把我们的爱心痣藏哪里了？弄丢了？”大虎埋头到处找，疑惑地问。

“啪”的一声，大虎亮了手电，瞪圆了血红的眼珠，用力将侧躺的雨红翻过来，在她胸口仔细地查找。他想雨红的右乳房边一定能找到那个火柴头大小的黑痣，那是他们偷欢的按钮，可是大虎瞪圆了眼珠也没有找到。

“啪！”一声清脆的耳光，大虎的脸上顿时感觉像炭火在烧，能感觉指纹印夹着炭火的温暖在毛孔间游走。这种被打耳光的感觉他多少还有点儿记忆，只是好像被她爹打的，那次打得他耳膜都破了，还流了血。这次被雨红打了，怎么也这么疼？她现在都学会打人了，下手也和她爹一样狠。

大虎捂着腮帮子，一脸的茫然。他眨巴着眼睛，看清了面前站着的竟然是雨露，是雨红的妹妹。她用衣服捂着身子，满脸的委屈、愤怒，更多的是绯红。

“我明明看见刚才床上躺的是雨红。”大虎自言自语着，吓得夺门而逃。

当大虎逃出那间小屋的时候，却见雨红家的窗台上趴了个黑影，弓着腰，驼着背。黑影见被一脸愤怒的大虎发现，吓得跳下窗台，一路发疯地向大塘埂上奔跑。

“水鬼，别跑，你还敢上岸到雨红家偷看啊！”大虎咆哮着，抓起雨露家屋角的一把叉样，如皇陵里瞬间复活的兵马俑，眼里烧着复仇的火焰，赤脚带起脚下的尘土，一路咆哮着追了过去。

农家的灯光都睁开了昏暗的睡眼，被惊醒的村里人一个个披了衣服跑出来看个究竟。见大虎发疯似的叫喊着，举着把闪亮的叉样，正在追赶一个黑影。

那个黑影狂奔在大塘埂上，已经到了丁婆的水磨坊边，大虎离他还有二十多米的距离，这个距离快要超出他叉样的攻击范围了。大虎有些绝望，只要那个黑影闪进丁婆家的屋后，那里是一片树林，它就会消失，他又将和它擦肩而过，错过复仇的机会。

突然丁婆的水磨坊门口亮光一闪，一串光亮忽闪忽闪地上下抖动了几次，而后那串光亮迎着那个黑影向大虎这边走来。

“小花，上！这不是大塘里的小黑，他晚上经常趴雨露家窗户，小花，咬他！”是那个永远戴着荧光粉发环，像个守护大塘的精灵的傻姑，她截住了那个黑影。

“汪——汪！”大虎一直以为跟在傻姑身后的那只小花狗夜晚是只猫，可那夜在得到傻姑的命令后，它瞬间就眼露凶光，身上的毛发竖立起来，肩骨凸出，嘴里发出“呼呼”的咆哮声，像头小猎豹，锋利的爪子刨得大塘埂上黄土飞扬，奔跑着扑向被堵在大塘埂中央的那个黑影。

那个黑影定住了，前面有扑上来的凶狗，身后有追上来的大虎，左边满是野橘子枝的刺藤，连只猫都钻不过去，右边是大塘，他一个鱼跃跳进了大塘里。

就在那个黑影快要跳进大塘时，大虎像个标枪运动员一样，将所有力量和仇恨从脚趾尖一路传递、聚集到大臂处，最后拼尽全力投出手里的叉样，掷出了复仇的种子。那把叉样画着完美的抛物线，如被装了精确的导航定位，在黑乎乎的大塘口准确地击中了那个快要跃进大塘的黑影。

“扑通”一声，大塘顿时归于平静，可整个村子早灯火通明，沸腾了。

那个鬼影就这样消失在大塘的魅影里，大虎跳下去，摸遍了每一根水草、每一株柳絮、每个洞口，可任他再怎么叫骂都没有回音。水面上有一点儿血红，大虎发誓那肯定是水鬼流的血。

“张家孬子，你可要脸啊！我们刚出门，你就来欺负我家女儿啊，她才十八岁！”慧芳大婶吃完喜酒刚回到家就听说大虎要流氓的事了，气得抓了把扫帚，追着大虎打。

“是有个黑影偷看，这些天晚上就坐在我家窗前的那棵树上，我能肯定那个黑影不是水猴子。”当愤怒的丁小气也要过来打大虎时，雨露横在他面前，竭力地护着大虎。她知道爹那一巴掌的力量，能要了现在瘦弱的大虎的命。

那夜村里人都没有睡，村里又多了一个鬼。

“张德标，你看看你家孬儿子干的好事！这东西不除，村里早晚有人让他毒死。”第二天一大早，当看到满大塘漂上来的死鱼，丁家墩人实在受不了，都指着张德标骂。

就在昨晚，大虎偷了村里几家藏在茅房里的农药，全都倒进了大塘里。

“昨天晚上，那只水鬼被我用敌杀死逼上来了。嘿嘿，它就躲在柳花树下，被我一叉样差点儿叉死。”大虎当着全村人的面，冷笑着大声宣布，像个得胜的将军。

“鬼？你就是鬼！”村里人都骂。

“下半夜水鬼爬了上来，被我一路追到丁家祠堂后面的山上了，以后娃子们可以游泳钓鱼，大塘里再也没水鬼了。”大虎继续自言自语。

“这东西要是淹死就好了，省得害乡亲！竟然把一塘的鱼都毒死了，这可是全村过年的鱼啊！给我打，打死不要偿命。”张德标愤怒到了极点，他对儿子的忍耐已经到了极限。虎毒不食子，可这哪还是他的儿子！再不清理门户，张德标早晚也得疯。

“给我把各个路口堵住，别让他跑了！”村长张祥林一路叫骂着，领着几位队长直追大虎而去。

大虎慌忙抓起一把叉样，转身就跑上了村口大塘埂上。只要他出村逃进黑沙洲芦苇滩，就没人敢追他了。那片芦苇滩几千亩，茂密得很，当年新四军七师曾在这里和日本鬼子打过游击，鬼子都不敢进去，找个人如同大海捞针。

可就在他快要上到大塘埂的时候，丁大炮挡住了他的去路。这个平时懒得日上三竿才起来的老男人，这次却异常勇敢。他光着膀子，两只眼睛瞪得像山核桃，歪着脖子，额上的青筋暴起，鼻子呼呼冒着热气，摆出一副不怕死的架势。

大虎红了眼睛，本能驱使他这次一定要逃走，不然身后追来的十几个人真会要了他的命。

“冲啊——”两军相遇勇者胜，大虎喊了一嗓子给自己打气，硬着头皮向丁大炮冲锋。他从小就怕这个单身汉，这家伙一身横肉，一顿能吃五斤红烧肉，像个杀猪的屠夫。一年秋季分山，遇到只野猪，村里人用扁担打、用石头砸，唯独他张开双手扑向野猪，硬是死死把猪头抱住。野猪浑身的鬃毛如刺，他胸口也长了茂密的胸毛，一点儿不怕扎，抱住了就不撒手，硬是活生生把野猪给掐死了。

大虎上次用砖头把丁大炮拍得狗血喷头，流了很多血，差点儿要了这家伙的命，那是武疯子病犯了。这次看这架势，丁大炮有张德标那句打死不偿命的金牌，没有了后顾之忧，真要报私仇了。

先下手为强，大虎冲上去，抬手就给了丁大炮一叉样。丁大炮一闪上身，敏捷得如电影《少林寺》里会功夫的老和尚，竟然躲得很轻巧。这家伙下身没有动，看准大虎进攻时一叉样扑了个空，身体的侧面暴露了出来，他抬起右脚，对着大虎握叉样的双手就是一脚侧踢。

“咔嚓”一声，大虎握在手心那把手腕粗的木质叉样断成两截，变成了两截棍。大虎踉跄着后退了几步没有摔倒，但感觉胸口沉闷，像是被人重重踹了一脚，一股热流从胸口翻滚着涌上来，在咽喉处打旋，差点儿喷出来。这家伙脚力实在是太大了，不光踢断了叉样，连脊梁骨都震得咔嚓响。

丁大炮的进攻是连续性的，他涨红了脸，显得特别兴奋，因为整个大塘埂上全是人，都在看他表演。已经有十几年没有露一手了，想当年一提到他丁大炮的名字，在这一带江湖上也要给三分薄面。那时放电影，他一人拳打江对面集镇上的十几个流氓，脚踢后山张家墩四兄弟，带几个娃娃兵打过渡口，打得公社干部几个儿子跪地求饶，全身挂彩也不下火线，硬是打出了名声，出去小一辈前呼后拥，人人都敬畏地喊声“炮爷”。十里八乡的姑娘任他挑，要不是那时好吃懒做，嫌结婚养个女人麻烦，他家娃子怕是早上初中了。

就在大虎还在压制胸口的那团热火，不让它喷出来的时候，头顶暗光一闪，他眼角的余光觉察到了危险——不好！慌忙向旁边本能地一扭头，可还是迟了那么一点点，迎面呼呼而来的风夹杂着沙土，带着黑乎乎的一片云。

迎着太阳光飞来的是块砖头，原先还是巴掌大的一个黑方块，眨眼间就变成一块门板那么大，铺天盖地而来。大虎侧着脑袋拼命躲闪，还是逃不出那块砖头布下的天罗地网，被死死罩在那团黑云里。

“轰”的一声闷响，不是炸雷胜过炸雷，不偏不倚，正中脑门，拍的力度大到大虎眼窝里到处冒火星，像是过年放的过山雷，“噼噼啪啪”地在脑门里到处炸响。

“哦——哦！”大塘边的人群中发出一阵惊恐的叫声，一个个屏住呼吸，这场人鬼大战看得让人胆战心惊。

“你真是上茅房打电灯——找屎（死）！”丁大炮恶狠狠地骂。

雨露一路慌慌张张地跑上大塘埂，可是就如所有的电影剧本里写的那样，都是抢匪被抓住了，警察才冲进来；勇士的决斗结束了，女主角才赶到。雨露赶到大虎身边，听到那一砖头砸得天崩地裂的响声，本能地闭上了双眼。

完了，这个男人没有疯死，现在被砸死了。

也许是那块砖头烧制的质量不太好，在接触大虎脑门的一刹那裂成无数个小碎块，向四周崩裂、飞溅，一股黄沙在大虎蜂窝般的发型上升腾、弥漫，远远看像是有佛光。

“轰隆隆”，一股强烈的冲击波从左耳钻进来，在大脑里急速翻滚，震得地动山摇，呼啸着从右耳滚出去，像是开过去八吨重的大卡车。

“嘎吱”一声，头骨开裂的声音像是干柴崩裂，脆骨开裂的缝隙像是焊接的质量不够好，开始往外冒气，让大虎感觉脑门子成了渔网，到处都在漏水。他晃晃悠悠、踉踉跄跄没有倒下，抬头疑惑地看了眼天空，天空在极速旋转，天上有无数个太阳，像是亮着无数个一万瓦的白炽灯对着他晃动，到处都是刺眼的光亮，让他睁不开眼。

明明没有下雨，可是额头已经全湿了，几滴雨水顺着眉角流进眼窝，瞬间就将他的视线染成红色，大虎疑惑地用手一抹脸，全是鲜红的血。血液鼓着泡沫，热得滚烫，夹着一点点腥气。这种腥味他熟悉，小时候杀过年猪，他的任务就是等爹用刀子捅入猪的脖子，他端个脸盆蹲在旁边，接“咕噜咕噜”往外冒的猪血。

朦胧中大虎看到身边跑过来一个熟悉的身影，看那个脸蛋，那上下抖动的身形，难道是雨红？不，雨红已经死了，那是她的妹妹雨露。

“死了，死了，打救命针都救不活了。”有人可惜地说。

“这个孬大虎，天生就是属黄瓜的——欠拍！”有人恶狠狠地骂。

“帅！”远处的小麻子喊了一声，大塘埂上丁大炮弓着步，扬着手臂，全力一击的姿势征服了他，造型简直帅到了家。

朝霞将丁大炮的全身染成金黄色，他光着头、赤着上身，浑身发光，浑然是十八铜人阵里的武僧。

只一秒钟，大虎的眼前就由一片红变成了一片空白，他直挺挺地倒在了柳花树的怀抱里，地上腾起一阵黄烟。他嘴角抽动了几下，竟然笑了，又叹了口气。也许是太累了，他昏死过去。

那天村长张祥林一直在找他儿子，最终在丁家祠堂边的山泉里找到漂在水面上的张富贵。他挺着大肚子，像怀了八个月身孕的大肚婆，屁股上还插着一把雪亮的叉样。

“嘿——嘿，大——大塘有——鬼，是雨红来找我了。”

“嘿嘿，那——那年早上，是我欺负捶衣的雨红，她——乱跑掉大塘里了，被水鬼拖走了，嘿——嘿！”半夜大塘埂上的柳花树上有人在边笑边拍手，竟然是张富贵在自言自语，见人就说大塘里有水鬼。

他今年刚好二十五岁，祖辈很守信用，丝毫没有偏心，生物钟不偏不倚，一切都按设定好的办，到点就将他调成结巴模式，即使是孬了，也丝毫没有打折扣。

“该！”

“孬子村村有，年年死不完！”几个单身汉一脸厌恶地骂。

等大虎醒来的时候，已经是晚上了。

雨露一直守在他身边，也不说话，先给大虎伤口消了毒，然后拿个绷带给大虎包扎，一圈一圈包扎得那么仔细，样子像个慈祥的母亲。

“虎子，好几天没吃饭了，吃口吧！”张德标端过来一碗雨露为大虎冲的热腾腾的鸡蛋花，试探性地问他饿不饿。

“好！”大虎应声去接。只一句话，就让张德标夫妇老泪纵横，像个娃子一样，一屁股坐在门槛上哭了起来。

有些泪，并不是白发人送黑发人才流得酸楚。

大虎伸手去接碗，他被自己的手吓着了，黑乎乎的像个掏煤工。雨露正在给他剪头发，扳正了大虎的身体，示意他不要乱动。大虎默默地盯着面前的镜子，镜子里她聚精会神地给自己剪着头发，乱的、脏的、白的、烧焦的，全都一根根地挑出来，反复筛检。

也许是加了太多的红糖，一碗鸡蛋花，大虎喝了很久，太甜牙疼，太软心疼。

大概是感觉到了大虎在盯着镜子中的自己，雨露侧过身，留给他一个侧面。大虎看到了雨露眼角的湿润，她在努力克制自己的情绪，尽量装得自然、平静一些，可人的眼睛是最诚实的，不会撒谎，掩饰不住内心的悸动。

“好像记得你脖子上挂过那串项链，那串项链哪里去了？”大虎仔细辨认镜子中的自己，回忆在一点点地修复，慢慢清晰，痛苦也在一点点占据心灵。

“那夜抓那只水猴子时被它抢去了。”理好发，雨露还是不让大虎动，很认真地给他刮胡子。

“哦，雨红走了，明天你带我去她的坟前上香好吗？我想陪她说说话。”大虎呆呆地坐着，喃喃自语，像个找不到家的迷路的孩子，一脸茫然。清醒也是一种绝望的痛苦，疯时眼睛能看到的任何地方都是大路，可是明天的路在哪里？

大虎感觉像是做了个奇怪的梦，梦里他失去了最心爱的人，从鬼门关走了一趟，连阎王都骂他是傻子，他爱的人已经死了，不会再回来了。现在被砖头拍醒了，他该寻找新的人生了。

在抗日战争时，新四军七师指挥部就设在张公山半山腰。江城市为加大旅游开发，立项建设了新四军七师纪念馆，并联合一家大公司，招商引进了长江旅游开发公司。江对岸七十年代建设的渡江战役第一滩纪念馆也要重新修缮，长江旅游开发公司特别重视，安排了一位陈总专门负责此事。

长江旅游开发公司是一家大企业，很多省都有项目。尤其以水资源开发为主，江面上跑的客轮多半是他们公司的，这几年正在拓展业务，全面向餐饮、住宿度假村方向发展。

章晓惠大学毕业后真的被分配到丁家墩建设工地上班，当了陈总的秘书。小丫头是个工作狂，没事就跟在陈总后面满山跑，只两个月就晒得黝黑。后来晓惠干脆将马尾辫一剪，剪成了很男人的发型，这个假小子整天跟在男人后面跋山涉水，搞旅游摸底，一点儿都不觉得累。

陈总是个只需充电半小时，就能马不停蹄地做一天事的工作狂，四十来岁，耐看。他话不多，却是个吃货，每隔几天就带晓惠和一帮技术人员到雨露的船上改善伙食。晓惠妈已经再婚，第一次来看女儿的时候，惊讶得几乎认不出来了，不是因为小惠变黑了，而是女儿竟然吃荤了，而且吃相丑陋，活像个饿了几天的农民工。

小美这些天就住在大船上，她爱上了这里，讨厌去医院，讨厌去参加一个个什么宣传会，像个木偶一样被摆布。她看着大家一天到晚忙得团团转，反倒特别羡慕。可是那次从树枝上掉进大塘里，与死神擦肩而过，可能是受了凉，或是受了惊吓，让她落下了胸口痛的毛病，开始吃不好、睡不好，经常发低烧。

“我家的小美哎——别吓着哎！有什么东西缠她，给点儿米吃你就走哎……”一个清晨，小美还睡得迷迷糊糊，船头传来妈妈亲切的喊魂声。已经有十几年了，再次经历这种古老的仪式，让她既感觉好奇又好笑。小时候每逢在外面玩疯了回家受了凉，妈妈都这么喊，可奇怪的是第二天她就精神抖擞，像是啥事都没发生过。

妈妈端着一盆新米，边重复着喊魂，边向江里撒米，样子虽然憔悴但虔诚。去年妈妈经历了二婚，二婚能给一个女人带来第二春，她脸上竟然起了几道红晕，听说那是只有二十几岁的女人才可能有的。而这些天，她面色苍白，常去大塘口的那棵柳花树下烧香、祈祷。

“小美，洗澡了。”这些天妈妈觉察到了小美的异样，对女儿的态度也好了很多。丁祖峰听说小美身体不好，特意请假回老家看望她。检查后说是手术后身体机能的排外反应，所以要多休息，多补充营养，可私下里打招呼，要约个时间带她到市医院好好检查一次。

小美没有理他，看着窗外的江水发呆。她始终觉得这双眼睛不属于自己，总有个女孩的影子在眼前晃动，一晃就让她思念一个人。

“小美，洗澡了。”妈妈再次叫她，可她不想去，她现在憎恨去医院，憎恨洗澡。今天的房间里她总觉得有些异样，总觉得有一双眼睛在偷窥。可是已经有很多天没有洗澡了，江风鱼腥味特别重，身上的异味让她感觉自己像个野孩子……野孩子？这个想法让她的心里升起一股甜蜜。

妈妈今天有些特别，关了灯，还将浴缸里放满了水，加了很多沐浴露，溶起的泡沫让她感觉身体被温暖包围，但她还是感觉不踏实。同样的衣服却好像大了很多，连辫子都找不到游动的感觉，肩上突起的锁骨隔着毛巾都扎手，胸口疼痛的肉团像枯萎的藤条上的瓜，严重营养不良，随时都会掉下来。还好妈妈放了首《甜蜜蜜》，让她的情绪稳定下来。

“妈妈给你擦洗好吗？”妈妈试探性地问。

小美没有吱声，还在回忆半年前还很丰满的身体，那时她潜进浴缸里，妈妈总说她是条美人鱼。美人鱼是什么东西？大概就是有松软乳房的美丽女主角吧！她没有回到现实中，只是妈妈那双颤抖的手摸到她的乳房时她有点儿纳闷，是不是自己瘦了，才感觉妈妈的手变大了？妈妈以前帮她洗澡，都是全身慢慢地擦洗，最后才洗胸口，可今天是怎么了，还没有涂香皂，怎么就把手按在胸口上？起初是轻轻地抚摸，后来竟然用力地揉捏，像是在找什么。

今天关了灯，她感觉又回到了以前眼瞎的时候。

“妈妈，你今天的手好大啊！”小美疑惑地说。今天妈妈的手大了、宽了，好像还有老茧，显得很粗糙，揉捏得有点儿疼。

“是吗？手还会变吗？傻丫头，别动！”妈妈有些慌张，哽咽着回答，把泡沫堆高了，遮住她的下身。

小美好像听到澡间里有粗重的呼吸声，还能闻到一股野孩子的汗酸味，可她不敢说，她觉得是自己思念他的幻觉。因为现在不能去爱，所以她感觉爱的标准已经处于混乱状态，整天纠缠她，吸她的血液，将她吸成一具干尸。

有时她特别羡慕雨露，敢爱敢恨。每次发疯的大虎去她家找雨红，她爹被惹烦了要打大虎，雨露总是冲上去用身体护住这个可怜的男人，并大声质问她爹，说有本事一巴掌也把她这个女儿打疯算了。村上很多男人暗地里追她，雨露放出话来，她已经替代姐姐把心嫁给了这个还是疯子的男人，她等得起，说得村里男人一听就想哭。以前他们嫉妒大虎有女人爱，有为爱疯狂的理由，现在没有任何理由，就是嫉妒。而今大虎真的恢复了记忆，他们的爱总算是圆满了。

妈妈终于走了，轻轻地带上门，让小美感到孤独。不知从什么时候起，她怕孤独了，总想有人说说话，才不至于被胸口的疼痛占去整个大脑的精力。有时摸着自己的胸口，她总是怀疑那只水猴子真的将一枚鱼刺塞进了她的乳房里，不然怎么疼得没完没了？

这些天住在船上，小美每次进房间，第一件事就是打开收音机。做事一定要弄出点儿声音，不然会寂寞得心慌。

又是一个清晨，好像没有什么不一样的地方，只是妈妈这些天不上班，说她可以在船上改作业，也可以帮饭店打些杂，却总是围在她的身边，有时还莫名其妙地哭。妈妈去年刚结婚，今年应该去度度蜜月，可是因为小美生病了，家里总是快乐不起来，气氛很压抑。

再次打开那台心爱的收音机，还在谈论那个永恒不变的话题：如今神经病不叫神经病了，叫执念；谈恋爱不叫谈恋爱了，叫生死劫。

小美终于知道为什么有时候自己脾气不好了，因为她控制不了体内的洪荒之力。小美恨他，却实实在在想他，又不想去医院。上次受了太大的惊吓，让她一想起医院就有些怕，但好在身边总能闻到野孩子味，让她觉察到他就在身边。

妈妈端来一杯热茶，小美不想喝，可妈妈非要坚持，小美拗不过，她也不想惹妈妈不开心。一杯热茶下去就有点儿昏昏欲睡，这些天总是这样，感觉窗口的江风比城里的大多了，要站好一会儿才不至于被它刮倒。

江面上来来往往的客船、采沙船、渔船扯着嗓子、喘着粗气，跑得很匆忙，这世界不光只有人累。

昏睡中好像有个宽大的肩膀背上她出了家门，她觉得是梦。

小美做了一个梦，被他牵着手，欢快地笑着，一路奔跑，从村口的山泉一路穿过大塘埂，奔向翻滚的大江。全身都是汗酸味，像个野孩子。一不小心摔倒了，胸口的石头摔碎了。

小美笑醒了，却感觉手臂上有一股凉凉的液体注进体内，一点一滴，让她感觉身体的某个部位被开了个洞，一股冷流在血液里流动。身体没有一点儿气力，也没有温度，如冷血动物。她想起身去看看窗户是不是开着，可是摸摸墙，让她感到陌生，这是在哪里？

“妈妈，妈妈！”她大声叫喊。

“小美，你醒了？”是妈妈的声音。

“妈妈，这是在哪里？我要回家。”

“小美，你在我上班的医院里。”是丁祖峰那浑厚的声音。小美又听到了熟悉的声音，她变得安静了。她根本不敢抬起头看他一眼，感觉欠了还不起的债似的。

这个弟弟她从来就没认过，他也始终没有叫自己 声姐姐。妈妈给了她一个秘密，她却塌了内心世界，掉进了伦理的沼泽地里整天挣扎，喘一口气都那么无力、绝望。

从梦里醒来的时候，小美感觉浑身不自在，总觉得像是被小偷光顾了，偷了什么东西。

她下意识地摸摸胸口，却没摸到属于自己的骄傲。她立刻睁开眼，瞪圆了眼珠，有些不相信，又去摸摸另一边，也没有。这是怎么了，难道是梦还没有醒？原本饱满的胸不见了，平滑得如江堤。

“妈妈，妈妈，我……我这是怎么了？”小美一脸不敢相信地问，抓狂地踢着床上的被子。

“小美，你生病了，检查后发现已经扩散得很严重了，双乳必须切除。这次手术很成功，你静静疗养吧，很快就好了。”丁祖峰就在一边陪同，他消瘦了很多，额骨凸起，脸色也变得蜡黄，满脸倦意。

“我才二十二岁，割了我还是女人吗？你们怎么不经过我的同意就擅自做主，还不如干脆拿刀杀了我算了！是你主刀的吗？”小美跳起来，不顾还插在手臂上的吊针，抡起巴掌，“啪”的一声，恶狠狠地给了阿峰一记响亮的耳光。

“啪”的一声，挂在头顶的吊瓶被小美挥起的手臂带翻了，在地上打了几个滚，输液瓶质量很好，竟然没有碎。

这一巴掌的力度只有他们俩知道，丁祖峰脸上立刻就印上了五个红红的指印，长长的很漂亮，如比肩生长的蔷薇花蕾，红艳艳的等待开放。小美看都不看，觉得打得还不够狠，他欠自己的何止是这一巴掌？她从来没想象过自己有一天会像个泼妇一样，抡起巴掌去打心爱的人。果然每个女人都有耍泼的潜力。

丁祖峰呆呆地站着，表情木然。小美那一巴掌打在脸上，他竟然毫无反应，像尊蜡像，继续保持他原本的忧郁。

小美摆出一副要吵嘴的样子，可是病房里异常安静。妈妈弯腰去收拾地上的杂乱，轻手轻脚，那么小心翼翼，生怕惊动了她。小美绝望了，她想有人和她大吵一架，好好发泄一下，想找个理由一头撞死算了，可是全屋子的人都把她当个婴儿，都让着她。

小美躺下去，把身体钻进被窝里，钻进另一个黑暗的角落里。一连好几天，就是不想睁眼看以前羡慕的世界。

第二十四章 当个小老婆

家，秀秀是不想回了。世上没有不透风的墙，村里的闲言碎语能把她的骨头当零食嚼烂。支教学校她更是不想去，静不下心，在那里就是坐牢，秀秀不想把仅剩的一点儿青春在那里消磨殆尽。

为了照顾秀秀，黄俊峰决定陪秀秀一起回家。他们坐上了省城的汽车。

车在崎岖的山路上颠簸，车里的音乐开得很小、很轻柔，但怎么也消退不了车内凝重的气氛。黄俊峰已经人到中年。真是岁月不饶人，原先那个在师范舞蹈队领舞的俊俏小伙子被磨去了轮廓，打上了深深的年轮烙印，正在大步向中年迈进。他耳鬓已有几根白发，额头脱发严重。也许是刻意的，他将脑后的几根头发留长，然后反梳到额头处，遮住了光亮的秃顶。

景色在倒车镜上变换、消退，秀秀看着镜子中自己的面容，早已褪去了光泽，原先在师范院校里那个靓丽、高傲、冷艳的领舞精灵已经老了，被岁月折磨得毁了容，像一具绝望的行尸走肉游走世间。

“你爹身体不好，需要在医院里静养，你在偏远的学校上班，照顾他也不方便。这样吧！回去我帮你调到镇小学上班。”黄俊峰人虽已变得臃肿，但心还是一如读书时那般热情，说的虽然是客套话，但秀秀觉得还是很温暖。人在冰天雪地里受冻，就算只有一根稻草为你燃烧，也有温度，更有感动。

“谢谢！听说县师范要扩建，招收舞蹈老师，我要报考教师进城当老师。我想趁照顾我爹的这段时间好好看书。我爹就是被我气病的，他就是气我任性，想我留在城里教书，给他挣个面子，不受邻居欺负。”秀秀感激地说。

“好，我回去给你在镇上的医院旁边租个房子吧，你也需要好好调养。”

“我现在这个年纪刚刚好，等考上了就没人敢嫌弃我了，就不会被一个个自私的男人抛弃了。到时把我爹接城里去，绝不在村里多待一天。”秀秀苦笑着，有所感悟地对着窗外发呆。

这些年她走啊走，风景无数，伤痕累累，停下来一看，茫然发现又回到了起点，只是这一圈耗尽了她最好的年华。

“好，有上进心好！前些天我去接你爹的时候，看见你们村开了几家农家饭店。黑沙洲上建的那两条住宿用的船，起点就很高，每条船至少好几万，村里哪来这么多钱？”黄俊峰点点头，提到丁家墩，他还是有很多疑惑。

岁月已经将他打磨成一个成熟、稳重的男人，窗外一阵风将他额头的那缕头发吹乱，露出一块空地，油亮亮的，见证了他的阅历。毕业短短四年，他就从一名中学教师提拔为镇中心学校校长，自然有他的能力。这次他是刚从别的乡镇调过来。

去镇医院看爹之前，秀秀特意为黄俊峰买了顶帽子戴上，遮住了他的秃顶，还买了一条围巾和两件衣服。黄俊峰就是肚子大了点儿，长得还算俊朗，这么一打扮，至少年轻五岁。

秀秀知道爹对自己带的朋友都特别在意，尤其是男的。和曾晓东的婚事泡汤了，对爹的打击特别大。他都登门认女婿了，可还是被抛弃了，这次犯病肯定和他心里窝火有关系。爹这辈子最受不了别人指指点点，尤其人家一说他的宝贝女儿，他立刻就会瞪眼跟人家急。娘死后他没有再婚，就是怕后妈对孩子不好，结果老了也没能享到女儿的福。

进了医院，丁国平躺在病床上，干瘪得如只泄气的睡袋。一见秀秀进来，挣扎着要坐起来，努力了几次还是没成功。秀秀小跑几步扑进爹的怀里，爹抬手抚摸秀秀的头发，抽动几下满是胡楂的嘴，怎么也发不出声音。

爹真的老了，家里养的那条大黄狗也被偷了。这世界什么都缺，就是不缺小偷！除了上次主动要求去城里看几次未来的亲家，他不愿意出家门。人越老越像个孩子，世界再大再好，也没有自己的家里好。

父爱如山，可是老天赋予人生命、情感，同样安排下生老病死的轮回，安排下那份割舍不去的挂念。仿佛就在昨天，一晃间，自己也有白发了。记忆中还觉得自己很小，是个扎着小辫子的孩子，可是每次回家，面对苍老的爹，才感叹时光的飞逝；每次转身离去，总有点儿说不出的酸涩，总怕是最后一次的离别。

一上午，秀秀都趴在爹的怀里呜呜地哭，像个在外面受尽委屈回家倾诉的孩子。临走丁国平抓住黄俊峰的手，和秀秀的手叠放在一起，嘴抽动了几次，落下几滴浑浊的老泪。他已经不能说话了，这次脑溢血发作，晕倒在家门口，如果不是抢救及时，早没命了。后来醒过来就变得反应迟钝，也不能说话了。

十指接触的时候，秀秀感觉有些暖意，可她不敢抬头去看爹的眼睛，她怕再一次辜负苍老的爹。年少不知父母恩，懂时已是中年人。有些事，女人可以扛得起、伤得起，大不了躲远远的，可是爹能躲到哪里去？这里是他的家，针眼大的事都躲不过那些闲人的眼睛，成为他们的流言蜚语。秀秀更不敢看黄俊峰，她怕身后这个曾经很熟悉却又很陌生的男人随时都会消失，飞回他自己的家。他是个有家、有女儿的人，只是在这里工作，根不在这里，根在城里。她对男人已极度没有信任，觉得他们变得比天上的云还快。

一晃又是一个冬天，这几个月秀秀过得很平静，她静下心来看书、考试，等待成绩公布，再去面试。爹的身体时好时坏，但始终不能开口说话。每次她一个人去看望爹时，老人家总有点儿失望，向门外张望，秀秀知道他希望她身边有个男人照顾。只要那个男人对女儿好，贫穷富贵、高矮胖瘦，都不是问题，就是女儿领着村里任何一个对她好的单身汉来，他也不介意。

为了安定爹的情绪，有时候秀秀会特意拉上黄俊峰一起去，进屋的时候还会装得很亲热，偶尔抱着黄俊峰的胳膊，还故意撒下娇，心里却很别扭。有几次黄俊峰像是受到了鼓舞，看望她爹后天已经黑了，陪秀秀一起去她的出租房。他想留下来不走，还要抱她，秀秀执意不肯。被抛弃的痛已经深入骨髓，只要一有男人的怀抱入侵，身体立刻就拉响防空警报，刺激她变得暴躁不安，甚至有想咬人的冲动，本能地想逃亡。

初吻时，男人的嘴巴是台榨油机，均匀搅拌，越吮吸越有麻油味的香。而今男人的嘴是吸血鬼的嘴，不只是尖牙利齿，最怕他们喋血的心。

又是一年腊月二十三，家家户户飘着香，提前熏烤新年这顿大餐。可秀秀害怕过年，因为别人家热闹，她家冷清。

天下起了大雪，除了还在流动的大江，一片白茫茫。跑到医院，医生告诉她爹早上面色红润，还能“吱吱呀呀”地比画着说几句话，秀秀一听感觉头皮发麻，不知道是好事还是坏事。不知道这是不是一种角色变换，自己在外读书时，爹是不是也这样担心在外的女儿？

过年了，医院里没几个人上班，丁国平竟然能自己站起来走路了，站在门边张望。一见秀秀挽着黄峻峰的手臂走来，立刻晃悠着走出医院大门。秀秀奔过去，将爹搀上了床。那天丁国平特别高兴，胃口也很好，吃了整整一个送灶粑粑。秀秀已经很久没有感受过这种家的温暖了，依靠在爹的肩膀边，显得特别温顺、乖巧。

“娃，娃啊！大爷求你一件事，你是真心对我家闺女吗？”眼看天又要黑了，秀秀爹打起精神，竟然能零星地说几句话了。他突然抓住黄俊峰的手，眼睛直勾勾地盯着他问。

黄俊峰猛地打了个寒战，接着很认真地点点头。因为秀秀爹的手实在是太冰冷了，热度的差异让他有点儿害怕，感觉手像插在冰块里。丁国平说话的声音很小，像蚊子嗡嗡地叫，可是黄俊峰字字听得真切。

“那你发誓，照顾我女儿一辈子！”丁国平眼珠子瞪得像个灯笼，冰冷的手如老虎钳。没想到这老头手臂力量大得很，夹得黄俊峰都感觉有点儿疼。

“我发誓，我是真心爱秀秀的，会好好照顾她一辈子！”黄俊峰话不多，但说这句话的时候，将一边低头不语的秀秀拉入怀中。

“好，好，真心就好。”丁国平听到黄俊峰的回答如释重负，拍着手在床上自言自语，像个孩子。

那夜黄俊峰送秀秀回到那间狭小的出租屋后，秀秀没有再赶他走。屋外大雪封路，他回不了县城那个家了。对于他来说，今晚是天时、地利，人和是秀秀给的，所有的伦理道德对于秀秀来说都变成了苍狗浮云，都抵挡不了屋外北风的肆虐。

这个已经二十多岁的女人缺爱，缺安全感。她总感觉自从长大，有爱的冲动开始，这一路走来都像在走钢丝，一直在找平衡。总以为牵手成功，可以有个港湾供自己休憩、躲避风雨，可是男人给你一个枕头，不代表给你一颗心；给你一个怀抱，不代表就能温暖你一生；给你一个肩膀依靠，那也可能是暂时的租借，他们紧盯的只是你的肉体。到头来，脚下踩的还是几厘米粗的钢丝，虽然没有断过摔死过，可感觉随时都会掉进万丈深渊。

读书时黄俊峰对自己千般追求、万般疼爱，那时因为有信念，任何外来的风都撼动不了她爱的花瓣，点亮不了她内心的灯火。而今还是这个男人，多了份成熟，少了份俊朗，一样的气味，不一样的年纪，爱的纯洁度秀秀不想去鉴别，她这只小蜜蜂已过了春天可以随处寻蜜的季节，再美好的青春也架不住任意的挥霍。而今寒冬已快将她冻成冰雕，她需要个窝，需要爱来温暖冰凉的心，哪怕是一根火柴，在漆黑的子夜为她划亮，像卖火柴的小女孩，有个短暂的可以幻想的梦，她也感动得流泪。

脱去衣服时，黄俊峰有些迟疑地问要不要采取安全措施，别又怀孕了。秀秀摇摇头，心里苦水翻滚，暗暗骂自己，要是真能怀孕就好了！以前自己的肚皮是片肥沃的土壤，一点点遗漏的种子都能长成参天大树，开花结果，而今那里因为缺爱，已经严重沙化，没有一点儿新绿，变成一片死海，现在自己是只不能下蛋的母鸡。

一场机械的活塞运动，秀秀本能地对这种亲热感到抵触，但看到黄俊峰赤条条地扑上来，像头饿到极点的野兽占有她的身体时，她又有种自豪感，说明她还没有老。

都说男人是火，女人是水、是柴，柴能让火变烈，火能让水沸腾，秀秀湿漉漉的身体只被黄俊峰烘烤了几分钟，就燃成一堆炽热的火焰，两人烧成一团翻滚的岩浆。

清晨醒来，一股淡淡的腥味扑鼻而来，秀秀掀开被子，床单上昨晚留下的那团乳白色液体已经结成渣，像是下雪前飘落的霜，可秀秀看着像是大片大片的头皮屑落在床上，令人恶心。

“以后来这里就直接进来吧！这是给你配的钥匙。”临走的时候，秀秀给了黄俊峰一把钥匙，那是专门为这个已婚男人配的。

从昨晚开始，这个男人已经打开了她的身体，他是她新配的一把钥匙。

又是一年庙会，西九华寺庙一大早就将“大悲咒”的音量开到最大，方圆十几里都被佛音笼罩。

山下人头攒动，烧完香拜完佛，一些青年男女被山下一面广告牌吸引，陆陆续续沿着村里规划好的旅游路线过来，最后都会集到大江边的那两条大船上。他们一边欣赏两岸的江南美景，一边吃着丁国安烹制的特色江鱼，品味山水乡情。

“这鱼真好吃，那种奇异的香总觉得小时候在哪里闻过，就藏在脑子里的某个角落，一品味就勾引起回忆，可就是想不起来。”大虎也坐在人群里大吃大喝，这是他发疯后吃得最踏实、最香的一顿饭。清醒也是一种痛苦，每天面对村里男人嫉妒的眼光，没人能体会他内心的酸楚与挣扎。除了拼命干活，他不想让脑壳停下来去想别的烦心事。

“多吃点儿，你身体虚。这鱼味道好吧？丁大爹可是我们村农家饭店的活宝贝，能不能留客人住宿，就看丁大爹的独家烧鱼配方了。”雨露吃完后约上大虎到黑沙洲的浅滩上走走，这是她的习惯，喜欢一个人在村子的各个角落走动。

野草沟壑，草长莺飞，卷起裤脚，在退了水的芦苇中寻觅，鱼虾跳跃，白鹭扑棱一声惊飞了，总有别样的收获。

远处一个人戴着大草帽，背个笼子，扛着泥鳅网，也在芦苇丛中忙碌，走近一看是小麻子。

“我媳妇怀孕了，胃口不怎么好，我特意借了个泥鳅网，到江边来捕些鱼。”小麻子永远是那么自信。自从有了老婆后就很少离开家门，偶尔出去买东西，都会嘱咐哥哥小丑巴锁好门，看好小红。

“嗯，你对你老婆真好！”雨露说这话的时候，故意看一边的大虎。

“大虎神经病好了吧？不找那只水猴子麻烦了啊？全村人都看得出来雨露喜欢你。凑合着过吧，别死脑筋了。我还是花钱买的老婆呢！”小麻子脸上的幸福指数总是满满的，遇到不再神经的大虎，浑然是个爱情专家了。

大虎选择沉默。

“两个月前就听你说你小媳妇怀孕了，可我看那肚子还是平的，别是假怀孕，骗你个孬子吧！”一个单身汉嫉妒地说。

“我媳妇和我一条心，怎么可能会说谎！你们没结过婚，不懂爱情。”小麻子给了那个单身汉一个白眼，一脸的不屑。在他眼里，没结婚的男人没资格和他谈婚姻。

雨露跟在大虎身后，正掏出一个笔记本，在上面写写画画，口无遮拦的小麻子的一番话倒让她有点儿不好意思起来。她偷偷看了眼大虎，他还是面无表情。疯的时候雨露能猜出他满脑子都在酝酿复仇、都在思念姐姐，而今这个男人正常了，整天猛抽烟，让人一点儿也看不懂了。

微风摇曳，一望无际的芦苇被惊动，摇动着腰身，飞舞着抛撒出一片片芦苇花，乳白色的花絮飞旋着扑向江面，像下雪一般。

“小麻子，小麻子！你媳妇跑了！我看见她上了村外一个男人的摩托车，那男人好像就是那晚卖她的那个男人。就从村口跑了，快去追啊，迟了你那三千块钱就泡汤了！”远远地，村尾有人大声地向这边叫喊。

只一嗓子，整个黑沙洲就沸腾了，一些还在干活、吃饭、闲聊的村里男人像是战争总动员接到命令一般，立刻放下手头所有活，跟着发疯一般奔上江堤的小麻子向村里跑去。其中当数那些没成家的单身汉最积极，一个个脖子青筋跳动，愤怒到了极点，场面像是村里放电影集体打架。

“这个小野雏鸡，这次抓到她，我——我小麻子一定要执行家法，打、打断她一条腿，不打断她一条腿我，我就不叫帅哥。敢跑？！”小麻子冲在人群最前面，边跑边嚷嚷，嘱咐他们堵住各个路口。

他脸上的麻子平时是淡黄色，还有几个是灰土色，可现在全变成黑芝麻，随着他拼命奔跑的节奏上下跳动，在面部肌肉的强烈挤压下极速爆炒，那张脸整个就像一盘油炸芝麻。

“你去我家提亲的钱已经放好几年了，你也老大不小了，娶老婆要钱，哪天去我家取回来吧？”见身边一帮人全都跑村里帮忙找人，没有了电灯泡，雨露试探性地问大虎。

“那是我娶雨红的聘礼。她虽然没有正式进我的家门，可我早就当她是我老婆了，也当你爹是亲爹。那钱就算我给你爹妈养老尽的一份孝心吧！”大虎叹口气，继续闷头走路。

“那最好，我爸早当你是女婿了，那钱他存起来了，他的存折我偷偷给取光了，现在村里建的饭庄你出了钱也算你一股，哈哈！”雨露本来很紧张，她真怕大虎去她家要彩礼钱；只要这钱他不去取，这男人还是她家的女婿。

黑沙洲到处都是沙土地，抓一把轻轻一揉捏就变成扬沙，但特别肥沃，洲心浅滩的高处长着一簇簇的翠绿艾草，远远就能闻到香味，密集处一人多高，家族式地生长，像片竹林。艾草叶形如猪耳朵，耷拉着随风摆动，散发着一股江南鱼米之乡特有的气息。

大虎一路向洲心走去，风轻云淡，翠色连天，陌上艾草绿如织。眼前一处生长最鲜嫩的艾草好像是刚刚才被人割倒，就摊晒在一边，散发着幽幽的清香。大虎闭上眼睛，用舌尖细细品味这种独特的清香，丝丝弥漫，持续甚久，中午好像刚刚吃过？

“哦，原来秘密就在这里啊！这堆艾草是丁大爹刚刚割倒晾晒的，他烧鱼的独特配方我知道了！”大虎突然大叫。

“你真聪明。他每隔几天就提个镰刀到芦苇堆里寻找，我怎么就没想到呢？”雨露也被点化了。

“每年端午节，我妈都会采摘下艾草鲜嫩的叶片细细捣烂，与糯米粉和在一起，做出糯香甜软的艾蒿粑粑，青如翠玉。中午吃鱼的时候轻咬一口，绵软软、香喷喷，悠远绵长。我一直都在寻觅这种味道，就是这种艾草的清香味。”大虎又接通了一根线。

“艾草真是个好东西。小时候我太顽皮，有次全身长满红色的小斑点，奇痒难忍，妈妈每天用采摘晾干的陈年艾叶熬水给我擦洗，没几天我身上的小红点就全部消失了。村里妇女生娃，听说只要用艾草一熏澡，立刻就有奶水，真是神奇！想不到丁大爹把它用作烧鱼的调料了。”雨露自打记事起，这个对姐姐死心塌地的大男孩就是她梦里的主角，有种相见恨晚的感觉，她恨年纪比他差了半个生肖，而且一直生活在姐姐的阴影里。爹给她取个名字叫雨露，可是有姐姐在，她从来就没有被春天的甘露滋润过一次。

既生瑜，何生亮？爹娘生了姐姐，就不应该再生她。雨后彩虹注定美丽，活在天空；雨后甘露注定接受彩虹的施舍，活在地上。

这个曾经疯得不成人样的男人也许没什么好，但他的痴情让她感动。因为有姐姐在，她将这份暗恋隐藏在灵魂的最深处，埋藏得太深，连身边最亲的人也不知道。许多年以前，一次侧面看大虎年少很有型的轮廓时，她就这么简单地暗恋上他了，同时也埋下了一枚绝望的种子。

原来她从不相信世界上真的有一见钟情，觉得那只是无聊的作家们自我提升文学境界的一种虚构，噱头罢了，可命运像是惩罚她一般，给了她一次净化心灵的机会，教会她真爱的滋味。虽然这些年来，这个疯男人带给她的只是思念的苦痛，但她感谢上天，不疯不魔，人生有疯才精彩。

江南的夜色来得特别快，刚刚天边还亮着微白的肚皮，江面上漂过几条捕鱼的小船，头顶的天就黑了。羊肠小道模糊在芦苇丛中，他俩凭着记忆，顺着只能落脚的小路，深一脚浅一脚地往岸边的大船走去。

“沙沙沙”，不远处几根芦苇在晃动，可能是山雀在落巢。起初他们没在意，可是那个响声好像还伴着踉跄的踩水声，有人往这边走。大虎拉住雨露，闪到一边的芦苇沟旁。

等那人走近了才看清是个姑娘，全身都已湿透。可能是走得太匆忙，连件外套都没穿，入秋的夜风吹得她瑟瑟发抖，胳膊上被划了几道口子，好像还在流血。

三人打了个照面，撞了个满怀，大虎看清了是小麻子正在发疯寻找的小媳妇，白得像只蚕宝宝。姑娘一看是大虎，吓得面如土色。刚刚还大口地喘气，可能是太累了，一下子瘫软在水沟里。

“我……我还在读书，是被骗子卖到你们村的。我要回家，你们放了我吧！”姑娘结巴着央求道。村里男人见到她都会饥渴地多看几眼，唯独这个疯子大虎，从来就没正眼瞧过她，整天嚷嚷着要小麻子打断她一条腿。

现在，各个路口都被小麻子的亲戚手拿木棍堵住了，她被逼得没有办法，只能绕村往江边的芦苇丛里逃，没想到迷路了，落到这个男人手里。如果说小麻子嚷嚷着要打断她一条腿，她不信小麻子会下得了手，可眼前这个神经病就算真的打断她一条腿，对他来说也算不了什么。

“姑娘，顺着这条小路一直往前走，过了那座山就是一条大公路，别回头！”大虎闪开身，低声地说。

小麻子的媳妇抱着胸，从他身边慢慢走过。

“如果你和那个卖你的男人演双簧，专门骗山里娶不上媳妇的老男人的钱，我希望你回家后就收手吧！毕竟那钱是他们的养老钱，是卖血的钱，是从牙缝里一分一分抠出来的。何况，出来骗，早晚要还的！如果你真的是被他骗了卖进我们村的，我以丁家墩人的名义向你赔不是，我们村的人对不住你。你才这么点儿大，回去好好养伤，重新开始生活。”大虎说。

“我真的是被骗的！”姑娘已经抽泣了。

“这点儿钱，你坐车应急用吧，回家也要路费。”大虎叫住她，脱下外套给姑娘披上，并叫雨露把兜里的几十块钱全部掏出来，塞进姑娘冰冷的手里，用手指着一条上山的芦苇小道。

“谢——谢疯哥哥！疯哥哥，你叫什么名字？回头我把钱寄给你。”姑娘起初有点儿不敢相信，等确定大虎是真的放她走后，蜷缩着肩膀，哽咽着匆匆奔上了上山的小路。这个曾经最让她惧怕的男人，竟然在她最危难的时候放她走，还给了她逃命的钱。

大虎摆摆手，没有说话，示意她赶紧走。

借着远处大船上的灯光，那枚小麻子亲手为她挑选的蝴蝶发夹上下翻飞在被夜色笼罩的芦苇丛中，带着一点儿微红，一闪一闪，消失在茫茫芦苇花中。

小麻子曾说过，女人必须穿大红的衣服才好看，就像男人必须帅才更有噱头。他为女人买红衣服、红伞、红鞋子、红发夹，寓意日子红红火火。女人必须像蝴蝶那样有鲜艳的颜色才美丽，飞舞在万花丛中相互点缀，才是个精灵。而今他亲手挑选的一枚蝴蝶发夹，带着一点点野性，被放归自然，匆匆飞出大山，不知道她下一次的旅程是自由地翩翩起舞，还是再一次装可怜，被关进笼子，挂上标签，再一次拍卖？

第二十五章 临终托爱

又是一个滴滴答答落雨的日子，小美不知道昏睡了几天，她迷迷糊糊中听到窗外雨水的倾诉声，是它们唤醒了她。她感觉自己已经到了另一个世界，那里没有街道，也没有墙，不需要用导盲棍去试探，所有的地方都是空荡荡的，可以任意漂泊，想去哪里就去哪里，可雨水告诉她那里没有人和她吻别，所以她回来了。

今天的小美精神焕发，满面红润。她睁开眼睛的第一件事，就是要求妈妈将最漂亮的衣服翻出来，将所有认识的朋友和亲戚都叫来船上做客，她有重要的事要当众宣布。只一上午，家里就来满了客人。小美仔细将自己打扮了一番，新衣服一穿，依然是个瘦美人。

“妈，秀秀呢，她没来吗？”小美在人群中四处张望，却没见到秀秀的身影，有些不高兴地问。为什么总是差她？世界这么大，可是儿时的伙伴掐指数来数去，只有那么几个人，每次真的那么忙吗？

“她说有点儿事，回头有空来看你。”周老师应付着回答。

张伶俐早早就来了，一直问长问短。她一有空就跑村子里来，和雨露策划建设农庄的事，听说也将城里爹妈渔民上岸政府给的一套房子卖了，参了一些股。

虽然雨露才十九岁，提亲的人一拨一拨，可听妈妈说她从来就没瞧上过谁。村里男人喜欢围着雨露她们转，喜欢被她们领导，也许是男女搭配，干活不累，而且整天有说不完的话。

村里那些原先懒得日上三竿才起床的单身汉，而今每天天不亮就自发赶到黑沙洲的大船边搬石头、扛木料，他们怕来迟了，过年村里分红没他们的份儿。就算分不到钱，等农家饭店开业了，村里天天有人来住宿、旅游，只要有把力气，卖些家乡的土特产也能挣钱。

雨露说像他们这个年纪，在城里还是宝贝呢！现在城里很多女人离婚，就是想找个忠厚老实的男人再嫁，只要他们能挣到钱、不懒，娶个城里过秋的“二稻子”女人，那绝不是癞蛤蟆吃天鹅肉。

每天他们融洽的说话气氛让小美嫉妒，她多想自己能有把子力气，去他们干活的工地搭把手，哪怕是在人群中走走也好啊！可她只能等中午江风小的时候在窗边走走，她的身体如生锈一般，受不了潮湿的江风。

也许是现在自己生病了，瘦了、憔悴了，小美对自己越来越没有信心。她感觉阿俐长大了真的比自己漂亮，连笑都那么自信，头发黑乌乌的像是打了油，脸蛋红得那么诱人，像个苹果。她自从分配到山里红镇党政办，出门都带“保镖”了，那个镇上的姜干事整天和她形影不离。阿俐累了，他屁颠屁颠地送毛巾、跑去买冰棍，甘愿做她的用人。

原先每逢自己和阿峰在一起的时候，阿俐都自觉地躲一边。论身高，阿俐没自己高挑；论体型，阿俐没自己圆润；论脸蛋，阿俐没自己俊秀。可是女人真的有“二春”吗？这次回到家乡，扎根丁家墩的土壤，阿俐不知道吸取了什么养分，在过了青春期后竟然真的第二次绽放，原先只是黑沙洲浅滩里的一根芦苇花，而今却是站在老虎崖上香艳的一簇映山红，嫣红一片，倾倒一村。

丁祖峰依然是那么冷峻，他特意请了一个月假，还搬来村里住，一来照顾小美，二来帮村里人干些活。每天一起床，他就躲在人群后面，扛个铁锤下船去了，也不过来问候她。嘴里永远咬着一根燃着的烟，装深沉一般，闷在那里一根接一根地抽着他心爱的香烟。他的眉目被烟雾熏得淡黄，仿佛和一根根烟蒂有仇，烟屁股在嘴里反复咀嚼，直到将它们咬得变形才吐掉。

“这些天一直在做梦，梦里我结婚了，穿上了婚纱。虽然梦里也看不清新郎是谁，但我很开心。阿俐、阿峰，你们过来，我们玩个游戏吧！”中午吃饭的时候，趁着亲戚和村里人都在，小美叫过阿峰和阿俐，一起坐到船底的凳子上。

“阿俐，小时候我们俩一起上山砍柴累了，抢着要求阿峰背回村，都是用猜拳来决定的；现在我们都大了，我也知道你和我一样一直都爱着阿峰。我想结婚想得等不及了，现在给我们俩一个公平的机会，猜拳来决定吧！赢的一方结婚，谁也别反悔。”小美大声宣布，惊得一屋子的人顿时安静下来。现在的小美谁也不敢得罪，谁知道今天的聚首意味着什么？他们真的不知道小美满脑子想些什么。

周老师刚想说什么，却被小美一脸认真的样子吓得不敢说话。都说女儿大了心思不在妈，可她知道，女儿这辈子注定比她更命苦。

雨露紧挨大虎坐着，小美一提到结婚，她瞟了眼黑瘦的大虎，他鼻子动了动，眼角挤了几次。虽然面无表情，可雨露能感受到他内心翻江倒海的暗流。

"不行，婚姻哪能是儿戏？再说猜拳赢来的爱人会真心爱你啊！"阿俐迟疑了一会儿，犹豫起来，脸红到脖子，瞟了眼身边还是沉默如块石头的阿峰。

"管他呢！就当是游戏吧，如果运气好，就算是没感情假结婚，女人穿上婚纱也是最美丽的。来吧，我数一二三，我们一起出拳，赢的人当新娘。"小美很认真，浑然回到了儿时，竟有种天真的美。

"我碎子心娘！好啊，猜拳结婚，我也要参加。"镇里秘书姜必胜大声嚷嚷。他已经是镇党政办主任了，因为工作认真，笔杆子硬，听说下半年要升任副镇长。他高兴地拍着手，往人群前面挤。张伶俐回过身，狠狠瞪了他一眼，吓得他扶了扶眼镜，没再说话。

凳子边围了一些村里的单身汉，从他们的面部表情可以看出那个羡慕嫉妒恨，可是他们知道，这不是他们的菜，门都没有，只能眼巴巴地看着。

"说实话吧，我们都老大不小了，女人这辈子最架不住的就是时光流逝。人生本来就是一场游戏，这样也好，对彼此公平点儿。小时候我们彼此谦让，长大了我什么都输你，猜拳就猜拳，愿赌服输，也对得起我这么多年的等待。"张伶俐迟疑了一会儿，叹了口气，抬头看了眼天花板，一脸的伤感。她竟然接受了小美的建议，举起了手。

其实最懂她心的还是小美，女人在女人面前，花花肠子是透明的。

剪刀、石头、布，三样的手形，她们一路从童年猜到成年，举起的还是同一只手臂，落下的却是岁月的沧桑。剪刀能剪断世俗的情网，锤子却怎么也锤不开已经冰冷成铁疙瘩的心。世上再单纯的游戏，掺杂了世俗的牵绊，也变得混沌。

这样的童年游戏，两个女人用变换手型来赌个男人，初看好笑，其实是可怜。

张伶俐还是按以前和小美猜拳的节奏出了个"剪刀"，对面的小美却一直紧盯着她落下的手，一直在判断着她的手型。她比阿俐慢了半拍，亮出了自己的底牌，是"布"。

"哈哈，虽然，但是，可但是，但可是，嘻嘻，你赢了哦！"小美拍手欢喜地庆祝。

“不算，你赖皮出拳太慢了，重来！”输赢已定，阿俐感觉吃了亏，大声嚷嚷。

“我有病，慢半拍正常哦！丁祖峰，她是你的人了，我要吃你们喜酒，看你们婚纱照哦！”小美大声宣布结果，像个见证婚姻的证婚人，一把将阿俐轻轻推入一边正在抽烟的丁祖峰怀里。

“你们多大的人了，还玩这么无聊的游戏？我，我谁也不娶！”一直沉寂在烟雾中的丁祖峰突然爆发了，跳起来刚要咆哮，见小美踉跄着要站起来，看样子她又想抡起巴掌打他了，她那瘦弱的身体看来是打上瘾了，丁祖峰又坐回板凳上。

“你嚷嚷什么啊！好像你吃亏了似的。有本事就治好我的病啊，治不好难道就不能由着我任性一回？你跟个快死的人斤斤计较，能有多大出息？”小美顿了顿，摇摇头苦笑着自言自语。

“经过几次化疗后，我知道我的身体已被掏空了，身体里有个黑洞，天天流沙坍塌。你们也别再隐瞒我了，我没多少日子了。”小美开始喃喃自语。

“小美，心若向阳，便没有雾霾，开心点儿对病情好。”周老师小声地说。

“妈，童话已经结束，遗忘是幸福。我要做一朵蒲公英，无牵无挂，无欲无求，起风而行，风静而安。呵呵，听说人死时心里多装点儿东西，灵魂到那边重些，不会到处乱飘。如果你们真的爱我，就让我有生之年看看你们结婚穿婚纱的样子吧！

“另外，我已经想了很多次了，我死后把这双眼角膜捐了吧！我现在最漂亮的也就是这双眼睛了。这对眼睛里有个女孩的影子一直在晃动，那一定是一个男孩在思恋一个女孩，将她刻在眼球的细胞里。我知道我只是个爱心接力者，现在我要将它交给下一个有爱心的人。

“丁祖峰，麻烦你在医院帮我宣传一下。这家医院以前宣传我的重生，现在要宣传我的死亡了。呵呵，我想在临死前看看接受我眼角膜的人，嘱咐他们一定要好好爱惜，一定要接好这一棒。

“真后悔做复明手术，我就不该再看这个世界。每个人都单纯过，每个人原本都是一张白纸，可要想灵魂干净，就别用眼看这个杂乱的世界。世间最干净纯洁的心灵应该是我们瞎子。现在看见了又怎样？在真爱面前，我们人人都是灯下黑，都是爱情的瞎子！

“我这辈子，岁月如流年，红尘似陌路。而今，山盟虽在，情已成空。

“嗯，捐了也好，到那边去情愿再做个瞎子。有些事不如不知道，有些人不如不看清。人生就像打电话，不是你先挂，就是我先挂，各位，我先挂了！”

……

小美站起来抖了抖身体，抖下好几根枯黄的长发。她感觉如卸重担，丢下一屋子客人，嘀咕着走进自己的房间，轻轻地关上了门，走进了她黑暗的小屋里，留给他们一个瘦弱的背影。

“我碎子心娘！张伶俐，你真答应了？这算什么！猜拳结婚，你们动画片看多了？用爱的力量相互征服啊！在玩过家家酒啊！”姜主任本来还以为她们在做游戏，闹着玩，可这架势他总算看明白了，是个病人在临死前刻意撮合一对新人，这算什么事！他冲到张伶俐面前大声质问。想不到平时很文静的一个男人，扛根小木料走路都歪歪扭扭，为情爆发时竟然像头发怒的小猎豹。

张伶俐流着泪，扭头给他一个沉默的背影。

“我碎子心娘！你们，你们村全是疯子，一群疯子在一起开饭店，哈哈，有意思，有意思……今天你们踩我头上，明天我踩你们坟上。”姜主任突然大笑起来，踉跄着步子，转身摔门上了船头，一路叫喊着下了江边的大船，给人感觉又多了一个疯子。

看来他这次说的不是口头禅，心是真碎了。

第二十六章 哭丧

应小美的强烈要求，她想在有生之年看到丁祖峰和张伶俐能幸福地走到一起，两人最终屈服了，他们选了个好日子，在黑沙洲的大船上举行了一场简易的婚礼。没有主持，但观众很多，也很热情。张伶俐穿着一身洁白的婚纱，身边站着她爱的男人，她这一生就这么托付给他了。

整场婚礼张伶俐都很投入，自从猜拳赢到了新郎，她就表现得很坦然，丝毫没把那当游戏，特意要求阿峰陪他去城里买了“三黄”首饰，那是乡下女人结婚的必备，还拍了婚纱照。

本来阿俐建议他们可以旅游结婚，小美不同意，说家乡环境这么好，去人家那里旅游结婚干什么？再者她想看看阿俐穿婚纱的样子，就算现在阿俐比自己漂亮许多，那也要用实际的美丽来征服她。

“噼噼啪啪”，一串炮仗炸响，张伶俐紧紧地挽着丁祖峰的胳膊入席，她依偎在他肩膀上，笑得让人嫉妒。

场面异常热闹，两条船上都摆了喜酒，村里男人几乎都到了。这些天为了农家饭店的建设，他们都累坏了，借这个机会要好好喝一顿。连丁国平和张国宝这对老冤家都不请自来，他们也想和年轻人凑凑热闹。

一帮人围坐在甲板上的大餐桌边上，吹着清新的江风，喝着家乡甘甜的辣酒，像以前生产队吃大锅饭聚餐一般，呼天喊地地在一起划拳、吹牛。两个老家伙像是回到了童年，竟然坐到了一张桌上，一杯接一杯地喝，比新婚的阿峰和阿俐还亲热。

这个年过得和屋顶的积雪融化得一样快，太阳一出来，转眼孩子们就开学了，除了又增加了一岁，耳根的鬓角又发现几根白发，秀秀没觉得有什么不同。只是爹的身体硬朗了许多，村里有家年后吃喜酒，他硬是坚持出院赶回去参加喜宴，临走时穿的那件土黄布上衣很扎眼。

“今天有空陪我去逛街吗？我想给爹买件像样的衣服。”秀秀心情特别好，挑了个星期天，准备去县城买些衣服、做个头发。她到镇教办找到黄俊峰，问他有没有时间陪自己，他迟疑了一下，还是答应了。

秀秀知道他心里的顾虑，他怕在街上遇到家里的母老虎，毕竟县城不比乡下，那里是母老虎的地盘。这个男人的根在家里，眼睛却盯着外面。

女人做次头发就如孔雀换了次羽毛，改变发型后，秀秀从黄俊峰的眼神中就知道自己漂亮了很多。卷曲的头发修饰得脸蛋更加妩媚，紧身裤勒得臀部翘翘的。女人是最能感知春天的动物，从秀秀故意露出肚脐眼窥探春色就知道，春天已经来了，女人们可以褪去厚重的冬衣，露出肌肤沐浴阳光了。

“从今天起，我要做个卖肉的，哈哈！”秀秀展示肌肤，大声嚷嚷，昂首挺胸走在繁华的大街上，从回头率来看绝对算个美女。身后的黄俊峰帮她提着大包小包，包里有今天秀秀特意为她爹买的一件蓝色外套，配上爹一米七的身高，一定很帅气。

黄俊峰跟在秀秀身后，一直保持着二三米的距离，还不时地四处张望。

“哎，这边！”对面广场上一个中年妇女提着包，牵着一个小女孩向这边走来。黄俊峰猛地定住身，喊住秀秀，侧身闪进了一边的胡同里。

“让我去看看呗！我就想看看你家那位长什么样，跟她比比。”秀秀嚷嚷着，她特别想跑回去看看他家的母老虎长什么样。

“你疯了啊！”黄俊峰硬是将她拉进了胡同。

“现在流行原配防火、防盗、防小老婆啊，看她能不能认出我是小老婆？哼！”秀秀一脸不在乎。现在提到小老婆这个称呼，竟然让秀秀有股莫名的自豪和兴奋感。小老婆是什么啊？小老婆是青春的代名词，是敢于挑战传统旧俗的女人，是无数中老年男人为之前仆后继、抛妻弃子、跪倒在石榴裙下的时代精灵。不是每个人都有当小老婆的潜力的，不是每个年纪都有当小老婆的资质的，她这朵秋后的小花算是沾了小老婆的光呢！

中午两人正埋头在车站吃饭，远远看见村里邻居张玉宝夫妇心急火燎地往汽车站赶，从他们零星的谈话中，秀秀听到爹今天在村里喝喜酒，为吃狗肉的事和张国宝杠上了，吹胡子瞪眼差点儿打起来。两个老头拼酒，结果两个老头都拼倒昏迷了，已经送去镇医院急救了。

秀秀也立刻赶去汽车站。当她抱着刚给爹买的那件崭新的外套急匆匆赶到镇医院的时候，爹已经身体冰冷，直挺挺地躺在那里，永远地闭上了眼。丁国平个子很高，医院的铁架子病床偏小，他的两只脚伸出床尾的栏杆，破旧的袜子破了几个洞，露出大脚趾，冻成紫黑色，身上还是穿着那件褪色的黄布上衣。

秀秀抱着新衣服，呆呆地站在床边。这些年，她从来没给爹买过一件新衣服，而今买了新衣服，却是阴阳两隔，天各一方。

那夜，秀秀将爹的躯体用车拉回了家。她让黄俊峰先回去，她想在家里独自为爹守灵，帮爹洗脸、梳头、穿衣，守着爹说话。遗像挂起来了，那是用爹的身份证头像做的，家里找不到第二张像样点儿的照片。

头顶的灯很昏暗，一只大概是刚刚苏醒的蜘蛛从房檐上吊丝下来，在她面前晃悠，和她对了个眼，又原路返回。

四周空荡荡的，家里太小，几乎没有什么值钱的物件。为了供她读书，这么些年，爹没舍得买一件家电。村里有很多老房子拆了又重建，自家的老屋还歪着，每年都会多出几根撑墙的木料，因为有爹在坚持才没倒。

大红漆刷的新棺材还散发着松油的香味，她闻着一点儿都感觉不到饿。妈去世得早，自己懂事却很晚。因为有爹的疼爱，二十二岁依然单身。可是现在爹真的老了倒下了，不再疼爱地抚摸她的时候，秀秀才感觉这辈子欠爹的怎么也没机会还了。爹一手把她抚养成人，而今她还是孑然一身，怎么让他放心地走？人都是这样吗？都要等到亲情失去后，才忏悔爱给得太少。

“老头子，你可不能死啊！”土墙的隔壁传来翠大娘的哭声。

秀秀不想猜那个老头死没死，好了上辈子，斗了下辈子，不知道谁赢了。京剧唱得再怎么响亮，也是伪装出来的自豪。泥沟沟里爬出来的穷苦人，谁还有底气笑话别人？

身边的泥巴墙像一截腐烂的香蕉，全身黝黑，仅存一截，一身伤口，到处都是洞，脱落的老皮散落一地，散发着霉味。隔着这堵泥巴墙，总有不一样的风景——以前自己考上了，玉宝在那边自卑；后来是玉宝结婚了，自己在这边嫉妒；而今两个老头斗死了，结束了，安静了。争斗的根源在哪里？盼富贵，贬贫穷，在这一双儿女这里。

“今天婚礼上，张伶俐真的太漂亮了！不愧是镇上的干部，走路都那么体面，喝交杯酒只用舌尖撮一小口。”几个单身汉喝得醉歪歪的，从门前议论着走过。

原来今天是丁祖峰和张伶俐结婚啊！爹喝的是他们的喜酒？秀秀愕然，儿时的伙伴有喜事，已经没人再通知她了，自己和她们越来越疏远、陌生。又一个比自己小的伙伴结婚了，自己的家又在哪里？

秀秀突然狂躁到了极点，她受够了，在床底下找出一把铁锹，这是爹务农的工具，奔到后院，亮了手电，对着老土墙就是一锹。“轰”的一声，还剩一小截的老墙碰瓷一般一碰就倒，倒成一堆糊不上墙的烂泥。秀秀看也不看一眼，倒了最好，被风吹走，被土掩埋也行，爱怎样就怎样。

听到外面有动静，玉宝家有人出来张望。秀秀“咣当”一声扔了铁锹，猛地关上了后门，震得她家的老墙晃晃悠悠。

“一个老女人，神气什么！”那边传来如梦的谩骂声。

“来啊！你来啊！别以为老实人好欺负，兔子急了也咬人！”秀秀冲出门，抓起门边爹放鸭子的长竹竿，站在两家门前白石灰打的界线上，大声地叫喊。

隔壁一阵沉默。

秀秀将竹竿横在胸前，她想有人敢出来，她就冲上去揪住对方的头发，就像农村泼妇一样打次架。揪光头发最好，谁也别想活！

附近几家邻居探出头，张望了几眼又缩了回去。

“我刚刚去张村找到了大兰兰，重金请她们母子来给爹送行，已经安排好了，她们极乐世界乐队今晚就过来。做儿女的一定要把爹的丧事办得红红火火，才对得起他老人家的养育之恩。”不知道什么时候，隔壁院墙那边传过来如梦的说话声，听不出丝毫的悲伤，倒像个电影导演在调配现场。

“嗯，难得你们一片孝心。”翠婆婆沙哑着喉咙回答。

秀秀冷不丁想起小兰兰来，前几年她在自己班上读小学，对自己特别尊敬，说有事只要言语一声肯定帮忙，想不到今天用上了。秀秀连夜到张村，找到了大兰兰母女。

屋里坐着三个人，一男两女，男的是乐队鼓手黄发尚，女的年纪大点儿的个子很高，脸色略显干枯，不用问肯定是大兰兰了。那个小姑娘也就十三四岁模样，长得很清秀，大眼睛滴溜溜地转，秀秀认识她，是长大了的小兰兰。

秀秀弱弱地问能不能帮自己爹哭一次，大兰兰犹豫了一下，但是因为有小兰兰在，还是很爽快地答应了。小兰兰说秀秀以前是自己的老师，一辈子都是老师。人一辈子就一个亲爹，现在去世了，老师求到学生头上，说什么也要全力支持。大兰兰说现在就推了老张头家的活，而且晚上还要去秀秀家，商量明天的哭词。

当晚天刚黑，三人就来到了秀秀家，秀秀赶紧搬了条板凳给他们坐。三人进屋显得特别神秘，将秀秀拉到墙角，竟然是连夜来和她商量对策的。

“刚刚我们拒绝了老张头家的活，想不到她家媳妇还挺厉害的，找了我们几位同行，要请他们过来给张国宝哭丧。可是同行一听说大兰兰在隔壁家搭台献唱，两家要打对台戏，一个个吓得不敢接这活。今晚她竟然重金请来了市里专业的庐剧戏班子，市庐剧团一般都是村里修谱或老人做寿才演出的，这些年我们抢了他们不少生意。同行是冤家，这次却一反常态，非要和我们死磕到底。根据眼线反馈情报，这些年兰兰名气越来越大，原来农村老头老太太都是他们的戏迷，现在很多观众都到我们这边来了，这次庐剧四大名角全体出动，就是要借你们两家结怨的舞台和我们一决高下。”黄队四十来岁，黝黑如木炭，看来他是这个乐队的大管家。

一番话说得秀秀目瞪口呆，有点儿紧张。三百六十行，行行都争状元，想不到连个哭丧的活都要争得你死我活，像间谍电影那样，对方阵营里竟然有他们的卧底。

“丁老师，今晚我们先偷偷过来，就是要弄清你爹的家庭关系，几个兄妹，喜好什么，细节越细越好。这是第一手材料，明天我和妈哭的台词晚上必须连夜写下来，再牢记于心，不然哪能张口就哭！现在这些听哭的老头老太太都是行家，他们听哭丧比听戏要求更高，要是哭错了一句，人家是要上来掀桌子的。”小兰兰手里拿着个笔记本，在做详细的记录。

“据最新情报，他们明天的曲目是庐剧中最经典、最催泪的《张万郎休丁香》和《张万郎讨饭》，这两部是经典庐剧，每次台下都是哭声一片。他们把压箱底的功夫都拿出来了，看来明天必定是一场定地盘的献唱。”大兰兰轻声说。

秀秀初听大兰兰说话，以为是个男人的声音，她嗓子特别沙哑，像是没有水分，只有声带干涩地摩擦。

“一会儿你们母女背完台词后，一定要休息好，所有幕后策划的事都交给我。我特意给你们煮好了绿豆汤，明天胜败就看你们的了，秀秀你只管招呼客人”。黄队皮肤黝黑，但秀秀能感觉到是个做事特别细心的人。

第二天一大早，隔壁门前汽车轰鸣，一帮专业工人进场，开始搭戏台。也不知道山里红乡的人是通过什么渠道得到丁家墩今天有场豪情对抗，上演巅峰对决的消息，上午刚九点多的时候，村里就热闹了起来，江堤上、河埂上、大塘口、公路上都是人，从村子的四面八方涌过来，大人牵着小孩，小孩牵着老人，老人拎着小板凳，小板凳后面跟着小狗。还没到中午，已经黑压压坐满了两家的打谷场，场面一下子就超过了一年两次的西九华庙会。

大兰兰一大早就带着女儿过来了，在房间里化妆。她往脸上打上很厚的胭脂，眼睛画了黑色的眼线，膝盖和胳膊都绑上了护肘、护膝。秀秀很疑惑，看这架势是要打架吗？

“妈妈刚出道的时候没有化妆，一次哭的时候，人家客人硬说她没流泪，不给钱。为方便人家看得清楚，有感染力，后来我妈每次出演必须要化很厚的妆。还有哭时要在地上打滚，地上有瓶盖、碎玻璃，带护具是为了保护身体。”小兰兰倒是很健谈，仿佛能看穿别人所有的心思。

“三百六十行，行行都是讨饭的活。干我们这行，户主给不给钱、给多给少都随缘。一次下大雨，我给一位老人送行，一摸棺材就浑身发麻，全身抽搐，吓得我腿发软、眼发黑，差点儿晕倒。后来才知道是天气潮湿，棺材旁边一根拖线板漏电了。”大兰兰边化妆边说。

“谢谢，谢谢你们为我爹送行。”秀秀连连感激。

“要不是为生计所迫，谁会干这行！人家走路都绕着我们，说阴气太重，渐渐地我也习惯了。人生，不过是一场修行！”这一带任何人遇到大兰兰都要退避三尺，绕道而行，这就是气场。常接触死人，身上阴气重，人还没来，人家已经怕了。

快中午的时候，两边的台子都搭好了，秀秀家这边相对简陋些，一台鹦鹉牌录音机，几个人、几台乐器，就算到位了。隔壁家那台子可是相当专业，足有三米高，台阶、台布、条幅、化妆室、乐队室一样不缺，四大名角早早就到了，提前吃了午饭，在化妆室上妆。偶尔台下有一些老太太等急了，偷偷绕到舞台后面，想近距离一睹偶像风采，大腕们都提前亮一嗓子满足她们的窥探欲。

“瞧瞧人家这场面，就是大！请这么些大腕，要花多少钱哦！”

“人就那么回事！死人的场面，活人的脸面。”

“专业就是不一样！”人群中到处都是议论声。

打谷场上坐着各自的忠实观众，以白石灰线为界，人数对半开，不相上下。还没开打，老人们嗑瓜子的嗑瓜子，谈纸牌的谈纸牌，都在耐心等待两边主角粉墨登场。

秀秀注意到江对岸那几位退休老干部也来了，他们一分为二，分别坐在两家门前的人群中。

两家亲戚都早早地吃过了中饭。中午十二点刚过，战斗真正打响，极乐世界乐队鼓手黄队大手一挥，鼓槌一落，一首《爸爸的草鞋》悠然响起，一股哀伤顿时弥漫，中四的节奏缓慢而忧伤，小号清脆，大号浑浊，如丁国平放鸭的步子缓缓而来。

草鞋是船，爸爸是帆
奶奶的叮咛载满舱
满怀少年时期的梦想
充满希望的启航、启航
……

几个小青年伴着乐队的伴奏，轻声地哼唱着这首思乡之歌。

那边舞台上，几位乐手嘴角挂着一丝轻蔑的笑。他们上台端坐好，微调呼吸，小铁锣一敲，大锣立刻跟进，二胡紧跟而出，整个人群立刻就骚动起来。

“没有二胡拉不哭的人，没有唢呐送不走的魂，等着瞧吧，听四大名角一场戏，让你们哭成稻草人。”已有大娘在窃窃私语。

唱戏啦！唱戏啦！

大姑娘嫂子往家接
茅缸里屎涨
米缸里米跌
草堆头矮了一大截
小媳妇妆化得认不得
……

丁大炮诗兴大发，竟然编了首打油诗，大声地哼唱，没想到一下子就红了，全村小孩都在唱。

“别乱跑了，戏开始了！”台下有老爹在打调皮的孙子。

“咚锵，咚锵，咚咚锵……”

“呀、呀、呀，小女子年芳十八，深锁庭院度年华……”一名白衣女子粉黛遮面，低头迈着小碎步掀帘而出。

整个人群立刻鸦雀无声，大气都敢出。只见那位江南女子，轻轻一甩三尺水袖，低垂蛾眉，便已是风情万种，万般柔情。

她微抖发簪，一个转身回眸，将媚眼抛下舞台，清唱起来：

自从我跟万郎把堂拜
头顶乌鸦叫嚷嚷
后花园银子六七筐
我要银子买田地
万郎他要银子开赌场
只为此事闹一场
万郎三年都没进我厢房
小小乌鸦半斤重
连头带尾七尺长
能报喜又报丧
小小乌鸦昂
你要是报喜你就团团转
要是报丧我这生没指望
……

台下坐满痴情的老爹老妈，已一同进入了角色。本来浑浊的一双双老眼顿时清晰明亮了起来。他们满面红光，精神抖擞，像是从五四青年节的大街上直接走过来的，半梦半戏，穿越古今，已将自己垂暮之年的人生一同融进了小小的戏台。

丈夫嫌弃我，不生又不养
一封休书把我休出门
要问，小女子我的名和姓
我的名，就叫哎郭丁香
……

当张万郎春风满面，提笔在手，一封休书休了贤妻丁香的时候，台下已经有老头凄惨地哀号，顿足捶胸，破口大骂张万郎是薄情郎。当丁香哭断肝肠，求夫君莫被眼前的荣华富贵迷了眼，忘了发妻恩情，台下传来老太太敲打拐杖的咒骂声，仿佛她们已化身成了丁香。

丁香对张万郎的爱与留恋，随着锣鼓声被一点点倾诉，那一张含玉小嘴，唱腔绵长而竭力，凄婉而动人，哀怨而悲切，如诉如泣，动情处，或把喉咙喊裂，或流几滴幽怨的泪。多么令人痛彻心扉的痴情女，多么令人扼腕嫉恨的绝情郎。

“噼噼啪啪”，一阵炮仗声惊醒了沉迷入戏的人群，隔壁家有亲戚上门了。只见大兰兰披麻戴孝，从里屋一个猛扑冲到门外，跌倒在那人膝下，放声抽泣起来：

阿——大——唉（盘腿而坐）
你怎么——一声不响地——走了呢
留下秀秀——一个人怎么过——呢
阿——大——唉（高举双手）
秀秀四岁没了娘
你一人辛辛苦苦将女儿抚养
没打过女儿一巴掌
没给女儿找个后娘
放鸭存钱留给女儿买嫁妆
没舍得给自己添过一件新衣裳（吐一口唾沫）
怎么你说走就走
叫我一个人——怎么过呢（抹一把鼻涕）
……

秀秀瞪大了眼睛观望，大兰兰穿上孝服像是完全变了个人，声音也没有昨晚那样干涩沙哑，完完全全一个女唱将，尖度和光度都没边，难怪台下坐这么多追随者。

大兰兰开始只是抿着嘴低声抽泣，将一腔悲痛强压在咽喉，哭得殷殷切切，有声无泪，如盛夏午后的天空闷热无云，但有风。渐渐地，这种震动一点点被挑拨、被加强，成翻滚、跳跃的态势，集聚成匀速的哀号。天空乌云翻滚，电闪雷呜，一汪清水在她眼眶里一点点膨胀，渐渐溢满，再到冲破江堤，直至演化成一场声泪俱下、撕心裂肺的号哭，如山洪暴发。

大兰兰哭唱的感动指数一直被评为满分，哭声里有喜、怒、哀、乐、惊、恐、悲，哭声里有各式各样的乐曲，有鼓、古筝、唢呐、小号、笛子、二胡和长箫，反正你能想到什么就有什么。像一锅炖得恰到好处的鸳鸯火锅，荤素搭配，调和得恰到好处，要什么味有什么味。每到前一句结束，后一句开始的时候，调子也不一样，倾诉时低沉，伤痛时沙哑，高潮时尖锐，绝望时呐喊。哭声昂扬激烈，委婉动人，拖着长长的音调，富有韵律，更有很强的节奏感，游走在唱歌与哭泣之间，有时破空而去，在快要哭断气的时候又突然绝尘而来。

“真是什么人吃什么饭，大兰兰天生就是吃死人饭的，哭得真比唱得好听。”

“是啊！我现在怕死得要命，她越哭我越怕死。”

“这不是哭，这是勾魂曲，我架不住了，呜呜……”几个老人边抹眼泪边拎着小板凳，从张玉宝家打谷场上往秀秀家这边走。

“阿——大——唉”，大兰兰已经完全入戏了，狂风暴雨、电闪雷鸣，她用哭倒万里长城的决心，展示着拍桌子、跺脚、掐胳膊、翻白眼、踩烟屁股、脸抽筋、犯羊痫风等一系列肢体动作，细节处理到连捏的兰花指都那么美、那么到位，仿佛手里捏的是丁国平离去的衣袖。

她抓不住逝去的亲人，就用哭声送亲人一程。

试问世间哪个男儿心肠硬，能架得住这样真切动人的哀号？哪个心肠软的女儿，能经得住这样曲调凄婉的挽留？

大兰兰集万千大悲于一声，将哭泣念成诵经，唱成挽歌，慰藉亡灵，简直就是一个人的话剧大戏，导演、演员她全包都不觉得过瘾。

世间冷暖有千种，哭有百态，可是没有哪个小女子能将哭演绎得如此肝肠寸断，哭成大江大海，哭得黄河先泛滥后断流。哭已被大兰兰升华成了一种艺术，哭到了一种境界，像个雨婆婆一样，一转身就能泪如雨下。她可以一边哭唱，一边跟人拉家常，拉家常的时候是正常人的腔调，柴米油盐酱醋茶，价目全都牢记在心，一瞬间却又转变为哭丧的旋律，牛马鬼神全被她骂了个遍，世间生灵轮回全由她掌管。哭唱的间隙偶尔穿插那么一两句变换语速的说教，不光跟戏里的哭唱很相像，更像年轻人喜欢的绕口令说唱，有着强烈的动感节奏。

“给点儿，我已经三天没吃饭了，哪个好心人给点儿饭喽，哪个好心人可怜一下我这个瞎子哦！”那边的舞台上，男主角已经像所有的地方戏剧情一样，开始是公子落难，小姐不光偷钱相助，还宽衣解带相陪，公子富贵后抛弃贤妻，最后的结局必然是公子再次落难去讨饭，这不，张万郎开始沿街讨饭了。

大半天，没讨到我就饿得慌
哪一家子又接新娘
老远就听到鞭炮放
我顺着这个声音进村庄
站在门口就亲眼望
有位大娘在跑堂
接过我的饭碗就把饭装啊
捡着一块骨头在碗头上
我捧在手上就碰鼻子香
离门前，我边走边观望
想不到，场地拐得一个牛桩
一下子把我绊倒在地上
来了一个狗子叫汪汪
含着这块骨头就跑出村庄
我讨了半天帮狗哦忙昂
……

台上张万郎唱得悲悲切切，台下有大娘回骂："怕你死，把你吃不如把狗吃，活该！"

"唉，这饭里怎么有粒沙子啊！哪个缺德用沙子骗瞎子哦，咦——不对，咬软软的不像是沙子，是金子！还我金子哦，还我金子哦！"台上张万郎鬼泣狼嚎般的喊声揪心裂肺，台下有几位大娘哭喊着，苍老的面容已被感动得扭曲，看不清原来的面目，哭成了一捆干稻草，拎着小板凳跑秀秀家那边去了。

"谢——张村三爹打赏八元，谢客——"黄队高声喊着，声调像电视里财主做寿赏下人的礼钱。只见秀秀家这边人群中一位大爷走到秀秀爹灵堂的香案前，手里握着两张皱巴巴的十元大钞，抽搐着老脸，硬塞给大兰兰。

"谢——李三弯村二奶奶李氏打赏二十元，谢客——"黄队声音洪亮、高亢，喊的打赏声浑厚有力，句句都有回音。人群中不时骚动起来，今天算是见大世面了，竟然还有人送钱，叫打赏，而且一赏就是二十元！今年小麦才几毛钱一斤哦。

“哎呀大意了，大意了，传话下去，我们这边无论如何不能乱，该怎么唱还是怎么唱。”对面戏台显然没有料到还有这么一手，眼看着人群一点点向隔壁家门口流动，几个管事的急得在幕后直跺脚。

“噼噼啪啪”又一阵炮仗声响起，秀秀一看，又一位陌生的大爹红着眼圈来了，她纳闷家里怎么一下子多了很多亲戚？穷亲戚不认门，怎么爹一去世都来认穷亲戚啊！放完炮仗，大爹安慰了秀秀几声，想闪一边躲躲漫天的炮仗灰，突然大兰兰一个踉跄扑倒在他脚下，抓着他的裤脚，一字一泪、一字一顿、一句一调，如绵绵细雨一般放声大哭起来：

大——大哎
秀——秀不孝
没听你的话早成个亲
没给你生个孙子喊爷爷一声
大大哎，你不要走
大——大哎
你不要走——
……

那个大爹哭丧着脸，紧紧地抓住自己的裤子，不然就被大兰兰扯掉了。他欲走不能，就那么活生生地被钉在香案前，被大兰兰当成了哭丧的工具，成了一个活生生的死人。大兰兰瘫软在地，抱膝哀号，顿足捶胸，声声催泪，句句揪心。在她眼里，这个要走的老爹已经被附体了，就是秀秀的爹，她要哭尽儿女泪，绝不放手。

孟姜女哭倒了长城，林黛玉哭葬了花红，织女哭断了华章，大兰兰不疯不魔，入戏太深，快哭死了自己。

“我——我还没死呢，你别这么揪着我衣服哭啊，怪吓人的，我怕！”那个大爹一脸哭丧，老脸惨白，不知道如何是好。

“哇——大——大哎！”本来秀秀还呆呆地坐在爹的棺材边，昨夜她已经哭干了所有的泪水，哭得睁眼都疼。可大兰兰揪住那位大爹那么真情一哭，拽着死不放手，一下子刺激了她，让她恍然入戏，猛地扑出去，一把死死地抱着那个老爹的大腿，哭得大坝泄洪、长江决堤。

小兰兰原本准备得很充分，她其中有场很重的戏份，可能是从来没见过这么大的场面，也可能是秀秀老师一下子失控，也加入了号哭的大军，让这个从小连死人都不怕的小丫头今天也有些发愣，呆呆站在原地。黄队推了她几次，她竟然毫无反应，这小丫头第一次怯场了。

“我的个公公哎——”那边的如梦不知道是被感化了，还是想和秀秀一比高低，也一头扑在公公的遗像前，哭成了个小泪人。

“我——我的个天哎！”场面一下子失控了，场下几位大娘晃悠着身子，紫黑着脸，哆嗦着纸板一样的身子栽倒在地。她们被这样的场面轮流刺激，最终抽搐着昏死过去。

那天的太阳特别沉重，老人们还没顾得上去趟茅房，太阳就已经沉到山那边去了。尽管意犹未尽，但老人们还是不得不摸黑往家赶。人群渐渐散去，交战双方都长出了一口气，喝水的喝水，总结的总结，整理的整理，总算消停了下来。地上到处是一块块打结的湿痕，有的还没有完全被灰尘吸附。

外行的看热闹，内行的看门道，双方打了个平手。

回家的乡间小路上，老人们七嘴八舌谈论着，正在评选颁奖。现在人人都是观众，人人都是记者，人人都是裁判，老爹们已经将一个个大奖颁发了。

最佳女哭奖当仁不让给了大兰兰，她唱腔铿锵有力、荡气回肠、百转千回，能让人世生死轮回。

最佳团体奖是四大花旦，名家就是名家，一颦一笑尽显专业和富贵。

最佳女配角是秀秀，她那由内而外的一嗓子“大大哎”，喊得石破天惊逗秋雨、敢叫日月留亲爹，哭功苍劲有力，力而不破，是真正的真情流露。台词不多，出演也就短短几分钟，却将整个剧情推至高潮，让观众犹如干双抢，听得滂沱落泪，煎熬得他们浑身汗湿，活血通便，催泪无数，瞬间吸引很多哭迷。这丫头具备吃这行饭的潜质，只要稍加雕琢，定是一块美玉。

最差表现奖是死鬼张国宝家的儿媳妇胡如梦，人家说老婆哭丈夫呼天喊地，儿子哭老爹真心真意，儿媳哭公爹假情假意，就是这个道理。他媳妇假惺惺地趴在棺材板上，看都不敢看公公一眼，只盲目地重复喊一句“我的个公公哎”，音调偏低，没有冲击力，肢体扑跪动作生硬，略显浮夸、不专业，台词没有创新，安于表里，没有走心，相当于电视剧、电影里的替身，是糊弄观众的玩意儿，真是辜负了张国宝生前对她的百般宠爱。

大兰兰走进里屋，装了碗绿豆汤喝，喘着气闭目调息。她浑身乏力，感觉这场哭戏让她至少能减一年阳寿，太耗精力了，仿佛哭干了身体里所有能量，一松下来，浑身干巴巴的，一动就会嘎吱吱地响，呼吸时喉咙都疼。

“累了吧？辛苦你了！”黄队进屋关心地问。这个离异的男人每次都是大兰兰最忠实的听众，他已经向大兰兰求了好几次婚，可是这个女人心里还有个疙瘩没解开。今天她哭得这么酣畅淋漓，他想再试试。

“不累！”

“明天我带你到城里玩几天吧，散散心。”

“不必了，这几年我的身体早好了，但心还没好，再给点儿时间好吗？你也辛苦了。”大兰兰眼角还在流泪，这次是为她自己流的，这个靠眼泪吃饭的女人，眼睛都快哭瞎了。

十个哭丧九个瞎，她将钱入了丁家墩饭店股，就是想留份养老钱。

“这是你们的报酬，肯定少了，别怪。”秀秀从悲伤中慢慢缓过来，掏出一百块钱塞给黄队。这是她大半个月的工资，秀秀问了行情，哭丧市场价每场八十元，她多给了二十。

“丁老师，你是小兰兰的老师，这次我们不收费。”大兰兰说。

“行行都有竞争，主要是赌一口气。我们也下了很大的功夫，为了活跃气氛，你们家多了那么多亲戚都是花钱雇来的，那些打赏的老爹也是雇的，现在双方打个平手也好。都是跑江湖的，图个填饱肚子。都是穷苦人家，相互照应吧！”黄队将钱硬退给了秀秀，她现在一个人，往后用钱的地方多着呢！如果经济有困难，只要开口，大家一起帮扶下没问题。

秀秀硬塞给他，这男人力气很大，每次都塞还给秀秀。

“谢谢！”秀秀侧过身，将半边滚热的脸埋进光线黑暗的里屋，那半张脸上有感动的痕迹。人生不过是笑笑别人，再被别人笑笑。这世界连亲戚都可以雇，为了钱，死人也有人认亲戚，到底还有什么是真的？可是眼前这个黑瘦的男人，这个整天跟死人打交道的男人，却活生生地又感动了她一次。她不想接触这种温暖，这些毫不相关的人冷不丁抛出的温情杀伤力太大，温度太高，她捧在手里烫手，抱在怀里烫心，记在心里融化身子。因为被伤害惯了，她机体里的血液已经没有温度，当被真情温暖后，她本能地抗拒，甚至有种想躲远远的，将自己藏起来或者逃走的欲望。

他们正在聊天的时候，村长张祥林进屋找到秀秀说明了来意。国家现在推行火葬，秀秀是国家公职人员，不能违反规定，她爹丁国平要火化。秀秀试探性地问隔壁家火化还是土葬，张祥林说张县长特别深明大义，刚刚把他叫进屋，要他通知火葬场。秀秀没再说什么，道理她懂，她丁秀秀从来就没给国家添过麻烦。

三天后，秀秀在一群亲戚的陪伴中，将爹送进了县城火葬场。承载着父爱的躯体被推进了火化炉，一股浓烟从火葬场高耸的烟囱里腾起，只短短的半小时，就尘归尘、土归土，一个小盒子成了丁国平的新家。一段旅程结束，另一次轮回开始。

只短短的三天，秀秀瘦了十来斤。前几天刚做的头发，几天没有整理，俨然成了个蓬乱的鸡窝，满是灰尘。削尖的面孔苍白、疲惫，太阳一照显得煞白。她已经整整三天没有合眼，抬头看火葬场砖砌的烟囱，感觉一直在摇晃，随时都有倒下来的可能。

秀秀将骨灰盒抱在怀里准备上车，黄俊峰托人告诉她，县教师招考的成绩公布了，她被县师范学校录取了。一阵风拂过她的面容，预示着春天来临，这算不算是件好事？如果好消息能提前几天来临，或许爹知道了，爹就会陪她一起搬去城里住，更不会去喝那该死的什么结婚喜酒。爹说不定就会原谅她的任性，就会在村里老爹的面前一边悠闲地喝着茶，一边大声夸自己的女儿了。

秀秀招呼亲戚先坐车回去，把爹的墓地挖好，自己去县教育局签字，一会儿就坐车赶回来，送爹上山。走的时候，秀秀执意将爹的骨灰盒带在身边，她想多陪爹一会儿，抱在怀里让爹感受女儿的温度，听听女儿的心跳。

站在教育局的大门口，签完字，秀秀感觉这些年就是在自己折腾自己。刚毕业的时候，自己舞跳得好，还在省里拿了奖，学校缺舞蹈老师，竭力让她留校任教。那时她意气风发，感觉外面的世界到处都是蓝天白云，她一只翠鸟不能在深院里虚度，要出去展示美丽。

只短短几年，她转了个圈，又报考了师范院学校，挤得头破血流，又回到这所依然熟悉的学校。只是以前那个高傲的小女孩变了，在外被人拔光了亮丽的羽毛，而今像只麻雀一样灰溜溜地飞回来，再也不敢独自站在枝头高傲地唱歌了。

到县师范学校报道，站在大门前，秀秀呆立了许久，一样的门楼，一样的杉树，一样幽静的操场、古朴的教学楼、高大的院墙，归来的学子已被世俗的大河磨光了棱角，变得润滑、随波逐流。

“丁秀秀，丁秀秀，还是那么漂亮哦！”两个保安见到她，眨巴着眼睛惊喜地叫道。

秀秀笑了笑，没有说话，低头走进学校转了一圈。

出来的时候，那两个保安站在校门口，一直目送她的背影直至消失。学校旁边的公园依然那么幽静，三三两两的情侣依偎在她和一个负心人曾经拥抱亲吻的香樟树下，大白天就旁若无人地相拥，像磁铁的S极遇到了N极，这让秀秀想起她的初恋。当秀秀想到自己肚子的时候，她不由自主打了个寒战，对啊！这两月的例假没有来了。近来变故太多，她都忘却了身为女人的原始规律。不会又怀孕了吧？医生不是说自己不能怀孕了吗？为了这事，她还时常做梦，梦里她捡到了别人家的孩子，为了能当回妈硬是不还。

原来她一提到怀孕就浑身过电，像被宣判要去法场，而今却有种莫名的欣喜。读书时她憎恨小生命，鄙视他们，一心要将他们置于死地，而今她喜欢肉肉的孩子。必须经历那样的养育、分娩，才算是个真正的女人，这世上任何女人都不想当只不能下蛋的鸡。

秀秀走进一家药房，买了根验孕棒，躲进路边的公厕一验，结果又一次验证了她的判断。本来医生已经宣判了她的死刑，她都计划好了上半辈子当人家小老婆，下半辈子孤独终老。她一度以为膝下不会再有孩子，她荒凉的沙地里不会再有春天，不可能再长出一丝翠绿，可现实是，种子依然能在她割得千疮百孔的躯体里顽强地生根发芽。

每一次总有那么一颗顽强的种子钻进石缝里生根发芽，倔强地生长。它们艰难地生长，灿烂地开花，耀眼地绽放，还非要修成正果。那个缝隙就是一个女人的身体，空间狭小得如针眼，却孕育了全人类，能装下所有乾坤。

做女人的原始本能让她既迷茫又害怕，站在人来人往的十字街头，她不知道这次又该何去何从，因为她实在没有勇气再残忍地对待自己，对待这个顽强的小生命。

太阳已过顶中，秀秀猛地惊醒，思绪和繁杂的现实接轨，将爹的骨灰盒小心地放进挎包，急匆匆赶上回家的公共汽车。

第二十七章 横刀夺爱

“我真傻，要知道她会跑，打断她一条腿就好了。”小麻子终究没能用超自信的帅征服那个三千块钱买来的小媳妇。一起生活了半年，他连老婆名字都不知道，只胡乱地起了个小红，如今越叫眼睛越红。那几天，他劫下了从山里开出来的每一辆车，查遍了每一张陌生的、熟悉的面孔，问遍了每一个老乡，也没有找到他已经怀孕的媳妇。

“嘿嘿，我媳妇也怀孕了，去娘家串门去了，过几天就回来给我生娃。”小麻子整天唠叨。村里人说不经一事，不长一智，小麻子这是倒霉他妈给倒霉开门——倒霉到家了，这叫孬子传代——以前是大虎唠叨老婆怀孕，现在传给精得淌油的小麻子了。

张富贵彻底变成了傻子，张祥林去大城市医治，背回一大包药也不见好转，最后在家给他儿子熬中药喝。村里人说他是自作自受，罪有应得！那么一个水灵灵的雨红，被他欺负掉大塘里淹死了，他被老天爷责罚变成孬子是轻判了，该扔大塘里闷死偿命。

雨露对大虎不离不弃的照顾让全村人感动，大家更被这个姑娘表现出来的领导才能所折服，都鼓足了劲跟着她干。竞选村长的时候，这小丫毫不谦让，踊跃报名，露出一种舍我其谁的霸气。

“不瞒你们说，我拍砖的技术那是从小就练过的。我以前当过几年木匠，眼睛就是尺子，大虎被丁国富扇耳光的部位我都用肉眼仔细测量过。”自从拍好了大虎，丁大炮自信心爆满，见人就说他拍孬子的故事。他没事就喜欢到丁小气家蹭饭，这是饭前必须要当着丁小气面宣讲的台词。

“那是！你有眼力。”丁小气总是第一个应和，生怕冷了场。

“大虎头骨错位的裂缝我都能精确把握，我一砖头拍下去，那力度、精度可都是反复计算过的，要不然怎么可能一砖就把省城大医院都看不好的孬子给拍好了？”丁大炮得意地说。

“万一把大虎拍死了，你也要偿命的。”也有一些老爹故意和他抬杠。

“瞎说！我这技术能拍死人吗？也不知道村里哪些人多嘴好事，到处给我做广告。唉，真是烦死人了，还给我起外号叫拍孬大师。这些天就有几位外村人领娃来求我，还带了烟酒，非要请我用祖传的砖头帮他们把孬儿子的病给拍好，拍死了不偿命，你说我能随意出手吗？”丁大炮越说越起劲，说得口沫横飞。

“拍大虎的那块砖头我已经收藏了，等他们结婚那天，我用红布包好了，到时当贺礼送给他们小夫妻。”丁大炮一脸自豪，反复演示拍砖的动作，胳膊画过的弧线，砖头抓在手心的位置，击中头部的部位，“差一点点都不行哦！”

“好！好！城里有人专治疑难杂症，你丁大炮用砖治疗孬子，厉害！厉害！”丁小气每次都陪他喝个够，他那一巴掌把未来女婿打成疯子，成了全村的祸害是小事，他心里有愧疚。雨红有个这么爱她的男人是她的福分，当爹的怎么能那么打一个娃娃？

如今丁大炮一砖头帮他打好了女婿，自己心里的愧疚淡了许多，给他点儿酒喝算什么？喝一辈子都成。这些天大虎服服帖帖地跟在二女儿身后，看来这丫头真兑现了她的豪言壮语，领个上门女婿回家。这个二丫头不光胆子大，还敢私下偷他的存折，把他的养老钱取个精光，想不到驯服男人也是行家里手，还真有两下子，嘿嘿！

“这算什么！只有大家心齐，村里农庄挣钱了，以后就在我家小店门前开个相亲大会。你们有胳膊有腿，有把子力气，等有钱了，外地过期的、走偏道的、二稻子重发芽的老女人都抢着嫁进来。咱这里山好、水好，她们到哪里找这样的好山、好水、好男人嫁啊是不是？你们只要是为村里公家事干活累了，可以随时来我这里吃口热饭、喝口辣酒。”不知道从什么时候起，丁小气不再小气了，只要有人去他的小店聊天、做客，到中午他都主动管饭，还上好菜、好酒，弄得村里一帮脸皮厚的单身汉都有点儿不好意思了。

嘿嘿

红衣服

花衣裳
媳妇一件一件穿身上
今天她在娘家做小衣
明天回来生儿郎
……

村里人说小麻子真是可怜。过年后，他也不去外地打工了，每逢看到穿红衣服的小媳妇从他家门口经过的时候，小麻子都会嘿嘿地笑着唱。然后跑回家，坐到床上，找出他花五十块钱在城里做的两本假结婚证，翻开摆好，然后一件件地翻叠那些买给媳妇的红外套、花衣服，嘴里唠叨着后悔没有听大虎的话，打断她一条腿就好了。

那些衣服他从来都不舍得洗，一件件叠放得很整齐，每件衣服上都有一个女人的体香，散发着一股味，他怕一洗就忘了那个女人的味道。

有时他也会犯神经，突然冲回家，摸出小时候做的那把玩具手枪，追着人家姑娘，嚷嚷着人家是骗子，非要把人家毙了。

“冲动是魔鬼，冲动有惩罚，幸好我没冲动和小麻子拼血本。真要是买了那媳妇，那现在坐在家哭的就是我了！”村里养鸭的丁老三逢人就庆幸地说，赞叹自己的脑子冷静。现在他在江边芦苇滩里养黑鹅，专供船上的游客吃。

这天一大早，大家刚上船准备分配活，远远地见进村的田埂上出现一个身影，一路哭喊着跑进了村，是个女人，头发散乱，还赤着脚，好像是雅青的声音。她回娘家已有好几年了，阿六请了无数次都没回来，今天怎么一早发疯地往村里跑？雨露慌忙赶过去。

“阿六！一大早去我家把鱼鲤抱走，到底什么意思？法院已经判了，女儿跟我，她现在是我女儿，你没权利抱她，还给我！”雅青跑回了那三间瓦房，她曾经的家。

“谁说我们离婚了？我没签字，女儿随我姓，要我离婚，除非我死了！”阿六站在门口大声咆哮，怀里抱着惊吓过度的女儿鱼鲤。这几年，阿六已经落魄得和疯时的大虎差不多了，胡子拉碴，眼窝深陷，全身脏兮兮的，怕是好几个月没洗澡了。

“离不离是你的事，反正我受够了！你把女儿还给我！”看女儿哇哇地哭喊，雅青被激恼了，冲上去扳开阿六的手臂夺女儿。雨露一路小跑着赶到阿六家，她怕阿六再次动手打人，慌忙冲到二人中间，将他们拉开。

“我们结婚这些年，就算是做一天夫妻也是有感情的，为什么你就不能给我一次改过的机会？”阿六放下女儿，一屁股坐在地上，突然一把鼻涕一把泪地哭起来，哭得像个孩子。

“机会我早就给了无数次，不赌钱会死吗？你每次输光了，被逼得出去打工，等有钱了不又继续赌吗？你还是个男人吗！你哪天有个真正的人样啊？除了赌钱、打我，还会干什么！”雅青仰起头，一脸的倔强，眼里是无尽的绝望。她已经彻底看透这个曾经以生命相许的男人。

“雅青，你给我最后一次机会。”阿六哀求。

“不可能了！”雅青冷冷说道。

“好，我发誓从今以后再不赌钱了！雅青，你看好了，我证明给你看……”阿六突然放下女儿，一个回身冲进厨房。一屋子的人都呆住了，不知道他要干什么。就在大家愣神的工夫，阿六从厨房里冲出来，手里竟然握着一把雪亮的菜刀。

“啊，你——你干什么？！”雅青看见阿六摸了把刀出来，本能地想往后退，并用胳膊抱住头。她真的怕了这个男人，可是她脚下生根，双脚灌铅，就是挪不动地方。等阿六冲过来，举起菜刀剁下来时，她本能地一闭眼，这辈子真的毁在这个男人手里了，离了婚也跑不掉。

“咔”的一声，阿六脖子青筋突起如青藤，几步就走到了雅青旁边，当着一脸愕然的雅青的面，将自己右手的中指按在四方桌子边沿，举起菜刀，一咬牙，猛地一刀就剁了下去。

刀剁桌子的声音很沉闷，几滴血飞溅到脸庞，雅青脑子里反应着哪里流血了，哪里被剁了，可是身体好像都很正常，没有哪里感觉疼啊。她睁开眼一看，顿时被眼前的血腥场面惊得哇哇叫，立刻放下女儿，冲上去一把抱住阿六。

“爸爸！你怎么自己砍自己手指啊！妈妈，爸爸流血啦！”女儿惊恐地尖叫，八岁的孩子哪见过这么血腥的场面，而且还是爸爸举刀剁下了自己的手指。

那根通体发黄的手指细长得如条泥鳅，蜷缩着抖了几次，张嘴吐泡沫，拼命呼吸，还在神经反射地一阵阵收缩、抽动。虽然手指的表皮被熏得黑黄，流出的血依然殷红，像条壁虎的尾巴掉到了蚂蚁窝里，被一群蚂蚁攻击，正在竭力挣扎。

“你不是讨厌我赌钱吗？现在我砍断了一根手指，发誓不再赌了，你相信了吧？要是你还不信，我把剩下的手指也全剁了。雅青，求你别离开我！”阿六恶狠狠地瞪着按在桌子上的手掌，急了眼。

“我信你，你先把刀放下吧！”雅青一把抱住他，大声叫喊着。

阿六扔了刀，俯下身，一把将那根还流血的“香肠”抓在手心，紧走几步奔出门外。他一路小跑到了大塘边，抡圆了左手臂，把那根断手指扔进了大塘。

雅青一路追过来想叫住他，这会儿去医院还能接上的，可是那根手指已经翻滚着飞向了大塘的水面，一个前滚翻旋转360度后笔直入水，没有溅起丝毫水花，直接成了那只水猴子的剔牙午餐。

那天阿六是丁家墩第一大新闻，连江边轮渡一些外村人都知道了，赞阿六是条汉子。

村里的农家饭店已经建设得差不多了，这天一大早，雨露约上大虎，要他陪自己去县里见个重要的客户。

“你准备这么多资料干什么啊？”路上大虎翻看雨露准备的一大沓厚厚的资料，纳闷地问。这些资料都是村里各个景点的图片和详细文字说明，做得很精致，照片拍得也很有水准，看来的确花了一些工夫。

“我们村旅游建设最花钱的就是那几条船，集资的钱最多也只是一半的资本，另一半你知道怎么来的吗？”雨露神秘地问。

“你本事大，化缘来的。”大虎眨巴着眼睛回答。

“给你一巴掌！”雨露狠狠地瞪了大虎一眼。

“跟你这个木头人沟通真累。今天带你见个人你就知道了，没他的话，我们不可能开得这么顺利。现在就去他那里，把材料备个案，然后做好宣传画册。抓住那只水猴子，选个好日子，咱村农家饭店开业，一定会一炮而红！”雨露说得很有道理，大虎这些天也在考虑村里哪来那么多钱，肯定有人支持。想不到雨露这丫头鬼精得很，竟然能拉到赞助。

也许是女人的天性，一进城她没先急着去见客人，而是拉上大虎去逛街了。天天在野外风吹雨打，扎在男人堆里，她也成了个假小子。今天雨露作为女人的天性被解放，狂购物、狂打扮。

也许是春天来了，阳光变得暖洋洋的，刺激了雨露增加肌肤的曝光度。也许是她今天有意在大虎面前展示下她早就超越她姐姐的身材，只是身边这个男人以前疯了没发现，今天就让他近距离开开眼。女人天生都有表现欲，都是驯兽师。

县城老街很热闹，听说在城东新开发了一块地，正在建设新街，破败的县政府也准备搬过去。老街门面都很小，最多不过十几个平方。路过一家刚开业的内衣店，雨露硬拉着有些尴尬的大虎进去，并高调地从里到外都换了新装备，还故意挑了一套粉色蕾丝边的胸罩，摆在大虎面前要他提供意见，弄得他很不好意思。

“第一次看见女人胸罩吧？这几年流行这东西，咱农村女孩也要新潮一把。”雨露指着琳琅满目的胸衣大声说。

在一家内衣店里，一个农村模样的大男人被一个妖艳的女人挑逗，要他对一套粉红的内衣提意见，场面很尴尬。店里几个女服务员装作没看见，侧身偷偷地笑。

“你的胸太丰满了，身材真好，让人羡慕。你没化过妆吧？自然美最美，是任何化妆品都化不出来的。”服务员是个小姑娘，给她量了尺寸，一脸羡慕地大声嚷嚷着去找大号的 C 罩杯让客人再试试。

大虎在一边直甩头，他根本不知道 C 罩杯到底有多大。

“大自然是最好的化妆师，女人的自信来自心里，不是外表。”黑色的衬衫，里面搭配着粉红的内衣，隐约看到一点儿粉红和肉色，显得秀色可餐。过膝的牛仔裤很贴身，勾勒出她翘翘的臀部，很诱人。

雨露很满意，并要大虎提点儿参考意见，大虎红着脸支支吾吾说不出话。

“帮我把背后的纽扣扣上。”也许是太过于兴奋，也许是她的胸太过于饱满，刚刚买的内衣在她几个转身试穿后，背带扣子竟然脱落了。她侧身对着大虎，抬起手臂，故意叫他给扣上。

大虎瞪大了眼睛，不知道这丫头到底要干什么！店里这么多服务员，哪有大白天叫个男人做这事的？他吓得连连摇头。

“发现你打扮后还是很漂亮的。”当雨露换好了行头，木讷的大虎看着小丫头雨露，竟然忍不住夸了一句。话刚说出口，他就有点儿后悔，感觉有点儿怪怪的。

“今天出门，要是有人说我不漂亮，我反手就给他一巴掌。我本来就貌若天仙、面若桃花、水灵秀气、窈窕淑女、倾国倾城、赛貂蝉超西施，怎能用区区一个漂亮来形容？谁要是得到我的爱，等于中二十万的大奖呢！”雨露被这么一夸，竟然像个孔夫子，摇头晃脑地自我陶醉起来，将所有的赞美全都集于自己一身，脸皮真厚。

大虎被她一顿口若悬河的自夸给弄糊涂了，选择沉默，这丫头语文学得奇差，成语倒是记得不少。

“说吧，怎么样才能让你忘了我姐，打动你接受我？问世间情为何物？我要一物降一物！”出了内衣店，走在大街上，雨露非要大虎牵着她的手，故意在熙熙攘攘的人群里穿梭。这个木讷的男人简直有点儿愚笨。这些天，她一直在等大虎开口，给他一个表白的机会，但这个男人情商几乎为零。其实他心里比谁都清楚，可整天只知道做事、装孬，一闲下来就进入回忆模式，满眼都是忧郁。

雨露是个急性子，这么熬她估计熬不过这个男人，她可不想自己的青春被这个老男人耗光。张伶俐告诉她，男人追女人隔了千山万水，但男人往往能追到喜欢的女人，因为男人不怕翻山越岭；女人追男人只隔了一层纸，但女人很少追到喜欢的男人，因为女人怕伤了手指头。今天，雨露就是要试试手指头。

“我的心随你姐姐走了，送她的项链也被水猴子抢走了，连个念想都没有。”大虎叹了口气，低头看着脚下杂乱的步伐。

“就这事啊！你等我活捉了那只水猴子，到时你就倒插门来我家做上门女婿。咱们一言为定，反悔是——是猪！”雨露丢下一句话，还没等大虎反应过来，就欢快地在大街上跑没影了。

几个好事的男人往这边张望，开始还以为是小女生东西被抢了，当看到是一个穿着暴露的姑娘迈着大步，在调戏完一个男人，甩着挎包一脸欢喜地奔跑在大街上时，都羡慕地看着大虎。

那天下午雨露带大虎见了个客人，晚上回村她就不见了。整夜大虎都心神不定，去大塘口到处找了一遍也没有发现她的踪影，直到下半夜回到山洞睡觉时，才发现洞里养的最大的一条娃娃鱼不见了。

第二天一大早，村里异常吵闹，连睡在一里多外山洞里的大虎都被吵得睡不安稳，感觉比庙会还热闹。他慌忙跑下山，却见整个村子已围得水泄不通，很多都是陌生的面孔，从几十里外的村子赶过来的。

大虎感觉头仿佛又被人打了一闷棍，晃悠了几下坚持没倒下，雨红躺在大塘埂上那一幕放电影般在脑子里重播。难道雨露出事了？他拼了命地扒开人群挤进村子，挤到雨露家的店门前。

“这就是水猴子啊？怎么才这么点儿大啊！毛皮真好，贼亮。”

“丁家墩淹死那么多人，都是它拉下水的啊？真可怕，怎么还不投胎哦！”

人群将丁小气家的小店包围得里三圈外三圈，都在七嘴八舌地议论，伸着头往里望。他家门前的鸡笼里坐着一个小家伙，那家伙抱着头不动，显得很沮丧，在那里无聊地玩着细长的手指，两根食指并着做着打枪的手势，竟然还有点儿萌。

这就是那只水猴子，离开水，它完全没了暴戾，显得很温顺。

大虎不想再多看那只水鬼一眼，当一生的仇人真的有天出现在面前任他宰割时，他却没有了杀戮的恨。鸡笼里有条死去的娃娃鱼，他突然明白了，昨晚雨露用它钓到了这只馋嘴的水猴子。

真是人为色死，畜生因嘴馋亡，千古不变的真理！

大虎四下里张望，没见到雨露。芳大娘说女儿一夜未归，早上拎了个要命鬼回家，一身是伤，满身是血，正在里屋换衣服。

“雨露这丫头从小可能就没管教好，丁小气有点儿过于溺爱，长大真的翻了天，今早抓个要了她姐姐、弟弟命的水猴子回家，还笑！”

“雨露她敢与天斗。算命先生说她家多水，要改门相，二女儿以后要离水塘三尺，可她偏偏不信，照样去洗澡。”

“她敢与地斗，黑沙洲一年一次冲积，是个千年的芦苇荒滩，她造船搞什么农家饭店，看样子还真能挣到钱。”

“现在与鬼斗，一夜不回家，跑大塘里把折腾了村里几代人的水鬼抓上来，不知道要干什么。”屋外到处都是议论声。

大虎推门进入雨露的闺房，一进来，他就闻到一半是雨红的味道。雨露背对着他，已换好了衣服。手臂、脖子贴了好几张活血止痛膏，像小时候玩过家家酒的受伤娃娃。她穿上了那条牛仔短裤，一见大虎进来，竟然抓起一把柴刀挡在胸前，仿佛是怕被他欺负。

“这是我姐姐的项链，就挂在那只水猴子脖子上，现在我从它那里抢回来了。”雨露冷冷地说，把项链在大虎眼前晃了晃。

“谢谢！”大虎回答，伸手去接，雨露却收了回去。

“从今天早上开始，这条项链已经不再是你送我姐姐的定情信物了，算你送我的结婚聘礼。什么时候跟我爹提亲？男子汉说出的话就是泼出的水，答应的事就该一诺千金，要用一辈子来证明。”雨露将那串项链挂到自己脖子上。

“我已经准备好了，过几天就和小麻子一道去温州皮鞋厂里做工。你看我现在瘦得人不像人、鬼不像鬼，你要是开口结婚，十里八乡当晚就挤满屋外的打谷场。你就饶了我吧，我心里容不下别的女人了。”不知道为什么，一进这间房间，他满脑子都是雨红，周围呼吸的全是她的气息。这么些年了，那些记忆怎么也挥不去，一闭眼就看见她挺着个大肚子，从大塘口的柳花树下一路笑盈盈地走来。现在面对她的妹妹，他实在转换不了角色，接受不了她。大虎转身要走开。

“你站住！你这头说话不算数的猪！”雨露突然紧追几步横在大虎面前，紧咬着嘴唇，竭力克制着情绪不让它爆发，以免吓到屋外的客人。她粉红的脸憋着气，瘪着嘴，直至脸蛋红红的两团肉像是被电了一般，急速地颤抖。

雨露右手高举着柴刀，瞪圆了眼珠，死死盯着走过来的大虎就要砍。

大虎闭上了眼，心一横，擦过她颤抖的肩，咬牙继续往外走。

“好！你说的，想要心爱的人跟你一辈子，就打断她一条腿！我就打断自己一条腿，看你可会心疼？心可是肉长的？你这头没良心的猪！”雨露疯狂地吼起来，高举的柴刀猛地劈了下来，不是劈她身旁的大虎，而是向着自己的一条腿狠狠地砍去。

大虎本来还是一脸的凛然，像个壮士赶赴刑场一般，一脸冷峻，可是当雨露带着绝望，挥舞着柴刀恶狠狠地砍向她自己的腿时，他愕然了、呆住了，一瞬间变得无所适从，被这个丫头强悍的气场和为爱疯狂的举动镇住了。

他爱过、疯狂过，知道深陷爱的沼泽不能自拔的人没有几个人正常，为爱疯狂的人是最可爱的，也是最可怜的。他们举目无亲，身处荒漠，绝望、孤独、冰冷、无助，活在半梦半醒之间，尝尽心酸，穿梭在虚幻和现实之中，受尽冷嘲热讽。

他们时而能跨越时空，将爱人从虚幻中唤出拥入怀中，时而悲伤地坐在爱人坟头绝望地哭泣。他们不是演员，却是最好的演员，演绎最真挚、最纯美的爱。

他们的时钟是颠倒的，不是夜行人，却能在最寂静的夜晚选择和爱人交换心灵；他们的世界是黑白的，不是画家，却能用最原始的黑白两种色调勾兑出最红火的青春，描绘出最壮观的爱情画卷。世间的万物只是他们相拥的背景道具，招之即来，挥之即去。

在他们虚幻的世界里，爱情即是沙盘，他们抓沙撒画，大海、长江、黄河，只要她喜欢，去哪里只是一瞬间，而后风吹无痕，第二天又是一个全新的开始。没有人注意他们为爱守候的专注，没有人能看到他们为爱厮杀的惨烈。

什么是真爱？为爱疯狂过的人才是真正的爱情大师，他们专注的沉思表情胜过世上任何一尊雕像。

这个小姑娘怀揣爱的信念，在幽暗的大塘埂上独自一人，不知道昨晚和那只水猴子经历了怎样的一场恶斗，没人知道她怕不怕，但全村人都知道，这丫头是真心的，人间大爱不过如此罢了。这个前几天进城买衣服时还一脸的稚嫩，骨子里却倔强得像头小牛，用初生牛犊的决心守着一句滑稽的口头禅——想要心爱的人跟你一辈子，就打断她一条腿，为爱疯狂地在自己身上试刀。在爱情面前，人人都是疯子；在爱情面前，人人都是傻子。

大虎慌忙去抱雨露的手臂，可还是晚了。

“咔”的一声，骨头断得很干脆，雨露腿一软，失去重心，身子一歪，晃了晃，踉跄了几步还是没有倒下。激烈的疼痛和深重的怨气让她的身体失去了少女原本拥有的弹性，变得硬邦邦的，如一块路边散落的石像。

“你这是何苦！你姐姐性格软弱，打不还手，你性格怎么这么刚烈？我夹在中间，为你姐姐疯死，我还落个好名声；可你这么虐待自己，村里男人的口水也能把我淹死。我不走了，行了吧……”大虎叹了口气，强忍泪水，一把紧紧地将雨露搂在怀里。

世间大爱，也有无奈。

当听到大虎答应留下来时，刚刚还硬邦邦的雨露瞬间瘫软成一堆棉絮，浑身流汗，浸透衣服，瘫软在大虎怀里。

渐渐地，雨露的身体开始颤抖，起初只是一点点的震动，像列火车在十几公里外就将震动沿着铁轨传播，一点点加强，由远而近、由弱变强，最后在大虎的怀里颤抖成一张风中飞舞的纸片，直至像是要被撕碎了一般。她张开双臂，死死地抱着大虎，像是溺水的人抓住了最后一根稻草，越抱越紧。她将头埋进这个男人的怀里，抽泣成正午后的一场暴雨。

“咣当”一声，雨露右手的柴刀落地，男人只说了一句话，她就打开城门投降了。刚刚还杀红了眼，要拼个鱼死网破，要杀个六亲不认，而今已是阶下囚。

一对新人，在黑乎乎的房间里拥成一尊雕塑。

大虎感觉脖子处湿了，那是女人的专利，是专门融化男人的强硫酸，再坚强心硬的男人在女人的泪水面前都会举手投降。英雄难过美人关，先辈们已经反复验证了无数次，大虎也不例外。

“啊——咬死你这头猪！”突然大虎感觉右肩膀处有股剧烈的疼痛。开始他还以为是雨露抱紧的手指抠的，转头一看，雨露像头母豹子一般，闭着眼，恶狠狠地扑在他的肩膀上，将两排牙齿狠狠地咬进了他的肉里，撕咬得那么解恨，仿佛对这个男人有刻骨的仇恨。

肉“嘎吱吱”响，这个吸血鬼妹妹一路追寻姐姐的记忆，学会了雨红表达爱的方式，传承了她的暴戾，用最原始的方式宣布对这个男人的占有。

动物用气味做标识，宣誓领地和配偶。雨露在用和她姐姐一样的撕咬方式，在她的男人身上刻齿留痕，宣誓主权。

雨露说世间还有一种爱叫：咬死你这头猪!

那年雨露刚好二十岁。

第二十八章 捐赠眼角膜

妈妈把一勺粥喂到小美嘴里，她很吃力地咽下，可肚子像是饱了，不接受又吐了出来，弄得她绷紧的脸皮被凸起的颚骨支得有点儿痛。

“贫家净扫地，贫女净梳头。妈妈，给我梳下头好吗？”小美强打起精神，她坚持自己穿衣服，并且多穿了几件内衣，好让干瘪的胸口显得饱满些。

“好！”周老师说。

“好些天没有梳头了，像个野孩子了吧？今天我要去医院看看接受我眼角膜的人，以后他们就代替我来看世界了。”

“好，妈妈给你打扮得漂亮一些！”小美妈妈几度哽咽。

小美被妈妈弄得有些伤感，很艰难地支起身，可妈妈再怎么梳，薄薄的头发只能梳一个小辫子。以前那可是满头青丝，浓密秀逸，握在手里满满一大把。

“妈妈，我的头发呢？”小美惊恐地问。她感觉妈妈一碰就有一大把头发从头皮上脱去，感觉头颅像是被开水烫过，一碰就有头发掉进黑暗的另一个世界，再也抓不回来。

“慢慢疗养吧，你年轻，还会长出来的。你看，妈妈昨天特意去给你买了顶假发，披肩的，很漂亮吧？”周老师给小美戴了顶披肩假发，两边垂到胸口，像个学生，小美苍白的脸显得有点儿红。

没想到又坐上了她那辆心爱的轮椅。原本以为这辈子眼睛好了，腰杆就直了，路也宽了，再不用坐轮椅了，可是命运就像旋转的木马，转一圈又回到原点。

医院永远是那样令人压抑，陪同的家人焦虑，病人一脸茫然，都在等待万能的救世主医生为他们驱魔。可是世间没有万能的人，只有苦命的痴情人。

丁祖峰推着小美的轮椅走在医院长长的走廊里，四周很昏暗，有一种莫名的压抑。医院里病人不多，陪同的家人却很多，都在走廊里打着地铺，有的忧愁干坐在地上，有的呼呼大睡。

张伶俐紧紧跟随，他们这些天都一直陪伴在小美身边。雨露和大虎站在小美身后，他们昨晚就赶来了，和小美拉了一夜的家常。

小美向四周看了看，还是没看到秀秀的身影，她叹了口气，想问又觉得没必要了。从小玩到大，都了解彼此的性格，她是个喜欢安静的女孩，折腾了这么多年好像还是孑然一身，估计心已经死了，自己现在也是个快死的人了。

不见就不见吧，人生交朋友，就像骑自行车旅行，一趟路能载的重量是固定的，走一路认识一路朋友，也必须丢弃一些老友，不然人生就会“爆胎”。

他们走到走廊的尽头停下，听见屋里有人在说话，但听不清说些什么。

透过门缝，小美仔细听着那欢快的说笑声，在这压抑的医院病房里能听到这样开心的笑声，让她感觉就像沙漠里遇到一眼清泉般让人无法抗拒。

“他们俩就是接受你眼角膜的病人，你确定要进去和他们聊聊吗？”丁祖峰说。他将轮椅在病房门口停下来，透过门缝指指里面睡在病床上的两个男人，他们一个矮个子，长得很壮实；另一个裤管空空地耷拉在床边，是个截了肢的残疾人。

“是你们俩？我同学啊！怎么你们的眼睛一直是瞎的？”小美推开门进了屋，吃惊地问。

“小——小美！你怎么在这里？自从上次你来我们学校演出，因为我们缠你照相，害得你摔倒后，我们就从你住的三楼搬家了，怕打扰你！”修鞋工原本正边聊天边给一只旧皮鞋纳鞋底，两人一见是小美进来了，紧张得在床上慌乱磨蹭，都低下头，并用帽子压住了额头。

小美注意到修鞋工床边的塑料袋子很旧，泛着黄色，印有某毛线厂的广告，好像在哪里见过。记得她眼角膜手术成功后，妈妈也带回家这么个颜色的塑料袋子，里面还有些面值很小的钱。妈妈说是医院捐款用的袋子，她当时就纳闷，医院怎么用这么旧的袋子装钱？而且那钱满是机油味。

原来钱是他们捐赠的，小美突然明白了什么，浑身猛打了几个寒战。她支起身，哆嗦着站了起来，走到床边，抬起两只颤抖的手，分别摘下了他们的头罩。

呈现在眼前的是两个男人沧桑的、丑陋的脸，一个皮肤很粗糙，老如树皮，干裂开缝，能看见丝丝血肉，散发着浓重的机油味。一个黝黑得如块铁疙瘩，有很多星星点点的麻子散在额头，嵌进肉里生根发芽，再生出珍珠大小的肉疙瘩，带着点儿酸涩的臭味。

两个男人一个是左眼，一个是右眼，都是黑黝黝、空洞洞，像个小老鼠洞一般深陷进去，留给人一个深邃的黑洞。

“我，我的眼角膜是你们给的？”小美倒退几步，瞪圆了双眼。她什么都明白了，眼前这两个男人一直活在她背后的影子里，他们打扫厕所、清理路障，甚至为她捐眼角膜，用眼睛将一个女孩穿裙子的影像刻在细胞里，这是怎样的一种大爱。

那个一直舞动在她眼角膜里的女孩身影，漂亮得让自己嫉妒，那就是自己！

造物主造人，为什么要分出三六九等，让他们在人世间苦命挣扎，尝尽冷暖，活得卑微，却又偏偏赋予他们超出常人的善良和执着鞭挞世界？幸福离自己如此之近，自己却整天抱怨。

今天的眼角膜捐赠仪式，小美原本准备了很多话要向接受她眼角膜的人交代，让他们配得起这对承载着爱的记忆的眼角膜，去完成下一场接力。可是真爱需要言语交代吗？看着面前这两个丑陋的男人，小美已经哭成了泪人，她不知道该躲到哪个男人的怀里好好哭一场，可是她真的想有个怀抱供自己好好发泄，哭死算了。现在那个怀抱就在眼前，可是她不知道该扑向谁。

“小美，你怎么了？别哭了，这次丁医生说医院可以免费帮我们装眼角膜，可他没有告诉我们是你要还我们眼角膜，如果知道是你的眼睛，我们打死也不会要的。”修鞋工说。

“谢谢你们！”小美低声抽泣着回答。

“其实我们有一只眼睛就够了。人身上只要有一个肾、一只眼睛、一个耳朵、一只手、一条腿就够了，很多东西是备份，多了浪费。”

“谢谢，谢谢一直有你们！”

“小美，你别哭啊！你怎么了，生病了吗？哪里不舒服，要换我们俩都有。别看我们人丑，但身体的部位，学校老师说什么都是好的，都能给你，只要能看到你在舞台上弹琴、跳舞，我们就知足了。”

修鞋工挣扎着想从床上下来，可是他没有腿，搀扶不了小美，另一张床上的掏粪工慌忙起身去扶他。

很多时候，这两个男人是合体来完成一件事的，比如去爱小美。

人身上很多的器官是有备份，可是心只有一颗，永远不会为谁备份。

“这里坏了，切除了，女人的乳房，你们有吗？”小美用手指了指干瘪的胸口，摇了摇头，心中一阵酸楚。

两个男人一阵愕然。修鞋工连连摇头，他们摸摸她的胸口，真没有。

“我死后，一半骨灰留给我妈妈尽点儿孝道。我住在大船上那些天出去转悠，就是为自己选墓地。我看中了黑沙洲上那个老虎崖，那里风景好、视线好，能看见家乡的山水。”小美又开始自言自语了。

“雨露他们带领村里人搞旅游开发，我从来就没帮过什么忙，一直觉得愧疚，死后我就睡在山崖上保佑他们吧！

“另一半你们帮我撒到家乡的大江里吧！我始终觉得那里才是我真正的家。这辈子没机会去旅游。瞎眼时觉得世界太大，可以任意想象；复明后觉得世界太小，小得我喘不过气。

“不知道外面的世界到底有多大，死了就让江水带我去各处看看，最后玩累了，再流进大海魂飞魄散，不再指望投胎做人了。”

……

小美摸摸自己干瘪的胸口，苦笑着凝视眼前这两个和她一样苦命的男人，嘱咐他们一定要记住自己说的每一句话。有的人一辈子不缺女人，却缺爱；有的人一辈子没能得到一个女人的爱，可他们心里满是爱。

“我已经是个二十三岁的女人了，想找个人拍婚纱照。只是拍照，别的什么也不能，你们愿意吗？”小美问。

两个男人低头沉默。

“现在你们猜拳，赢的人就当我的新郎吧！看你们谁的运气好了。”

两个男人抬起头，瞪圆了一只眼，凝视着小美。

“命运对我不公平，对你们也不公平，人人都要学会认命。”小美擦干了泪水，抿嘴笑了笑。房间里气氛太压抑了，让她感觉喘不过气，她不想场面这么哀伤。

两个男人原本是作为病人被推进病房的，可是现在角色转换，小美竟然要在他们中间选人拍结婚照，惊得他们张大了嘴，好一会儿反应不过来。

也许他们去路边地摊算过命，虽然是花了钱，可算命的也不敢说他们能娶到媳妇，掐指一算他们肯定是单身的命。可是那个交谊舞跳得亮瞎所有人眼睛的女同学，那个公认最漂亮的班花，竟然主动要和他们拍婚纱照！

这对兄弟，一个整天和大粪相伴，全身臭烘烘，长满肉疙瘩；一个以破鞋当枕头，全身脏兮兮还瘸腿，真的要有个人和特教班骄傲的小美结婚了？这个消息他们要是在特教班的同学那里一嚷嚷，肯定被群殴，那是对小美名誉的侮辱，是对他们女神的践踏，连老师都不会相信。

小美讲好了规则，她像个裁判一般，站在两个男人的床中间，大声地喊着一二三，这是她第一次对自己的爱做主。

两个男人却很木讷，他们还没有从惊吓中缓过神来，出拳的速度、频率都是一样的，每次出拳都在等待对方，两个手臂，同样的手形，一样谦让的心。一连出了四五次，他们每次出的都是一样的，分不出输赢。

这样的场景，前些日子在大船上刚刚上演过，那时是张伶俐和小美，猜拳为了赢一个男人，现在又是同样的情节，主角是两个男人，猜拳赢一个女人，一样的情节，不一样的输赢。

“你们再这样谦让，我谁都不给机会了。这是最后一次，如果你们再慢吞吞的，我就带到那边和黄土结婚吧！”小美生气了，她不喜欢男人婆婆妈妈的。

“一、二、三！”小美再一次数完，她数得很慢，但语气坚定。

石头碰剪刀，掏粪工用石头为自己挣到了一个他做梦都不敢去想的女人。当天下午，周老师帮女儿在市里找了家最好的照相馆，舞台布景都有十几种。他站到小美身边，抬起头，搂着他一直仰望的那个女孩，迎着相机的焦点幸福地微笑，再也不用担心人家骂他是个偷窥的流氓，不用担心人家嫌弃他一身再怎么洗也洗不干净的臭味。

迎面打来的聚光灯雪亮、刺眼，将他脸上的肉疙瘩全部毫无保留地聚焦，可他不怕，他头抬得很高，将空洞的眼睛和一脸的麻子疙瘩展示给所有人。他期待更多的人来看他和小美拍结婚照，期待他们用嫉妒的眼睛瞧自己身边的女孩。

修鞋工一直在一边看，他们每拍下一个镜头，他都跟着镜头一起做出认真的表情，和镜头一起定格，仿佛身边也站了个漂亮的小美。

这是小美第一次化妆，她闭上眼，任嫣红的口红游走在唇片上，轻轻滑动，像是谁的舌尖在两唇之间搅动，没有温度，却很有感觉。无数次梦里幻想有个人能吻次自己，这个二十多岁的年轻女人，孤寂地坐在梳妆台前，戴上假发，将一颗心封存进躯体里，打上蜡，贴上封条。

冷艳的女人最后绽放一次，不为别人，生为女人，只为对得起自己。

化妆后的小美很美，眼睛变大了，嘴巴却变小了，很陌生。对于一个女人来说，第一次穿上婚纱肯定是认真的，可是再漠然的表情能掩盖内心涌动的思绪吗？小美不时地换着服装，穿越四季，时而一身洁白如天鹅，提着长裙，奔跑在台幕做成的大草原上；时而一身火红如火烈鸟，张开双臂，飞翔在台幕做成的湖面上。

她知道身后的风景都是假的，只有她自己是真的。

她知道她这块人生的电池已经完全耗尽，无人能给她充电；她这支红烛在风中摇曳，刚绽放即是残年，麻木地苟活，即将燃尽最后一缕青烟。

门口的风吹乱了她的假发，吹掉了她的睫毛，吹淡了她的口红，吹冷了她的笑容，吹得她这朵女人花摇曳风中，随风凋零。

第二十九章 埋葬亲人

公交车一路喘息着开过来，带着尖锐的刹车声停好。车上已经几乎满座，还好最后一排还有一个座位，秀秀将挎包放在膝盖上，紧紧抱在怀里，坐了上去。

“你爸爸整天就说开会，忙，也不管女儿，不要家了。”前排坐了位中年妇女，她身边坐着一个小女孩。秀秀觉得眼熟，上次和曾晓东回乡好像遇到过这对母女。

小女孩很可爱，依偎在妈妈怀里，亮晶晶的眼睛打量着秀秀，眼睛大得像动画片里的人物，还“咯咯”地笑，露出两颗对称的雪白的小虎牙。

秀秀摸摸自己的肚子，要是没有残忍地去医院，自己第一个孩子怕是也上学了，可能是个女儿呢！那会不会遗传了自己高挑的身材，现在俨然是个小美女了？

“你爸爸变了，家里成了厕所，回来匆匆，出门也匆匆。”前面那个妇女可能到了更年期，又对着小女孩发牢骚，说孩子爸爸最近越来越忙，总有开不完的会、出不完的差，几乎就不要家了。

“真的啊？那我是不是便便，被爸爸冲了啊？”小姑娘弯着眼睛“咯咯”地笑，外套的胸口处印着一个葫芦娃的卡通图案，显得特别可爱。

秀秀看着窗外发呆。有的婚姻让女人变成傻子，有的婚姻让女人变成孩子，这个女人到底是傻子还是孩子？她家的男人真的对她不好吗？男人在外打拼，挣钱养家，女人在家守空房，都没有错，错的是社会生存成本太高了。

“阿姨，你看我可不可爱？”大概是感觉秀秀有种亲切感，小姑娘回身天真地问她。

“可爱，特别可爱。”秀秀笑着回应。羡慕她们拥有一个温馨的家，男人在外忙死，女人在家吵死，这大概就是婚姻吧！男人是面粉，女人是盐水，揉啊揉，揉成一团谁也别想脱身的面团，将就着吃吧。

“你叫什么名字？”秀秀问。

“黄郭香。”

黄郭香？秀秀感觉这名字有点儿熟悉，就是想不起来在哪里听过。

“妈，前些天我陪爸爸到乡下看奶奶，中午我在爸爸的办公室里玩，爸爸说出去有事，我想买糖，就跟出去想和爸爸要钱，看见他去镇上大桥对面的一间旧房子里了。因为那附近跑出来一条大黄狗，我吓得没敢去敲门，就回爸爸办公室了。”小女孩怀里抱着一袋子大白兔奶糖，依偎在妈妈怀里，正在大口咀嚼。

“他去大桥对面干什么？那边没学校，也不是什么教学点啊！”女孩妈妈疑惑地自言自语。

“最近我发现爸爸屁股上的钥匙环上多了一把新钥匙，他就是用那把新钥匙打开那间老房子的门的。”小姑娘边说边爬上座椅，一个回身和身后的秀秀来了个对视，天真的脸蛋让人恨不得上去掐一把。

大桥边的旧房子？一把新钥匙？

秀秀就坐在这对母女的身后，听得真切，吓得浑身一哆嗦，她的出租屋就在镇上的大桥对面，钥匙是最近自己亲手给他配的，原来这个小女孩的爸爸是黄俊峰！同时她也感觉到对面的妇女气得发抖。老公近期频繁地加班，这个女人可能早就觉察出了异样，只是没有捉奸捉在床而已。

秀秀特意哈腰探身偷偷地瞄了眼前排的妇女，穿着随意，长相一般，面庞已经有一些皱纹，耳边也有几根白发，头发胡乱地扎成一束垂在脑后，一看就是个典型的家庭主妇。身体已经开始有发福臃肿的趋势，肚子赘肉微微凸起，像塞了一圈自行车轮胎，是那种站在街角顿时被淹没，爬上舞台立刻发泼的妇女。

“你爸爸早上出门的时候说晚上不回家，我们下午去看望奶奶，等到晚上八点的时候，你带我去那个老屋子，到时叫上爷爷奶奶，去找你爸爸！”妇女压低了声音，竭力掩饰着内心的愤怒，攥紧拳头，抿着嘴盯着车顶，牙根咬得“嘎吱”响。

破旧的公交车已经锈迹斑斑，年纪比车里很多人都大。车厢里挤满了人，如塞满沙丁鱼的罐头。路颠簸得乘客有节奏地摇晃，摇得车厢内空气污浊。秀秀感觉这个女人的情绪很不好，随时有可能抓狂。

“葫芦娃，葫芦娃，金刚葫芦娃，啦啦啦……”那个小女孩丝毫没有察觉妈妈的异样，照样抱着奶糖大口咀嚼，微微翘起的嘴很可爱。

秀秀抱着装有她爹骨灰的挎包上了张公山，亲戚早将墓地挖好了，黄俊峰也赶了过去，站在一边帮忙。一个只有一平方米的土坑成了老人家的归宿；生时没住过大房子，死后也只有巴掌大的一块地方。

秀秀捧出挎包里的骨灰盒放了进去。她卷起衣袖，将蓬乱的头发挽起，顺势扎起来，显得很干练。

“按照习俗，门要朝高，坟要朝低，你爹的墓地就抢山里红镇对面的山坳口吧！”一个亲戚向秀秀要了几枚硬币，垫好了骨灰盒，反复查看着风水，最后对好了方向。

“嗯，大爹安排就行了。”秀秀回答。

快要中午了，当头的太阳很烈，秀秀抬头看看天，张罗所有亲戚一起挖土、砌砖，只用了半个小时就将爹的新坟垒得高高的。西九华山脚下那条公路正在铺沙，黄烟弥漫。蜿蜒的大江和茂盛的黑沙洲就在脚下，村里那几条大船上升起了炊烟，船边有很多晃动的人影，都在忙碌。

坟堆的侧面就是山里红镇，爹只要转个头就能清晰地看到镇上女儿租住的那间小屋。她麻利地抓过草纸，烧纸、放炮仗、磕头，嘴中念念有词，所有亲戚都面面相觑，不知道她和她爹在小声嘀咕什么。

黄俊峰站在一边，侧面看着秀秀被太阳照得艳红的面孔，像座凝重的雕像。昨天她还一脸悲伤，还没有从丧失父爱的痛苦中走出来，今天却像换了个人，一脸的刚毅，像电视中的花木兰，随时准备上战场。

秀秀张罗亲戚下山去家里吃饭，饭后亲戚们安慰了她几句就散了，只留下黄俊峰一个人，家里顿时就显得冷冷清清、空空荡荡。秀秀突然感觉房子很大，大到像在无边的荒漠里，举目无亲，找不到方向，似乎被世界抛弃了一般。

他们就这样静静地坐着，一下午秀秀一动不动，像是在感受老屋的气息。黄俊峰以为她睡着了，走过去一看，她的眼睛睁得溜圆，样子吓了他一跳。看来她是太累了，放松不下来。

抬头看看墙上的挂钟，已经过了下午五点，秀秀洗了个澡，将辫子用发夹夹好，穿了双运动鞋，叫黄俊峰陪她再次上山去看看爹。在爹的新坟前，秀秀拉上黄俊峰，双双给爹磕了三个头。

西边残阳已有大半落下了山，剩下另一半挂在两山凹口处，上吊一般，时不时地挣扎着想探出一点点头来，想呼吸一口，可是老天没有给它任何机会，死死按进黑暗世界的另一边。

“爹，今晚有雨，你老人家好好睡吧！女儿要为下半辈子战斗一次，今年下半年，女儿就带个孙子来给你上香。”秀秀看了看表，已经快七点了。她回身给爹上了最后一锹土，嘴里说道，然后回身紧紧抱住黄俊峰的胳膊，依偎在他的怀里，匆匆下山了。

“天这么晴朗，今晚哪里有雨哦？”黄俊峰紧紧搂着她，抬头看着天空，已有星斗闪动眼睛，万里无云，不知道秀秀为何会说老天爷今晚有雨。

“这个世界，每个人都是自己的老天爷，都可以在自己的世界里，为自己人工降一场暴雨。”秀秀冷冷地说，让人听不懂。可是秀秀明白，她今晚的格言是：我的生活我做主，我的婚姻我战斗。

以前她是逃兵，今晚她要当个冲锋战士。秀秀已不再是那个单纯的女孩，虽然没有结婚，但她感觉自己已经经历了地狱的历练，成了烈火金刚，什么妖魔鬼怪都不怕，也不在乎名声，就算被骂狐狸精、被揪光头发，那又怎么样？狐狸精自古就有，头发揪光了可以再长。

秀秀给自己定了个目标，今晚要么生，要么死！前面冲来一帮人，她身后只睡着一个刚入土的爹，但为了肚子里的孩子，要么打败那个黄脸婆，赢得这个过期的但是肚子里孩子爸爸的男人，要么就从老虎崖上跳下去，让江水把这具躯体洗涤干净，再和爹埋在一起。

秀秀心里默默地告诫自己，这个世界，谁的新欢不是别人的旧爱？别人的屋檐再大，都不如自己有把伞。生命如同一块海绵，对所有的快乐和苦难都会照单全收，不留痕迹。今晚，她要抢男人！

丁大炮现在有个专项工作。雨露在傻姑家的后院挖了个足有一间屋子大的密封的池塘，用钢筋焊死了，专门用来关那只水猴子，水房只留一个拳头大的小窗口方便塞些鱼虾进去。

雨露已经私下里安排人偷偷去外地买几只人工养殖的水獭，公母都买。大塘里这只水猴子也不知道多少岁了，更不知道公母，一只落单在这里，孤苦伶仃怪可怜的。和村里人斗了这么些年它也没离开，说明它爱大塘，把大塘当成了自己的家。雨露要给它找个伴，再放回大塘，成双成对地更有故事，说不定能赶在自己前面先当爹妈。

春色已浓，丁家墩到处披红，这天是他们村饭店正式开业的日子。一个露天舞台搭在丁小气家小店的门口，台下人头攒动，很多都是外乡来的，听说还有一些特意从城里带着孩子来的，就是为了看看水猴子长什么样子。

"轰隆隆"，随着一阵喧闹的滚地龙山炮声响起，整个村子沸腾了，舞台上雨露胸佩大红花，支着一条受伤的腿，正在致感谢词。

外面停了辆吉普车，听说是县里的领导来剪彩，致开幕贺词。丁小气站在小店的柜台前，忙得满额头都是细汗，这下他家的小店真能赶上城里的超市那么热闹了。

江边黑沙洲大船上的炊烟已经升起，一股奇异的鱼香慢慢升腾，和着炮仗的硫黄味，熏染着整个丁家墩。

汹涌的江面也被开春的劲风吹醒，翻滚着泛黄的江水，一路头也不回地向前狂奔。一只只开捕江刀的小舟穿梭在江面上，如一片片枫叶随波摇动，忙着捕捞。

大江的一处拐弯，两面崖壁分江而立，像如来的两只手掌将大江夹在手心，仿佛正在打坐。崖壁上一座尖尖的小土堆，那是小美的新家。

土堆的旁边建起了三间新石头房，最中间的房间里摆放着一架擦得闪亮的脚踏琴，衣架上挂着一件雪白的婚纱，衣架顶端挂着一顶假发。香案边摆着两块木板，上面是用工具刀刻的一副对联：往日情怀酿成酒，换你来生不复忧。

屋前已经铺上了细沙路，屋后的山地也被开垦成了菜地，两个男人辞去了工作，决定在这里安家，以后就住在山上。

另一面崖壁的边缘处站着个男人，那是丁祖峰，手里捧着个盒子，身后站着张伶俐。没人知道他们昨夜什么时候爬上了那座陡峭的山峰，他们就那样站着，等待日出。

对面崖壁也有两个男人，他们脸上都有一个空空的黑洞。本来有个女孩捐赠了眼角膜，可是他们还给了那个女孩，好让那个女孩到了另一个世界也不用再面对黑暗。

站着的男人身高不过四尺，脸色苍白，显得体格虚弱，捧着灰色的大理石盒子，坐在轮椅上的男人瘦成一道闪电，鸡胸，外加驼背，捧着一张三人的合影，合影上有个可爱的姑娘蹲在两个男人的中间，将两个男人搂在怀里，笑得那样灿烂。她的眼睛亮得如初春的露珠。雪白的脖子下，一件天蓝色的内衣包裹着一对鼓鼓的乳房，青春的躁动撑着衬衣，勾勒出一条凹凸的曲线。修长的腿自然弯曲，支撑着丰腴的上身。她搂着两个男人的手指是那般纤细，纤细到一碰钢琴就能有音乐流淌，那是一幅流淌着青春的合影照。

“咿呀呀——”突然，老虎崖上那个矮个子男人绝望地叫着，脸上的肌肉像是被电击一般急速地跳动，致使面部扭曲成一副僵硬的、丑陋的面具，几个肉疙瘩因为过度拥挤，挤出了几滴殷红的血，顺着干裂的额头滚动，流进了那个空洞的眼窝里，一点点充溢，装满泪水。

一声绝望的吼叫后，他将手里的盒子抛向初春的晨风中，一阵烟一样的粉末在风中一抖身，再被风托起、打开，一点点分化、弥漫，慢慢扩散。脚下的大江使劲翻滚着，驱赶着风，疯狂地争抢着空中飞散的灰尘，如个烟鬼。

“啊——”对面崖壁上那个男人也发出一声悲痛的呐喊，沙哑的回声中夹着几许绝望，撕心裂肺的呐喊中有对老天的怨愤。他也将手中那个盒子抛向了大江，风一拥而上，肆无忌惮地哄抢，灰尘四处飘扬。

崖壁下、江面上，正忙着捕鱼的小舟停下来，船上的渔夫抬起头，一缕缕七彩的阳光从两面崖壁的空隙中折射下来，暖暖的，如放电影一般，将江面打成金黄。

“咻……”一声细长的哨子声，江水停止了奔流，江风停止了呼吸，大江顿时安静下来。

“南无喝啰怛那哆啰夜耶，南无阿唎耶……南无喝啰怛那哆啰夜耶，南无阿唎耶……”西九华寺庙的佛音准时迎着清晨第一缕晨光唱起，“大悲咒”的音律缓慢而悠长。群山之间禅院深锁，古柏苍翠，曲径悠长，轻轻的梵唱余音绕梁。

阳光中夹着点点灰一样的东西随风飘落，落在江面上，一两条贪吃的江刀跃出水面，翘着嘴争抢着吃食。江水一个翻滚，夹着尘世的灰尘，丢下崖壁上那几具呆若木鸡一般的躯体，一路绝情而去。

“小时候，妈妈对我讲，大海就是我故乡……”满脸疙瘩的男人坐在崖壁上，将两手的食指插进嘴里，指尖交叉、对接，心灵相通。他闭上唯一的一只眼，浑然走上了一座万人的大舞台，台下坐满听众，一起摇摆着陪他的哨声重回故乡。

一阵悠扬的口哨声恍若天籁倏然而至，从崖壁上飘向大江，哨声清悠婉转，在四壁回荡，那么空灵、那么纯净，仿佛带着野花的芬芳，掠过江河、山川、田野，从悠深静谧的竹林深处，从柳絮翻飞的芦苇花丛中，梦幻般飘然而至。

说来也怪，小美闭上眼睛那晚，老张头正在跳舞，突然捂着胸口，倒在地上，急促地喘气。几个老太太打了辆车，一路风风火火把他送进了县医院，可这老头在半路就咽气了。

“老张头啊，一路走好！”那天六楼大妈哭得最伤心，一帮老太太拉她的时候，她嘴里还在喋喋不休。

……

第三十章 小老婆上位

那年春节，秀秀第一次自己写了副对联，上联是：父亲去世；下联是：永垂不朽。横批：思父！

江滩边的羊肠山路上走下来一对男女，初春已是暖风习习，可这两人都戴着墨镜，还围着围巾，将脸遮了个严严实实。秀秀牵着黄俊峰的手，绕道从村后的大山下到江面，她知道村口人多嘴杂，怕他们发现她为爱战斗留下的满脸伤痕，想从村尾的河埂上绕回家。外面几个家他们都不能回了，还是爹留的家最安全。

他们今天去县里刚领了结婚证，结婚照上两人挨得很紧，显得很恩爱。红本本加了钢印，将他们两人死死地盖在一起，特别漂亮。秀秀揣在怀里，感觉这证就是她这条船靠岸的缆绳，终于有港湾可以休息了。

江边的风很大，不时掀开他们脖子上的围巾，露出清晰的抓痕。黄俊峰默默地跟在秀秀身后，显得很沉重，像是很多天没有睡觉，疲惫到极点。

远远地，村子里有一群人簇拥着向江滩走来。也许是太多的心事压抑，秀秀挽着黄俊峰的手低头往村里赶，没注意对面来的一拨人。等他们反应过来，那帮人已经有说有笑地和他们面对面了。躲是来不及了，秀秀示意黄俊峰，两人将围巾拉了拉，完全遮着了受伤的脸，伪装成来吃饭的客人。

“不错，服务好、卫生好，有亮点！看来县旅游局这次帮你们做贷款，我全力支持你们是对的。现在就是要做好保护，保护好家乡的山水，做到可持续发展，这些可是绿色银行哦！”领头一个微胖的男子正和雨露说话，那男子走路呼呼生风，像是在部队里走正步。衣着也很干练，黑衬衫塞在裤腰里，虽然绷得有点儿紧，显得有点儿胖，但很精神。

不知道为什么，秀秀有种莫名其妙的烦躁，为了有个像样的家，为了肚子里的孩子有个爸，那天她一人大战黄俊峰的媳妇和丈母娘。她浑身伤痕累累，因为没有退路了，反倒一点儿都不怕，越战越勇，现在她却怕见村里任何人。自小就感觉和丁家墩格格不入，没有归宿感，现在全村开饭店，她没有去帮忙搬过一砖一瓦，更没有资助过一分钱，秀秀感觉心里有愧。偷偷从村尾跑回来，却还是和他们不期而遇。

就在秀秀低头和对面来的一帮人擦身而过的时候，走在最前面那个干练的男人手上戴着的手表反射出一道暗光。秀秀用眼角的余光打量了一下，那是个火柴盒大小的黑盒子，玻璃已经有些刮痕，像是块老式手表。

这个戴手表的男人竟然是他！自从结婚那天见了他一次，他归队后就再没回来，留下那个空姐在家独守空房。而今他将那个已经摔坏的老掉牙的手表修好，竟然还戴在手上？

队伍的最后面跟着两个人，一个挺着个大肚子，梳着个大长辫子，另一个个子很高，干瘦得像条竹节虫。秀秀一看是雅青和阿六，慌忙将围巾再次往上拉了拉。没想到他们离婚了还能复婚，听说当年阿六用砖头砸开了雅青的心，跟他私奔，想不到婚姻破裂后，阿六竟然用一根手指再次将失去的爱换了回来，还勇敢地挑战极限，走上超计划生育这根钢丝。今天的阿六哈腰跟在雅青后面，刚从张村雅青娘家回来，手里提着一个大水壶，背上还帮雅青背了一个小红包，显得很滑稽，但他笑得跟中了大奖似的。两人一路说笑着走来。

“张局长，今天村里农家饭店开业，你亲自来剪彩，真的太感激了！”雨露笑着说。

“哪里？应该的！我从部队回来被分配到县旅游局当局长，做梦都想为家乡的建设出点儿力。雨露找到我说要创业，成立合作社，要做创业贷款，我全力支持。现在的社会，人只要勤快，肯定有饭吃，有钱挣。”

“改革开放就是专门为勤快人开放的。”丁大炮说。

“下一步，县里将西九华和新四军七师纪念馆整合，建设红色教育基地。省里会拨专项资金进行整体开发，丁家墩地理优势独特，也能沾光。”张玉宝大步如飞，额头渗出细密的汗水，满脸欣喜地向江边停靠的那两条大船跑去，像个孩子一样。

“村子要大建设？”秀秀收住脚步，转身看着一帮人匆匆远去的背影，嘴里反复念叨着。

这一转身，过去的时光像放电影一般从眼前飞过。埋葬雨红她没有去，那时在县城读书，她觉得读书比送儿时的伙伴更重要。小美做复明手术她没去，觉得她眼睛好不好不关自己什么事，为她向单位请假犯不着。丁祖峰和张伶俐结婚她没有去，她嫉妒伙伴穿婚纱在自己面前炫耀。王小美抛撒骨灰她没有去，她嫉妒有两个陌生的男人为她守灵。父亲去世，一帮儿时的伙伴没有一个人来，他在世时孤苦伶仃，走的时候冷冷清清，这是谁做人的失败？

请人带哭那更是活着不孝，死了胡闹。

人就是黑暗中的一只萤火虫，都要发光才能感受到彼此的存在，才可能有伙伴。这么些年自己在村里发过光吗？原来自己一直是只贝壳，在自己的世界里独舞，对朋友、亲人漠不关心。风景再怎么美好，那也是孤芳自赏，没有蜜蜂来替你授粉，永远结不出果实。

爹去世前，总觉得一村人都欠自己的，一个回身才发现，到底是谁欠谁的情？谁还谁的债？

“你到底回不回去？我累了！烦不烦啊！”身后黄俊峰粗暴地咆哮。为了这个女人，他抛妻弃子，前妻上个月大闹县教育局，辛辛苦苦奋斗了这么多年，就是为了混那张任命的纸，如今他镇教办主任的头衔要不了几天就会被一纸批文罢免。

前妻还跑到教育局严局长办公室摔东西，骂丁秀秀是狐狸精，拆散别人家庭。秀秀已经被县师范招考办公室除名，教书育人的学府不能要这样作风不好的女教师。

“爸爸，你是国王，妈妈是王后，我是小公主。”女儿在他耳边说得最温馨的话又在耳边回响。在女儿心里，他是最疼妈妈的好爸爸。可是每个男人心里都有扇暗门，那里是培育欲望的温床。现实世界里到处都是红线，可是男人的世界里，他们的战马可以任意驰骋，不撞倒南墙誓不回头，然而这世界谁真正撞倒过南墙？

人生就是一场赌博，玩得越大，付出的代价就越大。失去的永远都别想拿回来，对家庭和孩子的伤害，一辈子做牛做马都弥补不了，更不会给你弥补初心的机会，不忘也得学会去忘。

“哎哟哟，我肚子疼，疼死了，不行了。阿六，快，快扶我躺下，我要生了，就在这里生了……”突然雅青一阵急促地大叫，一边的阿六赶紧放下女儿，拔腿就往大船那边跑。可雅青支着腰，已经站不住了，他慌忙又折返回去，脱下外套铺在地上，小心翼翼地搀扶着雅青躺下。

雅青躺在江边，为了缓解疼痛，让身体冷却，她将两只小腿都伸进了江里，一摊嫣红的血顺着雅青的大腿流进泛黄的江水里，染红一片。

“啊，阿六，过来让我咬口，啊——我要生啦……”雅青浑身是汗，大声喊叫。

“哇——哇”，一个新生儿呱呱落地。

黄俊峰已经走远了，秀秀原本呆呆地站着，看雅青突然躺到地上，杀猪一般大喊大叫，只一会儿的工夫就生下个肉肉的孩子。江滩上那一摊鲜血刺得秀秀睁不开眼，她受了惊吓一般撒腿就往村里跑，脚下一个划拉，踉跄着跌倒在地，肚子一阵钻心的疼痛，大腿两侧感觉有股热流在涌动，秀秀慌忙捂着肚子蹲在地上。年轻时，肚子里的小家伙生命力比只流浪狗还顽强，现在却是只营养不良的秋瓜，随时都可能掉下来。脚腕也有股刺痛感，她挣扎着想站起来，可是一只脚根本使不上力，只能蹲下去，脱了鞋袜，查看伤情。

对面走过来一个小女孩和一个中年男人，秀秀认识，小女孩是秘书晓惠，中年男人是长江旅游开发公司陈总。

“大叔，我脚都起泡了，你就不能关心下吗？走慢点儿啊！”章晓惠一路“叽叽喳喳”，如麻雀，磨蹭着喊走不动了，最后干脆扔了背包，一屁股坐到离秀秀也就十来米的一块大石头上，怎么也不肯起来了。

她气愤地脱了鞋袜，见两只脚上都有好几个红肿的血泡，比她上初中时脸上起的青春痘大多了，立刻吓得直叫唤，仿佛被蚂蟥附了身。陈总呵呵地笑，盯着晓惠泛黄的耳垂看，俯下身，伸手将晓惠耳垂上一个耳坠摘了下来，拉直，掏出打火机烧着坠丝。

“大叔！用针戳啊，你轻点儿哦！”晓惠哆嗦着身子，看着发红的坠丝发怵。陈总笑而不答，蹲在晓惠脚边，摘了手套，用手轻轻地握着晓惠的脚腕，从脚尖到脚腕来回抚摸，并用指节丈量着掐捏她脚后跟两处穴位，好让她放松点儿。晓惠全身酸痛，感觉跟腱处绷紧的几根神经渐渐松软了。面前的这位大叔一手托起她的脚掌，迎着台灯一般的阳光，看得很专注，像是在欣赏一件艺术品。

陈总用左手轻轻地托着她的脚，眯眼专心致志地欣赏，伸出右手轻轻地捏着她脚板上那几个血泡，用拇指和中指将一血泡捏在指尖，轻轻一揉、一捏、一搓、一拽，动作是那么轻盈，仿佛被他抓在手里的不是脚，而是怀春女孩儿的一对乳房。他一只手在把弄，另一只手捏着兰花指，在揉捏脚板上泛着红晕的“乳头”，握在他手心的脚成了一个寿桃。他轻轻地揉搓着寿桃尖那一处隆起的微红，指纹和脚纹衔接的纹路可能恰恰吻合，连在一起有了黏性。

就这样，他把玩着，用针挑逗着，舍不得挑破。

“陈总，中老年男人三大幸事，升官、发财、死老婆，前两大幸事你都占了，听说你刚和老婆离婚了啊？第三件幸事也被你占了一半哦！”晓惠涨红了脸，长出了一口气，这口气她憋了足足有一分多钟，紧张得不敢呼吸。

陈总不说话，比画着，终于狠下心，用烧红的针尖轻轻一点儿，血泡就如乳头被催了奶一般，一股乳白色的液体从乳尖一点点渗透出来，伴着一些血丝，像女儿家的第一次落红。

晓惠起初是紧闭着眼的，可这位大叔脱了干活戴的手套，用温暖的手抚摸她脚腕的时候，肌肤与肌肤接触的力度没让她放松，反倒让她心头一紧，脚脖子处有种过了电的感受，闪着火花从腿部一路燃烧到脑门。这种感觉说不出什么滋味，怪怪的。也许这种对大叔的情结是所有单亲家庭的女孩共有的，她从小缺少父爱，单相思了好几次，都是剃头担子一头热，至今未谈过恋爱，而今这种突然间的触动让她分不清是什么爱，是缺少的父爱还是一份异性的爱？反正这种感受她此生第一次感觉到了，挑着神经，摩擦着脆骨，最主要的是做女人的身体竟然有了本能的反应。

大叔每捏她血泡一次，她就全身过一次电，坐不住，眼前发黑，身子发软，全身像是在酿醋一般分泌一种体液。是一种酸，这种酸刺激她胸口发胀，下身有点儿湿漉漉，让她不得不使劲地夹紧双腿，咬紧牙根，没让喉咙处那几声本能的呻吟叫出来。

仿佛很久，其实也就几秒钟，她已经坐了好几次过山车，品味到了一种别样的人生。脚掌麻了几次，仔细一看，几个刚刚还鼓着大肚子的血泡已经干瘪，只剩下一层泛白的空皮。

晓惠看了眼面前的这个中年大叔，寸头、长脸，唇边和下颚的胡碴不多，但肯定扎手。手指很纤细，像弹钢琴的老师。落日的余晖将他的耳鬓染了色，通黄的毛发中有几根白头发闪动着银光，有种成熟的韵味。

关于自己的初恋，晓惠设计过无数个版本，有高富帅的公子，有儒雅绅士的商界精英，有见义勇为的兵哥哥，有落难街边讨饭的明星，可是这些设想中就是没有这种版本，没有大叔恋。最可笑的是，大叔只摸了下她的脚脖子，用耳坠的坠丝为她挑了几个血泡，她本来以为坚固得用核弹都炸不开的恋爱大门一厢情愿地自己开了，开得莫名其妙，荒唐至极，带着一份悸动和燥热，掺杂着一份不安和羞涩，让她毫无还手之力，甚至连怀疑申辩的权利都没有，只有开门投降的份儿。

肚子一阵刺激性的酸疼，秀秀猛然惊醒。她在一边看得真切，叹了口气，不知道这个女孩是下一个自己，还是下一个雨露。

大腿处像是有渗漏，不紧不慢地流淌着一股细流，秀秀捂着肚子，伸手一摸，竟然糊了一手血。

“黄俊峰！别回村了。快！快送我去医院保胎，我摔倒流血了。”秀秀扯下围巾，大声喊着已经走远的黄俊峰。

江滩边的一行人都被吓了一跳，回头看到是村里的丁秀秀，正捂着肚子痛苦地坐在江滩边。

第三十一章 熊孩子出世

“注意啦！注意啦！大新闻。”

一大早，村里广播准时转播，丁家墩被两个消息震撼了，一个是丁雨露正式参加丁家墩村长竞选，月底在丁家祠堂现场投票，现场公布结果，请各位村民做好参选准备。

还有一件事是村里的老寿星丁婆已经三天滴水未进了，村里几个老大娘坐在大塘埂上一口一声老姐姐，喊得人心里不是滋味，希望大家去见她老人家最后一面。

张祥林积极响应政府火葬号召，把丁婆的名字都报到县民政局了，火葬场随时准备派车来拉人，镇派出所把丁婆的户口都消了。

第三天傍晚，丁婆睁开眼睛叫过傻姑，从被子底下抽出一个塑料袋，里面装着满满的票子，面值大小不一。

“娃啊，妈不行了，这些钱你收着吧！在张公山边找块空地把妈埋了，每年过年、清明记得给妈烧刀纸就行了。”

“妈，你不会死。这次你像过路蛇一样，躲过一劫，你肯定能长寿。”傻姑根本不听丁婆的叮嘱，她将钱又塞回了垫被底下。

“真的吗？妈这几天去阎王那里转了一圈，遇到几个小鬼，小鬼见到我就绕道，说我阳寿未尽，难道真还有几年活头？”丁婆本来只有进的气，没有出的气，准备叮嘱女儿几句，一狠心咽气算了，可是女儿好像猜透她心思一样，算出她还能活几年。

丁婆一个挺腰竟然坐了起来，抓过拐杖走出石头房。

"丁大姐，你怎么出来了？"丁福满的老妈妈丁小手正带着几个老伙伴坐在丁婆门前哭，回身一看，吓得一个踉跄爬起来问。

"小鬼不收哦！"丁婆沉着脸很不高兴地说。

"柳花树能活二百多年，我老婆子也可能活到一百岁哦！"丁婆浑身是劲，小跑几步，来到柳花树下，对着大树嚷嚷。

"这老奶奶还了魂，躲过一劫，阎王至少二十年看不见，她真能活到一百岁。"从那之后，村里就流传着这样一个故事，丁婆和阎王是亲戚，阎王不收她。

自从埋葬小美后，怪事不断。那年一声春雷，西九华九丈石的缝隙中竟生出了一枝山花，枝干有大拇指般粗，长得郁郁葱葱。寺庙里的一名小僧，腰间系了一条安全绳从山崖上吊下去，拔了好几次，那树像是焊在石缝里一般，长成了大山的一部分，纹丝不动。等到第二年开春，枝条又粗了些，竟然开出两朵拳头一般大的花朵来，洁白如玉，这时候寺院主持才发现竟然是株牡丹，而且长成了迎客松的形状。

第三年开出的花骨朵特别大，前所未有，花瓣层层叠叠，密过卷心菜。花期极短，像昙花一般只开一两个昼夜，却香气扑鼻。之后年年挂白，最多的一年竟然开了十二朵，自花谢那夜就开始下雨，断断续续，从汛期一直下到夏末；最少一年开了五朵，自花谢时就未见雨滴，从初春一直旱到夏末。

"那不是一朵牡丹，那是一抹女儿香，是九丈石吸收天地灵气生的儿女，属水的。雨水多的那年，花开得就多；雨水少的那年，女儿身就较弱，开的花又少又弱。"一次庙会上，丁婆拄着拐杖上了山，跪倒在九丈石下喃喃自语。

她身后本来也站着一群人驻足观望，很多人认识丁婆，看这位安详的老人跪倒在地，一个个也都跟着跪倒在地。

至此，附近就有观牡丹知旱涝一说了，每年牡丹花开时，西九华来客人踩人，政府也力推一年一次的牡丹节，要做成旅游品牌。

至于山下这条大江，从天上来，要到海里去，夏胖秋瘦，寒来暑往，从没疲倦过，好像人世间的恩恩怨怨和它毫不相干。

"呜——呜呜！"

自从秀秀大了肚子后，每到下半夜，丁家墩上空就能听到低沉的吼叫声，不像娃子哭，也不是狼崽吼叫。村里几个后生壮着胆子一路寻去，终于在张公山的山顶找到了元凶，原来是山顶那块熊头一样的巨石张着大嘴，像头怒狮一般俯视着丁家墩，迎着升腾的江风，发出浑浊的吼声。

那年夏天，村里一个后生壮着胆子爬上熊头巨石，想用旧衣服将熊嘴塞住好睡个安稳觉。下来的时候他感觉熊头动了动，像是睡醒了，咧着嘴要咬他一般，吓得他尖叫一声：张公山熊头开天眼啦！

“轰”的一声，后生从十来米高的石像上跌落，摔断了脊梁，差点儿要了小命。自那以后，就再没人敢上去了，村里谣传山熊又一次醒了。两千多年前，西楚霸王项羽在这一带兵败，军队在巢湖边散兵镇解散，霸王带着虞姬和几名侍卫败走张公山的时候，这头熊也开了口，喊他快过乌江，江东父老在那边等着他。而今这头熊睡了几千年，竟然再次开口，不知是祸是福。

秀秀被县师范除名后，她没有一点儿怨言，觉得家比工作重要。她对这次婚姻是认真的，投入了全部的精力。虽然名声不太好，村里人说她滥情，可秀秀心里清楚，谁的新欢不是别人的旧爱？自己次次真心算滥情吗？

寂寞时秀秀捧本童话书坐在屋后门槛边小声地读，那是她读给肚子里的宝宝听的，算是胎教。如果人生是部童话那该多好，就算是悲剧，那也悲得让人有份美好的怜爱。她觉得她这辈子就是缺少童话故事里那份宁静，所以一路走来都不快乐。她知道小家伙肯定在听，时不时还用脚从她的肚脐眼处一个划拉踹到胸口，踹得她直反胃，感觉稍不注意，小家伙随时都可能爬出来。

秀秀的肚子一天比一天大。黄俊峰的爹去世早，妈六十几岁，孤苦伶仃一个人，姓光，村里人都叫她玉春婆婆。去年儿子离了再娶，媳妇改嫁，带着孙女搬去外地，一下子让她没了指望，连老家的坟地都选好了。可是看着新媳妇肚子一天天大起来，她又有了新的希望，腿脚又有劲了，整天抢着和媳妇干家务，巴望着带孙子，说不定还是个接香火的男娃，要真是那样，地下的老头子知道了还不得笑醒！

这些天婆婆将孩子冬夏的小背心、小棉袄都做好了，就等着孙子瓜熟蒂落。秀秀每次叠衣服的时候发现婆婆做的都是开裆裤，她也不敢问，心里默默念叨，难道婆婆能猜到肚子里是个男娃？

自从怀孕后，秀秀常做些稀奇古怪的梦，有一次梦见她走在一条幽暗的小巷子里，身后始终跟着个庞然大物，震得梦里的围墙“沙沙”落灰，她亮了手电猛一回身，是一头熊。

“你这梦很奇怪哦！来我这里解梦的大肚子女人，有梦见被老鼠咬的，有梦见掉河里抓鱼的，有梦见中了大奖的，唯独没有梦见熊的。”一次西九华庙会，秀秀偷偷跑去算了命，卜了卦后，先生很纳闷地说。

“先生帮我看看，是上签吗？”

“历史上也有人怀孕梦见熊，据《武王伐纣平话》记载，西伯侯夜梦一虎，肋生双翼。周公解梦谓，虎生双翼为飞熊，必得贤人，后来果得贤人姜尚。姜尚就是姜子牙，道号飞熊。”

“哦！”秀秀很惊喜。

“你梦到熊应该是个好梦，上上签。恭喜你哦！生的娃肯定非富即贵。”算命老先生连连道喜。

“哦，只要是上上签就好，娃娃平安就好。我就是心累，天天胡思乱想，来烧香求个安稳。”听完老人解梦，秀秀这才放下心来，多给了先生十块钱。

她始终清晰地记得梦里的场景，就是她十八岁那年，第一次去黑诊所那条小巷，这头熊和她在梦里的小巷里见面了。

如梦喜欢穿一件粉红睡衣，戴着墨镜斜躺在二楼阳台的一张藤椅上晒太阳。抬头可以看到高耸的张公山，平视可以远眺静谧的大塘、翻滚的长江。感觉这条宽敞的大江近在咫尺，站在阳台上，扔根鱼线就能钓到江鱼。低头可以尽览隔壁屋里住的那个穿得像鸡婆一样的女人，如巡视凡尘，让她有种优越感。

岁月虽然是把无情的杀猪刀，但在如梦身上没有留下太多痕迹。她是村里唯一化妆的女人，并且眉毛要画成弯月形，嘴唇要画得小巧饱满。每天从村里走过都摆出一副高傲的样子，可一回家，她对自己极度不自信，总感觉活在回忆里。

说来奇怪，结婚这几年，肚子干瘪得像秕谷，无论玉宝怎么耕耘，就是不发芽。后来婆婆急得到处抓土方，进寺庙烧香，可肚子就是不争气。一次婆婆从一个江湖野郎中那里得了个不能算是方子的方子，在前门的打谷场边栽了棵枣树，后门的围墙边栽了棵槐树。第二年开春，枣树发芽吐绿，开出芝麻大的星火枣花，槐树开满蚕豆大的茭白槐花。

“不怀孕，栽两棵树有什么用啊？”如梦疑惑地问。

“槐树寓意挂怀，枣树寓意早生贵子。”翠婆婆小声告诉她，免得被别人听了去。

说来也怪，今年开春，如梦体内周而复始的洪流真的戛然而止了，那抹殷红一连两个月都没有来。凡是女人怀孕后表现出的生理特征，都一一在她身上应验。先是收紧肚皮储备营养，而后开始膨胀，里面孕育了小家伙。如梦感觉装了个秤砣，沉甸甸有货了，去医院一检查，果然中奖了，而且拱起的幅度还特别快，没几个月就赶上了隔壁那个大肚婆。

“老天保佑，生个男孩儿就好了！”从那之后，翠婆婆将这两棵树当成了送子树，特意砍了野橘子枝围了起来，不准村里的孩子搞破坏。还不时到树前许愿，虽然声音很小，如梦听得真切，刚怀孕时的喜悦心情全被破坏了，反而一天比一天变得焦虑起来。对于生男生女这个问题她从来没考虑过，作为女人，谁也没有决定孩子性别的能力。

“轰、轰！”山谷里像是有人扛着大锤在猛捶大地，张公山又在摇晃了。

“呀、呀，山里响炮了！”几个孩子从屋里跑出来，边跑边张望，以为是炸米花的老人来村里了。

“轰、轰！”接着又是几声闷响，孩子们终于听明白了，声音是从头顶传来的。像是雷声，可是天空亮堂堂的，没有一片云，哪有什么雷？

一股烟尘一样的东西弥漫开来，众人侧耳倾听，没有听到孩子的啼哭，门外却传来一阵惊天动地的轰响，整个丁家墩都在晃动，仿佛坐在摇篮里。众人跑出门外观望，高耸的张公山进入了癫狂状态，山谷里飞沙走石，山顶被一团烟雾包围着，一个火球一般的东西呼啸着一路而下，带着咆哮的热度。

“轰隆隆”，山谷里继续传来阵阵轰鸣声，像是大山吃坏了肚子，开始还是轻微的小呼噜，后来嘎吱声越来越响，越来越急躁，像十几年前的那场山洪。村里人吓得牵儿背母往屋外跑，仿佛逃难一般。

那团滚动的响雷所到之处全是“咔咔”的树木折断声，从山谷里扑出来，跃过村口的小学，跳过大塘口那棵柳花树，翻滚着，最后恶狠狠地落在秀秀家门前，砸出了一个桌子般的大洞，露出半个熊头。

“这怎么像电视剧《济公》里的场景啊？无缘无故飞来一块大石头！”

“不得了！张公山上那块熊头石掉下来了。真奇怪，两家女人都怀孕要生孩子，可是熊头怎么就成飞来石了呢？”一些村民惊恐地小声议论。

几片受了惊吓的瓦从房梁的缝隙中掉下来，在秀秀脚边跌得粉碎，像有人站在房顶，愤怒地往屋里扔瓦块。

那天秀秀正在院子里给花修剪枝叶，吓得一个踉跄，跌倒在地。她扶着腰艰难地站起身时，感觉肚子突然剧烈疼痛起来，仿佛谁给肚子里扔了个铅球，那种下坠似的、揪心的疼痛让她踉跄着摸回屋。刚一跨进门槛，双腿夹缝就被突破防线，一股热流顺势而下。秀秀穿的那件肥大的天蓝色背带孕妇服，臀部渐渐变了色，一路蔓延，染红至脚跟。

“婆婆！我要生了，啊！”秀秀满心欢喜地招呼婆婆烧水，她要当妈妈了。

“要去医院吗？”婆婆冲上去扶住秀秀，大声地问。

“来不及了，离县城这么远，这娃一刻都等不及了。”秀秀摆摆手，示意就在家生。

那天黄俊峰一路欣喜地赶回了家，头顶秃出的部位随着岁月的腐蚀越来越亮，像是一颗鹅卵石，能照出人影。他想送秀秀去县医院剖宫产，可是秀秀坚决不去，说顺产孩子的头经过挤压，以后会聪明一些，抵抗力也强些。秀秀认准了一个理，女人生娃必须经历分娩的痛，那是对孩子爱的一部分。对于疼痛，她早就习惯了，再疼也疼不过用小刀在肚子里刮肉。

“快，快喊丁婆来接生！”玉春婆婆大声呵斥儿子。一语惊醒了黄俊峰，这男人晃悠着矮墩墩的身体，刚出了门又跑回来。

“丁婆有些老年痴呆，平时出门都摸不到回家的门，怎么还能给秀秀接生啊？”黄俊峰疑惑地问。

“你只要说有人生娃，她立刻就还魂了。”

“妈、玉宝，宝宝要出来了，我羊水破了。”隔壁阳台上，如梦也在大叫。

秀秀那边一折腾，本来风平浪静，离产期还有一个来月的如梦竟然也闹起肚子疼。起初她以为是正常的阵痛，小家伙在里面只是翻个身，折腾一会儿又会像往常一样呼呼睡觉。可是那块熊头石刚刚贴着她家二楼飞过去，吓得她一身冷汗，隔壁家那个女人又一声声鬼叫，动了胎气，宝宝在里面翻起了筋斗云，玩起了哪吒闹海。

张玉宝那天刚好在家陪爱人。他如今已经是副县长了，这几年红运当头，三年一个台阶。转业回乡后，各种机缘巧合，他直接当上了旅游局一把手。中国打开国门已有十余年，地方旅游也是刚刚起步。由于他年轻、勤奋，工作能力强，入主旅游局两年，就将原本内讧不断、人员涣散的旅游局治理成全县模范单位，被推荐全县机关学习。

张玉宝还有一个突出的官场优势就是酒量特别大，上桌前三杯，年轻又养胃，从来不推辞。他曾经开过几年的战斗机，人长得标致，算是个美男子，上酒桌就是大众偶像。张玉宝喝酒还有部队作风，一两三的长脖子玻璃杯都是端杯见底，从不带两口干的，而且能一端十几杯不醉。从那之后，有人私下里给他起了个外号叫张三碗。

张玉宝很快就在县官场竖起了大旗，受到上面的赏识，县委书记直接评价说：“你这个旅游局一把手做得称心、称职，舍得身体，有能力，有酒量，要重点培养。”那年刚好分管文教卫的副县长离任，去人大当了副主任，成功平安着陆，空缺的位置民间小道消息很多，公示后竟然是张玉宝上任。

从本县三线冷衙门直接升任副县长，张玉宝是第一人。

张玉宝提前给如梦在县医院订了房间，当如梦得知隔壁家竟然铁了心非要在快要倒的破屋生娃时，她第一次固执得自己做主，也坚持在家生孩子。心里暗骂，空姐怎么能比一个二手女人差！她那肚子里装的是什么烂货！

那天只隔了一道墙，两个要强的女人唱起了对台戏，你喊一嗓子，我叫一声的比起生娃了。本来村里人以为是一边倒，可秀秀叫的声音一样有穿透力。

“快去叫丁婆啊！”翠婆婆大声喊儿子。张玉宝这才反应过来，端起双臂，像军人跑操一样跑了出去。

“哎哟，瞧这两家子，以前斗儿女，后来斗狗、斗公公，现在肚子里的孩子还没着地，开始斗娃了。”

“以前听过空姐哭公公，现在听见空姐生孩子，女人哭声不一样，但叫声差不多哦！”

“对哦，都是吃国家饭的人，闲得没事找嘴吵。哪像我们，每天有干不完的农活，回家倒头睡得像头死猪，棍子都打不醒，哪有这闲情！”几个村民没好气地说。

“妈——，我受不了了！玉宝，早听你的话就好了，去医院剖宫产，肚子开个洞抱出来就没这么要命了。我屁股都快裂成两半了，怎么就是生不下来啊！”如梦全身是汗，一把抓住玉宝，满肚子委屈。

“啊——”秀秀紧咬嘴唇，嘴里哼叫，将肚子里所有的力气转化成一股气，凝成一面坚硬的墙，沉重无比，从喉咙处一点点压到肚子里，压得肚子里那个种子无处可逃，从开裂处一点点挤出体外。

“咔——咔咔。”到处都是骨骼的胀裂声，身体开口处一次次突破极限，一次次发出破裂的声响，一次次崩裂。羊水浸透撕裂处发出“嘶嘶”的灼烧声，带着火花的热度。秀秀不知道肚子里那坨肉在这样的挤压下变成怎样的血肉模糊，她不敢想象。

“妈，我去晚了，丁婆被隔壁家请去了，我从镇医院请了一位医生。”十几分钟后，玉宝气喘吁吁地跑回来，身后跟着一位四十来岁穿白大褂的中年女医生。

“你猪腿啊！老婆生娃，请个接生婆都跑不过人！亏你还当过兵，还开过飞机！”翠婆婆愤怒地骂，赶紧请医生给儿媳妇接生。那女人果然有两下子，医药箱里应有尽有，呼啦啦摆了一桌子。

“孩子头已经出来了，一会儿就能睁眼看妈妈了。”这场面就是一场拔河比赛，每次当两个女人精疲力竭时，接生婆都会弄醒她们，喊得像是上战场，要她们再加把力。一听到这样的话，两个女人又咬紧牙根，“嗷”的叫一嗓子，再次聚集一点儿余力，将孩子往外推送。

听说女人生娃的时候，阎王就站在旁边看，哪个娃子不听话，折腾妈，阎王就照着娃的屁股踢一脚，骂道：滚下去投胎吧！

“老黄，我快疼死了！”秀秀在床上翻滚着大叫，肚子里的小家伙已经不再满足转身、蹬腿、出拳，而是用脚蹬，用手拉扯着她的肠胃，像只猴子上树一般，翻滚着要从她喉咙处爬上来。秀秀大口喘着气，小家伙手却揪着她的心，使劲地摇晃。她吞咽着燥热的空气，将小家伙往下压，可是越压他反抗得越厉害，越压他越找洞往上爬。

“丫头，放松，深呼吸，吞气，吐气，嗯，再来！”丁婆站到了秀秀床边，像拔河比赛的裁判一样，大声地叫喊着，半个村子的人都能听到。

“一个读了那么多书的女人，平时静得像张画，想不到生起娃娃来，和咱村里的女人叫的声音一样大哦！”

“书读得越多的女人越不会生娃！”

“只有生了娃的女人，才能算是真正的女人。”门外有人议论。

“加油，用力，臀部放松，生孩子不是走台步，不必把屁股撅得太紧。”那边的接生婆也进入了状态，喊得声音一样惊天动地。

秀秀高昂着头，盯着房顶用力，张开的双腿处一直往外流着一股热流，不紧不慢，涓涓潺潺，风却昏天黑地刮了起来，呼呼往外吹着热风，翻滚着热浪。体内温度太高，不知道谁开了电风扇，震得耳根胀痛，都快出血了。血往外流，风却从嘴里往里灌，像是循环一般，穿越她身体里的大峡谷。小家伙在里面一点点变热，半小时后变成炽热的炭火，烫得她肚皮由里到外嘶嘶作响。

身下被单已被染红，手能抚摸的地方都泛滥着油腻，黏黏的有了胶性，像是老鼠胶将秀秀牢牢地粘在床板上。头发脱落是小事，皮都快撕扯下来了，到处都弥漫着一股浓浓的血腥味。

“大口呼气，往肚子里咽，像上茅房一样把孩子往外拉。羊水只破了个小洞，再加把力，涨破羊水就行了。”丁婆已是满头大汗，一头白发散成了一堆乱草，粘着汗水，成了无数个花白的小辫子。她挥舞着手臂，有节奏地喊着拍子。这么一大把年纪，竟然能蹦得双脚离地，像是大仙上身。

“砰”，肚子里清脆地响了一声，秀秀感觉有人剖开了自己的肚皮。

肚子里的气球终于胀破了，羊水成涌泉之势往外溢，“呼呼啦啦”地扯动着，动静越大越让人心里发慌。秀秀听得真切，心想羊水一破，娃子知道出口，肚子的胀痛感该轻点儿了，可是肚子里的那块肉被卡住了，和她较着劲，一会儿像只鼓气的牛蛙，不光使劲地用四肢抓她，还趴在她肚子里吹气，一点点将肚子吹得更大，快将肚皮撑破了；一会儿像只穿山甲，用头啃咬着到处拱动，在她肚子里打洞，找另一个出口。她感觉有人用根棍子插到她肚子里，在肚子里搅住肠子硬往外拽，牵着藤扯出瓜，要连五脏六腑全部扯出来。

小家伙拽着她的肠子，像扯电话线一般在人工发电。秀秀用尽浑身气力，眼睛、嘴巴张到最大，躯体上任何一个带洞的点都在急速膨胀，连耳洞都参与到这场生娃大战。脑子里开始是“轰隆隆”的滚响，然后胀裂，后来干脆变成一堆堆、一座座玻璃一样的大山倒塌，摔碎在她脑子里，锅碗瓢盆什么声音都有，反正她这辈子所见过的、看过的、她能想象出来的声音都有。

“妈、妈，出来了吗？我不行了，我快撑死了，出来了吗？”秀秀喉咙已经喊哑了，但她还是不停地叫喊。她不时抬起上身，伸长了脖子，像只乌龟，朝腿脚处看，她想看看这肚子里长的到底是个肉娃还是块石头，再或者是个穿山甲，刺猬也有可能。

秀秀不知道为什么在这个时候突然喊了声妈，她也不知道这一声是喊给妈妈听，还是喊给婆婆听。在她心里，婆婆和妈妈分得很清楚。

妈妈，难道生娃大出血也有遗传吗？秀秀在心里默念。

“头出来了，头出来了！丫头，用力啊，再用点儿力就行了。”丁婆蹲着马步，双眼闪烁，趴在秀秀叉开的双腿处，将两只干枯的老手伸进去，摸到了孩子的头皮，像是搬西瓜一般往外拽，使出浑身气力，配合秀秀往外挤压那块肉疙瘩。

“这娃营养好，头大胳膊粗，至少有十斤哦！脐带和我手腕差不多粗，好像绕到了脖子，快，快用力拉。”丁婆用尽洪荒之力，边大声嚷嚷，边抓住娃的头往外拽。

“妈——妈，你在哪里？教教女儿做次女人，教教女儿把这娃生下来吧！妈——妈！”秀秀猛地提高音贝，抓住一边正在给她擦汗的黄俊峰，指甲瞬间就扣进了这个男人的胳膊里。她眼放凶光，仿佛跟这个男人有刻骨的仇恨，因为这肚子里的是他的种，刚刚还在她肚子里大闹天宫，头卡住了，快把她盆骨胀开裂了，现在却渐渐变得安静起来，仿佛要睡在那个卡口处。

“快拿剪刀来，给我过来两个人，一人按住一条腿不准她动，一动就伤着孩子和大人了。”丁婆感觉孩子不怎么挣扎了，大声下着命令。她猛地直起腰，用满是鲜血的手抓过一把大剪刀，拎过开水瓶，用开水烫了下剪刀口，就又弯下腰，摸到孩子的头，支开大剪刀。

“你——你要干什么？”秀秀惊恐地叫道，挣扎着想站起来。生孩子的女人都知道要被用刑，刀山火海必须硬着头皮上，可这个丁婆拿了把锋利的剪刀，明晃晃的闪着寒光，要对她用清朝十大酷刑吗？

“秀秀，你忍着点儿！”黄俊峰大声地哀求，死死抱住秀秀的一条腿。这个女人平时温驯得像只羊，今天力气却特别大。当丁婆抓起一把锃亮的大剪刀走上来的时候，他能感觉到秀秀吓得眼珠子都快掉下来了，五官夸张到全部挪了位。

“女人生完娃后，留这个也没什么用了，剪大点儿没什么，再缝上呗！”丁婆冷冷地说，抬起剪刀“咔咔”两声，孩子被她从剪开的缺口中硬生生拽了出来。

“哟！孩子果然被阎王踢了一脚，你们看，屁股沟都踢紫青了，健康得很！”丁婆眯着小眼，一脸欣喜。每次接生成功，她笑得比生孩子的家人都开心。

“嗤”的一声，秀秀浑身瘫软，倒成一堆烂泥，干瘪成一个漏气的球。

“孩子肚脐眼要鼓出来的还是要凹进去的？鼓的以后看着丑但有福，凹的以后看着漂亮但一辈子平平凡凡。”丁婆将缠绕在孩子脖子上那根长长的脐带解开，舔着嘴唇问。

“我做主，留长点儿，以后有福气。”玉春婆婆端过盆子大声嚷嚷，将一身是血的孙子接了过去。

刚刚秀秀还感觉身上像压了几百斤的担子，压得她喘不过气，可丁婆剪断脐带的一瞬间，担子就卸掉了。那根将孩子和她相连了九个多月的软管被彻底地剪断了，丁婆麻利地将那根半米来长、拇指粗的脐带理顺，捆成一团再打个结，和胎盘一起放进塑料盆里。她咂着嘴，抓过一条毛巾擦干额头上的汗水。直到这时候，这个老人才彻底放松了下来。一场接生，她比秀秀还累。

秀秀感到极度疲惫，在闭上眼沉睡的一刹那，看见丁婆提着浑身是血的孩子，脚丫朝天，伸出乌黑的老手，在孩子屁股处轻轻一拍。

“哇”的一声，那个肉球竟然知道疼，蹬着小腿哭了，而且两条小腿夹缝处还长着圈小肉，像生姜开春时发的嫩芽——是个男孩儿！

小家伙刚出娘胎就噘着嘴吐泡，像条小金鱼，紧攥着小拳头，用力地蹬踹着，要和人打架一般。浑身肉嘟嘟的，感觉像是橡皮捏的，摸不到骨头。

“丁大姐的眼力就是准，娃子刚刚好十斤，不多不少。”玉春婆婆用早准备好的小秤给孙子称了体重，欣喜地嚷着。

“人小肚子大，想不到秀秀这丫头骨头还没芦柴粗，却能生出十斤的大娃娃来。在农村能生出十斤的娃娃，我这辈子也没遇到过几次！”丁婆平时很少说话，今天却异常开心。可能是刚刚一顿忙乎真的饿了，她连吃了几个茶叶蛋。

“拿根线，我先给缝上把血止住，过几天去医院，用那种能被皮肤吸收的专业线再缝一次就好了。女人生孩子就是过一次鬼门关，还好这次大人小孩都平安。”丁婆给秀秀缝伤口的时候，秀秀早就睡着了，下体已经疼得麻木，和刚刚那种电锥似的疼痛相比，这点儿伤口算是挠痒痒。至于下体被剪成什么样子，现在她根本无暇顾及了，先睡会儿再说。

“丁大姐，这是娃的脐带和胎盘，你收好。”玉春婆婆见丁婆要回去，赶忙将盆端给她。

“嗯，村里娃娃都是我接生的，我要尝尝你孙子的味道。”丁婆接过袋子，弓着腰，欢喜地迈步出了门。

“真是奇怪，女人生孩子，张公山的熊头石却自己飞了下来，这事从来就没发生过。不会是熊孩子转世吧？那村里可就被毒咒了，以后有苦日子了。”

“你们没看见这大江是条盘旋的龙吗？这就是中国龙，咱张公山就是一头皖中虎。今天我家娃儿出生，飞来猛虎，这叫吉星高照。我家秀秀早算过命了，是祥瑞，你们别乱说哦！”黄俊峰大声嚷嚷，满是自豪，说得村里一些老人连连点头。这熊头石落村，而且落的地方刚好在秀秀和玉宝两家打的白石灰中间，按理说两家都能沾光。秀秀生的是男娃，张家那边正在生，如果也是个男娃，那就是二虎相争了。

“生了，终于生下来了！谢天谢地。哇！皮肤像雪一样白，刚出生脸蛋上就有两个小酒窝呢！”隔壁家医生沙哑着声音也在报喜。

“是哦，娃儿是不是在如梦肚子里面不老实，乱跑摔倒了，刚好摔在女人肚子里的小心眼上，摔出了两个这么可爱的小酒窝啊？”

“人家娃儿生下来一般都是皱巴巴的，这娃生下来像是刚睡醒，皮肤紧绷，小脸清秀，白得像擦了粉，以后长大肯定是万人迷！”一屋子围观的亲戚和来客止不住赞叹。

“妈，是男娃还是女娃？”如梦强忍着撕心的剧痛，支起身弱弱地问。

“女娃！”玉宝妈不冷不热地回答。孩子刚从如梦胯下出来，翠婆婆第一件事就是扒开孩子双腿看看是什么种，一看是条拉链，脸上顿时如被绿豆汤泼了一般难看。

翠婆婆用皱巴巴的老手连续掐了几次孩子纤细的小腿，这个和椰子一般大的小肉球，虽然脸上、头上还结了一层屎茧，但巴掌般大的小脸很清秀，嘴角竟然还挂着一丝轻慢。丫头转动着小眼，斜视着天花板，竟然像是有意不看奶奶。刚生下来的孩子眼睛根本看不见，翠婆婆却总感觉这个小丫头片子从生下来这天起，就开始用藐视的目光看奶奶了。

“啪！啪！”翠婆婆越看越生气，她抡起巴掌，在小家伙通红的屁股上拍了两下，第二下比第一下还重。

“哇哇——”小丫头瘪着嘴，弱弱地哭了起来。

“妈，轻点儿啊，孩子刚出生！”如梦心疼地说。

“你懂什么？新生娃必须打哭！”

“妈，我来抱吧！”张玉宝一直站一边没说话，他比谁都紧张。看妈打孩子，他有点儿心疼，慌忙走上去从妈手里接过女儿。

“嗯，不错，丫头五斤八两，很健康。”接生医生给孩子包好，并称了重。

“妈，丫头怎么这么丑啊？皱巴巴的，头还尖尖的，人家娃子都胖乎乎的啊！”如梦委屈地说。

“顺产的孩子都这样，头不尖生不出来，挤压是好事。”医生笑着回答。

屋里站满了客人，其中还有一些镇上来的干部，一听到消息都早早赶来了，等着讨要喜糖。张副县长是土生土长的本县领导，起点高，几年就是一个台阶。所谓一人得道，以后鸡犬升天，他们作为地方官员，这样的机会还是很难得的。

“哇哇，哇哇哇——”秀秀家人声鼎沸，那个刚落地的娃娃没等到亲娘有奶水，竟然出奇地有精力，才出生一天就知道什么叫抢戏，像只知了一样叫了一整天。那种哭声准确地说不是哭，是哼，像是童歌，竟然很有节奏，一点儿没有给人特别吵的感觉。

如梦几乎累到虚脱。孩子出生后，如梦困到眼皮像粘住了，可是听着隔壁家那娃的哭声，心里却是异常的烦躁。她已经从亲戚的只言片语中听到那个女人生了个男娃，而且还出奇的胖。自己的身材体型，样样都能将她比下去，可是肚子里交的货这么不争气。如梦特意嘱咐接生医生再看看她的肚子，说不定里面还有一个没出生，要不然她生的孩子怎么那么小？应该是个双胞胎才合理。

“女人出生时比富贵，长大了比身材，结婚后比肚子里的货。”

“这两家都吃公家饭，如今一家生了个儿子，一家生了个女儿，有好戏看了！”

“都是顺产，差别怎么就这么大呢！一个用剪刀剪，一个没怎么费力就生下娃了。空姐就是不一样，见过大世面，什么都比咱山里女人大一号。”窗外有人在议论，肯定是对面亲戚。

如梦躺在床上听得真切，她恨不得爬起来，抡起铁锹给这些多嘴的八婆几下子，这些话太戳心窝子了，比骂她更让她难受。

“你睡会儿吧！今天受了这么大罪，要好好休息。孩子妈抱着呢！”玉宝进屋，看见如梦眼睛瞪得溜圆，直挺挺地躺在床上，关心地说。

“对不起，我没用。”如梦全身颤抖，低声抽泣，扭过头没让泪水流出来。

“瞎说，哪有对不起我啊！你好好休息。”玉宝抓过如梦冰冷的手塞进被子里，竭力安慰。

“那个熊头石落在两家地界中间，我刚刚叫人给推过去了。大喜的日子天上掉个熊头肯定不吉利，以后娃子肯定是个熊孩子，这个福利就送给他们家吧！”晚上吃饭的时候，翠婆婆叫人把那块大石头推到了秀秀家地界。媳妇生了个女娃，她心里堵得慌，再说一个熊头落到家门口，总觉得心里不安。人穷无亲，树瘦无影。隔壁那家人只顾着在屋里招呼客人，没在意外面有人动了那块石头。

天已经完全黑了，江上的渔船点了灯，星星点点，像银河落了地。

两家的酒桌都热闹了起来，玉宝家酒桌从屋里摆到了打谷场上，足有十几桌，到处热气腾腾，菜香扑鼻。秀秀家虽然只稀疏地来了两桌客人，两桌人喝得小声细语，像是开春的桃花雨，但丝毫不影响他们喝酒的气氛。秀秀的婆婆更夸张，将孙子打包成一个大水饺，谁想抱也不撒手。婆婆将孩子放进刚买回来的摇篮里，边轻轻地摇，边轻声地哼唱着每个孩子都魂牵梦萦的摇篮曲：

睡吧，睡吧，我家的小宝贝
妈妈爱，爸爸疼，佛祖保佑你
睡吧，睡吧，我家的小宝贝

天上雨，地上露，全都哺育你

……

秀秀睡在床上听得真切，本来这首歌应该自己唱的。每个母亲心目中都有一首自己的儿歌，都是原创。孩子生下来，到现在她还没抱过。

“开喝！”屋外一个人划拳的声音都能把邻居一屋子人比下去，那是黄俊峰，他已经快要落光头发的脑袋像只葫芦，在酒精的刺激下完全被染成了红色。尽管隔壁家高朋满座、宾客如云，但这丝毫没有影响他的心情。从看到一个带烟斗的小肉球从秀秀的两腿间挣扎着被拽出来，他觉得之前所遭受过的婚姻与事业的失意，在那一刻都有了回报，都变得值得了。

“四季发财啊！”两家人的划拳声搅成一锅喧闹的粥，谁也分不清谁。

隔壁家摇篮有节奏的摇动声不大，那个老婆子唱的摇篮曲却异常得有穿透力，睡在一墙之隔的如梦每句都听得真切。她翻了个身，用被子盖住耳朵想睡一会儿，不知道是不是太累产生了幻觉，感觉后院的窗边站着个黑影。如梦想喊婆婆过来看看，那个黑影让她有点儿怕，可是一想到婆婆今天的脸色，她硬是将快到嘴边的话给咽了回去，将头深深地埋进了漆黑的被子里。

“嘻嘻，我饿！”门外人影晃动，那人梳着大辫子，全身乌黑，仿佛被夜染了色。她笑着靠在门边讨要吃的。黄俊峰一看，今天真是好日子，竟然见到了神龙见首不见尾的哑女，她是镇计生办的重点抓捕对象。

前些年逛西九华庙会，“大草莓”丁福满连续转悠了几天，第三天庙会结束的傍晚，硬是一狠心，背回了一个满嘴流口水的女人。女人蓬发遮面，头发又乱又长，看不清长相，更猜不出年纪，从哪里来，要到哪里去更没人知道，大家只知道她睡在地上向路人讨要吃的。

丁福满已经三十多岁了，这家伙除了脸上那几颗铅笔头一样大的疙瘩没有变，其他都变了，头上毛发少了，还长年掉毛，秃了半边。头上还长了几个疥子，像棵松树一样分泌油脂，产生松香，聚集了一层层油黄的结疤，一层叠着一层，年轮一般，有时掉下来，如中秋掰开的月饼碎末。

丁福满的老娘丁小手只比丁婆小几岁，村里人都喊她小手婆婆。这天丁福满把女人背回家，丁小手忙乎了一整夜，终于给她洗得干干净净，光头发就洗了一个小时。梳理后一看，样子还很俊秀，年纪也就二十来岁，满嘴咿呀咿呀，原来是个哑巴加傻子，但是个标准的女人，身上七洞俱全，这就行了。

自从丁福满背了那个模样俊俏的女人回村后，他整个人都变了，整天哼哼着农奴翻身把歌唱。村里一些单身汉每逢庙会就去西九华路边转悠，反复仔细地翻看着路边躺着的乞丐，他们美其名曰寻老婆！

这个哑女，全村人都知道她有一样宝贝，就是她头上的辫子。从她到丁福满家那天起，每天早上她第一件事就是搬条板凳坐在晨雾里，对着张公山凝视，然后将发辫打开，如孔雀开屏一般将自己完全包裹，再一绺绺地梳直，一束束地编紧，最后汇集成一条手腕粗、一米多长的大辫子，直垂到膝盖上。一次丁大炮天黑去大塘埂挑水，在塘口石铺上踢到个满身是毛的东西，以为那只水鬼又跑回村捉弄人，抡起扁担要打，细看竟然是哑女。

这个女人也许不值钱，但这根辫子到哪里都是焦点。曾经有个收头发的小贩，一连来村里好几次，就是盯上了她的辫子，开价从一百一直涨到三百，可是哑女每次都是一脸的恐惧，见到小贩的自行车就跑。一天晚上，婆婆丁小手趁哑女睡着了，想剪下她的辫子补贴穷得叮当响的家，被突然惊醒的哑女一掌推出半米高，那把老骨头差点儿摔碎。自那以后，哑女很少在家睡觉了。

只两年时间，丁福满就翻身当爹，膝下有两个女儿了。但这家伙人穷志气大，非要生个男娃，所以成了全镇超生游击队头号通缉犯。他家哑女每天行踪不定、居无定所，每次在村口、田间偶遇她时，她都是大着肚子摆着超长的大辫子在走，边笑边东张西望，手里抓着一把瓜子津津有味地嗑。

全镇人都知道，这几年哑女年年挂怀，山洞里、田埂洼都是她生娃娃的窝。娃一落地，丁福满都会第一时间冲上去，拎起孩子看是“鸡窝”还是“芦笋”。每次这个天下第一能生的老婆都给他一次天坑一般的失望。自从哑女第三胎生的还是女娃后，大草莓就没有将孩子再带回家，有人说他当夜就送人了，有人说他扔水沟里喂鱼了，还有人说他把娃卖给过路的人贩子了。之后那几夜，丁家墩就不得安宁了，哑女竟然像个正常人一般，在全村田间地头、草垛塘边到处仔细地翻找，要找她身上掉下来的那块肉。

“妈，给她装碗饭吧！多给一勺肉圆子，吃饱了好有力气躲计生队。”黄俊峰大声吆喝，叫他妈快去装碗饭给这个女人。今天来者都是客，虽然家里的客人不及隔壁家的十分之一，但只要是来吃他家吃喜酒的人都是贵宾，都是给他面子，尽管这位是个傻子。

隔壁家的炮仗声一直没有断过，来的客人一拨比一拨富贵，晚些来的多是县里的客人，这点儿可以从他们开来的车判断出来，都是越野吉普车，公车身份，停满了张玉宝门前的打谷场，但没有一辆敢越线停到还是黄土地的秀秀家门前。两家亲戚都知道，那条白石灰线就是万里长城，各自抵御着对方的入侵，越界就有战争。

那些小车在专人的指挥下，很有纪律地排着队。

但这些根本没有影响黄俊峰的好心情，对面客人来得越多，他反而越高兴。他手里拿到了人生最值得炫耀的一张好牌，那就是他家生了个儿子。隔壁家官做得再大，生的却是个丫头片子，注定长大要嫁人，等同于送人。

隔壁家的祝贺声、划拳声、炮仗声依然不断，丝毫没有减弱的迹象，这其中当数镇上来的姜必胜最卖力。

“汪汪！”酒喝到最嗨的时候，门外狗叫连天。真是人㞞狗欺，肯定不是什么达官贵人到了。一看门外站着个人，起初大家还没在意，但是一股腥臭扑面而来，一屋客人放下碗筷，探身张望。

“这女人消化真快，刚刚我还看见她到隔壁家讨了一大碗圆子呢，这才几分钟啊，又饿了！”有人鄙视地小声说。

“是哑女！县里、镇上重点通缉的对象，今天开动员会还提到她呢，我们放了无数眼线都定位不到她的行踪，想不到她自己送上门来了！”姜必胜激动得大叫，马上站了起来。

“算了，听说她上月又生了娃，肯定又是一个女娃，她男人送人了。现在这个女人到处在找娃儿，这些天身子肯定虚得很。她也挺可怜的，给她多装些吃的。今天我家大喜，不谈工作的事！”张玉宝涨红了脸，大手一挥，示意几位站起来准备冲上去抓人的镇干部坐好。

面对一大碗肉，哑女摇着黑乎乎的手竟然拒绝了。可能是在隔壁家吃饱了，对平时狼吞虎咽的肉圆没有了兴趣。她眨巴着松弛的眼皮，不时向如梦房里张望，如梦的婆婆赶忙出来将女人赶走了。

那天的酒一直喝到半夜，两家客人才渐渐散尽。一辆辆车“轰轰”地发动，亮着刺眼的大灯离开了丁家墩。黄俊峰送走了客人，累得腰都直不起来，一头栽倒在床上，呼呼地睡着了。

“不得了啦，疯女人从客房的窗户里爬进来，把咱家睡着的宝宝抱走了！”玉宝刚送走了客人，突然如梦披散着头发从里屋踉跄着跑出来，大叫着。

那夜，整个丁家墩乱成一锅滚烫的粥。直到天放亮，张公山染上了红晕，张玉宝才带人在大塘埂看到了女儿。只见哑女正坐在柳花树下，面色特别安详，辫子完全披散开着，像披肩一样将她包裹。她撩起上衣，裸露着两个硕大的乳房，将黝黑的乳头塞进孩子嘴里，正给怀里的孩子喂奶。小家伙刚出生，竟然见风就长，脸色已经不再是深红色，变得红润润的，蜷缩在这个满身异味的女人怀里，正含着乳头，“吧嗒吧嗒”吸得起劲，不时地还蹬着两条小腿撒欢。

“孬子奶水毒过砒霜，快点儿把孩子抱回来！”汪翠婆婆绝望地跺脚大叫，没想到孙女出生后吮吸的第一口奶水竟然是这个吃百家饭的孬子的奶。

“同情心害死人，我要你现在就叫镇计生办抓住这孬女人，扎了她，阉了她！不然这东西丢了孩子，以后还会偷娃儿喂奶。”如梦不知何时也找到了大塘边，气得脸色煞白，浑身哆嗦，指着张玉宝的鼻子恶狠狠地骂。女儿自打从她的肚子里出来就被婆婆抱走了，自己都没抱过、亲过一次，更被说喂奶了，现在却被这个浑身散发着恶臭，满头虱子、跳蚤，很久都没洗过澡的女人给女儿喂了第一口奶，她能不气吗？

第三十二章 小富贵结婚

雨露在大塘里捉的那只水猴子，自从关进小笼子后就开始绝食，本来小腿肉嘟嘟的，一段时间后瘦成了一个骷髅。雨露从动物园买的两只水獭和它有隔阂，到一起就打架，成了仇家。

一天晚上，雨露叫来丁大炮，将几只水猴子送到江边芦苇滩放生。小家伙见到江水，立刻有了精神，一个鱼跃，跳进了大江里，赶着半米高的浪，在大江里画了个圆，消失在浪涛里。

另外两只水獭，见到江水吓得哆哆嗦嗦，不敢下去。雨露知道它们是人工饲养长大的，一辈子没见过大江，第二天她让大虎把两只水獭送回原来的地方。

西九华公路终于竣工了，铺上了细盐一般的沙子，赤脚踩上去特别舒服。公路上的车也多了起来，偶尔还能看到好几辆八吨大卡车排着整齐的队伍，像火柴盒一般，从西九华山坳口爬出来。

住在工棚里的那些工人都在年前领了工钱，如露水一般，第二天就全不见了。傻姑去工棚里找了几圈，也没有找到那个瘦高个子男人。问工地老板，他们告诉傻姑，那些人回千里之外的老家了。

傻姑一连一个多月都在那个工棚门口等，可是直到工棚拆了，那人也没有回来。一个清晨，傻姑回了村，像变了个人，眼睛明亮了很多，还主动和人打招呼，甚至还知道论辈分喊人了。

她不准别人再叫自己傻姑，给自己起了个名字叫万树荫！她说丁婆是从一家姓万的人手里领养的她，万是她的姓，她家在柳花树下，树荫是她给自己起的名字。丁婆老了，自己是家里的顶梁柱，不能无名无姓，改了名字不代表没有孝心。那一年春节，傻姑一天一个样，她洗了头发，扎成一束，用蝴蝶发夹别紧，乌黑发亮，还穿了件连衣裙，识货的人知道那是件旗袍，是丁婆送她的成人礼。她在村里自信地走着，引得众人纷纷惊叹，甚至有人小声说是雨红再世。

村里几个单身汉后悔得直跺脚，当初狠了好几次心想去丁婆家提亲，怎么就没能坚持呢！现在傻姑一夜之间不傻了，身上的傻气全淘干净了，衣服也穿得恰到好处，和空姐如梦站一起也略胜三分，越看越漂亮，这以后怎么可能还有他们的份儿？

小麻子又一次在雨露家门前的打谷场上睡着了，这次他睡在一堆用干石灰画的线条里。雨露走近仔细一看，惊呆了，这家伙就认识三个字，就是他自己的名字，没想到竟然还有画画的天赋。他画了个人形，只简单的几笔就勾勒出一个女人的轮廓，凹凸的身材穿着裙子，长发披肩，发辫上还有只蝴蝶。小麻子抱膝蜷缩着，躺在那个用石灰画出的女人的胸口，躺在他的世界里睡着了，样子很甜蜜。村里人都知道，他画的是跑出去两年没回来的老婆，没人敢打扰他。

小麻子烟瘾特别大，如果家里来客人了，他喜欢把收集的空烟盒从床底下抱出来，一盒一盒摆放在床上，介绍给客人欣赏。全国几百种烟牌子，他都能如数家珍背出来产地，多少钱一包，甚至是什么味道，他都能咂着嘴说得头头是道，还有些别村烟瘾大的男人，专门来听他讲关于烟的顺口溜。只有这个时候，他才能忘却小红离开带给他的伤害。

"男人不抽烟，女人嫌没味。男人不喝酒，女人不跟你走。"

"不抽烟不喝酒，等于是太监。活着不抽烟，对不起苍天。"

"起床吸一口，精神又抖擞。上床吸两口，睡得像死狗。"

"白天烟不停，说明有水平。饭后一根烟，快活似神仙。"

"带包红东海，不怕中南海；装包大前门，办事肯定成；来根新农村，越活越年轻；送条黄寿星，丈人领孝心。"最让村里人服的是小麻子对烟的研究，他到处跟人说他是研究烟的教授，是个烟酒生。

"你收集那么多烟盒，有的几十块钱一包，贵的上百，你都抽过吗？"有人调侃地问。

"我年轻时在广东打工那会儿是五星级宾馆的领班，什么烟我没抽过？很多都是接待外宾的烟。"小麻子一脸不屑地回答。

"你还当领班？天上黑压压，全是牛在飞。你以前不是说你在广东做皮鞋吗？”

“你什么烟都抽过，干脆说你连毒品都吸过算了。”问他的人瞪圆了眼珠质问他，总觉得小麻子一辈子没说过真话，又把他骂一顿。

每每被骂，小麻子都疑惑地看他们，他不明白这些男人专门跑来听他讲烟，专门跑来看他的收藏，怎么每次临走都要嘲笑他。

小麻子的烟瘾越来越大了，原先是一天两包，现在已经发展到一天三包多了，人离得很远就能闻到一股烟熏火燎味。雨露一次过节去他家劝他少抽点儿，小麻子调侃说这才是正宗的男人味，这是帅的表现。过年再去他家时，听说小麻子一天只抽一包烟了，雨露问小麻子是不是打算把烟戒了，他笑而不答。回家听爹说，小麻子以前每天买三四包烟，基本是烟不离手，可自从今年下半年，他发明了一种既能过烟瘾又不需要花更多钱就能解决烟瘾的方法。村里烟瘾大的男人四处打听，小麻子收了他们一条烟后终于告诉他们秘诀，平常人抽烟的顺序是将烟吸到嘴里，再从鼻子里过滤吐出去，小麻子的秘诀是将烟直接吞咽到肚子里，进行深埋处理，将烟雾中所有的尼古丁吸收，这样抽一包烟等于过四包烟瘾，一点儿不浪费。

现在小麻子抽烟是只见烟蒂闪烁，不见烟雾弥漫，远远看像是只含了个火星在嘴里。这叫穷人有穷人的活法。丁小气常骂小麻子发明的这个土鳖方法让他的小店损失了几百万，骂他干脆连烟灰也吞咽了算了，毒死最好。

“等以后有钱了，当老板了，老子只要儿子，其他的全换掉。”受刺激的时候，小麻子就会穿着那件毛线衣，站在村口等他出走的媳妇。

“你媳妇走了都两年了，你还要换掉她？人家可能都换了几茬男人了！你就死了心吧，人家不知道今晚给哪个男人焐被窝呢！”一个单身汉调侃他。

小麻子扭头不理他，一脸的不屑，依旧期待地站在村口的风中。他觉得自己和这些人有隔阂，隔着一条大江，没法沟通。

入村的大路边横卧着一条长石凳，半张床宽，没有靠背，不知道经过了多少年，无数个休憩的屁股将它打磨得溜光水滑。这条石凳原先在丁家祠堂里，一次夜巡，那时还没结婚的雨露带人抓住了几个专门偷盗的人，从他们板车上搜下来的。后来征得傻姑同意，没有再搬进祠堂，就放在路边，供下地的村民休憩。

“我们这些老男人，以前眼巴巴地看着比我们小一属的女娃长大、结婚、生娃，现在只能眼巴巴地看着比我们小二属的女娃长大了，可是再怎么看也没我们的份儿。”村里两个单身汉一脸郁闷地坐在石凳上，一个嘴角叼着烟，跷着二郎腿，边抠脚边叹气道。另一个也叹了口气，猛吸了几口闷烟，紧闭着口鼻，将含在嘴里的一团烟雾恶狠狠地吞进肚子里。

“是啊！听说现在的女娃特别现实，以前只要有感情就可以私奔，现在女娃越来越不好搭腔，见面相亲，没几句话就要男方买三黄、过礼金，真是越来越物质、越来越拜金了。”

“看人家超计划生育，天天像是打仗，活得那么有滋有味，我们连超计划生育的资格都没有。”

“对哦，贫穷是最好的计划生育。”

“像我们这么一大把年纪的男人，第一次还压在粮仓里，说起来真是没脸。”两个男人越说越激动，哽咽着快哭出来了。贫困已经将卑微渗透到他们骨子里，一提到女人就等于抽了他们的脊梁，身体得了萎缩症一般，缩成一个球。

“噼噼啪啪，啪啪啪！”一阵鞭炮声将山村惊醒，他们要等的新娘终于来了，他们今天堵在村口就是想拦住新娘，讨几包喜烟。

难怪村里一些男人今天焦躁难安，村里最不让人待见的村长儿子张富贵今天竟然要结婚，你说到哪里说理去！这家伙害死雨红遭了报应，疯了几年，原以为哪天一早起来会听到消息，他死在大塘埂上，或者死在哪个草垛边，那才算因果报应。没想到他爹找了个江湖野郎中，嘴里灌药，身上扎针，硬是给治得不乱跑了，还能论辈分喊人，有时他爹领着他还能下地干活。张富贵病好后，整天闷声不说话，像个哑巴，也不抬头看人。

“这个孬子命比野狗还强，孬了还能还魂，大虎孬后抱得美人归，这个张富贵今天也有孬福。”

“世界真不公平，连张富贵都要结婚了！这家伙前几天竟然笑话我再不出去打工，肯定没钱过年。嘿嘿，我要是出去打工，我家小红突然回来怎么办呢？”石凳后面的一棵槐树上坐着一个黑影，那是小麻子。这家伙点上一根烟，在树杈上已经想了半天，他也不知道是谁走漏了风声，自从前年买了媳妇，他就穷得一年不如一年了。

新娘是个半老徐娘，穿了件大红衣服，远远地看不清长相。听说是一个跑江的女人和她的男人为躲计划生育，常年在江面上打鱼漂泊，生了一个儿子，后来牛的几胎不知道是流了还是送人了。去年夏天，她男人竟然像怀孕一样，肚子一天天大起来，同行取笑他也怀孕了，去医院一查，血吸虫病晚期！这病相传当年华佗为救长江沿岸渔民于水火，研究了一辈子都无药可治。

新中国成立前，沿江渔民都是谈血吸虫色变，常年跑江的渔民九死一生。新中国成立后，国家进行了医学攻关，如果发现早，国家免费发放两粒药就可以痊愈，但要是到了中晚期的话，这病和狂犬病一样无药可治，等于收到了死亡通知书。由于她男人属于血吸虫病中晚期，没几个月就拉稀不止，肚大如箩，一命归西了，留下一个嗷嗷待哺的大胖儿子。

这女人姓杜，在家做姑娘时排行老三，人称杜三妹，结婚后称呼变成了杜三娘。那年清明，她在男人坟边哭丧的时候，嚷嚷着要为男人守寡三年。可只要是女人，多半耐不住清贫守不住寡。男人坟头刚长草，村长张祥林找人去给儿子说媒，媒人站在门口将来意一说，没想到这个女人没表态，先一屁股坐在地上，“嗷”的一嗓子就哭开了。她一开哭，吓得刚刚还在一边玩的胖儿子像个肉球一般滚到她脚边，也惊慌失措抱着妈妈一条腿，一把鼻涕一把泪地跟着号起来。

关于这个女人，有太多传说，最精彩的是一年大冬天，滴水成冰，连翻滚的江面上都结了一层薄冰，如张雨布，大地冻成了硬疙瘩。岸上家家飘香，户户都在吃年饭，只有她和她的男人带着一岁的娃，窝在江面一只用破帆布支撑的小船上，那就是他们的家，那时她肚子里正在孕育第二个小生命。

“你们已经被包围了，请主动靠岸，我们将给你家发放渔民上岸补贴。超生是违法的，希望你们知错就改，回头是岸。”不知什么时候，江滩边黑压压站着一群人，虽然没穿统一的服装，却有统一的气场。是计划生育抓捕队，前排一个年轻力壮的小伙子正握着个大喇叭向江边的芦苇丛喊话。抓捕队眼力真好，那弯新月小舟潜伏在江心一片芦苇滩里，不细看还以为是一块被冰冻的油布，偶尔从碎草丛中升起一缕青烟形成的白雾使他们暴露了。

“有本事跳江下来抓老娘啊！你们这些上辈子是汉奸，这辈子是奸汉的刽子手，就知道欺负大肚子女人。双手沾血多了会报应，会报应到你们老婆和肚子里的娃身上。我咒你们老婆一怀孕就大出血，生儿子没屁眼，还不是女娃。”杜三娘站在船头双手叉腰，跺着船骂。

“我们是依法对你进行抓捕，请靠岸配合。”岸上的人继续喊话。

“敢抓老娘，你们眼睛皮搭子叫猪肚子，自己垂下来了。你们裤头改背心、蛋子抽筋，自己又上去了。”杜三娘挥挥大手，毫不理会。她破口大骂，越骂越起劲，越骂越难听。

“下江抓捕。”岸上有人下命令。

“有本事就下来啊，老娘张开裤裆把你们当儿子生了！”

“诅咒对你们家一百年不过期，一万年都有效！”那天杜三娘算是过了瘾，站在船头边跺脚边骂，像个鬼上身的舞大仙。她将这么些年在江面上漂泊受的苦转化成恶毒的语言，一股脑儿喷了出去。

“嘎吱，嘎——吱吱！”江面碎冰破裂，裂痕曲折蜿蜒，形如闪电，向各个方向延伸，发出划玻璃一般尖厉的声响。

那是岸边有人向江里扔石头，他们被骂得实在找不到第二种发泄方式了。

江边几十号人起初气势很大，嚷嚷着要调冲锋舟来抓他们。可是谁都知道，他们这些旱鸭子一旦破冰下了江，就是驾驶冲锋舟也不见得能占到便宜。每天抓人是工作，不必为了工作大过年的把自己搞成烈士。再者这些大肚子女人为了生娃，个个都是不要命的主，她们喜欢用手揪人头发，但她们最致命的武器不是手，而是嘴巴，稍不注意，她们张口就咬，不咬出血来她们绝不松口。

但也有例外的，有一次一个外乡的女人，大着肚子躲到西九华寺庙后面的一个山洞里，被一个砍柴的懒汉撞见。该她倒霉，懒汉那天酒瘾犯了，正打哈气流口水呢，为了那三百块钱奖金就把她举报了。抓捕的过程那真是地动山摇，整个张公山都快塌了，最后那个女人还是被提溜下山了。正当一帮人喊着得胜的口号，哼着欢快的小调下山的时候，那个女人冷不防一把抓住了队长的下体，将所有怨气全撒在那家伙的命根子上，高大威武的队长瞬间就蜷缩成一个球。那个女人硬是揪下一个乒乓球大小的蛋来，嘴里嚷嚷着：“你杀我孩子，我断你祖宗的根！”那个队长发出杀猪般的惨叫声，捂着下身滚下山，在医院躺了半年。

“这女人太厉害了，死黄鳝都能撅得翘尾巴。古有孟姜女哭倒万里长城，这女人要是不姓杜，姓孟，叫孟江女，那就能撅得长江倒流。”岸边有人嘀咕，感觉今晚大过年就不该来抓她，触了霉头，讨撅。

那天杜三娘是绝对的主角，站在寒风凌厉的船头，开始还很热闹的岸边，硬是活生生被她骂哑巴了，活生生把人骂散了，把那些人骂得整个过年心情都不好。她将岸上所有人祖宗十八代都翻出来，挨个骂了一遍。

从那之后她就得了个外号：撅人王！

“杜三娘，割草啊？过来割。我给你说个好婆家，人不歪，家不饿，那个娃儿还在办工作。”之后几天，那个媒婆又找到了正在割草的杜三娘。

“光棍房顶炊烟少，寡妇门前是非多，我的命真苦啊！”没想到一句话又把杜三娘的情绪挑起来了，一屁股坐到地上，哭她死鬼男人狠心，在世时天天喝酒不顾家，死后肚子一仰，屁股一撅，到奈何桥喝汤去了，忘了他们娘俩在人间受苦。

“受什么苦哦！早栽秧，早结谷，早生娃儿早享福。你男人先走，错不在你，你一个女人家还要抚养他的娃儿呢！”媒人赔着笑，连拉带劝地折腾了一身汗，没想到杜三娘哭得更凶了。

最后媒人也失去了耐心，转身准备回去报信，宣布此次任务失败。杜三娘却突然收住哭声，擦干了脸上的泪水，抱起旁边正在陪哭的娃。胖儿子见妈妈不再哭了，立刻收起长长的鼻涕，爬到一边抓起一把细灰玩起来。

“要不是为抚养男人留下的种，我早就心一横，一口农药喝下去了。”杜三娘很是客气地将媒人领进村，进屋坐好谈婚事。当得知提亲的男人现在精神还好，公公是村长，家境殷实，她看了看脚下肉球一般乱滚的儿子，叹了口气答应了。但是她有一个要求，这个娃娃是前面死鬼男人留下的根，她得带过去，且不能改姓。如果这个张富贵孬病真的治好了，有本事他可以自己种，养个亲生的娃。

那天媒人几乎是一路狂奔到了张祥林家，狠狠地拍着胸口嚷嚷着，凭她三寸不烂之舌，硬说动了这个要立贞节牌坊的女人，杜三妹答应了！媒人说到动情处还特意拉过张祥林，趴到他耳边嘀咕，说这个女人虽然是个二稻子，可不是抛荒田，杜三妹说有本事叫你们家富贵自己种！一句话，说得张祥林眼放绿光，连声道谢。想不到计划生育这么严，这个生了几胎的女人常年躲在江面上，竟然真的没结扎！要是没打算和儿子结婚，这掏心窝的话她死都不会跟别人说。这下可好了，说不定老张家明年就能抱孙子呢！

但媒人也告诉张祥林，杜三妹也有缺点，喜欢抽烟喝酒，脾气不好，喜欢撅人。

张祥林拍拍胸口说没事！只要能生娃就好。

第三十三章 摆答谢宴

为了连接市区和西九华景点的交通，增加客流量，江城市决定在丁家墩江滩边修建码头，调配几条轮渡船打通两岸交通。码头很快就建好了，村里客船住客量陡增，对岸一位老人在靠丁家墩这段搭了个窝棚，开了家小店，没想到生意特别好，老人第二年将窝棚拆了，建了两间砖瓦房。每天他小店的门口都有一帮老人，要么在等轮渡，要么在下棋。

10 月 1 日共和国生日这天，雨露结婚了。雨露结婚几个月后，全村人敏锐地觉察到她的肚子大了起来，入秋还是个窈窕淑女，过年就成了个不倒翁。村里男人每遇到大虎都忍不住竖起大拇指，咧嘴露出满口黄牙，“嘿嘿”地笑，嚷嚷着大虎厉害。千言万语，全在一根摇动的大拇指中表达了，那根手指赞他是天下第一男人。

丁家墩和附近的张村、李村、三圩村、陈家湾及张公山上的一些散户统称为红旗大队。选丁雨露当村长那天，各村代表都来到清泉小学，操场上坐满了人。两个纸箱，一个上面写着丁雨露，一个上面写着张祥林。当看见一个个熟悉的老爹将选票投进丁雨露纸箱时，张祥林站在自己的选票箱边勉强堆着笑。他的脸色开始还好，渐渐就变白了，因为随着流动的队伍越来越短，他的选票箱里却只有寥寥几票，如几条死江刀躺在里面一动不动。要不是平时在职时照顾的几个单身汉和家族几个兄弟、亲戚，他怕是要成光杆司令了。

雨露静静地站在一边，没什么表情。丁雨露小小年纪当村长，在县里算是第一人。一次县里领导下乡检查，一个沉稳的男人领头，说是来村里检查，其实背地里都知道，那是来一睹雨露的芳容。

雨露当上村长就迫不及待地做了三件事，一是按照惯例在家举办了一场答谢宴；二是召开饭店股东会议；三是以前张祥林将家当成办公地点，雨露将村部搬到丁家祠堂，这样显得正规些，村民来办事也能及时找到人，不像张祥林整天神龙见首不见尾。

这期间她还抽空生了个儿子。那天她挺着大肚子在芦苇滩里查看，突然肚子就疼起来，回家娃儿就生下来了。她给娃取名张涛涛，寓意是听着涛声生的娃娃。但村里人对雨露生孩子这事好像没多在意，他们现在所有的注意力都被秀秀和如梦吸引了。雨露天天在村头村尾晃动，没人在意，可是有一天，她却告诉所有人，她当妈了。她自己都很纳闷，看秀秀她们生孩子像打仗一样，自己生孩子怎么像过家家酒？娃儿生下来，除了喂奶，雨露很少跟孩子在一起，直接丢给爹妈了。丁小气夫妇倒特别乐意带孙子，所有的事全包了。

雨露抽空摆了桌答谢宴，感谢村民投票选她当村长。吃饭那天，来的多半是老人，这些老爹平时弯腰低头的，那天却都昂首挺胸，从来没有这么神气过。他们用手里的选票让丁家墩改朝换代，相当于辅政大臣，来喝这顿喜酒理所当然。至于张祥林，自从落选那天起就彻底蔫巴了。

那天中午，张祥林特意叫老伴赵玉兰炒了几个小菜，他拎着十斤的大塑料壶，坐轮渡到对面集市打了满满一壶散装酒，一个人躲在家里喝闷酒。丁小气家现在就是酒虫把心钻个洞，他也不会去买任何东西，这钱就是扔大江里也不能让丁小气赚了。

张祥林孤零零地坐在自家四方桌上方自斟自饮，喝着喝着，竟一把鼻涕一把泪哭起来了。以前他身边那几个跟班的单身汉早就坐在雨露家的人群中讨酒喝了，连他身边最忠实的死党丁福满也投敌了。以前这家伙只要自己一个眼神，他都是第一个冲锋陷阵的，从没皱过眉、眨过眼，现在却第一个叛变了。

“人心隔肚皮啊！以前跟我吃香的、喝辣的，现在看我失势了，全都拍拍屁股走人了。我他妈就是养条狗，也比他们忠心。都他妈不是东西！”张祥林低着头，边喝酒边愤愤地骂，像个失势的孤寡君主。

“都老了，也该年轻人上了，争那口气干什么！”老伴玉兰紧挨着男人坐下，生怕老头子做什么傻事。有钱难买老来伴，老家伙再怎么不是，在村里名声再怎么不好，那也是风风雨雨一路走了三十多年的夫妻，是有感情的。再说，没有哪个大队书记退了有好名声，等雨露不干了，也一样。

“我不是为村子的事，我是咽不下这口气！”张祥林将杯子狠狠地摔在桌子上，牙根咬得嘎吱响。

这时候，连他儿子张富贵也不知道跑哪里去了。这家伙自从有点儿疯后，喜欢留长头发，从后背看像个女人，只要安排人给他理发他就跑，谁的话也不听。

雨露预备了四桌，都坐满了，没想到快吃饭的时候，刚刚升任山里红镇镇长、党委副书记的姜必胜带着一些镇干部也来了。雨露立刻张罗，另加了一桌，这下场面规格立刻提高了。一些老爹原本端坐在主桌上，一看来了当官的，而且还是镇上二把手，原本挺得高高的脊梁立刻弯了些，很自觉地让出了主桌。

张雅青穿了件土灰色的外套，微挺着肚子，牵着女儿鱼鲤也挤在人群中。可是一看到姜镇长，立刻拉起围巾挡住脸，向正在大口吃饭的阿六使了个眼色。阿六心领神会，立刻放下碗筷，牵着小女儿瑶瑶，夫妻俩分头从后门出去了。屋外凉风习习、涛声阵阵，真是江南好时节啊！雅青嘱咐阿六晚上在丁家祠堂的后院集合，要记得带被子，今夜又要睡山洞了。

说起来，姜必胜能从山里红镇副镇长升到镇长，那还要感谢丁家墩这帮大肚子女人。年初县里召开计划生育攻坚专题会，全县 32 个乡镇，山里红镇连续二年排名倒数第一。这些年计划生育如紧箍咒一般，一年比一年抓得严、抓得紧。各乡镇工作与政绩挂钩，实行一票否决，山里红镇原党组书记因为连续两次“夺冠”被就地免职，县组织部先给姜必胜升了官，目前正在物色人选，要调一位新书记来。

姜必胜上任的第一件事，就是拿丁家墩的大肚子女人开刀，要打翻身仗，绝不能在来年全县的计划生育评比中再进笼子。

那天，一行三十多人浩浩荡荡开进村，可是风声早就走漏了。

“抓不到媳妇抓婆婆，抓不到姐姐抓妹妹，抓不到老婆抓男人！抓不到人，就上房揭瓦！”姜镇长大手一挥，指挥战斗开始。

阿六和雅青抱着女儿，因为跑进江边芦苇场躲过了抓捕。阿六家三间青砖瓦房，已经在上一届镇书记的攻坚战中成了一片瓦砾。姜镇长在他家地基边转悠了一圈，气得浑身直抖。可是阿六家两亩早稻在那年七月刚泛了黄，那天午后，姜必胜带了十几个人、十几把镰刀，用了一个多小时全收割上埂，用拖拉机拉到镇政府大院里了。

今天，远远地姜镇长也看见了雅青，他带来的几个干部看着他的脸色跃跃欲试，却被他拦住了。

“你们干工作太入戏了，看到女人大肚子就条件反射。”姜必胜低声说。自从他当上镇长后，那句“我碎子心娘”的口头禅就再没说过。他觉得自己是个官了，就得有个当官的样子，因此连走路都故意放慢了脚步，那样显得稳重一些，才符合他现在的身份。

关于那句结巴口头禅，他特意上山求一个道士给画了一道符，烧成灰泡酒喝，竟然真的除了根。

“谁说不是呢？我做梦都奔跑在江堤上追怀孕妇女。”一个干部嘿嘿笑着回答。

“干工作也要注意场合嘛！今天大家是来喝喜酒的，不是来抓人的。再说了，就凭我们这几个人，在一千多人口的丁家墩抓怀孕妇女？你以为你是赵子龙，能杀个七进七出啊！”姜必胜一脸老成地冷笑着说。

“还是镇长想得周到，我们都是一介莽夫。”那干部连连点头，一脸佩服。

“姜镇长，赶紧上坐。你先定位哦，不然别人怎么坐啊！”大虎赶忙迎上去，将主桌最好的位置让出来。按惯例，堂屋靠中堂画正中间的位置为最大，屁股朝门的位置最小。姜镇长当仁不让，挑主宾位置坐好，其他人按职位高低分坐在他两旁。

厨房里一个人正在颠勺爆炒江鱼，到处都飘着一股奇异的鱼香，让人越闻越饿。丁国安现在称呼也变了，在家里，周老师叫他老黑，村里娃子叫他黑爹。

“呀，今天我们县最出名的丁大厨亲自炒菜啊？我们口福不浅哦！”姜必胜看见丁国安在后厨忙乎，一脸欣喜。要知道丁国安现在名气特别大，光学徒都有一个小班，想来他的饭店打杂都得托人找关系。他烧的那一手江鱼绝活，在县里那是第一号，多少人慕名而来，就是为了吃上他烧的鱼，满足舌尖上的味蕾。

姜必胜走进厨房，特意和丁国安握了手，看来他也是黑爹的追随者。随着名气变大，丁国安脾气也大了，尤其是小美去世后，他常一个人跑到山上女儿的坟前哭，拉都拉不回来。丁国安炒菜还要看心情、看人，稍有不顺就扔勺不干，谁都拿他没办法。可越是这样，那些食客越往他的船上跑。没办法，沿江渔家饭店几十家，味道就他家最正宗。

“姜镇长，感谢今天光临寒舍。我不能喝酒，就以茶代水了。”雨露倒了杯茶，上了主桌敬酒，笑脸相迎。她刚刚特意叮嘱她爹去江边放鸭的张三爹爹那里问问，看能不能买只老鳖。家里准备的都是家常菜，虽然有黑爹这样的好厨师，来了贵客，总不能显得太寒酸。

那天丁小气去张三爹爹的鸭棚随便问问，做做样子，没想到这老头鸭棚里还真养了只四斤多的老鳖。村里人都知道，要买野味就找放鸭的张三爹爹，他一年放鸭出三栏，每栏至少三百只以上。鸭子胃好，连螺丝都生吞，成群结队下河就像蝗虫过境，人称一扫光，水浅的河滩，只要是肉，都逃不过它们那张乱倒腾的嘴。

这只鳖也真是该死，刚好赶上了。昨天张三爹身体有些不舒服，一直睡到日上三竿才赶鸭下河找食，那只老鳖正趴在河面一顶破草帽上晒太阳，等它醒来，已经被白鸭大军包围，任凭它身披铠甲，张嘴厮杀，也无法突出重围，最后只能将头脚缩进壳里，成了张三爹的战利品。

“一百块一斤？老师工资才二百多一个月！现在有人卖血，两百毫升也就二百块钱，鳖肉和人血一样贵啊？”张三爹开口就要一百一斤，惊得丁小气直咧嘴，心疼得老脸上的黑皮直抖。

“现在河鳖都卖六十一斤了，江鳖一百一斤还算贵啊？吃野生鳖的都是有钱人，你以为人家有钱人是孬子啊？人越有钱越精。古有霸王别姬，鳖血比人血还金贵，卖给你一百还是熟人价，便宜你了呢！”张三爹爹毫不领情，还把丁小气数落了一顿。

气得丁小气拎着鳖气呼呼地回家了，回到家，屋里早喝起来了。

“对哦，只要感情有，饮料也是酒。”二队长丁兆桥赶忙应和。今天他比谁都高兴，他是雨露上任后提拔的第一个队长，听说这个职位在国家行政单位算是中层干部了。桥大爹靠扎灵为生，山洪那年搬到了城里，这两年年纪大了，搬回村里养老，没想到还当了个官。

以前张祥林当村长的时候，无论桥大爹表现多好，那家伙酒桌上胸口拍得啪啪响，可队长总没他的份。原因是张祥林酒精一散，嫌弃他常年和死人打交道，满手粘的都是晦气。还有一个最主要的原因，张祥林说桥大爹满嘴跑火车，见人说人话，见鬼说鬼话，要提防，不能祸起萧墙，早晚抢他村长的饭碗。雨露倒不在乎这些，她刚上任，只要能干事的人就用。桥大爹如今总算熬出头了，改朝换代后被雨露这个伯乐发现了，所以只要有机会，他都表现得特别活跃。

“感谢各位！今天耽误你们时间了，晚上要吃好、喝好啊！”大虎斟了满满一杯酒想代替雨露敬酒。这两年他的称呼也变了，村里孩子喊他虎爹了。自从被丁大炮一砖头拍正常了，他从没喝过酒。雨露说他以前犯孬将身体掏空了，就像女人生孩子坐月子，要好好料理，但是今天看这架势，气氛堪比闹洞房，不喝过不了关。

今天张伶俐和丁祖峰也来了。一转眼，几个小伙伴除了张伶俐，其他人都有孩子了。村里一些老爹老妈没事就喜欢抱着自家的孙子，坐在门前比孙子体重、胳膊粗细、头上的毛发。

“丁村长，你喝水怎么行呢？你现在是村长，上桌喝酒是身份的象征。这是规矩，不能含糊哦！”姜镇长昂起头，目空一切地扫视着对面的张伶俐，然后大手一挥，一句话把丁雨露以茶代水的想法否决了。

张伶俐结婚那晚，有人发现那时还是单身的姜副镇长满口白沫，倒在丁家墩村口的一堆草垛边睡了一夜。寒冬腊月睡在冰凉的野外，骨头真硬！最可笑的是他怀里还抱着一条野狗，像对热恋中生离死别的恋人。那条狗也口吐白沫，酣睡了一夜。原来那夜姜副镇长喝多了，挣扎着在村口吐得翻江倒海，一直跟着他的那条野狗这辈子终于吃了顿饱饭，但没走三步，就和姜副镇长一样倒在草垛边，醉成了一条死狗。

姜必胜年轻时追求张伶俐失败，一度成了山里红镇最有嚼头的故事。一些村民教育顽劣孩子就搬出这样的话来：你看咱们姜镇长，以前倒在一个女人跟前，颜面丢尽了，人瘦得眼眶里长核桃，头成锥子，内骨成梯子，大长腿成向日葵秆子。可是人家从哪里跌倒，还能从哪里爬起来，现在成了镇上二把手，到哪里都是前呼后拥，皮鞋从不粘泥。娃儿你要加油，你长得比姜镇长俊，又不像他那么花痴，将来一定超过他，当个更大的官。

全镇人都知道，张伶俐给姜镇长留下了心理阴影，他把这份激情全都用在了工作上。这些年，镇里每遇难事，他都冲在前线。用他自己的话说，脸都丢尽了，还怕什么！所以他官也升得最快，只用了短短三年，就从副镇长一跃成了镇上的二把手。直到县组织部发文，任命他为山里红镇党组副书记兼镇长那天，他觉得面子算是彻底找回来了，那女人不选自己是有眼无珠。所以只要有机会，姜镇长就要将曾经受过的屈辱加倍奉还。镇上留下的副镇长职位空缺，他竭力推荐别人，可是县组织部还是认命张伶俐为山里红乡副镇长，她办事作风硬朗，不摆虚架子。听说是副县长张玉宝发了话，他才有所收敛，不然他每天都要给这女人一只小鞋穿。

“对哦，女儿啊！人家说村长是打出来的，镇长是喝出来的，我们姜镇长对待工作那可真是白加黑、五加二，不来半点儿虚的，工作之余唯一的爱好就是五加四——喝酒！女儿啊，你可不能驳了人家面子。”丁小气赶忙打圆场，生怕女儿不懂事说错什么话。他可知道，这酒桌上的花花肠子多着呢！

“对哦，酒杯一碰，美女心动。”

“感情铁，喝吐血；感情浅，舔一舔。”

“男人要白天围着桌子转，晚上围着老婆裙子转，生活才会越转越有质量，越转越精彩。”几个同来的镇干部见姜镇长一口干了半杯酒，立刻举杯，场面一下子活跃起来。

“四季发财，二喜来财，九九归一啊！”

“五魁首啊，六六大顺，一点高升！”姜镇长端起杯子就表示开席了，周围一些老爹早已耐不住性子，张开五指，挥舞手臂，大声地划拳喝酒吃肉。整个酒席，刚刚开始仿佛就到了高潮，划拳声一浪高过一浪。

“来了，正宗的野生老鳖！”酒正喝到兴起的时候，丁小气吆喝着，从后厨端出了一盘红烧肉焖烧老鳖。

“哦——哦！”

“我的乖乖！还有鳖啊！”人群激起一阵惊叹声，口水四溅。

一股香气弥漫整个屋子，场面一下子就如孙悟空架筋斗云，变得热气腾腾。其他桌子一帮老爹以为也有老鳖，纷纷捏紧筷子探身张望，可是一个个将头伸成鳖头，却见丁小气笑吟吟地将那盘红烧肉烧老鳖全部端上了姜镇长的主桌。

“哎哟，没我们的份儿哦！”

“肉少僧多哦，看得到吃不到更馋人哦！”

“听说那只野生江鳖四斤多重，黑盔甲、白肚皮，腿粗外壳厚，眼小头粗脖子长，是只正宗野生黑皮江鳖。老黑主厨，用膘厚肉多的黑猪肉红烧，那真是绝配！现在只能眼睁睁地看着人家一个个吃得满嘴淌油了。”有人一脸失望，很是不满地小声议论。

“爷爷，我也想吃鳖！”有的老爹还带了孙子来，孙子在他们身后嚷嚷着要吃鳖。

“等客人吃过了肯定剩几块，那是专门留给孩子吃的。你们先在一边玩，耐心等待，到时爷爷喊你过来。”老爹们安慰着，说得孙子口水都快流到地上了。

“丁小气，今天你女儿高升摆酒席，重头菜全上到主桌了，端到我们桌上的鲤鱼还没巴掌大。”

“对哦，人家说鲤鱼不上斤，喊破喉咙没人称，再好的手艺烧出来也是木头屑子，差别太大了。”一帮老爹很不高兴地说。

“你们来喝酒又不随礼，都是空手来的。每桌都有鱼有肉有酒，随你们吃喝，这待遇都赶上中南海了还差啊！”丁小气也很不高兴，转身进了厨房。

“这个丁小气，小气得一个硬币卡在屁眼沟里，用小日本的迫击炮都炸不下来，必须得用德国虎式坦克才能轰下来。”

“这家伙真是胸口挂秤砣——前（钱）心重哦！”几位黑脸老爹被他说得脸红了，但还是忍不住小声骂。

“大家吃啊！这可是好东西，看来今天我们丁书记费心了！”姜镇长满脸欢喜地夹起一只鳖腿塞进嘴里咀嚼。

“那是啊，有时想想，真要感谢老天爷，让我们投胎在长江边，夏天不热，冬天不冷，一年四季天天有水洗澡。要是让我们投胎在干旱的地方，别说喝酒了，水都没得喝，一辈子难得洗次澡。”一个干部夹起另一条鳖腿，满嘴油腻地说。

“那好，我敬镇长一杯！”雨露有点儿无奈，勉强堆着笑，只能硬着头皮接过一只一两三的玻璃杯，抓过酒瓶倒了半杯。

雨露双手捧杯，离开座位，围着桌子走了半圈，来到姜镇长身边，探腰弓膝，毕恭毕敬地敬酒。自古就有严格的规定，官大一级压死人，更何况姜镇长比她不知道大了多少级，所以必须要离位敬酒。

自从当上村长，雨露就感觉怪怪的，以前出门村里人都喊她雨露，一些大爹还喊她丫头，把她当个孩子。她喜欢这种感觉，有种亲切感。可是现在全村人不管老少都喊她丁村长，总觉得话语中多了点儿什么，更少了点儿什么，和别人拉开了距离，像隔着一层塑料膜，进入了另一个游戏世界。她想靠近他们，可是自己往前走几步，他们就退几步。而镇上干部，自己跨几步想靠近点儿，这些人又往高处走几步，始终走不近。

最可恶的是回到家里，大虎还时不时拿她开心。雨露有一次真的生气了，骂他被丁大炮的砖头拍过了头，多接了两条脑神经，一条是挖苦别人的，一条是对自己的老婆绝缘，没有爱心。

对面桌上的张伶俐也在喝酒，装着没看见。刚刚雨露邀请她来主桌坐，她拒绝了。要不是雨露今天特意邀请，八抬大轿请她，她也不想来喝这顿酒。有句话叫宁可得罪君子，也不能得罪小人，现在上班几乎是天天受气。丁祖峰安慰她习惯了就好，每个月国家发工资，你只是为国家打工。

“丁书记啊，离席敬领导酒可讲究了，男人叫坐车，美女叫划船。丁书记刚上任，还不怎么了解，你是美女，应该叫划船敬酒，今天你说错了哦！”二队长桥大爹站起来，连忙给雨露打圆场。

雨露前几天陪镇里领导吃饭，刚学会的这句酒桌新潮语，准备现学现卖，没想到还是用错了。官场上敬酒门道多得像牛百叶绒毛，每样都有讲究，水深得不见底，自古就是男人百斗不厌的战场。

“酒这东西好啊，自古就有酒是粮食精一说，你们看这东西晶莹剔透，看上去像水，喝进肚子里闹鬼，走起路来甩腿，讲起话来胡扯，回家抱着电线杆直亲嘴，半夜起床不找老婆找水，早上起来假装后悔，第二天杯子一端，大叫道一声，还是干酒最美！”姜镇长端着酒杯，全身亢奋，大声地说着喝酒经。他眯着眼睛盯着雨露，一根根硬发天线一样竖立着，像只发怒的刺猬；嘴唇很厚，像两条烤熟的香肠焊在嘴巴上，刚刚吃了块红烧肉沾鳖汤，泛着油脂的光。

“好、好，好段子！”人群中传来一阵阵叫好声。

姜镇长高高地举起酒杯，站起来和雨露碰了个响杯。他眯着眼，嗅着酒的甘香，将两片厚嘴唇贴到杯子边沿，上嘴唇噙住酒杯内壁，下嘴唇托住酒杯外弧，噘成扁平状，唇边的每一根胡须都矗立着，感受唇片与琼浆甘露的触碰、交融。

“吱——吱”一声细长的吮吸声，姜镇长意味深长地喝了一口，那陶醉的样子，像是热恋中的男女第一次亲嘴，双唇压缩成细线一样的缝隙，急速地挤压着空气，形成一道狭长的倒流峡谷，回旋着空气，像吸食到了蜂蜜，吮吸出口哨一般的声响来。

姜镇长眯着眼睛，一口气将满满的一杯白酒一口吸干，腮帮子鼓鼓的，好像一只青蛙。他微闭着眼，将酒先在口腔了里打了个回旋，然后“咕噜”一声全咽进了肚子里。

“好酒！跟你们说，干酒和干工作一样，早上半斤充电，中午八两养胃，晚上一斤好睡，这才是完美生活美好滋味。”一杯酒下肚，一股酒劲冲得他猛甩着头，打了个酒嗝。他紧闭嘴唇，将那股酒味压缩堵截在口腔处，一点点给压了下去。姜镇长咂嘴品味余味，环视着周围，好像在等待着什么。

“好，姜镇长说的段子好，有荤有素，镇长好酒量！”一帮人吆喝着，全都放下手中碗筷，很整齐地噼噼啪啪地鼓掌，仿佛都是商量好的。

雨露突然想起前几天镇上开大会，姜镇长在主席台上先是抑扬顿挫地发言，从征收公粮任务到计划生育抓捕，底下黑压压坐了一片，都挺直腰杆装得很认真地听，偶尔用眼扫扫墙上的挂钟。姜镇长在台上滔滔不绝，会场很小，他的嗓门却很大，讲到亢奋的时候突然停了下来。雨露起初以为镇长要喝口水歇一歇，可是坐在旁边的人轻轻捅了她一下，示意她要鼓掌。领导开动员会讲话，那学问可大了，一颦一笑、一停一顿，都有故事。姜镇长讲到高潮时会故意停顿一下，假装喝口水，这叫估计此处有掌声。

那晚雨露算是豁出去了，打了三个通关，还去别的桌子敬了酒，连回敬的酒都是满杯。虎爹总是跟在她身后，怕她喝多，可是雨露竟然硬挺过去了，虽然说话已经舌头伸不直，但还没到现场直播吐的那一步。虎爹早就听说雨露不光胆子大，酒量也大，今晚算是第一次领教了。

“你行不行啊？刚当妈没半年，注意身体啊！”虎爹关心地问。

“我是铁打的女人，不锈钢的心。你们一定要吃好喝好啊！”雨露大声地招呼客人。

酒过三巡，菜过五味，已有一半客人喝得东倒西歪了。雨露感觉差不多了，就叫爹下些面条，准备结束。

“我们姜镇长不喜欢吃软饭，他喜欢吃硬的哦！”镇上一个干部指着桌上那盘只剩下鳖头、鳖壳、几块鳖肉、鳖汤的老鳖，一脸坏笑地说。这个干部屁股后面蹲着一小男孩，眼睛瞪得溜圆，盯着桌上那盘剩鳖。

“哈哈哈！”全桌子人一下子都笑喷了。男人上了酒桌，见到女人就喜欢阴阴地坏笑，雨露愣在那里不知道他们在笑什么，但估计没啥好事。

“你们别拿她穷开心了，将这老鳖剩汤炒饭当主食吧！”姜镇长喝干最后一杯酒，命人将吃得还剩小半盘的鳖端了下去，炒成了鳖饭，听说这是很多饭店的招牌菜。

“嗯，老鳖炒饭，塞似神仙！”

“古有霸王别姬，今有老鳖炒饭。”底下有人小声地坏笑。

“没有啊，我们丁村长是个公认的大美女，在县里都出名的，很多人都知道。再说男人好色不为淫，喝酒说说荤话题也是道菜。”那几个干部笑得更厉害了，仿佛中了二十万的大奖。

“爷爷、爷爷！你骗我，你说他们会剩点儿老鳖给我吃的，现在连汤都没了！爷爷，你骗我，骗我！”一直蹲在镇干部后面的小男孩突然“哇哇”哭了起来，指着桌上端走的鳖盘子，一头扑进了旁边老爹的怀里。

那天答谢宴的高潮和结束都是围绕着那只老鳖展开的。人群散尽，丁家墩又恢复了平静。

晚上雨露拖着疲惫的身子回到屋里，丁小气见女儿这几个月瘦多了，特意熬了一碗鸡汤端给女儿，让她补补身子。

“丫头啊，别气馁！当村长喝酒那是必修课，以后烦心的事会更多。有些村民常年在外躲计划生育，或常年在外打工，一走就是三五年不回家，坝埂不挑，公粮不缴，这些空镇上不认，都要村部来填。”这些天，丁小气总是暗地里观察女儿，生怕她做出什么过激的事，和村里人关系闹僵了。今晚逮到机会，耐心地和雨露畅谈。

“嗯，知道了。”雨露应付着。

“你知道那个老张祥林是怎么应付的吗？他和村会计、队长一帮人借钱给村干部，然后以村委会的名义打白条给他们，收利息。这样一来村里能缴齐国家任务，二来他们又能得一些高利息，有机会他们就把借的钱套出来，反正到以后是国家的债，这叫揩油。”丁小气心里不光有一本小店的账，村里一些老滑头的点子他全都清楚。

“真搞不懂村长有什么好当的！你一个二十几岁的女人，计划生育下不了手，这叫手把子不硬；喝酒不愿上桌子，这叫嘴皮子不通；催粮沉不下脸，这叫心肠不硬，这些都是当村长的大忌。”等到半夜，雨露酒劲才真正上来，一个探身将吃的喝的一股脑儿全吐了出来，整个房间顿时就被一股酸碱中和的刺激气味充满，闻得虎爹都要吐了，他很是不满地说。

“也许是小时候留下的阴影太重了，看见村里那些大娘大爹，芝麻大的事都要求村长，都要拎点儿东西去他家，点头哈腰的像只虾米，那种卑微的样子一直让我不能忘记。”雨露吐完之后面色好多了，喘着气说。

“村长就是得罪人的主，村里哪家扯起来，和咱不是七大姑八大姨，沾亲带故？完成国家任务，背后总有人指着鼻子骂你，天天回家累得吃不下饭、直不起腰，图什么啊！”

“那时我就暗暗发狠，长大了也当个官，不再受气，现在有机会当上了更要坚持。我要强的性格你又不是不知道，不走回头路，那样会被人笑话，给我点儿时间适应吧！”雨露洗把脸喝了点儿热汤，精神也好了许多，难得有时间夫妻俩坐一起聊些家常。

“我是心疼你，又生孩子，又要管乱七八糟的闲事，累坏了身子。”虎爹不会说暖心的话，今天表现不错，说的话都有温度。

“再说咱村集资承包江边芦苇滩，必须有人从中协调，现在很多外地企业来农村搞承包、搞旅游，这叫投资。这些都是腰包先鼓起来的人，脑子比我们管用，见过大世面，对国家政策把握也比我们准。所有信息都预示着以后青山绿水值钱了，城里有钱人越来越多，就到乡下消费，风景好的地方越往后越吃香，所以我们要抓紧时间打理，绝不能把江滩承包权让给别人。”雨露醉酒心醒。第一次喝多，吐时感觉喝的是农药。农村人把这叫“下小猪”，那一瞬间整个身体变形抽搐，翻江倒海，好像又生了次孩子。

“人家对大队书记的评价是：上山能打虎，下河能抓鱼；人前能奉承，人后翻脸不认人。要挥之能上，上之能胜。大队书记催公粮任务时一要钱，二要命，三要能下得狠心挑，四要能动员人防汛，五要能扛大称。要在三界之外，绝不能有一颗菩萨心。大队书记除了不带兵打仗，什么事要干，你干的都是催粮这些得罪人的事，不出两年就有人指鼻子骂了。”虎爹今晚算是豁出去了，把这些天藏在心里的疙瘩事一股脑儿都抛出来了。他也不指望劝雨露放弃什么，只是不希望她以后经常用酒精泡胃。

“脚上的泡都是自己走出来的，只要我没私心，开心就好，开心更不怕人说闲话。”雨露有点儿累了，想和衣睡会儿，却硬是被大虎扶了起来，只见这个笨拙的男人手里竟然端了一碗热气腾腾的鸡蛋花。

“以前我失忆的时候，你每天冲几个鸡蛋花给我吃；现在你喝多了，我配点儿作料给你解酒也是还情。村里人正式改口叫你丁书记，过官瘾感觉怎么样啊？”大虎强迫雨露吃了鸡蛋花，还喝了几口醋。鸡蛋花好喝，醋真是难以下咽，可大虎说能解酒。

“官瘾！我这也叫官？还没芝麻大，感觉一点儿不好，怪怪的。倒像是三陪，陪吃、陪喝，还赔笑呢！”雨露阴沉着脸，感觉被大虎说到了痛处。

“芝麻大的官也是官啊！其实越是小官越难当。村长是上对接地方政府，下直接面对村民。如果想敷衍，做一天和尚撞一天钟，那也不必费太大的精力；但要想带领村里人干点儿实事，难啊！干差了肯定有人到处说闲话，干好了也有很多人得红眼病。”虎爹说。

“基层工作就是这样，刚说政策不变，又来文件了；刚刚学会了，又说不对了，慢慢适应吧！”雨露叹了口气。

夫妻俩第一次有这么多话，一直聊到半夜。

第三十四章 熊孩子起名

秀秀个子比如梦矮半个头，属于江边渔家姑娘，年轻时属于小家碧玉型。像所有的女人一样，娃子一生更显得矮了。如梦高挑丰满，生完娃营养又好，更显风韵，浑身散发着一股成熟女人的味道，用村里男人的话说，两里外都能闻到。可事实偏偏是秀秀生完娃后，奶水多到胖儿子吃不完，常蹲在门口撩起上衣，两手抓住胸口，使劲地挤按。圆滚滚的胸口受到强烈压迫，喷出几股乳白色的细流来，喷泉一般还形成了一道道雾气，将她家的泥巴墙打湿。

秀秀挤完左边挤右边，等将肿胀的胸口挤软后，再用一个塑料奶拔子按在胸口，像城里人疏通堵塞的马桶一般反复挤拽，发出“呼噜噜”的声响，一股白色乳浆硬是被吸了出来，泛着泡沫。将奶拔子灌满，秀秀满头是汗。她每天都会蹲在门口重复一样的动作，拔完左边拔右边。胸口的棉衣从里湿到外，远远地就能看见高高隆起的胸口，撑起两个巴掌大的奶水结疤。

隔壁家如梦虽然胸脯高挺如峰，像是塞进去两个拳击手套，可生娃后再怎么用艾水洗澡，就是窑洞头上打井，没见过奶水滴出来。翠婆婆常沉着脸，嘟囔着冲米粥给孙女吃。

“要拔干净哦，越好的东西越不能存放久了。凉奶水如隔夜茶，不能喂娃，每天都要挤干净，娃儿吃了才新鲜。秀秀，奶水不挤干净会堵住血管，以后就成死奶了，比秤砣还硬。”每次秀秀蹲在门口挤奶，她家婆婆光玉春总是大声地嚷嚷，仿佛全村人都是聋子。

“嗯，听说不挤干净以后还会得乳硬化呢！”秀秀点头赞成。

“我年轻那会儿比你奶水还多，那时舍不得挤，你公公当茶喝了。都说女人奶水养身子，可他还是早早走了。”光玉春说这话的时候，满是波浪皱纹的脸上竟然泛起了红晕。

“婆婆，挤了，娃儿吃饱了。每次我都挤干干净净的，可是一觉睡醒又涨得往外滴，感觉里面塞进了一块大石头，下坠得疼，还死板，按都按不动，涨得喘不上气。小家伙吃饱了故意顽皮，大概要长牙了，不安心吃奶，老用牙根咬我奶头，都疼死了！”秀秀郁闷地大声嚷嚷。

“打他，他咬一次你就打一次。娃子小时候咬妈奶，长大了不孝顺，也不知道心疼人。打，一定要打！”玉春婆婆好像很生气，大声说道。自从孙子出世，秀秀发现婆婆叫喊的声音在村里一帮老太太中排第一。她为孙子准备了很多尿布，是从破旧衣服上剪下来的，剪成手绢大小，各种颜色都有，院子一些小树上、晾衣绳上，彩旗一样挂满了，如城里的牛皮癣广告。

“我媳妇奶水多得都赶上长江水了，没完没了。和我们年轻时最热那半月双抢割稻子一样，每天要换三四次内衣呢！媳妇奶水多，孙子尿就多啊，像村后面的山泉一样咕咕地往外冒，有时边吃奶边尿，捏都捏不住，不多准备些尿布不够用哦！”村里老人问玉春婆婆准备那么多尿布干什么，一块块尿布挂在绳子上，像电视里西藏地区系在山脊上的路标线，玉春婆婆就会大着嗓门告诉人家关于媳妇的一些事。

“如梦啊，多用艾水洗几次澡看看，奶水血管没熏通，多熏几次就通了。”翠婆婆每天都给如梦烧几次洗澡水，并给她储备了很多干艾草，敦促她多洗澡。

“妈，每天洗好几次澡，皮都起皱了。身体没感觉，没奶水。”如梦小声地回答，每次都找借口赶紧离开。

“你那是空气奶啊？中看不中用！长得比葫芦都大，挤点儿奶咋就这么难呢！就算是一颗葡萄，也能挤出一指甲盖水啊。明天我来帮你挤，挤出血我都要把奶挤出来。还有玉宝回来睡觉你要叫他吸，哪个女人第一口奶水不是被男人吸出来的？这也不是什么丑事。”翠婆婆开始那些天还小声喊如梦洗澡，可是一个多月洗下来还不见动静，耐心也没有了，大声地责备。

如梦憋屈地噘着嘴，没敢再说话。玉宝天天有开不完的会，难得一星期能回来陪她一次，只是回家看看孩子，洗澡后倒头就睡，吸奶水这活他不会干，自己也开不了口。

“女人奶水是孩子的主食，是爸爸的零食。叫玉宝嘴巴张大点儿，舌头吮狠点儿，给我吸！”张玉宝一次酒喝多了回来吸，不知道有没有吸到奶水，嚷嚷着奶水苦，刚好被门外的婆婆听到了，这老人不敲门就冲进屋了，一脸愤怒地嚷嚷。

后来翠婆婆不知从哪打听来的偏方，买了黄花菜、黑芝麻、花生、丝瓜、茭白，天天烧给如梦吃，说这些是补奶神方。孩子天天饿得哭，婆婆脾气倔强，不让买奶粉，拿个碗出去到处借，弄得如梦天天特别紧张，使劲地捏胸口，恨不得用剪刀剪。

“还是咱长江水养育的女人厉害，和城里女人比，哪里都小一号，可是奶水多啊！”

“呵呵，奶小的女人奶水多，奶大的女人尽是空气，中看不中用，城里女人是假奶。”

“当空姐那年被玉宝吸过火了，吸断了筋，现在真没奶水了，哈哈！”那些天村里男人聊得最多的话题是这两个女人的奶水。

每次如梦看见秀秀婆媳拿个奶拔子，威风凛凛地站在家门口吸奶，她就躲进屋里，感觉没脸见人。对于她来说，这是一种赤裸裸的迫害，等于拿刀架在她脖子上问斩。村里甚至还有谣言，说她做过丰胸手术，别说是奶水了，连汗水都吸不出来。

对于孩子的名字，如梦花了很多心思，可谓全家总动员。张玉宝也利用县里的朋友，积极邀请本县文化名人给孩子起名，但多是些文绉绉的学名，如梦不喜欢。

转眼已入冬，屋外雪花一飞，天地立刻就被染了色。“这丫头皮肤真白，像我家儿媳妇哦！”一次婆婆给娃儿喂奶的时候，无意说了声这丫头不怕冷，小腿乱蹬，都快冻成冰了。一语惊醒了如梦，她固执地给女儿起了个张冰雪的名字，小名小雪，张玉宝也觉得挺好，冰清玉洁，清冷高傲，聚集天地灵气，是个精灵，有种骨子里与生俱来的傲梅寒霜，的确是个好名字。

黄俊峰给孩子起名字，不光请来了丁婆，还请来一个衣衫褴褛、头发蓬乱的中年男人。他家住在江堤上，他爹专门帮村里看排水站，独门独户，很少来村里。他爹一心想让儿子长大考上大学，给他起了个黄大学的名字。那人上了酒桌秀秀才知道，是黄俊峰的初中同学。他初中复读三年，高中复读五年，偏科屡考不中，人称“黄八年”。农村现在录音机很流行，有录音功能，黄八年还有个外号叫“复读王”。

最后那年还是没有感动老天圆他的大学梦，查分数那天，他烧了家里所有的书，一口气喝了两瓶烧酒，差点儿醉死。醒来后见人就抬杠，见到厕所就会在木头牌子正面写个“男”字，反面写个“女”字挂上去。村里人说他脑子进水了，有点儿迂腐，生了铁锈，总是绷着一张扑克脸，村里孩子一见他就跑，大叫着：“又臭又黄的臭豆腐来啦！”

高考彻底失败后，黄八年喜欢骑辆破旧的自行车，嘴里嘟囔着，边走边东张西望。他从来不看别人的眼睛，在他的世界里没有任何人。他爹一看，儿子这是要疯的节奏，硬是把他绑回来送到江浙亲戚那里治疗，听说治好后在亲戚那里帮忙打工，专门饲养王八，现在已经是个技术员了。

一个清晨他回村了，样子没怎么变，还是那么精瘦无肉，像两个竹竿挑着一件大衣，人却变了，变得很有精神，每遇到熟人会主动迎上去，用带电的眼睛直勾勾地看着对方，仿佛充满了电。最可笑的是他背后背着一张弓弩一样的东西，高高地弯曲成一张满弓。娃子们看见他那副打扮，以为是画帖上的射雕大侠，一个个羡慕地跟在他身后，成了游街的队伍。

“你背后背的是什么啊？像只大虾。”

“是啊，听大人说你在外地给人家养王八，养什么像什么。你头型就像个大王八。”一群娃子好奇地问。

“别瞎说，这个是打鳖用的鳖枪。”黄八年操着浓重的鼻音愤愤地骂。

“啊！打——打枪！黄八年从外地带回了一支枪啊，是只能打的枪！”

“打枪，哈哈，打枪。”一帮娃子哄地一下子笑起来，像苍蝇一般炸开了。

“你们瞎叫什么啊！是打鳖枪，b—i—e，第一声，不是第四声。知道拼音吗？”黄八年气得哇哇叫，到处找棍子要打这帮孩子。

“就是打枪，专打的枪！”这帮孩子都是猴子投胎，围着黄八年边喊边叫。一会儿工夫，黄八年就气喘吁吁，晃悠着要跌倒了。那些孩子一路笑着跳着向各村跑去，无论黄八年再怎么解释都无法更名了。

“帅！”那天小麻子和张富贵背靠背坐在柳花树上发呆，看到对面河埂上走来的队伍，小麻子忍不住大叫了一声。张富贵一头长发，从背影看像个大姑娘。他喜欢看电视剧，觉得那里面男人留长发特别漂亮，自那以后他就留长发了，谁也劝不了。

“不许动！举起手来，不然我就开打枪了。”那几天，各村娃子玩得最新潮的游戏，就是阴阳怪调地模仿黄八年讲话，口齿不清地嚷嚷，玩干枪战游戏。

对于请这个男人，秀秀起初有点儿不高兴，给儿子取名字是大事，怎么能叫这么个不着边际的人来掺和？像个讨饭的。可是几杯酒下肚，这个男人一张口，秀秀就被震住了。

“我来给大家讲一个字，这个字一直贯穿中华民族上下五千年。中国所有汉字中，这个字最有灵性，那就是‘玉’字！”他说。

“哦！”黄俊峰应和。

“大家想想，中国的‘国’字是怎么构成的啊？外面一个‘口’字，里面一个‘玉’字。‘口’字相当于城墙，‘玉’字是我们这个国家的灵魂。”

“对，说得好！”黄俊峰连连点头赞成，期待他讲下去。

“我们这个民族，几千年来就是一个保护玉的民族。君王用玉玺号令天下，预示皇权。从大禹治水起，我们这个民族不崇拜金银，最高的陪葬就是金缕玉衣，目前全国出土的玉衣也只有几套。”黄八年继续不紧不慢地说。

“对哦，我祖上也是大户，听我爷爷说，古人不叫玉石为玉，而叫肉，说玉石是长出来的，是天地通灵性的。”丁婆表示赞成，她作为孩子的接生婆，是当最尊贵的客人请来的。丁婆读过私塾，闹过革命，她的话在村里最有含金量。本来一桌子人都有点儿看不起这个书呆子，以为是来蹭酒喝的，结果这家伙一开口，才知道他一肚子墨水。

“嗯，我记得小学课本上有一个故事叫完璧归赵，一块玉用很多城池都不换，那是象征皇权和神权。”秀秀给黄八年倒了杯酒，紧挨着他坐下，方才那几句话把秀秀彻底征服了。

“中华民族的龙脉起源于昆仑山下，历朝历代都把守卫昆仑山当成国运的基石，所以我要给你的儿子起个带玉字的名字，就叫黄宝玉。《红楼梦》中的宝玉口含女娲补天石，你们家的宝玉出生在秋后，稻黄时节，刚好随了你家的姓，必定也不是凡胎。况且孩子出生时飞来天石，石头和玉同根同祖。嗯，这个名字他担得起，甚好！”黄八年说出孩子名字时长出了口气，好像卸下了一个沉重的担子。他将一个满杯慢悠悠地喝干，浑然一个文人雅士。

“嗯，这名字好。《红楼梦》我不知道读了多少遍，玉这个字上通神灵，连玉皇大帝都用这个玉字，这名字好！”黄俊峰站起来给黄八年行了一个大礼，看来他也特别喜欢儿子这个名字，喜欢这玉里面的文化。

“想不到已死的老张头还真有点儿学问，给儿子取个张玉宝这样的好名字，他家儿子果然就有出息了，已经当了副县长，以后还不知道当到什么样的大官呢！”

“对哦，我以前以为是他家祖坟选得好，现在算是长见识了，是名字起得好！”村里几个老爹也被邀请来了，可是人老糊涂，哪壶不开提哪壶，秀秀一家人装没听见。

那天按照农村传统习俗，还要给儿子起个乳名，玉春婆婆当仁不让，给孙子起名小胖。农村人认为乳名越土娃越好养，叫阿猫阿狗的都有九条命呢！黄俊峰无所谓，不期盼儿子以后大富大贵，只要人平平安安就好。秀秀却一口咬定就叫阿宝，黄俊峰问为什么起这个名字，她闭口不答。

儿子渐渐长大，秀秀整天“阿宝、阿宝”地唤儿子，一次邻居家那个当官的张玉宝回家，秀秀正站在门口大声喊儿子，张玉宝迟疑着停下了脚步，以为有人在喊他的乳名，以前他爹在世时，整天就是“阿宝、阿宝”。

等张玉宝意识到隔壁家是在喊儿子时，很尴尬地进了家门。从那之后，黄俊峰才意识到秀秀给儿子起这个名字的含义，突然喜欢上了儿子这个名字，人前人后喊得特别响亮。为此，隔壁家那个女人找过几次麻烦，黄俊峰都冲出去大声迎战。这是为儿子的战争，不能输，再说自己儿子起什么名字关她什么事？他就是要把“阿宝”当儿子唤。

小孩抓周那天，两家都买了很多东西，篮子里有孩子抓周用的笔、钱、玩具、纸、糖果等一大堆物件。若是孩子抓笔，以后长大了就是个有学问的先生，抓钱就是个商人，抓糖果就是个吃货了，每样都有说法。

“秀秀，这娃头顶怎么三个旋儿哦？人家说两个旋儿是牛投胎，三个漩涡是什么投胎啊？”一个亲戚看见阿宝头顶头发比较密，细看竟然有三个旋儿，惊奇地问。

“管他什么投胎，从我肚子里生出来就是我儿子。不求娃子大福大贵，只求娃儿平安就好。”秀秀摸着儿子的头，一脸幸福。

“我家阿宝肯定抓笔和纸，以后长大了像他爸妈一样，是个吃国家饭的人。”

“你们家是书香门第哦！”秀秀家传出一阵夸奖声。

“嗯，阿宝在我肚子里的时候，每次我看书他都不老实，乱蹬，像是看懂了呢！”秀秀有点儿得意地说。自从生了儿子后，她不光在家里的地位变了，婆婆对她的态度也越来越好，还经常主动和她拉家常，让她感觉找到了久违的母爱般的温暖。

秀秀在村子里的腰杆直了些，以前村里一有人议论离婚、二婚话题，她都远远地躲开，现在她会主动迎上去。二婚怎么了？二婚的女人更有风韵，二婚的男人更有味道。能从别人那里抢男人，说明女人有本事。

所有人都在翘首期待，阿宝正式登场。大冷天他还穿着开裆裤，秀秀婆婆说娃子冬天要冻，夏天要晒，那样才更健康。阿宝露出裤裆里那圈冻红了的小肉肉，摇摇晃晃地走着，嘴里还含糊不清地嘟囔。

“鸡——鸡，鸡鸡，抓鸡——鸡！”阿宝蹲下身，流着口水，像只馋嘴的蟾蜍。他伸出肉乎乎的手，没有抓篮子里的任何东西，而是将手伸进开裆裤里，抓起裤裆处那个小铃铛，用力地拽着，玩着从他娘胎里带出来的玩具。

那一圈小肉起初只有铅笔头大，却弹性十足，阿宝把它当橡皮泥拽，拉扯到极限也不放手。它还会自我膨胀，像孙悟空的如意金箍棒，竟然还能见风变大，变成了一根挺直的香烟了。

“阿宝，你干什么啊？抓笔！”秀秀尴尬地大叫。

她被刚学会走路的儿子弄蒙了，抓周哪有这么一档子事啊！慌忙上去抓住儿子手，往一边牵。可是这个小家伙根本不听她的，一个转身挣脱秀秀的手，又将手伸进裤兜里，一脸专注地玩着他的玩具。

“有趣，人家孩子抓笔、抓金龟子，你家孩子抓蛋！”村里一个刚来准备讨喜酒喝的单身汉忍不住哈哈大笑，今天他算是开眼界了。

“嗯，这家伙小小年纪，能将蛋蛋玩于股掌之间，长大绝不是凡胎。别小看这块塞牙缝都不够的肉，小时他当玩具，长大他当核武器，绝对是情种哦！”一提这个话题，男人们立刻就有了笑声。

黄俊峰在陪客人聊天，一脸不以为然，嘱咐秀秀将孩子抱走了。男孩子玩鸡鸡有什么好笑的？人家配种的公牛，鸡鸡越大还越值钱呢！关键是自家儿子有东西玩，有的人家孩子还没东西玩呢！

“唧唧复唧唧，阿宝抓周抓鸡鸡。”从那天起，村上孩子多了首儿歌。

“小雪抓的是糖果，不是钱，呵呵，长大肯定是个吃货，吃货有口福，还是个美人儿。”一墙之隔的如梦家也围了一屋子人，主角当然是小雪。丫头面对一篮子每个都有寓意的小物件，起初显得犹豫不定，眨巴着亮晶晶的眼睛，环视着一屋子期待的人群，最后伸出小手，抓了一颗鲜艳的糖果塞进了嘴里。

如梦敷衍着赔笑，要不是娃子太小，她真想上去拍她两巴掌。瞧这点儿出息，眼里就是吃，长大能有什么出息？不能输在襁褓里啊！

张玉宝对这些好像不是很关心，他忙着招呼客人。这个男人话很少，待人喜欢说三句留一句，嘴角常挂着笑容，让人琢磨不透。男人一到中年，肚子里如航海的大船一般，隔了很多密仓，连如梦有时都感觉不到他在想什么。

丁婆说，女人是菜籽命，落在肥处就幸福，落在瘦处就干巴一辈子，有的还发不了芽。如梦不知道自己到底是什么命，村里人羡慕她，她自己却觉得最可怜。

“要不咱哪天去医院私下里找人把环拿了，再生一胎吧？你看隔壁家女人那副德行，不就是生了个男娃吗？整天大声叫唤，像只母鸡，一点儿素质都没有。以前我做空姐的时候，像她这么大声嚷嚷，都要按扰乱公共秩序关起来。”晚上送走客人，被窝里如梦说出了这些天憋在心里的话。刚生小雪那会儿，她心想这辈子打死也不生二胎，不光痛苦，简直是恐怖。老天爷真不公平，把这么痛苦的事分配给女人做，男人却不少一两肉。每当看见村里那些计划生育超生户，不光被罚得欠一屁股债，有的连窝都拆了，她都觉得这些人脑子缺根筋。可是这些天被隔壁那个婆娘压制，她突然想生个二胎报仇，只要能把那婆娘比下去，就是刀抹脖子也值得。

“不行哦！国家有政策，一胎停，二胎不行。”玉宝笑着回答。

“谁说不行啊？我回娘家偷生啊！我要生个二胎，生个男娃把她比下去。要是有本事，运气好说不定还能生个双胞胎呢，龙凤胎也有可能。”

“回娘家偷生？别动那歪心思了。现在计划生育这么紧，是国策，到处都是眼睛，你肚子稍微有点儿动静就有人举报。”

“我到山洞里偷生。”

“你到海上偷生也跑不了，你只要在中国，到哪里生都能逮到。”

“你到底是我老公，还是计划生育抓捕队啊？可想过日子了！”几句话把如梦惹火了，很不高兴地嚷嚷。

“我不光是国家公职人员，还是县分管计划生育的负责人，怎么可能知法犯法？”张玉宝绷着脸，摆出一副教训人的模样，话说得像大头钉，句句扎心，没得商量。

“村里超计划生育那么多户，有的都生三胎了呢，我怎么就不能超生？我到亲戚家躲几个月，等孩子生下来，找个亲戚代养，等几年孩子大了再领回来，谁管啊！再说生孩子是女人受苦，你们男人出工不出力，我愿意你还不支持啊！”如梦见玉宝口气很硬，她又耍起了苦肉计，服软了，边撒娇边说。

“你知道镇上那些超计划生育的都是些什么人吗？要么是吃了上顿没了下顿，还要养家里老婆、老娘的穷人，他们一人吃饱全家不饿，已经一贫如洗，光脚不怕穿鞋的，再怎么罚也不怕。要么是罚几千块钱社会抚养费，暴发户眼都不眨一下，简直就是用钱买孩子。国家拿他们没办法，到后来就成了各取所需。”张玉宝见如梦今天对待生二胎这件事好像特别认真，将她拉到桌边，像个老师一样耐心开导。

“那咱家也交罚款吧，又不是交不起。”

“你想得太天真了，你知道计划生育专门给哪些人戴紧箍咒吗？计划生育，上罚不怕富人，下吓不到穷人，说白了就是掐头去尾，专门对付我们这些拿公家工资的中间阶层，死死地按住这些人的肚皮，二胎一生，饭碗就碎。咱们县每年都有很多公职人员为生儿子铤而走险，以身试法，倒霉的被举报，抹不平的就成了软柿子，被拿来开刀，开动员大会点名开除公职。我是站在聚光灯下的公众人物，多少人盯着呢！你别动那念头了。”张玉宝今天喝了些酒，可能是如梦说到了他的痛处，显得有些激动，愤愤地说。他语速有点儿快，不像平时那种说两句停三秒的官腔。

“也有公职人员超计划生育没被发现啊，你就是没胆子！”如梦突然站起来，指着玉宝鼻子说。她今天一反常态，好像摆明了要找玉宝的茬。

“的确有公职人员超生没处理，这事每个乡都有，那是人家本事大，路子宽。凡事不能讲绝对。”张玉宝也站起来，笑着拍拍如梦的肩，说给她买了几件新衣服。孩子过周，老婆生孩子也是一周年，也要庆祝，也要送礼物。如梦本来气得圆鼓鼓的脸一下子就消肿了，没了脾气。

“到了我们这个年纪，活在体制里，身上养成了一种懒惰，要是砸了饭碗出去打工，谁都不会要。老板给你开八百块钱的工资，你每月至少要给他挣一千块钱吧！你想想不能吃苦，又好吃懒惰，喜欢吹牛，哪个老板要啊？反正我看不到自己身上的优点，这辈子除了开飞机，我做什么都没当年上天那种激情。说出来不怕你笑话，我经常做梦还在开飞机呢，开着祖国最先进的战斗机去打日本，好几次牺牲了还笑，直到笑醒。”张玉宝长长地叹了口气，很伤感地在一边自言自语，弄得如梦都有点儿心疼他。这个男人整天忙得脚不沾地，内心和自己一样，也不快乐。这种交心的谈话已经很多年没有过了。

“好吧，你老了，不和你抬杠。生二娃看缘分，要是哪天真怀上了，你可不能劝我打掉。”如梦抱女儿转身走开。今天目的达到了，先给男人打个预防针，为超生做准备。

晚上送走了客人，婆婆神神道道地拉过如梦，告诉如梦一件事，婆婆在院后的地界线靠隔壁那个冤家一边发现了一棵大拇指粗的桑树，别看这棵树不粗，纤细的腰杆却足有两米高了，也不知道什么时候落子生的根。如梦没听出婆婆的语气，猜想婆婆这么絮叨，肯定嫌弃那棵树长在他们两家地界的分界线上。听说这种树命贱，见阳光就长，一年能蹿两三米高，以后要是根深蒂固，恐怕会挡她家二楼的阳光，那就是挡了风水。她准备去厨房摸刀，晚上摸黑先斩草除根再说。

“不是叫你去砍哦，古话说前不栽柳，后不栽桑，院中不栽鬼拍手白杨。嘿嘿，‘柳’与‘流’、‘桑’与‘丧’同音。凡事都有缘分，就是命中注定，那棵桑树恰好在她家的地界上，多一厘米就越境了。生得好，生得好！”婆婆一脸得意地看着窗外，浑浊的老眼里满是回忆。多年岁月的洗礼也没有消融她心里的一些疙瘩，好像随时都在准备做些事情。

“哦，还有这么多门道啊？婆婆心细，媳妇又学到了知识。”如梦一脸佩服，但她真的想象不出，一棵野生的杂树能给隔壁那个鸡婆造成什么样的伤害。听说那种树命贱得三年就能挂枝结果，紫红的果子指尖大，是孩子们的最爱，和风水八竿子打不着。

“人生下来命就注定了，古训有言：一命二运三风水，四积功德五读书，六择业，七择偶，八交贵人九养生。风水远比读书和做好事更有用，相信婆婆，耐心等着吧！”婆婆一脸神秘地走开了。

不知从什么时候，村里人不再叫黄俊峰黄校长了，而是喊他老黄。开始他有点儿不适应，后来渐渐习惯了。不当校长好些年了，想那些干什么？一婚和前妻生了个女儿，由于计划生育是基本国策，对公职人员划定了一胎必须结扎的红线，已经绝望的他竟然在这次失败的二婚中有了另一种回报。有个男娃可以继承祖业，他的腰杆也挺直了。尤其看到老妈第一次对秀秀笑了，夸孩子营养好，长得胖，他突然感觉自己被逼离婚是对的，校长被撤职也是值得的，对死去的爹有了交代。

老黄每周的工作安排是上五天班，周末两天去丁小气家打麻将。不知何时，村里一帮老男人开始打起了麻将。城里人现在流行打太极拳，丁小气说打麻将也是人生太极，养生延寿。后来有年轻人学会了插进来，再后来一些妇女也学会了，前些年流行的推牌九一下子就过时了，没人玩了。

凡是赌博，都是精神毒品，沾上了就上瘾。黄俊峰也不例外，有时上班时间也通宵鏖战，但秀秀从来不说一句，在她看来，男人只要找个事做就好。

雨露起初是反对的，赌博无大小，输了都伤感情。可是看一帮老爹都上了年纪，去乡养老院不够条件，累了一辈子，有的还一身病，一上桌子病全都好了。打打麻将也算是一种精神寄托，只要输赢别大了，于是她没再像前几年嚷嚷着要报警抓人。

江滩轮渡码头边，小店门前支撑着雨布，可以遮阳，每天他家门前都围着很多人。老板还买了两张台球桌，村里一些大人小孩有时候也跑那里玩。

现在大人打麻将，小孩打游戏机、捣台球，这些在农村不算是不务正业，反而是一种时尚。雨露虽然有些抵触情绪，但也没有太过于管束，毕竟她只是个村长，不是派出所所长。再说当村长必须学会在村里拉拢人，这叫玩平衡，不然什么工作都不好做，到后来就是做不开。

“麻将是中国人发明的，是国粹。现在农民日子好过了，不愁吃穿，老年人不打麻将等于中了慢性毒药，坐着等死啊？打麻将可以防止老年痴呆。”秀秀从来不沾赌，也不去看，一次老黄赢了钱，向正在看书的秀秀炫耀。

“小赌怡情，大赌伤身，你自己把握，别过了就好。”秀秀从不参与他赌钱，也不反对，只要日子过得平平安安，比什么都好。

一天下午，老黄上完第二节课就急匆匆地骑车跑回村里，准备赶场子打几圈。儿子已经两岁了，只穿了个小肚兜半裸着坐在门口的打谷场上，胖乎乎的手里抓着一把东西往嘴里塞，吃得津津有味。老黄走近一看，儿子脸上、肚子上、裤裆里全是灰尘，嘴巴拖着长长的口水，成了水帘洞。阿宝一手抓一把细灰，一手吐一口唾沫，正专心致志地边揉捏着泥团边唱歌：泥娃娃，泥娃娃，一个泥娃娃……

阿宝赤裸裸地坐在灰堆里，边唱边捏着泥团，本来胖乎乎挺可爱的一个孩子成了一个真正的泥娃娃。秀秀胎教时喜欢放些儿歌磁带，孩子出生两月后她产假结束，急着去上班，把孩子丢给婆婆带，很少再放儿歌了。可是这孩子不知道从哪里学的，竟然唱得很有味道，童音还有点儿天籁呢。

“妈，怎么又让阿宝玩泥巴灰啊！秀秀回来肯定要说。”老黄将儿子抱进屋，有些不高兴地责备坐在门边补衣服的老娘。

“穷人家孩子本来就是女娲娘娘用泥巴捏的，男孩儿小时候要穷养，不干不净，多吃没病。你小时候妈不就是这样养的啊！别说你娃现在吃灰，你小时候还喝自己尿呢！你长大了，去县城读书，长得像个土墩子，胳膊上全是藕节一般的肉。当爸了，知道心疼娃了？”玉春婆婆绷着脸，看都不看孙子一眼，倒把儿子数落了一顿。

“大大，你敢喊我一声孙悟空吗？”阿宝喜欢看西游记，从屋外跑进来，拦住正要去打麻将的老黄，歪着头问，并示意他蹲下来。

“敢啊，孙悟空。”黄俊峰应付着。

“爷爷在此，爷爷在此！”阿宝突然跳上他的背，模仿《西游记》中的情节，大声地叫喊着。

“驾、驾，哒哒哒！”阿宝迅速从老黄的后背爬上去，坐在老黄脖子上，两条全是肉的大腿像围巾一样将爸爸脖子缠住，一手揪住一只耳朵，急速地左右扭动着，幅度特别大，老黄颈椎都被拧得嘎吱响。这是他们父子间的游戏，儿子有时叫“斗牛”，有时叫“开火车”。

“轻点儿啊阿宝，你大大年纪不小了，架不住你这么掰玉米。”玉春婆婆担心孙子会掰断他爸的脖子，嘴里不停地嚷嚷。

儿子一爬上他脖子，老黄便全身是灰，像是刚从窑洞里拖出来。儿子人小手劲却不小，每次都能揪下他一把头发，本来就已经是半个秃子了，早晚会被他揪光。这小子把他的头当飞机开了，不停地做高难度俯冲。

“大大，你告诉我，我是从哪里来的啊？”阿宝边开火车边问。早上他听到奶奶和村里人唠叨，说住在大塘埂平房里那个姑姑是捡来的，阿宝吓了一跳，怕自己也是捡来的。这也难怪，每个孩子都对自己的身世特别在意。

“你啊，你是从垃圾堆里捡来的，是大黄狗叼回来的，是粪坑里捞上的，是江水冲到村里的。”老黄紧紧抓住儿子的脚腕，沉浸在天伦之乐中。

第三十五章

挑长江大埂

每年冬季，枯水季节来临，长江饿得消瘦，就变得安静了。地里的农活少了，长江大堤延续了五百多年的岁修也如约而至。丁婆说这个时候长江是条打不还手、骂不还口的可怜虫，很容易让人麻痹大意。可是一到来年开春，它就会变成一匹烈马，从天山一路不停地狂奔，疯狂地长膘，大半个中国都在它的铁蹄之下颤抖，它是一把悬在两岸人民头上的达摩克利斯之剑。

那时候放眼望去，两岸尽是密集的村庄，到处绿油油的。老人说这个时候的长江的眼睛是红的，不光吃草，更多的时候是要吃人的。

所以旧社会，住在长江边的农户，不管什么时候，屋子后檐下必定会拴着一只逃生用的小船。家里男人不管有多忙，每年都会把船拖上岸，重新上一遍桐油。汛期一到，那只小船就成了全家唯一的逃生工具。生活在长江边的人们，心中一半是恐惧，一半是热爱。

“远似银藤挂果瓜，近如烈马啸天发。雄浑壮阔七千里，通络润滋亿万家。”丁婆念完这首诗后，告诉大家她小时候在江边长大，常能看到用绳子拴着的一连串尸体，那是一家老小遭遇洪灾，不得不选择死在一起这种最惨烈的方式。

“不怕官匪来势凶，就怕南柯一梦中。”每年汛期，丁婆喜欢坐在大江边，嘴里喃喃自语。

一年一度的挑坝埂任务分配到每户，由于挑埂属重体力劳动，又苦又累，没有多少人愿意主动承担，雨露只好强行分派。她算了一笔账，村里十六岁以上、六十岁以下的劳动力，都必须轮流承担挑埂的任务。全镇约有二百个生产小队，每个小队承担长约五十米的挑埂任务，挑挖土方约五千立方米，每个生产队约出工二十五个劳动力，每个劳动力需挑挖二百立方左右的泥土，摊到丁家墩约一百五十人，占全村总人口的十分之一。

每年秋末上坝埂时，浩浩荡荡如行军的队伍，场面也是一场涉足远征。家里男劳力多的就多去几个儿子，多挣些工分；家里男人体弱有病，女人就得收拾被单，跟着队伍一起动身。一口大瓷碗，一根老扁担，一副泥兜筐，一把雪亮的大锹，就是这支男女混搭队伍统一的标配。为了防止挑埂人往家跑分心，每年丁家墩挑埂的任务都被分配到离家五十里外的江堤段。但无论多远，丁婆这个老得快成精的女人都会打好包裹，穿着那套她最心爱的学生服，和队伍一同开赴大江边。

每年挑埂，对于结了婚的男人来说是一种煎熬，不是村长绷着脸到家里催几次，绝不会动身。每年农活从开春一直忙到秋末，人都瘦了一大圈。刚降霜，天冷了，可以好好休息下养养膘，可是每年冬天挑坝埂的时间也就到了，村长敲锣打鼓催人上埂。不去也可以，交钱或多交公粮，这两样他们都没有，只能硬着头皮告别老婆，跟上挑埂的大部队。

家里女人会将事先预留的坛坛罐罐塞满咸菜，一个半月回来，每人至少掉五斤肉。

对于没结婚的小伙子，挑埂则是一场期待已久的游乐园冒险，因为一些姑娘平时在家里父母看得特别紧，到河埂上挣工分等于飞鸟放出了笼子，他们有千万次机会可以私会。他们期盼着，这个冬天工分挣了，完了还能带个姑娘私奔。

虎爹是家里的顶梁柱，没办法，只能硬着头皮上河埂。前两年人疯了，几乎掏空了他的身体，如今身子特别弱，稍微负些重，就感觉腰椎嘎吱响，像枯萎的向日葵秆子，撑不起力，随时都有可能断。今年虎爹找黄八年合作，一人负责挖泥，一人负责挑泥，累了互相轮换。之所以选他，是因为两人体型差不多，都是麻秆型，谁也别说谁。要是换个不相称的搭手，人家稍微使点儿坏，铲土时多铲地面深点儿的湿土，那他就得累死。

天下着雨，红旗大队挑坝埂的队伍离开丁家墩，踏上蜿蜒的大江埂。今年挑坝埂的队伍如往年一样壮观，长江大堤上人头攒动，一行一行排着整齐的队伍，一直向视线的尽头延伸，如蚁巢出动。

“啪啪啪！”一连串清脆的炮仗声响起，一年一度的约定如约而至。自从皇权决定和长江这条不安分的长龙斗一斗，挑坝埂就成了这片土地亘古不变的主题，一年一次轮回。朝代如韭菜一般，割了一茬又一茬，这条大河的脾气却从来都没有变过，胃口越来越大，稍有刺激就会抓狂。

这条大江脾气反复无常，大堤修了五百年，每年都在长个子，从来都没安稳过一天，连它自己都不知道个子到底长多高才算安全。

每个人都有明确的任务。刚开始几天，挑泥的担子在平地上行走，劳动强度相对比较小，但越到后来劳动强度越大，因为越往下开挖，挑泥的距离越远，爬的坡越陡，担子也越沉。一担泥从河底挑到江埂，还要爬坡到河堤上，这是滴水成冰的季节，气温都在零度左右，身上穿着单衣还总是出汗，劳动强度之大，令人难以想象。

每次沉重的担子压在肩上，真像一座山压在身上一样。一天挑下来，不仅肩膀红肿，两个腿肚子也胀疼得厉害。虎爹想撂挑子当逃兵，可又觉得丢不起这个脸。

“既然是农民，挑担子这道关肯定要过。”埂上有年长的老爹鼓励大家。

雨露有时看到虎爹那歪着腰杆受罪的样子，忍不住抢过他肩上的扁担，让他歇口气，每次虎爹都被臊红了脸，躲一边去了。

“同志们，三日肩膀两日腿，坚持下去不受罪，大家加油啊！”丁大炮挑着堆得高高的担子，走在队伍的最前头，嚷嚷着给队伍鼓气，有时还故意颠着小步赶集似的跑。

“丁大爹，你一顿能吃五斤红烧肉，用腿都能夹死狗，你是钟馗，谁能和你比啊！”一位大爹说出了心里话，身边的人连声赞同。

“要说这红烧肉啊，那真是世界上最好吃的东西。我要是半月不吃红烧肉，感觉腰像江滩边的芦苇，肚子都是空心的，走路都发飘，随时可能折断。”丁大炮舔着嘴说。

“你那肚子里全是油，就算是一年不吃红烧肉，吐口唾沫都能烧盘菜。”

……

古修长城，今修江堤。

立足防为先，永安米为贵。

平时多挑一担土，洪峰来时心不慌。

对岸的江埂上也是人山人海，插着鲜红的标语。吆喝声相互掺杂，口音有些拗口，辨不清乡音，很多不是本地人。每年这里都会上演大会战，场面好比当年解放军过长江。放眼望去，目光所及之处人山人海，有十六岁的娃子，有六十多岁的老人，有一身挂红的待嫁姑娘，更多的是健壮的中年男人，场面甚为壮观。

整个流动的队伍就像是有条不紊转动着的老式织布机，排着长长的纵线队伍，在约60度的斜坡上做来回爬坡运动。挑到河床底部时，一担泥从河底挑上江堤约有一里多路，而且河坡特别陡。一般人就是不负重，从河底爬上江堤都觉得吃力，更不用说挑百来斤担子往上爬了。

刚开始那几天，只在江埂外坡一处空地表面取土，江边的泥土都是黑色的，仿佛掉进了墨水池里泡了几百年。入冬的江风刮骨留痕，又冷又干燥，地表的黑土多半被风化成疏散状，像撒落的黑芝麻酥糖，一锹下去，装进箩筐里稍微一抖动，全都散成一块块鸡丁大的土渣了。有的年年挑埂的老江湖，来时会故意带根软扁担，上埂颠簸着小步，肩膀上暗暗使劲，将两个箩筐摇得呼呼生风。外行人以为这人神经，走路像抬轿子，那多累啊，内行人笑笑不说话。这样的黑沙土轻轻一颠簸，全都散成细沙状，从筐底流走了，所以担子越挑越轻，人越走越快活。

上埂才短短一个来星期，虎爹挑担子的步子就有点儿打飘了。胳膊红肿得像开水烫过的猪蹄，肉都变成黑紫色了，还瘀着血，得了浮肿病一般松弛，用手指轻轻一按，本来干瘦的肩膀上竟然呈现一口天井一般深的洞来。

雨露今年第一次带队伍上埂，没有经验，起初以为只是虎爹身子弱，可是晚上吃饭的时候，看见很多壮年男人都用红药水在擦肩膀，才知道这活的确累。因为随着取土越来越深，江滩边的黑土开始暗暗使坏了，沾着湿气，都变成年糕状了。挖半锹杆子深，地下水就如女人的眼眶，开始没完没了地渗水，根本看不见哪里有暗口，可就是实实在在地渗水，和时间同步，泛着幽蓝，还贼清，像煮过的海带水。

“哎哟，这江边的黑土多坏啊！刚来时还是干锅巴，铲着脆，踩着像雪渣子，挑着不累，捡一块都能当画笔描眉，现在你们看看，稀巴烂，成了海底捞了。”

“对哦，每锹土都黏成糖丝了，刀都切不开。”

“我都感觉脚被老鼠胶粘住了，想挪个地方都要岸上人帮忙！”

一般铲土的活多是体弱的老人或女人。雅青也在挑埂的人群中，她站在几米深的水坑里穿着大胶鞋，披散着一头乱发，喘着粗气大声发牢骚。

阿六浑身是劲，将担子上下颠簸着上埂。这时候才体现出箩筐用柳条编织的原因，他带来的箩筐缝隙大，漏水快，一路泼泼洒洒地上了埂。他们夫妇为了多挣些工分，今年全到埂上来了。

“哎，有只大鸟！”那天在喧闹的工地上，丁大炮突然抬头看天空，大叫一嗓子。所有人都停下脚步，抬头往天上看。不远的藕塘里飞出一只干瘦的苍鹭，可能是掉了队，撑开风筝一样的躯体，边飞边哀怨地鸣叫。

“哦——嘘——”

“哦——嘘——”

“哦——嘘——”

所有人都放下担子，挥舞着手，一次接着一次，在苍鹭准备降落的地方吼叫着。那只鸟倾斜着翅膀，在空中打着回旋，挣扎了几十分钟后，悲鸣地叫了一声，像被击中的战斗机，一头栽进了大江里。

“真可惜，掉江里了！掉岸上，晚上就能加餐了。”丁大炮一脸可惜地说。

为了调动民工们的积极性，每个工队以村为单位，工地上常会组织劳动竞赛，给那些吃苦耐劳、出力最多的民工披红戴花，发奖状、奖品。雨露体会到上埂的脏、累、苦后，把他们伙食标准也提高了，每天基本上都可以吃到猪肉，比别村的伙食好多了。

每个生产队都有锅灶，有专人做饭。红旗大队睡的地方是临时搭的工棚，棚顶是一些晒棉花用的旧芦苇帘子，上面盖上稻草防雨，砍些竹子支撑，扎紧就算是个家了。地上铺上稻草，稻草上再铺一张芦席、被子，这就是他们一个多月的床。

“铺稻草，盖稻草，一觉睡到早饭好。”每晚总有人这样戏言。

“丁书记，不能只搞干活比赛，也要搞些其他比赛。”一天上工时，丁大炮边跑吆喝着对雨露说。

“对哦，每年挑坝埂最后一天吃散伙饭，各村都会筹钱买菜、买酒开伙，都是丁大爹一个人的独角戏。他喝酒比赛第一，吃红烧肉比赛更是从没遇到过对手，一个人能吃半头猪，简直就是老虎投胎。”一提到吃，大家都有兴趣，几个老爹调侃丁大炮。

“那没办法，谁叫你们肠子细，擒不住！这几年生活条件越来越好，大家有的不带咸菜上埂了。今年丁书记第一次带我们上埂，顿顿还有肉。要是以前啊，闻到肉香我就流口水了！”丁大炮一提起肉，浑身就来劲。

“好，等今年完成坝埂任务，我们开伙，到时村支部出钱，买一头猪、一头羊，给大家改善伙食。”雨露张口答应了，一句话让整个工地都沸腾了。

丁大炮说：“丁书记，能不能多买些五花肉红烧？”

雨露说；“当然可以，不光包你吃饱，还包你吃好！”

“能吃饱就好了，吃好就算了。”大丁炮笑呵呵地走开了。他心想，这些人根本不知道村里谁烧的红烧肉天下第一。

由于白天太苦太累，晚上睡得特别熟、特别香。工地上没有厕所，大小便在离工棚不远处就地解决。晚上女人要上厕所，一般都拉个同伴，有人放风就行。最难熬的是洗澡，来干活的只带一两件衣服，白天干活一身汗，时间久了身上就痒。穷乡僻壤没有浴室，就是有浴室也没钱去洗，所以住一个来月后，很多人身上都有虱子。吃过午饭，是一天中难得的休息时间，如果有太阳，大多数人都会坐在地上捉虱子。

一天午后，雨露将被单抱出屋外准备晒一晒。不知道为什么，她天不怕地不怕，就怕这吸血的虱子，看别人身上蠕动的虱子，她浑身汗毛都竖起来，体温骤降，会一连串打很多个滚雷般的寒战。

“虎爹！有虱子！”那天她一声惨叫，扔了被单煞白着脸跑回屋。原来她在被单的翻口处发现了好几个虱子。当晚她就去别人那里借来了虱子粉，撒在床板底下。

“我当遇到什么了，原来就是几只虱子！”大家笑成一团。

大虎：“你也有怕的啊？我还以为你这辈子是金刚投胎。”

随着工期接近尾声，每天抓到的虱子也越来越多，渐渐地，每天午后抓虱子成了一件必不可少的让人轻松愉悦的事了。女人们每到这时就会跑过来看热闹，哪里虱子多，哪个人身上虱子最大，成了她们最关心的话题。男人们除了抓虱子，每天怎么弄死虱子，给它们用什么刑，也是他们最开心且唯一能做主的事。

虱子多了就好捉，衬衫外面棉线搭口褶皱处、衣缝处都有，沿着褶线的痕迹排成一条线。天冷时虱子一个个头朝里，屁股朝外趴着不动。冬天的午后是一天最暖和的时候，太阳底下一晒，这些虱子吃饱喝足了就会躁动起来，成群结队地从衣口的缝隙处往外跑，一捉一个准。

有些小青年第一次上工地，开始时很新奇，看见别人身上虱子成群，会很好奇地帮别人捉。等有一天他们惊恐地发现自己身上的第一只虱子时，先是极度恐惧，用两个大拇指指甲夹住那只吃得肥肥的虱子，将那只虱子先挤得肚子爆裂出针尖大的嫣红，再用两个手指使劲地搓捏，最后搓得毫无痕迹为止。

再后来，他们发现得多了也就习惯了。

“你那么夸张地弄死它们多费事，我们抓到了放到烟屁股上烧成一缕黑烟，直接送到火葬场，一步到位！看它下辈子还投胎当虱子，吸人血？”几个烟瘾大的老爹会在午后点上一根烟，边悠闲地抽着烟边抓虱子，然后将抓到的虱子一个个火化。

“我才不烧呢，我知道虱子和蚂蟥一样都怕烟，但我喜欢用嘴咬，尤其是吃得铁饱的虱子，圆滚滚的全身是肉，抓住捏着屁股，塞进牙缝轻轻一嗑，砰的一声，在牙根上爆裂，别提多刺激了！”丁大炮咂着嘴，边说边嘿嘿地笑，仿佛在回味。

“你干脆拽几条虱子腿当狗腿啃算了！还圆滚滚的全是肉，说得那么馋！”雨露忍不住插话。这个丁大爹，在他眼里什么都是肉，一点儿不浪费。

“哎哟，放嘴里咬啊？猴子吧！动物世界里猴子就这样，吃饱了不是打架就是相互抓虱子，抓到就像你这样放嘴里，像吃芝麻一样咬死，真恶心！”一个路过的女人好像是不小心听到了众人的谈话，大声说。

“这有什么！红军长征时，身上也有很多虱子，那时叫革命虫，说得多好啊！红军身上的虫都参加反帝、反封建斗争了，多有觉悟。现在谁身上长虱子可不好，说明谁就是大懒虫。平时不劳动、不出汗，不是懒虫是什么？”有时候姜镇长会在午后到各个草棚去慰问，偶尔遇到别人谈论，也会大声说几句。

“姜镇长，领导你什么都好，就是不注意自己的身体！这么大冷的天，你怎么亲自到大埂上了呢！”二队长桥大爹一听到姜镇长的声音慌忙跑过去。

“这家伙就是泥鳅投胎！”有老爹小声地骂。

“同志们，加油干啊！保卫长江千万年！”有时丁婆会穿着那套天蓝色的学生服，跑到工地上站在高处，挥舞着手臂，大声喊着口号。

长江大堤长得一年比一年宽，一年比一年高，来挑埂的人，有的青丝变成了白发，桥大爹就是其中的一员。他站在队伍旁边，手握一支笔，眯着眼仔细地端详着从面前走过的挑埂人。每挑一担土上埂算一次工分，一天累计挑的次数折合成工分，工分可以抵公粮任务。由于他高度近视，必须要凑近对方的脸，眼皮快碰着别人眼皮，才能看清楚是村里哪位，样子非常滑稽。

雨露每天都用白石灰打线，分配各村每天要挑的量，嘱咐桥大爹做好监管，自己就回去安排买菜做饭去了。食堂是借用一位村民破旧的祖屋，树荫也参加了，和几个姑娘专门负责烧菜和打菜。从这几个姑娘身上，雨露仿佛看到自己年轻时的模样，到哪里都能瞬间成为焦点。自从生了娃，她就觉得自己老了。每到吃饭的时候，一帮排队打饭的小伙子见到她们脚都挪不动，瞪得眼珠子都快掉菜里了。尤其是黄八年，这个高个子男人戴着眼镜，满脸胡楂，瘦得像根麻秆，担子一沾上肩膀，他就像喝醉酒一样东倒西歪，两锹土他从河道底挑上岸全撒落了，成了竹篮子打水，每次记账的会计都嚷嚷着他是滥竽充数。

“我这身材怎么啦？这是毛笔身材，是用来写字的。天生我才必有用！”每当有人表示看不起他时，他就奋起还击。

那天树荫送水上大堤，正赶上桥大爹在检查人数，撅人王杜三娘嘴里叼着一根烟，甩着空荡荡的担子，跑到她身边要了碗水喝。

“这女人怎么还抽烟啊？”别村有人小声议论。

“我抽烟怎么啦？我还喝酒呢！外号千杯不醉。女人不喝酒，枉在世上走；男人不喝酒，不如一条狗。夫妻都抽烟，双双成神仙。女抽男戒，不成世界。”杜三娘把那几个嘴大的家伙给骂跑了。这女人嘴巴厉害，心却是软的，心疼他男人，没叫张富贵上埂，自己来了。

她趁桥大爹不注意，挑着空担子，又绕到他跟前嚷嚷着要桥大爹记得给她记账，别少记了趟数。

“你刚刚不是才挑了担土上埂吗？哪有这么快！”桥大爹将脸凑到撅人王鼻子上看看，疑惑地问。他个子不高，为了能看清撅人王担子里挑没挑土，特意从凳子上下来了。

“就是这么快，就是这么厉害！你这老眼贼亮着呢，什么都看得见，别装老眼昏花。下凳子瞅什么啊，想看担子还是想看三娘？要是想看三娘，三娘就给你看！别像那些个小愣头青，看了流鼻血啊！”撅人王一看，这个老家伙别人的担子都不检查，偏偏下凳子查看她的挑篮，顿时暴跳如雷，迎着他的老眼，抖动着胸脯前的两个铜锤，连连向桥大爹脸上砸去。

桥大爹本来是执行公务，等看到撅人王抖动着两个大锤向他冲过来，才缓过神来，吓得哆嗦着腿直往后退，连连摆手说不用检查了。

“这位大婶，我刚刚看见你去喝水了。没干活怎么能插队？”恰好黄八年也在一边，小声地说。

“哎哟！你真是小叔子看嫂子不怀孕——干着急。你喊我大婶？我在家当姑娘时，你都高考落榜复读第八年了，比我大还喊我大婶？你一大把年纪也占我便宜，真不晓得丑哦！”撅人王今天状态特别好，骂跑了桥大爹正有些失望，竟然又来一个挨枪子的。她抓下脖子上的围巾，浑身燥热起来，顺手松了上衣第二粒纽扣，一步步向黄八年逼去。

“公共场合，注意素质！”黄八年红着脸，无所畏惧。见撅人王抖动着胸口的双锤，一副要和他大战三百回合的架势，吓得连连摆手，扔了担子，跑到正笑呵呵看热闹的树荫那里讨水喝。

“这女人真是小脚姑娘走路——走得慢，扭得浪。”有人小声议论。

“素质？素质值几斤几两？几个屁、几根葱？别以为喝了几瓶墨水，就跟三娘比本事，三娘抬起胳肢窝，能熏死你个三十多年的雏鸡！”撅人王得意起来，甩动着肥大的臀部，在众人仰望的视线中又点两了根烟归队了。

中午到食堂打饭的时候，撅人王因为在茅房多蹲了一会儿，提着饭盒进食堂的时候，屋里黑压压站满了人，都在排队，她不慌不忙地走过去。她插队有绝招，那就是用胸口已经下垂的两个铜锤吆喝着开道。挤到女人，她们会先盯着撅人王胸口的大波，再看看自己的小兔子，自然就往一边闪；遇到没结婚的男人，他们就会如潮水一般闪开，年老的会抵抗，但没几个回合就会败下阵来。

“哎哟，你怎么每天都插队啊！食堂不是你家的，要有素质！”当黄八年再一次被撅人王粗暴地挤出人群，差点儿跌倒在地时，实在忍耐不住，端着空空的饭盒气愤地嚷嚷。他生气时脸上的几缕胡须像是装了马达一般急速地抖动，像条鲶鱼。

“三娘就插队，就插，就插，怎么了？！”撅人王抡起胳膊，在黄八年小腹处使劲地乱捅，样子像是在调戏一个青春少年。

“你别老是只说那一个字，插啊插的，要插队两个字一起说，不然人家还不知道我们在干什么呢！”黄八年额头已满是微微的细汗。和这个女人打照面，总感觉哪里不对劲，浑身不自在。

“你想叫我说两个字一起说，我就听你的，我插猪、插牛、插马、插张公山石头熊、插西九华九丈石大石头，我就不说插你的队。你有什么架得住三娘插的？你只架得住三娘一个屁差不多。”黄八年越恐慌，撅人王叫得越起劲。她已经停不下来了，开启了自动抓捏模式，手指像是被炭火烫着了，在他身上乱捏。

“我上不愧天，下不愧地，天地良心坦荡荡。你这么能撅人，但有嘴不代表真相。我虽然没考上大学，也是熟读古今诗书，学过数理化，走遍天下都不怕的人，不跟你一般见识。”黄八年连连后退，和她保持距离，转身想退出这场无聊的争吵。

“你没考上大学，知道什么原因吗？”

“什么原因？”黄八年瞪大眼睛，疑惑地问。

“你家姓黄，再考一百年也是歇——菜！”

黄八年本来已经转身打算走了，可是被撅人王指着后背这么一骂，突然转过身来。他抖动着一张豆腐脸皮，嘴唇吧嗒了好几次，硬是给咽了回去，没说话。

“哎哟，你还见过世面，见过什么世面？别恐吓寡妇，我怕你啊？你还读屎，是狗屎、猪屎、小孩桂花屎、老人黑豆屎，还是姑娘只吃水果拉出的黄金屎？我看你连顿混沌屎都吃不起！”撅人王一脸不屑，这场吵架才刚刚开始，女主角才刚刚上场，怎么能说走就走，那太对不起围着的这满屋观众了。

“有辱斯文啊！家门不幸啊！丁家墩不幸啊！有你这个满嘴跑风、发混打泼、不知廉耻的女人，是民族之悲哀、国家之不幸啊！有辱斯文啊！有辱斯文！”黄八年突然一屁股坐到地上，大口喘着粗气，手指着撅人王，铁青着脸，捂着胸口，像是被根鱼刺卡住了咽喉，急速地大口呼吸，喷出一大口牛奶状乳白唾沫来。

“哇，好厉害，竟然能将这个书呆子骂得口吐白沫，再骂可能就七窍流血，断气身亡了，厉害！”

“这家伙书读多了就是迂腐，跟个老娘们儿叫什么劲？这种女人满嘴喷粪，真是眼睛皮搭子叫砒霜。”一边有人议论纷纷。这个撅人王就是老村长从江边请来的黑鱼鹰，能把嘴巴当刀子啄死人。

“哎哟！你还想装死吓唬我啊？跟你说，老娘我连死鬼男人都不怕，脸对脸为他守棺三天，还怕你个小雏鸡？大伙一定要给我做证啊，真要是出了人命，跟我没一分钱关系。他这是书读多了，脑子有问题，咬舌自尽的。”撅人王一脸得意，也不上去扶一把，反而抓住身边一个看热闹的男人，大声叫他给做证人。

站在一旁给人打饭的树荫看一屋子人都在嘻嘻哈哈看热闹，没有一点儿怜悯之心，这都快骂出人命了，急得放下饭勺，冲进人群，将脸色紫青的黄八年拖到了墙角掐人中急救，还端了碗热汤灌下去。大概过了五分钟，黄八年睁开了眼，还了魂。

没想到这个读书中毒的男人醒来后，第一眼看到树荫，竟然眼放亮光，尖叫着跳起来，擦干眼角的泪水，腰杆笔挺地坐到一帮正在吃饭的人的桌子边上，从怀里掏出一本书，大声读起来：

> ……
>
> 予独爱莲之出淤泥而不染，濯清涟而不妖……
>
> 牡丹，花之富贵者也；
>
> 莲，花之君子者也。
>
> ……

第三十六章 写计划生育标语

每年五月三号这天，小麻子都计算好了时间，穿戴整齐，穿上那件只有假领子的白衬衫，外面再套件低领的毛线衣，很文静地站在村口的公路边，凝视着公路的尽头，满怀期待地等待。那件毛衣听说是跟买来的媳妇去城里拍假结婚证时买的。他头发蘸了水，梳得贼亮，每到这个时候显得特别精神，仿佛年轻了十岁。

这天是他买媳妇两周年结婚纪念日，小麻子坚信，他回娘家的小媳妇可能就在某天，会从张公山弯曲的公路尽头走进他的视线，手里还牵着他们的娃。

由于太过专注，小麻子有时忘了吃饭，他最好的挚友张富贵会从家里装碗冷饭送给这位难兄难弟吃。这两个发小，遇到村里人都主动避让，即便是撞个满怀，也会立刻低下头，急速地走开。当人群散去，只有两人在一起的时候，却有说不完的话。每每这个时候，小麻子就像个演说家一般手舞足蹈、吐沫横飞，大到动荡的国际形势，民族仇恨与斗争，小到为丁家墩的未来发展，他都能说得铿锵有力，尽管观众只有一个，掌声却永远都是那么持久。

“你老婆跑了，不会回来了，早睡在别人床上了，你还天天等什么哦！”偶尔会有那么一两个单身汉从他们身边经过，不知道是好心还是调侃，打断他的演讲。

“我这么帅，她不可能变心，你就等着她带我儿子回来吧！”小麻子用坚定的语气回答。每每这个时候，这个痴情男人都表现出超出一切的自信，他不用言语，而是用行动告诉村里所有人，等待老婆归来不是一种煎熬，而是一种享受。

雨露将村广播线加长了，多架设了两个播放点，一个安在江滩边，一个安在村中间自己家小店门口。

每天清晨，她第一个到大队部，打开广播，先转播中央人民广播电台的新闻联播，之后就放些流行音乐或者庐剧。她去江对岸流动的地摊上买了很多盗版的磁带，现在的港台流行音乐像是鸦片烟，听得人上瘾，常有些小伙子坐在广播下面反复记歌词。

“以前西九华天天放《大悲咒》，听得人不想干事。现在村里放些流行音乐，边听边干活，一点儿不累。”村里一些男人称赞雨露干得好。

“雨露啊，多买些庐剧哦，我们听一场少一场了。用的钱你记账，我们到那边保佑你。”村里一些大娘常聚集在丁小气家门口，黑压压的一片，她们全都闭着眼睛听戏，仿佛睡着了。

“好，好，我两样都买些。”雨露说。

雨露将江边的那两条大船交给虎爹管理，自己将工作重心完全转到管理村支部。从去年开始，虎爹就将年底准备第一次分红的钱扣了下来，对此一些等着分红过年的村民不理解，跑到雨露那闹过几次，雨露说既然交给虎爹管理，他不发自然有他的道理。

今年的分红大会上，虎爹道出了实情，他说这几年长江网捕越来越困难，以前发水的季节用根竹竿捅下去都能扎几条鱼，现在中华鲟好几年都看不见一条了，江猪子也越来越难寻。改革开放后，随着沿江经济的快速发展，水质污染在所难免。另外长江上游建了很多水电站，一些洄游产卵的江鱼回不到上游，达不到产卵条件，这些鱼就不产卵，造成了长江渔业资源年年下降。

再这样捕捞下去，一些长江特有的珍贵鱼种要不了几年就绝种了，咱们靠山吃山、靠江吃江的日子就要到头了。江滩边芦苇场荒废这么多年，听说现在各地都在搞塘口、湖泊承包，咱就用这几年开饭店挣的钱把那芦苇滩承包了，这样大江边的船也有持续的鱼供客人吃，让咱村这一片宝地能休养生息，以后孩子们能看得见青山绿水，记得住乡愁。

雨露当上村长，利用村集体资金，组织人员对村山泉进行了疏浚，对此，丁婆还赞许过雨露，说这丫头懂风水。丁家墩背靠大山，清泉过村，有山有水，祥瑞之地，疏通了就等于来了活血。前些年泉水把沿线的一些田埂冲塌了，村里没人管理，是肥水流了外村田，不维护有损村里的风水。

雨露还对村口那面广告墙进行了补漆，那面两米多高的马头墙轮廓分明、伟岸俊俏，像个谦谦君子。红漆在雪白的墙面上游走、渗透，如红椒粉遇到细白麦粉相互吸附，泛着刮骨留痕的鲜红，给亘古的乡村传递一种令人窒息的威慑。

二队长桥大爹的毛笔字特别漂亮，他眯着高度近视的眼睛，爬上斜靠的木梯，站在风中，任凭劲风摇摆，就是掉不下来。他将脸紧紧地贴在墙面上，两只小眼睛在眼皮挤压的夹缝中翻转着，透出一束闪动的强光。捏着一支大烟袋一般长的毛笔，像只壁虎一般趴在墙面上飞龙走凤，一脸得意。

桥大爹黑如木炭，晚上走路常被人撞个满怀，人家却找不到被撞的人在哪里。他扎的纸灵特别灵巧，芦秆也特别结实，常有老爹打趣他说，老黑啊，听说城里尽是豆腐渣工程，你扎的纸屋比城里的大楼都结实，你黑兆桥人实在，连纸糊的东西质量都那么好，扎的灵几个人都抬不动，真舍不得烧呢！

"有什么舍不得烧？现在国家要求死后必须火化，真人都能烧，一个纸人有什么不能烧的？"桥大爹冷冷地回答。

桥大爹一手小楷毛笔字堪称一绝，很多买灵祭祖的家属偷偷地将他贴在纸房子上的对联撕下来，说收藏好以后能卖钱。桥大爹还有个特殊的癖好，人人偏爱美食，他唯独钟爱牲口屁股，尤其是多油鲜嫩的熏烤鹅屁股，他一口气能津津有味地吃上十几个，边吃还边忍不住称赞，说是人间极品，味膻、油足，有嚼头。村里孩子说他那么黑，就是吃熏烤鹅屁股吃的。

> 牛可以乱吹，孕不能乱怀！
>
> 横下一条心，轧断二根筋！
>
> 一胎生，二胎扎，三胎四胎刮刮刮！

丁大爹又写了几幅标语，他直起腰，眯着眼睛看，感觉特别满意。

雨露嘱咐桥大爹注意安全，将手里另外两张写标语的小纸条递给他。她脸色凝重，盯着红白相间的石头墙一言不发。这些标语都是姜镇长的得意之作，不知道他是从哪个乡镇调研学习来的，美其名曰取经。每一句都通俗易懂，土得掉渣，每一个字仿佛对怀孕超生的女人都有刻骨的仇恨。

在她眼里，墙上的标语一横一撇那都是一根根柴火棍，带着烙铁的温度，要将村里一些女人架起来，像烤乳猪一样烘烤。因为丁家墩超生游击队在全镇打出了名，出了几个骨灰级的大人物，被县计生委重点挂牌督办，上至县里，下到镇、村，都立了军令状，誓与超生户的肚子共存亡。镇政府大门边的墙上，丁家墩几位妇女赫然上榜，哑女更是登上了榜首，当了“状元”，雅青荣登“榜眼”，还有几位丁家墩妇女也进了前十。

山里红镇一号超生通缉犯——哑女！她神龙见首不见尾，是最神秘的人物，生育指数无限，生育次数未做统计。听说这个傻女人的身价已超过一千,一个举报电话就能来钱。

自打红头文件下发后，姜必胜就没睡过一个好觉。他刚刚升任镇长才一年，屁股还没坐热，书记不来，这座大山就得他来背。这两年姜必胜脾气越来越暴，眼里都布满了血丝，随时准备上战场，动不动就张口骂娘。前几天开秋季抓捕动员大会，几乎所有的村书记都被骂了个狗血喷头，雨露也不例外。

今年山里红计划生育工作又全县倒数第一，进笼，按组织要求，连续两年进笼的乡镇书记就地免职。山里红镇一把手请病假，迟迟不能来上班，姜必胜虽然是镇二把手，一年多来一直干着一把手的活，这次全县倒数第一，他有不可推卸的责任。

山里红镇二号通缉犯——张雅青!

自从雅青被阿六因剁手指而感动的复婚后，她说过的一句话成了村里劝那些常吵嘴闹离婚的夫妻的口头禅：回娘家的路只有一条，一定要走好。他们夫妇以前的疙瘩在复婚后全转移了，转移到生娃上了。

雅青前年在江边生了二宝，她给二女儿取名丁瑶瑶，寓意摇摇晃晃。等女儿长大了，告诉她生活的不易。今年开春又第三次挂怀了，镇稽查组突击了丁家墩好几次，都被雅青成功逃脱了。

雨露去镇上参加会议，晚上回来就阴沉着脸，虎爹一问才知道，今天镇上故意将欢迎会开得很大，各村都委派了人员参加，其实就是给雨露一个下马威。把丁家墩当成典型，委派了三个狗血任务：第一件事是打狗，第二件是组织人员催讨常年在外务工人员欠的公粮任务，第三件是狠抓红旗大队超计划生育工作。这三件事，一件比一件棘手，现在各村老书记都踮脚看她的笑话。

“为什么要打狗啊？那些狗也吃不了几颗粮食，还能看家。”开会的时候，雨露不解地问姜镇长。

“最近县里发现了几例狗狂犬病发作咬人的事件。你上任一年以来没打过什么攻坚战，第一件事就从打狗开始吧！虽然有点儿血腥，但这是锻炼人的好机会。好好干吧，你年轻，是镇重点培养的干部。”姜镇长神秘地笑着说，雨露总感觉他的话里掺杂着一些说不出的味。

“打野狗是好事，但全村狗全打死啊？”雨露还是有些顾虑，打狗看主人，农村养狗看家的多，打人家狗，人家找你拼命。

“嗯，全部打死。你以后就懂了，村长可是不简单的地方官员哦！乌纱虽小，但责任重，何况是直接面对基层群众，什么人都会遇到。你刚上任，要多学习，对待每位群众都需要不同的方法，这叫因地制宜。还有狗肉可以留给群众，狗皮必须上交，可以抵公粮任务，这也是工作任务。”姜镇长回答得很干脆。

经过衡量，雨露委任丁大炮为打狗队队长。每年过冬，丁大炮喜欢披件绿皮大衣，是那种特大号的，加长的，长过膝盖。这家伙个子高，这身行头显得特别有范。听说这是他年轻的时候，用身上所有的钱从一个过年回家的军人身上买下来的。他喜欢戴顶皮帽，皮帽两边的耳焐不扣的时候忽扇忽扇地摆动，像两只猪耳朵。

这家伙腿力相当惊人，一次去邻村喝喜酒，几条土狗钻在桌子底下讨点儿碎骨头吃，酒席散了，一酒客人嚷嚷着他带来的一条大黄狗不见了，亲戚到处帮忙找，奇怪没见有陌生人进村毒狗啊？丁大炮吃完饭后，一路大步流星出了村，回到丁家墩就嚷嚷，叫出一些馋嘴的单身汉出来聚餐，只见他从紧裹的大衣里拽出一条还软着身子的大黄狗。原来吃饭的时候，他硬是用双腿把这条狗给夹死了。

这个老男人就是雨露的救火队队长。本来雨露想让虎爹上，可这男人打死也不愿提着棍子去打狗。村里那些狗是他从小看着长大的，一只只都通人性，他怎么可能下得了手？就算真有狂犬病，那也要等到它们发作了再打。

丁大炮则无所谓，说这辈子反正是个光棍，上没老，下没小，不怕报应。既然新村长要他去打狗，他义不容辞。在这个村，他最钦佩雨露这丫头了，她说的话肯定有道理，各家各户要积极配合。狂犬病细菌和江里血吸虫细菌一样，都看不见，谁家狗传染了也看不见，叫他们去城里给狗打针也不现实，所以干脆都打死了吧！谁家的狗打死了，狗肉归主家。谁也别埋怨，也别给狗求情，要怪就怪它们投胎当狗不是时候，刚好这个时间点投胎到了丁家墩。

丁大炮上辈子肯定被狗咬过，不然跟狗怎么有八辈子的仇？只用了不到半个月的时间，就完成了镇政府下达的任务，上交了十张狗皮。当然这些狗全是江滩边的一些野狗，被杀了交任务，本村的一些狗绝不能碰，那是村里一些大肚婆的贴身保镖。

一些人见他就夸，说雨露挖掘了一个特别能干的人，刚正不阿，只要新村长一声令下，他上刀山下油锅都不眨眼。张祥林却在背后说丁大炮是雨露身边的一条狗，丁大炮听说后，气得提着那根打狗棍，扬言要把张祥林的腿打断了下酒。

一次去镇上送晒干的狗皮，丁大炮不知道从哪里听来的消息，国家用千万张狗皮、方便面等物资和老外换先进战斗机，这些狗是国家烈士，是最可爱的狗，它们死得光荣。丁大炮回村到处说，被雨露批评了一顿。打狗完全是为了预防狂犬病，怎么扯到飞机上了？那是国家机密。

自从雨露当上村长后，雅青大白天很少来她家了。有时两人聊家常，只能是晚上偷偷见，因为雅青是镇红头文件“通缉”人员，雨露调侃说是“特务”地下党接头，她身为村长有义务，更有压力，在这场猫捉老鼠的游戏中扮演追逐或举报的角色。上任一年，雨露就学会了打哈哈，会上大声嚷嚷，俨然要大义灭亲、六亲不认，会下和几个儿时的伙伴依然是被窝里的好姐妹，尊重她们用青春赌明天。

有时候张伶俐到村里检查工作，临走的时候故意跑雨露家吃晚饭，等天黑了就叫虎爹去阿六家转转，接上头后把雅青也请过来。姐妹几人熄了灯，关紧了窗户，聊些家常。

张伶俐最感兴趣的事情，是向雅青讨教生娃的秘诀，这方面雅青是老兵。她还没生娃，每次想到肚子里有块特别大的肉球，她心里总是七上八下的。雅青说女人生第一胎就是走了趟鬼门关，完全看阎王的脸色，秀秀生娃都用上剪刀了。但女人只要生了第一胎，以后生娃就和上厕所一样简单了，张村一个妇女生第三胎时，边生边睡觉呢!

雨露对雅青佩服得五体投地，她以前是几村没结婚男人的夜梦对象，阿六带她私奔后，张村男人总觉得吃了亏，听说疯狂到村与村集体打群架。后来闹离婚，张村男人更不干了，这是在侮辱他们心目中的女神啊，于是一帮人半夜踹开阿六家的门，硬是将他拖下床扇了几耳光。而今雅青依然是他们心目中的女神，成了全镇男人的偶像，用他们自己的话说，叫极品少妇。

一天吃过晚饭，几个女人在雨露家又开始侃大山。丁小气和二队长桥大爹也在，这两个老家伙虽然人老，却有年轻人的心态，经常躲在一边偷听。

“雅青，你都两个女儿了，干吗还要生啊？生为女人，有很多事可以干，投胎不只是为生孩子吧！”张伶俐不解地问。

“穷人只有多生孩子才有出路，只有生儿子才可能有希望。我这辈子算是完了，窝窝囊囊，下一代可能就不一样了，多生个孩子多个机会。”雅青又说她的歪理了。自从复婚后，她已经完全从单亲妈妈的生活规律中摆脱出来，而且还有了新的人生目标，那就是为孤儿阿六生个火种。她这个老婆要牢记初心，不辱使命。

“估计你脑子被驴踢了，被板凳夹了，进水了。”雨露来了句。

“现在农村大队书记，几乎清一色男同志，年纪绝大多数五十出头，坏、色、贪的多。一个个长相出奇差不多，像一个窑洞里烧出来的。脖子脑袋一并粗，说话嗓门大，没干事，先瞪眼。没事喝喝小酒，逍遥自在。你一个刚结婚的小女人，真不好适应哦！”雅青喜欢拿雨露开心，在她心中，大队书记就是整天不干事，心情不好就抓人的那种人。

“哪有你说的那样，也有很多年轻干部啊！现在国家实行村书记年轻化，有的和我一样，也就二十几岁。我主要是看不惯以前那个老村长，为了争一口气，现在骑虎难下，硬着头皮闯难关。”雨露苦笑着说。雅青说的这些正是虎爹担心的地方，他第一个反对雨露当村长，天天忙死忙活得罪人，特别计划生育的工作，一帮人干得热火朝天，不知道为什么。每月工资才二百多块钱，少得可怜，身份又尴尬，上比不了有编制的正式公务人员，下比代课教师好不到哪里去，就是个草头班子，说回家就滚蛋回家。雨露一个小女人，整天和这些钩心斗角的人混在一起，过几年心也被熏黑了，到时脚下的路就走不正了。

雅青又说：“还有，阿俐啊，你和姜必胜在一起也不安全，这男人就是老天故意派到你身边的小丑，恶心你的。”

“对啊，追你时把你当个宝；你不答应，他到处说你坏话。”雨露附和道。

张伶俐完全不在乎：“我早习惯了！再说都是为了干工作，别无二心，这你不用担心。”

“自古以来，老百姓对官员都有说辞，说一等人是官员，要啥有啥样样全；二等人是画家，画完螃蟹画大虾；三等人是业务员，天天出差，吃喝嫖赌全占全；低等人是咱老百姓，拼死拼活干革命。”丁小气有时也会插嘴。自从女儿当了村长，他是满满的自豪感，村里人说他五十好几的人，个子一夜长了一截，每次出门走路，腰后面像绑了根扁担，挺得笔直。

雅青分析道：“雨露，关键你不喝酒。你有没有发现，你和乡里那帮人格格不入？我超生这几年得出的结论是，基层干部不喝酒，那就像当老师的不会写字，没了门面更无法沟通。”

张伶俐同意：“说得也是，中国所有的事情都能够在酒桌上摆平，这就是酒桌文化。”

“我这里喝酒段子一大堆，能讲到天亮。比如早上喝酒别喝多，省得领导说；中午喝酒别喝醉，一般下午都开会；晚上喝酒别喝倒，免得老婆到处找。早上喝酒迎朝阳，中午喝酒喜洋洋，晚上喝酒暖洋洋。喝坏了脾，喝坏了胃，喝得两口子分床睡，喝得单位没经费，喝得搞到纪委会，纪委会说，能喝不喝也不对。领导说，能喝半斤喝八两，这样拼的干部得培养；能喝半斤喝一斤，这样的干部我放心。”雅青滔滔不绝，说到这些做官的小道道张口就来。

“雅青，你窝在村里偷生孩子真是委屈了你，按你这口才，该到县招商局上班，专门干接待外商的工作。说起做官喝酒，满嘴跑火车，我看跟你比嘴巴，姜必胜都差你一大截！”雨露忍不住夸道。她觉得这个女人当了几年超生游击队队员，简直变了个人，越来越八卦了，而且对当官这档子事还特别上心。

“做官好啊！无本万利，不需要本钱，更不会亏本，只要脸皮够厚、嘴巴够甜就行。所以历朝历代，谁不是削尖脑袋，甚至甘愿当汉奸、当卖国贼，把祖宗十八代都背身上让人骂？就是要去做官哦！”二队长桥大爹在旁边一直插不上嘴，急得直转悠，瞅准机会，总算插上了嘴。

有时雨露感觉，和一个过了五十的老爹谈论这些事显得有些不适宜，就主动走开，可雅青像是找到了知己，和桥大爹你一句我一句，说得热火朝天。

“丫头啊，二队长桥大爹这人和我光屁股玩到大，上酒桌不可深交。这人白天跟人说人话，晚上在家扎灵，跟鬼说鬼话，他的话你也信？别看他黑得像坨牛屎，上秤称，哪句是真话，能压秤哦？都和他扎的灵纸一样轻，你可要提防点儿。”有次雅青刚一进雨露家门，桥大爹又来了，几人一直聊到半夜。临走的时候，丁小气夫妇特意敲开女儿房门，叮嘱女儿要小心点儿。这是他心里的顾虑，忍了好几次，这次实在忍不住了。

“嗯，同在一个村，谁不知道谁啊？这老爹别看面相黑，给人感觉是个大老粗，实际是个纸扇子，值不少钱呢！别人都说他肚子里全是水，实际全是油，滑着呢！”雨露妈惠芳一般很少说别人不是，今天例外，也说出对女儿的担忧。

雨露早就知道这个桥大爹不简单，他手里的那把小扇子拍马屁风不小。一次带他去镇上开会，会间一起去厕所，出来洗手的时候，桥大爹刚好和姜镇长撞了个满怀。姜镇长本来就瘦，没什么肉，可能被撞疼了，黑着脸，面露不悦。桥二爹立刻讨好地说：“姜镇长，你一领导怎么亲自来上厕所啊！安排个人上厕所不就行了！”几句话说得姜镇长哈哈大笑，狠狠地拍了拍他的肩走了。谁都知道，领导职位越高，做事越要安排手下人去做，就像不管多大单位的一把手，都喜欢配个秘书一样，今天姜必胜第一次听说上厕所也要安排个人去做，这样的冷笑话亏他想得出来。

“都是一个大队的，有什么事情要窝里斗哦！再说村支部那么多事，总得安排人干事吧？村部原来那几个人，跟张祥林多年，身上的惰性和官腔太重，根本请不动，不知道底细的人还以为他们至少是处级干部。我一看就来火，能打发回家的就回家，打发不掉的就让他们晒太阳。疑人不用，用人不疑，你们别担心。”雨露笑笑，把爹妈给打发了。

一次聊到下半夜，张伶俐特意拉上雨露当说客，去了雅青家。路上张伶俐说出了心里的疙瘩事，因为一直不生养，夫妻俩都特别烦，跑遍了全国医院，药吃了一大堆，基本没效果。他们商量好了，想领养雅青家小女儿丁瑶瑶，这丫头才三岁，听话，人也机灵，夫妇俩特别喜欢。

雅青起初说什么也不同意，虽然生下来的都是女娃，但一样是妈的心头肉。阿六低着头不说话，瑶瑶扎着小辫子，趴在阿六干瘦的后背上玩滑梯。

“家里再穷，也不能把女儿送给别人啊！”雅青红着眼睛说。

“对啊，万一阿俐以后生养了，这孩子不是亲生的，那就更不待见了。”阿六也说出了心里的担忧。

“张伶俐夫妇不是外人，都是从小玩到大的好姐妹，知根知底，为人厚道，他们会把瑶瑶当亲生女儿一样疼爱。再说瑶瑶过继后，阿俐要真的怀孕生娃了，那更是好事啊！她当妈妈了，女儿真要是受了委屈，我做担保，你们随时可以接回来。”雨露赶忙说和。阿俐一直不挂怀，谁都着急。

村里一些嘴大的女人，背地里说阿俐是铁公鸡，说得她见到熟人就躲。夫妇俩除了孩子，什么都不缺。

“雅青你家困难，我有一句说一句，瑶瑶跟着你们这么躲猫猫般生活也不是个事。你看看大女儿丁鱼鲤，上村小学，听说成绩一塌糊涂，她自己厌学情绪也比较严重。小女儿过继给阿俐夫妇，至少孩子能得到好一点儿的教育，每晚不用担惊受怕，吃了上顿没有下顿吧？这样孩子两边都能得到爱。”雨露见阿六夫妇红着眼眶不说话，似乎被说动了心，赶忙再加把火。

……

“呜——呜”雨露几句话，一下子戳中了雅青夫妇最脆弱的神经，雅青哭出了声。人穷矮三分，生活不是干革命，嘴再硬也要过日子啊。

“女人不能生养最伤心，那就把瑶瑶过继给阿俐他们吧！人情做到底，按农村抱养孩子的习俗，给她取个新名字，就叫——丁代娣，希望能给他丁家带个弟弟。”雅青叹了口气，勉强同意了。

“不用改名字，搞那些迷信干什么？我就是喜欢你家瑶瑶，人喜欢，名字也喜欢，不用改！”张伶俐高兴得一蹦老高，当晚就跑进瑶瑶房间，搂着新认的女儿睡了一觉。

第三十七章 教育女儿

自从西九华公路铺上了石子路，村里新自行车多了很多。一帮小伙子吃过晚饭，常在公路上赛车。村里第一个买冒烟车的人，却是最穷的丁福满。

“突突突”，一天傍晚，雨露骑着自行车，刚进了村口，突然迎面一阵咆哮声向她扑来，吓得她赶忙让到路边。抬头一看，竟然是丁福满，骑着一辆破旧的红色“嘉陵”牌摩托车，赶起一阵黄烟，从村里一窝蜂似的冲出来，在丁字形村口根本就没有减速，而是一个急甩弯，刮着黄土路面不见了。

回家丁小气告诉雨露，丁福满不知道做什么挣了些钱，在别的乡镇计生办那低价买了辆征收的旧摩托车，天天在村里练手，搞得村子鸡飞狗跳，像是鬼子进村。这个丁福满真会惹事，他家严重超计划生育，现在镇计生办天天盯着他，就怕他家没值钱的东西，想不到这家伙一点儿不低调。

雨露感觉那辆二手车至少也值一千块，这家伙不会在芦苇滩偷鱼吧！

丁大炮有一晚喝多了，又在丁小气家门口讲鬼故事，这次女主角是个哑女，关于这个女人，总有说不完的话题，谣言传到后来，都成了恐怖的鬼故事。最有嚼头的还是丁大炮说的段子：一次晚上丁大炮喝多了，借了辆自行车从别村晃悠着骑回来，看见路上总有个人影一直和他保持不远不近的距离，那个人影梳着乌黑的大辫子，撅着屁股，肉肉的，甚是好看。丁大炮看得入了迷，幻想着这个肥臀身影定然是哪家走夜路的小媳妇，可能是走夜路有点儿怕，所以借着他的阳刚之气做个同路人，想想就让人浑身燥热。那夜他们一直保持着几米的距离，直到进了村子，到了丁大炮那几间小屋前，他忍不住想看看这个小媳妇，以后好有个念想。丁大炮小跑几步超到那个身影面前，探身一看，呀！小媳妇前面也是梳着麻花大辫子！

“汪汪！”一帮人正听得入迷，突然村里传来几声狗叫。

起初只是一两声狗叫，可是一会儿就传染至全村了，整个山谷狗叫声连天，像是一群泼妇在吵架。

自从丁家墩大肚子的女人越来越多，村里的狗也突然多了起来。而且狗的地位也不同了，以前家狗和野狗没什么区别，连小孩的屎都争得头破血流；自从计划生育成了国策，丁家墩的狗见到小孩屎，一脸不屑，像没看见似的。它们每天三顿，主人都有订餐，待遇发生翻天覆地的变化，原因只有一个，那就是晚上需要这些狗看家，保护他们的大肚子女人。对付那些特工一样的抓捕人员，最有效的就是这些狂吠不止的狗叫声，是最原始的无法收买的防袭警报。

村里流传着这样一句话：狗心比人心实在多了，不贪、不变心，至少狗不会打举报电话。人比狗坏多了！

那天，姜镇长得到可靠情报，哑女挺着大肚子坐在大塘埂上唱儿歌。他带了几个年轻力壮的抓捕队员摸到哑女身边，一个饿虎扑食，竟然扑空了。哑女一个翻身撞开人墙，扬起一路黄烟，向村尾的芦苇场狂奔，简直就是百米运动员附体，样子哪像个大肚婆？愣是将一群大小伙甩得无影无踪。

丁福满这几年已经练成了金刚战士，能够很从容地边阻击抓捕队员靠近自己，边掩护大熊猫老婆撤退，每次两人都能逃出包围圈。镇计生办对付别人家用的一些狠招，比如上墙揭瓦、拆房牵牛，对他家已经毫无意义。那晚为了恐吓他，将他七十多岁的老母亲丁小手和两个女儿，搞得惊天动地地抓到镇里关起来，并放出话来，必须要丁福满用大肚子老婆来换人。没想到关起来就后悔了，这婆孙几人简直把镇政府大楼当成了高级干部疗养院，心安理得地住下了。丁小手进大院倒头就睡，两个孙女趴在窗户边，整天叫唤着饿，好像饿死鬼投胎，每天定时安排专人给他们送水送饭。关了半月，送走的那天，丁小手抓住门板嚷嚷着死都不走，两个小孙女哭闹着抱住送她们回家的人喊哥哥、喊叔叔，问什么时候还去村里抓她们。

回到村后，村民一看呆住了，半月没见，这婆孙三人都长了好几斤肉，胖了一圈。

“这家伙要是早出生几十年，赶上日本侵略中国那个年代，不是烈士就是叛徒。”村里老爹常这样评价丁福满。

那些天丁福满风光无限，见人就吹牛：“关了最好，我还省下一日几顿饭呢！哼，我自己都三天饿九顿，镇上有本事把我娘杀了，他们还得赔副棺材。我家没有认㞞的软蛋，连两岁的娃都是铁打的战士。”

这些话当晚就被姜镇长听到了，气得牙根都咬碎了。可能是伙食比较好，天天内火重，他头上一根根竖立的毛发嘶嘶作响，像产生了静电，偶尔还有火花。

自这件事后，山里红镇又多了一个笑话。

时间比钱还不经花，一晃，雅青姐妹几人都快三十岁了。

如梦最讨厌玉宝回家时将饭店剩菜打包带回家。玉宝说高中读书的时候天天饿得发晕，看到鸭就想到板鸭，看到猪就想到红烧肉，一次大冬天饿得实在受不了，竟然把人家晒的咸鸭偷回寝室，几个人偷了些柴草给炖着吃了，别提多香。现在每次吃饭看到满桌子剩菜，浪费特别严重，觉得是一种犯罪，饭后就忍不住将剩菜打包，带回来就算不吃，喂鸡也好。

翠婆婆很喜欢，称赞儿子节约，省得第二天烧菜。如梦表面上点头赞成，可是玉宝一走，她第一个冲进厨房，将他打包带回来的菜全部倒掉。这让她总感觉自己是个讨饭的，她一个空姐，怎么能沦落到吃别人餐桌上的残羹冷炙呢？

婆婆在如梦怀孕时给孩子做了一些开裆小裤子，按照习俗，小孩衣服不能乱扔，孩子出生后婆婆全给加了线，补了裤裆。婆婆整天除了唠叨、晒太阳，还喜欢瞎操闲心，如梦一听就烦。

随着雪儿渐渐长大，如梦的重点渐渐从照顾孩子向教育孩子这边倾斜了。有时候玉宝一个礼拜没回来，她竟浑然不觉，日子过得浑浑噩噩。雪儿皮肤天生白皙，夏天只要有一只蚊子突破蚊帐的层层防线，叮咬一口，红疙瘩一个月都消不下去。雪儿娇柔、可爱、安静，吃了睡，睡了吃，记得出生才一周就会笑，如梦心都被她融化了。

没事的时候，如梦喜欢搂着雪儿，看着她睡觉的模样，心里充满慈爱，觉得女儿是上天赐予她最好的礼物。渐渐地雪儿长大了，还会偷偷地拿如梦的化妆品自己化妆，小小年纪就学会臭美了。

如梦每天除了在阳台上晒太阳，就是看着雪儿一天天长大。她最喜欢梳理雪儿的头发，雪儿头发一胳膊长，乌黑发亮。如梦有时给她扎成甘蔗节，有时候编成十来根麻花辫，有时干脆就披着，那样更漂亮。如梦每天给她换一个发型，打发无聊的时光。

随着雪儿一天天长大，村里男人看女儿的眼光也不一样了。那些没结婚的单身汉看人总觉得带着点儿色，这让如梦担心起来，没事就给女儿上安全意识课。书上说孩子的胎教重要，可是女孩成长的过程，自我保护教育更重要，她深信不疑。

“雪儿啊，你是个女娃，在家不能乱跑，出门更不要和陌生人说话。我们身边不仅有鲜花，还有大灰狼哦！”如梦时常这样教育已经五岁的小雪，甚至还当着村里男人的面说这些话，搞得那些男人很尴尬。农村孩子十岁前不分男女，这个城里来的女人竟然从小就给女儿灌输防色狼理论。

“对啊，我当了这么多年警察，有两件事不忍去看、不忍去听，一个是拐卖孩子，一个是强奸幼女。拐卖孩子为了钱，强奸幼女为了性。何为天使，何为魔鬼，都在一念之间。”好姐妹小蕾是镇派出所唯一一名女警，姓汤，名蓓蕾，大家叫她小蕾。如梦给女儿办户口时认识的，感觉一见如故，后来成了最好的闺密，几乎无话不谈。

“对哦！现在独生子女政策严，哪个孩子不是寄托着几个家庭的希望？每次去城里，看到电线杆上贴的寻子启事，心里都不是滋味。”

“被拐卖的孩子个子高点儿、漂亮点儿的高价卖，丑的弄残了当成闹市乞讨的工具；对于那些大了会反抗的孩子，割舌头、戳瞎了双眼再卖，有的甚至杀掉。每个孩子背后都有一个大家庭，每个家庭要因此流多少泪啊！”也许是职业病，一谈到拐卖儿童这些犯罪话题，小蕾都会特别精神，滔滔不绝。

“这些人贩子，抓到应该一律枪毙。”

“有的人贩子甚至将自己的亲生孩子卖掉。你家女儿这么漂亮，更要注意哦！”

“说来说去，不都是穷？要是有钱，谁愿意去坑蒙拐骗？谁不想出门有保镖，进门有保姆？穷则思变啊！有的人穷，却脚踏实地；有的人穷，却铤而走险。”两个女人每次聊家常，聊得最多的还是如何呵护和培养女儿。

……

小熊、小熊好宝贝

女娃脸蛋屁屁最金贵

小熊、小熊好宝贝

小裤衩，小背心

不许外人摸

不许男人亲

……

如梦没事的时候，喜欢教雪儿唱这首儿歌。起初婆婆不在意，可是雪儿一次学会了唱给奶奶听，听懂歌词后，婆婆晚上沉着脸将如梦数落了一顿，责备她不该教孙女这种歌。娃儿太小，不知道深浅，外人听了说闲话，再说教这个太不吉利了。为这事，如梦特意向玉宝诉苦，玉宝只是笑笑，说都是好心，都对。如梦非常郁闷，觉得这男人当官都成精了，连回答老婆的话都在打太极。他谁都不得罪，话说得滴水不漏。在官场当老油条可以，在家老油条你防谁啊？

虽然和婆婆在教育孩子上有分歧，但主导权还在如梦手里。她告诫女儿，陌生人问名字不能说，在外玩要早点儿回家，和男孩独处不能超过三十分钟，对坏人不讲真话；等等。如梦还要雪儿牢记，以后长大了，一个人的时候，一旦被坏人逼进死路，要放手一搏，抓沙、抓眼、踢裆都可以。对坏人越狠，自己才越安全。她给雪儿讲了一个女孩夜晚回家遇到坏人，用事先准备的一把生石灰勇斗坏人的故事，说得雪儿眨巴着亮晶晶的眼睛，攥着小拳头，很紧张地看着妈妈。

如梦发明了一个小游戏，晚上睡觉前喜欢叫雪儿陪她玩。她特意剪了很多红纸绿纸，将女儿脱得只穿小裤衩儿，让她将能摸的地方贴绿纸，不能摸的地方贴红纸。雪儿起初只是将屁股和前胸贴上了红纸，其他部位贴上绿纸，可在如梦的教导下，贴红纸的部位越来越多。

一次玉宝晚归，看见如梦正在床上和女儿玩，一看女儿，吓了一跳，雪儿没穿衣服，全身贴着红纸条，不细看还以为是个纸人。玉宝立刻绷着脸，叫如梦以后别玩这种游戏，孩子什么不能玩？你偏偏教她玩贴纸！

“女儿需要底线教育，儿子需要阳光教育。”如梦不服，反驳他。

“你小时候是不是太漂亮，被人恐吓了，有心理阴影啊？”玉宝用有些陌生的眼神看着如梦。这种质问的口气，如梦还真没见过。

“我小时候漂亮那是肯定的。我这么教育女儿，是因为她像我，太漂亮了！社会上什么都缺，就是不缺坏人，从小加强安全教育是好事。”如梦毫不示弱，强势回应。在女儿的教育问题上，她一反之前的娇弱，寸步不让。

“我这辈子最倒霉的事就是嫁给你爸爸，还生了你，你们俩是诈骗团伙，你骗爱，他骗色。”如梦转身朝女儿发火。

“爸爸很爱你，不是骗子啊！”雪儿不解地问。

“生儿子是名气，生女儿是福气。雪儿的确挺讨人喜欢，你适当的教育也是好事，但别太过了，过了火，孩子整天生活在恐惧中，童年有心理阴影。”玉宝赔笑点点头，表示赞同，同时向如梦发出了一个信号，他认输了。

随着女儿一天天长大，如梦有点儿管不了她的感觉。不知道这丫头是随自己还是随她爸，自己小时候好像没她这么顽皮。玉宝说，教育孩子永远是一个世纪难题。

“妈妈，我怀疑我不是你亲生的。我是不是家里买电视的时候送的？”前几天，家里买了一台17英寸的电视，没想到一次如梦数落了她几句后，这丫头竟然噘起小嘴，瞪大眼睛，一脸疑惑地反驳她，好像发现了一个天大的秘密。

“不是亲生的就好了！你这么顽皮，不听话，要不是亲生的，妈妈早就把你送人了。”如梦被惊出了一身冷汗，丫头这些话不知道从哪里学来的。

“嗯，有时候我很害怕，爸爸说男人生男人，女人生女人，我是女孩，想想是你生的我就有点儿怕。”小雪叹了口气，一脸忧郁，样子看起来很滑稽。

“为什么我生的你就怕？”

“你没事喜欢和隔壁吵嘴，以后我要是长大了，也像你这样蛮横，是个吵嘴精，那多可怕啊！”

“你小小年纪懂什么啊！竟然还数落起妈妈来了。以后少跟隔壁家那个阿宝玩！不听话，哪天打你一顿别怪妈狠心。妈要打你，就打得你一辈子记得，到时候别怨妈妈下手重。”如梦阴沉着脸，一提到隔壁家那个女人就让她浑身不舒服，感觉心里窝着一团火，变得有些暴戾。这几年，她感觉心里睡着一只小老虎，而且还在年年长大，随时可能冲破牢笼咬人。

晚上玉宝回家，如梦向他发牢骚，这个男人永远是那副乐呵呵的表情。

转眼已是暑假，隔壁家那个孩子喜欢什么都不穿，像只青蛙一样坐在熊头石上晒太阳。每次相遇，如梦都会牵着雪儿急匆匆地回家。一天如梦带雪儿去丁小气家买汽水，抬头看见秀秀已经买好了日用品，正牵着儿子出来。如梦猛地打了个寒战，如被蚂蟥附体一般，全身起了一层芝麻一般大小的疙瘩，如麻风症上身，摸着膈应。想躲已经来不及了，她只能硬着头皮往前走。

真是不是冤家不聚首，村子太小，撞见的机会太多，某些时候感觉这个秀秀是故意在某处等她邂逅，儿子是她必用的武器，如梦是屡战屡败，但她还是屡败屡战。

“阿宝，别乱跑！”秀秀大声叫喊，喊儿子的语气很是骄傲，俨然一个随处可见的农村妇女。

“哦！”阿宝答应着，像上足了发条的玩具小马，在秀秀视线所能控制的范围内奔跑。

如梦现在不喜欢在自家二楼的阳台上纳凉了，因为楼下那对母子大多数时间都在演双簧，故意表演给她看，故意气她。秀秀的婆婆常将孙子脱个精光，放在摇篮里睡觉。小家伙睡姿着实可爱，仰面朝天，双手高举投降的姿势，像是一条翻着肚皮的青蛙，两条腿胖乎乎的全是肉，好像肥硕的藕节。

秀秀不知道吃了什么补品，把儿子养得特别好，长得像个年画上的胖娃娃。都五岁了，夏天还给孩子穿着开裆裤，像是故意炫耀一般，将孩子裤子开裆到膝盖，露出包子一样的屁股，裤裆中间那团小肉疙瘩缩起来，像是圆圆的小铃铛。

阿宝像条小狗一样，没事喜欢蹲下来尿尿。有次如梦看见阿宝蹲在他家门前的打谷场上尿尿，将尿湿的土捏在手里当橡皮泥玩。秀秀的婆婆搬条小板凳坐在门前补衣服，眯着眼睛看孙子，根本不呵斥，由着孙子玩，真是恶心到家了。如梦心里暗暗骂道：狗吃屎，你儿子吃尿！

丁小气家门前一如既往地坐着几个整天无所事事的单身汉，有的在剔牙，有的在打嗝，他们几乎成了丁家墩的标签了，青春对于他们来说就是指尖的流沙，任意挥霍。

“阿宝，过来给老爷摸摸鸡鸡。”一个单身汉看见如梦牵着女儿走着直线过来，立刻来了精神。他知道要是和空姐搭讪，肯定浪费口水还要遭白眼，刚好秀秀家胖墩墩的儿子出来了，单身汉搓捻着手指想把阿宝当玩具，秀秀笑盈盈的没说话。

“嗯，一毛钱摸一下，一毛钱摸一下，叔叔摸摸哦，一手交钱一手摸鸡鸡，我好买汽水。”阿宝剃着爱心桃的发型，像个红孩儿。发言很清晰，童音犹如天籁。他蹲下身，叉开腿，努力抬高裤裆，尽量将裤裆处还沾了露水的小家伙抬高，好让大人的手能够着他们喜欢摸的部位。

“阿宝，多给叔叔摸几次，多摸多给钱。”秀秀自豪地嚷嚷。

"叔叔不能用手使劲捏哦，我妈说捏肿了以后不能尿尿。"阿宝噘着小嘴，可能是被捏疼了，抓住单身汉手里捏的几毛钱，翘着屁股转身就跑。

"阿宝，等下再买汽水。告诉叔叔，鸡鸡是做什么的啊？"旁边一个单身汉也掏出一枚硬币，阿宝一看叔叔手里有钱，又转过身伸手去抓钱，两腿叉开任凭叔叔将手伸进裤裆里揉捏。

"前几天给丁大炮爷爷摸，他说是做种的！"阿宝拿到钱后立刻就不耐烦了，用肉乎乎的手使劲将叔叔紧捏的手拨开，撒腿跑进雨露家的小店买汽水去了。

"做种的！"一帮男人笑得东倒西歪，这小孩真是太逗了，不愧是老师家孩子，有学问。

秀秀手里提着一大袋子东西，迎头看着急速走过来的如梦母女，丝毫没有阻止儿子的举动，反倒特别享受这种乡土娱乐。

"呵呵，妈妈，鸡鸡不光是做种的，村里孩子还能当玩具，真好玩！"小雪咯咯地笑。她看着一帮大人争着摸，边摸边称赞，边摸边给钱，觉得很好玩。

如梦阴沉着脸，装着什么也没看见，紧紧地拽着傻呆呆不愿走的小雪。阿宝买了汽水跑出来，站在门口喝。雪儿好奇心特别重，大眼睛盯着阿宝裤裆里那个硬邦邦翘着的家伙，一脸惊奇。

"看什么看啊！有什么好看的！"如梦小声地骂，再次用力拽了小雪一下，可是这丫头脚像被活生生钉在了打谷场上。

"走啊！"如梦大声地叫喊。

"等下！"小雪突然停下了脚步，挣脱了妈妈紧攥着的手，蹲下身子，呼啦一下子将裤子脱到膝盖处，露出雪白的屁股，然后用双手扒拉着双腿好奇地查看、翻找，觉得自己和那个摸摸就能得到钱的小孩应该有某些不一样的地方。

"你干什么？快把裤子穿上！"如梦愤怒地吼叫，慌忙用手里的提包遮住小雪裸露的身体。

"哦——哦！"一帮单身汉惊喜尖叫，探身观望，一个个眼睛如塞进鸡蛋一般睁得溜圆，露出一嘴黄牙。

"快点儿买汽水吧，奶奶还在家等我们吃饭呢！"如梦恼羞成怒，给雪儿穿好裤子，猛地抓住她的手，硬拽着一脸茫然的女儿进了丁小气家的店。

"妈妈，人家摸摸就有钱，不公平！"小雪噘着嘴，一脸的不高兴。

"女娃也给摸啊，我还是第一次听说呢！"身后传来一群单身汉调侃的笑声。

"女娃怎么了？我妈妈说，女娃是妈妈的小棉袄！"雪儿已被如梦硬拉着走开了，可她还是挣扎着回身不解地问。

"一白遮千丑，一胖毁所有。我还是比较喜欢玉宝家女儿，毕竟是大家闺秀，空姐的种，个子高、皮肤好，和咱山村里捏土玩鸡鸡的野孩子就是不一样。"身后一个单身汉的话，稍微让如梦好过了一点。

"女娃是妈妈的小棉袄，有什么了不起的啊！我家阿宝还是妈妈的军大衣呢！"秀秀得意地说。她满脸高原红，像是营养过剩堆积的红晕，完全沉浸在斗嘴的快乐中了。